지하국가 5

남 원환

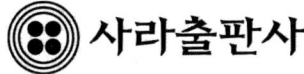
사라출판사

줄거리

　　지하국가5는 열 두 개의 장으로 구성되어 있다. 제1장은 아태부3세의 먼 길, 제2장은 아태부3세의 학교생활, 제3장은 보물 많은 학교, 제4장은 푸른 별, 제5장은 외로운 섬, 제6장은 예쁜 꽃, 제7장은 멋진 강, 제8장은 깊은 샘, 제9장은 높은 산, 제10장은 친구들, 제11장은 푸른 별의 여행, 제12장은 고향으로 구성돼 있다.

　　제1장 아태부3세의 먼 길에서 아태부3세는 삼천 년을 사는 사람이다. 불과 열 살의 나이에 부모와 고향을 떠나 공부하러 왔다. 무엇이 그를 움직이게 하였는지 먼 길을 왔다. 부모와 바로 밑의 여동생이 그를 만나러 왔다. 행복한 만남이다. 가족이 사랑을 느끼는 것은 행복이다. 행복해야 한다. 너무나 당연하다. 그들 가족은 행복하다. 소풍도 즐겁다. 소풍을 매일 갈 수 있는 희한한 세상도 만들어질 것이다. 아버지는 아들에게 무엇을 가르치나? 아들은 세상에서 무엇을 배우나? 꿀맛 같은 공부를 하나? 유대인은 처음 학교에 가면 어린 학생에게 꿀맛을 보인다. 꿀단지의 꿀을 손가락으로 맛보게 한다. 배움이 그와 같다고 가르친다. 아태부3세가 앞으로 그 꿀맛으로 무슨 공부를 하여 멋있는 사람이 될까? 아프리카 침팬지는 높은 나무의 껍질 속에 벌이 저장한 꿀을 찾아 먹는다. 동물 중에 유일하다고 한다. 사람과 비슷한 유전자가 많아서 일까? 아태부2세는 아들에게 어떤 꿀맛을 가르칠까? 아태부3세는 스스로 꿀맛을 찾아내는 대단한 사람일까? 지구상에서 높

은 나무에 있는 꿀을 먹는 침팬지와 사람만이 특이하다. 아태부3세는 얼마나 특이하게 공부를 하는 걸까? 자못 궁금하네!

제2장은 아태부3세의 학교생활이다. 학교의 일과표대로 나날을 보내지만 밤에 몰래 폭죽놀이와 삼겹살을 구워먹다가 불을 내어 난리가 난다. 밤에 놀 수도 없고 삼겹살도 몰래 구워먹기가 어려워졌다. '궁하면 통한다.'는 말처럼 어린 학생들은 낮에도 밤으로 보이는 안경과 땅속에서 고기를 구워 불을 내지 않는 방법으로 위기를 극복한다. 되레 어른들이 그들의 문화를 받아들인다. 아이들이 문화를 창조해간다. 학교식당에서는 고향의 맛을 증강현실을 통해 실제로 실현하고 과거의 맛과 현재의 음식 맛을 동시에 느끼고 사람들과의 교류도 과거와 현실이 동시에 실현되어 인식하는 일을 늘 겪는다. 마음과 정신이 한층 강화된 신인류의 문턱에 들어서고 수명이 4천 년에 다가가는 일이 벌어진다. 사천 년의 인생설계를 어린 학생들이 어설프게 발표하는 세상이다. 그런 과정들을 통해 아인슈타인 류의 뇌의 주름이 많은 사람으로 변신을 시도한다. 모든 사람들이 그들의 길을 뇌의 주름이 많아지는 방향으로 갈 때 수많은 보물들이 사는 세상이 된다. 세상의 모든 사람이 보물 같은 존재가 되는 세상이 될 수 있다. 학생들도 할 수 있다. 할 수 없는 일이 아니다.

제3장 보물 많은 학교에서 보물이 아닌 학생이 없다. 모두가 보물이다. 푸른 별은 열 살의 여자아이이고 깊은 샘과 아태부3세는 남자아이다. 셋은 같이 게임을 하고 논다. 나비와 꽃 이름 맞히기. 우주의 별이름 맞히기, 달리기 등 여러 가지 놀이에서 남자아이가 지고 말았다. 푸른 별이 여자지만 대장이 되었다. 두 남자 아이는 여자 대장을 배신하

여 더 초라한 남자의 꼴이 되었다. 푸른 별 주위에는 예쁜 꽃이라는 여자 친구와 비구름이라는 새로운 남자친구가 생긴다. 우여곡절 끝에 아이들은 사막으로 여행을 가고 깊은 샘은 자신이 사막에서 샘을 파야한다는 소명의식을 받는다. 푸른 별도 '상상속의 노란별' 모래를 운명처럼 만난다. 그렇지만 비구름은 사막에서 비구름으로 비를 내리는 것은 아니다. 그렇지만 모두가 보불인 아이들은 사막에서 우정을 쌓고 더 보물이 되어가고 사막을 진정으로 사랑한다.

제4장 푸른 별에서 푸른 별은 열 살의 빛나는 여자 아이이다. 남다른 총명함과 튼튼함 몸으로 친구들의 리더이다. 푸른 별 무리는 사막여행과 둥근 별이라는 우주여행과 고향방문을 하게 된다. 한 달 간의 사막여행에서 나무뿌리를 길게 만드는 강제사고도 하고 하얀 눈이라는 여자 친구가 만들어 주는 사막에서의 하얀 눈과 투명비행기가 만들어 주는 하얀 눈을 사막에서 맛본다. 이주 째부터는 하늘에서 투명비행기가 사막여행의 어려움을 해소해주고 사막여행이 즐겁도록 해준다. 사막호텔은 사막이 더 이상 사막이 아니게 작용한다. 마지막 주의 유조선 사막호텔, 항공모함 사막호텔, 크루즈 사막호텔은 사막에서 수영까지 가능하게 한다. 다음으로 간 둥근 별의 우주여행은 둥근 별이 너무 뜨거워 착륙하지 못하고 둥근 별 주위에서 우주정거장을 만드는 일로 시간을 보내게 되고 우주여행이 재미가 덜 해 한 달 중 남긴 이주일 동안은 고향으로 가서 시간을 보낸다. 푸른 별은 외로운 섬을 고향으로 초대해 오빠인 멋진 강과 같이 고향의 지하에서 즐거운 시간을 보낸다. 고향의 지하에는 지상보다 열 배나 큰 지하폭포가 인공으로 만들어져 있다. 세 명은 그곳을 구경한다.

제5장 외로운 섬은 절대고독을 친구들보다 먼저 맛보지만 극복하는 것이 사람이 사는 일이다. 푸른 별이 마음의 위안을 많이 준 친구이다. 영하 60도의 남극에서 황제 펭귄 수컷들이 알을 부화하는 장면은 절대고독을 극복하는 찬란한 장면이다. 사람도 해내어야 할 광경이다. '사람을 사랑하면 천국의 일부를 보는 것이다.'라고 한다. 천국의 열쇠를 외로운 섬에게도 잘 건네는 곳이 훌륭한 사회이다. 황제 펭귄처럼 할 수 있다. 여중생들은 촛불을 들 수 있다. 작은 힘이지만 그들이 선택하는 힘이다. 거대한 횃불이 올림픽 성화이면 평화의 상징이지만 그 반대의 횃불은 사람들을 놀라게 한다. 촛불의 힘으로 세상이 바뀌는 기적도 있다. 너무 외로워 강아지와 고양이를 사랑하고 인형으로 만든 강아지와 고양이가 인형모양의 가방으로 변하고 요모조모 사람을 즐겁고 행복하게 해준다. 태산준령의 수목한계선에서 12만 년을 견뎌낸 나무로 만든 악기는 그 울림이 삼라만상의 영혼을 울린다. 그 고고한 소리는 눈 속의 장군이다. 설장을 만나는 아이들이다. 외로운 섬이 외롭지 않음은 너무나 심금에 닿는 악기의 울림이 곁에 있고 들리기 때문이다.

제6장 예쁜 꽃에서 사람들은 아름답고 향기 나는 꽃을 좋아한다. 생물적인 꽃과 마음의 꽃은 다르다. 생물의 꽃은 사람이 이용하는 꽃이다. 마음의 꽃은 사람이 쌓아가는 정성과 정신과 인격의 꽃이다. 당연히 두 가지 꽃 모두 중요하다. 예쁜 꽃은 열 살의 나이인지라 마음 꽃을 키우기에는 어린 측면이 있지만 마음의 꽃에 대한 화두를 잊어서는 안 된다. 꽃이 음식이 된다면 꽃에서 단백질을 추출한다면 가축이 도축되지 않고도 사람들은 영양분을 공급받을 수 있다. 찾으면 꽃에서 단백질이 나오는 종류를 찾거나 인공합성을 통해 동물에서 고기를 얻

는 일을 그만둘 수 있다. 꽃에서 고기를 얻는 것이다. 흉년이 들면 도토리를 맺는 나무들은 위기를 느끼고 도토리를 많이 퍼트려 종족을 보존하려 한다. 그 덕분에 사람은 흉년을 더 잘 버틸 수 있다. 어린 십대들도 그들이 스스로 도토리처럼 때를 알고 자연적으로 적응하듯이 공부도 할 것이다. 제삼자나 부모님이 그들을 너무 몰아붙여 고통스럽게 하지 않아야 그들이 행복하다. 배고픈 사람에게 배고픔을 달래주는 것이 급선무이듯이 십대들도 그들이 스스로 꽃피게 좀 기다려주자! 스스로 꽃을 피울 것이니까!

제7장 멋진 강에서 멋진 강은 열 살의 동생 푸른 별보다 몇 살 더 많은 오빠이다. 이름이 강이듯이 그는 사하라사막에 인공강을 만들고 싶어 한다. 사막의 터줏대감인 낙타를 좋아한다. 4천 년 전에 사람에게 가축인 된 낙타 중에 한 마리를 복제로 살려내어 고비라는 이름을 붙여준다. 낙타는 지방혹으로 혹독한 사막에서 물을 먹지 않고도 한 달을 견딘다. 몸무게 400~500킬로그램 중에 지방혹이 40킬로그램이다. 사람들은 땀으로 염분이 빠지면서 동시에 칼슘도 빠진다. 사람은 우주여행 중에도 칼슘이 빠진다. 지방혹과 칼슘혹을 인공으로 사람의 몸에 이식하여 사막이나 우주에서도 살아남는 특이한 인간이 생길지도 모를 일이다. 멋진 강은 사막의 지하에까지 소형 댐이나 저수지를 만들고 사막의 인공강을 더 낫게 하려 비버들을 가축화하여 강에 댐과 저수지를 풍부하게 만든다. 비버들은 사람들이 인공으로 배양한 펄프 배양근으로 만든 통나무로 댐이나 저수지를 만든다. 멋진 강은 비버들을 가축으로 만든 공로를 인정받아 지하국가5에서 가장 부자가 된다. 그러나 아직 미성년자인지라 실제적인 부를 행사하지는 못한다.

제8장 깊은 샘에서 깊은 샘은 물을 관리한다. 강을 사막으로 돌려 인공강이 사막의 가장 낮은 지대에 연결되게 만든다. 사막은 거대호수가 된다. 사막의 지하에는 생물로봇인 멧돼지를 이용하여 남극의 얼음을 사막의 지하에 저장하여 사막의 지하가 바다로 변신이 되는 일로 인해 사막의 지하에 어시장이 생기고 사막의 어부가 탄생한다. 대도시의 지하도 물고기를 생산할 수 있는 지하의 물이 있다. 물과 전기와 식량이 안정적으로 공급되는 새로운 세상이 온다. 지하기 깊어질수록 산은 더 높아진다. 지하의 흙과 암석이 높은 산을 만들어주기 때문이다. 깊은 샘이 고민하지 않아도 되지만 개미의 집 짓는 재주를 이용하지 않을 수 없다. 많은 동식물이 사람을 위한 일에 잘 활용이 될 수 있다. 물은 불을 옆에 두지 않을 수 없다. 물이 불을 이기지만 물의 천적은 우리가 잘 알지 못한다. 쥐가 많으면 고양이가 토끼가 많으면 매가 생태계를 조절한다. 물도 보이지 않는 천적이 있지 않을까? 깊은 샘보다 더 깊은 샘이 화성이나 목성의 지하에 인공강을 인공의 바다를 만들지 않을까? 알 수 없는 미래를 깊은 샘은 얼마나 느끼고 있나?

제9장 높은 산은 깊은 샘이 지하에서 파낸 많은 재료를 이용해서 높은 산을 쌓게 되는 상생의 일을 해야 한다. 높은 산을 개미들이 자발적으로 지어주면 좋지만 사람들이 개미를 생물로봇으로 개량하거나 사람들 자신이 스스로 높은 산을 만들어야 한다. 높은 산과 지하의 깊은 곳까지 연결되면 자연적으로 서로에게 좋은 일이 된다. 너무 높은 산을 만들기가 어렵다면 산을 접어서 이불이나 수건처럼 되게 한다면 훨씬 편리한 산이 되기도 한다. 컴퓨터가 구부러지는 것이 가능하듯이 산도 구부려서 만드는 것이다. 높은 산을 만드는데 드는 비용을 줄이기 위해서는 3D 방식으로 개인이 레고처럼 만들어 쌓아 가게 한다

면 인건비나 공기단축의 문제도 해결되고 건축 재료의 사용도 매우 쉽게 된다. 높은 산을 많이 만드는 것은 도시빈민에게 대감들의 집인 99칸까지 제공할 수 있는 새로운 세상을 열게 해준다. 깊은 샘과 높은 산 두 아이가 이루어주는 꿈의 세상이다. 높이 오만 미터의 산과 지하 오만 미터의 지하의 땅이 답을 해준다. 두 아이를 믿어보는 세상이다. 실천을 하면 일이 진척이 된다. 지상과 지하가 합해 십만 미터인 인공의 건축물이 모습을 드러낸다.

제10장 친구들에서 아태부3세와 친구들은 지하단칸방에 사는 도시빈민이 99칸의 대감들이 사는 집으로 바꿔줄 대단한 일을 하게 된다. 도시빈민이 고독사하는 너무나 비참한 현실의 21세기 초를 바꾸고 싶은 것이다. 세종대왕은 그의 자식들을 위해 태무덤을 지었다. 지구상의 모든 사람들이 태무덤을 가지는 찬란한 세종대왕처럼 되게 하는 것이 좋은 일이다. 반중력을 잘 이용하여 신발의 센스가 사람이나 건물을 오미터마다 떠올라 있게 하면 오만 미터의 하늘은 일만 개의 지구가 더 생긴 것 같은 효과가 나타난다. 그 넓어진 신대륙에 태무덤과 피라미드와 99칸을 모든 사람에게 제공하여 새로운 세상을 만드는 것이다. 사람이 사는 세상을 화락천으로 만드는 기적을 행하는 것이다. 그렇지만 청나라에 잡혀갔다 돌아온 환향녀는 화고천의 나날을 보냈다. 엄동설한에 길가에서 죽은 그녀들의 자식들도 피라미드나 태무덤을 만들어주어야 하지 않나? 그러면 그녀들의 한이 풀리나? 사람들이 태무덤이나 피라미드의 99칸의 혜택을 누리고도 더한 욕심으로 진시황처럼 아방궁을 원하면 제공해야 하나? 아태부3세와 친구들이 답해야 하나?

제11장 푸른 별의 여행에서 푸른 별은 우주의 푸른 별로 여행을 떠나고 싶어 한다. 그러나 현실적으로 우주는 너무 멀다. 사백년, 사천년, 일만 년을 우주비행잠을 냉동된 채로 자야 갈 수 있는 시간이고 거리이다. 열 살의 나이에 도전하기에는 곤란한 점들이 너무 많다. 수요가 없을 것 같은 선입견은 무너진다. 삼천 구백 살의 노인들은 기꺼이 이 길을 가는 것이다. 장례식을 미리 치르는 것은 아니고 생명연장의 희망의 꿈을 향해 일어나는 새로운 문화유형이다. 우주의 별로 가는 잔치. '우별잔치' 를 삼천 구백 살이나 삼천 팔백 살 즈음에 하는 문화가 일어난다. 푸른 별은 노인들과 최소한 사백 년을 동행할 수 없고 배웅하는 일에 봉사한다. 자손이 없는 홀로 산 노인의 가는 길에 한 달간 같이 가는 것이다. 우주로 가는 길에 이주일 시간이 들어가고 지구로 돌아오는 시간이 이주일이다. 봉사하는 푸른 별과 꼬마 친구들은 할아버지의 집을 놀이 별장으로 얻게 되고 할아버지가 평생 수집한 돌로 된 물건들을 나눠받게 된다. 돌이 옥인지 보석인지는 구별이 쉽지 않다. 푸른 별도 나이가 삼천 팔백 살이나 삼천 구백 살이면 당연히 우주로 갈 것이다.

제12장 '고향으로' 이다. 아태부3세는 고향으로 돌아왔다. 즐겁던 학교생활을 잠시 그만두고 집으로 왔다. 지하국가5는 인공으로 만들어진 나라이다. 자연적인 미가 부족한 나라이다. 지하의 어두움을 극복하면서 살고 있다. 우주의 어두움을 극복할 수 있는 기초적인 힘을 축적해가고 있다. 가족과 그리움과 따뜻함을 다시 맛보고 있다. 가장 마음이 편한 곳이 집이고 가족이다. 지하국가5는 붕괴의 문제에 가장 민감한 곳이고 기후에 대한 적응력이 많이 발전한 곳이다. 춥고 더운 것을 몸으로 느낀 세월들이 사람의 나이이다. 나무에는 나이테가 생긴

다. 열대의 나무인 맹그로브나 스펑나무(뱅골보리수)나 타이가 기후의 나무나 이용할 수 있는 나무를 이용해 지하국가5의 중력이나 반중력을 잘 사용하는 방법에 접목을 할 수도 있다. 지하국가5가 터키 속담의 '어머니의 발밑은 천국이다.' 라는 말과 같이 되게 하려면 그만한 마음의 정성을 들여야 할 것이다. '어머니의 발걸음은 천국이다.' 바꾸어도 뜻이 통한다면 아태부3세는 고향을 그렇게 만들어야 한다. 이제 사람을 만나러 간다. 그 발걸음이 천국을 만드는 과정으로 가나?

차 례

1. 아태부3세의 먼 길 …………………………………… 15
2. 아태부3세의 학교생활 ………………………………… 57
3. 보물 많은 학교 ………………………………………… 99
4. 푸른 별 ………………………………………………… 141
5. 외로운 섬 ……………………………………………… 182
6. 예쁜 꽃 ………………………………………………… 224
7. 멋진 강 ………………………………………………… 266
8. 깊은 샘 ………………………………………………… 308
9. 높은 산 ………………………………………………… 350
10. 친구들 ………………………………………………… 392
11. 푸른 별의 여행 ……………………………………… 434
12. 고향으로 ……………………………………………… 472

1. 아태부3세의 먼 길

　멀고 먼 길을 돌아서 아태부3세는 지금의 장소에 도착해 그의 길을 가고 있다. 열 살의 어린 아이가 잠시 떨어진 채로 시간을 보내고 있다. 아태부3세의 부모와 바로 밑의 동생도 그를 만나러 가고 있다. 어린 세 동생은 동행을 하지 못하는 여행이다. 먼 길은 우주로 가는 길이나, 먼 외국으로 가는 길이나, 영원히 해결하기 어려운 죽음의 길로 가는 길도 있다. 나라가 달라 먼 길은 심리적으로 매우 멀다. 우주나 죽음의 길은 더욱 심리적으로 먼 길이다. 자식을 만나러 가는 길은 그래도 매우 희망적이고 값어치가 있는 길이다. 사람이면 누구나 나이가 많이 들면 죽음의 길을 마주하게 된다. 정말로 가기 싫은 길이지만 가야만 하는 피할 수 없는 길이다. 청춘남녀가 만나러 가는 길은 매우 활기가 차다. 로마가 길을 잘 뚫어서 세계적인 대제국이 되기도 했지만 죽음의 길로 가는 길은 잘 뚫리지 않게 하려고 무척 애를 쓰는 사람들이다. 이상하게도 만들어진 길인데도 막히는 일도 생긴다. 남북은 삼팔선이나 휴전선으로 막혀 있다. 권력의 정점에도 문고리 권력이 존재해 누구든 마음대로 권력자에게 접근하는 것이 차단된다. 사람이 다니는 길, 동물이 다니는 길, 바람이 다니는 길, 우주의 천체가 움직이는 길, 무수한 형태의 길이 있다. 사람이 제일 먼저 다닌 길은 걸어서 다닌 길이다. 갓난아기는 엄마의 등에 업히거나 품에 안긴 채로 길을 걸었다. 유목민은 아기를 포대기로 둘둘 말아 말의 등에 바구니를 만들어 묶어 길을 간다. 자전거 하이킹이라도 가려면 물이나 간단한 음식 등, 준비하고 조심해야 할 일이 많다. 사람들은 빨리 가려고 수십만 년을 아니 수백 만 년을 노력해온 듯하다. 왜 빨리 가야 하는 것인가? 맹수의 추격을 피하기 위해서, 전쟁에서 죽지 않기 위해서, 생명의 보존과 관련이 있는 듯도 하다. 오히려 건설현장의 작업장에선 달리지 못하게 한다. 온갖 장애물이 있으므로 걸어 다니게 한다. 횡단보도도 빨리 달리지 못하게 한다. 이런 것도 생명의 보존과 관련이 있다. 아태부2세가 아들을 만나러 가는 길에는 큰 장애물이 없다. 마음 편하게 다니는 길을 사람들은 좋아한다. 이조 오백년, 육백년이나 마음 편하게 다니던 길이 육십년 가까이 막혀버렸다. 조선시대의 십분의 일의 시간만큼이나 막힌 길이 되었다. 갈라파고스제도처럼 너무나 긴 시간 동안 막혀 있으면 변하는 것이 있다. 남북이 막힌 채로 어마어마한 시간이 지나면 많이 달라질 것이다. 아태부2세와 아태부3세는 너무나 짧은 시간이라 서로가 달라질 것은 없어 보이나 또 그렇지도 않을 것이다. 똑같은 길을 가게 되지만 느끼는 것은 다를 것이고 무언가 다른 면을 찾을 것이다. 유라시아 대륙으로 가는 길이 막혀 있다. 분명 정상은 아니다. 태평양으로 가는 길이 막혀 있다. 분명 정상이 아니다. 그렇지만 약간씩 빙빙 돌아가면 그런대로 갈 수도 있다. 물길이 가다가 막히면 습지가 생긴다. 엄청난 물을 품는 거대한 무엇이 만들어진다. 남북이 막혀서 무엇이 만들어졌나? 분명히 습지가 만들어진 것이 맞을 것이다. 현실적으론 비무장지대가 만들어졌다. 155마일의 길이에 폭이 남북한 쪽으로 각각 2킬로미터로 합하여 4킬로미터이다. 어마어마하게 폭이 넓은 강이나 다름없다. 전쟁을 막아주는 무엇이 생겼다. 4킬로미터를 넘어서면 무기와 군대가 존재한다. 사람들의 행위로 인해 동식물은 살기가 더 좋아진 지역이다. 부모와 자식 간에 오고가는 길이 막히면 한이 맺힐 것이다. 한국적 정서인 한(恨)이 화병이 될 듯도 하다. 소통이 안 되니 화가 치미는 것이 맞을 것이다. 한(恨)이나 화병이나 그런 것이 습지와 비슷하단 말인가? 갯벌은 온갖 오염원을 정화하는 인간의 간(肝)과 같은 역할처럼 여겨진다. 물길이 막혀 습지가 된 것을 또 인간이 습지를 메우면 그러면 막힌 물은 어디로 가야 하나? 또 다른 습지를 자연 스스로 만들어 낼 것이다. 사람이 먼 길을 가다보면 물길이 가는 것처럼 거대한 습지를 품어야 할 것이다. 아태부2세나 아태부3세가 그들 나름의 어떤 습지를 형성할지 알 수가 없다. 물은 가고 가다가 인도양, 대서양, 태평양에 이른다. 사람들은 가고 가다가 어디에 이를까? 인도양, 대서양, 태평양 같은 것에 이르러야 되지 않나? 고작 화병이나 한(恨)에 이른다면 너무 손해가 심하다. 평생을 걸어 왔건만 물처럼 거대한 것이 되어 있으면 좋으련만 전혀 그렇지 않은 삶일 때 우리는 어떻게 또 적응을 해야 하나? 왜 한반도는 허리가 끊어진 채로 살아야 하나? 늙은 노인이 허리가 꼬부라져 겨우 걸어가는 것은 너무나 안타깝게 보이고 사람의 마지막 모습이 대부분 그런 것에 대하여 분통이 터지기도 한다. 왜 한반도는 노인의 굽은 허리처럼 살아야 될까? 왜 한반도는 먼 길을 돌고 돌아야 되나? 거대한 대하(大河)가 되려는 것인가? 장강(長江)의 물줄기가 되려는 것인가? 꼭 대하(大河)나 장강(長江)이 되어야 하건만 실개천이나 도랑물이 된다면 너무나 한심하지 않나?

빨리 가기 힘들었던 옛날의 과거 길은 한양까지 한 달이나 걸리면서 온갖 것을 구경하고 느끼며 갈 수 있었다. 불과 얼마 전의 서울 길도 4시간이나 5시간에 바깥 풍경을 구경할 것이 그런대로 많았으나 시간이 반으로 줄면서 길은 터널이 많아지고 구경할 들녘이나 산천은 줄어들어 오히려 여행이 덜 즐거운 현상도 생긴다. 지하철 마냥 아무런 풍경도 보이지 않아도 가야 하는 길로 변하는 것이 그리 좋지도 않다. 30분 만에 지하철 같은 현상으로 가게 된다면 한 달이나 걸린 그 많은 보고 듣는 차이를 어떻게 메꾸나? 돌고 돌아 긴 시간을 가는 것도 여행이라면 필요한 부분이기도 하다. 그렇지만 남북한이 돌고 돌아가는 길은 아예 답이 틀린 것이 아닌가 싶다. 아태부3세는 삼천 년의 먼 길을 돌아갈지 곧바로 갈지 알 수 없지만 정말로 멀고 긴 길이다. 사람은 죽는 날까지 심장이 멎지 않는다. 놀라운 심장이다. 사람의 심장처럼 먼 길을 틀림없이 쉬지 않고 갈 수 없는 인생에서 그 먼 길은 심장이 하는 일처럼 정확하지는 않을 것이다. 이리저리 뒤틀리고 모순이 가득한 길이 아닐까? 대체적으론 올바른 길이지만 굴곡이 심한 길이라 여겨진다. 물이 흘러가는 물길처럼 복잡할 것이다. 하늘의 비행기나 바다의 배는 가능한 한 직선적인 길을 잘 살펴서 갈 것이다. 태산준령의 차마고도 같은 길도 사람이 만들어낸 길이다. 차(茶)와 말(馬)이 교환되는 문명의 길이다. 아태부3세와 아태부2세의 길에서는 무엇이 교환되나? 페루에서 한국으로 온 여성이 한국인 남편과 결혼하여 살다가 17년 만에 고향 페루를 방문하는 것은 무척 긴 시간이 걸린다. 참으로 긴 시간이다. 길을 만들어 내는 인간의 능력은 놀랍기도 하다. 60년이나 길이 있건만 갈 수 없다니 한심한 인간의 능력이기도 하다. 지구상의 국경선 중에서 가장 통행이 안 되는 이상스런 현상이다. 사람이 직접 가기 어려운 곳은 간접적인 방법이나 다른 수단을 통해 가보려고 한다. 유대인이 포로로 끌려가서 보게 되는 바벨탑은 너무나 앞서 있는 문명임에 놀라게 된다. 타의에 의해 보게 되지만 다른 세계를 경험하게도 된다. 성경의 바벨탑은 실제로 있었던 탑임이 확인이 된 지금이다. 먼 길을 가다보면 놀라운 것들이 많이 보일 것이다. 비무장지대는 사람이 없으므로 가장 무장이 되지 않은 지구상에서 가장 평화로운 곳이기도 하다. 사람이 살지도 않고 사람이 무기를 가지지 않아서 가장 동식물에게 좋다니 사람은 동식물에게 적이란 것인가? 불과 폭이 4킬로미터이지만 사람이 없는 지역이다. 만주에서 일어나 청을 세운 사람들은 자신의 고향인 만주 땅을 사람이 살지 못하게 만들었다. 아예, 비워 버린 것이다. 엄청나게 넓은 땅을 그대로 묵혔다. 지금의 시각으론 인구가 많아 불가능한 일이건만 얼만 전의 역사에서 가능하게 일어난 일이다. 방사능으로 오염이 되면 거대한 땅을 비워두어야 한다. 동식물도 사람처럼 땅을 비워두는 방식이 존재하는 지 알 순 없지만 인간은 어마어마한 땅도 비워두는 방법을 사용하기도 한다. 거대도시의 한복판에 녹색지대를 비워둘 수도 있다. 전혀 불가능한 일은 아니다. 사실, 거대도시일수록 비워두어야 할 녹지가 절대적으로 필요하다. 사람의 신체기관 중에서 허파를 빼놓을 수 없다. 인공으로 만든 이산화탄소 나무가 이산화탄소를 빨아들여 허파의 역할을 할 수도 있으나 자연녹지가 거대도시에서 허파가 되면 더 좋은 현상이다. 사람들은 자연이 좋다고 하지만 자꾸만 도시에 몰려든다. 먼 길을 여행하는 것이 좋다고 하면서 집에서 가만히 편안하게 있는 것이 더 좋다고도 한다. 너무 한 곳에 오래 있어도 다른 곳을 가보고 싶기도 하다. 여행 중에 가장 지루한 여행은 우주여행일 것이다. 긴 시간 동안 똑같은 풍경만 끝없이 보일 것이기 때문이다. 대륙이나 대양을 횡단이나 종단하는 여행은 경치가 아기자기하지 않고 한 가지로 오래오래 보이는 지루한 면이 있다. 사막을 횡단하는 일도 끝이 보이지 않아 겁이 덜컥 나는 일이기도 하다. 먼 길이 고통스러우면 빨리 가고 싶고, 즐겁고 편안하면 오래 가고 싶을 것이다. 여행이 어떤 면에서는 고통과 즐거움이 섞여 있는 것이기도 하다.

열 살의 조무래기들이 모여 있다. 열 살의 천사와 선녀들이 모여 있다. 열 살의 말썽꾸러기들이 학교에 모여 있다. 일곱 살이나 여섯 살이면 더하기 빼기도 매우 힘들어 한다. 아홉 살이라도 22.5킬로그램을 225킬로그램이라고 우기고 점의 개념을 잘 모른다. 천재적인 사람은 어린이라도 미적분도 알겠지만 극히 극소수의 경우이다. 아태부3세도 미적분을 아는 열 살이 아니고 보통의 아이일 것이다. 부모들은 자식이 열 살에 미적분을 알면 당황스럽거나 자랑스러울 것이나 그런 일은 거의 일어나지 않는다. 혹시나 제 자식이 그런 천재가 아닐까 한 번은 생각은 해 보았겠지만 매우 확률이 희박하다. 그 반대로 자식이 모자란 아이로 판명이 나도 어쩔 도리가 없다. 숙명으로 받아들이는 부모들이다. 일반적인 경우에 열 살이면 미적분을 하는 천재나 모자라는 자식이라는 것이 거의 드러난다고 볼 수 있다. 아태부3세는 이미 거의 드러나 버린 것이다. 먼 길을 보내던 멀지 않은 길을 보내던 어느 정도의 능력은 어떻다고 누구나 알 수 있는 열 살의 나이이다. 아버지와 어머니는 아태부3세와 열 살의 눈높이로 아들을 대한다. 미성년자이며 혼자 무슨 일을 하기도 어려운 나이다. 정성으로 보살펴주어야 하는 단계이다. 어린이이지만 각각의 특별한 분야에서 상당히 놀라운 재주를 보일 수도 있지만 일반화 할 수 없다. 아태부3세는 어떤 싹이 보이나? 봄이면 나무에서 새싹이 돋는다. 가을에 대부분 잎을 떨구고 추운 겨울을 지나 나무는 봄에 잎을 피우려 준비를 한다. 여름에 무성한 자태를 뽐내기 위해 한 치의 오차도 없이 자연의 질서에 따른다. 사람도 자연의 일부라면 어린 시절에 싹을 틔워 활짝 핀 장년에 멋진 인생의 사람이 될 것이다. 수 천 년을 살아가는 나무처럼 거대한 낙락장송의 시초가 지금일 것이다. 높이 수십 미터나 일백 미터의 나무는 사람을 놀라게 한다. 사람도 나무와 같이 그렇게 보이면 좋겠지만 외형은 그렇게 보이지 않는다. 사람은 내면의 힘을 본다던지 일생의 자취를 통해 알게 된다. 어린 시절을 같이 보낸 사람들은 어떤 사람이 장

년에 많은 업적을 쌓아도 그 업적이 대단하게 덜 느껴진다고 한다. 어린 시절의 미숙함이 머릿속에 남아 있기 때문이다. 완전한 타인이 볼 때 더 객관적으로 업적을 평가한다고 한다. 너무 가까이서 보는 것도 사람의 판단력을 흐리게 하는 요소로 작용하는가 보다. 아주 가까이서 보는 사람은 업적을 남기는 사람의 일을 할 수 있지 않을까? 그런 정도로까지 쉬워 보일 수도 있다. 노벨상 수상자들도 노벨상을 받은 사람 밑에서 수련을 받은 경우가 가장 많이 노벨상을 타게 된다고 한다. 노벨상을 받은 노하우가 전수되는 이유 때문인지 그렇다고 한다. 열 살이면 연장자의 행동을 모방하는 단계일 것이다. 그렇지만 문제인 것이 노벨상을 받은 사람 밑에서 수련을 받을 수 있을 만큼의 기초적 실력이 있는가도 문제일 것이다. 아태부3세를 먼 길에 보낸 것은 은연중에 이런 의도가 내포된 것이라 볼 수 있다. 의식적으로 하는 일에 무의적이 들어 있고, 무의식적으로 하는 일에 의식이 들어 있다. 아태부2세는 아태부3세가 피울 열매를 보지 못하고 먼저 저 세상으로 갈 확률이 높다. 어떤 열매가 열릴지 전혀 알 수가 없다. 보지 못하고 향기 맞지 못하고 맛보지 못하지만 그 열매가 달리도록 그 기초를 지탱해주고 응원해 주어야 한다. 그래서 먼 길을 가는 것이다. 먼 길에서 아득히 먼 훗날을 그려보는 것이다. 먼 먼 훗날은 먼 먼 옛날이 있었기에 오는 것이다. 낙락장송은 먼 먼 옛날에 좁쌀처럼 작은 씨앗이 있었으므로 지금에 낙락장송이 된 것이다.

아태부3세의 가족은 만났다. 그냥 기쁘고 눈물이 난다. 즐거운 일이라 눈물이 나지 않아야 하지만 어린 자식으로 인해 가슴이 찡하기 때문이다. 가까이서 보살피지 못하는 마음으로 인해서다. 사랑이 너무 심해 오히려 자식이 잘못될 여지는 약간 줄어든 면이 있기는 하다. 식물도 적당량의 물과 비료를 공급하면 되는데 너무 많은 물과 비료는 식물을 망칠 수도 있다. 부자나라 미국은 많은 사람이 비만으로 골머리가 아프다. 아태부3세의 여동생은 새로운 세상을 스펀지보다 더 잘 빨아들인다. 무의식적으로 받아들인 모든 여행의 정보들이 평생을 사는 동안 순간적으로 표출되어 이용되어질 것이다. 지금의 여행은 어느 정도 구체적이고 여유로운 과정의 여행이다. 한국인들은 여행을 떠나면 차로 이동거리를 많이 쌓는 형식을 대부분 취하고 편안히 꼼꼼하게 여행을 즐기지 못하는 경향이 강하다고 한다. 쉬고자 하는 여행을 일하는 것보다 더 빡빡하고 스피드 경기를 하듯이 치르는 특이한 사람들이 한국인들이기도 하다. 정말로 마음대로 여행을 하려면 아예, 지도조차 없이 느릿느릿 하는 여행이 여행이지 않을까? 종교적 목적으로 오체투지를 하면서 너무도 긴 시간을 성지 순례하는 경우는 느림의 정도를 무한대까지 늘인 여행으로 보이기도 한다. 고행의 길이기도 하다. 삼보일배나 오체투지로 아태부3세가 있는 곳까지 가기란 불가능에 가까운 일이기도 하다. 너무 귀엽고 씩씩한 아태부3세를 만나니 사는 행복이 바로 이것이다 싶다. 행복하게 살아야 하는 것이 인생이다. 스님은 자신을 화두로 몰고 가 '나는 누구인가?'를 성찰하는 과정에서 행복을 느끼고 삶이 행복하다고 한다. 속인의 입장으로는 이해가 쉽지는 않다. 어린이들도 자기의 기준에서 행복을 느낀다. 자식이 행복해야함을 부모들은 너무나 잘 안다. 구체적으로 어떻게 해주어야 하는 지에 대해선 세심한 지혜가 부족한 현실이기도 하다. 식욕, 수면욕, 성욕의 기본적인 욕구를 줄인 상태의 삶인 스님들도 행복하다니 일반인들은 기준을 정하기가 매우 힘들다. 아태부3세는 어떻게 행복을 느끼는 것일까? 열 살의 어린이에게서 성욕이 아직은 일어나지 않을 것이지만 어린이의 욕망도 채워져야 할 것이다. 어린이는 어린이의 마음속에서 살고 있다. 아태부3세의 마음을 아버지나 어머니가 가장 잘 알 겠지만 가장 잘 안다는 것이 역으로 가장 모르는 것이 된다면 낭패가 아닐 수 없다. 주관성은 크지만 객관성은 작기에 그렇다. 교육의 효과처럼 눈으로 잘 드러나지도 않는다. 드러나지 않는 것을 잘 알아내는 것이 가장 좋은 일이지만 만만하지가 않다. 배가 고프고 살기 어려운 시절에는 관심을 기울이지 않던 심리학이나 정신적인 문제가 이제는 오히려 더 주목을 받는다. 정신, 마음, 행복을 관리하기란 너무 추상적이다. 일만 하면서 살아온 힘든 세대는 추억거리가 별로 없다. 아버지와 같이 영화를 보거나 여행을 가거나 즐겁게 논 기억이 나질 않는 것이다. 일만 하면서 행복해지기는 너무 힘들다. 일을 하지 않으면 생존이 힘든 세대에게 행복한 추억을 요구하기에도 무리이긴 하지만 인생이 너무 쓸쓸하다는 것이 아니냐? 아태부3세의 가족은 행복을 쌓아가고 있다. 차곡차곡 쌓아야 한다. 틀림없이 차곡차곡 쌓일 것이다. 행복이 삼천 년을 버티는 나무처럼 굳건하게 쌓인다면 인생의 깊이와 넓이는 너무나 환한 태양이 된다. 궁극적으로 인간이 바라는 세상이다. 실제로 행복해야 하고 행복하지 않다고 해도 억지로라도 행복해야 한다. 사실, 아태부3세나, 아버지, 어머니, 여동생은 지금 행복하다. 행복하면 얼굴에 저절로 그런 모습이 드러난다. 재채기나 방귀처럼 숨길 수가 없다. 아름다운 여인이나 멋있는 남성을 보고 남녀가 무의식으로 반응하는 것을 숨길 수는 없다. 무의식적인 반응을 어떻게 의식적으로 무반응으로 나타내나? 매우 어렵다. 사람이 살아가면서 행복이 무의식으로 나타나는 인생을 살아야 하지 않나? 의식적으로 행복훈련을 하여 행복해지나? 거지도 죽을 때는 가진 것이 조금은 있다고 한다. 아무리 불행한 일생이라도 조금의 행복한 구석은 있을 것이다. 행복은 확대재생산이 되어야 한다. 어떻게 확대재생산을 하나?

아태부2세는 아내인 지구1과의 사이에서 행복의 열매인 자식들을 낳았다. 자손이 번성하는 것이 가정의 행복이고 일반적인 사람들의 기준에선 큰 행복이라 여긴다. 그런데 대가족은 줄어들고 1인 가구가 더 많아지는 세상에 이르니 가족이 많은 것이 행복이라 하기엔 그 답이 달라지는 기괴한 세상으로 가고 있다. 혼자 살아도 행복하여야 하고 가정이 아니라 독신세대인데도 행복한 가정이라 해야 하나? 정의하기가 어색한 상황이 왔다. 무리지어 살던 사람들이 혼자서 사는 방식으로 가고 있으니 혼자서 행복을 찾는 방정식을 잘 풀어야 한다. 무엇이 사람들에게 외로움을 잘 견디게 만들어 주었나? 혼자선 외롭고 혼자선 세상을 대하기기 힘들 것이라 당연히 생각했지만 그렇지 않은 면이 틈새에 존재한다는 것이 아닐까? 하루 종일 붙어 있어야만 좋을 것 같은 부부도 24시간 중에서 잠자는 시간 외에는 붙어 있는 시간이 아닌 경우가 대부분이다. 가족도 시간이 지날수록 서로가 떨어지는 것은 불문가지이지만 혼자 살아가는 것이 이제껏 없던 일이라 좀 놀라는 사람들이다. 사실, 크게 놀라지도 않고 흐름이 흘러가고 있다. 혼자 살 수도 있다는 것이다. 그렇지만 무언가 이상하단 감정은 느껴진다. 교통수단이나 통신수단이 너무나 발달되어 있으니 혼자 있어도 그리 멀리 혼자인 것은 아닌 셈이다. 사이버 공간이나 사이버 오락이나 외로움을 달래주는 인위적인 요소들도 많다. 너무 너무 시간이 많이 지나서 인간이 어떤 식으로든 진화해서 갓난아기 때부터 혼자 살 수 있다면 그런 세상이 좋은 것인지 앞선 것인지 해답이 아리송하다. 가정은 일인 가정이지만 도시는 어마어마하게 거대도시가 되니 도시개념으로는 더 뭉쳐서 사는 것이 아니냐? 가족의 수는 줄어도 거대도시나 거대국가로 가니 혼자가 아닌 것도 같은데 무엇이 무엇인지 잘 모르겠다. 아태부3세는 가정에서 빠졌으니 줄어드는 가족 수이지만 그런 학생들이 많이 모인 학교는 더 집단적이고 개인적이지 않은 것이니 무리 지어 살거나 혼자가 아닌 것이 아니냐? 헷갈리기도 한다. 아태부3세는 집에선 밖으로 나간 혼자이지만 학교는 결코 혼자가 아닌 개념이며 집단의 개념이다. 어린 나이에 아이들을 모아둘수록 개인의 개성이나 전통이 덜 전달되고 집단의 문화가 어린 아이들의 일생을 지배하게 된다. 혼자 살게 되면 가정보다는 도시나 국가나 더 큰 집단의 방식대로 산다고도 볼 수 있다. 가장 개인적이고 싶어서 혼자 살지만 결과는 더 큰 집단의 요구대로 맞추어 살아야 하는 반대의 일이 벌어지는 아이러니이기도 하다. 기러기아빠는 너무나 외롭다. 가족이 십 년 이상 떨어져 살면 가족이라 하기가 적당한지도 의문스럽다. 지구상에 그렇게 많은 사람이 사는 데도 외롭다니 무슨 일일까? 감옥에서도 독방에 갇히면 매우 힘들다. 일인세대가 늘어나는 것은 독방을 선호한다는 것인지 독방이 나쁘지 않다는 것인지 세상이 변한다는 것인지 어쨌든 희한한 현상이 일어나고 있다. 사람들은 드러내놓고 싶은 것도 있지만 감추고 싶은 것도 있다. 혼자의 공간에서 감추고 지내고 싶다. 거대도시일수록 익명성은 더 강하고 숨기는 더 좋다. 유명인이 아닌 대부분의 사람들은 저절로 숨겨진 채로 살아간다. 혼자 살면 숨기가 쉬운 것인가? 가까운 가족이 숨어 지내게 되면 이별이라는 아픔이 생긴다. 이별은 두렵기도 하지만 피치 못할 사정에서는 이별이 일어난다. 생이별을 가장 심하게 당한 사람들이 한반도 사람들이다. 그러면 술을 많이 마시게 되나? 생이별은 가슴을 짓누르는 일이다. 한반도는 왜 생이별을 당해야 하는가? 뭔가 잘못된 것이다. 아태부2세는 감히 아태부3세와의 생이별을 생각조차 할 수 없다. 있을 수 없는 일이다. 삼천 년의 일생에서 생이별은 일어나지 않는다. 정말 일어나지 않는다. 행복의 길에서 그런 일이 일어나서는 안 되지만 그런 일이 일어나면 불행이란 말인가? 아태부3세가 혼자서 삼천 년을 살아간다면 불행이라 해야 하나? 어떻게 삼천 년을 혼자 살아갈 수 있을까? 일어나기가 매우 힘들지 않을까?

아태부3세는 잘 자라고 있다. 부모들은 적당량의 사랑으로 조절을 잘 하는 지금이다. 종교적인 사랑은 무한대이지만 사랑을 하는 데에 완급조절이 필요함은 인간이 지닌 한계성이 그렇게 만들지 않나? 의문이 들기도 한다. 세상만사가 우연히 일어나고 한 남자와 한 여자가 만나는 것도 매우 우연하고 불확실한 만남이다. 자식이 생기면 꽤 오랜 시간을 남녀가 같이 살게 된다. 남녀가 해로하는 길에 낳은 자식이 그 증거로서 두 사람의 일생을 붙들어 맨다. 아태부3세와 동생들은 아태부2세와 지구1을 연결하는 가장 중요한 요소이다. 아무리 먼 길이고 힘든 시련도 견뎌낼 이유이기도 하다. 부모가 정말로 각자의 길로 가고 어린 자식들이 가정의 보금자리를 가져보지 못하게 된다면 그리 아름다운 인생의 길은 아니다. 지금은 행복한 나날이 분명하다. 바다는 일 년 내내 잠잠할 수 없다. 바다와 인생이 똑같진 않아도 아태부2세의 가정에도 파도가 거센 날이 있을 것이다. 어부는 바다가 잔잔하지 않으면 고기를 잡을 수 없다. 사람도 일생이 잔잔하다면 결과물이 많아지나? 답이 정확하지는 않다. 부모의 입장에서는 자식의 성장과정이 잔잔한 파도이기를 원한다. 그렇지만 사람의 내면세계나 욕망의 덩어리인 성욕의 영역은 예측불허의 일들이 생기기 쉽다. 아태부2세는 아들의 미래를 잔잔한 바다로 가게 만들어 낼 수 있나? 쉽지 않은 일이다. 부모의 역할이 물론 크겠지만 완벽할 수는 없다. 시도 때도 없이 발동하는 성욕처럼 중구난방으로 펼쳐질 나날이 하루 이틀이 아닐 것이다. 폭풍이 심한 성장기일수록 부모의 마음은 늘 불안할 것이다.

이래저래 먼 길을 돌아가는 아태부3세가 될 것이 너무나 잘 드러난다. 그 먼 길을 돌아가면서 지금 보내는 만남의 소중한 시간들은 일생 동안 늘 좋은 추억거리가 되어 아름다운 그림으로 선보일 것이다. 자장면 한 그릇의 추억이나 학교운동회의 작은 기억들이 결국은 보통 사람들의 일생의 행복한 시간들이다. 어린 시절 공부한 기억은 없고 소풍이나 즐겁게 논 기억이 먼 훗날 떠오르기 때문이다. 그 멋진 기억의 먼 옛날에 아버지나 어머니가 들어가야 한다는 것이 아니냐? 일인세대는 아예, 가족과의 기억들이 만들어지지 않는 미래가 된다. 그림이 이상하게 그려지는 것이 틀림없어 보이나 꼭 틀린 그림이라고 못 박을 수도 없는 애매함이 들어 있다. 그러면 지하국가5는 21세기인가? 아닌가? 시간구분은 분명치가 않다. 젊은 아태부2세는 먼 길을 돌아 아들을 찾아오는 길이 피곤하지만 그래도 지구1과의 밤 시간은 성욕이 솟구치는 것이 행복한 여행이다. 전기 스파크처럼 불현 듯 일어나는 괴물은 설명이 잘 안 된다. 스스로 조절하는 힘이 부족하다. 정확성이나 올바름보다는 무계획적이거나 충동이나 우연이나 잠재의식 같은 영역이다. 아들을 찾아온 이성적 영역이 분명 존재하지만 그 시간에도 몸이 덜 피곤하면 성욕이 발동되고 그러면 지구1과의 성의 향연은 일어나는 일이다. 먼 길을 아들을 찾아오는 아버지이만 아직은 매우 젊은 정력가이기도 하다. 식욕이나 수면욕이나 성욕은 통제가 안 되는 영역이다. 가정을 가진 사람은 부부간에 성욕이 해결되는 경향이 있지만 일인세대는 어떤 방식으로 성욕을 해결하나? 일인세대이지만 해결을 하지 않을 수 없는 부분이 아닌가? 결혼은 아니지만 남녀가 성욕을 해결하기 위해 어떤 시도를 한다고 보면 완전한 혼자는 아니기도 해 보인다. 기본적인 욕망을 충족시키기 위해 움직이지 않는 사람은 없을 것이다. 충족이 되지 않으면 꽤 심각한 일이 아닐 수 없다. 먼 길을 움직이는 것도 행복해지고 싶고 욕망을 채우고 싶어서 하는 일일 것이다. 자식을 만나는 일이 기본적인 인륜이라지만 마음의 행복을 위한 것일 것이다. 아들이 있어 먼 길이 멀지 않게 된다. 사랑이 있어 먼 길이 고달프지 않고 아름답게 된다. 먼 길에 아내가 있어 몸도 흡족하다. 정신도 행복이 좋은 것이고 육체도 행복이 좋은 것이다.

가족소풍을 계획한다. 아태부3세가 잘 알고 잘 놀 수 있는 그의 거처 근처에서 즐거운 시간을 보내려는 것이다. 야외나 실내나 어디건 상관없으나 야외의 경치를 구경하면서 맑은 공기를 마시는 편이 나을 것 같아 그렇게 한다. 귀여운 딸이 기쁨에 겨워하는 모습은 너무나 흡족하다. 외동딸을 위해 번 수입의 삼분의 이 이상을 유학한 곳에 송금하는 부모처럼 모든 것을 주고 싶은 것이 아태부2세 부부이다. 무엇을 줄 수 있는 사랑의 대상이 있다는 것도 행복이다. 일인세대는 무엇을 줄 대상도 분명하지 않고 스스로의 선택으로 줄 대상을 찾아야 한다. 아태부2세는 자식이 많아질수록 가진 것을 쪼개어 줄 수 있을 뿐이다. 가진 것이 전혀 없어서 줄 수 없거나 줄 수 있는 것이 풍족한 사람도 한없이 더 주고 싶을 것이다. 물질이 없으면 마음으로 정한수(井寒水)를 떠놓고 하늘에 빌고 비는 한국의 옛 부모들이었다. 새벽 일찍 일어나 정성으로 길은 물을 제물로 하늘에 정성을 바친다. 간절한 소원을 하늘이 응답해 줄 것이라 믿어보는 사람이다. 하늘이 응답을 해주지 않아도 사람이 할 수 있는 모든 노력은 한다. 하늘이 원망스럽게 여겨지는 사람들도 살아가는 세상이다. 대부분의 사람들이 극한으로 내몰리지는 않지만 사람이 견뎌내기 어려운 극한의 어려움도 일생을 살아가면서 당하게 되는 것이 사람들이다. 동물이나 가축은 사람들에게 무차별로 살육을 당한다. 자연적인 일인데 불가에서는 문제로 삼기도 하고 대체적으로 문제로 취급하지 않는 경향도 강하다. 사람이 사람보다 상위의 무엇에 가축처럼 취급을 받는다면 하늘이 있다는 것인가? 없다는 것인가? 가축에게는 하늘이 없다는 것인가? 즐겁고 행복한 오늘 합당한 주제가 아니지만 불쑥 생각이 난다는 것이다. 소풍은 즐겁다. 처음부터 마음이 흡족한 상태로 출발하는 일이니 그렇다. 물질이 부족하고 가는 길이 고달프더라도 소풍 가는 자체로 행복한 시간이다. 행복이 만들어진다. 사랑이 익어간다. 봄에 꽃 핀 사과 꽃이 가을이면 빨갛게 익어 사과향기가 온 동네를 진동하는 가을이면 풍요로운 수확과 맛있는 사과가 사람들은 즐겁게 해준다. 십리나 이십 리에 걸친 사과의 익은 향기는 코끝을 자극한다. 강력한 인상으로 남겨지는 풍경이다. 수많은 사람들이 모인 마라토너들 중에서 파란 눈의 금발의 늘씬한 여인의 모습이 섬광처럼 뇌리에 새겨지고 무의식 속에 기록된다. 아태부3세의 가족들이 보내는 소풍은 삼천 년 동안 잠재의식 속에 저장되고 행복의 호르몬이 살아 있는 세월 동안 작동한다는 것이 아니냐? 풍경이 멋지다. 달리는 축제가 멋지다. 팔등신의 여인이 아름답다. 이름이 뭐냐? 자신의 고향에서 보지 못하던 풍경이나 나무, 식물, 건물 모든 것들은 더 강하게 사람들은 자극시킨다. 다른 것이 더 강하게 사람을 느끼게 만들다니 왜 그런가? 허허벌판의 매우 넓은 땅에 도시를 만든다. 가장 먼저 학교를 지어 놓는다. 아태부3세의 또래들이 모인 학교도 가장 먼저 지어진 것일까? 사람들은 학교를 가장 먼저 세운다. 왜 그러는 것일까? 수백 개의 대학 건물 중에 왜 인문관에 들어가서 노벨상 수상자가 연설을 하는가? 의문을 품는 사람도 있다. 우연일까? 우연일 것 같으나 우연이 아닌 듯도 하다. 유대인들이 노벨상을 많이 받는 것은 우연이 아니다. 학교를 가장 먼저 짓는 사람들도 무슨 생각이 있는 듯하다. 돈만 무지막지하게 많이 들어가고 결과물은 언제

도출될지 감감한데도 학교가 먼저 세워진다. 저수지도 이미 먼저 만들어 놓는다. 저수지는 앞선 세대가 만들어 놓은 것이다. 먼저 해야 하는 일이 있다는 증거이다. 사람은 가장 먼저 기초적인 욕구가 채워져야 한다. 급한 것부터 먼저 하지 않을 수 없다. 아태부3세에는 가족소풍이 매우 다급한 일임이 드러나기도 한다. 그러니 그렇게 먼 길을 돌아 자식을 만나러 온 것이다.

아태부3세의 가족이 소풍을 나온 그 장소에는 다른 소녀나 소년들의 가족도 역시 즐거운 소풍을 즐기고 있다. 한 소녀의 가족도 모습이 비슷한 장면을 연출하고 있다. 마냥 행복한 한 소녀이다. 어린 소녀의 아름다운 꿈은 무엇일까? 아직 꿈이 영글지 않아 사실 무엇인지도 잘 모른다고 추정해 볼 수도 있다. 꿈의 싹이 돋아나거나 내면의 꿈이 생겨 있을 수도 있다. 가느린 소녀의 꿈이 실현되는 날은 언젠가 올 것이다. 놀라운 능력을 지닌 한 소녀가 마지막 순간 사흘 전에 손자가 던진 밥상에 가슴팍을 맞고는 숨을 거둔다면 참으로 슬픈 느낌이기도 하다. 삼천 년 후에 일어날지? 일백 년이 안 되는 한 평생에 일어날지? 안 일어나야 하는 그림이기도 하다. 인수대비는 둘째 아들을 성종으로 앉히고 손자인 연산을 군왕으로 앉혔지만 손자의 불손하기 짝이 없는 행패로 마지막을 마감했다. 예쁜 소녀가 할머니가 된다. 멀고 먼 길을 돌아서 할머니가 된다. 아무리 착한 소녀라도 늙은 할머니가 거동을 하지 못하고 어린이의 능력으로 할머니를 돌보다가 도저히 감당할 수 없어 집을 나간 후에 할머니는 아사하게 된다면 소녀의 잘못은 아닐 것이다. 아름다운 소녀가 할머니가 되었건만 아사하거나 손자의 행패로 일생의 마지막을 장식하는 것은 몹시 슬픈 그림이다. 아태부3세의 소풍에서 만난 어떤 소녀의 일생은 아름답다고 생각한다. 그러나 그렇지 않아도 어쩔 수는 없다. 노화는 다리에서 먼저 오고 걸을 수 없고 움직이지 못하면 사람은 저 세상으로 한 발 다가선다. 살기 위해서는 무슨 일이 있어도 걸어야 한다. 아태부3세나 소녀도 삼천 년을 걸어야 한다. 그 걸어가는 길에 소풍가는 길은 매우 좋은 걸음이다. 어린이와 같이 가는 길은 어른들이 어린이의 발걸음에 속도를 맞춰준다. 상당히 느리게 걸어야 한다. 할머니나 할아버지가 되면 이런 어린이의 발걸음도 힘이 들기도 한다. 행복한 걸음걸음이다. 행복한 소풍에 소년과 소녀들은 주인공이다. 한 나라의 출산율이 떨어지는 일은 미래가 우울해지는 시초로 간주할 수 있다. 어린이가 보이지 않는 세상은 세상이 연속되지 않는다는 무서움이기도 하다. 날씨가 좋은 날에 가족이 산천이 좋은 곳을 돌아다니는 것이 소풍이고 즐거움이다. 간단한 것 같은데도 간단치가 않음이 고민이다. 아버지의 노동시간이 많이 줄어야 가능한 사항이니 말이다. 일주일에 소풍을 사흘씩이나 갈 수 있다면 매우 행복한 세상이냐? 일차적으론 그렇게 느껴진다. 그러면 아버지는 일주일에 사흘 이상을 일하지 않는 세상이어야 가능한 구조이다. 21세기에선 힘들다고 해도 22세기나 23세기에는 오는 세상일 수도 있다. 앞당기려고 사람들은 노력할 것이다. 의식주가 완벽하게 제공되는 구조라면 매일 소풍을 다녀도 살 수 있는 이상한 인류가 된다. 날씨는 매일매일 좋지는 않다. 인공의 기후로 살아가는 지하국가5에서는 매일매일 소풍을 갈 수 있을 만큼 날씨는 좋다. 사람의 감정이 매일 매일을 소풍만 다닐 수 있을 만큼 즐거움의 연속에 적응을 할 수 있을까? 궁금증이 일기도 한다. 가족소풍을 가야 하는 것이 가족의 동반자살로 이어지는 불행한 일들도 일어난다. 원치 않는 세상의 그림도 행복한 세상 속에 섞여 있다. 소년과 소녀에게는 슬픔이 없는 세상이 정답이라는 것을 우리는 너무나 잘 알고 있다. 일주일에 이틀만 일하고 나흘은 소풍만 갈 수 있는 세상을 만들려고 노력한다면 올 수 있는 세상일 수도 있음을 우리는 감지하는 사람들이다. 참으로 좋은 세상이 아닌가? 아버지가 가족소풍에 참가하는 것을 강제로 강요할 순 없어도 참가한 정황이 포착되는 비디오나 여러 증거자료를 통해 회당 월급에서 얼마를 보너스 성격으로 더 준다면 어떤 일이 일어나나? 그러면 혼자인 사람은 상응한 프로그램을 시행한다면 놀러 다니는 일이 매우 빈번해 질 것이고 혼자서도 소풍을 다니는 많은 사람들이 생겨날 지도 모르겠다. 일인으로 이루어진 가정이던 다인으로 이루어진 가정이던 소풍이 많은 것은 삶의 활기가 대단한 것이다. 많은 사람이 소풍을 나와 모인 곳은 즐거움의 기가 대단히 모인 아주 좋은 곳이다. 산천경개가 좋으면 사람은 행복하다. 행복한 사람이 그곳에 많이 모이면 더 행복하다. 아태부3세는 할아버지에게나 할머니에게 밥상을 던지지는 않을 것이다. 그런 일은 없을 것이다. 거의 일어나지 않는 일이니 말이다. 좀 의문스럽기도 하지만 역사적 사실이니 그러려니 한다. 북한에서는 어릴 때 늘 남한에서 한국전쟁을 먼저 일으켰다고 교육을 받는다. 대학생이 되어서 의문이 생긴다. 삼일 만에 서울을 해방했다고 한다. 일요일인데 남쪽 군인들이 파티를 열고 대비를 안 했다고 한다. 약간 이상한 느낌이 든다. 연산군이 그렇게 나쁜 사람일까? 소풍을 나온 날의 부모들은 한 사람도 나쁜 사람이 없다. 가족소풍을 나온 날 부모들이 엉뚱한 사건을 터지게 하지 않는다. 세상에서 가장 평화스러운 날이다. 소풍이 많아지면 세상은 평화롭다. 평화로운 날에도 늘 언론의 보도나 내용들은 이 세상이 끝날 듯이 잘못으로 가득한 것이 많다고 난리다. 나쁜 일은 전혀 사람들에게 알리지 않는 나라가 더 살기가 좋지 않은 곳이란 것도 참 야릇한 일이다. 좋은 일만 가득하다고 하는데 그렇지 않고, 나쁜 일만 가득하다고 하는데 실은 더 좋은 곳이고,

그러면 숨기는 것이 없는 비판이 자유로운 것이 더 밝은 세상이 아니냐? 행복하게 소풍을 즐기고 있는 지금 어떤 비판적이고 부정적인 면을 찾아야 한단 말인가? 소풍을 나오지 못한 동료들이나 즐거운 소풍이지만 소풍의 역효과적인 면을 알아내야 한단 것인가? 소풍을 못 나온 동료나 상황들은 대책이 어느 정도 가능해 보이지만 소풍의 역효과까지 알아내기란 쉽지도 않다. 가족이 소풍을 잘 다녀왔는데 굳이 역효과가 있나? 너무나 당연한 것을 의심해본다. 지구는 둥글다. 지금은 당연한 사실이지만 아메리카 대륙이 발견되기 전 까진 지구는 네모가 난 곳이었다. 소풍이 좋은 것이 아니다. 가족소풍은 역효과가 있다. 궤변을 늘어놓는 일 같으나 생각들은 해 볼 수 있다. 북한의 대학생들은 어린 시절 받은 잘못된 교육이 긴 시간이 지나서야 의문이 생기는 것이다. 공격하는 쪽이 먼저 땅을 점령하는 것이 아니라 준비가 안 된 쪽이 적국의 땅을 먼저 점령하는 모순되는 일을 느끼게 된다는 것이 아니냐? 공격하는 쪽이 일요일에 파티를 연다니 과연 그런가? 상식적인 의문이 드는데 긴 시간이 걸린다. 사흘 밤낮을 쉬지 않고 일하거나 공부하거나 노는 일이 매우 어려운 일이다. 사흘 만에 전쟁 상황에서 적국의 수도를 점령한다. 공격하는 쪽에서도 매우 어려운 일이고 방어하는 쪽은 더 더욱 어려운 일이다. 초등학생은 쉽게 감지를 못하는 것이다. 대학생이 되어서야 겨우 힘들 것이고 이상한 감을 잡는 것이다. 아무리 경우가 다르지만 가족소풍의 나쁜 점은 발견하기가 쉽지 않다. 경험이 많아지고 공부를 하다보면 잘못된 것들이 알게 모르게 보여 진다는 것이다. 그러면 일인세대가 많아지는 것은 가족의 형태가 내재적으로 약간 잘못된 면이 있기에 그렇게 세상이 변해간다는 것이란 말인가? 머리가 복잡해진다. 일인세대가 많아지면 가족소풍이 줄어들고 가족소풍이 혼자서 돌아다니는 소풍보다 별로라는 것이 되는데 이런 경향이 맞단 것인지 많이 따져보아야 하나? 그러면 열 살짜리 아이들이 혼자서 돌아다니는 소풍이 더 맞단 말인지 답이 이상해진다. 혼자 다니는 것도 소풍이란 말이 성립되나? 혼자서 일으키는 폭력이나 살인사건은 매우 피해가 작지만 국가라고 만들어진 후에 일어나는 전쟁은 상상 이상의 불행을 사람들에게 몰고 온다. 일인세대가 많아져서 국가개념이 희박해지면 대규모의 전쟁이나 비극이 줄어들까? 꽃제비들의 세계에서는 혼자인 경우는 대부분 죽게 되지만 무리지은 꽃제비들은 잘 죽지 않는다고 한다. 이런 경우엔 혼자보다는 무리가 생존에 유리하지만 국가 간의 전쟁은 더 크고 힘센 나라가 유리하겠지만 혼자인 꽃제비 같아야 인류에게는 덕이 되나? 소풍은 가족 간의 결합력을 강하게 해주는 요소이다. 가장 결속력이 강한 것이 가족이라고 한다. 일인세대는 가족이 혼자이니 결속력 자체가 없다. 그러면 그 결속력이랄까? 가족의 연대감을 어디로 나타낼까? 혼자인 꽃제비는 적응력이 약하나 무리인 꽃제비는 가족의 형태로 변신이 된 경우라 볼 수 있다. 군대의 분대 단위 같은 것으로 변한 것이라고도 볼 수 있다. 코끼리 새끼도 무리에서 떨어지면 죽게 된다고 한다. 아태부3세 같은 어린이들도 무리에서 분리되면 생존이 위태롭고 죽게 될 것이다. 운이 좋아 무리지은 꽃제비의 형태로 이어지면 생존력이 커질 것이다. 가족소풍은 여러 가지로 유리한 측면이 나타난다고 볼 수 있는데 어디에서 유리하지 않은 면을 찾아낸단 말인가? 지진이나 극한의 상황에서 부모가 자식을 살리기 위해 대부분 희생을 택하고 어린 생명을 살려 낸다. 인간의 감동적인 모습이다. 그러나 나치의 유대인 수용소에서 행하는 독일인의 행태는 노동력이 우수한 젊은 남자를 이용하고 어린이나 노약자는 먼저 죽여 버렸다. 나치의 방식이 자연적인 경우라고 강변한다면 노동력이 더 나은 부모가 살고 어린이는 죽는 것이 맞단 것이 아니냐?

나치는 유대인을 사람으로 보지 않고 가축으로 본 정도랄까? 사람의 잔인성이 놀라울 뿐이다. 맹수가 먹이를 사냥하는 것보다 더 가혹하지 않나? 소풍을 나온 날에 꽃제비도 소풍을 나올 수 있지 않나? 가족소풍을 나온 날에 혼자인 꽃제비도 무리 지은 꽃제비도 소풍을 나올 수 있지 않나? 교도소에 있다면 소풍을 나오기가 어렵다. 유대인 수용소에 갇혀 있다면 소풍을 나오기가 어렵다. 교도소나 유대인 수용소에서 소풍을 어떻게 갈 수 있을까? 혼자든 가족소풍이든 어떤 행태로 갈 수 있나? 현실적으론 불가능해도 상상으론 가능하다. 그러면 상상으로 가능한 소풍이 현실적으로 가능하게 만드는 방법은 어떤 것이 있나? 소풍을 갈 수 있는 능력이 없는 많은 사람들이 있다는 점이 매우 우울하다. 너무 쉬워 보이는 일이 벽에 부딪히는 느낌이다. 신문을 읽기는 쉽다. 신문 읽기가 어려운 사람도 많다. 신문을 만들어 보라면 더 어려워진다. 소풍이 불가능한 사람들을 소풍이 가능하게 접근시켜야 하는 일이 일어난다. 소풍가기가 그렇게 어렵나?

　　소풍가기가 쉽지 않다. 가족소풍가기가 쉽지 않다. 혼자 소풍가기는 더욱 이상하고 쉽지 않다. 여건상 소풍이 너무 어려운 사람들도 있다. 굶주리고 있는 사람에게 소풍은 사치일 수도 있다. 갇힌 상태의 사람들은 소풍 자체가 불가능하다. 소풍을 가자고하면 고통스런 상황이 발생하는 점에서 소풍은 역효과가 분명하다. 소풍이 부담스러운 정도를 넘어서서 고통이 될 정도라면 이런 사람들의 하루하루를 바꾸어 주어야 하건만 몹시 힘든 영역이다. 해결이 난감하단 것이 아니냐? 가장 기본적인 것들도 충족되지 못하는 사람들에게 소풍은 그림의 떡이다. 찾다보니 소풍이 틀린 경우들이 어색하게 드러나게도 된다. 중환자나 기력이 너무 쇠한 노인이나 영유아들도 소풍이 어렵다. 소풍은 어느 정도 건강한 경우나 아무런 제약이 없는 사람들에게는 전혀 문젯거리가 안 된다. 소풍을 갈 수 없는 사람들에게 소풍을 갈 수 있게 만드는 것이 훌륭한 세상임이 분명하나 방법이 어떻게 고안되나? 맹인들을 위해 인도에는 점자보도나 신호등에는 종소리를 설치해둔다. 교도소나 군대나 유태인 수용소나 정치범 수용소에도 소풍이 가능한 어떤 방법이 없나? 중환자나 영유아에게도 어떤 방법으로 소풍을 보내주나? 소풍을 갈 수 없는 기아선상의 사람들에게 소풍을 가게 만드는 방법은 없나? 자유가 억압되지 않고 배고픔이나 절대빈곤이 없어야 소풍이 가능하다. 자유가 억압되지 않고 배고픔이나 절대빈곤이 없단 것은 매우 어려운 일임이 분명하다. 어렵기 때문에 문제를 풀어야 한다. 쉬운 일이면 문제가 아니다. 소풍의 역효과를 찾아보니 소풍이 이렇게도 어려운 일이란 것이 새삼 놀랍다. 소풍을 못 가는 너무나 힘든 사람들과 매일 소풍을 가는 너무나 행복한 사람들도 서로가 잘 몰랐던 부분이기도 하다. 소풍이 그렇게 중요하나? 사실, 어린이에게는 매우 중요한 부분이라 여겨진다. 초등학생들에게 소풍이 빠지면 그 시절의 기억은 아무 것도 없는 것과 흡사하다. 결혼적령기의 남녀가 결혼을 하지 못한 것처럼 이상할 것이다. 일반적인 가족도 가족소풍이나 가족나들이가 한 번도 없다면 정말로 답답한 일이 아닐 수 없다. 학교 문 앞에도 가보지 못한 경우에는 소풍 자체가 일생에서 없다. 정말로 가보고 싶었던 소풍이었지 않나? 어떻게 느껴지나? 양반만이 교육을 받던 옛날에는 소풍이 거의 없었단 말인가? 그러면 수 천 년을 소풍도 없이 살아왔단 말인가? 학교를 매개로 하지 않은 소풍도 있지 않았을까? 20세기는 대부분이 학교를 매개로 하여 소풍이 존재했다. 고달픈 부모들은 소풍준비도 힘든 일이기도 했다. 20세기 전에는 소풍도 거의 없고 특권층인 양반 자제만이 누릴 수 있었단 점이 약간 드러나기도 한다.

소풍이 그렇게 힘든 것이었단 말인가? 여가, 레저란 개념이 나타난 것도 극히 최근의 일이다. 소풍이 쉬운 것이 아니었다는 것이 점점 더 드러난다. 없는 살림에 제사를 지내기가 너무 힘에 벅차듯이 소풍도 부모의 입장에서는 제사만큼은 아니라도 부담이 되는 일이었음이 틀림없다. 수입이 수 십 년이 없는 사람의 입장으로는 제사상에 찬물 한 그릇만 올릴 형편이어서 실제로 그렇게 하려 하지만 주위의 가족들이 수 십 년을 그렇게 못하게 만들어 버린다. 소풍이 정말로 가기 힘들어서 포기하는 사람들에게도 주위의 가족들처럼 많은 사람들이 소풍을 가게 만들어 버리면 소풍을 가게 되고 만다. 엄청난 많은 사람들이 소풍을 갈 수 없어 소풍을 잊어버려도 주위의 다른 많은 사람들이 그들을 소풍을 가게 만들어 버리면 소풍을 가게 되는 것이다. 이치는 매우 간단한데 가족의 제사만큼이나 강력하게 작용하지 않는다는 점이 난관이다. 조상에 대한 제사만큼이나 강한 힘이 있어야 해결이 나는데 그런 정신력이나 사랑의 결속력이 나오나? 신앙에 가까워야 이루어지지 않나? 종교적인 정도까지 간다면 해결이 안 나는 일은 아니다. 소풍이 종교의 영역까지 가야 하나? 소풍이 놀러 가는 것인데 신앙이 결부된다는 것이 너무나 황당하다. 소풍의 역효과를 찾다가 가는 길이 여려 갈래로 펼쳐진다. 조상의 제사상에는 무엇인가 올라간다. 소풍의 준비가 그 정도라야 한단 말인가? 가벼운 마음의 소풍이 변질이 되는 듯하다.

망망대해에서 육 개월을 선상에서 지내는 일은 만만한 일이 아니다. 보급선이 간혹 연료와 식량을 가져다주지만 바다와 싸우면서 고기를 잡아야 한다. 항구로 돌아오면 매우 기쁜 날이고 소풍날과도 같다. 철책선에서 육 개월을 견디다가 한 번 휴가를 나오는 것도 소풍날

일 것이다. 바다와 휴전선은 특수한 상황의 단절이다. 아태부3세에게도 부모와 동생의 방문은 대단한 즐거움이 생기는 일이다. 멀리 외국으로 공부를 하려 가면 반년이나 일 년이나 더 긴 단절의 시간이 사람에게 생긴다. 바다라는 자연의 악조건이 사람을 힘들게 하고 사람 스스로가 적대관계로 인해 힘든 나날을 만들고 살아가면서 소풍가는 날을 고대한다. 어린 아들은 소풍날에 김밥이라는 맛있는 음식이 없고 고구마라는 소풍날 음식에 모처럼의 가족소풍날에 강둑까지 갔다가 되돌아 가버리자 어머니는 울게 된다. 어머니의 눈물을 나이가 들어 생각하니 너무나 잘못한 것을 깨닫게 된다. 모처럼 온 나이 어린 여동생과 자식들을 데리고 나선 소풍 길에 김밥을 장만할 힘도 없는 상황을 모르는 아들이다. 페라리나 람보르기니가 아니라 털털거리는 삼륜차라도 느낌이 같아야 하건만 같지 않음에 적응할 수 없는 젊은이처럼 소풍길이 답답해지고 더 어려워지기도 한다. 한국엔 일 년에 고작 두 대만 제공해주는 페라리를 어떻게 타고 다닐 수 있나? 고구마에 만족하지 못하던 아들은 아직도 작은 것에 만족하지 못하는 병이 있지 않나? 의심이 들 지경이다. 현실은 김밥이 아니라 고구마이고 어머니의 눈물이고 현실은 페라리나 람보르기니가 아니라 소형화물차이다. 더 상황이 나쁘면 고구마조차도 없는 소풍이란 말이 아닌가? 일제 강점기나 해방 후에는 고구마조차도 없는 소풍이란 말이 된다는 것인데 보리죽이나 풀죽에서 고구마를 가지고 가는 소풍이 참으로 어려운 일이 분명하다. 더 과거의 소풍은 더 어려웠다는 말이 아닌가? 더 작은 것에 만족하는 일이 왜 어렵나? 어린 아들이 스님도 아니고 무의식적으로 나온 행동일 뿐이다. 60년대 가족소풍은 고구마이다. 학교소풍은 어렵게 김밥을 준비하는 것이다. 일 년에 단 두 번 만 김밥을 먹는 것이다. 그러니 얼마나 소풍이 즐겁고 기억이 생생하게 되나? 페라리라고 하니 페라리인 줄 알지 알 수도 없는 차가 아닌가? 십 수 년이 지나도 두 번째로 보이지도 않으니 말이다. 보였어도 차 자체를 잘 모를 것이 아니냐? 사람들은 일 년에 단 두 번 만 먹을 수 있는 음식을 늘 먹을 수 있을 정도로까지 만들어 낸다. 소풍도 일 년에 단 두 번 만 갈 수 있었지만 이제는 더 많이 갈 수 있을 만큼 상황을 개선시켜 놓았다. 페라리를 보고 페라리라고 알 수 있는 능력이 이제 생각하니 예삿일은 아니다. 단 한 번만 보고 알 수 있나? 그렇기도 하지만 몇 번은 봐야 알 수 있지 않을까? 인터넷도 없다면 더 힘든 일이 아닌가? 일 년에 단 두 대만 한국에 제공되니 복권당첨보다도 더 어렵다. 페라리가 보인다. 거의 보이지 않는 것을 보려고 한다. 페라리가 김밥처럼 쉽게 보인다면 소풍은 매일 갈 수 있는 세상으로 바뀐 것이란 말인가? 보리죽은 보기가 어려워졌다. 일부러 만들어 먹어야 할 지경이다. 불과 두 세대 전의 늘 먹는 주식이었던 것이 사라졌다. 긴 인간의 역사에서 일백 년도 안 되어 먹는 것이 완전히 바뀐다. 불과 일 백 년도 안 되어 소풍이 일주일에 사흘인 세상이 올 지도 모른다. 자동차에 전혀 관심이 없던 사람도 일 년에 두 대라는 희소성에 눈길이 간다. 희귀하고 사람들이 많이 찾으면 값은 하늘같이 올라간다. 소풍이 너무 흔하고 사람들이 누구나 할 수 있는 것이라면 값어치가 무척 떨어지지만 그래도 정신적인 만족감은 있다. 심리적 값어치를 측정하기 어렵지만 그것마저 낮아진다면 소풍은 별 의미가 없어지나? 신혼부부가 신혼 초에 즐기던 성생활은 시간이 지날수록 기대치가 낮아질 수도 있으나 아기를 낳고 더 상승하는 여성의 패턴도 있을 수 있다. 불과 두 세대가 지나면 사람들은 산삼줄기세포를 배양한 산삼으로 하루하루 배를 채울까? 밥처럼 산삼을 먹으면 어떻게 되나? 불가능한 일이 아니다. 아태부3세가 즐거운 소풍날에 무엇인가 사소한 것이 마음에 들지 않아 되돌아

가버릴 수도 있다. 멀고 먼 길을 아들을 보러 왔으나 아들이 친구들과 논다고 소풍을 탐탁하게 여기지 않고 갑자기 가 버릴 수도 있다. 고구마가 아니라 산삼을 먹는 소풍이라도 되돌아 가버릴 지도 모른다. 태어나자마자 페라리를 타고 산삼으로 만든 밥을 먹고 일주일에 서너 번을 가족소풍을 다녀도 어린 아들의 행동유형은 예측이 쉽지는 않을 것이다. 가장 자신의 유전자를 많이 가지고 태어난 자식이지만 키워내기가 쉽지 않다. 자식들은 세상의 누구보다 유전자가 비슷한 부모를 보고 성장하지만 그래도 완벽한 자신의 미래를 만들어내지는 못한다. 그렇다면 일반적으로 세상은 가장 흡사한 요소를 가진 사람들이 가장 가까이서 살아가는 기본적인 구조란 것이 아닌가? 거의 그렇다고 볼 수 있다. 가장 비슷한 것을 바탕으로 차차로 이질적인 것들이 더하여지는 것이 사람의 살아가는 모습으로 비춰진다. 페라리나 산삼 밥이나 일주일에 서너 번의 가족소풍이 이질적으로 느껴지지 않는다는 것이 시간이 지날수록 일상적이 될 것이다. 현재는 그렇지 않아 불만일지라도 바뀔 것이란 기대로 버티는 사람들이다. 보이지 않는 세상을 보고 싶어 하는 사람들이다. 꿈속에 그려보는 세상이 어느 날 오게 된다. 그 꿈속의 세상에서 당연히 있어야 할 주인공인 아태부3세가 이 세상 사람이 아니어도 사람들은 어쩔 수가 없다. 삼천 년의 수명을 빼앗아 가버리는 저승사자의 영역을 사람들은 막을 수가 없기 때문이다. 원초적인 인간의 불안은 사람이 만들어내는 모든 행복의 거탑들을 무의미하게 만들어 버린다. 아무리 행복한 가족소풍도 아태부3세가 없으면 행복하지가 않다. 만화 속에서는 주인공이 영웅이 되어야 하겠지만 소설 속에서는 주인공이 영웅이 될 경향이 거의 없다. 그러면 아태부3세는 열 살의 나이에 타향에서 병이나 사고로 죽어야 하나? 과거에는 각 가정에서 어린 아이가 워낙 잘 죽었기에 형제자매 간에 죽은 아이가 꼭 있었으므로 그런 것이 가정사의 당연한 일로 생각했다. 이제는 유아가 죽는 일이 매우 희귀한 일이다. 세월이 지날수록 어린이는 잘 죽지 않을 것이다. 아태부3세는 더욱 죽기가 쉽지 않은 인물이지만 삼천 년의 인생행로는 긴 기록이 된다. 결론은 죽었다는 단순한 사실이지만 말이다. 열 살로 죽기 전에도 많은 경험을 할 것이다.

 '강 둔치의 보리밭을 달리다가 음독자살한 사람의 시신에 발이 걸려 넘어지고 그 시신 수습 과정을 지켜본 후 그날 밤 무서움에 온 몸이 식은땀에 젖어 놀라서 심장이 덜덜거리기도 하고 유류차가 기차와 충돌하여 새까맣게 탄 운전수의 시신을 보기도 하고 교통사고로 처참하게 훼손된 시신도 보게 되는 것이 열 살이다. 기찻길에 못을 놓아 납작하게 만들고 하던 그 기찻길이 없어졌지만 그렇게 놀던 그 부분만 아주 짧게 기념으로 남아 있는 40년, 50년 후의 놀랍고 신기한 경험도 하게 된다. 집을 나와 밤에 컴컴한 사과밭을 지나가다 호롱불을 따라 가보니 조그만 집에서 가족들이 저녁을 먹고 있는데서 저녁을 얻어먹고 어린아이가 왜 밤에 어디를 가는지를 알아보고는 꼭 집에 돌아가기를 설득하기에 그렇게 집에 돌아와 가출이 되지 않았는데 그 후 십 수 년을 바로 우리 집의 문 앞에서 어린이를 어른이 될 때까지 지켜보고 있음을 상당히 어른이 되어서야 겨우 기억이 난 희한한 일도 겪는 열 살이다.'

 아태부3세는 부모와 동생이 옆에 있으니 저절로 기분이 좋고 힘이 난다. 심신이 안정되니 다음날도 더 즐겁고 행복한 일들로만 가득할 것이란 막연한 기대도 한다. 어린이처럼 쉽게 더 쉽게 행복한 마음으로 지낼 수 있다면 긴 인생이 참으로 알찬 것이 된다. 더 어린 아기처럼 쉼 없이 방글방글 웃을 수 있다면 더 행복할 것이지마는 갓난아기처럼 많이 웃지는 못하는 아태부3세이다. 세상에서 제일 힘이 센 부모가 곁에 있기 때문이다. 부모가 진짜로 가장 힘이 세지 않지만 아이들은 어릴수록 부모가 절대자처럼 능력이 있다고 착각을 하는 것이다. 그 착각이 부모에 대한 사랑일 수 있고, 맹목일 수 있고, 아직 다 성장하지 못한 미성년자임을 나타낸다고 할 수 있다. 긴 긴 세월이 지나면 부모가 오히려 자신보다 힘이 없다고 알게 될 때 쯤 되어서야 겨우 철이 드는 사람들이고 그때까지도 사람구실을 제대로 하지 못하는 낙제점의 인생을 사는 사람들도 있다. 아태부3세는 아직도 어린이이다. 아버지나 어머니가 자신보다 힘이 적고 능력이 떨어진다고 절대로 생각하지 않는다. 그런데 살아갈수록 아버지나 어머니가 자신의 무한대의 요구에 대해 무작정 답을 해주지 못하고 마음대로 이루어지지 않는 일들을 마주하게 되면서 현실의 벽을 알게 되고 어른에 한걸음씩 다가가게 될 것이다. 절대자인 아버지보다 더 절대자가 세상에 많다는 당연한 사실을 당연히 아는데 시간이 걸린다. 그 시간을 사람들은 줄이기가 어렵다. 그 길고 긴 성장의 시간은 누구도 피해가기가 어렵다. 어린이는 객관성과 자기의 분수를 정확하게 알 수가 없다. 안다고 하면 이미 어른이다. 어른이 되었다면 부모의 도움 없이도 세상을 살아간다. 아태부3세는 어느 날인가 어른이 될 것이다. 어쩔 수 없이 어른이 되고 만다. 왜 어른이 되었는지 알 순 없어도 어른이 된 자신을 발견한다. 수많은 밥그릇을 비운 후에 이루어진 일이다. 원시인이라면 사냥이 여의치 않으면 일주일이고 굶으면서 생존했을 것이다. 밥그릇 수는 적어도 엄청나게 치열하게 살아야만 했을 것이다. 지하국가5는 선조들이 이룩한 훌륭한 일들 때문에 의식주로부터는 덜 치열한 인생이 된 아태부3세이다. 굶주림에 대한 적응력은 원시인이 현대인보다 더 나은 것이 사실이다. 의식주 모두 더 열악한 상황에서 견디는 힘은 원시인이 더 강하다. 그러면 사람들은 일부러라도 군인이나 아니면 수행자처럼 원시인처럼 의식주를 고통스럽게 유지하면서 적응하는 훈련을 가끔씩 해야 한다는 것인가? 어찌 보면 전혀 불필요한 일이지만 그렇지가 않은 면도 있다. 일 년이나 몇 년에 한 번은 그런 체험이 있어야만 하는 것이 인간이 아닐까? 그런 생각도 드는 것이 사람들의 심리구조이기도 하다. 동물원의 맹수가 아니라 야생의 맹수처럼 되려면 인간도 원시인의 야성을 영영 잊어버리지 않게 해야 동물원의 맹수가 아니라 야생의 맹수처럼 되지 않나? 열 살의 아태부3세는 굶주림을 전혀 모른다. 성장하여 어른이 될 때까지 그런 야생훈련이 없다면 배고픔의 체험이 전혀 없는 새로운 인간이다. 배고픔이 한 번도 없는 것이 인간으로서 정말로 맞는 답인지 의문이 들기도 한다. 굶주린 기억이 없는 사람들이 지구를 꽉 채우는데 영영 그렇게 될까? 의식주가 전혀 문제되지 않는 인간들이 만드는 세상은 어떻게 다르다는 것인지 잘 알 수가 없다. 동물원에 갇힌 야생동물은 야생성을 상실하지만 인간에 의해 더 오래 생존한다. 삼천 년을 생존하는 아태부3세는 어느 정도까지 야생성을 상실한다는 말인가? 사자나 호랑이의 이빨에서 인간의 이이다가 수명이 삼십 배로 늘어난 신인류의 치아는 어느 정도로까지 약해진다는 것인지 강해진다는 것인지 아리송하다. 아름다운 처녀들이 씩씩한 청년의 야성을 좋아하지 않는다면 청년들은 점점 더 나긋나긋한 남자가 되고 과거의 남성과는 다른 모습일 것이다. 아무리 사람의 야만성이 줄어들어도 전쟁이 일어나면 추악한 인간의 악마적 내면이 드러날 것이다. 아태부2세는 아들인 아태부3세에게서 아직 야만성을 찾아내지 못했지만 잠재의식 속에 살아있을지 모르는 인간의 비인간성을 막아낼 특별한 방법은 없다. 인간이 배가 고프지 않다. 잠재된 야만성이 사라진다. 가능한 일일까? 모든 교육이나 인간의 발자취가 배가 고프지 않게 야만적인 일이 일어나지 않게 고안되어 가는 것이 미래의 일이고 그렇게 만들어가려고 한다. 다시 말하면 늘 배가 고프고 야만적인 것이 인간의 모습이기도 했다. 저렇게 얌전하고 귀여운 아들인 아태부3세가 야만적일 수 있다는 것이 아닌가? 인간의 내면을 인간 스스로가 잘 알지 못하는 모순 속에서 사람들은 살아가고 있다. 아태부3세는 자신을 잘 모른다. 아태부2세도 역시 자신을 잘 모른다. 그래도 삼천 년이나 이천 년을 살아야 한다. 근본적으로 인간은 한계가 존재한다. 그러므로 불안한 생존을 견뎌내는 사람은 혼돈스러운 내면세계가 사람을 괴롭히지만 그 답답함을 사람들은 숙명으로 간직하고 하루를 보내고 또 하루를 보낸다. 죽는 날까지 잘 모른다는 것이 한심한 인간이다. 그저 생존한다는 것이 어쩌면 고통이기도 하다. 짐승처럼 생에 대한 감각이 없다면 덜 괴로울 수도 있으려만 그 부분은 신이 허용을 해주지 않았다. 아태부3세는 나날들이 머리를 아프게 할 만큼 고민은 아니나 나이가 조금 많아질수록 그를 짓누르는 삶의 무게들이 된다. 대부분의 아이들은 세상이 달콤하다. 달콤하게 느껴지지 않아도 시간이 지나면 해결이 되기도 한다. 어린 아이에게 세상이 쓰다고 느껴지면 매우 황당한 일들이 일어나는 구조이다. 세상은 일반적으로 공평하지만 각각의 개인이 체험하는 세상은 약간씩 다르다. 그 다름이 매우 다를 때 우리는 고통이나 황당함이나 비인간적인 경우가 우리에게 눈앞에 드러난다. 그런 세상을 바꾸고자 어른들은 노력한다. 너무나 다른 것에 어른들이 눈을 감아버리면 세상은 매우 답답해진다. 일반적인 사람들이라면 잘못되는 세상을 원하지 않는다. 아태부3세의 친구들이 만나는 곳은 어른들이 잘 다듬어 주게 된다. 그러니 좋은 곳이 되지 않을 수 없다. 어린 학생들이 잘 지내게끔 만들어내는 어른들이 있다. 어린이를 보살피는 어른, 갓난아기를 보살피는 엄마, 세상은 정상적으로 유지된다. 교통흐름처럼 잘 흘러간다. 교통체증이 일어나듯 잘 흘러가지 않을 짧은 시간은 있을 것이다. 아태부2세는 지구1과 함께 근심을 놓아버려도 될까? 다른 부모들처럼 쉽게 짐을 내려놓지는 못한다. 눈길을 한 번 더 주지 않을 수 없다. 사랑이 머무는 곳에 아름다운 꽃이 핀다. 사랑이 쏟아지는 곳에 아름다운 꽃이 더 만발한다. 아니면 너무 사랑이 과해 꽃이 썩어 버릴까? 아태부3세가 사랑을 듬뿍 받아 사랑의 꽃이 피거나 내면에 숨겨진 야만성이 어떻게 되든 미래는 정확하게 예측이 되지는 않는다. 태어나서 어른이 될 때까지 아름다운 것으로만 채우면 사람들의 내면이 아름답게만 되나? 너무나 긴 시간 동안 사람들의 DNA에 다양한 것이 축적되어 있어 한 세대만으론 해결이 되지 않을 것이 아닌가? 그러면 인간 내면의 야만성은 영원히 치유되지 않는다는 말인가? 그러면 교육이 필요하지 않단 것인가? 또 그것은 아닐 것이다. 동물의 세계에서 야만성은 근본적으로 존재한다. 사람이 동물이 아니어야 하는데 사람이 식물일 수는 없다. 동물이면서 야만성이나 잔인함을 표출하지 않게끔 진화되어야 한다. 그런 명제이기도 하다. 야만이나 잔인함이 없어진 종으로의 진화가 무엇일까? 온갖 무시무시한 무기는 더 개발하면서도 야만이나 잔인함이 없게끔 된다. 모순을 안고 더 모순이 깊어지면서 모순되지 않는 사람이 된다. 해답이 잘 나오지를 않는다. 아태부3세는 도대체 무엇을 배우는 것일까? 무기는 더 파괴적으로 발전되게 공부를 하면서 더 야만적이지 않은 사람이 되어야 한다고 배우면 미래는 어떻게 된다는 것인가? 무기는 무한대로 자꾸만 무서워지게 만들어진다. 그에 비례하여 도덕적이거나 통제력이 강해지나? 시원하게 답을 하지 못한다. 그러면 인간은 한없이 야만적으로만 앞으로 나아간다는 것인가? 분명 그 것이 사람의 길이 아닐 것인데. 계속 야만적으로만 나아가면 무기가 무한대의 힘으로 개발되면 사람은 스스로 죽는 것이 아닌가? 그렇게 운명 지어진 것이 인간일까? 그것은 부정하는 것이 사람이다. 인간의 끝없는 야만성의 끝에는 그 야만성을 부정하게 된다. 살고 싶기 때문이다. 살고 싶은 것은 당연한 요구이다. 그러면서 죽고 싶다고도 한다. 사람의 야만성 끝에는 죽지 않아야 한다는 앞뒤가 맞지 않는 문제를 풀어야 한다. 아태부2세는 아들이 받는 교육이 구체적으로 무엇인지 자세히는 모르나 대강의 감으로 알고 있다고 생각한다. 너무 세세하게 따질 정도의 전문성도 없다. 아들을 가르치는 기초적인 과정은 관여했지만 이제부터는 직접적으로 자신이 가르치는 것은 아닌 상태이다. 그러나 추상적으로라도 사람이 야만성을 포기하는 심성이 가꾸어지는 교육이 되는 것이 맞지 않나. 라는 정도의 관심이다. 부모는 자식이 잘 되기를 가장 바란다. 자식이 행복하기를 바란다. 행복한 세상이 되기를 바란다. 모두가 원하는 세상이다. 그러니 세상은 그런 좋은 방향으로 가지 않을 수가 없다. 그런 낙관적인 기준이면 세상은 아무런 문제도 생기지 않는다. 그런데도 문제가 터지는 것은 인간자체가 완전하지 못한 때문이기도 하다. 아태부2세는 완벽한 사람이 아니다. 다른 모든 부모들도 그렇다. 아태부2세와 지구1은 부모가 당연히 되었지만 진정한 부모가 되기가 무척 어렵다. 아태부3세를 만나려 와보니 훌륭한 부모가 되기는 쉽지 않음을 더 느낀다. 아태부3세가 먼 길을 온 것보다 더 먼 길을 거쳐야만 하는 자신의 길을 생각하니 아태부3세에게 미안하기도 하다. 내 정성이 부족하고, 내 인격의 그릇이 좁고, 내 능력이 부족하고, 모든 것이 내가 부족함에도 아들에게는 그 반대를 원하는 크나큰 욕심의 덩어리가 자신에게 있는 것이 아닌가? 그 욕심으로 인해 아태부2세가 잘못되면 참으로 잘못이다. 아버지의 잘못된 욕심이지만 아들이 더 잘 해석하여 더 좋은 결과를 낳는다 해도 위험부담이 큰일이다. 아들의 먼 길은 아버지의 욕심 때문일까? 먼 길은 아들의 미래의 영광인가? 멀고 먼 길이 아무런 효과가 없는 무용지물이 된다고 하여도 시도하지 않는 것보단 시도는 해야 하는 과정일 수도 있다. 참으로 예측하기 힘든 일이다. 그래도 가야만 하는 긴 세월이라니 부모의 마음이 무거울 뿐이다. 먼 길이거나 가까운 길이거나 서로가 사랑하고 있으니 앞날은 암담하지 않고 희망적이다. 여동생과 놀고 있는 아태부3세는 너무 귀엽고 사랑스럽다. 매일 보는 장면이지만 평화스럽고 흐뭇하다. 모든 부모들이 느끼는 매우 일상적인 기쁨이다. 이 순간이 영원하기를 바란다. 지금처럼 사는 것이 행복이 아닌가? 너무나 일상적이고 늘 일어나는 일이라 무심코 지나쳤지만 정말로 가슴 벅찬 기쁨이다. 아태부2세는 어디에 와 있는가? 지구1은 어디에 와 있는가? 결국은 행복한 곳을 찾아와 있지 않은가? 행복은 매우 가까이 있다. 제발 멀리 달아나지 않아야 한다. 행복이 사라지지 않을 것을 굳게 믿을 수는 없지만 바보같이 스스로 무심결에 차버리는 인간이기도 하다. 행복한 오늘이 내일로 이어져 살아있는 동안만이라도 슬픔이 덜한 세상이기를 원한다. 기쁨의 눈물이나 행복의 눈물도 슬픔의 눈물과 같이 외관상으론 차이가 거의 나지 않지만 심리적 차이는 대단하다.

    행복의 웃음만이 존재하는 세상이 아니지만 그런 세상이기를 늘 바라는 사람들이다. 가능하다면 그렇게 만들어가는 사람들이 아닌가? 가능하지 않아도 그렇게 만들어내는 존재가 또 사람일 것이다. 어느 할머니가 10개월 된 손자를 관찰해보니 많은 사람들이 인정을 해주면 방실방실 웃으면서 행복한 얼굴을 하지만 사람들이 관심을 주지 않으면 시무룩한 얼굴 표정이고 싫어하는 일이나 하고 싶은 것을 못하게 하면 10개월 된 손자가 물어뜯기로 공격성을 보인다고 한다. 그러면서 인간의 공격성이 본능적인 것이 아닐까? 생각을 해보기도 한다. 인정을 받고 싶은 인격성의 욕구는 인간이 가진 속성이 아닐 수 없다. 인정을 받지 못하면 돌이 안 된 아기가 이로 사람을 물어뜯는다. 생후 육 개월쯤 이가 나기 시작하므로 어머니의 유두를 상하게 할 수 있으므로 이유식을 먹인다. 이유식을 먹을 때부터 아기는 싫으면 물어뜯기를 한다는 것이다. 그러면 아태부3세도 자기 기준에 싫으면 아기보다 더 강한 폭력성이나 공격성이 표출된다고 추정할 수 있다. 아태부2세도 행복한 오늘이지만 무언가 인정을 받지 못하고 관심을 받지 못하면 10개월 된 아기처럼 무엇을 물어뜯을까? 상어나 맹수처럼 이빨이 무시무시하다면 끔찍할 것이다. '칭찬은 고래도 춤추게 한다.' 는 속담처럼 사람이 사람을 인정해주면 춤추는 세상이 분명하지만 인정을 해 줄 수 없는 경우는 인정을 하지 않게 된다. 너무나도 예쁜 아기지만 이가 나기 시작하면 어머니의 젖을 먹기가 쉬운 일이 아니다. 어머니도 다칠 위험이 있기 때문이고 이유식을 먹고 무럭무럭 자라야 하는 단계이기에 그렇다. 동물의 이빨은 맹수와 초식동물을 구분한다. 사람의 이는 맹수와는 다르다. 그러니 맹수보다 공격성이 약한가? 동물적인 분류로는 외관상 그렇게 보인다. 그런데 인간이 가진 내면의 공격성은 또 무엇일까? 생후 10개월 된 아기의 공격성은 내면의 상태에서 일어나는 것이 아닌가? 세상에 예쁜 아기를 보고 험상궂은 얼굴을 하는 사람은 거의 없지만 아기는 자기를 보고 웃지 않거나 잘 대해 주지 않으면 즉각 반응을 한다는 사실이다. 나쁘게 하면 급기야는 물어뜯기도 한다고 한다. 아태부3세도 어느 정도로 물어뜯을지 알 수가 없다. 사랑하는 청춘남녀가 사이가 그렇게 좋다가 헤어질 때는 서로가 물어뜯는다.

꼭 그렇지는 않지만 사람의 관계는 서로에게 상처를 입힌다는 점이 드러나기도 한다. 지구1과 아태부2세는 영원토록 아태부3세에게 미소만 지어보일 수 있나? 불가능하다. 불가능한 것이 너무도 명백하므로 아태부3세의 물어뜯기가 반드시 있다는 반증이 나온다. 그러면 지하국가5에서 너무나 많은 사람들이 영원토록 미소 띤 얼굴로만 살지 않으므로 물어뜯는 현상이 벌어진다고 추정할 수 있다. 10개월 된 아기의 물어뜯기는 방어가 매우 쉽다. 그렇지만 성인들의 물어뜯기는 상황이 심각하다. 국가 간의 물어뜯기는 더 심각하다. 맹수가 늙어서 이가 빠지면 사냥도 못하고 죽은 고기를 공짜로 얻어도 씹지 못하면 어떻게 되나? 죽어야 된다. 사람도 늙어서 음식을 씹지 못하면 생존에 치명적인 타격을 받는다. 맛있는 사과를 와삭와삭 씹어 먹지 못할 때 절망감은 사람을 슬프게 한다. 늙어서 기력이 쇠해 물어뜯을 수 없음은 죽음과도 동의어이다. 생후 10개월의 물어뜯는 공격성이 노인이 되어 이가 다 빠지면 도대체 인생의 마지막이 아니냐? 공격할 힘이 없으면 죽는다는 것인가? 사랑할 힘도 없고 증오할 힘도 없으면 죽는다는 것인가? 죽음에 임박한 노인은 증오심도 매우 줄어들고 거의 없게까지도 갈 것이다. 이로 씹는 힘과 증오심이 동일한 것은 아니지만 아기가 분노를 표출하는 방식이 신기할 따름이다. 젖을 빠는 힘, 이로 무는 힘, 거의 입술주변의 구순기의 아기이다. 거의 대부분의 포유동물은 새끼 때에 젖을 빠는 입술에 생존이 달려 있다. 물어뜯는 10개월 된 아기는 본능적으로 생존하려는 생존의지, 알 수 없는 맹목의지이다. 숨 쉬는 영역은 인간이 잘 알지 못하는 부분이기도 하다. 숨을 쉰다. 젖을 빤다. 물어뜯는다. 그러한 나날 속에 사랑이 숨 쉰다. 행복이 숨 쉰다. 증오도 숨을 쉬는가? 식물조차도 숨을 쉰다. 숨을 쉬어야 한다. 저절로 숨을 쉰다. 숨이 멈추지 않는다. 어느 날 숨이 멈추는 이상한 일이 일어난다. 사랑도 증오도 생존도 모든 것이 사라지면 참으로 쓸쓸할 것이다. 아태부2세의 가족이 이 먼 곳에서 행복을 원하는 데 반대로 가는 시간은 마음에 싫은 것이다. 생각조차 하지 않는 영역이다. 편안한 숨쉬기는 무의식적으로 이루어진다. 오늘도 편안한 숨쉬기가 너무도 조용히 지나간다. 숨을 쉰다. 전혀 의식을 하지 않고 숨을 쉰다. 그냥 또 숨을 쉰다.

　낯선 곳에서 가족들이 나날을 보낸다. 날짜가 지날수록 미지의 세계에 대한 생생한 호기심이 약해진다. 특별한 날로 특별하게 체험해야 하건만 평범한 날로 둔갑되는 기분이다. 이방인이 타향을 고향으로 여길 만큼 진한 친밀감은 아니지만 굳이 타향으로 생각지도 느낌도 들지 않음은 좀 색다른 감정이다. 얼마의 시간이 지나면 돌아가야 한다. 틀림없이 돌아가야 할 공간이 있다. 살아온 터전을 버린다는 것은 삶의 뿌리가 뽑히는 이상한 일이다. 한 곳에서 자리를 움직일 수 없는 식물이 사는 방식이 동물과는 다르다. 움직이는 사람들이지만 고향은 식물이 사는 원리와 비슷한 점도 있는 듯도 하다. 고향의 기후, 고향의 산천, 고향의 공기, 고향의 하늘, 고향의 품, 고향의 기억, 고향의 나날들, 고향의 역사, 고향의 마음, 식물이 천 년을 한 자리에 뿌리박고 낙락장송이 되듯이 고향은 사람을 키우는 무엇이 있나보다. 천 년 동안의 비바람과 흔들림이 나무를 시험하고 애증을 품게 만들 듯이 고향도 사람에게 식물에게 행하는 것과 흡사한 무엇을 하지 않나? 고향으로 돌아가는 것은 식물처럼 그 자리를 떠날 수 없는 숙명적인 요소가 있나? 식물과 동물은 매우 차이가 크다. 그러나 사람도 인문적, 지리적 요소를 쉽게 바꾸지 않고 계속하여 가는 점이 있다. 천 년을 넘게 한 자리를 지키는 절터나 사람이 문명을 일군 큰 강가나 도시는 천 년을 이어간다. 더 이상도 이어간다. 나무와 별반 다르지 않아 보이기도 한다. 천 년 고도 경주, 오백년이나 육백년의 수도 한양, 문명이 오래된 나라일수록 번성한 도시의 자리가 하루아침에 바뀌지 않고 수 천 년을 이어간다. 고향도 쉽게 바뀌지 않는 속성이 존재한다. 그런데 지하국가는 지하로 내려가면서 엄청나게 짧은 시간에 전 지구적인 규모의 세상이 다섯 개나 만들어지고 있다. 새로운 고향이 급속도로 만들어지는 과거와는 판이한 세상이다. 사람이 일생을 살아가면서도 세상이 너무 빨리 천지개벽을 하므로 정신이 혼미할 지경이다. 일제강점기에는 강제로 일본말을 배워야 하고, 해방 후에는 영어를 배워야 하고, 또 무슨 나라말을 배워야 하나? 그렇게 힘이 들게 영어를 배워 사용할 일이 거의 없는 상황에서 손익계산을 해보면 정말로 바보 같은 인생을 사는 셈이다. 무용지물인 공부라도 열심히 하기도 하고, 언젠가는 소용이 되기도 할 것이다. 무엇이 자기가 살던 땅을 쉽게 포기하지 않게 하나? 아태부2세는 깊이 생각하기보다 무의식적으로 돌아가야 한다고 당연히 생각한다. 무의식이 고향을 지배하고 있다. 잠재의식이 고향을 지배하고 있다. 시간이 어느 정도 지나면 아태부3세와 작별을 해야 한다. 가야 할 길이 나뉘게 된다. 가는 길이 조금씩 달라진다. 인생의 마지막은 누구나 똑같은 죽음의 길이지만 살아있는 동안에는 가는 길이 조금 다르다. 조금씩 달라진 것들이 모여서 서로 다른 인생사가 펼쳐진다. 아태부2세와 아태부3세의 인생이 약간씩 달라지는 것이다. 아버지와 아들은 얼마나 달라진 인생일까? 넓은 의미에선 달라진 것이 많지 않을 것이다. 미세한 것을 보는 현미경을 이용하면 많이 다른 것이 보이는 일생들이 된다. 현미경을 사용하든 망원경을 사용하든 마음의 눈을 사용하든 사람에게 좋은 면을 찾아내어 그 사람의 일생이 빛나는 것임을 증명하려 할 것이다. 아태부2세는 진심으로 아태부3세가 빛나는 일생으로 사람들에게 덕이 되기를 바란다. 누구나 그런 심정의 부모들이다. 처음 아들을 찾아올 때 정도의 설렘은 없다. 돌아가는 길은 큰 호기심이 줄어들었다. 끝없는 호기심이 사람을 들뜨게 하고 앞으로 나아가게 만드는데 풀이 죽고 흥이 죽은 기분이다. 신바람이 사라진 셈이다. 사람은 항상 즐거운 상황만 이어지는 것은 아닌 모양이다. 감정에 따라 많이 요동친다. 첫걸음은 사람을 흥분케 했지만 그 첫걸음이 반복이 되면 또 달라지는 지금이다. 첫걸음이나 마지막 걸음까지 첫걸음의 기쁨이 존재한다면 매우 신이 나는 신바람이 계속 부는 나날이다. 처음 어린 나이에 학교에 가는 날처럼 그 기대로 영원히 배움의 길을 간다면 배우는 긴 세월이 너무나도 알찰 것이다. 맛있게 찐 옥수수가 알이 꽉 차 있으면 맛이 좋다. 일생의 배움 길이 알차고 고르게 익은 옥수수 알맹이처럼 박혀 있다면 대단한 업적을 쌓아가는 대학자와 비슷할 것이다. 어떤 길을 가든지 그 가는 길이 옥수수 알맹이의 튼실함같이 채울 수 있는 정성과 노력이나 정열이 있어야 한다. 처음 세상에 나오는 학생의 잠재력을 파악하는 방법은 많이 개발되어 있어도 가장 보편적인 방법은 이제까지 긴 시간 동안 얼마나 옥수수의 알을 잘 채웠나를 일차적으로 볼 수밖에 없다. 그보다 더 특별한 방법이 없으니 말이다. 옥수수가 사람에게 씹히는 기분 좋은 질감처럼 많은 학생들이 자신의 능력을 쌓아서 세상에 맛있는 옥수수가 되고 싶어 한다. 한 자루의 옥수수에 박히는 많은 알 중에서 아태부2세는 좀 굵은 한 알을 아태부3세의 옥수수에 박아 준 느낌이다. 한 자루의 옥수수에 모든 알을 박아주지 못하는 아버지이다. 아태부3세의 옥수수에는 수많은 알들이 박힐 것이다. 누런 황금, 신대륙을 발견하여 얻은 누런 진짜 황금, 옥수수가 유럽에 들어옴으로써 배고픔이 줄어들고 삶이 윤택해지고 그 힘으로 서양은 세계에 우뚝 선다. 옥수수의 튼실한 알들이 세계사를 바꾸었다. 아태부3세의 옥수수는 어떻게 되어 질까? 아태부2세는 옥수수 한 알을 만들어 내었다. 지구1도 옥수수 한 알을 만들었나? 지구1은 아태부3세의 옥수수 두 알을 만들지 않았을까? 그러면 아태부3세의 동생은 위해서도 옥수수 몇 알을 만들었나? 엘도라도의 황금은 옥수수라고 인류문명 연구의 역사학자들이 주장한다. 20세기에도 옥수수를 많이 생산하는 콘벨트를 많이 가진 나라가 강대국이다.

'7시간을 자전거로 달리는 여행자도 중간에 먹지 않으면 힘이 빠져 계속 자전거타기가 어렵다. 체력이 고갈되기 전에 음식을 먹어야 한다. 어릴 때 미국의 원조식품으로 들어온 옥수수빵을 학교에서 한 개 배급받아 먹을 때 얼마나 맛이 있었는지! 그 빵이 옥수수빵이다. 초등학교 다니기 전에 먹어본 빵이 없는 듯 느껴지는 기억이다. 옥수수가 식량의 삼분의 일이다. 옥수수를 수입하지 못하면 한국은 모든 국민이 하루 한 끼를 굶어야 한다.'

아태부3세는 자신이 채울 무엇으로 옥수수 알 대신에 특이한 무엇으로 바꾸어 넣을까? 산삼의 잔뿌리로 채우나? 열 살의 아태부3세가 그렇게 가지런히 옥수수 알을 채워내나? 더 어려운 산삼의 잔뿌리를 키워내나? 전혀 기대하지 않는 것이 정답이 아닐까? 적어도 중학생 정도까지 무엇을 채우는지 의무적인 일을 하지 않게 그대로 두는 방식이 더 나을지 모를 일이니까? 열매를 맺는 시기나 꽃이 피는 때가 각각인 서로 다른 많은 식물들처럼 재촉하지 않아도 스스로 해내는 것을 표본으로 한다면 굳이 어린 학생들을 힘들게 할 이유도 없다. 7시간이나 10시간을 자전거를 타면 저절로 쉬게 된다. 쉬다보면 다리 근육도 튼실해지고 구경한 풍경이나 맑은 공기가 사람을 즐겁게 해준다. 어린이가 놀다보면 저절로 발전해 가고 있지 않을까? 옥수수가 여문다. 산삼의 잔뿌리가 자란다. 옥수수는 일 년이면 자라지만 산삼은 시간이 너무 많이 걸린다. 인간이 식량으로 선택하는 것들은 일 년 이내의 것들이 대부분이다. 일 년을 기준으로 사계절을 나누고 그 기준에 수 만 년을 더 긴 세월을 적응해 왔다. 옥수수나 벼나 밀이나 보리나 식량작물이 한 심으면 일백 년이나 일천 년을 계속하여 먹을 것을 제공해준다는 것에 아직까지 경험을 해보지 못한 사람들이다. 아태부3세나 그 누군가가 그 답을 찾아내면 일 년 주기의 식량이 일백 년이나 지속되는 주기라면 좀 다른 문명을 만들어내지 않을까? 일백 년 동안 좀 느긋하게 아주 편안한 상태에서 원대한 일들을 해보지 않을까? '목구멍이 포도청' 인 사람들이 이상한 사람으로 변신이 된다. 의식주 중에서 먹는 것이 보장되면 사람들은 남의 구속을 싫어하면서 자유를 갈구한다. 일 년에 삼천불이나 오천불 사이의 소득인 나라들의 국민들이라면 당연히 자유를 원한다. 독재자의 말을 듣지 않는다. 일백 년이나 식량이 보장되는 식물이나 무엇이라면 사람들은 엄청난 자유내지는 자율성을 지닌 신인류가 탄생한다. 아태부3세는 신인류가 아니냐? 신인류이냐! 아태부3세가 공부하는 학교는 그런 기초를 가르칠 것이라 아태부2세는 믿는다. 그런 믿음 바탕에 깔고 이제는 떠날 시간이다. 다시 만나는 것은 기정사실이다.

　세 식구는 원래의 자리로 돌아간다. 아태부3세를 잘 다독여 주고 마음의 밭을 잘 일구어 주었다. 그와 마찬가지로 세 식구도 마음이 많이 푸근해지고 기분이 좋다. 서로에게 긍정적인 에너지를 일깨웠다. 에너지는 힘이 된다. 음식도 힘이 되지만 마음의 교류도 큰 힘이다. 감정의 교류도 큰 힘이다. 결혼하기 직전의 예비부부의 사랑은 그 달기가 꿀과 같다. 유태인이 학교에 처음 입학하면 꿀단지의 꿀맛을 보게 하고 배움이 그와 같다고 가르친다. 아프리카의 숲에서는 아주 높은 나무의 껍질 내부에 있는 꿀을 찾아내어 먹는 동물은 침팬지 종류이다. 동물 중에 사람을 제외하고는 유일한 경우이다. 지구상에서 꿀을 먹을 수 있는 특권은 매우 제한적인 동물만이 누린다. 곰도 꿀을 좋아하지만 높은 나무나 사람들이 절벽에서 채취하는 석청 같은 것이 아니라 지상에 있는 꿀이다. 높은 나무나 절벽을 침팬지나 사람은 꿀을 찾아 그곳을 정복한다. 사람은 인공적인 꿀맛을 만들어 먹는 희귀한 존재다. 그 꿀맛을 공부에 접목시키는 것이 유태인의 학교교육이다. 섹스의 즐거움도 꿀맛과 흡사한 측면도 있을 것이다. 할례를 행하는 것도 자손의 번성과 섹스의 좋은 면을 알고 하는 행동이다. 유태인은 어린 남자아이를 태어나자마자 할례를 하는 약간 앞선 측면이 있다. 나이가 어린 아이들은 사탕을 좋아한다. 공부가 사탕이나 꿀이라고 느끼게 하는 재주를 가진 사람들이 노벨상을 월등히 많이 받는다. 침팬지는 유전자가 인간과 많이 유사하다고 한다. 아태부2세가 특별히 꿀맛을 가르쳐 주지 않았지만 아태부3세는 스스로 잘 찾아낼까?

꿀을 모으는 벌은 하루에 천 개의 꽃을 찾아가 천 개의 식물을 수정시켜주고 꿀을 모은다고 한다. 하루에 벌 한 마리가 천 개의 식물을 결혼시킨다. 대단한 중매쟁이이다.

꿀은 식물이 결혼하기 위해 벌에게 주는 매우 달콤한 보수이다. 그러면 사람 이외의 동물은 단맛을 거의 모른다는 것인가? 갓난아기는 엄마의 젖이 가장 맛있는 꿀맛일 것이다. 공부가 갓난아기가 먹는 엄마의 젖처럼 맛이 있다는 말인가? 그렇게 사람을 느끼게 해준다. 벌은 하루에 천 개의 식물을 찾아간다. 아태부2세는 하루에 얼마나 맛있는 꿀맛을 느껴야 벌처럼 열심히 꿀을 모으듯 공부하고 꿀처럼 단 공부로 어떤 인물이 된다는 것인가? 벌은 본능에 의하여 행동하는 측면이자만 사람은 인위적으로 꿀맛 같다는 것을 터득한다. 운동에 꿀맛을 느끼면 운동선수가 된다. 마라톤도 중독이 되면 행복호르몬이 나와 뛰지 않고는 못 배기게 된다. 아태부3세가 운동에도 공부에도 중독이 되면 좋으련만! 공부가 꿀맛이게 만든다. 운동이 꿀맛이게 만든다. 벌이 꿀을 모으듯 그 정도까지 아태부3세가 정열을 발산한다면 놀라운 사람이 되지 않을까? 아태부2세와 지구1이 아태부3세에게 해 줄 수 있는 그 꿀맛은 정말로 중요한 것이다. 공부와 운동이 꿀이라는 것을 어린 아이가 무슨 수로 터득해낸단 말인가? 어른과 선생님이 고단수로 무의식으로 행하게 훈련을 해주어야 하지 않나? 허허벌판의 신도시 건설에서 세 군데 정도의 구분된 도시설계에서 각각의 장소에 학교와 신체검사소를 가장 먼저 짓는 것은 정신과 육체가 가장 중요한 요소처럼 느껴진다. 꿀맛을 생각하며 학교와 행복호르몬이 흐르는 운동을 하는 신체를 생각하여 그렇게 일을 추진하는 사람들인 듯하다. 젖과 꿀이 흐르는 땅을 찾아 모세가 앞서 나간다. 젖과 꿀이 아니라 광야에서의 40년 세월이었다. 현실은 사막이었어도 지금은 사막을 젖과 꿀이 흐르도록 바꾸어 내었다. 젖과 꿀을 만들어내는 것은 엄마의 젖과 소나 양의 젖이나 벌의 꿀이나 인공의 감미료나 모두가 쉬운 것은 아니나 이루어내는 사람들이다. 소금호수와 사막이 조건이어도 공부를 하면 젖과 꿀이 생긴다. 소금호수지만 소금기를 빼면 물이고 그 한 방울 두 방울의 물을 사막에 적시면 젖과 꿀이 만들어진다. 정말로 벌처럼 노력해야 하는 일이다. 아태부2세는 아태부3세에게 무슨 젖과 꿀을 줄 수 있나? 무슨 공부를 해야 한단 말인가? 도대체 무슨 꿀맛을 줄까?

2. 아태부3세의 학교생활

　아태부3세는 이제 또 혼자이다. 부모와 여동생이 돌아가 버렸다. 학교에는 친구들이 많다. 학교가 짜놓은 시간표대로 나날을 보낸다. 오늘은 위험에 대비하여 훈련을 하는 날이다. 중성자탄, 질소폭탄, 수소폭탄과 위력이 가장 적은 원자폭탄까지 동시에 폭발할 때 대피하는 훈련이다. 가장 빨리 우주로 날아가 버리거나 지구의 지하 일천 미터까지 순식간에 피하는 일이다. 21세기에는 일어나지 않을 일이라고 속단할 수도 없다. 아인슈타인이 16세에 물체가 빛의 속도로 움직이면 어떻게 될까? 골똘히 십년을 생각하다가 놀라운 물리적 사실들을 십년 후에 발표한다. 물체가 빛의 속도로 움직이는 것에 사람들이 무슨 관심이 있나? 생각할 수 있는 모든 폭탄이나 생각할 수 없는 모든 폭탄이 폭발할 때 살아남는 방법에 무슨 관심이 있을까? 아무런 소용이 없어 보이는 문제였을 것 같지만 그것이 세상을 바꾼다. 물체가 빛의 속도보다 더 빨리 움직이면 어떻게 되나? 물체가 한없이 느리게 움직이면 어떻게 되나? 십년을 생각하겠나? 질소발전기를 25년 덜 골똘히 생각한들 아무 소득도 없다. 수소는 연구가 많이 되어 있다. 아태부3세의 학교에는 지하로 일천 미터까지 개발이 되어 있다는 것이 아닌가? 땅속 깊은 곳에 사람이 살 수 있는 영역을 만들어 놓았다는 것이 아니냐! 오늘은 땅속 깊이 들어가는 날이다. 너무나 빨리 지하로 엘리베이터가 내려가니 어렵지도 않다. 빛의 속도만큼이나 아니면 빛의 속도보다 더 빨리 엘리베이터가 움직이나? 모든 폭탄이 터지는 것을 빛의 속도나 빛의 속도보다 더 빨리 감지할 수 있나? 사고가 일어나는 것을 빛의 속도나 빛의 속도보다 빠른 타키온의 속도로 알아야 한다.

그리고 그런 속도로 대피해야 한다. 빛의 속도보다 더 빠르게 위험을 감지하고 그러고도 그러한 속도보다 더 빠르게 대처한다. 아인슈타인 같은 사람이 많이 나오면 해답을 내놓을 지도 모른다. 그렇게 되어야 하는 것이 맞는 일이다. 아태부3세가 경험하는 위험 대처방식이 그렇게 앞선 것이라면 당연히 받아들이고 실행을 해야 한다. 인간만이 절벽에서 석청을 따듯이 해내는 것이 될 것이다. 강과 문명이라는 짧은 기록물이 강정고령보의 디아크에서 제공된다. 침팬지가 맨 처음 나와 (최초의 원시인인지, 오랑우탄인지) 강가에서 차차로 거대한 문명을 세운다. 어느 날 곰이 발바닥에 반중력이 작용하는 신발을 신고 절벽의 석청을 너무나 쉽게 채취한다면 거대한 문명을 세우는 존재가 된다. 빛의 속도보다 위험을 빨리 감지하는 방법이 무엇일까? 아태부3세의 친구들이 십년 후에 알아낼까? 알아내는 사람이 있을 것이다. 엘리베이터가 빛의 속도로 움직여도 문제가 없다. 빛을 타고 다니는 사람이 있다. 사람이 빛을 타고 다닌다. 빛이 자동차이고 우주선이고 교통수단이다. 빛이 운송수단이 된다고! 빛을 운송수단으로 이용하는 것이 불가능하나? 엘리베이터는 빛이 된다면 위험한 일에 정말로 빨리 피할 수 있다. 아인슈타인은 빛보다 빠른 운송수단을 생각했을 지도 모른다. 생각은 얼마든지 할 수 있다. 생각이 후일에 실제로 일어나는 일이 될 수도 있다. 아태부3세와 친구들은 모든 지구상의 폭발로부터 빛의 속도보다 더 빠르게 피신할 수 있다고 하면 삼천 년의 수명은 더 확실하게 보장된다. 아태부2세와 가족들은 빛보다 빠른 속도로 고향으로 돌아왔나? 쉽지 않은 일이다. 대피훈련은 하루 종일 하는 것이 아니고 잠깐 만에 끝난다. 아태부3세는 매우 빨리 지하로 내려간 것 같으나 빛의 속도로는 생각되지 않는다. 과거의 왕들은 자신이 태양의 자손이라면서 특이한 존재로 백성들에게 받아들이게 했다. 태양처럼 대단한 인물이라고 생각했다. 태양에서 빛이 나온다. 이제는 인공태양에서도 빛이 나올 수 있다. 전기에서도 빛이 나온다. 지하국가는 빛이 지하에서 만들어지거나 이용되므로 새로운 세상이 열렸다. 폭탄에서도 빛이 나온다. 아태부3세의 친구들은 빛에 관심이 없다. 맛있는 것을 먹거나 노는 일에 관심이 많다. 빛을 연구하는 것보단 폭죽놀이가 더 재미있고 놀면서 맛있는 것을 먹는 것이 더 좋다. 밤하늘에 수놓인 폭죽은 황홀하다. 터지는 소리도 귀가 즐겁다. 눈과 귀가 즐겁다. 많은 사람이 모여서 노니 분위기도 즐겁다. 낮에 하는 폭죽놀이는 거의 없다. 낮을 어두컴컴하게 변화시켜서 하면 된다. 폭죽은 불이 날 위험이 있다. 불이 붙지 않고 불이 나지 않으면서 폭죽의 효과만 있으면 아무런 탈이 없다. 빛으로 폭죽의 효과를 충분히 낼 수 있고 소리만 인공으로 만들어 섞으면 된다. 폭죽에 화약이 없건만 재미는 똑같거나 더 있다. 폭죽놀이를 어린이가 해도 탈이 없게 되니 아태부3세와 친구들도 폭죽놀이를 즐길 수 있다. 어린 학생들이 밤에 돌아다니는 것이 금지되어 있으니 그것만을 요리조리 피할 방도를 찾는 아이들이다. 펑펑 터지는 소리도 모든 사람에게 들리지 않지만 자신들만의 귀마개를 사용하면 자신들에만 들린다. 음악을 듣는 헤드폰 기능을 이용하는 것이다. 폭죽놀이를 하면서 맛있는 삼겹살을 구워먹는다. 사겹살을 오겹살을 구워먹는다. 한겹살을 이겹살을 두겹살을 구워먹는다. 폭죽놀이는 위험하지 않지만 삼겹살을 구워먹다가 불을 내는 어린이들이다. 한밤중에 많은 어린이들이 모여서 불을 낸다. 엄마가 구워주면 불이 나지 않았겠지만 서투른 어린이의 요리솜씨가 탈을 낸다. 소방차가 몰려오고 불을 끄게 되었지만 아이들은 매우 놀랐다. 이제부터는 한밤중에 몰래 놀러나가는 것이 불가능한 일이 된다. 밤에는 폭죽놀이가 불가능한 상황이다. 낮에 폭죽놀이를 해야 하고 맛있는 고기도 구워먹기가 틀렸다. 낮을 밤으로 둔갑시키는 재주와 고기를 구워도 불이 나지 않고 냄새도 나지 않게 방법을 알아내야 한다. 어린 아이들의 능력을 무시해서는 안 된다. 쉽지 않아 보이는 일이지만 스스로 온갖 방법을 다 만들어 내는 아이들이다. 고기를 감싸는 재료를 구해 땅속에서 구워내면 불도 나지 않고 냄새도 나지 않는다. 너무도 간단한 방법이다. 하늘을 밤하늘로 천지개벽시키는 재주도 알아낸 아이들이다. 그것도 너무 간단하다. 안경을 쓰면 낮의 하늘이 밤의 하늘로 보이는 것이다. 그렇게 아이들은 그들의 놀이와 재미를 다시 만들어 낸다. 오히려 선생님과 어른들이 따라서 하는 것이다. 로열티를 어린 학생들이 되레 받아야 할 형편이다. 아태부3세와 친구들만이 하던 놀이가 학교 전체가 하는 놀이로 도시 전체가 하는 놀이로 바뀌었다. 열 살의 아이들이 문화를 창조했다. 열 살의 아이들이 문명의 진보를 이룩했다. 아이들이지만 대단한 아이들이다. 대단한 아이들이 아니라 놀려고 요리조리 궁리한 것이다. 고기 구워먹다가 불이 난 것이 촉매제가 된 셈이다. 고기를 불에 구워먹는 동물은 없다. 불을 사용할 줄 모르는 동물이다. 불을 사용하는 방식을 바꿀 줄 아는 어린이들은 재주가 있는 것이 맞기도 하다. '궁하면 통한다.'는 식인지 삶의 방식을 개선한다. 그러면 밤에 안경을 끼면 낮처럼 보이는 안경도 역으로 만들 수 있지 않나? 정말로 밤이 대낮 같아 보이면 교통사고나 큰 사고도 일어나지 않고 낮과 밤이 없어져서 사는 방법들이 더 복잡해지지 않나? 밤을 없게 만드는 안경이 나온다. 군인들이 편해지나? 그러면 밤에 군사작전을 하나 낮에 군사작전을 하나 똑같지 않나? 어린 아이들이 연쇄적으로 세상이 많이 바뀌게 만드는 시초를 제공한다. 태양빛이나 달빛이 같아지는 꼴이다. 낮과 밤이 같아지는 꼴이다. 어두운 밤을 극복한 인류는 끊임없이 앞으로 나아가고 있다. 아무리 밤을 대낮과 같이 만들어도 잠을 자야만 하는 사람이다. 어린이들은 잠을 충분히 자야만 튼튼한 어른으로 자랄 수 있다. 특수한 상황에서는 밤이 낮으로 변하는 것이 좋지만 일반적인 경우에는 밤이 밤으로 기능해야 정상적인 삶을 살 수 있다. 극지방은 사람의 의지와는 상관없이 일 년 중에 반 년 씩 낮과 밤이 계속되는 자연환경이다. 불편하지만 불편을 감수하면서 생존을 하는 사람들이다. 이제는 불편한 것보단 편리한 쪽으로 이용이 가능하지만 부작용이 만만찮다. 잠을 자지 않는 어린이는 성장이 멈춘다면 난장이가 되는 꼴이다. 난장이가 될 정도까지 잠을 줄인 어린이라면 그 많은 시간을 무엇을 했다는 말인가? 성장유전자까지 통제가 가능하다면 난장이가 될 위험성은 없으므로 밤과 낮을 마음대로 이용하는 사람들이 되나? 아이들은 잠을 자지 않으면 난장이가 된다고 해도 스스로를 잘 조절하는 능력이 부족하다. 아이들이 사는 방식을 자유스럽게 방치하면 난장이가 많이 생기는 세상이 되나? 어쩔 수 없이 성장유전자를 잘 다룰 수 있는 영역까지 사람들은 나아가지 않을 수가 없다. 잠을 자지 않는 인간이 생긴다. 삼천 년의 일생 중에 일천 년이 잠자는 시간인데 그 일천 년을 잠을 자지 않는 사람이면 사천 년을 사는 사람이 되지 않나? 잠을 자지 않는 일천 년을 무엇을 하면 그 긴 시간을 채울까? 잠을 자고 싶은 욕망을 완전하게 제거할 수 있는 신인류가 지하국가5에 등장한다. 그 시초를 아태부3세와 친구들이 해낸 일이다. 잠을 자지 않아도 된다면 침대며 이부자리며 주거에 필요한 많은 것들이 줄어들고 무용지물이 되는 세상이다. 완전히 집이 없어져도 될까? 삼천 년을 눕지 않고 살아간다니 그것이 사실일까? 사람은 갓난아기 때와 아파서 환자이거나 기력이 매우 쇠한 노인을 제외하고는 눕지 않는 생활이 되지 않나? 삼천 년을 눈을 말똥말똥하게 뜬 채로 지내고 있다. 눈이 감기지 않는다. 누울 수가 없다. 정상적인 상황이면 도저히 견딜 수 없는 지경이다. 더위와 추위에 삼주 정도이면 적응을 하는 사람들이지만 눈을 감지 않고 삼천 년을, 눕지 않고 삼천 년을 버티는 사람이다. 하루에 잠을 자는 여덟 시간을 잠을 자지 않으면 놀던지 공부를 하던지 일을 하던지 운동을 하던지 무엇을 해야 한다. 사람들은 무엇을 할 것이다. 아무 것도 하지 않고 여덟 시간을 보내는 대단한 능력을 나타내는 사람도 있을 것이다. 아무 것도 하지 않고 삼천 년을 채우는 사람도 많을 것이다. 시간을 잘 활용하는 사람은 시간이 늘 부족하지만 시간을 전혀 활용하지 못하는 사람에게 삼천 년과 잠을 자지 않는 밤은 고통이 아니냐! 열흘 밤낮을 놀고 나니 피곤하여 잠을 자고 싶으나 잠이 오지 않으니 어떻게 피로를 회복하나? 베를린올림픽 마라톤에서 동메달을 딴 남승룡 선수는 서울에서 고향 순천까지 오백 킬로미터를 오일 동안 하루에 일백 킬로미터씩 뛰어서 갔다고 한다. 하루에 마라톤 풀코스를 두 번씩이나 오일 간을 연속으로 달린 셈이다. 베를린 출전 국내 예선전에선 손기정 선수보다 기량이 약간 나았다고 한다. 금메달과 동메달의 조선인이 잠을 자지 않고 달려 그래서 두 배의 역량을 나타냈다면 더욱 놀라운 일일 것이다. 삼천 년을 잠을 자지 않는 인류는 도대체 어떤 괴력을 보인다는 것일까? 일반인으로 마라톤을 하는 사람들도 9일 동안 매일 마라톤 풀코스를 달리는 놀라운 능력을 보이기도 한다. 생업을 하면서도 말이다. 하루하루의 각자의 일을 마치고 저녁 시간에 모여 달리는 것이다. 일제강점기에 인력거꾼이 마라톤에서 일등을 계속하자 직업적으로 달리기를 하는 형태의 사람들은 출전을 하지 못하게 조선총독부가 막아버리기도 했다. 인력거꾼이 오장육부가 가장 단단하지 않나? 후천적인 영향이 커 보인다. 자동차로 인해 인력거꾼도 없다. 여덟 시간을 잠을 자지 않으면 무엇을 해야 하나? 100세 시대가 다가오자 40년, 50년을 스스로 알아서 살아야 하는 부담이 생긴다. 너무도 긴 시간이 무계획적으로 앞에 다가선다. 이제껏 사람들이 당해보지 않은 영역이다. 삼천 년을 사는 것도 복잡한데 더하여 일천 년을 더 보태라니 어떻게 시간을 요리하나? 아이들이 만들어 주는 일천 년을 알차게 보내야 하건만 꼼꼼한 대책이 없다. 밤과 낮을 없애 주는 안경 하나가 인간의 수명을 일천 년이나 연장시키게 된다. 조금 아니 상당히 발전한 안과수술이 과거이면 봉사일 사람을 봉사가 아니게 만들어 버린다. 그렇게 놀라운 체험도 두 달이면 전과 같아진다니 봉사를 눈뜨게 해준 것도 그 은혜가 오래가지는 않는 모양이다. 일천 년이나 수명이 연장되는 기쁨도 전혀 무엇인지 모른 체 맞이하는 사람들이다. 밤에 잠을 많이 자는 옛날이 좋지 않나? 잠을 자는 것이 맞는데. 현대의 사람들은 구석기인들과는 많이 다르게 살아간다. 구석기인들은 사냥으로 배를 채운다. 채집으로 식물을 먹는다. 사냥을 하기 위해 전력으로 힘을 쏟아야 하고 농사를 짓는 신석기인들이 아니므로 곡식으로 만든 음식은 먹지 못한다. 탄수화물의 섭취는 없지만 고기와 식물에서 체내에서 변환이 되는 모양이다. 잠을 자지 않는 이상한 인류가 출현을 하는 것이다. 곡식을 먹은 기간이 상당하지만 긴 인류의 역사에서 아주 길지는 않다. 잠을 자지 않는 인류는 처음이다. 잠을 줄인 인류가 나오지도 않았는데 곧바로 잠을 자지 않는 인류가 나온다. 잠을 자지 않는 것은 심장이 하는 방식과 비슷해진다. 심장은 잠을 자지 않는다. 죽을 때까지 움직임을 멈추지 않는다. 잠을 자지 않으면 극도의 긴장상태가 계속되는데 어느 한 순간은 긴장을 늦추는 방식이 있어야 한다. 24시간 잠을 자지 않지만 가장 편안하고 안전한 순간에 5분이나 10분 정도 잠을 아주 깊이 잔다면 신체구조가 망가지지 않고 견뎌낸다면 그런 방식으로 사람이 변할 수도 있을 것이다. 평상시에 사람들은 잠을 줄이지 않는다. 특별한 경우에는 부득이 잠을 줄인다.

신체의 모든 조건이 탈이 나지 않는다면 그런 상태를 계속 유지할 수 있다. 시골과 도시의 환경은 시골이면 자연적이라 인간이 견디기가 쉬운 환경이지만 도시는 잠을 잘 자지 못하게 압박하는 구조이다. 잠을 자지 못해 미쳐버린 사람들이 도시에 가득 찬다. 도시는 미쳐간다. 미친 사람들이 모여서 정상적인 사회를 잘 이끌어 간다. 잠을 자지 않아도 미치지 않는 인간이 되는 방법들이 잘 찾아지나? 구석기인들처럼 사냥을 하기 위해 죽을 정도의 힘까지 쏟는 것처럼 도시에서 또 다른 죽을 정도의 힘을 쏟고 있는 사람들이기도 하다. 거대도시가 큰 무리 없이 잘 유지되는 것은 인간이 얼마나 잠을 자지 않고 긴장하고 있는가의 반증이기도 하다. 불안하기 짝이 없는 거대도시이다. 불안한 도시를 불안하지 않게 하기 위해 잠을 잘 수가 없는 지경이다. 알래스카의 송유관 시설이 인류가 지구상에서 없어진 이후에 이천 년 정도까지 남아 있을 인공구조물이다. 더 이상의 긴 시간이 지나면 인간의 흔적은 자꾸만 없어진다. 얼마나 인간이 잠을 자지 않으면 인간의 흔적이 길게 남게 되나? 인간이 사라진 지구에서 이천 년이 흘렀다. 알래스카의 송유관만 남아 있다. 지구에서 인간은 무엇인가? 삼천 년을 잠을 자지 않고 노력하면 인간은 지구에서 얼마나 긴 시간을 흔적이 남아 있게 만들 수 있나? 구석기인들은 농사를 지을 줄 몰랐다. 인구가 늘기가 매우 어렵다. 신석기인들은 농사를 짓기 시작한다. 인구가 늘어난다. 잠을 자지 않는 인류는 어떻게 되나? 잘 알 수가 없다. 잠을 줄인 연구자나 학생들은 상당한 업적을 만들어 낸다. 엄청난 에너지를 집중적으로 투입하여 잠을 줄이면서까지 노력한 결과이다. 잠을 푹 자야 다음날 일하기가 훨씬 나은데 잠을 줄이는 것이 맞나? 신생아는 잠을 많이 잔다. 엄청나게 많이 자란다. 신생아의 잠을 줄인다. 아기는 자라지 못한다. 결과는 이상해진다. 어린이의 잠을 줄인다. 신생아의 잠을 줄이는 것과 같다면 결과는 심각하다. 청년이나 어른이 잠을 줄인다. 결과가 엄청나게 나쁘지 않다면 견딜 수 있다. 구석기인들의 생활에는 농사가 없지만 머릿속으로는 농사를 상상했을 지도 모른다. 신석기인들은 거대도시 생활을 하지 않았지만 상상은 했을 것이다. 상상은 말이나 글로 표현된다. 구석기인들은 글이 없고 신석기인들도 글이 없다. 그들의 말은 허공에 날아가 버렸다. 허공에 날아가 버린 구석기나 신석기인들의 언어를 찾아내고 그 언어를 들을 수 있으며 그 언어를 해석할 수 있는 사람들이 나올 것이다. 우주에 그들의 언어나 그들의 생각이 어떤 형태로든 떠돌아다니지 않을까? 그것을 찾아내는 기술이 나올까? 구석기시대에 누군가가 한 말을 다시 들을 수 있다. 그 의미를 해석할 수 있다. 놀라운 일이다. 귀신이 따로 없다. 그처럼 놀라운 능력을 발휘하는 무당이 있나? 인간이 할 수 없으면 신이나 귀신이나 무당이나 엉뚱한 것을 견주어대는 사람들이다. 정말로 빛의 속도보다 더 빨리 움직여 과거로 여행한다면 구석기인들의 언어를 들을 수 있다. 그 언어를 녹음하여 와서 해석을 해볼 수 있다. 삼천 년이나 사천 년의 긴 일생에서 구석기인의 언어나 신석기인의 언어를 연구하거나 상상속의 이상한 일들을 연구하면서 시간을 보낼 수 있다. 멀고 먼 별에서 온 빛은 어마어마하게 옛날에 그 별을 떠나온 빛이다. 그 도달하는 시간이 억겁이 되어도 그 빛은 지구에 온다. 억겁의 시간 전에 들렸던 음파나 전파나 모든 것들이 연구되어질 환경이 조성되면 그 환경을 사람들이 만들어내면 불가능의 영역이 매우 줄어든다. 심심풀이로 일을 벌이는 어린이들이 먼저 찾아낼 공산도 크다. 아태부3세와 친구들이 구석기시대 어느 지역에서 생존했던 사람들의 언어를 타임캡슐을 통해 채집하여 연구를 시작하는 모임을 만들 수도 있다. 가능성이 아니라 실제로 학교에서 연구동아리가 만들어진다. 구석기인들은 지구가 현재의 대륙으로 갈라지기 전의 사람들이라 하자. 그들의 음성을 아이들이 들어보니 무슨 말인지 알 수가 없다. 여섯 살 아이의 그가 들은 애국가가 들리는 소리보다 더 어렵다. '동해물과 식두산이…….' 백두산이 여섯 살의 귀에는 '식두산'으로 들린다. 일백만 년이나 전의 언어가 도대체 어떻게 들리나? 산이나 강이 일백만 년을 가지 않지만 일백만 년이 지나도 똑같은 형태라면 똑같은 것을 사람들은 보는 것이다. 그리고 그것을 말로 할 것이다. 일백만 년의 언어변천사는 내용이 너무 많거나 전혀 예상 밖으로 별로 변하지 않았을 수도 있다. 신석기인들이 절벽에 그린 고래 그림들은 지금의 고래들의 종류를 정확하게 표현하고 있다. 고래가 긴 시간 동안 변하지 않았으니 종류별로 다르게 그린 것이 지금도 맞아떨어지는 것이다. 동식물이 수억 년 동안이나 별 변화가 없듯이 사람의 모든 것들도 변화가 그렇게 적지 않을까? 아이들이 구석기 언어를 연구하고 문화를 만들어내고 빛의 속도 이상을 경험하고 있다. 빛의 속도 이상의 의문에 답을 하고 있다. 백두산이 식두산이지만 들리는 것이다. 신석기인들의 눈에나 지금의 사람들 눈에나 고래는 종류가 다양하고 종류마다 생김새가 다르다. 보리나 밀이나 벼가 구석기 시대에도 있었나? 조나 피나 기장이나 곡식들이 구석기 시대에도 있었나? 있었는지 없었는지 구석기인들은 곡식을 먹지 않았다. 구석기인의 눈에는 곡식이 별것 아니었다는 것인지 곡식에 대한 개념이 없다. 현대인의 눈에도 구석기인이 느끼는 곡식처럼 주목받지 못하는 것들이 있을 것이다. 그것이 나중에는 곡식처럼 기능한다면 그것이 무엇일까? 또 아이들이 찾아낼까? 구석기인의 눈에는 곡식이 안 보인다. 현대인의 눈에는 무엇이 안 보인다. 현대인과 미래인을 구분하는 것이 무엇일까? 아태부3세와 친구들에게 현대인과 미래인을 구분하는 무엇을 잘 가르쳐 주고 있나? 그것을 배우고 싶은 것이 이 학교에 다니는 이유가 아닐까? 아이들이 스스로 찾아낼 수 있게 만들어주는 환경도 아주 앞선 학교생활이다. 어느 날 식두산은 백두산으로 바뀐다. 미래에는 백두산이 어느 산으로 바뀔 것이다. 구석기 시대에는 무슨 산이라 했나? 아태부3세와 친구들이 알아낼 것이다. 고래보다 더 큰 배들이 많다. 크루즈선, 유조선, 무역선, 항공모함, 등등 많다. 신석기인들은 고래를 넘어서고 싶었다. 현대인들이 꿈을 이루어 주었다. 현대인들이 넘어서고 싶은 것이 많다. 미래의 더 미래인들이 꿈을 이루어 줄 것이다. 크루즈선, 유조선, 무역선, 항공모함이 수십 단계나 진화하면 어떻게 되나? 잘 모르는 상태이다. 감을 잘 못 잡는 것이다. 아태부3세가 학교에서 그 진화된 몇 단계 앞의 배들을 보게 될까? 그 진화된 배를 보고 싶은 것이 사람들의 심정이다. 보인다는 것이 얼마나 뿌듯한 일이냐! 그 보인다는 맛에 사람들이 희망을 걸곤 한다. 아이들이 그림을 그린다. 배에는 날개가 달리고 자동차에도 날개가 달린다. 배에 달린 날개는 바다 위를 떠서 날아다니거나 바다 위를 가로지르는 위그선이다. 자동차에도 날개가 달리면 비행기이면서 자동차인 새로운 물건이다. 배에다가 한 가지만 추가해도 놀라운 것이 된다. 두 가지만 추가하면 불가능한 영역으로 생각할 소지가 크다. 배에다가 열 가지를 추가하면 괴상한 것이 된다. 학교에서 아이들이 놀이로 생각하고 늘 연구할 수 있다. 장난감을 만드는 것이다. 배로 만든 장난감이 열 가지의 다른 기능을 겸비하면 대단한 장난감이다. 장난감이 실제로 현실에 적용되면 우리는 달라진 세상을 보게 된다. 아이들은 장난감에서 열 가지의 기능이 작용하는 것을 보고 가지고 놀았는데 실제로 보이지 않으면 어른이 되어서 만들려고 시도할 것이다. 청소년 시기에 벌써 시도를 하기도 할 것이다. 아태부3세와 친구들은 할 일이 너무 많다. 장난감 만드는 동아리까지 일을 벌이면 정말로 잠을 적게 자야 할 판이다. 장난감의 성능을 개선하는 일에 몰두하면서 노는 어린이는 에디슨의 후예가 되는 일도 벌어질 것이다. 꼬마들이 가지고 노는 장난감은 현실을 반영하는 거울이다. 장난감 헬기는 너무 좋아서 애지중지하지만 쉽게 망가져 동심을 울리기도 한다. 전쟁놀이 중에 장난감 헬기는 대단한 것이지만 금방 부러져 버리니 친구 간에 다툼이 일기도 한다. 아이들의 무한대의 요구대로 장난감의 성능을 개선하면 상당히 앞선 신종의 발명물이 된다. 아이들이 끝까지 자신의 장난감의 성능을 최대로 늘이는 일에 전심을 쏟는다면 대단한 기술자가 되거나 과학자가 될 것이다. 실제로 해 본다는 것은 매우 중요한 교육적 요소이며 과정이다. 해보지 않으면 미심쩍지만 해볼수록 확실함에 다가간다. 아이들은 스스로가 시간표를 짜기가 쉽지도 않고 잘 지켜내기는 더 어렵지만 놀이로 하는 일은 시간가는 줄도 모르고 계속하는 경향이 짙다. 사천 년 가까운 시간은 무척 길지만 학교에서는 학교의 방침에 따라 시간을 배정할 수밖에 없다. 아태부3세와 친구들은 늘 놀 수만은 없다. 규칙적인 학교의 가르침을 받는 중이다. 사실, 학교에서 배우는 것들이 과거와는 너무 다르게 엄청나게 앞서 있다는 점이 놀랍다. 이조시대의 사람들이 지금의 어린 학생들이 다루는 컴퓨터 능력을 보면 뒤로 나자빠질 것이다. 그렇지만 한문 실력을 보고는 실망을 할 것이다. 지하국가5의 아태부3세이지만 20세기의 어린이처럼 한문 실력은 이조시대의 서당 아이보단 바닥일 수 있다. 모르는 사이에 아이들의 능력이 약해지는 부분도 있을 것이다. 늘 공부만 더 많이 하는 관계로 신체적인 능력이 줄어들 수도 있다. 모르는 사이에 모든 부분들이 더 나아진다고 희망적으로 살고 싶지만 정말로 세밀하게 관찰하면서 아이들을 잘 살펴야 하는 어른들의 의무사항이 있기도 하다. 교육이 백년대계라고 하지만 아태부3세처럼 수명이 삼천 년에서 실제로 사천 년 가까운 상황에서는 교육이 사천년대계가 되어야 하는 매우 골치 아픈 일이다. 아태부3세나 또래들을 사천 년의 시차로 앞을 내다보고 가르치라니 쉽지 않다. 선생님들은 사천 년 앞이 보이나? 어느 정도는 보여야 하지 않나! 사천 년의 인생설계를 해보지 못한 인간들이 이제는 설계를 해야 한다. 저작권이 사후 70년이 보장되는 일에 있어서 인생 설계를 70년을 더 늘려야 하는 새로운 일을 느껴 보는 소수의 사람들도 있다. 실제의 수명은 70년이 더 늘어나지 않아도 무엇인가 늘어난 것에 대한 설계도를 더 세밀히 그려야 한다. 어느 순간에 느닷없이 늘어난 70년을 잘 요리해야 하듯이 사천 년을 어떻게 요리해야 하나? 한 인간에게 사천 년이 주어져 있다. 신이 인간에게 너무 과한 선물을 하는 것이 아닐까? 한 인간에게 70년의 생명이 실제로 더 주어진다. 어마어마한 놀라운 일이다. 실제 수명이 아닌 70년도 사람을 변하게 만들고 다르게 살게 만든다. 없던 창조적 에너지가 만들어지는 것이다. 신기루가 그냥 신기루가 아닌 것 같은 것이 사람을 기쁘게 만들고 다르게 노력하게 만든다. 옛날의 왕의 무덤처럼 긴 세월을 가진 못해도 그렇게까지 갈 수도 있지 않을까? 하는 무엇이 생기는 느낌이 도는 것이다. 실제로 사람들이 사천 년을 산다면 무시무시한 일들을 성공시킬 것이다. 불과 70년의 보장에도 사람이 달라지니 말이다. 아태부3세와 친구들은 분명이 놀라운 업적을 내놓을 것이 예견된다.

오늘은 학교에서 아태부3세와 친구들이 차례대로 자신의 삼천 년 일생을 어떻게 설계할 것인가를 발표하는 날이다. 삼천 년을 기준으로 해도 되고 사천 년을 기준으로 해도 된다. 사천 년을 기준으로 하는 사람은 일천 년을 잠을 자지 않는 일생으로 선택하는 사람이 설계하는 방식이다. 열 살의 어린이들이 그들 나름의 인생을 어떻게 꾸릴 것인가를 말한다는 데 유심히 들어볼 일이다. 첫째 어린이는 삼천 년을 만화만 보고 싶다고 한다. 둘째 어린이는 삼천 년을 놀기만 하고 싶다고 한다. 셋째 어린이는 삼천 년을 생각하기가 싫다고 한다. 넷째 어린이는 삼천 년을 공부하지 않고 살고 싶다고 한다. 다섯째 어린이는 삼천 년이 너무 길어서 어찌 해야 할지 모르겠다고 한다. 여섯째 어린이는 사천 년을 무엇을 할지 이제 생각을 시작해보아야 할 것 같다고 한다. 일곱째 어린이는 삼천 년과 사천 년의 확실한 차이점을 잘 모르겠다고 한다. 여덟째 어린이는 오늘 발표하는 것이 너무 이상해서 전혀 준비를 하지 않았다고 한다. 아홉째 어린이는 사천 년 동안 일 년에 한번씩 하는 일을 바꾸어 사천 가지의 일을 해보고 싶다고 한다. 열 번째 어린이는 사천 년을 우주로 여행을 하고 싶다고 한다. 열 살의 어린이에게 목표의식을 심어주는 것이 자연스러워야 하는데 너무 어렵게 여겨지면 솔직한 설계를 하지 않을 것이다. 어른이나 선생님이 좋아하는 것에만 집중하여 그렇게 하겠다고 답을 할 확률이 높다. 삼천 년이나 사천 년의 인생이면 열 살에 목표를 정할 필요가 있을까? 너무 오래 살다보니 과거의 기준이 맞아떨어지지 않는다. 평균수명이 40년이나 50년이면 열 살에 인생설계를 해야 하지만 지금은 그렇지가 않으니 말이다. 인생 자체가 너무 길어서 설계 자체가 황당한 일이 아닐까? 100세의 인생만 되어도 은퇴한 후의 기간이 더 긴 이상한 일이 벌어지는데 설계가 잘 맞지 않는 것이 아닐까? 100세의 인생에서 은퇴한 후 직업 없이 사는 기간이 더 길다. 사천 년의 인생이면 직업을 정하고 사는 것이 엄청나게 굴곡이 심하고 잘 맞지 않을 확률이 크지 않을까? 일단은 그렇게 느껴진다. 결혼도 무수히 많이 할까? 단 한 사람의 배우자와 사천 년을 해로할까? 앞일을 알기가 매우 어렵다. 안개 속에 쌓인 인생을 살아간다는 것이 아닌가? 열 살의 아이에게 안개 속을 헤치어 나가는 비법을 알아내라니 심한 주문이다. 사천 년의 일생을 살고 난 뒤에 어린이들의 열 살 때 발표와 견주어 보면 차이점이 많지 않을까? 과학이 발달하여 사천 년 동안 충분히 발표 장면들을 보관하여 비교할 수 있을 것이다. 사천 년이면 부처님이나 예수님이나 공자가 태어나기도 전의 일이 아닌가? 정말로 까마득한 세월이다. 사람이 살다보니 사천 년을 살고 사천 년을 꿰뚫어 본다. 놀라운 일이다. 자신이 살아온 삼천 년이나 사천 년을 자신의 일생이므로 정말로 잘 기억하고 생생하게 체험되어 있을 것이다. 사천 년을 살아본 사람이 길을 보여줘야 설계하기가 쉬운데 사천 년을 산 사람이 없으니 길이 잘 보이지를 않는다. 이렇게 보이지 않는 길을 어린 열 살의 영혼들이 잘 그릴 수 있나? 그래도 그려야 하는 것이 학교의 일과표이다. 무작정 그려보는 것이다. 우주에 지도를 처음 그리듯이 그려보는 것이다. 전혀 그리지 않는 것과 그리는 것은 많은 차이가 난다. 구체적으로 더 잘 그리면 그것이 사람의 문명진보가 아닐까? 화가가 그린 그림의 값어치를 일반인이 판별하기는 어렵다. 너무 고가이면 더욱 알 길이 막연하다. 열 살의 어린이들이나 선생님들이나 인생의 긴 값어치를 정확하게 잘 알기가 점점 어려워지는 세상이다. 너무 긴 인생이라 더 어렵다. 생명보험의 액수도 어마어마하게 될 것이다. 100세의 기준이 아니라 사천 살의 기준이면 얼마를 보상해야 하나? 인공장기를 줄기세포를 이용해 만드는 인류는 100살이 아니라 자꾸만 일천 살에 도전하고 있으며 그런 날이 오지 않을 것이 아니란 점이 놀라운 지금이다. 자동차 부속품을 갈아 끼우듯이 심장을, 뇌를, 간을, 자꾸만 바꾸면 이게 무엇인가? 형편이 좋은 사람은 더 좋은 뇌를 더 빨리 갈아 넣고 형편이 넉넉하지 못한 사람은 좋은 뇌를 빨리 갈아 넣지 못해 격차가 벌어지면 같은 사람들이 원시인과 현대인이 혼재되어 사는 세상이 되나? 21세기도 아궁이에 불을 때거나 가스불을 이용하거나 혼재되어 살고 있다. 복잡하고 혼재되고 정신이 얼얼해도 별 탈이 없다. 내일은 또 다른 어린이들이 자신의 일생설계를 발표할 것이다. 세상의 모든 어린이들이 이런저런 형태로 자신을 설계해야 하는 일이 벌어질 것이 틀림없다. 자의든 타의이든 일생을 이렇게 살겠다고 말해야 하는 것이 사람이다. 놀라운 점이 나쁘게 살겠다고 말을 못하는 것이다. 악당으로 살겠다고 말을 못하는 것이다. 착한 어린이 뿐이다. 열 살의 인생설계는 모두가 이상적인 세상이 된다. 세월이 흐르면 교도소가 없어져야 하건만 그렇지도 않다. 그렇게 인생설계를 잘해도 전쟁이 일어나면 무엇이냐? 한 치 앞이 안 보이는 인생설계가 아닌가? 한 치 앞이 안 보이지만 착하게라고 억지 같은 다짐을 아니면 자연스런 다짐을 한다. 여학생들도 인생설계를 하고 남학생들도 인생설계를 한다. 남녀 두 사람이 만나면 인생설계가 약간은 변경이 가해질 수 있기도 한다. 결혼으로 인생의 길이 약간씩 조절이 된다. 교도소에는 여자도 있다. 어린 여학생이 자라서 교도소에 가리란 것을 상상할 수 없으나 일어나는 사건이다. 어린이는 인생의 나쁜 그림을 그리지 않는다. 시간이 많이 지나면 결과적으로 나쁜 그림도 나오게 된다. 나쁜 그림은 왜 나오나? 아태부3세도 선생님들도 잘 모르는 일이다. 사람은 살면서 늙고 병드는 과정을 벗어나지 못한다. 절대로 피해 갈 방법이 없다. 숙명으로 받아들이는 수밖에 달리 방도는 없다. 줄기세포가 늙고 병드는 것을 완벽하게 차단할 지는 미지수이다. 완벽하게 해낸다면 죽지 않는 사람이 된다. 이제껏 사람이 가보지 못한 길이다. 사람의 마음과 정신도 항상 싱싱하고 바르게 만들어 왔지만 완벽한 인간이 아니다. 아무리 학교에서 가르쳤지만 마음과 정신이 세월이 흘러 병이 들면 틀린 그림이 그려진다. 틀린 그림이 나오지 않게 마음과 정신을 늘 깨어 있게 만드는 사람들이지만 한계성이 존재한다. 늙고 병드는 것을 막지 못하는 것처럼 마음과 정신이 병드는 것도 막지 못하는 사람들이다. 줄기세포가 완벽하게 늙고 병드는 것을 막아 죽지 않는 사람을 만든다면 사람들이 마음과 정신도 병이 들지 않게 완벽한 인간으로 만들어 낼 수 있을까? 마음과 정신이 병들지 않는 완벽한 인격체인 인간을 우리는 염원하지만 거기에 도달하지 못해 아쉬운 사람들이다. 학교는 어디까지 사람을 마음과 정신이 병이 들지 않게 해낼 수 있나? 해내지 못하는 영역을 정복하고자 하는 인간의 욕망은 지대하다. 해낼 수 없는 영역을 정복하고자 인간은 노력한다. 마음과 정신이 병이 들지 않는 인간을 이루어낸다. 가장 이루어내고 싶은 영역이다. 아태부3세가 다니는 학교는 어느 정도까지 훌륭한 마음과 정신을 만들어 주고 병들지 않게 해줄까? 마음과 정신에도 육체에 작용하는 줄기세포 같은 것이 있다면 인간은 또 다른 차원의 삶을 살면서 행복하지 않나? 마음의 줄기세포, 정신의 줄기세포는 어디에 있나? 스스로 찾아야 하나? 아이들에게 체화되는 그런 것이 있나? 육체에 대한 줄기세포는 갈수록 좋아지는 경향이 있다. 사람에게 작용하는 마음의 줄기세포, 정신의 줄기세포는 없는 것이 아닐 것이다. 분명 존재하고 사람 스스로가 내면에 간직하게 되지 않을까? 아이들이 스스로 마음에 정신에 줄기세포를 만들어 넣는다면 삼천 년의 사천 년의 세월을 멋진 신세계로 가게 된다. 마음과 정신을 일깨우는 강력한 줄기세포가 또 다른 신인류를 만들 것이다. 육체의 게놈지도는 알아내는 인간이 마음과 정신의 게놈지도도 알아내야 하지 않나? 마음의 게놈지도, 정신의 게놈지도는 도대체 잘 알 수가 없다. 잘 알 수가 없으니 사람들이 에베레스트 산을 오르듯이 정복하려 할 것이다. 몇 번째의 어린이가 사천 년을 마음과 정신의 게놈지도를 찾겠다고 할지 알 수 있나? 여자 어린이도 남자 어린이도 도전할 것이다. 답이 황당한 영역이다. 마음과 정신은 어떻게 공든 탑을 쌓아야 하나? 공든 탑은 공이 들어야 쌓이는 탑이다. 공이 들어야 탑이 쌓이듯 마음과 정신도 공든 탑이 요구하는 무엇이 있다. 마음과 정신이 요구하는 것에 사람은 헌신을 해야 한다. 안중근이나 여자 안중근인 사람처럼 단지로 정신을 마음을 나타낸다. 일반인이 단지를 할 정도의 결심은 없어도 자신의 수준에서 헌신을 할 수 있다. 내공이 쌓이는 모양이다. 마음과 정신이 아프지 않는 진정한 청년이 되어야 한다. 그 기초적인 힘을 아이들이 잘 배우고 있다. 어느 먼 훗날에 어린 학생들이 그 때 배운 정신과 마음이 차돌같이 단단한 힘을 발휘할 때 한층 높아진 새로운 세상의 신세계가 보일 것이다.

어린 학생들에게 너무 힘든 정신과 마음의 단련을 요구하는 것은 학습과정상 무리일 수 있으나 어린이가 견딜 정도의 수준에서 자연스럽게 몸과 마음에 배이도록 하면 큰 문제는 일어나지 않는다. 어린 성장기의 학생이니 몸이 우선은 가장 튼튼해야하지만 정신을 무시할 수도 없다. 정신이 너무 바짝 들어 작두의 시퍼런 칼 날 위에서 춤을 추어도 발이 베이지 않을 수도 있지만 도력이 대단한 극소수의 특이한 사람만이 가능한 일이다. 맨발로 사는 21세기의 70억 인구 중에 10억 명도 발바닥이 매우 단단하다. 맨발로 다녀도 발바닥에 상처가 나지 않는다고 한다. 발바닥에 굳은살이 생겨 문제가 안 생긴다고 한다. 발바닥에 전해지는 감각은 굳은살이 있지만 원래의 발이 느끼는 감각이 그대로 전달되고 굳은살과 발바닥의 감각은 별개로 작용한다고 한다. 놀라운 인체의 적응력이다. 일곱 명에 한 명이 신발을 신지 않고 살고 있다. 아무리 힘한 길이라도 발바닥에 상처도 생기지 않는다고 한다. 매우 무딘 칼날에서 점점 날카로운 칼날로 훈련을 강화하고 정신력도 강화하면 도인처럼 가능한 일이 일어나는 모양이다. 신발이 여름에는 무척 불편하기도 하다. 자갈길이나 깊은 산의 절벽에서는 신발이 신통치 않으면 곤란을 당하지만 10억 명의 사람들은 전혀 그렇지가 않다. 과거의 짚신도 너무 쉽게 닳아서 곧잘 맨발이 되지 않았을까? 원시인들은 한겨울에 발에 동상이 걸리지 않았을까? 동물은 의복이 없다. 신이나 장갑도 없다. 너무 덥거나 추우면 여름잠이나 겨울잠을 아예 자 버린다. 여름잠이나 겨울잠의 변형된 형태가 아이들의 방학이 아닐까? 너무 춥거나 더우면 노동현장에서도 일을 멈춘다. 사람은 견딜 수 있을 만큼 견뎌내지만 한도를 넘으면 무리이다. 30킬로그램 이상의 짐을 지고 전쟁을 수행하는 군인과 가벼운 몸으로 움직이는 군인 중에 가볍게 움직이는 쪽이 유리하지만 짐이 꼭 필요한 상황이니 버릴 수가 없어서 지고 다녀야 할 것이다. 그 무거운 짐을 어깨에 메지만 그 무게가 솜털처럼 가볍게 되는 등산용 가방이 개발되면 참 편리해진다. 반중력을 이용할 수 있는 가방이 없나? 낙하산이 반중력을 이용한 물건이다. 등산용 가방에 낙하산의 원리를 어떻게 교묘하게 섞어 만들 수 없나? 아이들이 신발을 신고 학교에 다니지만 신발을 신지 않고도 적응하는 것도 해 보면 되지 않나? 아이들이 자신의 몸무게를 어깨에 메고는 일어서지도 못한다. 낙하산의 원리가 적용되면 일어나서 움직일 수 있다. 낙하산은 부피가 너무 크므로 우산 정도로 작은 것이 우산보다 더 작은 것이 아니면 비옷처럼 입으면 낙하산의 효능을 나타내면 해답이 나오게도 된다. 비옷을 입은 어린이들이 자신의 몸무게에 해당하는 짐을 지고 높은 산을 오른다. 자갈밭도 신발을 신지 않았지만 비옷으로 인해 살짝 들리므로 무리 없이 잘 걸어간다. 어린이의 정신과 마음에도 낙하산 비옷처럼 잘 작용하는 무엇이 있다면 고차원 정신과 마음을 지닌 놀라운 어린이들이 미래에 주인이 된다. 낙하산이 비옷처럼 된다. 참으로 편리한 낙하산이다. 꼬마들이 무엇인가에 삼천 년이나 사천 년을 미치도록 만드는 것을 이 순간부터 알게 된다면 그 교육적 효과는 대단하다. 형벌 중에는 뜨거운 물에 빠지는 형벌이 가장 고통스럽고 잔인하다고 한다. 화산이 많아 온천이 많은 일본에서는 과거 서양의 기독교를 믿는 사람들을 온천으로 끌고 가 뜨거운 물속에 넣었다가 끄집어내면 백에 백 명이 모두 기독교를 버렸다고 한다. 그런 중에도 기독교를 버리지 않는 사람도 있기도 했다 한다. 열탕에서 화상을 입고도 정신을 버리지 않는 사람도 있었다고 한다. 죽은 고기는 뜨거운 물속에서 사람들의 음식이 되지만 산 짐승이 뜨거운 물속에서 익는 것은 대단한 고통일 것이다. 사람들은 뜨거운 물속에서 몸이 익는 고문을 견뎌내지 못한다. 무엇이 사람으로 하여금 그 모진 고문을 이겨내게 만드나? 무엇이 사람으로 하여금 작두 위에서 춤을 추게 만드나? 신이 들렸다고 한다. 귀신이 덮어 씌어서 가능하다고 한다. 작두를 타는 놀라움이나 사람이 못 견딜 온천에 빠져도 종교를 버리지 않거나 이해하기 어려운 정신의 영역이 있다. 티베트의 명상이 대단한 승려들도 혹독한 추위에도 전혀 추위를 타지 않게 몸을 조절하는 기술이 있다고 한다. 소림사의 무공이 뛰어난 승려들도 배위에 놓인 돌을 해머로 내리치는 데도 거뜬히 견뎌낸다. 불가사의한 초인적인 일이 일어난다. 아태부3세와 친구들이 초인이 되라는 것은 아니나 그런 경지에 오르면 좋지 않나 하는 희망적인 바람이다. 모래사장이나 마사토길은 맨발로 걷는 것이 훨씬 감촉도 좋고 건강에 좋다. 여름철 강가의 자갈밭을 맨발로 걸으면 발바닥이 후끈거리지만 무좀이 싹 사라지기도 한다. 군화를 신어 무좀이 있는 병사들은 일부러 맨발로 걸어가기도 한다. 청춘남녀는 강가의 모래밭일망정 더 달라붙는다. 침대의 푹신함을 모래가 대신하니 부드럽기만 하다. 옆구리에 차고 있던 책들은 베개가 되고 하늘은 맑기만 하다. 젊은 청춘은 장소가 문제가 되지 않는다. 성적 에너지도 놀라운 면이 있다. 정신적 에너지도 놀라운 면이 있다. 육체적 고통이 일시적으로 마비되면 아픈 줄을 모른다. 전쟁터에서 살기 위해 안간힘을 다해 적을 향해 총을 쏘고 있는 동안에는 아픈 곳이 전혀 없다. 적이 물러가고 나서야 총상을 입은 몸이 아프기 시작한다. 총을 맞았지만 아플 수가 없었다. 잠시 몸에서 마약성분의 호르몬이 작용하는 모양이다. 공부도 일종의 훈련이다. 작가가 긴 글을 쓰는 것도 엉덩이의 힘이라고 하기도 한다. 얼마나 끈질기게 의자에 붙어 앉아 있느냐가 결정하기 때문이다. 어린이가 엉덩이를 의자에 붙이고 있기는 매우 어렵다. 고삼 학생은 강제로 밤이 되도록 엉덩이를 의자에 붙이고 있어야 한다. 참으로 역설적이다. 걸어야 죽지 않는 사람인데 억지로 엉덩이를 의자에 오래 붙여야 어떤 결과물이 나오니 정반대가 아닌가? 걷거나 뛰면서 결과물이 나오면 인간의 신체와는 맞는 구조이나 앉아서 하는 것은 신체와는 맞지 않는 구조이다. 엉덩이를 의자에 너무 붙이면 온갖 성인병이 사람에게 달려든다. 그래도 그렇게 하라고 요구한다. 초등학교 일학년이 엉덩이를 붙이는 것은 고문에 가깝다. 학교에 갔다 와서 이제야 놀려고 하는데 어머니가 앉혀놓고 조금 더 공부를 시킨다. 고문에 가깝다. 대문에서는 친구들이 놀자고 이름을 부른다. 어머니가 세상에서 가장 미운 존재가 된다. 어린이는 억지로 참기도 하고 급기야는 뛰쳐나가고 만다. 아태부3세는 엉덩이를 억지로 붙이고 있을 때 누구를 원망하나? 음악적으로 대성한 대부분의 사람들은 어린 시절 악기를 가지고 엉덩이를 붙여야 했던 고통스런 기억들이 매우 강한 경향이 있다. 악기는 대부분이 2년 정도 끝까지 엉덩이를 붙여야 약간의 결과가 도출된다. 약간의 결과를 위해 2년을 견디기가 어린이에겐 매우 어렵다. 2년도 되지 않아 악기를 바꾸면 거의 헛일에 가깝다니 어린이는 즐겁지 않으면 견디기가 쉽지는 않다. 뛰어다니면서 잘 놀아야 하고 그러면서 엉덩이를 잘 붙여야 하고 쉽지 않다. 지그재그식으로 잘 섞어서 하루하루를 보내야 한다. 아태부3세와 친구들은 시간이 많으면 배가 고플 때까지 저녁이 되어 어두워질 때까지 노는 것이 그들의 일상이다. 배가 고프지 않고 어둡지 않으면 끝이 없이 노는 것이 그들이 본 모양이다. 노는 것은 엉덩이를 붙이지 않고 돌아다니니 문제가 없이 건강에 좋으나 컴퓨터에 너무 오래 붙어 있는 것은 선생님이나 부모들이 머리가 아프다. 놀기를 싫어하는 어린이들도 있다. 극도로 움직이기를 싫어하는 어린이는 더 문제다. 움직이지 않는다. 노인이나 다름없다. 움직이지 않으면 더욱 움직이기가 힘들어진다. 움직이지 않으면 식물이 되나? 식물도 살기 위해 모든 생존전략을 동원한다. 어린이가 움직이지 않으면 생존전략이 아니라 생존이 자꾸만 후퇴를 하는 것이 아니냐! 저학년이나 유치원의 활동은 움직이는 것이 공부보다 더 많다. 움직여야 한다. 엉덩이를 붙여야 한다. 어느 장단이 맞나? 잘 섞어라! 비빔밥처럼 잘 섞어야 한다. 공부가 즐거운 어린이는 공부를 잘하게 된다. 시작은 크게 즐겁지는 않을 것이나 즐겁게도 된다. 뛰어 노는 것과 엉덩이를 붙이고 공부하는 것을 잘 조절해 나가는 것이 자꾸만 학년이 높아지고 어른이 되어가는 과정이다. 자율적으로 해내면 상당한 학생들이다. 고등학생 정도면 자율적으로 공부를 하기도 한다. 스스로 몇 명의 뜻이 맞는 친구들과 같이 공부한다. 강요에 의하지 않은 공부를 한다. 결과도 상당히 좋게 나온다. 대학에서 공부 스트레스가 많은 학과나 분야는 협동하여 공부하지 않으면 과정을 밟기가 쉽지 않다. 어린이들이 엉덩이를 붙이기가 어려워도 서로 협동하여 공부하는 방식이면 훨씬 적응력이 높아질 것이다. 동물들도 고도의 집단사회를 이루어 협동적으로 사는 종류가 약간 있다. 철새들이 무리를 지어 먼 길을 의지하여 가듯이 여러 가지의 방법들이 있다. 노는 것도 협동적인 요소가 상당히 많다. 아태부3세의 또래들은 어머니의 말씀과 친구의 말 중에 친구가 하는 말에 더 휘둘릴 수 있고 가치를 어머니의 말씀보다 친구의 말에 더 무게를 줄 수도 있다. 어머니의 말씀이 당연하게 무게가 있어야 함이지만 그렇게 되지 않는 현실이 어린이의 세계다. 어머니는 자식을 왕따 시키지 않지만 친구들은 왕따를 시킨다. 따돌림을 당하면 어린이는 적응력이 무척 떨어지고 불안한 증세도 보인다. 또래에게 끼이려고 또래가 저지르는 나쁜 일도 흔쾌히 받아들이기도 한다. 또래가 어머니나 아버지 앞에 선다. 지금의 아태부3세와 친구들은 더 그렇다. 부모와는 떨어져 있으므로 또래가 더 가까운 피붙이로 여겨질 현상이 일어난다. 동료들이 만드는 가치기준에 살아가는 지금이다. 선생님이 요구하는 기준에도 따라가려고 하지만 동료의 기준이 매우 중요시된다. 동료의 눈 밖에 나게 되면 하루하루가 수월치가 않다. 사회화 과정을 어린이들이 습득해가고 있다. 무언가 잘못된 동료관계라면 부모나 선생님이나 어른들이 개입을 하려 할 것이지만 잘 알아차리지 못할 때 일은 터진다. 어린이의 친구를 맺어가는 세계를 완벽하게 알긴 어렵다. 학교를 너무 자주 옮기면 친구가 만들어지지 못한다. 어린 시절에 이사를 너무 많이 다니면 인생의 뿌리가 부실한 느낌을 나이가 들어서 받는다. 고향이 어디인지 아리송해지고 부초 같은 인생이 시작된 심정이다. 아태부3세도 뿌리가 튼실하게 내리도록 한 곳에서 오래 공부하게 될까? 도라지처럼 3년마다 8번을 옮기면 산삼에 버금가는 약성이 생기듯이 아태부3세는 한 곳에 오래 있던지 여러 곳을 옮기든지 똑같은 결과가 나오는 대단한 아이일까? 아태부3세가 매일 매일을 친구들과 보내지만 일일이 알아낼 수도 있지만 너무 심하게 관심을 가진 것이 아닐까? 보통의 아이들은 일일이 관찰되지 않지만 아태부3세는 관찰되는 아이이다. 너무 세밀히 관찰되는 보호되는 특이한 아이가 아닌가? 어린이에게 과해지는 많은 시선들이 어떤 경우이든 자연스러워야 하는 부담이 늘 있다. 아태부3세의 친구들은 잘 눈치 채지 못하지만 선생님들까지 느끼지 못하게 하기가 여간 쉬운 일이 아니다. 아태부3세의 운명이기도 하다. 삼천 년이나 사천 년을 피해가지 못한다. 아태부3세는 어린이다. 열 살이다. 마음과 정신이 얼마나 단단할까? 크게 단단하지 않다. 그런데 얼마나 단단하게 자꾸만 만들어야 하나? 이 점이 그를 불행하게 만드는 요소로 작용한다면 행복의 길에서 약간 빗나가는 길이 된다. 아직 중압감을 느끼지 않는 나이라고 하기도 정확하진 않다. 가슴을 짓누르고 어깨에 걸리는 무게가 무거울수록 아태부3세는 잘 살펴나가야 한다. 본능적인 처세술이 계발이 되나? 나이가 삼천 살이 되어도 처세술이 서툴면 그대로 살아야 한다. 세상을 살아가는 처세술을 일부러 가르쳐 주지는 않는다. 터득하는 것이 대부분이다. 열 살에 무슨 처세술이 필요하나 만은 그런 감각은 배양되지 않나? 눈치가 빨라야 돈을 잘 벌게 되나? 세상에서 귀염을 잘 받는 재주를 가진 사람들이 살기가 편할 것이지만 꼭 일부러 배워야 할 영역은 아닌 듯하다.

　　학교수업이 없는 쉬는 날이다. 하루 내내 자유롭게 시간을 보낸다. 오늘 하루는 게으름을 피우며 지내고 싶다. 그렇지만 식사시간은 꼭 지켜야 제때 밥을 먹을 수 있다. 식사시간은 개인적으로 이리저리 멋대로 할 수가 없다. 일부러 밥을 먹지 않는 아이는 거의 없다. 성장기의 아동이므로 아프지 않으면 식사를 거르지 않는다. 한편으론, 그 시간에 밥을 먹지 않으면 배가 고파도 다음 식사시간까지 해결할 방법도 마땅하지 않다. 어머니의 손길로 장만하는 음식은 아니다. 사람들은 어린 시절에 먹은 음식에 중독이 되어 평생을 그 음식을 가장 잘 먹게 되고 맛이 있다고 한다. 어릴 때 형성된 입맛을 평생 동안 바꾸기가 매우 어렵거나 불가능에 가깝다. 결혼하여 사랑하는 아내가 만들어주는 음식이 더 맛있고 입맛에 맞아야 하지만 그렇지가 않은 것이다. 아태부3세는 결혼을 한 것은 아니지만 음식이 집에서 먹던 것과는 꼭 맞지는 않다. 다른 사람의 입맛은 자기와 다른 것이다. 형제자매가 아닌 이상 입맛이 같지 않다. 형제자매의 입맛도 제각각이다. 그런데 열 살이나 일백 살이나 젖먹이 시절의 엄마의 젖의 맛이 기억나지 않지만 유전자 속에는 기억이 되어 있을 것이다. 돼지 새끼들은 어미 돼지의 젖꼭지 중에 자신의 것을 잘 찾아 서로 싸우지 않고 잘 자란다. 가장 힘이 세고 큰 돼지 새끼가 가장 젖이 잘 나오는 젖꼭지를 차지한다고 한다. 아태부3세는 가장 힘 있는 부모들이라 가장 젖꼭지가 좋은 것이지만 지금의 상황으로서는 전혀 작동되지 않는 구조이다. 음식은 무의식이지만 영향력이 매우 크다. 역사와 문화도 매우 길고 깊다. 어린 학생들이 온 지역마다 특색 있는 음식이 다르므로 간혹 자신의 고향음식이 식단에 끼이기도 한다. 오늘이 그날이면 좋겠지만 그날도 아니다. 한 달에 한 번씩 먹고 싶은 음식을 적어내도록 한다. 그 적어낸 음식이 절대로 매일 나올 수도 없고 희망사항이다. 각 가정의 음식은 어머니가 결정하는 편이 많지만 학교의 음식은 학교에서 거의 결정한다. 어린이는 성장하여 성인이 될 때까지 음식을 스스로 결정하여 먹는 일은 드물다. 대부분의 사람들이 스스로 결정하여 먹기까지는 매우 시간이 많이 지난 어른이 되어서야 가능하다. 그 순간부터도 과거에 이미 입에 배어버린 맛을 버리지도 못한다. 음식의 시작은 자의에 의한 선택이 아니라 어머니나 문화에 의한 선택이라 여겨진다. 어느 정도 숙명론적인 측면이 있다. 출생이 어느 집안의 누구이듯이 음식도 그런 면이 있다. 내가 누구라는 것과 고향이나 바꿀 수가 없는 부분에 가깝다. 향수병이나 다름없다. 아태부3세에도 고향산천이 아롱거린다. 견디기 어려운 하루가 된다. 고향집의 음식도 먹고 싶다. 그리운 고향의 어떤 것이 사람을 미치게 만든다. 아무리 고향의 음식이 운 좋게 식탁에 올라도 분위기가 또 다르다. 지금과 과거의 분위기는 다르다. 그러면 같은 음식이지만 맛이 다른 듯이 느껴지는 묘한 것은 무엇일까? 청춘 남녀가 한 그릇의 우동을 서로가 같이 먹고 있다. 일평생에 그런 일이 한 번도 없었다. 중국집에서 부끄러움도 없었던 모양이다. 너무나 자연스럽게 하나의 그릇에 같이 젓가락이 들어간다. 남의 눈에는 연인이나 신혼부부의 모습이 아니었을까? 꼬마 어린 아이들은 먹는 양이 적어서 남매가 같이 먹는 일도 있을 것이다. 아태부3세도 어느 날 여학생과 한 그릇의 우동을 둘이서 같이 젓가락질을 할지 알 수가 없다. 두 남녀는 애인 사이가 맞았던 것 같다. 서양의 젊은이들이 길거리에서 애정표현을 부끄러워하지 않고 한다지만 우동 한 그릇을 둘이서 같이 먹는 것도 어찌 보면 애정표현이나 같은 것 같다. 아태부3세의 삼겹살 파티가 불이 났지만 대단한 문화를 후속적으로 만들어 내었다. 순식간에 고향의 음식이 배달되거나 만들어지지 않나? 빛의 속도나 빛보다 빠른 속도이면 가능하다. 음식재료나 분위기까지 즉석에서 해결해줄 수 있는 좋은 방법이 없나? 전 지구의 음식재료를 지하 식물공장에서 키우는 구조이면 쉽게 재료를 구할 수 있다. 분위기를 똑같게 만들기는 불가능에 가깝지만 비슷하게 할 묘책이 없을까? 빛의 속도로 사람들이 이리저리 움직일 수 있으면 거리의 문제에서 해방되어 누구든지 빛의 속도로 한 자리에 모일 수 있다. 20세기에도 대단한 권력자나 큰 부자인 경우 비행기나 헬기를 이용하여 음식을 국경을 넘어서까지 공수하여 먹기도 했다. 꽃이나 채소들도 국경을 넘어 항공기로 단시간에 공수되어 거래가 되는 세상이었으니 비용만 지불할 능력이 있으면 가능한 것이기도 했다. 이제는 일반인들도 가능한 것이고 공수하는 시간이 더 줄어들고 있으므로 그 시간을 순식간에 해보자는 것이다. 그러면 향수병이나 고향의 음식이 고향을 떠나서도 여전히 바로 옆에 존재하고 타향이라는 것이 타향이 아니게 된다. 차이나타운이나 코리아타운이나 학교에는 수도 없이 많은 타운이 생기는 현상을 막을 수도 없을 것이다. 학교식당에서 똑같은 메뉴이면 쉽고 편리하겠지만 수백 가지 다른 나라의 메뉴를 매끼 식사마다 제공할 수 있는 힘들고 복잡하고 돈이 많이 드는 방식을 채택하면 되는데 어떻게 문제를 풀어내나? 식당에서 요리를 할 사람도 수십 배는 더 많아야 하지 않나? 한 사람의 요리사가 한 가지나 아니라 수십 나라의 요리를 다 만들 수 있어도 시간이 너무 많이 쓰이지 않나? 한 명의 학생이 일 년 동안 먹는 음식의 음식상을 하늘에 저장하여 두었다가 매일 매일 하늘에서 내려서 먹으면 가능하기도 하지만 일 년 먹을 것을 미리 만들 사람은 또 누가 그 일을 해야 하나? 현재도 컴퓨터로 조작만 해도 수천 킬로미터 떨어져 있지만 설계도만 팩스나 이메일로 보내주면 팩스를 받듯이 컴퓨터에서 프린트물이 나오듯이 플라스틱 가루 같은 물질을 공급하여 총도 만들고 하는 일이 현실이다. 음식재료들이 분자형태로 컴퓨터 프린트에 제공되면 자신이 먹고 싶은 고향음식을 클릭만 하면 만들어진다면 쉽게 가능한 일이다. 불가능하지 않은 점이 사실이다. 그러면 학교의 요리사도 없어도 된다는 것이니 인력의 과다로 돈이 많이 들 소지도 없어진다. 학생들 스스로가 전기밥솥의 스위치만 누르듯이 컴퓨터만 클릭하면 음식이 자판기에서 나오듯이 나오는 것이다. 물론, 음식의 재료가 되는 모든 영양소는 분자나 원자의 형태로 제공이 된다는 전제에서 가능하다. 그러면 세상의 모든 음식을 마음대로 쉽게 먹을 수 있다.

과거 황제보다 더 많은 반찬과 음식의 가짓수를 맛볼 수 있다. 식단을 영양사나 어머니가 아니라 각각의 학생 개인이 컴퓨터의 도움으로 짜야 한다. 아태부3세는 친구들이랑 같이 수천 가지 수만 가지 음식 중에 일 년에 일천 가지 정도는 맛볼 수 있다. 과거 중국의 황제와 다를 바 없게 된다. 음식재료의 섞는 비율이나 온도조절이나 여러 가지 변화를 주는 요인들을 인공적으로 조금씩 달리하면 현재의 음식에서 더 많은 종류가 생기게 되고 음식과 음식을 섞어 이리저리 고안해보면 더 많은 것들이 손쉽게 만들어진다. 맛이 없으면 다시 성분을 분해하여 음식원료로 분자나 원자의 상태로 되돌려 재사용을 하면 자원의 낭비도 애초부터 없게 된다. 아태부3세와 친구들은 고향음식을 마음대로 먹을 수 있고 전 세계의 모든 음식을 맛볼 수 있고 이상한 음식도 스스로 만들어 볼 수 있고 먹어볼 수도 있다. 고향이 바로 옆에 있고 황제의 힘의 바로 옆에 있는 상황이고 더 좋은 상황이다. 물질이 분자나 원자로 만들어져 있다는 사실과 컴퓨터의 기능들이 결합하여 만들어내는 놀라운 세상이다. 그러면 원초적으로 농사나 어업이나 그런 부분들이 없어지게 되나? 그럴 수도 있겠다. 농사를 짓지 않는다. 목축을 하지 않는다. 어업을 하지 않는다. 그런데 먹을 것이 무한정으로 생산된다. 희한한 세상이다. 학교에서 수백 수천의 학생들이 제각각의 음식을 먹는다. 똑같은 음식을 먹는 경우가 너무 희소한 일이 일어난다. 컴퓨터를 다룰 수 없는 유아들이 엄마와 같은 음식을 먹나? 지구상의 인구수만큼이나 다른 음식상을 만드나? 황제가 아닌 사람이 없다. 학교식당에는 수많은 학생들이 스스로 만든 고향음식이나 퓨전음식을 먹고 있다. 얼마나 많은 종류의 음식인가? 하나도 같은 음식도 없다. 식사 장면은 안경이나 헤드폰을 낀 학생들이 삼분의 이가 넘는다. 안경이나 헤드폰을 낀 학생들은 증강현실을 이용하여 고향의 사람들과 식사를 하는 분위기를 각 학생마다 제각각 느끼면서 식사를 하고 있다. 옆자리에는 고향의 식구들이 지금 앉아 있는 동료 친구들의 모습 위에 겹치어 고향의 사람들이 역할을 대신해주고 헤드폰으로는 고향의 사람들과 대화를 듣고 말하고 있지만 옆자리의 동료에게는 들리지 않게 작용하는 구도이다. 도구를 이용하지 않는 학생들을 지금 상태로 식사를 하고 그대로의 모습으로 보고 있는 것이다. 도구를 사용하면서 사용하지 않는 동료와 대화를 할 때는 동시에 두 군데의 대화를 해야 하므로 한 사람이 양쪽의 일을 처리하는 방식으로 약간 복잡한 식으로 처리를 한다. 증강현실과 현실이 복합되어도 혼란이 일어나지 않고 잘 돌아간다. 텔레비전의 소리와 사람의 소리와 여러 가지의 소리가 같이 나는 방에서도 사람들이 어느 정도는 양쪽 귀를 통해 감지하듯 증강현실인 가상과 현실이 섞여도 잘 해결하는 식당의 풍경이다. 옆자리의 학생이 말을 걸면 잠시 동안 증강현실의 가족의 겹쳐져 있던 모습이 사라지고 옆자리의 친구가 보이고 말이 들리는 것이다. 그렇지 않은 순간에는 자신이 원하는 가족이 그 친구의 모습 위에 나타나는 것이다. 옆자리의 친구에게 증강현실을 보여주고 싶으면 그 가상의 현실에 참여를 하게 하면 고향의 식구와 같이 있고 대화도 되는 현실이 되게 한다. 현실과 가상이 복잡하게 섞여 한 사람이 가상의 사람과 현실의 사람과 여러 방향으로 대화를 하는 어려움도 잘 짜인 매뉴얼로 대처한다. 증강현실에선 다른 친구의 고향음식을 맛보고 현실의 자신의 음식도 먹고 하는 방식도 불가능하지는 않다. 매우 머리가 아파보이는 식사시간의 복잡함이지만 아태부3세가 공부하는 학교에서는 별탈이 없이 이루어지는 일이다. 마당발인 학생의 경우에는 너무나 많은 동료들의 가족들을 동시에 만나고 온갖 많은 음식을 먹게 되어 배탈이 날 지경이지만 그런 경우에는 맛은 보되 실제로 위에는 축적이 되지 않는 정말로 가상의 음식 섭취로 매뉴얼을 작동시키면 된다. 그러면 음식은 무한대로 각각의 나라의 고향의 음식을 셀 수 없을 정도의 많은 음식을 먹어볼 수 있다. 그러면 그 많은 사람을 가상인 증강현실로 알게 되는 것을 처리할 형편이 될까? 결국은 지하국가5를 살아가는 과정들이다. 적응력이 생길 것이라 확신한다. 아태부3세와 친구들은 식사를 하면서도 머리회전이 무척 빨라질 수밖에 없다. 하루에 수천 가지 음식을 맛보고 수천 명의 사람을 만나고 불가능한 일들이 학교식당에서 식사시간마다 일어난다. 식사시간 동안에 무의식적으로 학생들의 두뇌가 감당해야 하는 정보의 양은 상상하기 어려울 정도로 많아도 신기하게 두뇌의 해마 속에 기억이 저장되는 모양이다. 일만 명이 예배를 볼 수 있는 모스크나 큰 운동장에서 수만 명이 운동경기를 관람하지만 한 번 쑥 훑어보고 그들을 기억해낼지 의문이지만 그런 장면들이 매 식사시간마다 이루어지는 꼴과 비슷하다. 일만 명이나 수만 명이 서로 다른 음식을 먹지만 그 많은 음식을 맛볼 수 있단 말인가? 손가락으로 맛을 보는 것이 아니라 뇌로 맛을 보는 방식이니 가능하다. 그래도 믿기지가 않는다. 한 번의 식사시간 동안에 수만의 음식을 뇌가 맛을 보고 또 자신이 먹는 음식은 실제로 맛을 본다는 것을 믿어야 하나? 빛보다 빠르게 움직이는 사람들이라 가능하다. 수만 가지 음식 중에 그날 뇌로 맛본 음식 중에 무엇이 가장 맛이 있을까? 그 맛있는 음식을 그 다음 식사에서 학생들 각자 스스로 선택하여 먹으면 되는 것이다. 음식은 그 사람의 몸을 만든다. 수십만 가지나 수백만 가지의 음식에서 맛있는 것을 골라먹고 몸을 만들어 가면 그 사람의 몸은 어떻게 변하나? 그런 정도로 몸이 변하면 남아수독오거서란 다섯 수레의 책이 아니라 수십 만 권의 책을 읽어내는 사람으로 변형이 된다는 것인가? 뇌 속에 저장할 수 있는 정보의 양은 무한대에 가까울 것이다.

가장 맛있는 석청이 있던 곳은 어디인가? 어떻게 채취했나? 가장 맛있는 음식은 무엇인가? 어떻게 만드나? 끊임없이 탐험을 하는 사람이다. 스님들은 가장 자극적이지 않는 음식을 찾는다. 가장 자극적인 음식을 찾는 일반인과 다르다. 학생들 중에도 가장 맛있는 것을 찾지 않는 학생도 있을 수 있다. 가장 맛이 없는 것만 골라먹는 특이한 사람도 있을까? 가장 맛이 없는 것만 골라먹는 사람의 몸은 또 어떻게 변하나? 맹물 맛이 가장 없나? '맹물에 조약돌을 삶은 맛'으로 살아가는 인생은 또 무엇일까? 고향의 맛이 아니라 타향의 맛을 더 좋게 여기고 타향의 맛을 찾아가는 것은 또 무엇인가? 살기가 어려우면 사람들은 근거지를 옮긴다. 고향이 아니라 타향으로 어쩔 수없이 맛을 찾아간다. 아태부3세도 학교에서 고향보다 더 나은 음식의 맛을 보고 있다면 또 다른 신세계가 아닌가? 엄마의 음식맛과 다른 음식 맛이 충돌을 일으켜 더 나은 맛이 나타날 때 더 맛있는 맛을 선택하는 것이 무슨 큰 잘못은 아닐 것이다. 꼬마들은 음식이나 과자로 유혹을 해도 잘 넘어간다. 사람도 설득을 할 때 맛있는 음식을 잘 차려놓고 먹이면 가장 잘 넘어간다고 한다. 수백억이나 수천억 원의 이익이나 거래가 오가는 것에도 고작 진수성찬의 음식 값 일백 만 원 이하에 사람이 넘어가 버린다면 어째야 하나? '아픈 사람에게 약이 되고, 목마른 사람에게 물이 되고, 배고픈 사람에게 밥'이 되는 놀라운 사람이 된다면 더 없이 좋겠지만 그렇게 되고픈 것이 사람이기도 하다. 부모의 심정은 자식에게 그렇게 되고 싶다. 암환자에게 신비의 명약이 되고, 사막에서 목마른 사람에게 오아시스가 되고, 맛을 찾는 사람에게 가장 맛있는 음식이 되고, 그런 사람이 되어야 하지만 매우 어려워 보인다. 그런 사람이기보다는 꼬마처럼 과자 한 봉지에 영혼을 팔지 않을까? 로마시대에 노예인 사람 한 사람의 값이 숭어 한 마리 값, 조선시대 천민 여인에게서 난 딸을 양민으로 바꾸는데 말 한 마리 값, 숭어 한 마리, 말 한 마리에 사람의 길흉화복과 인생이 모두 걸렸다. 불과 일백 년이나 이백 년 전에 현실적으로 일어났던 일이 아니냐? 아태부3세의 친구들은 너무 맛있는 것을 많이 먹어 헐값으로 사람을 사고팔 그런 일이나 설득에 잘 넘어가지 않게 될까? 사람의 미각은 얼마나 더 달라질까? 눈이 근시인 코끼리는 엄청난 후각과 촉각으로 살아간다. 미각이 발달하는 것은 독약을 잘 구분하기 위한 것인가? 사회성이 더 발달하는 것인가? 동물들은 구운 것이나 불을 사용한 음식에 대한 감각이 사람보단 둔하다고 여겨야 하나? 식당에서 수많은 음식의 맛있는 냄새와 증강현실에서 나타나는 음식의 냄새까지 보태지면 더 맛있는 냄새인가? 섞여서 별맛이 없게 되나? 개나 코끼리나 후각이 매우 발달한 동물처럼 사람의 후각도 진화가 되지 않을까? 맛있는 음식 수백만 가지를 기억하는 시각까지 진화하면 시각, 후각, 미각, 자꾸만 발달하나? 갓난아기는 엄마젖을 먹으면서 촉각도 느낄 것이다. 남녀가 사랑하는 것도 대단한 촉각의 쾌감이 크다. 성장하면서 아기는 엄마와의 촉각이 희미해지나? 청춘남녀의 촉각은 불이 일어난다. 아태부3세와 친구들은 무슨 촉각의 기쁨이 있나? 추운 겨울에 군불을 땐 구들장의 촉각이 큰 기쁨인가? 아기의 피부를 만지는 것도 매우 즐거운 촉각이다. 작은 발이나 손이 매우 아름답고 만져보면 너무 사랑스럽다. 꼬마들이 동물을 좋아하는 것도 촉감의 즐거움에 있다. 좋은 음악을 들으면 청각도 즐겁다. 과거 유럽의 제후들은 음식을 먹을 때 악사들이 연주를 하게 했다. 음식 맛을 느끼면서 동시에 청각까지 즐거웠다.

'짜장면을 맛있게 먹으면서 여선배가 바이올린 연주까지 해주니 난생처음 유럽의 제후가 된 듯 그렇게 까진 아니라도 처음 느껴본 감정이 대단했다. 정말로 너무 감동해 멍한 기분이었다. 미모까지 출중하니 더 놀라웠다. 후배 사랑이 대단하다. 여선배가 파도가 치는 해변가에서 카레 맛도 처음으로 맛보게 해주고 후배를 위해 해준 것이 많다. 아태부3세는 오늘 식사를 하면서 무슨 음악을 들었나? 기억이 가물가물하다. 누나가 바이올린을 연주해 주나? 여동생이 피아노를 쳐주나? 알 수 없는 선율이 흐른다. 들리든 밤바다의 파도소리가 쟁쟁하다. 백사장에 비키니의 여대생들이 희미하게 많이 지나간다. 흐릿흐릿한 기억들이다.'

오늘은 아태부3세가 무슨 일을 하면서 시간을 보내나? 학교이니 당연히 공부를 할 것이다. 공부를 하고 나면 자신의 개인시간을 보낼 것이다. 열 살의 나이에서 능동적인 공부를 기대하기가 힘들지만 호기심을 자극하고 호기심을 채우고 놀이식으로 하면 즐겁게 잘 할 것이다. 기초도구 학문인 공부이니 너무 어렵거나 전문성은 전혀 없다. 동아리 활동으로 하는 일이나 노는 일이 더 전문성이 있다. 놀기를 잘해야 한다. 온갖 즐거움의 에너지가 발산되고 스트레스는 없어지고 세상을 사는 재미가 있기 때문이다. 선진국일수록 더 잘 놀고 일은 적게 한다. 더 잘 놀아야 재충전이 된다. 푹 잘 쉬어야 다음날이 잘 작동하지 않나? 어린이들이 며칠을 걸어가면 얼마나 갈까? 열 살의 나이 평생에 며칠을 걸어간 적이 없다. 며칠 이상을 어른들의 주의 시선에서 벗어난 적이 없다. 그러니 어린이이다. 군인이 얼마의 시간만 병영을 이탈하면 탈영으로 간주하여 엄한 책임추궁을 하듯이 어린이가 어른들의 시선을 벗어난다는 것은 상상할 수 없는 영역에 속한다. 열 살의 어린이들을 더욱이 여학생까지 일주일을 방임하듯 어른들의 시선에서 벗어난 상태로 지내게 하는 것이 가능할까? 열 살에 고립을 통한 생존 훈련을 할 필요성이 있나? 하루를 스스로 혼자 살아가기는 해낼 아이들이다. 잘 적응이 되는 아이들은 이틀 혼자 살기 훈련을 시키는 것이다. 다음 단계는 혼자 사흘 살기를 적응시킨다. 이런 과정을 거친 아이들은 조를 짜서 대여섯 명이 삼사일을 협동하여 고립하여 살아보게 한다. 그 다음 과정은 일주일을 혼자나 대여섯 명이 살아가게 해보면 단계적으로 적응도가 나아져 성공할 여지도 있다. 열 살이지만 생존력이 대단히 향상된 어린이들이 될 것이다. 삼천 년이나 사천 년을 혼자나 협동하여 살 기초력을 키우는 일이다. 일생을 살아가는 개인의 길은 정말로 제각각이다. 가장 제멋대로 살게 해주는 일이 불가능일까? 열 살이 얼마나 제멋대로 살아갈 수 있나? 제 마음대로 살고 싶다. 제멋대로 살고 싶다. 예쁜 꽃을 피우는 것이다. 자신의 꽃을 피우는 것이다. 자신의 꽃이 독특한 향기를 뿜는 것이다. 특이한 색깔을 선보이는 것이다. 벌이 많이 오도록 유혹하는 것이다. 제멋대로, 제 마음대로 얼마나 좋은 꽃동산을 만들어 낼까? 날씨와 온도와 적당한 물과 모든 것들은 자신이 완벽하게 통제할 수 없어도 자신의 정성과 노력으로 혼으로 꽃을 피우는 것이다. 아태부3세는 스스로 꽃을 피우는 사람이 되어 간다. 친구들도 서로가 어울려서 다양한 꽃을 피우고 꽃동산이 더 풍성해지게 만든다. 그렇게 염원을 모아 꽃을 키우면서 마음 한구석에는 꽃을 꺾는 또 다른 그의 내면이 존재하나? 예쁜 꽃은 벌이 날아들고 사람이 꺾어 간다. 꽃같이 아름다운 아가씨를 가만히 둘 청년이 있나? 꽃같이 아름다운 아가씨가 또 얼마나 청년에게 뽑힘을 원하는가? 꽃같이 아름다운 아가씨가 또 얼마나 멋있는 청년이 건드려 주기를 바라고 있나? 별이 빛나는 밤이건 달이 빛나는 밤이건 별빛과 달빛이 없는 밤이건 살아가는 사람들이다. 그날 또 그날들이 행복하면 더 좋으련만 어떻게나 살아간다. 혼자 해내기가 어려워 친구를 찾고 외로워서 여자를 찾고 홀로서기를 익히면서 나날들이 지나갈 것이다. 간다. 간다. 아태부3세가 한 달을 혼자 걸어간다. 걷는다. 걷는다. 친구들이 한 달을 같이 걷는다. 어느 새 세상에서 발을 디디는 방법들을 찾아내어 간다. 오늘과 어제는 다르다. 내일도 다르다. 아태부3세의 겉모습은 별로 달라진 것은 없다. 무엇이 변하고 있나? 아기 때로부터 지금까지 아태부3세는 많이 달라져 있다. 십 년이 지나면 무척 달라져 있을 것이다. 하나의 꽃이 피어서 일백 년을, 일천 년을 피어 있으면 좋으련만! 열흘이면 꽃은 지고 만다. 열흘이면 붉은 빛이 사라진다. 열흘을 일백 년같이, 열흘을 일천 년같이, 피어 있고 싶어라! 누구의 꽃이던 모두 그렇게 되고 싶어라! 하루를 혼자 살아보면서 싹을 틔운다. 여러 날을 혼자 살아보면서 줄기가 올라온다. 어느 순간에 혼자 살아도 꽃이 되어 있어라! 꽃에 벌이 오면 꽃은 생명이 이어진다. 혼자 일어서는 아태부3세에게 아리따운 여인이 장차 같이 길을 가면 새 생명이 이어진다. 아태부3세와 친구들은 어린 나이이지만 가족과 떨어져 홀로 서기를 잘 해내고 있다. 영원히 홀로 설 수 없는 인간이지만 그래도 가능한 한 홀로 서는 힘과 지혜를 터득하여야 한다. 부모에게만 동료에게만 사회에게만 의지하고 자신이 스스로 살아내지 못한다면 서글프지 않나? 독립심이 생기지 않을 수가 없는 학교생활이지만 더 단단하게 하자는 것이다. 스스로 의식주를 해결하는 일을 일정한 나이가 되면 틀림없이 해야 한다. 생존의 당연한 법칙이다. 그 길을 배우려고 학교에서 공부를 하는 것이 아니냐! 홀로 서는 나무는 외로워도 홀로 서야 한다. 수많은 나무가 모여 거대한 숲이 되듯이 사람도 홀로 서고 수많은 사람들이 모두 홀로 서서 모이면 거대한 도시며 국가며 세상이 된다. 기본적인 생활을 하기 위한 기초들을 모두 습득해야 하는 어린이들이다. 유치원에서 벌써 다 배운 것일까? 꽃동산이 내뿜는 무엇, 나무숲이 내뿜는 무엇, 사람들이 내뿜는 무엇, 사람들은 꽃동산을 파괴하고 싶지 않다. 나무숲도 파괴하고 싶지 않다. 사람들도 사람들이 모여 만든 것을 파괴하고 싶지 않다. 땅속에 거대한 불상이 묻혀 있다. 알 수가 없는 상황이다. 건설을 하기 위해 먼저 무슨 상태인지 드릴로 약간만 파헤쳐 본다. 암반이 막아선다. 더 이상 뚫리지 않는다. 조금씩 헤집어 보니 부처의 손가락이 나온다. 조심스레 발굴하니 거대한 불상의 돌덩어리가 앞에 나타난다. 시추로 뚫은 곳은 주먹 정도 크기로 부처님의 얼굴을 상처 냈다. 얼굴을 다시 잘 복원하여 불상을 살리고 건설 작업을 다시 이어간다. 부수고 싶지 않고 정말로 건드리고 싶지 않았겠지만 몰라서 약간의 상처를 냈지만 더 이상의 훼손은 일어나지 않았다. 사람들은 파괴하고 싶지 않은 것들이 많다. 어린이들의 꿈도 중간에 무너지지 않고 영원히 가는 것이 좋다. 아태부3세와 친구들의 꿈도 영원히 이루어지고 꿈이 영글어가는 것을 원한다. 당연히 그렇게 되어야 한다. 문화적 가치가 큰 건물도 몹시 존중을 받는다. 사람은 존중을 받고 어린이의 앞날도 존중되어야 한다. 어린이들이 훗날 이루어낼 세상은 얼마나 좋을지 알 수가 없다. 얼마만한 잠재력이 발휘될지 알 길이 없다. 매우 좋은 명당자리에 자리한 김충선은 자신의 후손이 6대에 발복할 것이라 예견도 했고 거의 맞았다. 8대손에서는 자손의 큰 발복이 있었다. 지세와 모든 것이 앞을 내다보게 한다. 삼천 년이나 사천 년을 산 후에 아태부3세는 어느 정도의 예견력이 나오나? 어린 아태부3세와 친구들이 이룬 지금의 것이나 후의 것이나 영원히 파괴되지 않을 것이 무엇일까? 사람의 혼이 무엇을 결정하기도 하는 모양이다. 혼이 들어간 것을 함부로 건드리지 않는다. 자동차는 혼이 없다. 교통사고가 나면 자동차는 처벌받지 않는다. 그 자동차를 움직이게 혼을 작용시킨 사람이 처벌을 받는다. 자동차는 스스로 움직이지 못한다. 사람이 움직일 수 있다. 혼을 사람이 불어넣어야 하는 것이다. 열 살의 혼이 움직인다. 열 살의 혼은 무척 순수하지 않나? 혼이 들어간 불상을 함대로 대하지 못하는 사람이다. 혼이 들어가지 않은 자동차나, 기계나, 비행기나 배는 사람이 혼을 넣어야 한다. 어린 학생들의 교육이지만 21세기에도 나라마다 자신의 나라의 혼을 아이들에게 가르친다. 어른이 되어 보면 나라마다 사람들이 약간씩 달라져 있다. 혼이란 것도 사실 너무 앞뒤가 안 맞는 경우도 많기는 하다. 너무 주관성이 크기 때문이다. 객관적으로 다룰 영역이 아니다. 매나니로 불상을 쫀 사람이나 정밀한 기계로 쫀 사람이나 혼은 서로가 크게 다를 리는 없겠지만 기계로 한 사람이 왠지 정성이 부족한 듯 느낌이 드는 것은 왜 그런가? 어머님의 손으로 만든 음식과 돈으로 산 무척 맛있는 음식에서 어머니의 손으로 만든 음식이 정성이 더 들어 보이는 것은 왜 그러나? 감성과 사람의 혼이 있어서 그런가? 자동차나 불상은 자동차를 만든 작업자도 혼을 쏟았고 불상을 만든 석수장이도 혼을 쏟았다. 자동차를 필요로 하지 않는 옛날의 사람들에게 자동차는 무용지물이다. 불상도 불교를 믿지 않는 사람에겐 크게 소용이 되지 않는다. 아태부3세와 친구들이 혼을 담아 무엇을 이룰지 이루어 내어도 주목을 받거나 전혀 주목을 받지 못하거나 할 것이다. 인정을 받는 것은 차후의 문제이고 현재는 정성을 담아 혼을 담아 무엇을 해나가야 한다. 공부도 목표가 있는 학생과 없는 학생의 몇 년 후 결과는 큰 차이가 난다. 문학을 하겠다고 정한 학생과 법학을 하겠다고 정한 학생과 두 가지를 적당히 하겠다는 학생과 어영부영한 목표를 정한 학생이 시간이 지나면 달라진 결과물이 도출된다. 혼을 쏟은 쪽이 월등히 나은 특별할 정도의 성과가 나온다. 비록 잡혀간 도공이지만 일본에서 최고의 대우를 받고 긴 세월인 400년을 이어오니 찬란한 결과물을 만들어내지만 자신의 나라에서 살았지만 도공을 천대하니 맥이 끊어져 버리고 찬란한 결과물이 나오지를 않는다. 아태부3세와 친구들은 혼이 들어가 나온 결과가 도출되어야 하지 않나? 꽃이 핀다. 꽃동산이 핀다. 찬란한 꽃이 핀다. 학교에서 배운 것이 찬란한 것을 후일에 만들어낸다.

하루가 지났다. 24시간이 지났다. 암탉은 하루에 알을 낳는다. 정확하게는 23시간에 하나를 낳는다. 540일이 지나면 암탉은 알을 낳기를 잠시 중단하고 늙은 닭으로 되어 간다. 아태부3세와 친구들은 암탉과 같이 하루에 알을 하나 낳는 결과물이 나오지를 않는다. 하루가 모이고 모여 나이가 들고 성숙한 사람이 된다. 하루 중에 밤과 낮이 있고 많은 일들이 벌어진다. 타조알은 달걀의 서른 배 크기이다. 타조는 크다. 타조알 하나이면 마라톤을 하는 사람이 섭취하는 양이 된다. 달걀 서른 개를 노른자를 빼고 흰자만 섭취하여 고기를 먹는 대용으로 마라톤 풀코스를 뛰기 위해 에너지원으로 사용한다. 타조알이면 한 알로 가능하다. 정상급의 씨름 선수도 매일 달걀 열 개를 생으로 깨어 대접 채로 먹곤 힘을 보강했다고도 한다. 씨름이나 마라톤 풀코스는 달걀 10개나 30개를 요구한다. 아태부3세는 씨름이나 마라톤 풀코스를 달리진 않지만 얼마만한 에너지원을 사용할까? 닭이나 타조는 사람에게 알을 제공한다. 사람은 닭이나 타조를 알이나 고기를 먹으려고 키운다. 닭은 일정하게 알을 낳아주므로 이용가치가 크다. 타조는 너무 크므로 키우기가 버겁다. 암탉보다는 타조가 서른 배나 큰 알을 제공해주지만 사료도 서른 배가 들어가면 셈셈이다. 사료는 반이나 삼분의 일이 들어가는데 서른 배의 알을 매일 제공해주면 타조에 관심이 간다. 약삭빠른 사람들이다. 우유를 많이 생산하는 젖소를 주목한다. 젖이 적게 나오거나 고기가 적게 나오는 경우는 주목을 덜 받는다. 돼지나 소나 토종이지만 고기나 젖이 적게 나오면 사육을 꺼린다. 달걀은 큰 것보단 어린 닭이 낳은 작은 달걀이 더 몸에 좋다고 하니 알이 작은 달걀을 되레 찾는 역전의 일도 생긴다. 소고기도 나이 많은 소보단 어린 소고기를 수입하여 먹는다. 더 안전하다고 여기기 때문이다. 열 살인 어린이게 관심이 많지만 아직 살아보진 않았지만 이천 칠백 살이나 이천 구백 살의 노인에게 덜 관심이 갈 것이다. 그렇지만 암탉이 하루에 알을 하나 낳듯이 사람도 이천 칠백 살이나 이천 구백 살까지 암탉처럼 무엇을 낳는다면 많은 것을 낳는 사람이다. 타조알 하나가 마라톤 풀코스를 견디게 해주듯이 나이 많은 사람들도 무엇인가 결과물이 사람을 무엇 하는 것에 견디게 해주지 않을까? 고기를 먹고 싶지만 돈이 많이 들어 돈이 적게 드는 달걀 서른 개를 택했다고 한다. 고기를 먹이고 싶었지만 돈이 감당이 되지 않아 감독은 달걀 열 개를 택했다고 한다. 고기를 먹고부터 인간은 뇌용량이 커져서 지금과 같이 진화했고 다른 유인원과는 차별화가 되었다고 한다. 지나친 육식이 지구를 감당하지 못하게 하고 환경오염과 파괴가 심해지니 사람이 지속적으로 생존하기 위해선 지구에 부담을 덜 주는 채식이 답이라고도 한다. 고기는 비싸고 돈이 많이 든다. 중국인들도 사는 형편이 나아지자 고기를 월등히 많이 먹게 된다. 식량사정이 더욱 나빠지는 꼴이다. 아태부3세는 얼마만큼의 고기를 먹나? 얼마만큼의 달걀을 먹나? 아태부3세는 고기를 사먹는데 부담을 느끼나? 뇌용량이 커지기 위해 늘 고기를 먹어야 하나? 뇌용량이 커지는 것보단 뇌의 주름이 많아져야 하나? 아인슈타인처럼 뇌의 주름이 많은 시냅스가 많이 연결되어야 하나? 지하국가5는 고기를 먹는데 부담을 느끼지 않는다. 고기는 돈에 구애를 느끼지 않고 제공된다. 고기를 많이 생산하기 위해 지구가 병들지도 않는 지하국가이다. 사람들은 장차 얼마나 뇌용량이 커지나? 아태부3세와 친구들은 얼마나 아인슈타인처럼 뇌에 주름이 많이 생기나? 뇌에 주름이 많은 것을 알기 위해 아인슈타인의 뇌를 해부했다. 비교하기 위해서 일반인의 뇌도 연구에 사용했다고 추정할 수 있다. 아태부3세와 친구들이 학교생활을 통해 장차 아인슈타인처럼 뇌를 해부당할 정도가 된다면 지하국가5는 엄청나게 발전한 나라가 되어 있을 것이다. 일부러 자신의 뇌가 후세 사람들의 초미의 관심사가 되도록 살기는 불가능한 일이지만 그런 일이 일어날 수도 있음은 사실이다. 그런 일이 허다하게 일어나는 미래가 도래하는 것을 막아내지 못할 것이다. 늙으면 얼굴에 주름이 생기는데 뇌에도 주름이 더 많이 생기나? 치매는 뇌에 주름이 많이 생기는 것과는 반대인가? 90이 넘어서도 달리기를 열심히 한 노인은 자기가 70세에 걷기도 힘들어 하던 때의 뇌가 다르다. 같은 사람의 뇌이지만 걷기도 힘들던 70세 때는 운동부위의 뇌가 약하게 나타났지만 노력하여 90세에 달리기를 하게 되었을 때의 뇌는 운동부위의 뇌가 더 굵고 선명하게 나타났다. 일반적으로 생각하는 것과는 달리 노력하면 뇌는 자꾸 좋아진다. 운동도 나이가 더 많은 데도 더 잘하게도 된다. 뇌의 활동이 멈추지 않아야 한다. 열살의 아태부3세는 거의 해당되지 않는 일이지만 2,999살이나 3,999살까지 멈추지 않고 뇌를 활용하고 운동을 게을리 하지 않는 사람이 되게 될까? 일부러 뇌를 해부하지 않아도 얼마든지 뇌의 주름을 알 수 있는 형편이면 살아있는 사람의 뇌의 주름을 간단한 영상스캔으로 알 수 있는 것이 아니냐? 아인슈타인의 능력을 보이는 것을 너무 간단하게 알아차릴 수 있음은 좋은 현상인가? 별로인가? 나쁜 현상인가? 체중계에만 올라가도 몸무게뿐만 아니라 건강정보나 어마어마한 정보를 알 수 있으니 뇌가 너무 쉽게 드러나는 것이 아닐까? 뇌의 주름이 잡히는 현상을 보고 미리 아인슈타인 류의 사람과 일반인을 어린 학생들의 나이에서 판별해내 버리면 잘못된 일인가? 아인슈타인 류의 사람이 아니라고 판별이 났는데도 그런 능력을 후일에 보이면 그때는 어떻게 또 이론을 꿰맞추어야 하나? 지구인이나 지하국가5의 사람들이나 어느 날 모두가 아인슈타인 류의 사람으로 변한 것이 사실일 것이다. 그러면 예전과 다른 신인류인가? 어린 학생들의 뇌주름이 자꾸 아인슈타인처럼 변한다. 어린 학생들의 뇌의 주름 굵기가 자꾸 우사인볼트처럼 변한다. 교육이 너무 많은 것을 해주는 것이 아닐까? 90이 넘은 노인들이 수술을 과감하게 한다. 과거이면 아프다가 생을 마감했겠지만 얼마 남지 않은 생도 더 건강하게 지내려고 수술을 하고 더 나은 삶의 조건이 된다. 2,900살에 3,900살에 수술을 하여 더 건강하게 살려고 한다는 것이 아니냐? 뇌의 주름이 많게 굵기가 굵게 되면 치매도 안 걸리고 더 현명하고 더 씩씩하게 사는 사람이 아니냐? 포기할 수가 없는 영역이다. 아태부3세와 친구들이 학교에서 배우는 일도 죽는 날까지 그렇게 살기 위해 방법을 잘 터득하는 과정일 뿐이다. 뇌는 산소도 많이 필요하고 영양분도 많이 필요하고 가장 잘 보호하여야 하기에 항상 헬멧이나 여러 가지 도구로 뇌를 다치지 않으려고 노력한다. 정신과 신체는 발달이 될수록 뇌에게 신호를 보내어 구체적으로 뇌에 주름과 굵기를 만들어 준다. 노력하여 운동을 하면 남성은 식스펙이 여성은 11자 복근이 생긴다. 뇌에도 식스펙이나 11자 복근처럼 주름이 생긴다. 식스펙과 11자 복근과 뇌의 주름이 많아지고 굵어지는 것은 할 수 있는 일이다. 하지 못할 일이 아니다. 어린 학생들도 할 수 있는 일이다. 할 수 있는 일도 하기 싫은 마음의 영역도 물론 존재한다. 뇌에 주름을 많이 넣고 굵게 만들고 식스펙이나 11자 복근을 꼭 만들어야 하나? 하기 싫다. 하기 싫은 것도 정답이다. 그렇게 되어 있으면 좋지만 그렇게 쉽게는 되지 않으니 고민사항이고 고민조차 하기 싫은 사람이기도 하다. 의식되지 않은 채로 되어가야 편하다. 억지로 의식하면서 가는 길은 편치 않다. 산에를 간다. 산에를 늘 간다. 가다가보니 산삼도 캔다. 캔 산삼을 먹는다. 기분이 하늘을 찌를 것 같다고 한다. 양이 많아지면 자식들에게까지 나눠준다. 산삼이 간혹 보이는 산길은 죽는 날까지 산을 가게 만든다. 뇌의 주름이 산삼이라는 것을 잘 인식하면 산에 가기를 늘 즐기듯이 그렇게 될 것이다. 보물이 일곱 개 모이면 칠보이다. 보물이 수 억 개나 모이면 거기에 합당한 말이 생긴다. 모든 사람이 아인슈타인이라면 보물이 얼마나 많은 것인가? 보물이 되는 것은 사람이 할 수 있는 일이다. 할 수 없는 일이 아니다. 학생들은 보물이 될 수 있다. 할 수 있는 일이고 할 일이다.

3. 보물 많은 학교

　학교에는 보물이 아닌 학생이 없다. 보물은 반짝반짝 빛이 난다. 보물은 긍정적 에너지를 포함하고 있다. 보물은 값이 많이 나간다. 보물은 과거에는 전쟁의 원인이 되기도 했다. 한도를 어느 정도 넘어서면 보물은 값어치를 측정하기가 쉽지 않다. 보물과 보물이 한없이 모인 것은 더 값어치를 매기기가 어렵다. 보물을 훔치기를 좋아하는 무리도 있다. 보물을 지키는 힘도 매우 어려운 일이다. 보물은 특별한 대우를 받는다고 생각을 하는데 그렇지 않을 때 보물이라고 해야 하나? 아무리 보물이지만 사람들이 보물을 찾지 않고 관심을 쏟지 않으면 보물이 덜 번쩍이게 되나? 녹이 쓸지 않는 보물이지만 보물을 늘 손질을 해주지 않으면 보물도 보물의 값을 덜 할 것이다. 보물의 빛을 더하기 위해 30년을 하루 같이 갈고 닦았다면 보물의 빛이 더 휘황찬란한 것은 불문가지이다. 30년이면 긴 세월이다. 일평생이 아니냐? 뜨고 져 온 해와 달이 그 얼마냐? 보물을 보물인 줄 모르고 지내온 30년도 야속하다. 30년이 지나 무엇이 보인다. 30년을 만나지 못했다. 30년이 지나도 사람의 얼굴은 비슷하다. 30년이나 너무나 기초적인 것을 해결하지 못하고 허덕이는 인생이기도 하다. 30년이나 60년 동안 전쟁이 일어나지 않은 것만 해도 천운이다. 60년 만에 겨우 얻은 아들을 80이 되어 아들을 전쟁터에서 잃게 되면 서글픈 인생이 더 서글퍼진다. 꿈같지 않은 날이 있나? 오늘은 행복해지지라 여겼지만 언제 행복했나? 보물이 60년이나 반짝이지 않는다. 한반도란 보물이 60년이나 보물 같지 않다. 60년이나 짝이 보이지 않는 안개가 끼나? 50년이 짝이 보이지 않다가 10년을 추가하는 인생이 행복하다. 30년 만에 보인다. 보이는 데 30년이 걸린다. 칠 년을 땅 속에 있는 굼벵이보다 더 긴 세월이다. 굼벵이들이 매미가 되어 큰 나무에서 울어대는 소리는 너무나 크다. 수컷 매미들의 합창이 너무나 크다. 나무가 클수록 수컷 매미는 많이 몰려 있고 울음소리는 너무나 크다. 칠 년의 한을 푸는지 요란하게 운다. 천지가 진동할 듯이 운다. 암컷이 대답하기를 바라며 필사적으로 운다. 암컷이 응답을 해야만 새 생명이 다시 땅 속에서 칠 년을 시작할 수 있다. 나무가 클수록 매미가 많다. 나무가 클수록 백로가 많다. 나무가 클수록 새가 많다. 500미터 이상의 확 트인 개활지가 아니면 백로는 자리를 잡지 않는다. 안전이 보장되지 않기 때문이다. 보물은 어떤 조건에서 만들어지고 보존이 되나? 보물이 원하는 상태를 마련해 주지 못하면 보물이 설 땅이 없게 된다. 보물인 백로는 500미터 이상이나 넓게 펼쳐진 강이나 호수나 가까이의 숲에서 번식도 이루어지고 안전과 먹이와 모든 조건이 그들을 살게 해야 아름다운 경치와 멋있는 자태를 드러낸다. 여름철새인 백로는 나는 모습이 너무나 황홀하다. 수백 마리의 백로가 모여 있는 강은 보물이다. 더 보물이 있다. 그곳에 큰 키와 휘날리는 머리카락으로 걸어가는 아가씨는 더 보물이고 경치를 더 아름답게 보물을 더 보물로 만든다. 환상적인 풍경이다. 시가 만들어지고 영화를 찍고 싶고 그림을 그리고 싶다. 어릴 때 그곳의 고등학생이 그림을 그리던 모습이 새삼 떠오른다. 그리지 않을 수가 없다. 자연적인 풍광이 너무 좋으니 그곳에 사는 사람들은 그림을 그리는 기초적인 감성이 있는 듯하다. 강가의 갈대는 그림과 동시에 음악도 선사한다. 갈대의 흔들리는 소리는 음악인 동시에 미술이고 시이다. 계속 이어지는 절벽의 푸름은 사람을 압도한다. 원래 경치가 너무 좋으니 고등학생이 그림을 그리고 지나가는 아가씨는 그대로 영화의 주인공이다. 볼수록 너무 멋진 풍경이다. 맹인들도 경치를 볼 수 있다고 한다. 놀라운 일이다. 어떻게 경치를 보나? 공기의 질이 다르다. 촉감이 다르다. 오감 중에서 시각을 뺀 다른 감각에서 차이를 월등히 느낀다고 한다. 물소리가 다르다. 냄새가 다르다. 다른 것이 많이 발견되는 것이다. 백로는 자신이 찾는 곳이 사람에게도 놀라울 정도로 좋은 곳이다. 백로가 살고 있는 곳에 사람도 살고 싶어라! 너무도 정확한 정답이다. 백로가 사는 곳에 아가씨가 산다. 더 살기가 좋은 곳이다. 백로는 사람에게 악기를 연주하게 만들고 음악을 하게 만든다. 백로는 사람에게 문학을 하게 만들고 그림을 그리게 만든다. 백로는 사람이 사랑을 하게 만든다. 갈대가 그렇게 만드나? 강이 그렇게 만드나? 바람이 그렇게 만드나? 그 보물 중에 아가씨의 모습이 너무나 보물이다. 사람들은 보물을 보고 저절로 보물임을 너무나 잘 알게 된다. 그림을 그리지 않을 수가 없다. 사진을 찍지 않을 수가 없다. 탄성이 절로 난다. 감동이 일어난다. 그곳에 살고 싶어진다. 백로와 살고 싶다. 놀랍도록 살고 싶어지는 곳은 일생에 그리 많지 않다. 그곳들이 보물들이다. 사막에 사는 사람은 강 하나만 보아도 그 자체가 천국이며 보물이다. 사막에 인공의 강을 하나 만들어 넣으면 그곳은 천국이 되고 만다. 너무 멋있는 아가씨가 지나가면 많은 남성들이 힐끔힐끔 아가씨를 쳐다본다. 불과 삼백 미터의 거리에서 지나가는 남성들이 아가씨에게 눈길을 돌리지 않는 사람이 없다. 놀라운 광경이다. 우연히 아가씨의 뒤를 따라 가다가 본 광경이다. 계단을 올라오다가 본 아가씨가 측면에서 보았는데 매우 아름답다. 앞서 가려다가 날씨가 더워 그대로의 속도로 뒤에 가다보니 앞에서 오는 남성들이 한 사람도 빠지지 않고 아가씨에게 눈길을 돌린다. 백로보다 더 아름다운 모양이다. 강에는 윤슬이 눈을 부시게 만들고 바람은 상쾌하다. 오리 떼가 군무를 추며 하늘로 올라간다. 하늘로 끝없이 올라가면 또 다른 지구에 도달하나? 너무도 큰 우주에서 가도 가도 갈 수 없는 그곳에 또 오리도 백로도 똑같은 풍경이 있고 아가씨도 있을 것이다. 있을 것이라고 한다. 빛이 입자이며 파동인 두 가지의 성질이라면 있다고 한다. 우주는 너무 크다. 지구에 산 사람 중에 지구를 벗어난 사람은 극히 일부의 사람이다. 지하국가5와 아태부3세와 친구들은 지구를 너무나 쉽게 벗어난다. 그러나 또 다른 지구에까지는 가기가 쉽지 않다. 백로 수백 마리가 보물이면 아가씨 수백 명은 더 보물이고 아태부3세와 친구들도 틀림없는 더 보물들이다. 사람은 보물보다 더욱 보물이다. 비교차원을 잘못하고 있지만 그렇게 넘어가고 있다. '빛이 입자이면서 파동이다.'는 아인슈타인의 해석이 세상을 뒤바꿔 놓았다. 풀리지 않던 수수께끼들이 풀렸으니 말이다. 그러면 아가씨는 무엇이며 무엇인가? 빛이 무엇인가? 빛은 보물인가? 사막에서 빛은 매우 사람을 피곤하게 만든다. 빛이 없으면 지구의 생명체는 살 수가 없다. 공기도 보물이다. 물도 보물이다. 빛이나 공기나 물도 보물이지만 거의 공짜다. 이제는 물이 공짜가 아닌 세상으로 변하고 있지만 과거에는 공짜였다. 사막에서는 예외적으로 공짜일 수가 없었다. 보물은 정말로 공짜가 될 수 있나? 우주는 공짜인가? 우주는 공짜이지만 가려면 공짜가 아니다. 아름다운 아가씨를 힐끔힐끔 쳐다보는 남성들은 공짜로 보는 것인가? 결혼한 부인들은 남편이 지나가는 아름다운 아가씨를 힐끔힐끔 쳐다보면 어떤 태도를 보이나? 남편은 부인으로 인해 행동이 부자연스럽게 나타나나? 백로는 500미터 이상이 보여야 한다. 즉시 날아가 버려야 한다. 위험을 느끼는 경우에는 말이다. 마라톤 주자는 전방 15미터를 주시하면서 달린다. 전방 100미터 200미터만 되어도 사격 시 잘 맞지도 않는다. 전방 100미터 200미터의 아름다운 아가씨도 잘 파악하지 못하는 사람들이다. 500미터의 강에는 물고기도 제법 있다. 망원경이 있다면 전방 500미터의 아름다운 아가씨도 보인다. 파파라치가 아니라면 일부러 아가씨를 보려고 망원경을 동원하진 않을 것이다. 새를 좋아하는 사람들은 망원경을 통해 새를 관찰한다. 백로는 망원경에 포착되는 아름다운 새라고 할 수 있다. 아름다운 아가씨나 멋있는 청년이라면 젊은 남녀들이 사랑의 망원경을 동원하여 일거수일투족을 알려고 할 것이다. 사랑하는 아기의 일거수일투족은 사랑의 현미경과 망원경으로 아기를 어머니가 관찰할 것이다. 아기의 처음 내딛는 발걸음은 어머니가 매우 좋아한다. 처음 휘젓는 아기의 팔짓은 어머니가 매우 좋아한다. 처음 몸을 뒤집는 아기의 움직임을 어머니는 생생하게 기억한다. 젊은 여성들은 첫 순결을 준 상대방 남자를 첫사랑으로 인식한다. 사람들이 백로의 일거수일투족에 관심을 가진다. 사람들이 백로를 사랑하는 것일까? 코끼리에게 관심을 가지고 일거수일투족을 관찰하는 사람은 밀렵꾼일 수도 있다. 밀렵꾼은 가장 나이 많은 암컷 코끼리를 죽여 코끼리 무리 전체에 운명을 암담하게 만들고 그들의 욕심을 채운다. 코끼리 무리는 가장 경험 많고 지도자인 대장 암컷 코끼리를 잃고 생존에 치명적인 부담을 안게 된다. 현미경과 망원경이 사랑이 아니라 증오의 용도로도 사용된다. 보물은 무엇으로 관찰하던 보물이다. 열 살의 아이들은 어떤 것을 보물로 여길까? 구슬이나 딱지를 보물로 여길 것이다. 딱지를 만들려고 진짜 보물인 고문서들을 찢어서 딱지를 만들 것이다. 열 살의 아이들은 황금이나 다이아몬드를 보물로 여기지 않을 것이다. 황금은 약간의 개념은 있을지 몰라도 다이아몬드는 무엇인지 전혀 개념이 없어서 보아도 버릴 경우도 많을 것이다. 수백 만 원이나 수천 만 원의 패물을 쓰레기로 착각해 버리기도 하는 사람이니 황당한 사람이다. 시커먼 비닐봉투에 넣어두면 착각이 일어난다. 그런 일을 당한 한 주부는 일부러 하얀 비닐봉투에 넣어 황금이나 다이아몬드가 눈에 확 띄게 두겠다고 다짐한다. 열 살의 아이가 하얀 비닐봉투에 들어있는 황금이나 다이아몬드가 비싼 것이라고 알겠나? 잘 모르지 않을까? 황금이나 다이아몬드가 구슬처럼 생겼다면 구슬놀이나 하다가 이리저리 구슬 신세가 될 것이다. 보물인 고문서가 똥을 닦는 화장지 용도나 아궁이의 불쏘시개로 사용되는 경우도 많다. 불시착한 비행기로 인해 너무 추운 나머지 달러 더미가 불을 피우는 종이로 되는 경우도 생긴다. 어마어마한 식량과 무기도 적의 수중에 넘어가는 것을 막기 위해 불에 태워버리기도 한다. 비행기나 탱크나 첨단무기나 적의 수중에 들어가면 불리하다고 여겨지는 것들은 후퇴 할 때는 일부러 부셔버린다. 보물이 고물이 된다. 열 살의 아이들이 생각하는 보물은 무엇인가? 장난감, 딱지, 구슬 등등일까? 그림도 큰 보물에 들어간다. 열 살의 어린이가 창고에 들어갔다가 엄청난 보물인 그림들을 어떻게 처리할까? 보물로 보이지 않을 것이다. 보물로 보이지 않으면 보물의 대우를 받지 못한다. 구슬 몇 알이나 딱지 몇 장으로 바꿔 버릴 것이다. 구슬이나 딱지로도 바꿀 수조차 없는 물건이라 여겨 그렇게 처리할 것이다. 사탕 몇 개나 엿 몇 가락으로 바꿔 버릴 것이다. 교환가치가 그것밖에 없을 것으로 단정하니 말이다. 아태부3세는 친구들과 황금이나 다이아몬드를 알게 되고 보게 되는 날이 오게도 되겠지만 무엇이 보물인지를 학교에서 차차로 배우게 될 것이다. 짧은 시간에 이루어지지는 않는다. 스스로 무엇이 보물인지를 알려면 어른이 되어가는 과정이다. 사람마다 보물의 기준은 다르다. 일반적으로 아는 보물과 개인이 아는 정서적이며 경험적인 보물은 제각기 다르다. 돈을 보물로 여기는 사람은 돈을 모을 것이다. 나무를 보물로 여기는 사람은 나무를 보물처럼 간직할 것이다. 사람을 보물로 여기는 사람은 그렇게 살 것이다. 예술가는 작품을 보물로 여길 것이다. 보물은 제각기 다르다. 아태부3세는 아직 무엇이 보물인지 감이 전혀 없다. 자기 자신 자체가 보물인 것도 잘 감지를 못한다. 보물을 모르는 어린 시절이 얼마나 행복하냐? 물질이 보물임을 몰라 물욕에 고통을 당하지 않는다. 정신이 보물임을 몰라 스트레스에 시달리지 않는다. 몰라서 건강하고 득이 된다. '몰라서 약이 된다.' 보물을 모르는 것은 자신이 보물이기 때문일까? 자신이 보물이라고 외치는 사람도 있다. 자신의 자존감과 자신의 정체성이 강하여 좋은 면이 있다. '나는 한국의 국보이다.' 내 강의를 듣는 것은 큰 행운이다. 그런 느낌을 가지게 만든다. 날달걀 한 알을 깨어 입에 넣고는 목청을 가다듬고 강의를 이어간다. 아무도 지금껏 '나는 한국의 국보이다.' 외치며 강의하는 사람을 다시 만나지 못한다. 대단하신 분이다. 아이들이 '나는 우주의 보물이다.' 라고 외칠까? 부처님의 '천상천하 유아독존' 과 비슷한 것인가? '나는 조선의 국모다.' 아무나 할 수 있는 말이 아니다. '나는 무엇이다.' 정말로 무엇이어야 그렇게 말하지 않나? 뭇 남성의 눈길을 많이 받아온 아가씨는 본능적으로 자신이 매력이 있지 않나? 알아차리지 않을까? '나는 매력이 있다.' '나는 미인이다.' 그렇게 말이 나올 수 있을 것이다. 사실을 숨기지 못하니까 말이다. '나는 가수다.' 정말로 노래를 잘 부른다. '나는 소설가다.' 정말로 소설을 잘 쓰나? '나는 목수다.' 정말로 집을 잘 짓는다. '나는 도둑놈이다.' 정말로 도둑질을 잘 한다. '나는 보물이다.' 정말로 보물이어야 한다. '너는 보물이다.' '우리는 보물이다.' 정말로 너와 우리는 보물이어야 한다. 아태부3세와 친구들은 보물이다. 그들이 영원히 보물이 되게 스스로들 갈고 닦아야 한다. 선생님들은 그들이 보물임을 늘 깨닫게 해준다. 아이들은 보물이 맞다. 아이들 자신도 그들이 보물임을 자꾸만 알아야 한다. 더 나은 보물이 되기 위해 무엇을 어떻게 해야 하는지를 알아야 한다. 장난감이나 구슬이나 딱지보다 자신이 엄청나게 더 보물임을 알아야 한다. '사람이 만물 중에 가장 귀하다.' '사람이 우주에서 가장 귀한 존재가 아니냐?' 우주에서 비록 인간이 차지하는 비중이 실제로는 먼지 한 줌도 아니지만 그래도 가장 귀한 존재가 아니냐? 사람은 우주에 먼지나 티끌로 돌아가지만 그래도 가장 귀한 존재다. 앞뒤가 맞지 않지만 그래도 가장 귀한 존재다. 먼지로만 생각하면 견디기가 쉽지 않나? 귀한 존재로 생각하면 견디기가 쉽지 않나? 먼지도 아니고 귀한 존재도 아니고 그냥 사람이다. 그것인가? 어린 보물들을 가르치는 선생님은 행복하나? 행복하다. 행복하지 않아도 행복하나? 각자의 선생님의 내면을 들여다보기는 쉽지 않지만 대부분 그렇게 생각한다. 남들이 자꾸 당신은 행복하다고 하면 행복하다고 느낀다. '나는 행복합니다.' 행복하다. '나는 보물이다.' 보물이다. 아기가 태어난 방은 보물이 가득한 방이다. 신혼의 방은 보물이 가득한 방이다. 보물이 가득한 방을 더 많은 보물로 채우는 것은 사람이다. 신이 채워주거나 천사나 선녀가 채워줄 수도 있다. 보물이 가득한 방, 행복이 가득한 방, 사랑이 가득한 방, 가득하게 채울 수 있다. 더 가득 채워 넘쳐나도 좋다. 아태부3세와 친구들이 사는 방도 보물이 가득하다. 사랑, 우정, 행복, 건강, 모든 것을 채울 수 있다. 넘쳐나서 구경하는 참새들에게도 나눠줄 수 있다. '구경하는 참새들도 같이 배우자.' 초등학교 일 학년의 공부는 참새들도 구경한다. 공부하는 운동장의 나뭇가지에는 참새들이 같이 공부를 한다. 참새들이 공부를 한다. 같이 배우는 참새가 어느 날엔가 참새구이가 된다. 참새가 술안주가 되다니! 초등학교 일 학년의 동심은 어른이 되기도 전에 납 탄에 죽은 참새를 손질하여 먹을거리가 된다. 공부를 같이 배우자라며 그렇게 노래하든 어린 학생들은 머리가 띵하다. 어린 학생들은 선조들이 그렇게 다양한 개고기 요리를 해먹은 것을 보고 머리가 띵하다. 단백질 공급원이 한정된 상황에서 짐승이나 가축은 식량이 아닐 수 없다. 보물 같던 참새가 보물이 아니다. 보물 같던 개가 보물이 아니다. 서양의 외교관이 선물한 애완견은 동양에서 보신탕이 되고 만다. 애완견이 어떠냐는 안부의 물음에 맛있게 잘 먹었다는 황당한 대답이 나오는 것이다. 잘 키우라고 준 것을 잘 요리해 먹으라고 이해한 것이다. 보물은 잘 키우라는 것으로 이해하면 탈이 없지만 보물은 잘 요리해 먹으라는 것으로 이해하면 이상해진다. 우주는 사람을 가장 존귀한 존재로 이해해 줄까? 아니면 사람을 먼지로 이해할까? 우주는 사람을 먼지로 이해해도 사람은 그 반대로 가장 존귀하다고 보물이라고 이해하면서 살아야 하나?

깊은 샘과 푸른 별과 아태부3세는 게임을 하면서 논다. 나비가 찾아가는 꽃 이름을 빨리 많이 맞추는 놀이다. 깊은 샘은 남자이고 푸른 별은 여자이다. 푸른 별이 꽃 이름을 훨씬 잘 맞춘다. 나비 종류도 많지만 꽃은 너무나 많다. 알고 있는 꽃 이름과 나비 이름이 너무 적다. 게임을 약간 하고나면 무척 많은 종류의 나비와 꽃 이름을 알게 된다. 가지가지의 이름이 붙여져 있다. 세상을 이루고 있는 것이 꽃뿐인 것 같다. 꽃을 탐하지 않는 나비는 없다. 나비를 불러들이지 않는 꽃은 없다. 푸른 별은 어디에서 꽃 이름을 많이 알게 되었나? 꽃이 푸른 별에게로 놀러 갔나? 푸른 별은 호감이 가는 예쁜 아이이다. 푸른 별이 어느 날 활화산처럼 불이 타오르는 젊음과 아름다움을 피울 것이다. 여름에는 온도가 60도에 이르는 에티오피아의 지구상에서 가장 뜨거운 땅이 되어 열기를 낼지도 모를 일이다. 연평균 기온이 34도에 이르는 땅이 될까? 사람이 살 수 없는 땅이지만 소금을 채취하러 사람들이 드나든다. 푸른 별은 지구상에서 가장 악조건의 땅이 아닌 매우 좋은 곳에 사는 예쁜 아이다. 푸른 별이 꽃이 되어가는 것은 시간문제이다. 꽃 이름을 잘 맞추는 것은 자신이 꽃이 되어가는 과정일까? 그러면 깊은 샘은 샘을 잘 파는 사람이 되나? 꽃을 보고 어떤 나비가 오는지 역으로 하는 게임도 비슷한 재미가 난다. 꽃과 나비는 불가분의 관계에 있다. 꽃이 날개를 움직인다. 나비가 향기를 내뿜는다. 꽃과 나비는 반대로 작용을 할 수도 있다. 꽃에는 마그마가 있나? 마그마의 뜨거운 불길로 뛰어드는 나비는 온몸을 불태우나? 마그마는 땅위로 솟아올라 시커먼 현무암이나 화산 쇄설물이 된다. 화산의 활동으로 솟아오른 물질들이 땅에는 축복이 된다. 기름진 토양을 만들어주기 때문이다. 호주는 화산이 없어 마그마가 솟지 않아서인지 다른 대륙보다 메마른 땅이다. 푸른 별이나 깊은 샘이 어느 누구일지 몰라도 어느 날 마그마처럼 솟아오르는 정열이 일어날 날이 온다고 여겨진다. 어린 친구들이 아태부3세까지 끼여 복잡한 애정관계가 일어나나? 나비도 꽃도 서로가 만나게 되는 상대는 매우 제한적이다. 세 친구가 나비와 꽃의 만남의 모든 구조들을 잘 파악하면 무슨 일이 생기나? 나비는 열심히 꽃의 암수가 만나게 해준다. 벌이 하는 역할과 같다. 나비는 자연의 일부다. 커피농장의 농부가 커피나무를 심지도 않았는데 어느 날 커피나무가 생겨서 커피농장을 하게 된다. 날아다니는 새가 씨앗을 떨어뜨렸는지 바람에 날아왔는지 커피농장이 되었다. 깊은 샘과 아태부3세는 꽃을 차차로 많이 알게 된다. 자연히 나비도 많이 알게 된다. 세 사람의 마음속에는 어느 곳에서 날아왔는지 커피나무의 씨앗처럼 우정의 씨앗이 날아와 심겨져 있을 것이다. 산삼은 사람이 심지 않은 것이다. 인삼이나 장뇌삼은 사람이 심은 것이다. 산삼은 새나 바람이 심은 것이다. 산삼은 새똥이 심은 것이다. 사람의 똥도 무수히 많은 것을 심을 것이지만 원시인이 아니고 현대인인지라 새의 역할은 하지 못한다. 잡초는 생명력이 질기다. 잡초가 산삼이고 커피나무이고 사람에게 유익하면 전혀 잡초가 아니다. 꽃과 잡초는 성질이 다르다. 같은 식물이지만 사람이 분류하는 기준은 다르다. 화산 토양이 삼모작을 가능하게 한다면 화산 토양이 아닌 지역은 이모작이 가능하다. 삼모작이 가능한 지역에 인구가 많이 몰린다. 푸른 별은 별 중에도 무척 빛난다. 푸른 별은 지금도 아름다움이 빛나는 여자아이다. 깊은 샘이 옆에 있어 더 빛나게 해준다. 깊은 샘은 셋이 같이 노니 즐겁다. 강남 갔다 온 제비가 박 씨앗을 물고 오듯이 산삼 씨앗이, 커피나무 씨앗이, 무엇인가에 딸려온다. 푸른 별이 누구를 데려오는지, 깊은 샘이 누구를 데려오는지, 사람들은 서로가 만난다. 우정의 씨앗이 싹튼다. 내일은 무슨 놀이를 할까? 내일은 금방 온다. 셋은 또 놀이를 한다. 우주에 무수히 많은 별의 이름을 맞추는 놀이다. 이름을 알고 나면 거리가 얼마이며 무슨 우주선으로 시간이 얼마나 걸리면 도착할 수 있나? 알아맞힌다. 대부분을 푸른 별이 맞추고 깊은 샘과 아태부3세는 잘 맞추질 못한다. 월등히 여자 친구가 잘 한다. 두 명의 남자 아이들은 샘이 나서 여학생이 잘 하지 못하는 달리기를 하자고 제안한다. 이번에는 푸른 별에게 지기 싫어서이다. 100달리기를 했는데 남자 둘이 다 푸른 별보다 잘 달리지 못했다. 믿을 수가 없다. 약이 더 올라 200미터 달리기를 했는데 또 푸른 별이 이겼다. 이해가 잘 되지 않는다. 또 500미터 달리기를 제안해 이번에는 분명히 이길 것이라고 생각했지만 두 남자 아이들은 너무 지쳐 속도가 더 떨어지고 푸른 별은 여자 아이이지만 거뜬히 두 남자 친구를 이겼다. 깊은 샘과 아태부3세는 현실을 받아들이기 싫지만 받아들여야 한다. 받아들일 수 없으면 아이에 불과하고 어른이 되기는 글렀다. 열 살의 두 남자 아이는 여자 아이에게 지적이나 육체적으로 질 수 있다는 사실이 정말로 마음에 들지 않는다. 그렇다고 여자 아이인 푸른 별과 같이 놀지 않겠다고 하기도 이상하다. 2,000년이나 서양문화에서 예수님을 죽인 종족으로 몰린 유태인은 성당이나 교회의 부조 속에 돼지 젖을 빠는 유태인으로 조각되어 있다. 너무도 긴 시간동안 멸시와 박해는 유태인을 일백 배나 강하게 만들었다. 노벨상 수상자의 숫자가 일반적인 국가보다 일백 배나 많다. 푸른 별이 너무나 놀라운 능력을 나타내면 아태부3세와 깊은 샘은 삼천 년이나 사천 년의 생애에서 유태인처럼 이상한 힘을 발휘해 일백 배의 능력을 나타낼지도 모를 일이다. 동양문화에서 부처나 공자를 죽인 종족으로 몰리어 이천 년을 견뎌냈다면 유태인과 같은 괴력이 나올지도 모를 일이다. 하나님의 선택은 하나님의 선택을 받지 못한 사람들의 원성과 질투의 대상이 아닌가? 부처님이나 공자님이 선택한 유별난 종족은 없다. 그런 종족이 있다면 또 선택이 되지 않은 많은 사람이 어떤 태도를 보일까? 푸른 별이 다른 아이들 보단 약간 뛰어난 점이 있다. 아직 삼천 년과 사천 년의 생애에서 속단하기는 이르지만 지금 상태론 앞서 있다. 아태부3세와 깊은 샘은 집요하게 푸른 별이 자신들보다 잘 못하는 분야를 찾아내려고 궁리를 해보지만 서너 분야에 앞선 아이는 대부분의 다른 분야도 약간 앞서 있으니 이 일을 어쩌나? 남자 아이가 여자 아이에게 꼼수를 쓰고 정정당당하지 않는 행동을 해야만 일이 풀릴 지경이니 마음이 시궁창에 처박힌 기분이다. 선택받은 사람을 시기하고 질투하는 모형이 나오나? 불과 세 명의 아이이지만 리더는 푸른 별이 된 꼴이다. 푸른 별이 정하는 시간이나 푸른 별이 하자는 대로 놀이를 하고 지내야 한다. 골목대장은 푸른 별이다. 다른 아이들이 노는 그룹과는 사뭇 대조적이다. 놀러 가는데 남자 아이가 앞서가고 여자 아이가 뒤서 가는데 푸른 별 그룹은 푸른 별이 앞서 간다. 놀이의 실력의 차가 자연적으로 대장을 만들었다. 미국에서 미국의 발전에 기여한 공이 많은 유태인의 입김이 세듯이 푸른 별의 입김이 세다. 미국을 거대하게 만든 하드웨어인 서부개척, 국가건설 등이 미국의 기초이지만 큰 미국을 지탱하게 하는 소프트웨어적인 부분에서 유태인은 미국에 절대적인 기여를 했다. 그 힘이 결국은 입김이고 세력이다. 아태부3세보다 더 나은 능력을 푸른 별은 어떻게 습득했나? 놀라운 일이다. 푸른 별도 어느 나라의 공주인가? 다음 날에도 이런 저런 놀이들을 푸른 별이 알고 와서 같이 놀게 되지 않나? 푸른 별이 누나나 형 같이 기능을 한다. 선생님이나 어른들이 보아도 특이하다. 여자 아이를 앞에 세우고 남자 아이들이나 다른 여자 아이들이 졸졸 따라다니는 무리이다. 푸른 별은 하늘의 푸른 별이지만 땅에서도 정말로 푸른 별이다. 별이 반짝이는 밤에는 아이들이 밖으로 돌아다닐 수 없다. 별빛의 밤하늘을 쳐다볼 수는 있다. 무한대의 별의 이름을 알아맞히는 것이 놀이라면 끝이 나지를 않는다. 20만 단어나 40만 단어나 사전에 담기는 어휘에도 한계가 있다. 사전의 두께보다 더 많은 별들이 사람을 황당하게 만든다. 푸른 별은 얼마까지 별을 알고 있나? 아이들이 노는 무리들은 약간씩의 충돌이 있으면서 성장해 간다. 자주 푸른 별이 이끄는 무리에게 다른 무리들이 시비를 걸었지만 심각한 일은 아직 일어나지 않았다. 그러나 이번 경우는 달랐다. 패싸움이 일어난다. 높은 산이 이끄는 무리와 푸른 별이 이끄는 무리 사이에서 큰 싸움이 일어난다. 그런데 아태부3세와 깊은 샘이 적극적으로 나서서 싸움을 이기게 하지 않고 오히려 반대로 지게 되는 싸움이 되게 유도하는 행동을 하지 않나? 간첩이나 다름없다. 두 남자 아이는 높은 산 무리에게 져야 푸른 별이 기가 죽어 여성스럽게 되지 않나 하고 일부러 지는 싸움을 하는 열 살의 졸장부 남자 아이이다. 질투나 시기심이 극에 달한 지경이다. 푸른 별 무리의 다른 친구들이 온 힘을 쏟아 내어 높은 산 무리를 이겨 냈다. 푸른 별과 무리의 친구들은 아태부3세와 깊은 샘의 비겁한 행동과 모습을 보고 푸른 별 무리에서 두 남자 아이를 추방해야 한다고 한다. 두 아이는 이제 친구들을 져버린 대가를 치러야 한다. 창피한 꼴을 당한 두 남자 아이이다. 그렇다고 높은 산 무리에게로 가기도 마음은 더 싫다. 둘은 이런저런 생각을 해봐도 푸른 별과 놀아야 한다는 생각이다. 푸른 별 무리에게 잘못했다고 사과하고 무릎을 꿇고 들어가야 할 시점이다. 둘은 그런 선택을 받아들여야 했다. 졸장부가 더 졸장부가 되지 않기 위해 여자 아이와 친구들에게 빌고 들어간다. 겨우 푸른 별 무리에 다시 가담하여 놀 수가 있다. 아태부3세와 깊은 샘은 정신을 바짝 차리고 있어야 한다. 두 번이나 그런 행동을 하다간 사람대접을 받기는 틀리게 된다. 푸른 별에게 기가 죽고 거기에 더하여 더 소심한 두 남자 아이가 되는 셈이다. 사랑의 대상이 될 푸른 별에게 점수를 깎인 두 사람은 다시 점수를 얻기 위해 남다른 노력을 해야만 하는 시점이다. 열등감이 자존심으로 다시 자존감으로 변할 때까지 갈고 닦아야 한다. 그런데 쉽지 않다는 점이다. '사촌이 논을 사면 배가 아프다.' 는 특이한 심성이 아직도 남아 있는 문화가 웃습다. 사촌이 논을 사면 기쁜 것이 정상인데 그렇지가 않은 문화이니 이게 웬 말이지? 푸른 별 무리들에게 너무 속이 훤히 보이는 행동이 드러나 버렸다. 어린이들의 정상적인 행동패턴일 수도 있다. 노련한 외교관처럼 마음에 없는 말과 행동을 할 수 있겠나? 푸른 별은 마음이 좀 서글프다. 친한 친구인 두 남자 아이가 자신을 너무 의식하고 열등감을 여과 없이 드러내는 모습이 당황스럽다. 푸른 별은 일부러 자신의 재능을 감출만한 처세의 능력을 갖춘 어른이 아니다. 열 살의 아이들이 처세술이 대단할 수가 없다. 싫고 좋은 것이 얼굴에 행동에 그대로 드러날 뿐이다. 싫은 것을 싫다고 하지 못하는 어른들보다는 정신건강이 더 좋다. 감정노동자나 군인들처럼 행동할 필요가 없다. 푸른 별 무리가 가장 돋보이기 시작한다. 푸른 별이라는 여자 아이이고 더군다나 높은 산이 이끄는 무리도 제압하고 가장 힘이 센 그룹이 된 지금이다. 그 가운데 가장 졸장부인 아태부3세와 깊은 샘이 있다. 선택 받은 사람이었으나 이제는 예수님을 죽인 종족으로 멸시 받던 유태인이 된 꼴이다. 푸른 별이 부처나 공자는 아니지만 부처나 공자를 팔아먹은 것 같은 예수님을 팔아먹은 유다가 된 형편이랄까? 심기가 불편한 두 남자 아이다. 이 상황을 뒤집어야 한다. 잘 뒤집어지지가 않으니 두 아이의 고민은 커져만 간다. 사실, 이리저리 꼼꼼하게 인간관계나 힘의 역학을 계산하는 아이들이 아니다. 단순한 아이들이 아닌가? 푸른 별도 단순한 아이일까? 아태부3세와 깊은 샘은 단순한 아이임이 증명이 되어 버렸다. 정말로 아이이다. 지금 만난 인연의 끈이 사천 년이나 질기게 이어질까? 시간이 지날수록 같은 공간에 있는 사람은 다른 사람으로 자꾸 바뀐다. 푸른 별은 어느 공간으로 날아가 버릴까? 아태부3세와 깊은 샘은 어디에 가 있을까? 푸른 별 무리에선 가장 보물 같지 않아 보이는 아태부3세와 깊은 샘이다. 푸른 별이 가장 빛나는 보물이고 보물로 보인다. 여자아이인 푸른 별에게 어떻게 아부를 해야 할지 생각을 하게 되는 못난 두 남자아이다. 푸른 별의 가방을 들어주나? 푸른 별의 신발을 닦아주나? 푸른 별의 심부름을 척척 해주나? 열 살의 어린 나이에 굽실대는 행동을 하게 되나? 상황을 개선시키고 정반대로 만들고 싶지만 치밀한 머리가 돌아가지도 않고 꾀도 없다. 푸른 별은 독재자가 아니다. 너무나 독재자가 아니니 두 남자 아이는 괴롭힘을 당하지는 않지만 스스로가 부자연스럽다는 것이 걸림돌이다. 두 남자 아이는 코가 납작해진 높은 산을 몰래 만나 푸른 별을 밀어낼 궁리를 하나? 좀스런 세 남자가 어울리나? 세 남자는 푸른 별에게 남성이라는 것이 무너졌다. 열 살에 이상한 체험이다. 여자에게 지는구나? 그런데 푸른 별이 더 예쁘게 보이니 이 감정은 또 무엇인가? 힘센 청년이 리드를 해주니 사랑을 느끼는 처녀의 심정이 거꾸로 세 남자 아이에게 왔단 말인가? 힘이 더 세고 더 지적인 여인이 이끌어 주니 끌려가면서 사랑의 감정이 싹트는 어린 남자 아이들이란 말인가? 동물의 세계에선 하이에나가 특이하게 암수의 행동유형이 반대인데 푸른 별과 세 명의 남자 아이들은 하이에나의 세계인가? 푸른 별이 여왕벌이나 여왕개미 수준까지 가지는 않을 것이 아닌가? 어쨌거나 푸른 별 주위에는 여자 아이들보다는 남자 아이들이 더 많다. 푸른 별의 아름다운 머리카락이나 치맛자락에 더 이끌리는 열 살의 남자아이들인가? 푸른 별 무리는 남자아이들이 많으니 작은 싸움이나 큰 패싸움에서도 지는 일이 일어날 확률이 매우 적다. 가장 힘이 세고 큰 무리임이 틀림없다.

푸른 별은 예쁜 꽃이라는 여자 아이와 무척 친해진다. 가끔 비구름이라는 남자 아이도 같이 논다. 비구름은 높은 산 무리와 싸울 때 가장 앞서서 힘을 보탠 남자 아이이다. 푸른 별은 급히 친해진 새로운 친구들과 잘 지내고 있다. 아태부3세와 깊은 샘은 친구 사귀기가 예전보다 더 어려운 형편이다. 푸른 별이 예쁜 꽃과 비구름과 같이 놀 때는 아태부3세나 깊은 샘이 전혀 끼어들 수가 없다. 사람의 마음이 쉽게 변하지도 않지만 감정의 골이 깊어진 마당에는 어느 정도는 서로가 떨어진 채로 지내야 하는 괴로움도 있다. 우정이 강해지면서도 경쟁심이 발동하고 우정이 식으면서 경쟁심이나 시기심도 줄어드나? 푸른 별은 예쁜 꽃과 같이 지내면서 남자 아이들의 이상스런 질투심을 느끼지 않아 좋다. 푸른 별은 비구름이나 아태부3세나 깊은 샘이나 높은 산에게 특별한 감정이 없었다. 친구들이라 생각했건만 무의식중에 힘의 역학관계가 존재하는 점을 발견한다. 예쁜 꽃과는 그런 관계가 전혀 느껴지지 않는다. 성숙한 여인이 되면 서로가 마음에 드는 남자를 차지하려고 모든 수단과 방법을 동원할지 몰라도 지금은 전혀 그렇지가 않다. 오히려 무리들 사이에서 남자 아이들과 알 수 없는 내면의 싸움이 일어나곤 한다. 무리를 이끄는 여자 아이가 거의 없으니 주목을 많이 받는다. 푸른 별은 새로운 친구들과도 같이 놀면 예전처럼 능력의 차이가 월등히 발생하는 것을 알아차리게 된다. 자신의 재능을 드러내지 않고 날카로운 발톱과 부리를 숨기는 새가 되어야 하나? 필요 없는 하나의 고민이 생겼다. 열 살의 나이인데 그렇게까지 처세술이 발달할 수가 있나? 세 살인 여자 아이도 자신의 손가락이 여섯 개이면 다른 사람 앞에서는 손을 등 뒤로 하면서 숨기는 행동을 한다. 매우 안타까운 일이다. 아태부3세와 깊은 샘은 손을 등 뒤로 숨길 수도 없다. 푸른 별도 재능을 감추기가 매우 어렵다. 예쁜 꽃이나 비구름이 또 다시 아태부3세나 깊은 샘의 행동유형을 나타내면 어떻게 대처해야 하나? 푸른 별은 실제적으로 맞서야 하기 때문이다. 본의 아니게 친했던 친구가 자꾸 적대관계가 되는데 자신의 의도와는 상관없이 일어나는 일이기에 당황스럽다. 인디언들이 축제 때에 일부러 재물을 부수는 이상한 행동을 한다. 다른 부족보다 더 많은 재물이 싸움의 시초가 되니 있는 재물을 서로가 부수면서 평화를 유지하려는 이상스럽지만 이해가 가는 측면이 숨어있기도 하다. 그러면 푸른 별이 자신의 재주를 스스로 잘라버려야 한단 말인가? 그런다고 그렇게 되기나 하나? 예쁜 꽃은 자신이 푸른 별보다는 많이 부족하다는 것을 스스로 알 수 있다. 아주 재빨리 알 수 있다. 대부분의 여자 친구들이 푸른 별보다 능력이 떨어지는 것을 알아차릴 수 있다. 푸른 별이 하늘의 푸른 별인 것을 부인하지 않는다. 그렇지만 약간은 찜찜한 구석이 있다. 열등감이 사람을 삐딱하게 만든다. 아태부3세나 깊은 샘의 바보 같은 마음 상태와 별반 다르지 않다. 분위기가 늘 그렇게 흘러가면 푸른 별은 어쩔 수 없이 공주가 아닐 수 없다. 모두 공주가 되고 싶지만 공주는 못 되고 공주를 부러워하면서 시기심도 같이 은연중에 드러내는 사람들이 된다. 열 살의 아이들도 마찬가지이다. 학교에서 푸른 별의 뉴스가 가장 영양가가 있다. 수많은 보물들이 모인 학교에서 가장 빛나는 보물이 푸른 별이다. 푸른 별이 못마땅하여 자신이 보물 중에 가장 보물이 되고 싶어도 능력이 되지 않으니 열 살의 어린 영혼들이 좌절을 맛보게 된다. 일부러 만들어 낸 상황이 아니라 자연적으로 발생한 상황이다. 비구름은 이렇다 할 마음의 고민이 없다가 자신의 존재감이 푸른 별의 무엇인가? 자신의 확고한 산봉우리가 없고 산봉우리 팔부능선의 한 부분인가? 산봉우리를 빛나게 하는 역할인가? 별 느낌이 없다. 산봉우리의 올라 있는 사람은 눈에 확 띤다. 팔부능선에 있는 사람은 잘 보이지 않는다. 군인들은 팔부능선으로 적의 시선을 피하면서 속이면서 이동한다. 비구름은 팔부능선에서 역할을 잘 하면 된다. 산봉우리에는 비바람이 몰아치지만 팔부능선은 견디기가 쉽다. 산봉우리가 빛나지만 빛나는 만큼 고통도 많다. 높은 산의 팔부능선을 오르기도 쉽지는 않다. 무리 중에서나 학교에서 비구름이 가장 무난하고 괜찮은 아이로 느낌이 온다. 푸른 별에 가장 가까이에 가 있다. 예쁜 꽃 다음으로 다가가 있다. 산의 산봉우리에는 보물을 숨기기가 어렵다. 산의 팔부능선에는 보물을 숨길 수가 있다. 산의 지하에 보물을 숨길 수도 있다. 삼백 만의 군인이 산 속에 숨어 있다. 항공정찰로도 드러나지 않는다. 삼백 만의 대군이 그렇게 쉽게 숨을 수가 있나? 낮에는 움직이지 않는다. 밤에만 움직인다. 이백 만이 넘는 대군으로도 삼백 만이 숨은 것을 찾지 못한다. 그렇게까지 숨는다. 대구나 혹은 부산 시민 전체를 낮에는 전혀 움직이지 못하게 하다가 밤에만 흔적 없이 사라지게 만든다.

그것이 가능하다. 백두산이나 개마고원은 삼백 만이 숨을 수 있다. 중국대륙을 손에 넣으려면 삼백 만 대군이 흔적 없이 숨고 움직이는 능력 속에 이루어진 일이다. 중국 대륙이 공산당에 그냥 넘어간 것이 아니라 삼백 만을 숨기는 놀라운 능력이 있었기에 일어난 일이다. 열 살의 아이들이 보물을 이 정도로까지 숨길 재주는 없다. 푸른 별이 자신의 능력을 이 정도로까지 감출 능력이 없다. 원자탄의 위력을 피하려면 삼백 만을 숨겨야 한다. 원자탄보다 더한 폭탄들 앞에서 지하국가5는 더 많은 사람을 숨길 수 있어야 한다. 비구름이 팔부능선에서 자신의 재능을 어느 정도까지 숨길 수가 있을까? 보물은 드러내 놓기를 꺼린다. 푸른 별이나 비구름이나 스스로 자신의 힘을 알지 못한다. 보물은 수 천 년을 땅 속에 묻혔다가 발견되기도 한다. 인위적으로 수 천 년을 숨기기가 어렵다. 아태부3세나 친구들은 사천 년을 생존하다. 긴 인생을 살아야 한다. 스스로의 재능이나 보물을 사천 년이나 숨기는 재주는 또 어떤 능력인가? 보물은 오래되면 값이 많이 나간다. 호랑이나 사자나 맹수는 발톱을 숨기고 있다. 푸른 별은 발톱도 없지만 푸른 별의 발톱을 어떻게 숨겨야 하나? 푸른 별의 이름을 개똥별로 바꾸나? 푸른 별이 개똥별로 이름만 바꾸어도 숨을 수 있나? 개똥별이라고 하면 우선 사람들이 주목을 별로 하지 않을 것이다. 푸른 별의 좋은 이미지는 이름 때문에 거의 사라지고 만다. 그렇지만 재능은 사라질 수 없다. 그렇지만 재능을 숨길 수는 있다. 이름을 바꾸면 푸른 별은 재능을 숨길 수 있어 좋고 아태부3세나 깊은 샘이나 높은 산이나 비구름은 자신을 다시 또는 모르게 내세울 수 있어 좋다. 남자 아이들은 속이 시커멓게 나쁘다면 푸른 별을 개똥별이라고 퍼뜨릴 것이다. 푸른 별에게는 잠시 고통이지만 사천 년을 발톱을 감추고 안전하게 살 수 있는 좋은 길이기도 하다. 그래서 푸른 별이 개똥별이 되나? 푸른 별이나 개똥별은 같은 사람이지만 들리는 감은 전혀 다르다. 푸른 별이 개똥별이 되어 수백 만 대군을 숨기고 무엇을 숨겨 무엇이 된다는 것인지 구체성도 없다. 맹수는 잘 숨는다. 맹수의 기질을 갖자는 것인지 무엇인지 잘 알 길이 없다. 부모의 입장에서는 너무 어린 아이가 세상의 주목을 너무 심하게 받는 것도 달가워하지는 않는다. 상당한 부담이기 때문이다. 사람들은 날카로운 발톱을 가진 맹수를 가축으로 개량하는데 어려움을 겪어왔다. 맹수는 맹수이지 가축이 되지를 않는다. 맹수가 아니어야 가축으로 개량한다. 맹수보다 더 강한 맹수의 왕인 사람이 드러내는 발톱이 어떻게 개량이 되고 감추어지겠나? 그대로 드러나지 않겠나? 원자탄, 중성자탄, 질소폭탄, 무슨 폭탄으로 그대로 드러나지 않을까? 우리는 보물인 푸른 별의 발톱을 알 수가 없다. 개똥별의 발톱을 알 수가 없다. 맹수의 발톱이 될지 나비의 아름다운 날갯짓이 될지 알 길이 없다. 단지, 아는 것은 무리의 중심이 푸른 별이라는 정도이다. 그것이 전부이다. 푸른 별과 친한 친구가 몇 명이라는 정도이다. 예쁜 꽃은 푸른 별이 개똥별이 된다는 것은 참을 수가 없다. 도저히 들을 수가 없는 이름이다. 예쁜 꽃의 이름을 시체꽃이라 부른다면 이것이 어떤 일인가? 물론, 시체꽃이라는 꽃 이름이 있지만 사람의 이름으로는 받아들일 수 없다. 푸른 별이 개똥별이 되지 못하게 예쁜 꽃이 시체꽃이 되지 못하게 하는 힘도 엄청나다.

학교의 담벼락에 무척 커다란 낙서가 쓰여 있다. '푸른 별=개똥별, 예쁜 꽃=시체꽃, 두 여자가 남자를 잡아먹고 있다.' 우려하던 일이 실제로 발생한다. 이제는 어린 아이들의 문제에서 선생님까지 개입이 되어야 할 형편이다. 푸른 별이 공격을 받을 것은 어느 정도 예상이 된 일이나 예쁜 꽃은 어이 없이 덤으로 걸려든 나쁜 예이다. 졸지에 예쁜 꽃도 푸른 별 만큼이나 급이 올라간 것인가? 열 살의 어린 여자 아이가 견뎌내기에는 강도가 센 낙서이다. 누구일까? 이런 낙서를 쓰는 장본인을 알 길이 막막하다. 남자 아이들 중에 있을까? 얼토당토않게 푸른 별이나 예쁜 꽃이 한 짓일까? 더 이상하게 선생님이 한 짓일까? 범인을 꼭 잡으려면 상식 밖의 일까지 생각을 해야만 한다. 남자 아이들의 부모들이 한 짓일까? 학교에서 일어나는 일을 알 수가 있어야 가능한 일이다. 학교에 다니는 학생들이 가장 잘 알지만 그들을 대하는 가까운 사람들도 알 수가 있을 수 있다. 범인을 꼭 잡아야 하나? 없던 일로 그냥 넘어가나? 어린 학생들이 다니는 학교이니 낙서가 어린 아이들 문제이다. 거창한 문제를 들고 나오지는 않고 있다. 비위가 그슬리는 상스러운 욕지거리는 아니지만 순식간에 그렇게 바뀔 수도 있다. 분위기가 험악하면 범인은 숨어버릴 것이고 분위기를 풀어 놓으면 범인은 재차로 일을 벌일 것이다. 잡으려면 다시 낙서를 할 분위기로 몰아가야 한다. 그러면 두 여자 아이가 정서적으로 견뎌낼 수가 있나? 아태부3세의 아버지인 아태부2세가 한 짓일까? 어머니인 지구1이 한 짓일까? 사람을 시켜 한 짓일까? 워낙 많은 아이들이 알게 되니 푸른 별과 예쁜 꽃의 부모님까지 알게 된다. 일이 가려지거나 덮여지지 않고 확산될 조짐이다. 두 여자 아이가 피해자이지만 학교에서 두 여자 아이를 다른 학교로 전학을 가라고 한다면 적반하장의 조치가 된다. 조선시대에는 아예 일어나지 않는 일이다. 여자 아이는 서당에 보내지 않았으니 말이다. 오백 년이나 육백 년을 여자 아이는 서당에 보내지 않는다. 여성은 관리가 될 수 없다. 상상하기 힘든 구조이다. 푸른 별이 공격받고 있는 지금은 그래도 봉건시대와는 전혀 다른 앞선 시대임은 분명하나 낙서는 다분히 옛날의 답답한 과정들이 드러나는 면모이다. 대자보나 낙서를 허용하지 않으면 언론의 마지막 숨통을 조이는 일이다. 언론의 자유까지 갈 일은 아니나 욕구불만을 표출하는 마지막 수단을 막으면 독재국가가 아닌가? 학교에서 막아야 하나? 막는 것은 맞는 것 같긴 한데. 숨통까지 조여야 하나? 대부분 사람들이 숨통을 조여야 할 극한점까지는 갈 생각이 크게 없어 보인다. 낙서로서 마무리 할 심산이다. 대자보나 낙서는 소극적인 항의수단이다. 심해지면 행동으로 항의를 할 것이다. 실제적인 행동표출의 전단계라고 볼 수 있다. 낙서나 대자보를 허용하지 않으면 나중에는 더 큰 분출이 나온다는 것을 알기에 묵인이 답이라고 하면 어린 두 여학생은 견뎌내는 수밖에 다른 해결이 나오지를 않는다. 담벼락에 낙서이지 더 이상의 의미를 두지 말자. 푸른 별과 예쁜 꽃은 담벼락에 무슨 낙서를 쓰고 싶나? 본인이 아니면서 대신 누가 심정을 대변하여 써 주면 좋지 않나? '우리는 남자 아이를 잡아먹지 않는다. 다만, 사랑할 뿐이다.' 이렇게 쓰나? 범인을 색출하기보다는 이런 낙서가 더 나은 듯하다. 두 여자 아이는 그들이 낙서를 쓰지 않았지만 '우리는 남자 아이를 잡아먹지 않는다. 다만, 사랑할 뿐이다.' 이런 낙서가 학교 담벼락에 쓰여 있다. 놀라울 뿐이다. 눈에 안 보이는 대변인들끼리 소통을 담벼락에다 하고 있다. 다음에는 상대편에서 무슨 낙서를 써 놓을까? 학교에서 선생님들이 머리를 짜서 쓴 것일까? 범인 색출은 물 건너가고 말았다. 두 번째 낙서는 두 어린 여학생을 힘들게 하지 않는다. 어느 누구 한 명이 보물이지 않은 학생이 없다. 모든 보물을 다 지켜야 하는 일은 쉬운 일은 아니다. 보물선의 값어치는 엄청나다. 보물선 선장의 마음은 절대로 보물선이 바다에 침몰해서는 안 된다. 보물선이란 언제나 바다에서 잘 항해하려고 온갖 노력을 다 할 것이다. 그러나 바다가 보물선의 운명을 받아주지 않으면 도리가 없다. 보물들이 모인 학교는 풍랑을 헤쳐 나가는 보물선의 운행처럼 지혜롭게 지금의 상태를 벗어나야 한다. 너무 어린 아이들은 글자를 몰라 낙서를 하더라도 그림으로 낙서를 한다. 글자를 겨우 알아야 글자로써 낙서를 한다. 대자보를 붙이려면 상당한 실력이 있어야 가능하다. 어린 아이의 그림 낙서나 글자 낙서도 애교스럽지 않나? 일부러 학교의 한쪽 벽면을 낙서를 위한 공간을 배려해주면 좋지 않나? 누구든지 자유롭게 낙서할 공간을 아이들에게 할애한다. 그것도 좋은 생각이다. 꼭 어린이만 그럴 것인가? 어른들도 자유롭게 낙서할 공간을 일정 부분의 공간에 두고 이용해보자! 담벼락에 구호를 적지 않고 낙서를 적자. 담벼락에 구호가 적힐수록 자유의 폭이 감소하고 숨이 막히지만 낙서를 적으면 숨이 트이고 자유의 폭이 커지지 않나? 수많은 담벼락의 오분의 일만 낙서하는 담벼락으로 해도 무슨 문제가 되나? 일부러 낙서하는 공간을 제공하는 것은 도리어 이상하나? 담벼락에 아름다운 그림을 그리듯이 일정 부분의 담벼락은 낙서를 하자! 아태부3세가 다니는 학교에서는 담벼락에 낙서하는 것이 허락되고 일정 공간이 늘 낙서로 도배가 되는 일이 일어난다. 누구나 낙서를 할 수 있다. 누구나 낙서로 의견을 표출할 수 있다. 낙서로 의견을 자연스럽게 나타내는 문화가 낯설지 않을 때 하나의 문화로 잘 정착되어진 삶의 한 단면이 된다. 푸른 별의 친구들이 스스럼없이 자신들의 속내를 낙서로 발산한다면 마음속의 고통이 무척 감소할 수 있다. 마음의 불만이 하나도 없을 사람은 한 사람도 없지만 많은 나날들 중에 신나는 날도 많아야 살 수가 있지 않나? 기분이 좋아 낙서로 기쁨을 표시할 수 있고 억울하고 우울한 마음도 낙서로 표현하여 하루하루를 견딜 수 있다. 담벼락의 낙서에는 지금까지 드러난 무리들이 아닌 새로운 무리들을 모으는 광고적인 것들도 많다. 새롭게 다른 무리들이 만들어지는 기초적인 과정들이 드러나기도 한다. 무리의 이합집산이 더 가속화되고 활발하게 여러 가지 일들을 벌이는 어린 아이들의 활동상이 보인다. 제한된 시간과 능력의 한계 속에서 어린 친구들은 얼마나 많은 무리에 속해 몹시 바쁜 하루를 보낼까? 노는 시간표가 어른들 보다 더 촘촘한 친구도 나온다. 푸른 별의 친구들도 시간을 쪼개어 다른 많은 무리에 속해 다양성을 추구할 수 있다. 열 살의 마음의 흐름은 어느 정도 비슷하지만 무리에 따라 약간의 특이성을 맛보고 서로 조합하여 적응성의 폭을 넓히며 지내는 아이들이다. 노는 영역은 이리저리 겹치는 것이 가능하지만 정신의 영역인 종교적인 일을 여려 겹으로 경험하고 실천하는 것은 논리적으론 이상해도 해 볼 수는 있다. 주일학교에 가면서 사찰의 어린이 프로그램에 참가하고 또 여러 가지 종교가 행하는 일에 몇 몇의 겹으로 참가하는 어린이가 있다고 볼 수 있다. 머리에 혼돈이 오지 않을까? 현재의 세상에도 매우 오래 산 노인의 경우 복합된 형태의 정신구조가 내재한다. 일제강점기와 그 이후의 세상과 21세기까지 다양한 스펙트럼이 장소나 상황에 따라 다르게 반사적으로 작동을 한다. 일본 국가와 북한 국가와 애국가와 이민을 가면 이민을 간 나라의 국가와 네 가지의 국가와 네 가지의 대중가요와 머릿속이 빡빡하게 프로그램이 축적 된다. 어린 아이들도 네 무리에 속하면 각각의 무리의 특성을 동시에 몸에 배게 된다. 푸른 별이나 아태부3세는 최대로 몇 개의 무리에 속해 많은 경험들이 다수로 중복되어 체험될까? 푸른 별은 열 개의 무리에 속하면 열 개의 모든 무리에서 앞장 서는 사람이 될까? 일반적으로 한 사람의 능력으로 모든 것을 다 하기에는 힘이 든다고 모두들 생각한다. 열 살의 어린이가 자신의 분신을 열 개로 만들어 열 곳을 이끌어 가는 특수한 사람이 될 수 있나? 복제로 똑같은 사람을 만들 수 있지만 자신의 말을 따르는 사람을 열 명을 만들어 간접으로 움직이게 하는 일도 일어날까? 푸른 별이 후자를 해낸다면 대단한 능력에 더하여 더 대단한 아이이다. 푸른 별은 예쁜 꽃 열 명과 비구름 열 명을 동시에 열 곳의 무리에 움직이게 해 낼까? 구슬을 꿰는 보물을 다른 보물들과 엮어내는 재주를 우리는 보고 싶기도 하다. 서 말의 구슬이 꿰어지고 서른 말의 구슬이 꿰어지고 어느 날 삼백 말의 구슬이 꿰어지는 기적이 일어난다면 아이들이 늘 아이들일까? 셀 수 없이 많은 담벼락의 낙서에 푸른 별이 한 번도 빠지지 않는다면 일이 진행되는 방향이 삼백 말의 구슬을 꿰는 길이 아닌가? 푸른 별의 친구들은 수만 개나 수십 만 개의 낙서 담벼락에서 같은 키워드를 인식해내면 쉽게 여론의 향배를 파악할 수 있다. 그러면 아이들은 어디에 이 자료를 활용하나? 목마른 자에게 물이 필요하다는 것을 알게 되게 그 물을 잘 공급하면 생명수의 순환구조를 파악하는 사람이 된다. 푸른 별이 앞서나가는 것은 아태부3세의 놀라운 잠재력을 이겨낸다는 것이 아닌가? 측정이 정확하지 않은 잠재력이지만 여자 아이의 무시하지 못할 능력을 미리 보는 느낌이다. 건조한 지역에서 잘 자라는 나무는 땅속의 뿌리가 50미터 이상을 뻗쳐 있다. 사막에서 잘 자랄 나무라면 땅속의 뿌리가 50킬로미터나 뻗쳐 있다면 가능하지 않을까? 나무뿌리가 50킬로미터나 뻗쳐 있는 나무를 본 적이 없지만 사람이 인공으로 만든 나무가 그렇다면 사막에서 나무가 산다는 것인가? 푸른 별이 뻗칠 나무의 뿌리가 50킬로미터까지 이른다는 것을 미리 알 수 있나? 인공으로 만든 나무의 뿌리를 어떤 방식으로 50킬로미터까지 이어주나? 건조지역에서 사는 나무의 일천 배나 진화한 나무이다. 건조지역보다 비가 일천 배나 적게 와도 생존한다는 것이 아니냐? 낙타는 한 번에 200리터의 물을 마신다. 사람의 일백 배이다. 사람은 하루에 2리터의 물을 마시고 소비한다. 낙타가 열 배만 더 진화하면 뿌리가 50킬로미터까지 뻗친 나무와 다름없다. 동물인 낙타가 사람의 일백 배의 능력이면 나무나 혹은 식물 중에도 뿌리가 5킬로미터까지 이르는 것이 자연에서도 가능한 범위가 아닐까? 사람이 지는 짐은 군인들이 30킬로그램 정도이다. 200리터이면 200킬로그램인데 등에 지는 짐에 낙하산의 원리를 적용해 무게가 전혀 느껴지지 않게 한다면 사막에서도 사람이 등에 200리터의 물을 짊어지고 가는 꼴이다. 그러면 하루에 20리터씩 마셔도 열흘을 견딘다. 푸른 별이 자신의 무리들을 이끌고 사막에서 열흘을 견뎌낼까? 사람이 200킬로그램을 지고 간다면 낙타에게는 더 많은 무게의 짐을 지울 수 있다. 사람이나 낙타나 신체부위에 낙하산이 매달린 이상한 모습이지만 사막에서 열흘이 아니라 한 달도 거뜬히 견딜 수 있게 된다. 그러면 사람들이 사막을 횡단이나 종단을 하지만 낙타와 더불어 낙하산의 역할로 인해 오아시스 자체를 몸에 지니고 다니는 일이 아닌가? 어린 학생들도 사막을 건너는 것이 불가능하지 않는 상황이 도래한다. 담벼락의 낙서에는 사막을 횡단할 어린이들을 모으고 있다. 의심이 되면 사막이 아닌 일반적인 장소에서 경험을 하고 난 뒤 차차로 사막에 적응력을 키운 후에 가도 된다고 어린 아이들을 설득하고 있다. 푸른 별 무리가 가장 먼저 이 일에 적극 나설까? 비구름이 푸른 별에게 소식을 알린다. 아태부3세와 깊은 샘이 이미 사막의 일정에 신청을 했다고 한다. 비구름은 자신들이 훨씬 더 잘 할 수 있다고 자신하고 있다. 푸른 별도 무심할 수가 없다. 물론, 참가하는 것은 무리의 의견의 일치가 되는 일이지만 한 달 동안 사막에서 푸른 별 무리가 얼마나 더 단단하게 더 아름답게 더 놀라운 무리로 형성되어 가는 좋은 방법들이 무엇인가를 찾는 것이다. 한 달 동안 무엇으로 진화되어 있을 것인가? 다른 무리보다 유별나게 달라지는 비법을 찾아 실천하는 것이 숨어 있는 노림수이다. 인공의 나무뿌리가 50킬로미터까지 뻗쳐 나가는 만큼의 놀라운 것을 한 달 안에 사막에서 푸른 별 무리는 만들고 싶다. 푸른 별 무리는 강제조항 하나로 한 달 동안 사막에서 인공의 나무뿌리가 50킬로미터 뻗쳐 나가는 방법을 생각하고 한 달 내내 밤마다 한 시간씩 총 30시간을 발표하기로 정한다. 한 달 만에 무슨 방법들이 어떻게 나올지는 모르는 일이다. 30시간 만에 세상이 바뀌나?

학교의 보물들은 드디어 사막으로 날아왔다. 난공불락의 사막이 어린이에게 열린 세상이다. 사막이 더 이상 사막이 될 수가 없다는 사실이 증명이 되는 지금이다. 등에 지고 낙타에게 지운 물은 이미 오아시스이고 사막으로 이어진 길이 아니라 오아시스로 이어진 길을 간다는 것이다. 오아시스가 계속 이어진 곳은 오아시스이다. 사막이라고 말하기가 약간 달라지는 것이 아니냐? 사막을 걷지만 낙하산이 약간 하늘로 끌어올려 걸어가므로 사막을 걷는 고통스런 과정이 많이 줄어든 상태의 걸음이다. 달나라에서 걷는 기분이면 힘이 덜 들고 사막의 고통은 아닌 것이다. 낮과 밤의 기온 차와 몸이 견뎌내는 것이 문제이지만 우주복보다는 성능이 약하지만 사막에 견디는 사막복으로 우주복의 기능을 한다. 사막복이 사막에서 입는 우주복의 기능이 축소된 옷이 밤낮에 견디게 해주니 물도 사막에서처럼 많이 마시는 구조도 아니고 어린이가 견딜 만한 정도이다. 한 달을 다른 환경에서 살아야 한다는 점이 특이한 점이다. 사실, 사막처럼 고통스럽지 않으니 다른 생각들을 많이 하면서 걸어갈 수 있는 하루의 시간은 무척 길다. 자연적인 사고가 아니고 강제로 생각을 해야 하는 과제가 푸른 별 무리에게 주어져 있지만 감시나 전개되는 과정을 적절히 통제할 방법은 전무하다. 강제사고로 집단이 강해진다. 강제사고로 세상을 바꾼다. '습관이 제이의 천성이다.' 습관이 한 달 만에 체화되면 약간의 변화는 있다. 그 습관을 사천 년을 이어가면 뿌리가 50킬로미터인 나무는 분명히 만들어진다. 우주복을 개량하고 낙하산을 개량만 해도 대단한 일이 일어난다. 첫날밤부터 다른 무리들은 푸른 별 무리가 하는 행동이 독특해 보인다. 서너 밤이 지나자 푸른 별이 하는 방법을 알지만 따라 하지는 않는다. 사전에 마음의 준비가 되지 않았기에 실천하는 실천력이 부족하고 습관이 강제적으로나 자발적으로 생성되지 않았기 때문이다. 한 달이면 긴 시간으로 인해 모방을 하는 다른 무리의 아이들이 생길 수는 있다. 보물들이 더 보물이 되는 가장 좋은 일이다. 강제사고로 집단이 한 계단 아니 알 수 없는 계단으로 올라간다. 안 하는 것보단 하고 있는 푸른 별 무리가 상당히 앞선 것이 맞다. 사막에서 시작부터가 다른 푸른 별 무리이다. 예쁜 꽃이나 비구름도 자신들이 약간 다른 면이 있다는 점을 느끼게 된다. 그들 무리의 의식이다. 그들의 의식이 그들 사이에서 통용이 되는 것이다. 새로운 길이 열리는 것이다. 새로운 세상이 올 수 있는 기반이다. 사막에 내리는 이슬 한 방울을 빨아먹기 위해 나무뿌리는 50킬로미터를 뻗어야 한다. 푸른 별 무리는 어떻게 이 문제를 풀어낼까? 철저히 나무가 되어야 하나? 철저히 과학자가 되어야 하나? 철저히 공상가가 되어야 하나? 사막 체험에서 풍경은 사막체험이지만 온도나 물이나 신체적 고통이나 많은 면이 감소되어 과거의 진정한 사막체험은 변질이 되어 있다. 푸른 별 무리는 여기에 더하여 사막체험이 더 바뀌도록 연구하는 과학자인양 해보자는 것이다. 나무뿌리가 50킬로미터로 물을 머금고 있으면 사막에서도 견디는 선인장마냥 많은 물을 뿌리에 선인장보다 더 많이 지니고 있지 않나? 선인장이 땅속에 있다. 선인장이 땅속에 거꾸로 박혀 있다. 선인장은 잎이 가시로 변해 증발을 억제한다. 선인장은 몸에 물을 많이 지니고 있다. 사막에서도 선인장이 자라는 곳이 있고 자라지 않는 지역이 더 많다. 사막의 지하 50킬로미터까지 습기가 전혀 없을 수가 있을까? 아무리 사막이라도 지하 50킬로미터에는 습기가 있다고 생각되지 않나? 나무뿌리가 지하 50킬로미터까지 가지 않아도 해결이 나지 않나? 아무리 사막이라도 지하 5킬로미터만 내려가면 습기가 있지 않나? 가장 단시간에 지하의 습기를 빨아올리는 장치만 개발되면 사막이 무슨 문제가 되나? 셰일 가스를 지하 이천 미터에서 캐 올리듯이 사막에서 지하의 습기를 빨아올리면 사막이 다른 상황이 되지 않나? 지하의 습기를 빨아올리면 습기가 빠져나간 지하는 어떻게 변할까? 지하의 지하수가 아니라 지하의 습기를 빨아올리려면 물의 양을 채우기 위해 일이 너무 커지지 않나? 사막에서 사막의 표면이 농사가 가능한 정도까지 지하의 습기를 빨아올리는 방법만 고안되면 사막은 사막으로 남아 있지 않게 된다. 푸른 별 무리들이 찾아낼까? 셰일 가스를 뽑아 올리는 방법을 개량하여 이루어내나? 푸른 별 무리와 달리 다른 무리에서는 모래를 흙으로 바꾸는 물질이나 방법을 찾아낼 지도 모를 일이다. 모래를 흙으로 어떻게 쉽게 바꾸나? 사막을 바꾸는 방법 중 하나일 수 있다. 모래를 더 갈아서 곱게 만들면 흙이다. 모래가루를 만든다. 모래가루가 흙이 되게 조작한다. 사막의 지하에 있는 흙과 사막 표면의 모래를 뒤바꾸는 방법은 없나? 모래 위에 무슨 물질을 뿌리면 흙이 되나? 모래 위에 유기물질을 뿌리면 흙이 되지 않나? 선인장의 두툼한 물 저장방법처럼 사막의 지하에 그런 원리로 물을 저장하게 만들어 놓고 그 위에 나무를 심어 늘 푸른 사막을 만들면 사막은 사막이 아니다. 아예, 사막의 지하에 지하호수를 만들어 지하로 수로를 만들면 일이 진척이 되지만 쉽지만은 않다. 모래가 휘날리는 사막은 가끔 무섭다. 모래가 산을 이루어 끝없이 이어져 사람을 지치게 만들고 공포에 빠지게 만든다. 열 살의 어린이들이 사막에서 공포심을 느끼지 않을 수가 없다. 그들은 어떻게 이 환경의 두려움을 맞서는가? 자세히 모르게 때문에 더 견디기 쉬울까? 자연의 공포 앞에서 절대자를 찾지 않을 사람은 없다. 가장 먼저 엄마, 아빠가 지켜줄 것이라 생각하지만 현실적으론 전혀 그렇지 않다. 학교에서 아이들이 사막을 여행하는 것을 허용한 것은 안전이 확보되기 때문이다. 위험지수가 아이들도 이겨낸다는 것이 아니냐? 그렇다면 정말로 사막이 아닌가? 부모들이 반대를 하지 않았다는 것은 수학여행 정도란 것이 아니냐? 사막이 인간에게 정복되어 있는 세상은 인간이 바라왔던 세상이다. 어린이에게 문을 열어주는 사막은 사막이 열어준 것이 아니라 인간이 열어낸 것이다. 사막의 문은 열린다. 천국의 문은 열린다. 지옥의 문은 닫힌다. 사막의 문은 닫히고, 천국의 문은 닫히고, 지옥의 문은 열리는 세상은 우리가 바라는 세상이 아니다. 세상이 100% 아름다운 곳이 아니지만 사막이 아름다운 곳으로 변신을 하게끔 만들어가는 사람들이다. 사막에서 빗방울이 떨어지고 새가 울고 풀벌레가 노래하면 두루미도 날아들고 고라니도 지나간다. 거북이도 지나가고 왜가리와 천둥오리도 같이 사는 곳이 된다. 어느 날에는 오페라 극장에서 노랫소리가 사막에 울린다. 푸른 별 무리가 사막에서 강제사고를 한 시간 하는 동안에 다른 무리 중에는 사막의 한복판에서 악기를 연주하며 음악을 선사한다. 사막에서 사람이 사는 일상적인 일이 벌이지는 축제의 향연이다. 부모님들에게 전해지는 사막의 문화공연과 서로 연구하는 모습이나 모든 것이 장한 모습이다. 절대로 놀라지 않고 감동을 주는 모습들이다. 사막에서 학교가 정상적으로 가동되는 것이다. 사막의 지하에 지하호수를 만드는 것이 불가능하다고 생각하지 않으면 불가능하지 않다. 사막의 지하에 지하수력발전소를 만들어 놓는 것이 불가능하지 않다. 사막의 지하에 식물공장을 만드는 것이 불가능하지 않다. 실천을 해가면 이루어진다. 아태부3세와 푸른 별은 분명히 볼 수 있는 세상이다. 사막의 지하에 인공으로 엄청난 물을 사용하면 습기가 가득한 사막의 지하가 아닌 가? 아이들은 밤이 되면 모래폭풍에 파묻히거나 불상사를 피하기 위해 낙하산 짐을 등에 맨 상태로 잠을 잔다. 센스에 모든 위험이 감지되면 순식간에 하늘로 솟구치거나 그 자리를 떠다니도록 작동한 채로 밤이나 낮이나 긴장된 계기로 대처한다. 사람은 무한대로 감시상태를 유지할 수 없으므로 기계의 힘을 빌리는 것이다. 신발을 벗지 못하면 매우 힘든 일이지만 등에 맨 짐을 벗지 못하고 자는 잠도 전자의 고통에 버금가나 숙면을 위한 조치도 하기는 한다. 낙원은 어디에 있나? 지금 있는 곳이 낙원이 되어야 한다. 사막이 낙원이 되는 것은 신이 만들어 주지 않는다. 인간이 만드는 것이다. 낙타나 타조는 사막이 지옥이 아니다. 낙원이 사막이 될까? 낙타와 타조의 사막은 사람과 다르다. 푸른 별 무리가 얼마나 사막을 천국으로 낙원으로 만드는 일에 조그만 도움이 될까? 푸른 별 무리와 같이 온 다른 무리도 음악을 연주하면서 사막을 음악의 전당으로 만들고 있다. 오뚝이는 넘어지더라도 일어선다. 사막이 변하는 날까지 사람들은 오뚝이처럼 일을 해나갈 것이다. 사막에서 사막의 신기루가 나타나는 지역은 사람이 죽기 딱 좋은 곳이다. 신기루가 나타나는 지역마다 지하호수를 만들고 분수를 만들고 수영장을 만들고 오아시스를 만들자! 신기루는 진짜로 신기루이고 죽지 않는 사막의 천국이 된다. 신기루는 죽음의 전주곡이 아니고 삶의 교향곡이 된다. 함께 사막을 걸어가는 아이들의 웃음이 세상을 더욱 사랑스럽게 한다. 잠을 자는 꿈나라 시간에도 등에 진 물통 속의 물이 푹신한 물침대가 되어 더욱 포근한 잠자리이다. 푸른 별은 사막의 밤하늘에 뜬 별들을 육안을 본다. 무척 많다. 초고성능 슈퍼컴퓨터의 도움을 받아 사막의 밤하늘에 2천억 개의 별이 보이도록 한다. 너무 많다. 어느 별이 자신의 별인지 알 길이 없다. 초고성능 컴퓨터의 힘을 빌려 그 별이 무엇이냐고 물어본다. '상상 속의 노란별' 이라고 한다. '상상 속의 노란별' 과 오늘 밤은 푸른 별이 대화를 시도한다.

'너는 어디에 있니?'
'너와 매우 가까이에 있어.'
'그게 무슨 말이야?'
'다가갈 수 있는 곳이지.'
'내가 잡을 수 있어?'
'물론이야. 잡을 수 있어.'
'너는 도대체 어디에 있니?'
'너의 물침대 밑에 있어.'
'물침대 밑에는 모래 밖에 없어.'
'그래. 모래가 '상상 속의 노란별' 이야.'

'상상 속의 노란별' 이 모래이다. 푸른 별의 마음의 별은 모래이다. 푸른 별은 제대로 올 곳에 온 셈이다. 모래 알갱이 속의 노란 금성분이란 말인가? 2천 억 개의 별이 어째서 '상상 속의 노란별' 에게 자리를 양보했을까? 꿈결에 들던 자장가의 가락이 노란별이었나? 돌이 되기도 전에 엄마가 들려주는 일백 권의 책의 내용이 무의식중에 한 아기를 천재 중의 천재로 만들었나? 엄마가 읽어 주는 일백 권은 돌이 되기 전의 아이를 어떻게 변화시켰기에 그 아이가 아홉 살에 대학에 입학하게 만드나? '극도의 재능을 받은(extremely gifted)' 아이라는 유치원 교사의 설명을 듣고서야 알아채는 엄마이지만 일백 권이 보통의 엄마는 아니다. '상상 속의 노란별' 이 푸른 별에게 무슨 책 일백 권을 읽어주나? 꼭 한 번만이라도 가봤으면 좋겠다는 꿈속의 고향이 사막이냐! 사막의 모래가 푸른 별에게 일십 만 권의 책을 읽게 해준다는 것인가? 보물이 모래에 있나? 모래 속의 습기에 있나? 푸른 별이 보물인가? 친구들이 보물인가? 어린이들이 사막을 여행하는 것이 보물인가? '상상 속의 노란별' 이 보물인가? 초고성능 슈퍼컴퓨터가 보물인가? 사막으로 옮겨온 학교가 보물인가? 푸른 별은 노란별이 매우 가까운 존재이다. 노란별인 모래는 너무나 많아서 별이라고 보기보단 아무 것도 아닌 것 같아 보이는데 보물인가? 푸른 별을 상대하는 노란별인 모래는 어마어마하게 많다. 그 많은 것이 모두가 보물이다. 나의 별은 모래이다. 노란별이다. 노란별은 푸른 별에게 너무나 가까이 있다. 모래는 푸른 별의 분신이란 말인가? 사람마다 모래가 다르게 보이는 것이 아니냐? 사람마다 사막이 다르게 보이지 않나? 2천억 분의 일로 보이는 모래는 무엇인가? 2천억 분의 일로 보이는 사막은 무엇인가?

  깊은 샘은 사막에 와서 지내보니 물이 가장 귀하다. 자신의 이름 자체가 깊은 샘이니 자신이 세상에서 가장 존귀한 사람으로 무언가 좋은 일을 해야 한다는 무언의 의미가 있어 보인다. 사막에 깊은 샘이 있다면 물을 끌어 올려 유용하게 쓸 수 있다. 영원히 마르지 않게 잘 관리하고 또 늘 넘치게 채워서 사막을 적시고 사막에 흐르게 하는 것까지 한다면 더욱 좋다. 깊은 샘은 자신이 그 일을 해야 하는 것인지 아리송하다. 하늘의 소리가 들리는가? 그 소리에 응답하여 살아가면 그것이 직업이 아니냐? 열 살의 어린이가 하늘의 소리를 잘 들어내나? 의문사항이기도 하다. 어린이라서 더 순수하게 들을 수도 있다. 사막에 깊은 샘이 있어야 하네? 어떻게 만드나? 깊은 샘은 강제사고가 아니라 자유사고로 물에 대한 관념이 생긴다. 아무도 그에게 강요하지 않았다. 자신의 이름이 강요한 것이다. 자신의 이름에 비밀이 있을 줄이야! 사막을 와보고 생긴 희한한 체험이다. 사막의 오아시스는 대단하다. 자신이 사막의 오아시스가 아니냐! 더 많은 오아시스를 만들어 내는 일을 해야 하지 않나? 푸른 별 무리와 전혀 사전에 교감을 가지지 않았는데 같은 길을 가는 사람이다. 하늘의 뜻인가 보다. 열 살의 깊은 샘이 대단한 연결고리는 발견하지 못하지만 어쨌든 같은 마음의 사람이 같은 길에 존재한다. 보물들이 스스로 빛을 발하면서 보물들이 모이는 과정의 길이 순서가 되어가는 시점이다. 푸른 별과 깊은 샘은 앞으로 얼마나 가까워질까? 깊은 샘도 푸른 별도 자신들이 사막에서 추구하는 일이 같다는 것을 곧 알게 된다. 깊은 샘은 아무런 주저 없이 푸른 별 무리에 합류한다. 푸른 별 무리가 강제사고로 쏟아내는 발표들을 깊은 샘이 듣노라면 너무나 반갑고 놀랍고 고맙고 힘이 된다. 혼자만의 생각보다 더 많은 것을 보고 듣고 알 수 있게 되고 사고의 폭이 너무나 많이 확장된다. 깊은 샘을 정말로 깊은 샘이 되게 하고 깊은 샘을 파게 만들어가는 것 같다. 당장 실천하여 실행하지 못하는 어린이라 아쉬움만 따른다. 푸른 별이나 깊은 샘에게 세상이 길을 열어주는 것이 보인다. 사막에 길이 만들어진다. 호수가 생기고 강이 생기고 사막에서 요트를 타고 즐기는 삶이 일어날 것이다. 깊은 샘은 꿈속에서 보이다가 어떤 때는 실제로 사막에서 일어나듯이 환영이 보인다. 푸른 별에게 그런 말을 해보니 푸른 별은 깊은 샘보다는 강렬하지 않아도 그런 일들이 일어나는 중이라고 한다. 깊은 샘은 세상에서 자신의 이름과 같은 사람이 수 억 명이라면 그들이 사막에 와서 자신과 비슷한 상태의 느낌이라면 사막이 순식간에 바뀔 것이란 예감이 든다. 깊은 샘은 그렇게 많은 사람이 세상에서 자신의 이름과 같지 않지만 일시적이나마 깊은 샘이라는 이름을 갖게 하는 특이한 방법이 없을까? 궁리를 하는 것도 생각한다. 깊은 샘이라고 잠시 이름을 바꾸고 사막여행을 오면 사막이 개발된 후 사막의 땅을 일백 평씩 주겠다고 해보나? 별의별 방법을 짜내는 깊은 샘이다. 깊은 샘이 살짝 미친 것이 아닐까? 푸른 별 무리가 하는 일도 살짝 미친 면이 있나? 너무 일을 열심히 하고 정신이 놀라도록 하다 보니 일어나는 일이다. 어마어마하게 집중력을 발휘하면 불가능한 일까지 가능해지는 경우가 생긴다. 사람들이 하루 24시간 중에 두세 시간 밖에 집중할 수 없기도 하지만 그것만으로도 꽤 괜찮은 세상을 열어가고 있다. 깊은 샘은 지금 상황에서 푸른 별 무리보다 더 집중도를 보이고 있다. 마음이 매우 앞서가면 푸른 별과 깊은 샘이 좀 껄끄러운 관계였으나 아무런 문제도 아니게 된다. 갑자기 장애가 생기는 사람은 다른 사람과의 접촉에서 부끄러운 일보다 당장 앞에 닥친 생존의 절박함으로 인해 그 일에 너무 집중하여 부딪히므로 다른 문제를 쳐다볼 겨를이 없다. 자식이 대여섯 명인 부모들은 가족의 생존이 최우선이므로 그 이상의 무엇을 고민할 여유가 없다. 살기 위한 처절한 절박함만이 앞에 있다. 깊은 샘이 그렇게까지 간절한 아이가 되었나? 이름이 주는 놀라운 신비이다. 사실, 절박함이 대작이나 놀라운 예술품을 순식간에 만들어내기도 한다. 빚에 몰리거나 생존에 몰리거나 살기 위해 몸부림으로 무엇을 가장 집중하여 만들어 내다보니 깊은 샘처럼 일이 벌어지고 만다. 세상은 모든 것이 알게 모르게 연결이 되어 있을 것이다. 회색곰은 겨울을 나기 위해 엄청나게 많이 먹어야 한다. 하루에 6만 칼로리를 섭취한다. 사람이 하루에 이천 칼로리를 섭취한다면 30배이다. 암컷 회색곰은 몸이 두 배로 불어난다. 5개월을 겨울잠을 자면서 살기 위해 먹는다. 연어를 먹는데 가장 칼로리가 높은 뇌와 자궁만을 먹는다. 나머지 부분은 산림 속에 버려진다. 계절림에 비가 너무 내려 영양분이 많이 빠져나가 숲이 위태로울 때 회색곰이 버린 연어의 살점들이 거름이 되어 숲을 살린다. 숲을 살리는 일은 연어의 살을 썩게 만드는 버섯포자의 균사체이기도 하다. 생선이 숲을 살리고 버섯의 포자가 숲을 살린다. 얼기설기 생태계는 연결되어 있다. 깊은 샘이 사막에 깊은 샘을 만드는 연어의 살점이 되나? 버섯의 포자가 되나? 알 수 없는 공존의 무엇이 그를 움직이게 할까? 인디언들이 처음 신대륙에 온 사람들에게 옥수수 농사를 짓는 방법을 가르칠 때도 옥수수 알을 심기 전에 밑에 정어리를 묻어 거름이 되게 하면서 그 위에 옥수수 알을 심게 가르쳤다. 연어의 살점들이 숲을 살리는 방식과 흡사하다. 연어가 오지 않고 회색곰이 연어를 잡아먹지 않으면 거대한 계절림은 파괴되고 만다. 연어가 오는 물길을 사람이 막아 댐을 만들면 거대한 계절림은 파괴된다. 깊은 샘이나 푸른 별 무리가 아무리 열심히 사막에 물길을 만들어도 강을 만들어도 연어가 오는 물길을 막는 꼴이라면 사막은 어떻게 되어버리나? 사막을 파괴하는 것이 아니냐? 사막을 사막으로 그대로 두어야 하나? 회색곰이 연어 살점을 숲에 버리는 것과 인디언이 옥수수 알 밑에 정어리를 묻는 것은 사람이 살기 위한 것인가? 회색곰이 살기 위한 것인가? 대자연이 살기 위한 것일까? 알 수 없는 인드라망에 살고 있다. 푸른 별이나 깊은 샘도 알 수 없는 인드라망에 살고 있다. 산악등반을 하는 사람은 하루에 6천 칼로리를 소비한다. 보통 사람의 2배나 3배이다. 회색곰은 겨울잠 5개월을 위해 하루에 6만 칼로리를 먹어두어야 한다. 곰과 사람이 똑같지는 않지만 사람도 자신의 체중을 배로 불려놓고 5개월을 겨울 동안 먹지 않고 잠만 잔다면 생존이 가능할까? 회색곰은 산악등반을 하는 사람보다 열 배의 일을 할 힘을 비축하는 사람보다 월등한 재주가 있다. 그 힘이 5개월을 굶고 있는 데도 암컷은 새끼를 두세 마리나 낳는다. 물론, 새끼는 인간의 아기보다 무려 30배나 적은 체중이다. 인간이 3킬로그램의 아이를 낳는다면 곰은 겨울잠 상태에서 100그램으로 새끼를 낳는다. 적응력이 사람보다 월등히 우수하다. 사람은 5개월을 굶는 상태에서 쌍둥이를 낳을 수가 없다. 곰이나 낙타나 타조보다 적응력이 떨어져도 푸른 별 무리나 깊은 샘은 무언가 찾고 있다. 사람이 하루에 6만 칼로리를 섭취해도 당뇨병이나 성인병이 걸리지 않고 몸이 멀쩡하다. 그러면 5개월을 굶으면서도 생존할 기초적 조건이 된다. 하루에 6만 칼로리를 섭취하는데도 몸이 받아줄까? 일본의 스모선수는 엄청나게 몸을 불리기도 한다. 스모선수가 견뎌내는 정도는 견딜 수도 있다는 점이 발견되기는 한다. 깊은 샘은 낙타처럼 몸속의 지방혹을 얼마나 만들어 물로 쓸 정도까지 축적할 수 있나? 깊은 샘이 실험동물처럼 실험인간이 되어야 하나? 사막에 얼마나 많은 연어의 살점과 정어리의 살점이 들어가야 옥토로 변하나? 인간의 배설물인 똥과 오줌이 자연적인 통로를 통해 사막으로 공급되는 길을 만들어내지 못하나? 가축의 배설물을 사막으로 흘러가게 만드는 인공 배설물 수로, 통로를 만들 수 없나? 그러면 사막에 인간과 가축의 배설물이 흘러가는 지하의 강을 인공으로 만들어 정해진 지점마다 밖으로 분수처럼 뿜어지게 만들면 되지 않나? 철도나 지하철이나 송유관이 길어진 만큼이나 배설물 관도 길어질 대로 길어지게 만들어 사막에 이르게 하는 것이 되지 않나? 석유가 보물이듯이 배설물은 사막에서 보물이다. 석유나 배설물이 값어치가 같다고? 사람의 똥, 오줌과 가축의 배설물이 석유처럼 거래되면 깊은 샘은 장사꾼으로 변하나? 고래의 배설물은 새우를 먹여 살린다. 사람과 가축의 배설물은 석유와 같이 비싸고 사막을 살기 좋은 땅으로 만든다. 지렁이가 토양을 기름지게 만들어 농사를 가능하게 하여 사람을 배부르게 한다. 벌이 수정을 하여 곡식이나 과일이 만들어지게 한다. 지렁이나 벌은 사람을 살게 해준다. 얼기설기 엮이지 않은 것이 없다. 아태부3세도 깊은 샘을 따라 푸른 별 무리에 은근슬쩍 들어온다. 깊은 샘만큼의 친밀도는 떨어지지만 은근슬쩍 들어와도 받아들여지는 분위기이다. 비구름이나 예쁜 꽃도 적대하는 상대들은 아니다. 사막에서도 푸른 별 무리는 약간씩 늘어난다. 대장은 역시 푸른 별이다. 새로 들어오는 사람들도 강제사고를 하는 일과를 거부하지 않는다.

깊은 샘은 오늘 따라 심신이 흡족하다. 요즘 들어 흡족하지 않은 날이 거의 없다. 삶이 이처럼 충실하다는 것이 어린 아이로서는 이해하기가 쉽지 않다. 별 생각이 없이 살아가야 할 아이의 나날인데 무의미의 하루가 아니라 유의미한 하루가 계속하여 연결이 된다는 점이다. 무엇을 어떻게 하겠다는 것을 구체적으로 정하진 않았지만 자신이 깊은 샘이라는 사실이 사막에서는 가장 중요하다는 것이 그로 하여금 완전히 다른 사람이게 만드는 동기부여이다. 사람이 자신이 하는 일이 행복하면 행복바이러스가 삶을 뜨겁게 하듯이 뜨거운 나날이 이어진다. 사천 년을 이어갈지는 미지수이다. 사막으로 온 이후로 가장 유별나게 변한 사람이 깊은 샘이다. 머슴으로 살다가 부잣집의 주인이 된 듯이 즐겁지 않은 순간이 없다. 노예로 살다가 노예의 신분에서 해방된 사람 같다. 사람의 정신이 변하면 많은 것이 변한다. 사랑하는 아기가 태어나면 온 세상이 환해지는 것처럼 사람이 많이 환해졌다. 국왕이 자신의 왕자가 태어나면 많은 죄수들을 풀어준다. 아태부3세도 깊은 샘과 같이 변하고 싶지만 인위적으로는 일어나지 않는다. 마음 깊은 곳이 변해야 한다. 마음 깊은 곳이 감동이 되어 울려 퍼져야 한다. 심신이 저절로 바뀌는 체험이다. 산천초목도 없는 사막에서 산천초목이 감동을 한다. 산천초목이 감동하듯 사람도 감동한다. 깊은 샘처럼 되고 싶지만 되지 않은 아이들은 그렇게 되지 않은 채로 사막에서 나날을 보낸다. 사막이 부르면 달려갈 깊은 샘이지만 다른 아이들은 사막이 불려도 잘 알아채지 못할 것이다. 사막이 사람을 부른다. 사막이 학교를 부른다. 사막이 음악을 부른다. 사막이 무엇을 부른다. 사막이 부르기 전에 미리 깊은 샘을 만들어 놓으면 정말로 좋은 사막이다. 깊은 샘은 정말로 사막에 깊은 샘을 만들어야 한다. 부모가 자식의 앞날을 위해 가족의 보금자리를 만들 듯이 깊은 샘은 깊은 샘을 만든다. 하늘이 시키는 일이다. 자식을 키우는 일도 하늘이 시키는 일이다. 거부할 수도 없고 가장 신성하게 할 일이다. 가장 큰 긍지를 갖고 할 일이 생긴 것이다. 사막에 호수를 만드는 일에 가장 잘 알게 되고 실천할 사람은 깊은 샘이 아닐까? 깊은 샘의 영혼에 불이 활활 타오른 것이다. 올림픽의 성화가 영원히 꺼지지 않듯이 깊은 샘의 영혼에 성화가 타올랐다. 한 사람이 너무나 다르게 변해 세상을 변하게 하니 옆의 친구들도 전염이 되지 않을 수가 없다. 횃불이 타올라 세상을 밝히니 세상이 밝다. 깊은 샘이 어느 순간부터 횃불이 되고 있다. 사막의 횃불이다. 깊은 샘은 별명도 생긴다. '사막의 횃불' 그것이 깊은 샘의 별명이다. '사막의 오아시스'가 더 좋아 보이지만 지금은 '사막의 횃불' 이다. 깊은 샘은 정말로 사막에 맞는 아이로 거듭났지만 비구름은 그렇지가 않다. 이름에 비밀이 있다면 사막에서 비구름을 몰고 와 사막을 식혀야 하지만 그런 일은 전혀 없다. 강제사고를 하는 것도 내심 못마땅하지만 불만을 털어 내놓지 못하고 속으로 끙끙 앓고 있다. 도대체 깊은 샘을 이해하기도 힘들다. 감정의 골이 아직 남아 있는데 상대방은 그렇지가 않다. 푸른 별까지도 못마땅하기도 하다. 매일 그렇지는 않아도 가끔 그렇다. 사막에 와서 그리 반갑지도 즐겁지도 않기 때문이다. 푸른 별 무리가 움직이는데 참가하지 않을 수 없으니 견디고 있다. 비구름에게는 사막이 전혀 연관성이 없다. 아태부3세까지 들어온 것은 더욱 기분이 상한다. 보물들이 모여 더욱 빛이 나야하지만 빛이 덜 나게 될 내부적인 요인들이 뒤섞여 있다. 매우 좋은 분위기이지만 떨떠름한 기분이 남아있는 사람들은 어쩔 수가 없다. 비구름은 얼굴에 환한 미소를 지으면서 깊은 샘이나 아태부3세를 대하기가 안 된다. 깊은 샘은 아주 사람이 달라져서 환한 미소가 나오지만 아태부3세도 비구름과는 얼굴 대하기가 이상하고 비구름처럼 부자연스럽다. 어색한 상태로 자꾸 대하다보면 차차로 덜 어색할 것이다. 파리의 에펠탑이 처음에는 무척 마음에 들지 않았지만 자꾸 보다보니 차차로 좋아지다가 이제는 너무나 좋은 것이 된 상태. 처음에 서로가 마음에 들지 않는 사이인 아태부3세와 비구름이 오랜 세월이 지나면 가장 가까운 친구가 될 수도 있다. 비구름은 푸른 별이 깊은 샘과 관계가 급격하게 좋아지는 것도 마음에 썩 들지 않는다. 대부분의 정상적인 사람이면 그렇게 느낄 것이다. 비구름은 사막에서 자신이 할 일이 전혀 없다고 느낀다. 아태부3세도 별반 다르지 않다. 치열하고 정열적으로 몸과 마음을 다 바칠 사막이 아니다. 그런데 매일 사막을 사랑하자고 사막을 연구하자고 기도를 하는데 몹시 이질적인 감정이 일어난다는 것이다. 절이 싫으면 중이 절을 떠나면 되지만 친구들을 새롭게 다시 만나는 것이 호락호락한 일은 아니다. 비구름은 사막에 오고부터 자신의 정신세계에 진짜 비구름이 살짝 끼는 기분이다. 먹구름으로 발전하지 않아야 한다. 깊은 샘을 찬란한 태양이 떠오르듯이 변해 있다. 비구름은 깊은 샘을 볼 때마다 약간 애가 실성하지 않았나? 그런 의문도 든다. '미치지 않으면 이르지 못한다.' 는 말마따나 너무 몰두하니 옆에서 보기에 미쳐 보이는 것도 무리는 아니다. 사람이 사랑을 하면 눈에 콩깍지가 씌듯이 깊은 샘은 사막을 사랑한다. 비구름은 사막을 전혀 사랑하지 않는다. 아태부3세도 사막을 사랑할 이유를 찾지 못하고 있다. 푸른 별 무리가 사막에서 나날을 보내지만 각각의 개인마다 다른 사막이다. 똑같은 사막이 아니다. 자연적인 사막은 똑같은 사막이지만 심리적 사막은 대단한 편차로 느껴진다. 마음에 있는 사막과 마음에 없는 사막이 공존하는 지금이다. 예쁜 꽃이나 높은 산이 느끼는 사막도 다를 것이다. 푸른 별 무리가 느끼는 사막은 다를 것이다. 푸른 별 무리가 아닌 무리가 느끼는 사막도 다를 것이다. 사막에 비가 오는 일을 상상도 못하지만 일 년에 한 번은 올 것이다. 그날이 오늘이면 좋으련만! 일 년이고 십 년 동안 한 번도 안 오는 것이 아니라 일 년에 한 번은 올 것이다. 대단한 날이다. 십 년 동안 사막에서 비를 한 번도 만나지 못했다면 비가 무엇인지 알 수가 있나? 눈이 내리지 않는 곳에서 살다가 눈이 내리는 곳에 와서 눈을 한 번 보면 얼마나 감동을 받나? 비구름이 사막에 비구름을 몰고 와야 하건만 전혀 기대할 수 없는 일이다. 비구름이 사막에 많은 비를 몰고 와야지만 예쁜 꽃이 꽃을 피울 것이 아닌가? 사막에서 비구름이 제 역할을 잘해 주면 보물 중에 보물이다. 그 보물이 전혀 보물이지 않아도 모두가 친구들이다. 비구름은 사실 정상적이다. 다른 사람들이 매우 들떠서 이상한 것이 아닌가? 사막에서 비구름의 징조를 보기란 일 년에 몇 번 없을 것이다. 비구름이 비구름을 내려주지 않는데 무슨 수로 깊은 샘이 깊은 샘을 만드나? 사막에서는 진정으로 하늘이 응답하여 비구름을 내려주어야 하는데 그렇게 하늘이 응답을 해 주지 않는다. 사람들은 너무 잘 알고 있다. 응답하지 않는 하늘을 원망하지 않고 사람들 스스로가 비구름을 사막에서 내려 보려는 것이 아닌가? 비구름은 언제 미친 사람이 되어 비구름을 내리는 일에 동참하게 될까? 비구름이 제 정신이 잘 든 아이라면 사천 년 동안 일어나지 않을 것인데 무슨 바람이 불어 비구름이 제 정신을 돌릴까? 열대의 기후지역에서도 한낮에 내리는 스콜 덕분에 견디기가 낫다. 사막에서 스콜은 없다. 비구름이 스콜이 되어야하건만 되지를 않는다. 푸른 별 무리는 안 되는 일을 하자는 것이다. 그러니 무서운 푸른 별 무리들이 아닌가? 비구름처럼 별로 무섭지 않은 아이들도 많이 있기는 하다. 다이아몬드가 더욱 보물이 된 것은 '다이아몬드는 영원하다.' 라는 하나의 문구도 많은 작용을 했다. '푸른 별 무리는 영원하다.' '사막의 재창조는 영원하다.' 무엇으로 더욱 멋진 보물로 만들어 내나? 보물이 많은 학교는 사막에까지 와서 보물을 또 만들어낸다는 놀라움이 있다. 푸른 별과 친구들은 아이들은 모두 보물 중의 보물이다.

4. 푸른 별

　푸른 별은 빛나게 눈부시고 아름다운 여자 아이다. 열 살에 꽃이 피고 있다. 푸른 별은 어디에서 온 아이일까? 다른 아이들과 마찬가지로 멀고 먼 곳에서 온 아이가 아닌가? 아태부3세보다 더 마음이 저미는 아이가 아닌가? 지금 푸른 별은 친구들과 사막여행 중이다. 고향으로 가보고 싶은 마음은 간절하나 방학이 되어야 학교를 떠날 수 있다. 방학이 되어도 다음 방학까지 더 기다려야 할 경우도 허다하다. 푸른 별은 우주에서 지구로 떨어진 아이는 아니다. 엄연히 부모님이 지구에 생존해 있다. 사막의 밤하늘에 부모님의 얼굴이 나타난다. 눈에서 눈물이 글썽인다. 금방 눈물이 왈칵 쏟아진다. 왜 부모형제자매와 떨어져 있는지 이유를 잘 모른다. 매우 똑똑한 아이이지만 이점에서는 별로 똑똑하지 않다. 누가 물어보면 대답도 궁색하고 답변에 조리가 서지 않는다. 푸른 별은 외로움을 잊기 위해서도 학교의 모든 일에 몰두하고 있는 중이다. 정신이 집중되는 동안은 집이 떠오르지 않는다. 매우 편안한 날에는 집이 눈앞에 어른거리고 견디기가 어렵다. 푸른 별은 주위의 친구들을 보아도 대부분이 향수병에 시달린다. 같은 방에 있는 친구들이 동시에 같은 날 같이 향수병이 도지면 방안이 울음바다이다. 어린 여학생들이 서로가 엉엉 서럽게 운다. 우는 아이들이다. 울어도 메아리도 대답도 없다. 스스로가 지쳐서 울음이 더 이상 나오지 못한다. 푸른 별의 남자친구들은 푸른 별이 우는 모습을 본 적이 없다. 푸른 별은 남자아이 앞에서 창피한지 아니면 남자친구들에게 약한 모습을 보이지 않으려고 하는지 절대로 울지를 않는다. 정상적인 행동유형은 아니다. 여자아이들과 있을 때는 엉엉 울지만 상황에 따라 다르게 행동이 나온다. 열 살인데 남자를 의식한다는 것인가? 무의식적으로 그렇게 된다는 점이 놀랍다. 처녀가 집에서는 마음껏 편안하게 배부르게 밥을 먹다가 남자 애인 앞에서는 전혀 다른 행동을 보이는 것 같이 행동이 다르다. 푸른 별이나 예쁜 꽃은 두 사람 모두 여자와 있을 때와 남자와 있을 때 행동이 달라지는 것을 알게 된다. 남자와 같이 울지를 않는다는 점이다. 모두들 향수병이 있지만 남자아이들 앞에서는 울지도 않고 향수병이 드러나지도 않는다. 아직 완전한 친구가 아닌지 서로 간에는 벽이 가로막고 있는 것 같다. 일부러 만들지 않았는데 벽이 있다. 마음속이 발가벗겨지고 싶지 않다는 심정이기도 하다. 정신만이 아니라 몸도 발가벗겨지기 싫은 것이다. 갓난아기는 몸이 홀딱 발가벗겨져 있다. 푸른 별은 갓난아기가 아니다. 개구멍바지를 입고 있는 푸른 별의 아기 때 모습을 남자친구들에게 보여주고 싶지는 않을 것이다. 푸른 별은 우는 아이다. 타향에서 우는 열 살의 어린 여자아이다. 우는 것이 숨겨져 있을 뿐이다. 드러내고 울지 않을 뿐이다. 멀리 있는 부모들이 그들의 우는 모습을 보게 되면 가슴이 철렁 내려앉는다. 심장이 얼마나 강한 부모들이어야 그들의 울음에 반응을 하지 않을까? 웃는 얼굴이 너무나 예쁜 푸른 별로 남자친구들의 뇌리에는 웃는 얼굴만 기록되어 있고 우는 푸른 별이 기록되어 있지 않다. 남자아이들의 뇌에 기록되지 않은 푸른 별의 우는 모습을 그려내는 남자친구가 있을까? 너무 사랑하면 본 적이 없는 상황이 뇌에서 만들어져 느껴지나? 푸른 별이 우는 모습이 아니라 다른 여자의 우는 모습이 잘못 기억된 것이 아닐까? 푸른 별이 울 수 있다는 것을 알아채는 남자친구는 누구일까? 그러면 예쁜 꽃만큼이나 푸른 별에 가까이 갈 수 있다. 푸른 별은 울고 나면 힘이 빠진다. 세상이 너무 아름답지만은 않아 보인다. 덜 아름다운 세상이다. 사람들은 푸른 별을 보고 아름다운 세상이라고 한다. 푸른 별과 같이 있으면 세상이 아름답다고 한다. 같이 있어 본 사람들이 푸른 별로 인해 아름다운 세상을 산 느낌이니 푸른 별은 너무나 아름답다. 사람들이 푸른 별에게서 느끼는 아름다움은 조작한 것이 아니라 자연적으로 느끼는 일이다. 아름다운 자연을 보고 감동한 것 같이 그런 것이다. 아름답던 자연이 우는 모습을 우리는 종종 보게 된다. 가슴이 아파오는 일이다. 가슴이 먹먹하도록 자연을 우리는 부수기도 한다. 전쟁으로 폐허가 된 도시에서 울고 있는 어린 전쟁고아들의 모습은 사람을 울게 만든다. 행복한 어린이 놀이공원에서 즐겁게 노는 어린이들은 아름답게 보인다. 사막의 놀이공원에서 푸른 별과 친구들이 재미있게 놀고 있다. 사막에서 오늘 밤 푸른 별은 울고 있나? 사람이 보는 꽃들은 대부분이 웃는 듯이 보인다. 우는 꽃을 잘 알지 못한다. 꽃이 울면 어떻게 우나? 꽃이 우는 소리를 듣는 사람은 매우 드물다. 상당한 경지의 시인이라면 들릴까? 일반인의 감성으로는 듣기가 어렵다. 풀벌레 소리가 들리고 새들이 지저귀는 곳은 자연이 살아 있는 곳이다. 그런 곳에는 자연이 울지 않고 웃고 있음을 직감적으로 느낄 수 있다. 사막에선 풀벌레 소리도 새소리도 물소리도 들리지 않는다. 바람소리와 모래가 우는 소리는 들린다. 푸른 별이 우는 소리는 들리지 않는다. 기계음이 들리는 공장에서 평생을 보내고 자동차의 소음을 들으며 도로가에서 일생을 보내고 허무한 일생이 지나간다. 사막에서 들리는 소리는 특이하다. 사막의 울림이다. 지금은 깊은 샘이 사막의 소리를 가장 잘 듣고 있나? 푸른 별 무리는 사막의 소리를 들으려고 안간힘을 쏟고 있다. 박쥐처럼 잘 듣고 싶지만 박쥐의 능력에 못 미치는 사람이다. 사막이 울부짖은 소리는 사막을 여행하는 사람에게 공포심을 안겨준다. 사막이 기뻐하는 소리는 또 무엇인지 잘 알지를 못하는 어린이들이다. 사막도 하나의 생명체라면 모든 감정을 나타낸다. 눈이 먼 봉사는 오감 중에서 시각이 빠진 사감으로 세상을 본다. 본의 아니게 육감이 발달되어 있다면 사감이 아니라 시각을 빼고도 오감을 지닌 존재이다. 사막은 오감을 가진 존재인가? 육감을 가진 존재인가? 도대체 몇 가지의 감각을 가진 존재인가? 사막이 사막의 눈으로 푸른 별 무리를 어떻게 보고 있나? 푸른 별 무리가 너무나 작아서 보이기나 할까? 사막이 사막의 미각으로 푸른 별 무리를 어떻게 맛보나? 사막이 미각이 있나? 사막이 사막의 촉각으로 보는 푸른 별 무리는 어떤 감촉일까? 사막이 사막의 청각으로 느끼는 푸른 별 무리는 어느 정도의 소리일까? 사막이 사막의 후각으로 느끼는 푸른 별 무리는 어떤 냄새인가? 푸른 별 무리는 사막을 수술하려고 한다. 사막이 흙으로 변하는 수술이다. 사막의 피부는 흙으로 내부는 물이 많이 저장되는 것으로 수술을 하려고 한다. 사막의 피부가 흙으로 수술이 되면 사막은 흙사막으로 이름이 바뀔 수 있다. 사막의 내부가 물이 많이 차면 물사막으로 이름이 바뀔 수 있다. 흙사막이나 물사막은 푸른 별이 푸른 별 무리가 만들어내는 일이다. 행정구역도 시에 군이 편입되어 시와 군이 복합된 형태의 단어로 사용한다. 예를 들면, 대구시달성군...... 이런 식이다. 사막이 원래 주이었으니 사막흙이나 사막물이 되던지 어떤 식으로든 바뀐다. 푸른 별과 노란별이 작용하여 모래를 흙으로 바꾸는 것은 푸른 별의 내면적인 정신의 영역이지만 실제로 행동으로 한다면 일어나는 일이다. 울고 있는 줄을 전혀 모르는 남자아이들은 푸른 별이 하는 일에 있어서 나약함을 보지 못한다. 자기들처럼 약한 존재임을 잘 알아야 하지만 역지사지할 만큼의 능력을 나타내는 나이가 아니다. 어머니 앞에 동생의 잘못을 고자질하는 형일 뿐이다. 어머니 앞에서 형의 잘못을 고자질하는 동생일 뿐이다. 한심한 형제를 세상에 내놓아야 하는 부모들이 느끼는 감정처럼 답답한 일이 있나?

푸른 별의 친구들은 대부분이 그런 일을 했다. 푸른 별도 그런 일을 하지 않을 것이란 장담을 하지 못한다. 푸른 별도 고자질을 할 수 있고 자기보다 나은 아이를 질투하여 이상한 행동유형이 나올 수 있다. 아직까지 그 누구도 푸른 별이 무너진다고 생각하는 사람은 없다. 대단히 모순적인 생각이다. 푸른 별이 무너지면 푸른 별 무리는 깨어지고 새로운 방법을 모색해야 한다. 절대로 푸른 별 무리가 무너지지 않을까? 사막을 어떻게 해보려는 생각을 하는 푸른 별이지만 한 달 동안의 사막여행 후에 어떻게 변할지 모른다. 푸른 별은 오늘 우연히 높은 산을 만났다. 둘은 서로가 어색하게 인사를 했다. 서로가 서로에게 호감이 가는 일은 아니지만 지나가는 사람을 모른 체하기는 그렇다. 높은 산은 지금 높은 산이 아니라 낮은 산이 되어 있다. 푸른 별이 낮은 산이라고 부르면 더 친근한 일이기도 하지만 영원히 낮은 산이라는 낙인은 영원할 것이다. 낮은 산이란 별명이 들리는 것을 아는 높은 산이다. 낮은 산이라고 수군수군하기 때문이다. 낮은 산이 걸어간다. 높은 산이라고 불러주는 친구들이지만 어디에선가 낮은 산이라고 부르는 환청이 들린다. 높은 산은 신경이 매우 예민해져 있다. 납작 산이라고 부른 사람도 있으니 말이다. 납작 산이나 낮은 산이나 모두가 높은 산을 신뢰하지 못하는 증거이다. 푸른 별이 살아있는 사천 년 동안 높은 산은 낮은 산이나 납작 산이다. 납작 산은 자신이 납작 산이 아님을 낮은 산이 아님을 사천 년 동안 내내 증명해야 한다. 그 길고 긴 증명의 시간 속에 그는 진짜 높은 산이 된다. 자식을 낳은 부모는 자식의 어버이임을 죽을 때까지 증명을 하는 고통이나 행복 속에서 놀라운 일을 해낸다. 스파르타쿠스가 노예가 아님을 증명하려다가 결국은 마지막에 동료 육천 명이 로마군에 잡혀 십자가에 못 박혀 죽게 된다. 스파르타쿠스는 시체도 없어 영원히 행방불명이 되었다. 노예이지만 노예가 아님을 증명하기 위해서는 스스로가 노예가 아니라고 자기결정권을 행사하면 된다. 그것이 죽음이 될 수도 있지만 스스로 자유를 선택할 수 있다는 것을 스파르타쿠스는 일깨워 주었다. 납작 산이나 낮은 산이 아니라 높은 산은 노예가 아님을 선언하는 자유의 큰 외침이다. 높은 산은 낮은 산이나 납작 산이 되지 않기 위해 스파르타쿠스처럼 아니면 스파르타쿠스보다 더 분연히 일어설 것인가? 남북전쟁에서 링컨은 노예인 흑인들을 북군에 가담시켜 남군을 이긴다. 남군이 이겼다면 미국의 흑인들은 스파르타쿠스가 되고 하나님을 하늘을 원망했을 것이다. 세상에 많은 마음속의 스파르타쿠스는 오늘도 로마에 대항한다. 십자가에 매달리지만 그 길을 간다. 열 살의 어린이인 높은 산이 푸른 별을 로마군처럼 대단하게 여길까? 아직도 자신이 납작 산이 된 것을 인정하기 싫을 것이다. 푸른 별은 동경이 대상임이 분명하지만 못마땅하게 여기는 아이들도 있다. 푸른 별은 로마황제도 스파르타쿠스도 아니다. 푸른 별일뿐이다. 사막에는 생명체가 거의 없다. 지금 살아있는 생명체는 푸른 별 무리와 같이 온 사막여행의 친구들이다. 사막을 무사히 건너야 생명체로 존속이 된다. 사막에 생명체가 넘쳐나게 하기에는 많은 노력이 필요하다. 지구상의 모든 생명체가 사막을 사랑하면 사막의 생명체는 늘어나지만 사막을 사랑하는 방법을 모른다. 링컨이 사랑한 것은 대단한 사랑이다. 노예를 사랑한 것이 아니냐? 노예를 사랑하니 링컨의 조국은 얼마나 찬란하게 되었나? 로마가 스파르타쿠스를 사랑했다면 어찌 되었을까? 로마의 노예들은 로마군이 되어 로마가 어떻게 되었단 말인가? 푸른 별은 낙서사건에서도 그들을 사랑한다는 낙서가 매우 희망적인 결과를 낳는 것을 보았다. 납작 산이 푸른 별이 서로 사랑하고 그 다음 단계는 어디로 가나? 담벼락의 낙서가 사막까지 오게 만들었다. 사막은 사람에게 열리는 곳이다. 닫힌 곳이 아니다. 너무 넓게 열려 있다. 아무리 넓게 열어주건만 사람이 쉽게 달려가지 못한다. 사람 자체의 나약함이 크기 때문이다. 넓은 사막에 친구들이 와 있다. 사막에서 다른 사람을 아직 만나지 않았다. 다른 사람들도 사막에는 여행을 오고 살고 있다. 한 달 안에 다른 사람을 전혀 만나지 않을 확률은 매우 낮다. 곧 누군가를 만날 것이다.

푸른 별 무리는 사막에 여행을 온 노인들을 만난다. 그들도 사막에 그들의 발자국을 남기고 있다. 지워지고 없어지지만 영원한 발자국을 남기기 위해 노력하고 있다. 서로가 너무 반갑다. 사람이 살아있는 사막이다. 사람이 사는 사막의 세상이다. 무엇이 그들을 사막에 오게 만들었나? 궁금하기도 하다. 사막은 노인에게도 열려 있다. 사막이 사랑하지 않는 연령층은 없다. 어떤 연령층이든 사막을 사랑하지 않는 연령층도 없다. 사막과 사람은 서로가 사랑하기에 사막에 사람이 있다. 열 살의 무리와 노인의 무리가 사막에서 축제를 벌이고 있다. 인생의 황금기가 아닌 황혼기이지만 물러서지 않는 사람들이다. 열 살의 푸른 별 무리 만큼이나 모험심이 강하다. 나이가 들어도 모험심은 없어지지 않는다. 어린이나 노인들은 육체적으로 청년이나 처녀에게 뒤지지만 사막이 그들을 불가능하게 하지는 못한다. 사막의 밤에 캠프파이어는 어린이나 노인이나 즐겁다. 사막이 불타오른다. 밤에 불타오르는 불빛은 멀리까지 비친다. 맛있는 요리는 더욱 기분을 좋게 한다. 서로가 예상하지 못했지만 아름다운 밤하늘이다. 사막의 밤하늘에서 하나의 별이 사막으로 떨어진다. 멀고도 무척 먼 별나라로부터 사막으로 자신의 일생을 마감하고 있다. 할아버지와 할머니들은 별나라로 올라가나? 땅으로 사막으로 별이 떨어지면 사람도 사막이나 땅에서 별로 올라가야 하지 않나? 날개를 달아 하늘로 올라가는 사람들이다. 사막에 모인 사람들이 잠시만이라도 하늘로 올라가고 싶다. 밤하늘에 낙하산 등짐을 잘 조절하여 모두가 한 번 같이 올라갔다가 내려온다. 푸른 별 무리들과 노인들 무리들은 동시에 일체감을 느끼고 더 친해진 기분이다. 축제의 하일라이트이다. 높은 산은 노인의 무리들 중에 민둥산 부부를 만난다. 민둥산 부부는 높은 산의 이름이 대단하고 멋있고 자랑스럽다고 한다. 자신들은 정말로 이름이 높은 산이 되고 싶었지만 민둥산으로 평생을 살았다고 한다. 이름이 너무 하찮고 마음에 들지 않아 바꾸고도 싶었지만 그렇게 되지도 못하고 세월이 흘러 버렸고 바꾸었다고 평생이 정말로 높은 산이 되었을까? 의문스럽기도 했다고 한다. 밤하늘에 영상을 펼쳐 올려놓고 민둥산 할아버지와 할머니는 높은 산에게 자신의 일생을 설명한다. 정말로 산이 민둥산인 동네에서 태어났다고 한다. 전쟁으로 산에 있는 나무가 모두 불타 없어져 버리고 아직 나무가 무성하게 자라지 않아 민둥산을 오르내리며 어린 시절을 보냈다고 한다. 지금 사막의 모습 같은 산이라니 참 답답한 산이었다 한다. 민둥산이 우거지기까지 긴 세월이 흘렀고 산이 산처럼 우람한 나무들로 채워지니 늙은이가 되고 말았다고 한다. 그래서 지금은 민둥산이라는 이름을 더욱 버리기가 싫다고 한다. 자신의 후손들인 손자들은 태어나자마자 이름이 우거진 산이 되어 세상이 많이 달라졌다 한다. 높은 산은 지금 민둥산인 사막에 와 있다. 이들 노부부와 비슷한 인생이 전개되면 자신의 후손들은 우거진 높은 산이 될 것이다. 사막이 우거진 높은 산이면 사막의 원래 모습을 유추할 수 있는 실마리는 이름 속에 약간 숨겨놓아야 하는 일도 생긴다. 높은 산은 민둥산이 우거진 산으로 변하는 모습을 하늘에 띄운 영상으로 쉽게 보았지만 정말로 노부부의 일생이 걸린 대작이다. 무척 큰 그림이다. 높은 산은 이 노부부에게 보여줄 밤하늘에 올릴 영상이 아직 없다. 고작 높은 산 무리를 이끌다가 푸른 별에게 무참히 무릎을 꿇은 것이 그의 열 살 일생의 영상의 전부이다. 그래서 낮은 산이 납작 산이 되었다는 설명밖에 더 할 것이 없다. 낮은 산이 납작 산이 되고 보니 민둥산이 보이는 신기한 경험을 하게 되었다고 이야기를 하면서 사막의 밤을 보내고 있다. 우거지고 높은 산만 산이 아니다. 민둥산이나 낮은 산이나 납작 산도 산이다. 민둥산 노부부가 만난 어린 시절의 민둥산은 인간이 만들어 낸 잘못된 산이다. 전쟁이 만들어 낸 산이다. 민둥산은 헐벗은 산이다. 자신들의 어린 시절처럼 헐벗은 산이다. 식량을 조달하기 위해 민둥산을 개간해 더 헐벗게 만들고 겨울이면 땔나무를 구하기 위해 더 헐벗게 만들고 우거진 산이 될 틈을 주지 않았다. 영원히 민둥산이 되지 않으려면 각고의 노력을 해야만 했다. 남미의 인디오들은 서양의 침략자들에 밀려 사백 년이나 오백 년을 민둥산에 아직도 살고 있다. 살기 위해 멀쩡한 산을 민둥산으로 바꾸는 애처로운 사람들도 많다. 높은 산은 얼마나 많은 민둥산을 사천 년 동안에 우거진 산으로 가꿀 수 있나? 우거진 산이 많으면 사는 것이 다른 곳보다 훨씬 낫다. 높은 산이 우거져 있으면 더 좋다. 황량한 사막이 우거진 산으로 변신하는 날을 높은 산은 보게 되나? 민둥산 노부부는 산이 변하는 것을 일생 동안 보았다. 사막이 변하는 것도 일어날 것이란 점에 수긍을 하는 사람이다. 마천루의 빌딩 벽에 식물이 자라는 것을 이상하게 여기지도 않는다. 높이 올라간 빌딩일수록 세로로 식물이 자라 올라가면 식물이 자라는 공간이 횡이 아닌 종으로 많아진다. 농토가 넓어지는 신개념이기도 하다. 사막의 모래도 사막에 빌딩을 올리면 종으로 높게 올라가는 농토나 땅은 너무나 많아져 사막이 너무나 우거진 이상한 곳으로 변신이 되지 않나? 모래가 빌딩으로 변하면서 식물공장이나 땅으로 엄청나게 변신이 가능하다. 사하라 사막이 한반도의 사십 배이면 사막의 모래로 십층을 올려 식물공장을 운영하면 한반도의 사백 배의 농토가 아닌가? 높은 산과 민둥산 노부부는 밤하늘에 사막 식물공장을 그려보면서 시간을 보내고 있다. 밤이 깊어지자 그들은 헤어져 곧 잠자리에 든다. 높은 산은 피곤하여 꿈나라에 빠져든다. 높은 산은 꿈속을 헤맨다. 사막에 하얀 눈이 내린다. 뜨겁던 사막이 삽시간에 선선하다가 추워진다. 사막옷을 더욱 당겨 몸을 움츠린다. 모래의 노란색 향연이 하얀색 들판으로 변했다. 하얀 눈이 자꾸만 내린다. 길이 미끄럽다. 사막의 모래가 미끄러운 것이 아니라 눈이 와서 눈이 쌓인 길이 눈이 쌓인 산이 미끄럽다. 눈 속에서 사슴들이 썰매를 끈다. 하얀 눈이 세상을 뒤집는다. 민둥산 노부부도 눈을 좋아한다. 눈이 내리는 사막에서 춤을 춘다. 눈 내리는 사막과 눈 내리는 사막에서 스키를 즐긴다. 하얀 눈은 하늘에서 하얗게 내려온다. 소리 없이 내려온다. 푸른 별 무리나 다른 무리들도 모두 눈밭에서 뒹굴고 있다. 높은 산도 눈밭을 뒹굴며 뒤척이다가 잠이 깬다. 눈이 내리는 겨울이 아니다. 사막의 밤이다. 잠시 눈 내리는 꿈을 꾸었다. 하얀 눈이 몹시 그리운 사막의 밤이다. 높은 산은 잠시 헛것이 보인 셈이다. 민둥산이 우거진 산으로 변한 것은 헛것이냐? 우거진 산이 민둥산으로 변한 것은 헛것이냐? 사막이 북극이나 남극으로 변한 것은 진짜냐? 북극이나 남극이 사막으로 변한 것은 진짜냐? 잠을 깊이 자지 못하고 하룻밤을 보내고 나니 새로운 사막의 아침이다. 높은 산은 오늘 별 다른 일이 있냐? 높은 산은 오늘 아침에 아직까지 사막에서 만나지 않았던 여자 아이를 만난다. 이름이 하얀 눈이라고 한다. 정말로 하얀 눈이냐고 되묻는다. 그렇다고 한다. 하얀 눈이 사막여행에 와 있다니 놀랍다. 이 더운 사막에서 하얀 눈이 앞에 서 있다. 높은 산은 직감적으로 이 아이도 푸른 별처럼 대단한 아이라면 어쩌나? 불안감이 엄습한다. 하얀 눈이 정말로 차가운 하얀 눈이냐? 하얀 눈이 앞에 있지만 사막의 날씨는 춥지 않다. 하얀 눈과는 무슨 인연이 있어 사막에서 맞닥뜨리나? 하얀 눈도 틀림없이 열 살일 것이다. 높은 산은 입이 근질근질하다. 꿈속에서 하얀 눈이 내린 것을 말한다. 하얀 눈은 듣고 있다. 듣고 나서 하얀 눈은 자신이 하얀 눈을 오늘 내린다고 말한다. 꿈속의 일이 오늘 일어난 것이라 더욱 놀라는 높은 산이지만 하얀 눈이 내리는 것을 믿어야 할지, 말아야 할지, 믿어야 하지만 어느 정도의 무게를 두어야 하나? 사막에 손오공이 하얀 눈을 몰고 오면 사막은 시원해진다. 사막에 하얀 눈이 하얀 눈을 몰고 오면 사막은 시원하다. 높은 산은 하얀 눈이 하얀 눈을 사막에 몰고 올 것이라 전혀 생각하지 않았다. 높은 산은 전혀 푸른 별 무리에게 질 것이라 예측하지 않았다. 하얀 눈도 자신이 사막에 하얀 눈을 몰고 온다고 애초부터는 생각하지 않는다. 사막에서 밤하늘에 눈이 내리는 영화를 볼 수는 있다. 영화로 보는 눈이 실제로 내리면 감동의 폭포수이다. 3D 프린터 시스템은 불가능하지 않다고 하는 지금이기도 하다. 꼭 눈은 아니라도 밀가루를 뿌리면서 시원한 물을 약간 첨가하면 비슷한 느낌은 온다. 눈 같은 레이저 불빛을 쏘면서 시원한 물방울이 잠시 떨어지게 하면 사막에서 눈이 내리는 환각적인 효과는 있다. 하얀 눈이 약간의 하얀 눈을 만들어내는 재주를 부릴 수 있다. 모두 힘을 합치면 하얀 눈이 하얀 눈이 내리는 사막을 연출한다. 불가능의 영역이 아니다. 높은 산은 조만간에 하얀 눈이 하얀 눈을 내리는 장면을 목격하게 될 것이다. 높은 산이 푸른 별에게 하얀 눈에게 연거푸 무릎을 꿇고 정말로 민둥산이 될 것이다. 아니! 여자 동료인 하얀 눈을 만난 첫날밤에 사막의 밤하늘에서 하얀 눈을 내리는 것이 아닌가? 하얀 눈! 하얀 눈! 하얀 눈! 하얀 눈이다. 높은 산은 낮은 산, 납작 산, 민둥산, 연거푸 다른 산이 된다. 하얀 눈이 이름값을 한다. 높은 산은 이름값을 하지 못한다. 하얀 눈이 내리는 사막이다. 비구름이 스콜을, 비구름을, 내려주는 사막이면 금상첨화인데! 비구름은 신통한 재주가 없다. 지극히 정상적인 사람이다. 하얀 눈도 푸른 별의 능력까지 가는가? 하얀 눈과 푸른 별은 친구가 될 만큼 둘 다 멋지다. 하얀 눈과 푸른 별은 세상을 바꿀 것이다. 열 살의 나이에 능력들을 보여주니 세월이 지날수록 능력은 더 나아지지 않으랴! 뜨겁던 사막의 햇볕도 밤이면 수그러든다. 낮이 오지 않으면 좋으련만! 어김없이 사막의 낮은 온다. 푸른 별은 사막에서 사막을 견디게 해주는 하얀 눈을 만난다. 하얀 눈은 사막이 공포의 대상이 아니게 만든다. 청량한 세상을 주는 존재이다. 사막에 눈이 내리는 것은 사막을 어렵게 생각하지 않을 틈을 준다. 아태부3세나 깊은 샘이나 사막이 공포의 대상에서 견뎌낼 만한 곳으로 자꾸만 변신이 된다. 눈이 올 수 있는 사막이다. 하얀 눈이 있는 하얀 눈이 내리는 사막이다. 그들의 무리 중에는 하얀 눈이 있다. 전설의 하얀 눈을 내리는 하얀 눈이다. 하얀 눈을 만나는 기쁨 속의 사막이다. 하얀 눈이 시도 때도 없이 늘 하얀 눈을 내려주면 좋지만! 아! 그렇지는 않네! 아! 무척 아쉽네! 하얀 눈은 모두의 친구이다.

하얀 눈은 매일 하얀 눈을 사막에 내려주는 능력을 보여주고 모두가 행복하게 하고 싶지만 자신의 200리터 물중에서 하얀 눈을 만들기 위해 오십 리터를 써버렸다. 매일 하얀 눈을 만들어 낼 여력이 줄어들고 곧 하얀 눈을 더 만들기가 불가능해진다. 자신의 생존조차 위태로울 수 있다. 하얀 눈은 푸른 별에게 자신의 고충을 설명한다. 푸른 별도 하얀 눈의 일에 대해 대책을 세워야 한다. 둘이 고민을 하고 있는데 좋은 소식이 푸른 별에게로 전달된다. 어린이나 노약자들이 사막을 한 달 동안 지날 때는 첫 일주일이 지나고 두 번째 주일에 투명 비행기가 날아와 하루 동안 하얀 눈을 뿌려준다고 한다. 삼주 째에는 두 번, 사주 째에는 네 번이나 하얀 눈을 투명 비행기로 모르게 뿌려준다고 한다. 눈치 채지 못하게 위급상황에 대처하려고 오분대기조 투명 비행기가 날아온다. 청년이나 어른이나 군인, 전문 사막 여행자일 때는 한 달 내내 투명 비행기가 오지 않는 경우가 많다. 위험이 적기 때문이다. 하얀 눈은 고민하지 않아도 된다. 만약에 모자랄 물을 보충 할 수 있기 때문이다. 투명 비행기가 만들어 주는 많은 양의 눈이나 하얀 눈이 소규모를 만들어 내는 눈도 자주 할 수는 있게 된다. 투명 비행기의 존재 자체를 모르는 상태에서는 사막여행이 정말로 재미가 있는데 내막을 알면 기쁨이 줄어들고 만다. 하얀 눈이 적게 내린 사막여행일수록 젊은이가 해낸 사막여행이다. 사막여행의 즐거움을 위해서는 푸른 별과 하얀 눈은 입을 다물어야 한다. 사막여행 내내 입을 닫고 살 두 사람일지 모르겠다. 열 살의 어린이가 비밀을 간직할 정도의 인내력이 없다. 사막에 온 푸른 별 무리나 모든 친구들이 하얀 눈을 높은 산 같은 위인으로 바라보지 않는다. 투명 비행기가 더 확실한 눈을 보여주기 때문이다. 투명 비행기는 좋은 일을 하기 위해서도 필요하고 적이 모르게 일을 수행하기 위해서도 필요하다. 투명 비행기는 오차가 없어야 한다. 넓은 사막에서 기후조건과 시간과 악조건들을 모두 극복하면서 여행자들의 안전을 확보하고 그들에게 하얀 눈과 위급상황을 벗어나게 해주어야 한다. 몹시 중요한 일이다. 사막의 기후조건이 양호할 때는 사람이 탑승할 수도 있으나 사람이 타지 않은 채로 운영하는 경우가 더 많다. 눈에 보이지 않는, 사람도 타지 않은 비행기가 눈을 사막에 내려주고 사람을 살아나게 만들어 준다. 개인마다의 200리터의 물이 떨어질 시간이 되기 전에 투명 비행기는 날아와 개인마다의 물주머니에 200리터의 물을 보충해준다. 하루에 최대한 사용할 수 있는 물의 양은 200리터이지만 하루치의 물이 아니다. 하루에 모두 사용하면 생명이 위태로울 수 있다. 투명 비행기가 물을 가져온다고 과신하는 순간에 목숨이 위태로울 수 있다. 어쩌면 하얀 눈이 지닌 눈을 만드는 재주는 위험한 재주이다. 물을 소비시키기 때문이다. 사막에서 물을 낭비하는 것은 죽음과 직결된다. 절대로 헛되이 물을 사용하지 않아야 하는데 하얀 눈의 물 사용은 손해가 많이 나는 일이다. 사막에서 목적지에 당도했을 때는 물의 사용이 위급하지 않으므로 하얀 눈을 내리는 것이 위험하지 않다. 내막을 알 수 있는 하얀 눈이나 푸른 별은 하얀 눈이 사막에서 눈을 내리는 것은 곧 물이 풍부한 곳에 도착했다는 암시이기도 하다. 투명 비행기가 날아오지 않으면 하얀 눈은 하얀 눈을 만들면 안 된다. 하얀 눈은 본의 아니게 투명 비행기와 사막의 끝 지점을 잘 아는 사람이다. 사막여행에서 주도권은 사실상 푸른 별이 아니라 하얀 눈이 지니고 있다. 하얀 눈을 주목해야 하지만 푸른 별 무리와 다른 무리들도 여전히 푸른 별을 더 따른다. 높은 산은 꿈속에서 본 하얀 눈이 현실이 되자 어리벙벙하지만 하얀 눈의 존재가치를 정확하게 인식을 하지 못한다. 푸른 별보다 더 능력이 낮다고는 전연 생각하지 않는다. 사막에 하얀 눈이 가끔 내린다. 사막이 동화속의 사막이다. 동화나라의 사막이다. 뜨거운 여름날 나무 그늘은 천국이다. 사막에는 나무 한 그루 없다. 무더운 여름날 강이나 계곡이나 호수나 바다에서 물놀이를 하면 견디기가 쉽다. 사막엔 강, 계곡, 호수, 바다가 없다. 그런데 난데없이 눈은 내린다. 하얀 눈은 사막에서는 인기가 있는 여자아이이지만 사막여행이 끝나면 인기가 더 높아지기가 어렵다. 하얀 눈은 여름날 사막이 아닌 곳이라도 하얀 눈을 내려주는 재주는 약간의 용돈도 벌 수 있는 재주이다. 아이스크림 장수보다는 더 수입이 많을 수 있다. 하얀 눈은 투명 비행기가 물을 많이 공급해주면 사막여행 중인 사람들에게 아이스크림을 만들어 줄 수 있다. 사막에서 시원한 얼음을 맛보는 재미도 제법이다. 하얀 눈의 재주는 사람들이 사막에서 더 많은 물을 비축하여 다니도록 압박하는 구조이다. 결국은 더 많은 물을 사막에서 자유자재로 사용하도록 압박하기에 이를 것이다. 그 압박을 이겨내고 더 발전하면 사막에서 하얀 눈을 늘 만날 수 있고 아이스크림이나 시원한 빙설이 존재하는 천국 같은 사막이 된다. 사막에서 하얀 눈이 내리는 기쁨이나 기적이나 아이스크림을 먹는 즐거움이나 놀라움이 당연한 일이 되게끔 자꾸만 사람들이 보채고 요구하고 실현하려 할 것이다. 한 번 맛본 마약처럼 끊지 못해 영원히 사막에서 하얀 눈을 보고 안달하는 사람들이다. 사람들이 사막에서 더 많은 물을 사용하기 위해 등에 진 물 보다 일백 배는 더 많은 물을 하늘의 풍선에 담아 각자의 등짐에 줄을 달아 하늘에 띄운 채로 사막을 돌아다니는 일이 곧 벌어질 것이다. 사막에서 목욕도 하고 지금보다 물을 일백 배나 많이 쓸 것이다. 일백 배나 많이 쓰는 물은 사막에 오염만 시키지 않는 방법이면 사막의 모래 위에 떨어지는 비나 눈처럼 작용이 되는 부수적인 효과도 있다. 사람이 다니는 사막의 길은 물이 모래에 떨어져 습기가 대단한 많은 길이 되고 풀이 돋아날 일도 벌어질 것이다. 사막에서 사람들이 많은 물을 풍선에 싣고 가서 많이 쓸수록 사막은 더 사람에게 좋은 곳으로 변신이 된다. 사막에서 많은 물을 오염이 되지 않게 많이 사용하는 것은 적극적으로 권장할 일이다. 하얀 눈의 재주가 위험하지 않게 되는 역전의 일이기도 하다. 사막여행을 하는 모든 사람들이 하얀 눈의 재주를 배워 어마어마한 물을 사용하여 사막에 하얀 눈을 내리는 일을 할수록 사막은 덜 덥고 덜 사나운 사막이 된다. 그러면 사막여행을 하는 한 사람 한 사람이 모두 투명 비행기의 능력만큼이나 물을 사용하면 사막에서의 물이 수영장의 물처럼 되지 않나? 너무 많은 물을 가지고 사막을 돌아다니면 걸어가는 내내 머리 위에서 이슬비나 보슬비가 내리는 정도의 물이 떨어지는 상태로 사막을 걸어갈 수 있다. 놀라운 사막여행이다. 사막을 걷는 내내 물이 아니 약한 비가 내리는 상태로 사막을 횡단이나 종단한다는 것이 아니냐? 사막은 더 이상 사막이 아니다. 하얀 눈이 하얀 눈을 내리는 재주는 재주가 아니라 그냥 일어나는 매일의 일이다. 물을 무한대로 하늘에 띄워 가지고 다니는 재주가 일반화되고 일상적인 일이면 사막은 매일 보슬비나 이슬비가 내린다. 한 사람이 하늘에 자신보다 수천 배의 물풍선을 띄우고 다니니 열 사람만 모여도 하늘에 뜬 물풍선이 만드는 그늘은 어마어마하게 넓다. 사막의 그늘 밑에서 보슬비를 맞으며 걸어가는 사막여행이다. 넓은 그늘이 만드는 곳은 사막의 열기보다 낮아 에어컨 원리가 작동해 시원한 바람이 더운 사막의 모래에서 사람이 걸어가는 그늘 밑으로 불어온다. 그늘 바깥에서 더워진 공기가 하늘로 올라가는 곳에 덜 더운 공기가 채워져야 하니 그늘 밑으로 시원한 바람이 불어온다. 너무 넓은 그늘이니 자연 에어컨의 성능은 어마어마하다. 더운 여름날 산속의 계곡에 있는 느낌과 흡사하다. 물풍선이 사막의 직사광선을 반사하고 사막에서 열기가 많이 차단된 물풍선 밑이다. 물풍선이 때로는 사막의 모래바람을 막는 방풍의 역할도 한다. 사막에서 수시로 변하는 기후조건에 이용된다. 밤에는 추위를 막아주는 역할도 한다. 푸른 별 무리는 물풍선의 크기가 20만 톤의 유조선이나 10만 톤의 항공모함이라면 엄청난 물을 가지고 있는 사람들이다. 각자 개인마다 유조선이나 항공모함에 적재된 양의 물을 하늘에 띄우고 다닌다면 사막에서 물이 부족한 일을 일어나지 않는 일이 된다. 열 살의 어린이 한 명당 하늘에 20만 톤의 유조선에 담긴 물을 이용하면서 사막을 여행한다. 푸른 별 친구들이 사천 년을 사는 동안에 이루어질 일이다. 유조선이나 항공모함을 바다에 띄우는 것만큼이나 쉽게 하늘에 띄우면 되는 일이다. 중력이 거꾸로 작용하는 방법을 찾아낸다면 불가능이 아니다. 푸른 별이 아니면 하얀 눈이 알아낼지 모를 일이다.

사막에서 푸른 별 무리는 밤이면 정해진 시간에 나무의 뿌리를 길게 하는 강제사고를 한다. 쥐어짜내는 생각에도 한계가 있어 신통방통한 방법은 거의 다 드러났고 더 이상 더 좋은 생각이 고갈되는 시점이지만 포기하지 않고 자꾸 생각을 상상을 하면서 서로의 생각을 발표한다. 어린이는 나무의 뿌리가 길어지고 물을 잘 흡수하는 데 있어서 금전적인 문제는 전혀 생각을 할 필요성이 없지만 실제로 일을 하려면 돈이나 노력이 가장 적게 들어야 착수를 할 수 있다. 많은 돈과 힘든 노력으로 별 성과도 없이 일이 진행도 되겠지만 가장 돈과 노력이 적게 드는 방안을 우선시한다. 푸른 별 무리는 한 달 동안에 저녁에 잠깐의 시간만 약간의 부담을 가지고 생각을 하면 되고 말로 글로 아니면 그림으로 표현하면 된다. 대부분의 아이들에게 사실은 고역이다. 하기 싫은 운동을 하라. 먹기 싫은 채소를 먹어라. 놀기보다 공부를 해라. 그런 차원의 잔소리와 별반 다르지 않지만 약간은 다른 잔소리 같기도 하다. 나무의 뿌리를 길게 하는 것을 생각하는 시간은 반사적으로 지금이구나. 아이들이 인식한다. 식사를 하거나 일상의 일과처럼 습관의 일부로 받아들여 그렇게 하고 있다. 만약에 사천 년을 쉬지 않고 연속적으로 이 시간을 지킨다면 그것은 또 다른 엄청난 결과가 나올 수도 있다. 밥을 먹는 것처럼 무의식적으로 반복하면서 하루에 정해진 그 시간만큼은 머리를 늘 사용한다는 점이다. 억지로이지만 수학 공부를 하듯이 자꾸 생각을 하다 보니 하루에 명상을 꼭 하는 것과 별반 다르지 않다. 피곤한 날은 생각을 하라고 눈을 감는 시간을 주면 잠이 들기도 한다. 나무 한 그루 없는 사막에 나무가 무성한 것을 자꾸만 환상으로 보게 되는 어린이들이다. 사막에는 모래가 우선이지만 나무가 우선인 상황의 연속이 일어난다. 반대되는 사건이 일어나길 바란다. 물, 강, 호수, 바다, 수영장, 나무, 얼음, 빙하, 사막과 반대가 되는 것들이 유독 더 드러나고 느껴진다. 푸른 별이나 하얀 눈은 나무의 뿌리보다 아예, 물을 더 많이 가지고 다니는 것을 눈치 체 본 지라 나무 뿌리의 주제를 다른 것까지 확장하고 싶지만 단박에 그렇게 하기는 좀 어렵기도 하다. 친구들도 나무뿌리의 길이를 늘이는 것엔 사고의 확장과 깊이에서 피로감이 오니 엉뚱한 것을 말하려는 분위기도 감돌고 있다. 인내심이나 줄기찬 연구열이 이어지는 과학자가 아닌 어린이들이다. 쉽게 포기하는 어린이이지 포기하지 않는 에디슨이 아니다. 푸른 별 무리 중에 사천 년을 나무뿌리를 연구할 사람이 나오지는 않을지 있을지 미지수이지만 연구자가 없을 확률이 월등히 높을 것이다. 한 달 중에 저녁 동안의 짧은 시간도 힘이 드는 일인데 사천 년을 한 가지 주제로 가기는 보통 일이 아니다. 신앙이나 대단한 무엇이어야 가능하다. 어린이들이 나무뿌리 길게 만들기 놀이를 얼마나 지속할까? 푸른 별이 하지말자고 하면 다음날 저녁부터 하지 않을 수도 있을 것이다. 그처럼 쉽게 포기를 할까? 중세의 연금술사처럼 허망한 일을 붙잡고 있는 아이들일 수도 있다. 사람의 일생이 대부분 허망한 것이 사실 아니냐? 한 달 중에 잠깐만 허망해도 어린이들이 한 가지 주제를 가지고 고민한 것은 보람일 것이다. 사막에 나무뿌리 전설이 만들어져 그 전설을 푸른 별 무리가 연극으로 만들지 알 수도 없다. 지금 진행되는 것이 전설이다. 길고도 긴 나무뿌리를 심는 아이들이 사막의 주인공이고 사막의 무엇이 아닌가? 사막에 뿌리를 내리는 작업을 하지 않나? 사막이 나무뿌리를 받아들이라고 자꾸 설득하는 어린이들이다.

'사막아, 사막아, 나무를 받아주라!'
사막이 놀라서 되묻는다.
'물이 있어야지.'

　물이 있어야 한다. 물이 있는 사막이어야 한다. 나무뿌리가 길고 길어지면 결국은 바다에 박아둔 파이프라인이 사막 한가운데로 이어지는 것이 아니냐? 가장 길고 긴 나무뿌리를 만들면 해결이 난다. 푸른 별 무리가 가장 길고 긴 나무뿌리를 사막에 심나? 심지 않으면 심기지 않지만 심으면 심기는 것이 단순한 진리이다. 가장 단순하게 파이프라인 나무뿌리를 심으면 된다. 사막에 상수도를 만들면 된다. 안 만들기 때문이지 만들면 만들어지고 사막에 물이 들어간다. 하지 않으면 안 되는 일이지만 하면 되는 일이다. 푸른 별 무리가 강제사고를 하지 않아도 되지만 하기 때문에 약간은 달라지는 것이다. 아이를 낳아야 어머니가 되지 아이를 낳지 않으면 어머니가 되지 않는다. 나무뿌리를 심어야 하는 것이다. 나무뿌리를 심기 전에 물을 끌어들여야 한다. 물을 끌어들이면 나무뿌리를 길게 만드는 일은 별로 소용이 없게 된다. 푸른 별 무리가 손해 보는 정도는 얼마 정도일지 모르나 그렇게 될 수도 있다. 물이 항공모함이나 유조선에 담긴 물이 되듯이 나무뿌리도 사막을 관통하는 거대수로가 되는 것이다. 강제사고를 하고 있는 푸른 별 무리들이지만 하얀 눈이 내리는 경험을 맛보게 되자 사막에 대한 혼동이 일어나고 있다. 하얀 눈이 오는데 굳이 말도 안 되는 나무뿌리를 자꾸 생각해야 하나? 이상하다. 하얀 눈이 어떻게 온다는 것이냐? 모두들 궁금하고 하얀 눈에게 묻지 않을 수가 없다. 하얀 눈은 대답을 해야 한다. 대답을 듣고도 친구들이 이해를 잘 하지 못하면 자꾸

물을 것이다. 하얀 눈은 자신이 한 방법은 말하게 된다. 아이들은 이해를 하게 되지만 더 많이 내리는 하얀 눈은 무슨 영문인지 아직 알 수가 없다. 푸른 별과 하얀 눈이 입을 열어야 하는데 아직은 입을 다물고 있다. 사막에서 눈이 온다는 사실을 친구들은 입이 찢어지도록 다른 사람들에게 말을 할 것이다. 믿어주지 않으면 더욱 더 열심히 말을 전할 것이다. 사막여행을 한 어린이나 노약자가 많아질수록 투명비행기가 하얀 눈을 내리고 물을 공급해주는 것은 비밀이 아니고 공개적인 사실이 되고 말 것이다. 그러면 푸른 별 무리처럼 강제사고로 나무뿌리를 연구하는 일이 위축될 것이다. 마음이 떠나버린 사람들을 묶어두기란 쉽지 않다. 푸른 별과 하얀 눈은 한 달만이라도 자신의 무리를 묶어두고 싶고 즐거운 감정을 느끼게 해주고 싶다. 꼬마 아가씨 두 명이 이 주정도 더 입을 다물어낼까? 궁금하다. 깊은 샘은 가장 열정적으로 나무뿌리를 생각하지만 아이디어가 떠오르지 않는다. 대부분의 친구들은 건성으로 생각하는 주제이다. 사막에서 하얀 눈은 마약과도 같다. 곧 마약에 중독되면 사막에 하얀 눈을 내리지 않으면 사람들은 미쳐버릴 것이다. 심하게 마약에 중독되면 매일 하얀 눈이 내리지 않으면 이상한 사람이 된다. 사막에 사는 사람이 하얀 눈을 매일 보면 사막이 아닌 세상이다. 심하게 중독될수록 사막은 사막이 아니고 사막이란 개념은 물 건너가고 만다. 사람은 원래 사막에 살지 않았으니 사막에서 물에 중독되어 사막 환경이 바뀌어도 문제가 되지 않지만 낙타는 환경난민이 된다. 낙타는 환경난동물이 된다. 낙타는 어디로 이주해야 되나? 사막에 내리는 하얀 눈은 사람들을 자꾸만 더 깊은 사막으로 끌어들이는 마약이다. 투명비행기가 사고로 오지 않으면 사람들은 죽고 만다. 하얀 눈은 하얀 눈을 만드는 방법을 지금 당장 가르쳐주면 친구들이 모두 물을 낭비해 버리고 최악의 경우에 모두가 죽을 수도 있다. 하얀 눈을 만드는 방법을 모르는 것이 더 나은 상황이다. 하얀 눈은 깊이 있는 데까지 생각을 하기 싫고 그런 능력도 없지만 자신의 경우에 당장 위급함을 느끼기 때문에 잘 알고 있다. 열 살의 하얀 눈은 자신의 감정을 숨겨야 하는 행동유형을 어쩔 수 없이 습득하고 있다. 그런데 하얀 눈을 만드는 일을 친구들이 스스로 알아내고 이용한다면 위험성을 철저히 인식을 해야 한다. 투명비행기는 푸른 별 무리나 어린이들이 스스로 하얀 눈을 만들어 놀게 때에는 즉각 출동하는 체계가 되어야 한다. 아예, 한 달 내내 하얀 눈을 각자가 만들어도 물이 부족하지 않을 만큼 많은 물을 가지고 다니는 방법으로 바꾸지 않을 수가 없다. 그러면 어린이 한 명마다 각자의 투명비행기를 소유하는 것이 더 나은 방법이다. 그러면 사람마다 각자의 투명비행기가 물을 날라다주고 하얀 눈을 내려주니 사막에서 여름의 장마나 한겨울의 눈이 내리는 계절을 맞이하는 꼴이 된다. 푸른 별 무리의 강제사고도 필요 없는 일이 되고 만다. 투명비행기가 장난감비행기 정도의 가격이라야 되는데 쉽지 않은 일이다. 사막에서는 열 살의 어린이보다 더 어린 아이라도 투명비행기를 조종하는 조종사가 되어야 한다. 투명비행기는 서너 살의 아기조차 비행을 할 수 있는 인공지능의 비행기가 되어야 한다. 노인이 타도 자동으로 운행이 될 정도가 되어야 한다. 사막의 하늘에 너무 많이 떠 있는 투명비행기가 충돌하지 않아야 하는 일도 생긴다. 너무 많아진 투명비행기는 투명으로 보이지 않게 사막을 날 수 없게 되고 사람들의 눈에 보이는 투명이 되어야 충돌이 방지된다. 비행의 안전을 위해서는 투명을 유지하면서 눈에 확 뜨이는 비행기가 되어야 한다. 안 보이면서 가장 잘 보이는 투명이며 투명이 아닌 모순이 섞인 비행기가 되어야 한다. 요술 사막비행기가 되어야 한다. 요술 사막비행기는 세상의 모든 어린이가 사막을 놀이터에 놀러 가듯이 갈 것이다.

요술 사막비행기가 나오기 전까지 푸른 별 무리는 물을 아끼면서 사막을 여행해야 한다. 싫어도 강제사고도 하면서 가야 한다. 하얀 눈은 요술 사막비행기가 무수히 날아다니는 사막의 하늘을 본다. 누구나 하얀 눈이 하는 일을 해도 문제가 되지 않는다. 눈이 내리는 사막이다. 눈을 무한정으로 만들게 해주는 요술 사막비행기가 날아다니는 사막이다. 생각은 많이 앞서 갈 수 있지만 현실은 앞서갈 수가 없다. 물을 아껴야 하는 것은 현실이다. 많은 물로 물 걱정을 하지 않는 것은 미래의 일이다. 지금 당장에도 충돌이 일어난다. 하얀 눈을 맛본 푸른 별 무리의 어린이들과 청년들의 만남이 문제를 일으킨다. 사막에서 노인들만이 아니라 청년들도 아이들은 만난다. 아이들은 사막에서 하얀 눈을 만난 사실을 입에 침이 마르도록 자랑한다. 청년들은 아이들이 약간 돌아버린 것이 아닌가? 믿을 수가 없다. 도대체 믿을 수가 없다. 두 무리 간에는 불신의 벽이 존재한다. 청년들은 자신이 본 것만, 자신이 아는 사실만이 진실이라는 잘못을 범하고 있지만 너무나 당연한 결과로 말하고 있다. 청년들은 사막여행이 끝나면 자신의 세계로 돌아가 사막에서 미친 어린이들을 만났다고 말을 할 것이다. 어린이들은 사막여행이 끝난 후 사람들에게 바보같이 믿지 못하는 청년들을 만났다고 할 것이다. 사막에서 하얀 눈은 거짓이지만 지금은 거짓이 아닌 길로 가고 있다. 사막의 인공구조물 안에서는 눈을 만들어 넣은 스키장의 모습이 실제로 있는 21세기이다. 사막에 하얀 눈이 내리는 일이 거짓말이 아닌 시간으로 이동하고 있다. 청년들은 사막의 인공구조물 안에서 눈을 보고 스키장의 슬로프를 보면 아! 그렇구나! 현실을 인정하게 될 것이다. 이조시대에도 한 여름에 얼음이 제공되는 석빙고를 경험했다. 믿기 어려워도 한 여름에 얼음이 있는 것이다. 한 여름에 그렇게 먼 한양까지 얼음이 녹지 않고 가는 것도 대단한 일이다. 사실인 것이다. 석빙고만 잘 만들어도 사막에 얼음과 눈이 있는 것이다. 몇 백 년 전에도 불가능한 일이 아니다. 그러나 일반적으로 청년들의 생각이 더 옳다고 할 수밖에 없다. 워낙 소수의 사람만이 경험을 하기에 그렇다. 청년들에게 하얀 눈은 자신이 하얀 눈을 내려주고 그 능력을 보여주고 믿게 하고 싶지만 물을 낭비할 수가 없어서 실행을 하지 못하고 있다. 푸른 별 무리와 다른 무리들의 친구들이 합심하여 물을 조금씩 보태주면 이 청년들의 답답함을 일시에 바꿔줄 수 있다. 그렇지 않으면 청년들과 어린이 무리들이 일주일만 같이 다니면 알 수 있는 일이다. 청년들이 일주일만 어린이 무리들과 행동을 같이 할까? 그러면 청년들은 틀림없이 믿게 된다. 어린이들은 이주 째이므로 다음의 삼주 째에는 두 번의 하얀 눈을 만날 수가 있다. 두 번이나 하얀 눈을 사막에서 맞게 되는 청년들은 정말로 믿게 될 것이다. 투명비행기는 어린이나 청년이 같이 갈 때는 어떻게 해야 하나? 어린이를 보호해야 하므로 청년들도 덤으로 약간의 혜택을 누리는 것은 어쩔 도리가 없다. 비밀을 알게 되면 모든 사막의 여행자들이 노약자와 동행을 하려 하지 않을까? 모험심이 강하거나 자존감이나 자존심이 강한 부류는 다르겠지만 대부분의 사람들이 하얀 눈을 맞게 되는 것을 원하지 않을까? 노약자와 꼭 같이 가려는 기현상의 사막이 될 것이다. 사막여행의 가장 우선권과 힘을 지닌 존재는 노약자가 되는 일이다. 참으로 좋은 일이다. 청년들은 푸른 별 무리와 같이 여행을 해본다. 사실이다. 이런 일이 일어나나! 놀라운 세상이네! 어린이들이 맞구나. 어린이가 참으로 맞네. 믿을 수 없는 일을 믿게 되는 청년들이다. 한 번도 아니고 두 번이나 감격을 맞보고 나니 틀림없다고 과신까지 하게 된다. 이런 경우에는 청년들이 오해를 하게 되는데 앞으로 어떻게 하나? 노약자와 같이 가지 않으면 하얀 눈이 내리지 않는데 자기들끼리만 가다가 하얀 눈이 온다고 영영 믿으면 낭패가 아닌가? 투명비행기의 운영규칙을 영원히 비밀로 할 수 없는 부분이 생긴다. 애매한 일이 생기는 사막여행이다.

푸른 별과 하얀 눈이 입을 다물고 비밀을 지키지 않아도 비밀이 드러나야 하는 문제로 인해 비밀은 비밀이 될 수가 없게 되는 상황이다. 그러면 어떻게 해야 하나? 청년이나 이런 부류의 사람들처럼 노약자가 아닌 사막여행자가 노약자와 같이 가면서 하얀 눈의 혜택을 받게 될 때는 사막을 여행하는 여행세를 조금 내게 하는 것이다. 투명비행기의 운행을 위해 많은 돈이 드니 이 문제를 해결하는 데도 도움이 된다. 사막에서 하얀 눈을 만나는 기쁨은 결국에는 노약자는 무료가 되고 노약자가 아닌 경우는 비용을 지불하는 합당한 선에서 정리가 되고 비밀도 아닌 것이 된다. 투명비행기는 노약자가 아닌 사람들을 강인하게 하는 데는 오히려 좋지 않은 것이 되는 결과를 만들기도 한다. 자동차가 사람들의 다리 힘을 빼앗아가는 경우와 같아진다. 푸른 별 무리들이 강제사고를 하는 것도 시들해질 요소이다. 청년들도 어린이들과 같이 사막여행을 하게 되자 물을 하늘처럼 생각하다가 물을 덜 하늘처럼 생각하게 된다는 것이 아닌가? 좋지 않은 결과물들이 나타난다. 투명비행기는 투명으로 사람들의 눈에 보이지 않게 날아다닐 이유가 없어진다. 이제는 투명이 아닌 보이게 날아다녀야 할 지경이다. 이것도 그리 달가운 것은 아니게 느껴진다. 눈에 보이지 않는 비행기가 더 좋았는데! 한 여름에 왕이 하사하는 얼음은 왕이 얼마나 힘이 있어 보이게 되나? 이제는 냉장고에 얼음이 있으니 왕의 힘을 모른다. 그러나 지금의 왕이나 대통령도 옛날의 왕처럼 힘이 어느 정도는 있을 것이다. 석빙고의 얼음을 나눠주는 힘이 있을 것이다. 푸른 별 무리는 사막여행의 시간이 지날수록 만나는 사람이 많아진다. 다음 주에는 어떤 사람을 만날지 궁금하다. 청년들과 만나서 청년들이 자신의 말을 믿게 되는 변화를 목격했다. 청년들이 오히려 어린이들과 같이 여행을 하려는 특이한 일이 생기는 것도 알게 됐다. 사막에서 하얀 눈을 맞보는 것은 기적에 가까운 일이지만 기적이 아닌 일상적인 일로 뒤바뀔 것이다. 청년들은 자신의 길로 여행을 하면 하얀 눈을 만나지 못한다. 그들 스스로 힘든 길을 갈 것인지 하얀 눈을 만나는 길을 갈 것인지 결정을 해야 한다. 청년들이 갈 방향을 정하지 못하고 우왕좌왕 하고 있다. 하얀 눈 때문이다. 마약을 맛본 지라 정신이 혼미해진 것과 흡사하다. 청년 무리들이 그들의 모험심을 택할지 편안한 현실을 택할지 기로에 서있다. 아니면 청년 무리가 둘로 갈라지는 경우도 발생할 수 있다. 푸른 별 무리나 어린이들이 끼어들 문제는 아니다. 결국에는 청년 무리가 그들의 모험심을 버리지 않고 힘든 길을 간다. 하얀 눈이 없는 사막여행을 하기로 한다. 그들의 원래 가려던 길이다. 다만, 하얀 눈을 맞보고 혼돈이 온 것이었다. 푸른 별 무리들과 청년들은 각자의 길로 여행을 계속하는 것이다. 젊은 사람들은 용기가 있다. 모험심이 강하다. 어려운 일도 마다하지 않는다. 그들은 어린이들이 아니다. 어린이와 같은 행동을 하려니 마음이 즐겁지가 않았다. 편안한 것을 거부할 수 있는 힘이 있다. 노인이면 이런 행동유형이 나오지 않는다. 아태부 3세와 친구들은 청년들의 하는 행동이 마음에 무척 든다. 그렇지만 그들은 실천할 실력이 아직 되지 않는다. 사막은 사람은 심하게 시험하는 곳이고 목숨을 요구하는 곳이다. 그 길을 마다하지 않는 것은 일반인이 평균적으로 생각하는 세계는 아니다. 다른 세계에서 살려는 청년들이다. 푸른 별 무리가 따라가고 싶어 하는 길이다. 어린이들과 청년들은 이별이 될지 작별이 될지 둘 중의 하나인 것이 분명한 시점에서 갈 길을 갈라야 한다. 가는 길이 달라진다. 일주일 넘게 같이 지냈지만 이제는 가는 길이 서로 다르다. 사막여행이지만 약간만 다르다. 청년들이 떠났다. 푸른 별 무리는 이제 그들만의 어린이들만의 길을 가고 있다. 사막여행이 삼주를 넘어가고 있다. 사막에 조금은 적응이 되어 가는 날들이다. 삼주일이나 더 많은 날들을 사막을 걸어가도 발자국은 없어지고 만다. 꼼꼼히 일기로 기록해두면 그 발자국은 지워지지 않는다. 열 살부터 기록을 열심히 한다면 나이가 들어서 글을 잘 쓰는 사람으로 변신도 가능하다. 푸른 별 무리는 그들이 해온 강제사고의 흔적들을 고스란히 기록으로 가지고 있다. 일기와는 성격이 다르지만 나중에 쓸모가 있다. 사막여행에서 가장 놀란 것은 하얀 눈이다. 하얀 눈이 내린 사막을 영원히 잊을 수가 없다. 처음 와본 사막을 쉽게 잊지는 못할 것이다. 사막여행에서 신기루를 만나 생명이 끝나는 것이 예전에는 대부분의 답이었지만 신기루를 보고도 생명이 위태롭지 않은 어린이들이다. 위협적인 신기루에서 정신이 혼미해지지 않다니 놀라운 일이다. 물이 공급되니 신기루가 호수가 아닐지라도 목이 말라 죽지는 않는다. 사막에서 신기루 앞에서 정신이 말똥말똥하고 제 갈 길을 잘 찾아가는 어린이들이다. 신기루에는 사람들의 해골바가지와 뼈다귀가 많다. 신기루에는 낙타와 동물의 뼈가 많다. 신기루에는 사람과 동물의 뼈로 만들어진 죽음의 산이 있다. 사막의 공동묘지이다. 이제는 사막의 공동묘지에서 사람들이 그곳에 자신을 묻지 않는다. 공동묘지를 거부하는 사람들이다. 청년의 무리나 노인의 무리나 어린이 무리들이나 모두 다 신기루에서 죽음을 맞이해야 하건만 그들은 죽음을 맞이하지 않는다. 신기루를 정상적으로 통과하는 사람들이다. 헛것을 보고 죽어야 할 운명이었지만 물이 있어 죽지 않는다. 신기루에서 투명비행기가 하얀 눈을 내려주니 더 이상 죽을 수가 없다. 푸른 별 무리가 사막에서 사주 째가 되자 첫날부터 하얀 눈이 내린다. 너무 기분 좋은 하루이다. 다음날은 신기루를 만나 무서운 일이 일어날 줄 알았으나 유조선 사막 호텔이 있어 편안한 날이 됐다. 풍부한 물이 유조선 안에 있어서 수영장도 운영하고 멋진 곳이 신기루 지역의 유조선 사막호텔이다. 여기서는 많은 사람들이 휴식을 취하면서 사막여행을 즐기고 있다. 다음날도 하얀 눈이 내리고, 그 다음날은 항공모함 사막 호텔이 나오고, 그 다음날은 또 하얀 눈이 내리고, 그 다음날은 크루즈 사막 호텔이 나오고, 마지막 날은 또 하얀 눈이 내린다. 마지막 일주일은 너무나 편안하고 즐거운 날의 연속이다. 첫 주가 가장 힘든 날들이다. 두 번 째주는 하루가 하얀 눈이 내리고, 세 번 째주는 이틀이 하얀 눈이 내렸다. 네 번 째주는 나흘 하얀 눈이 내리고, 세 번이 사막 호텔이다. 마지막 주 삼일간의 사막 호텔에서는 수영까지 하고 사막여행을 했다. 믿을 수 없는 일이 일어났다. 사막에 유조선, 항공모함, 크루즈선이 있다. 모두 수영장이 있다. 안락한 잠자리가 있다. 사막이라 생각하지 않게 되는 것들이다. 푸른 별 무리는 마지막 주에는 사막을 여행했지만 사막으로 느낄 수가 없었다. 너무나 판이하게 다른 사막이었다. 사막 호텔이 있는 세 곳에는 나무도 많이 심겨져 있고 오아시스와 별반 다르지 않았다. 인공의 오아시스였다. 야자수, 대추나무, 올리브나무 등이 우거진 곳이었다. 낙타와 염소와 동물도 많았다. 사람도 많았다. 마지막 주에는 푸른 별 무리가 강제사고로 나무뿌리의 길이를 늘이는 것을 서로가 생각했지만 무의미한 일처럼 생각되어질 지경이었다. 물을 가득 채운 유조선이, 항공모함이, 크루즈선이 한나절 거리마다 사막여행에 있다면 더 많은 수영장이, 더 많은 하얀 눈이, 더 많은 나무와 동물과 사람들이 붐비는 사막이 된다. 푸른 별 무리와 어린이 친구들은 실제로 마지막 주에서 경험을 하고 말았다. 나중에는 페어선을 끝이 없이 연결하여 물을 가득 채운 사막의 길을 만날지도 모를 일이다. 하루고 이틀이고 사흘을 걸어도 페어선이 연결되어 있는 사막에 물이 차 있는 페어선이 이어진 어선으로 배로 이어진 사막을 우리는 보게 될 날이 오나? 사막에 배가 일백 킬로미터나 연결되어 있고 그 연결된 길 양 옆으로 나무가 빽빽이 자라고 있는 사막의 가로수길이 아니냐? 오아시스가 일백 킬로미터나 된다니 놀라운 일이다. 푸른 별 무리와 어린이들은 사막여행에서 수영을 하고 왔다고 자랑하지 않을 수가 없다. 믿어주는 사람이 없으면 서운하기도 하다. 푸른 별 무리와 어린이 친구들은 마지막 주에 기력을 모두 회복하여 더 튼튼한 몸으로 학교로 돌아오게 된다. 고향의 부모와 고향의 사람들에게 모두들 사막에서 수영을 하고 하얀 눈을 만난 사실들을 기분 좋게 자랑하고 있다. 마지막 주에는 너무나 기분들이 좋아서 또 사막여행을 오자고 약속들을 했다고도 자랑한다. 아이들은 페어선이 끝도 없이 이어진 길과 배로 만든 호텔 대신에 피라미드로 만든 호텔과 피라미드 속의 수영장에서 사막여행을 즐기자고 말들을 하기도 한다. 피라미드 사막 호텔에서 잠을 자고 그 안에서 수영을 즐기고 갈수록 더 좋아지는 사막여행이 되길 꿈을 꾼다. 피라미드는 무덤이 아니라 호텔이나 수영장이 될 수 있다. 페어선도 호텔이나 수영장이 된다. 피라미드 안에서 연극이나 영화를 볼 수도 있다. 여행을 마친 푸른 별이나 친구들은 사막여행을 하는 일정이 거꾸로 되면 더 낫지 않을까? 생각도 된다. 처음 일주일을 하얀 눈이나 호텔에서 수영을 하고 차차로 어렵게 사막에 적응하면 마지막 주에는 힘들게 사막을 여행하는 것이 순서일 것 같기도 한데 자신들은 거꾸로 한 것이 아닌가? 그런 점을 느낀 것이다. 반대의 방식으로 일정을 잡던 이리저리 섞는 방법을 택하든 어린이들이 견뎌낼 정도에서 유영하므로 무리한 일은 아니다. 사막여행에서 톡톡히 재미를 느낀 푸른 별과 친구들은 이제는 달나라나 별나라로 수학여행을 떠나고 싶다.

지구를 벗어나서 수학여행을 해야만 호기심을 더 채울 것만 같다. 달과 별에선 무슨 일들이 일어날지 궁금하기 때문이다.

푸른 별 무리와 친구들은 이제는 달과 별 중에서 수학여행을 갈 곳을 정하고 또 그들이 해야 할 강제사고의 주제를 정해야 한다. 어느 별로 수학여행을 갈지 정해야 하는 단계로 들어간다. 어느 별로 가나? 검은 별로 가나? 붉은 별로 가나? 토끼 별로 가나? 잉어 별로 가나? 고양이 별로 가나? 고래 별로 가나? 세모 별로 가나? 네모 별로 가나? 둥근 별로 가나? 둥근 별로 수학여행을 가기로 정한다. 둥근 별에서 무슨 생각을 저녁마다 잠깐씩 해야 하나? 둥근 별에서 볍씨로 벼를 키우는 방법을 서로가 생각하기로 하자! 둥근 별에 물이 있나? 둥근 별에 햇볕이 있나? 둥근 별에 공기가 있나? 둥근 별에는 아무 것도 없다고 한다. 사막에 있는 햇볕도 공기도 없다고 한다. 우주선에 싣고 가는 것과 3D 프린터로 이용하는 방법과 양자컴퓨터로 상황을 대처하는 것이 전부라고 한다. 푸른 별 친구들은 둥근 별에 오는데 지구의 사막에 갔던 시간보다 더 빨리 오고 말았다. 황당하다. 우주에 더 빨리 온 것이다. 우주선의 속도가 매우 빠르기 때문이다. 양자컴퓨터가 계산도 잘 하기에 그렇다. 둥근 별은 너무 뜨겁다. 우주선이 내릴 수가 없다. 둥근 별과 상당히 거리를 두고 우주선이 있어야 한다. 뜨거운 열을 멀리서 수집하여 이용할 수는 있다. 뜨거운 열은 물을 이용해 전기를 만들 수 있다. 우주선 안의 물은 너무 적다. 전기는 햇볕도 만들 수 있다. 물을 대신할 것이 무엇이 있나? 공기는 또 어떻게 만드나? 너무 빨리 둥근 별에 왔으므로 위험하면 그와 같이 빠른 속도로 지구로 돌아가면 일단은 문제가 해결된다. 고작 푸른 별 무리가 알아챈 정보는 둥근 별이 매우 뜨겁다는 것이고 우주선이 착륙할 수 없다는 사실이다. 불이 계속 타려면 산소가 있어야 하지 않나? 산소가 없으면 불이 꺼지고 말지 않나? 산소를 차단하면 불이 꺼지지 않나? 둥근 별에 산소가 있나? 둥근 별 주위를 빙글빙글 돌면서 첫날을 수학여행의 첫날을 맞이한 푸른 별 친구들은 너무 재미가 없다. 이 상황에서 볍씨를 키우는 강제사고를 하는데 할 말이 없는 데 억지로 말을 해야 한다. 사막여행에서 경험을 한 일이라 어처구니없는 일에 익숙한 친구들이다. 우선은 우주선 안에 있는 한은 볍씨가 보존된다. 볍씨가 상하지 않는 것이 가장 중요하다. 지구에서 우주선에 물을 혹은 얼음을 실어오는 것은 짧은 시간 안에 할 수 있다. 둥근 별은 열이 있다. 열과 물을 이용하면 전기와 햇볕은 확보된다. 공기도 실어오나? 둥근 별에서 산소를 빼앗아 둥근 별을 식히나? 소화액인 이산화탄소를 둥근 별의 아주 좁은 부분에 부어 온도를 매우 적게 내리면서 미량의 산소를 그 순간에 채집하나? 지구에서 골칫거리인 이산화탄소를 불을 끄는 소화액으로 만들어 우주선에 실어 둥근 별에 가져와 뿌리면서 온도를 낮추는 과정에서 산소를 빼앗아 보자! 그러니 차라리 이산화탄소에서 산소를 뽑아 쓰는 것이 낫지 않나! 어쨌든 빨리 너무 빨리 움직여 물과 산소와 전기와 햇볕을 만들었다. 볍씨는 살 수밖에 없다. 일 년이나 아무리 빨라도 수학여행 중에 벼가 자랄 수는 없는 시간이지 않나? 푸른 별과 친구들은 너무나 자주 그리고 빨리 지구로 와서 필요한 것들을 가지고 가는 우주의 화물을 나르는 운전기사 같은 느낌이 들지 수학여행을 온 느낌이 들지를 않는다. 어떻게 해야 수학여행이 되나? 둥근 별 주위에서 우주 공간의 허공에서 식물을 키워 산소와 식량과 주거공간을 만들어 내어야 한다. 수학여행이 너무 어려운 우주공간에서 생존하는 것으로 변질이 된 기분이다. 푸른 별과 친구들은 둥근 별 주위에서 일주일 민에 3D 프린터와 우주선을 분주히 움직여 우주정거장을 건설했다. 앞으로 삼 주일을 더 있던지 3년이나 10년을 더 있어야 둥근 별 근처에 터전을 마련할 수 있다. 볍씨는 우주정거장에서 키우는 일이 성공하는 순간이지만 둥근 별에는 착륙하지 못해 아직 이루어진 일이 아니다. 푸른 별 무리가 짧은 수학여행 기간 안에 둥근 별을 식힐 수는 없다. 둥근 별 주위에 더 넓은 우주정거장은 만들 수 있다. 거주공간을 더욱 넓게 차지한 후에 둥근 별을 어떻게 해 볼 수 있다. 둥근 별 주위에 펜션이나 콘도는 마련된 셈이므로 시간만 나면 이리로 날아와 둥근 별에 착륙할 궁리를 하면 일이 풀릴 지도 모른다. 푸른 별과 친구들은 우주정거장을 만들어 놓으니 좀 편안한 기분으로 둥근 별 주위를 돌면서 수학여행을 즐길 마음의 여유가 생긴다. 뜨거운 불구덩이에서 사람이 살아간다는 것이 정말로 이루어지나? 지옥에서 기꺼이 행복하게 잘 살 수가 있는 사람이 새로이 나타난다는 것이 아니냐? 그러면 지구의 깊은 곳 그 뜨거운 마그마 속에서 사람이 생존한다는 것인가? 어떻게 방법을 찾나? 둥근 별에서 해답을 만들어내는 시간이 주어지나? 우주정거장이 불에 타지 않는 아무리 높은 온도에서도 타거나 녹지 않는다면 둥근 별에 착륙이 가능하다. 우주정거장의 겉에 불에 이길 수 있는 초저온의 막이 형성되면 가능하기도 하다. 극저온의 상태를 만들어 내어 우주정거장의 겉에서 작동하게 해놓고는 둥근 별에 착륙하는 것이다. 극저온과 극도의 고온이 중화되면 정상적인 온도가 아닌가? 극저온은 극도의 고온과 통하는 것이다. 우주선이 극도의 고온과 극도의 저온을 우주선의 껍질에서 자유자재로 발생시키는 기술이 가능하면 불구덩이나 얼음구덩이나 어디든 착륙이 가능해진다. 수학여행 이 주일째부터 푸른 별 무리들은 둥근 별에 던져 넣어 불에 견디는 작은 물체를 만드는 일에 집중한다. 극도의 고온에 견디는 무엇을 찾는 공부가 수학여행이 되고 있다. 마음대로 찾지를 못하니 스트레스가 쌓이는 일이다. 열 살의 꼬마들이 기분전환을 해야 할 시간이다. 비구름이 강력한 비구름을 둥근 별에 내린다면 너무나 시원한 비구름이 되고 친구들도 즐거울 것이다. 비구름은 그전에도 아무런 일을 해내지 못했다. 푸른 별 무리가 비구름을 쳐다보지만 비구름은 오늘도 별다른 힘을 나타내지 못한다. 지극히 정상적인 어린이이다. 비구름이 이름처럼 둥근 별에 비구름을 내리는 날은 언제 오나? 영원히 오지 않나? 모두들 영원히 오지 않을 것이라 거의 확신한다. 우주에서 비와 구름을 부르는 재주는 대단한 재주이다. 비와 구름은 우주에서 매우 귀한 것이다. 엄청나게 귀한 것이다. 우주선과 우주정거장에서 푸른 별 무리는 수학여행을 즐기고 있으나 즐거운 일이 거의 일어나지 않는다. 둥근 별에 접근조차 안 되는 상황에서 아이들은 비구름을 제물로 삼아 일이 벌어지기를 바라는 순간이다. 원시인이 하늘에 빌 듯 비구름이 하늘에 빌라고 강요하고 굿판이라도 벌이려는 아이들이다. 그렇게 정신이 맑던 푸른 별과 친구들이 우주공간에서 굿판을 벌인다. 비를 달라고 굿판을 벌인다. 우스운 일이다. 아이들이 스스로 굿판을 벌이다니! 제발, 귀신이 응답하기를 바라고 있다. 귀신조차 나타나지 않고 시간이 좀 더 지나면 푸른 별 무리와 친구들이 반미치광이로 변할 일도 일어날 것이다. 팔자에도 없는 무당노릇을 하라고 강요받고 있는 비구름이다. 비구름이 약간 미치게 되면 박수무당이 되어 혼이 빠져 이상한 짓을 할 것이다. 가장 정상적이던 비구름이 이제는 가장 비정상적이 될 순간이다. 귀신이 비구름에게 접신을 허용한다면 비구름은 하루아침에 무당처럼 괴상한 주문을 외우고 별난 짓거리를 하루 내내 할 것이다. 지구에서도 비가 오지 않으면 기우제를 지낸다. 멀쩡한 사람들이 약간 이상스런 행동을 한다. 기우제를 지내던 굿판을 벌여야 하는 당위성이 힘을 얻고 아이들이 이상하게 돌아가는 판이다. 할 수 없이 비구름이 무당 흉내를 내고 굿판을 벌이고 기우제를 지내도 둥근 별은 전혀 식지도 않고 전혀 변화가 없다. 변화는 아이들이 굿판은 벌이고 있고 비구름이 무당이 되어가는 중이다. 아이들은 돼지머리를 놓고 절을 하고 돼지 입에다 돈을 꽂고 어른들이 하는 방식을 그대로 따라한다. 굿판에 놓였던 음식들도 잘만 먹는 아이들이다. 할머니나 할아버지의 행동유형도 거침이 없이 나오는 둥근 별 근처에서의 시간들이다. 둥근 별에 착륙하지 못하는 것을 어떻게 미신적으로라도 합리화를 시켜야 하나? 말도 안 되는 합리화를 시도하고 있다. 어린이들의 수학여행 중에 굿판이 벌어지는 해괴한 경우의 일이 지금이다. 총명하던 푸른 별도 아이들과 같이 부화뇌동하여 같은 행동을 하고 있다. 수학여행의 이 주째는 비정상이 그들을 지배한다. 기우제나 굿판이나 이상한 행동들도 일주일이 지나니 시들하다. 할 만큼 한 셈이니 제정신이 서서히 돌아오고 있다. 푸닥거리 일주일 동안 좌절과 분노와 상실감이나 우울증이 말끔하지는 않아도 조금 치유된 기분이다. 일주일 동안 비구름이 비정상의 아이들과 같이 어려운 시간을 잘 넘기고 있다. 비구름은 친구들이 이상해질 때 치료를 담당해야 하는 것이 그의 역할인 것으로 인식이 된다. 비구름은 원래부터 무당의 기질이 있었던 것이 아니다. 얼결에 무당이 되어야 하는 상황으로 인해 갑작스럽게 무당이 된 경우다. 상당한 경지의 무당이 아니라 얼치기 무당이다. 불확실하고 불안하고 답답하니 무당이나 점쟁이가 통한다.

푸른 별 무리와 친구들은 수학여행이 너무 재미가 없어 한 달을 채우지 못하고 지구로 돌아온다. 학교에서는 아직 사용하지 않은 이 주일을 각자의 학생이 고향으로 가 보도록 결정을 한다. 푸른 별과 아태부3세도 각각의 고향으로 이 주일 간의 방문이 허용되는 기쁜 일이다.

모두가 즐거워하는 일인데도 간혹 고향으로 가는 일이 불가능한 안타까운 경우도 있다. 푸른 별은 외로운 섬을 자신의 고향으로 같이 가기로 한다. 외로운 섬은 고향으로 갈 수가 없다. 여자 친구인 외로운 섬은 고향에 부모형제가 없는 고아이기 때문이다. 외로운 섬은 학교에 그대로 남아 있고 싶지만 이 주일이나 친구들이 없는 학교에 있기도 곤란하고 고향으로 가기도 곤란한 순간에 푸른 별이 손을 내밀어 친구의 어려움을 도와준다. 외로운 섬은 먼 일가친척이 그녀를 이 학교에서 공부하도록 주선해 주었다. 모든 것이 다른 친구들보다 약간은 불리하고 모자라는 도움 속에 공부를 해오고 있었다. 그렇지만 독립심은 누구보다 강하고 적응력도 할 수 없이 강하게 되었다. 푸른 별은 누구보다 많은 친구들이 있다. 푸른 별은 누구보다 인기가 많기도 하다. 외로운 섬과 같이 고향에서 보내는 시간은 마냥 행복하고 편안한 시간이다. 자유로운 개인의 시간이다. 외로운 섬이 살던 섬은 사람이 무척 귀하고 적은 곳이다. 푸른 별도 기회가 생기면 외로운 섬의 고향을 같이 가고 싶다. 푸른 별은 고향에 오니 모든 것들이 익숙하다. 친근하다. 하늘과 땅과 바람과 물이 낯설지 않고 반갑다. 어린 나이이지만 열 살 동안의 기억 속에 남아있는 것들이 모두 다 그대로 있다. 기억해 낼 수 있는 최저의 나이에서 열 살까지는 아주 적은 햇수이다. 매우 긴 인생이 아니다. 경험의 폭도 넓지는 않다. 고향에서 재충전을 마치면 학교에서 또 힘차게 공부를 할 수 있다. 외로운 섬에게 고향의 이곳저곳을 구경시켜주는 것은 즐겁고 기쁜 일이다. 푸른 별의 오빠인 멋진 강이 두 여자 아이와 같이 다니니 외로운 섬도 덩달아 더 기분이 좋다. 멋진 강은 여동생이 친구를 데리고 올 줄은 몰랐다. 덕분에 덜 심심하고 외로운 섬과도 시간을 잘 보내게 되고 하루하루가 훨씬 알차고 시간이 잘 간다. 멋진 강도 나중에는 외로운 섬의 고향을 같이 가 볼 수 있는 행운이 생겼다. 외로운 섬이 사람이 찾아오는 외롭지 않은 섬이 되고 외로운 섬도 고향을 찾아가는데 같이 갈 사람이 생긴 고로 자주 갈 일이 터졌다. 수학여행의 마무리가 깔끔하지 못한 덕에 새로운 여행거리가 다시 생겨 더 좋아진 상황이다. 강물은 수 천 년을 수 만 년을 흘러온 물이다. 너무도 변함이 없이 해온 일이다. 그 강에 사는 물고기들도 사람과 같이 수 만 년을 살아오고 있다. 푸른 별의 고향에 있는 강을 둥근 별에 가져가거나 똑같은 강을 둥근 별에 만들어 넣을 수 있다면 너무나 좋다. 외로운 섬도 비슷한 생각이다. 고향의 바다와 섬을 둥근 별에 만들어 넣으면 얼마나 좋으랴! 푸른 별의 오빠인 멋진 강은 두 소녀의 꿈이 이루어질 진심으로 비는 사람이다. 축복받은 지구를 잘 지켜야 할 의무도 느끼는 두 소녀이다. 하루는 두 소녀와 푸른 별의 오빠인 멋진 강과 같이 폭포를 구경 간다. 웅장한 폭포의 물소리와 물보라의 시원함으로 마음이 흡족하다. 저절로 멍하니 경치를 바라본다. 감탄이 입에서 절로 나온다. 추억의 한 장 한 장들이 새록새록 찍히고 있다. 자연의 아름다움이 그들을 더욱 기쁘게 한다. 한참이나 폭포를 감상하고 나서 외로운 섬은 폭포에서 가까운 곳으로 같이 이동했더니 이번에는 지하로 내려간다. 지하로 내려가서 보게 되는 광경은 외로운 섬을 더 놀라게 만든다. 지상에서 본 폭포보다 높이가 열 배는 더 되고 넓이도 더 넓다. 인공으로 만들어진 지하의 폭포가 자연적으로 만들어진 지상의 폭포보다 너무나 더 어마어마하여 믿을 수가 없다. 지상의 폭포에서 보다 지하의 폭포에 구경꾼이 더 많다. 규모가 열 배나 되니 당연한 결과이기도 하다. 지하의 폭포는 수력발전을 하여 전기를 생산하는데 지하의 폭포가 지상의 폭포처럼 밝은 것도 전기로 밝히는 지하라고 한다. 지하에는 식물공장이 있어 채소와 과일과 곡물이 재배되고 있다. 지하에는 사람이 사는 생활공간과 온갖 필요한 시설이 구비되어 있다. 외로운 섬은 땅속에서 지상보다 열 배나 높은 열 배나 더 넓은 폭포를 보고서는 어떻게 인공으로 만든 것이 더 큰지 의문스럽기도 하다. 지하의 인공폭포가 둥근 별에 이식되기를 간절히 바라지 않을 수가 없다. 둥근 별이 너무 뜨거우니 둥근 별과 상당한 거리를 두고 둥근 별을 감싸고는 폭포수를 둥근 별에 끊임없이 떨어뜨리면 둥근 별은 식을 것이다. 둥근 별을 감쌀 정도의 폭포를 무슨 수로 만드나? 만들어내면 둥근 별은 식을 것이다. 우주정거장에 인공폭포를 만들어 둥근 별에 폭포수를 떨어뜨린다. 푸른 별이나 외로운 섬은 강제사고를 늘 하는지라 푸른 별의 오빠인 멋진 강보다는 과장이 심하다. 멋진 강은 도대체 믿지를 않는다. 지하에 인공폭포가 만들어진 것이나 지하식물공장은 현실로 받아들이지만 둥근 별이나 우주정거장에서의 성공은 미심쩍어 한다. 온몸에 젖는 지하폭포의 물안개는 폭포가 대단하다는 것을 간접 증명한다. 세 사람은 지상으로 올라온다. 지상의 폭포가 너무 작은 것에 한 번 더 놀란다. 상대적으로 작은 것에 한 번 더 놀란다. 인공이 더 큰 것에 한 번 더 놀란다. 폭포를 구경한 날은 물고기 요리가 무척 많다. 물고기가 많으니 자연히 발달되어 있다. 맛있는 물고기 요리로 배도 든든하니 채우니 기분도 좋다. 물고기 요리는 먹는 사람이 그만하라고 할 때까지 제공되니 공급에는 자신이 있다는 말이다. 아주 큰 물고기는 많은 사람이 같이 먹어야 다 먹을 수 있다. 소나 말 같은 동물의 요리도 많은 사람이 같이 먹을 수 있는 상당한 분량의 요리이다. 소나 말같이 큰 물고기는 드물다 하여도 그 만큼이나 물고기가 많다. 고래나 상어나 다랑어 같은 물고기가 지하의 호수에서 잡힌단 말인가? 그러면 지하의 바다가 아닌가? 한류와 난류가 섞이는 바다에신 물고기가 많다. 큰 고래들이 출몰하고 사는 곳이다. 지하의 호수도 한류와 난류가 섞이는 원리를 잘 이용하여 설계하면 많은 물고기가 살게 된다. 다음날은 또 어디에서 세 사람은 즐거운 일을 꾸밀까? 다음날이 기대되는 날들이다. 내일은 강가에서 조개잡이나 할까? 내일은 강가에서 수영이나 할까? 둘 다 하면 된다. 다음날 즐겁게 놀 계획을 짜놓고 행복한 잠자리에 드는 세 사람이다. 꿈속에 천사가 무슨 세계를 보여줄까? 천사는 하늘의 모습들을 보여준다. 천사는 하늘을 말한다. 천사는 지하를 말하지 않는데 지하에도 천사가 있지 않나? 지하의 천사도 날개를 다나? 무엇을 달아야 하나? 하늘을 날아다니는 데는 날개가 필요하다. 지하를 날아다니는 데는 역시 날개가 필요하나? 아리송하다. 지하의 천사는 하늘의 천사와 비슷하지 않나? 확실히 다른가? 꿈속에서 천사의 모습에 혼동이 생긴다. 푸른 별은 천사가 다르게 보이고 있나? 지하의 천사는 천사가 아니라 지사가 아닌가? 천사(天使)가 날아다니듯이 지사(地使)가 날아다닌다. 둥근 별의 지하에 지사가 날아다니게 만드는 것은 사람들이 하는 일이 아닌가? 둥근 별의 지하에 여행하는 날은 세 사람이 언제 맞이할까? 지금 당장에 할 수 있다면 얼마나 좋을까? 다음날이 되니 둥근 별의 지하가 아니라 푸른 별의 고향 아름다운 강가이다. 세 사람이 강가의 그림 속에 들어가 있다. 그림을 그리는 화가의 붓 속에는 당연한 듯이 그림이 되어 있다. 세 사람이 조개를 잡고 있다. 세 사람이 수영을 하고 있다. 재미있게 놀고 있다. 맑은 강물은 바닥의 모래가 보인다. 깨끗한 모래 속에 조개가 숨어 있다. 자세히 물을 바라보면 조개가 움직인다. 쉽게 손으로 조개를 잡을 수 있다. 큰 조개는 먹을거리도 많다. 원시인들이 물가에 산 것도 조개나 물고기를 잡아 식량으로 쉽게 이용할 수 있고 물이 가장 필요하기도 했을 것이다. 강물이 범람하는 것을 인간들은 긴 세월 동안 속수무책으로 당해 왔다. 이제는 그 강물을 지하에 수백 년을 수천 년을 사용할 양을 저장하여 수력발전과 농사와 양어와 온갖 용도로 이용한다. 지하수력 발전을 통해 어마어마하게 남아도는 전기는 우주로 송출하는 것이 좋지 않을까? 우주에서 전기를 만들어 지구로 송전하는 것과 반대로 지구의 지하에서 무한대의 전기를 생산하여 우주로 송전하여 우주를 개발하는 것도 역발상의 아이디어이다. 수천 년을 사용할 수 있는 저장된 지하의 물은 전기를 만들어 인공의 지구를 만들어 전기를 그곳으로 송전할 수도 있다. 필요 없이 너무 많은 전기를 생산해도 쓸 곳은 어디든지 새로 생긴다. 지구의 바닷물은 무한대의 수력발전을 할 용량이다. 지구의 바닷물을 이용하여 만든 상상 이상의 전기는 필연적으로 우주로 보내지 않고는 모두 사용할 수가 없다. 태평양의 물로 만들 수 있는 전기는 도대체 양이 얼마나 되나? 달이나 화성을 얼마든지 밝히고도 남을 전기가 나오지 않나? 달이나 화성으로 인도양이니 대서양의 바닷물을 수도관처럼이나 다른 방법으로 연결되게 만들면 물이 없는 달이나 화성이 아니다. 달이나 화성에서 푸른 별이나 친구들이 조개잡이나 수영을 하는 것이 불가능하지 않다. 지구에서 생산한 전기가 우주에 가면 지구에서 원격 조작하는 로봇으로 우주에 많은 것들을 만들 수가 있다. 푸른 별과 친구들도 지구의 지하의 개인 수력발전소를 통하여 만든 전기를 우주에 보내어 로봇으로 하여금 자신들의 별장을 만들 수도 있다. 지구에서 원격으로 조종하면 쉽게 가능하다. 한 사람마다 수력발전소가 있고 우주에 개인의 건물들을 짓는다. 70억 개의 수력발전소가 만드는 전기는 우주에 70억 개의 별장을 만든다. 우주에서의 양어장에서 키운 물고기가 지구로 와서 반찬이 되는 일이 일상적인 일일 것이다. 지구의 사람들이 먹을 양은 한정이 되어 있는데 우주에서 과잉으로 생산되는 양식이나 반찬들은 어떻게 해야 하나? 산아제한으로 인구를 줄이는 것이 아니라 반대로 아이를 더 많이 낳아야 하지 않나? 사람을 너무 많이 복제하여 살게 하는 것도 마음에 들지 않으면 동물을 많이 키우면 되기도 한다. 사람이 먹을 최상의 양식과 반찬을 동물들이 배불리 먹는 세상이 된다. 과잉으로 생산되는 인간을 위한 양식과 부식들이 동물에게 영원히 행복한 요소로 작용할까? 외로운 섬이나 푸른 별은 영원히 행복해야 하는데 영원히 행복한 날을 보장해주지는 않는 것이 인생사이다. 항상 아름다운 것도 아닌 것이 세상이다. 조개를 잡아 조개구이로 맛있게 하루를 보내는 것도 매일한다면 쾌감이 줄어든다. 내일은 물가가 아니라 산으로 놀러가는 식으로 장소나 하는 일을 약간 변경해야 덜 지루하다. 다음날은 들판으로 나가기로 정한다. 들판에서 타조처럼 달리고 타조처럼 멀리 보고 독수리처럼 높이 날고 싶다. 모두 할 수 있는 일이다. 인공적인 요소들로 대체하여 한다면 가능한 일들이지만 인간의 자연적인 능력으로 그렇게 하고 싶지만 그것은 안 된다는 것이 마음이 상하는 일이지만 어쩔 수가 없다. 자동차는 타조보다 빠르고 망원경은 타조보다 멀리보고 비행기는 독수리보다 높이 난다. 들판에서 사람을 이길 무엇은 없다. 그러나 사람이 들판을 완벽하게 정복하지는 못한다. 들판의 바람소리, 들판의 풀벌레 소리, 들판의 냄새, 들판의 기온, 들판의 분위기를 모두 사람이 만들어낼 수는 없다. 들판의 자연적 질서를 고작 파괴하는 일만 잘하는 것이 사람이다. 들판에 존재하는 이름 모를 잡초나 땅속의 박테리아는 모두가 사람보다 오래된 것들이다. 사람보다 뒤에 태어난 것들은 모두가 사람이 만든 인공적인 것들이다. 늘 만들어진 인공을 부수고 새로운 인공을 이루어야만 하는 인간의 조급증은 인간을 지치게 하는 요소이다. 하루 종일 놀면서 자연적인 것에 대하여 인공을 가미하지 않는 놀이는 거의 없다. 지구에 사람이 보태지는 것을 거부할 수는 없다. 필연적인 일이라 문제로 되지 않으나 되고 있는 현실이기도 하다. 푸른 별과 친구들은 짧은 기간이지만 사람이 불가능해 하는 곳들을 여행하고 추억을 만드는 나날을 보냈다. 단지, 현실이 미래와 다르다는 점이 사람들을 모으지 못하는 요소이지만 미래는 당연히 달라지는 것을 인정하면 틀린 것이거나 이상한 일이 전혀 아닌 것이다. 푸른 별 무리가 경험한 왕성한 호기심과 실천력이 그들의 긴 인생에 보약이 된다는 것을 누구나 알 수 있다. 물질의 보물이나 정신의 보물이나 용기와 모험심으로 만들어 내는 모든 보물들은 그들은 자신의 것으로 만들어 내는 놀라운 적응력을 터득하고 있다. 보이지 않는 미래를 현실과 타협하지 않고 찾아내는 지혜야말로 상당한 정도의 칭찬과 상을 주어여야 할 요소이다. 푸른 별 무리와 모든 친구들과 만난 사람들은 상을 받을 엄연한 재주와 실력들을 가진 사람들이다. 지구가 지하와 우주로 가는 것은 사람들이 해내는 일이다. 사람들이 무엇을 창조하고 일을 계획하고 그렇게 살아가기에 일어나는 일들이다. 학교의 선생님들도 훌륭하지만 아이들의 나날들을 다른 모든 아이들에게도 적용하여 확산하여야 한다는 당위성이 설득력을 얻는 지금이다. 이렇게 좋은 교육 프로그램을 소수만이 누리기보다는 많은 어린이들이 전체의 어린이들이 경험하고 실천하는 것이 더 낫다는 점이 드러나기 때문이다. 달을 정복하고 화성으로 작은 별을 정복하고 큰 별로 나아가는 인간들이 정상적인 길을 가고 있다. 그 길에서 어린이들도 맛있는 시간들을 보내는 것은 지극히 자연적인 현상이다. 푸른 별은 우주에 정말로 푸르게 빛난다. 지구와 우주의 모든 어린이와 사람들이 푸른 별처럼 빛나는 세상이 바라는 세상이다. 새가 먹을 모이도 사람이 먹는 양식만큼 당연히 중요하고 그것을 늘 챙기는 스님의 일상이 보통 사람들과 많이 다르듯이 푸른 별이 몹시 다른 아이일까? 정도의 차이이지 마음속의 밑바닥에는 모든 사람들이 새의 먹이를 걱정하고 푸른 별의 지혜가 있는 사람들이다. 푸른 별과 같이 고향을 찾아왔던 외로운 섬도 마음속에 행복들이 결실을 맺어 어떤 다른 과일을 매달지 알 수는 없다. 사막의 바람과 열기와 둥근 별의 열기와 그 앞에서 느끼는 좌절감이 무당의 일을 겪게 했지만 하나에서 열까지의 느낌들이 실제로 느낀 것들이다. 한 사람이 당기는 전깃줄은 가는 전깃줄이지만 열 사람이 당기는 전깃줄은 굵은 전깃줄이다. 한 사람이 마시는 수돗물의 수도관은 가늘지만 수 천 명이 마시는 수돗물의 관은 굵다. 수 억 명이 당기는 전깃줄은 무척 굵고 길 수 있다. 수 억 명이 사용하고 난 후의 하수도관은 무척 굵고 길다. 푸른 별 무리가 하는 모든 것이 작은 것이어도 많은 사람들이 아이들이 하게 되면 상당히 다른 것이고 의미가 크게 된다. 푸른 별 무리가 결코 작은 일을 하는 아니다. 어찌 보면 매우 큰일들을 아주 쉽게 하고 있는 중이다. 고속도로에서 꼬리를 물고 고향을 다녀오는 귀성행렬의 차량만큼이나 우주로 여행을 하고 사막으로 여행을 하고 차후에는 더 많이 다니는 길이 사막과 우주이다. 푸른 별 무리는 학교를 다니는 동안에 더 좋은 여행을 해야만 하고 더 힘들 과정의 호기심도 채워야 한다. 지구의 지하 수십 킬로미터까지 촘촘하게 내려간 상하수도관이나 모든 시설들이 지하국가를 더욱 발전시킬 기초적인 요소들이다. 지하의 수십 킬로미터까지 바닷물이 들어가 만들어 내는 수력발전의 전기는 우주로 송출하여 사용할 수 있다. 지구의 지하가 우주를 움켜쥐는 일이 가능할 것이란 것은 푸른 별 무리가 느끼는 점이다. 푸른 별 무리는 곧 학교에서 다른 친구들을 다시 만날 것이다.

5. 외로운 섬

　외로운 섬은 이주일 동안의 푸른 별의 고향에서 마음의 평온을 얻고 학교로 돌아왔다. 외로움이 늘 곁에 있는 듯 느낀 나날들 중에서 푸른 별과 지낸 날들은 그렇지가 않다. 마음속에 자리 잡은 그늘은 지워질 수 있는 것 중의 하나이다. 하늘 아래에서 가장 든든한 부모가 없다는 사실이 너무나 큰 서글픔이지만 그 가파른 인생의 고비를 넘고야만 마는 것이 사람이 가는 길이기도 하다. 아픈 영혼을 어루만지는 것이 괴로운 일이지만 그것도 사람이 극복하는 하나의 일이다. 나약한 인간이 더 나약할 여지도 크지만 단단해지는 마음을 더 단련하는 나날도 현실적으로 만나게 된다. 그렇게 쉽게 주저앉을 수 없는 것이 인생이다. 어두움이 지나면 밝은 날도 온다. 외로운 섬은 덜 외로운 섬이다. 우정이 부성애나 모성애에 다다르지 못하지만 그 차이만큼이나 외로운 섬은 스스로 성장하게 되고 그 빈자리를 다른 아이보단 빨리 이성 친구가 채울지도 모른다. 외로운 섬이 짝을 누구보다 빨리 찾아 가정을 꾸리기 전까진 우정으로 이어지는 친구들이 가장 든든한 정감의 끈이 될 것이다. 푸른 별의 오빠인 멋진 강이 외로운 섬에게 어떤 역할을 할지 앞으로 눈여겨 볼 구석이기도 하다. 열 살의 나이에서 이성의 호기심으로 보는 오빠라고 하기엔 이르다. 외로운 섬의 나날들이 하루도 빠짐없이 외로운 것만은 아니다. 외롭지 않은 날도 있다. 인간의 깊은 내면은 인간 각자가 외롭지 않을 수 없지만 그 절대 고독을 어린 나이에 맛보게 되는 것은 특이한 경험이다. 태어나는 순간부터 사람은 죽음이라는 절대 고독이나 외로움에 던져진다. 부모가 있어 덜 하다는 것은 어린 시절일 뿐이다. 사랑으로 이루어진 가정이 만들어져도 절대

고독이나 죽음은 해답이 나오지 못한다. 가정에선 자신의 분신이 자신이 죽더라도 무엇인가 이어질 것이란 위안만 고통의 짐을 조금 덜어줄 뿐이다. 미칠 것 같은 인생의 길이라고 해도 걸어가는 사람이다. 외로운 섬에게 따뜻한 손을 내밀어주는 사람이 있어야 하는 세상이다. 황제 펭귄이 북극에서 서로 도와가며 알을 부화하는 광경은 놀랍고도 놀라운 장면이다. 절대 고독이나 외로움이 극복되는 찬란한 장면으로 비쳐진다. 사람 자신이 발견하지 못하는 것을 동물이나 우주인이나 외계인의 눈으로 볼 지도 모른다. 사람 이외의 삼라만상이 보는 눈으로 외로운 섬이 어떻게 세상에 두 발을 굳건하게 내딛는 가를 알아챌지 모를 일이다. 외로운 섬이 덜 외롭다는 것을 지금은 많은 사람이 인정을 한다. 외로운 섬이 외롭지 않게 되는 세상이 인간이 가는 정도의, 정의의 길임을 누구나 안다. 알지만 쉽게 해결이 나는 것은 아니다. 외로운 섬에게는 친구들이 같이 모여 사는 기숙사가 마음에 드는 곳이다. 혼자 떨어진다는 것은 공포에 가까운 감정이 일어난다. 혼자는 서럽다. 철저하게 혼자는 더 서럽다. 더 철저하게 혼자는 서럽다 못해 특이한 감정이 일어날 것이다. 운명을 바꿔보고 싶어 하는 사람이다. 운명을 확실하게 바꿔보고자 하는 의지력이 강한 사람도 있다. 외로운 섬이 강한 정신으로 무장하여 인생을 확 바꿔보고자 한다면 운명이 매우 달라질 것이다. 정해진 운명이 아니라 바뀌는 운명이 된다는 점이 인간의 삶의 변수이다. 돌아가신 부모님이나 생물학적인 부모를 대신하는 부모가 사람의 운명을 바꾸어 줄 수 있다. 돌아가신 부모님이나 생물학적인 부모님이 가장 훌륭한 부모님의 역할을 하지만 부모를 대신하는 부모도 사람을 훌륭하게 키워내고 앞길을 열어준다. 외로운 섬은 성인이 되기 전까지는 부모님의 역할이 많이 필요하지만 불과 10년 아니 긴 10년이 지나면 부모님의 존재 없이도 살아갈 힘이 생기는 사람이다. 삼천 년이나 사천 년의 인생에서 10년은 짧지만 그 영향력은 매우 크다. 외로운 섬에게 손을 내밀어 주는 푸른 별이 있다. 아름다운 세상이다. 한 번이라도 사람의 열린 마음을 보게 되면 인생은 즐겁다. 한 번이라도 사람의 사랑을 받으면 인생은 멋지다. 한 번이라도 사람을 사랑하면 인생은 달콤하다. 사람을 알게 되고 세상을 알게 되고 선한 것을 느끼게 되면 사람이 사는 세상은 선한 곳이고 잔인한 세상이 아니다. 외로운 섬이 더 이상 외로울 수 없는 세상이다. 외로운 섬이 외롭지 않게 되는 일은 푸른 별이 있기 때문이다. 세상에는 푸른 별 같은 사람이 한 사람만이 아니라 무수히 많다. 기계는 기름을 쳐야 잘 돌아간다. 세상이 잘 돌아가는 것도 기계에 기름을 치듯이 무엇을 해야 한다. 매우 중요한 일이다. 그 중요한 일이 늘 일어나는 것이 학교이고 세상이길 원하는 사람들이다. 그렇게 되는 것이 너무나 바람직한 일이다. '누군가를 사랑하면 천국의 일부를 엿보는 일'이 된다. 천국이나 극락의 열쇠는 누구나가 가질 수 있지만 늘 사용하지 않는 점이 사람의 나날이다. 외로운 섬이 그 열쇠를 푸른 별을 통해 얻게 되는 것이 너무나 찬란한 일이다. 깊고 큰 감동이나 사랑은 사람의 일생을 뒤바꿀만한 힘이 있다. 외로운 섬이 어려움에 처하더라도 극복할 기초적인 힘은 푸른 별이 건네준 천국의 열쇠가 증명을 하는 것이다. 마음속에 자리 잡은 극락의 열쇠는 쉽게 버리지 못할 것이다. 부모라면 아기가 태어나는 순간에 아기를 임신한 순간부터 극락이나 천국의 열쇠를 주고 싶을 것이다. 열 살의 어린이는 어머니나 아버지가 없다면 당연히 천국이나 극락의 열쇠가 없다고 여길 것이다. 이 어린 외로운 섬에게 세상은 더 많은 천국이나 극락의 열쇠를 줄 것이라고 약속해야 한다. 하늘은 더 많은 놀라운 열쇠를 준다고 약속해야 한다. 약속이 지켜지는 일이 잘 되는 곳이 선진국이고 잘 지켜지지 않고 뒤틀리는 곳이

후진국이다. 약속이 정말로 잘 지켜지면 천국이고 극락이 맞다. 푸른 별이 내민 손이 세상을 바꾼다. 외로운 섬이 가지게 되는 열쇠는 의미가 크다. 마음속의 열쇠는 더 큰 의미가 있다. 허구리가 잘 발달된 예쁜 처녀는 젊은 총각들의 대단한 사랑을 받는다. 그런 몸매의 처녀가 결혼하여 임신을 하면 정반대의 몸매로 배가 나오지만 더 행복하다. 사랑을 통해 천국의 일부를 맛보기 때문이다. 밸리 댄스는 허구리를 더 허구리처럼 만드는 춤이고 남자들을 유혹한다. 얼마 지나지 않는 세월이 지나면 두 처녀는 놀라운 아름다움을 지니게 된다. 놀라운 새로운 세상이 문을 연다. 푸른 별과 같이 가는 시간은 어쩌면 행운이 연속되는 길이 될 확률이 높다. 호화유람선을 타고 세계를 일주하는 일생으로 연결될 일이 벌이지는 꼴이다. 혹은 아무리 많은 돈이지만 주인을 잃고 헤매는 돈이 되거나 행운길이 어긋나는 일이 일어날지도 모른다. 러시아의 모스크바 공항에서 주인을 잃은 30조의 돈이 머물러 있다. 주인이 찾아가지를 않는다. 도대체 주인이 누구일까? 외로운 섬에게는 30조의 돈보다 푸른 별이 내민 우정의 손이 더 따뜻할 것이다. 21세기에는 30조의 돈이 비행기에 실려 운반된다. 그리곤 주인이 종적을 감춘다. 후진국이나 힘이 약한 나라의 돈은 같은 돈이지만 전혀 가치가 없다. 자기 나라에서는 가치가 있지만 국제적으론 통용이 되지를 못하니 가치가 별로이다. 사실, 돈의 힘을 부정할 사람은 많지 않다. 30조의 돈도 천국이나 극락의 열쇠를 주지 못하지만 푸른 별과 외로운 섬은 서로가 천상의 열쇠를 주고받고 있다. 열쇠와 자물쇠는 같이 가는 물건이다. 서로 떨어지면 무용지물이다. '꼬리에 꼬리를 물고 가는' 자동차의 행렬처럼 사람이 가는 길은 늘 따라가는 길이 많다. 사랑의 길이나 천국의 길이나 극락의 길이 길게 이어지면 너무나 좋다. 열쇠와 자물쇠처럼 서로가 서로를 감싸주어야 한다. 시계의 초침이 째깍째깍 소리를 내며 시간이 한없이 흘러감을 알리고 있다.

　'오동나무의 잎이 활짝 핀 조그만 오두막에 누런 황소도 한 마리 매여 있다. 돌담길은 굽이굽이 쳐 골목길이 직선인 길이 없다. 마루턱에 앉은 소년은 동갑내기 친구와 개울에 가 헤엄치면서 한낮의 더위를 식히려 한다. 너무나 한국적인 시골이 너무나 세계적인 풍경으로 영원히 기억될 그림들이 사십 년 오십 년의 시간으로 인해 아파트로 변하고 만다. 역사의 궁궐이나 절처럼 일천 년을 변하지 않으면 좋을 것 같으나 변하고 있다. 수백 년 된 감나무나 수백 년 된 느티나무가 집이나 정자에 자리를 지키고 있다. 사람의 한 평생보다 더 길게 자리를 잡고 있다. 양식이 모자라 늘 배가 고프다가 생산량이 배가 되는 벼 품종이 한국인의 가난을, 배고픔을 이겨내게 만든다. 그러더니 천지가 개벽을 한다.'

　식량이 열 배로 불어나는 세상은 아직 경험하지 못한 21세기의 사람들이다. 지하식물공장이나 과학의 발달로 종자개량이나 양식의 세포배양으로 인해 열 배나 일백 배의 식량이 안정적으로 공급되는 세상이 온다면 오게 되는 현실을 맞이하는 사람들이고 지하국가에선 이미 경험한 일들이다. 배가 부른 사자들은 사냥을 하지 않는다. 뱀도 배가 엄청나게 부르면 일 개월이나 사냥을 하지 않는다. 사람도 동물의 습성이 있으므로 사냥을 하지 않는다고 섣불리 가정하지 못하지만 그런 경향이 나올 수 있지 않을까? 배가 부른 사람들은 독재자에게 순종하지 않는다. 배가 부른 사람들은 멋대로 살기를 원한다. 아주 자유로운 세상을 원한다. 식량이 일백 배나 많아지면 자유의 폭이 일백 배가 넓어지고 깊어지나? 그런데 외로운 섬의 고민은 식량이 일백 배로 늘어나도 해결이 잘 되지 않는 영역이다. 열 살의 어린이에게 식량이나 돈은 부모님의 사랑과는 전혀 개념이 다른 모습으로 다가온다. 열 살의 어린이에게 식량이나 돈도 중요하지만 가정의 울타리가 더 중요해 보인다. 물질이 사람이 사는 데 행복의 요소로 많이 작용하지만 가난한 집이지만 어머니와 아버지의 존재도 크나큰 행복의 요소이다. 가난하다 못해 궁핍의 그림자가 덕지덕지 더께를 덮고 있는 초가삼간에 식구들이 살고 있다. 한 동네에 타성을 지닌 사람이 드물다. 동성부락이나 자연부락 여덟 개를 모아 만든 동네도 생긴다. 여덟 개 자연부락을 모으기는 혁명적인 일이다. 차차 시간이 지나자 일백 만, 일천 만이 모인 대도시가 만들어진다. 그러면 일억 명이나 십억 명이 모인 대도시가 만들어진다. 그런데도 질서가 정연하다. 십억 명이 모인 대도시에서 외로운 섬이 외롭지 않다. 똑같이 복제된 도시가 지하나 지상으로 일백 층 씩이나 만들어져 산다는 것이 사실이지 않나? 21세기의 아파트가 그런 말을 하고 있다. 부잣집인 기와집과 가난한 집인 초가집이 대세였으나 이제는 다르다. 그렇게 달라지지만 외로운 섬이 맞이하는 일들을 처리하는 능력은 비약적으로 일어나지를 않는 비대칭이 존재한다. 외로운 섬이 외롭지 않게 어떻게 일백 배로 열 배로 좋은 것을 찾아내나? 식량이 일백 배로 늘어나는 기쁨을 누리는 만큼이나 찾아내어야 한다. 그래야 물질과 그 무엇이 균형이 잡히지 않나? 사랑을 일백 배로, 행복을 일백 배로 불리는 방법을 외로운 섬이 알아낼까? 사랑의 호르몬이, 행복의 호르몬이 일백 배로 늘어나는 사람은 병에 대한 면역력도 일백 배로 늘어나 일백 배가 강력하고 튼튼한 사람, 일백 배나 수명이 연장된 사람이 되나? 식량이 일백 배로 늘어나면 자식을 일백 명을 키울 기초가 된다. 사랑도 일백 배로 쏟을 만큼 정신력도 알 수 없게 일백 배는 늘어나야 하지 않나? 식량이 무한대로 늘어나면 다른 것도 무한대로 늘어나나? 외로운 섬의 외로움을 일백 배로 줄이는 획기적인 무엇이 사람을 일백 배로 뜨겁게 만들 것이다. 물이 일백 도에서 끓는 법칙이 있다. 사람이 어려움이나 외로움에도 더 잘 이겨내는 사랑이나 특이한 힘을 기른다면 길러지는 것이 사람의 알 수 없는 능력이지 않을까? 황제 펭귄보다 일백 배나 더 강력한 무엇으로 사람이 진화되거나 앞서나가면 놀라운 천국이나 극락이 진정 사람이 누리는 세계일 것이다. 당연히 사람이 누려야 할 그런 세상이 맞다. 물질과 정신이 일백 배로 강화된 일당백의 사람들이 푸른 별과 외로운 섬일까? 영하 60도에 견디는 황제펭귄이 영하 육천 도에 견디고 살아간다면 무슨 일인가? 사람도 영하 삼천 도와 영상 삼천 도에 견딘다면 놀라운 일이다. 우주인처럼 우주복을 입고 견디게 되겠지만 우주복이 일반적인 옷 가격만큼이나 싸다면 일어나는 일이다. 우주복 한 벌이 이백억 원이 아니라 이천 원이나 이만 원이라면 일어나는 일이다. 조그만 우주선이 한 대에 몇 십만 원이라면 일어나는 일이다. 물질이나 과학이 진보하는 만큼의 정신이 더 나아진다는 비례관계를 발견하기는 쉽지 않다. 치매노인이 모든 것을 기억하지 못하지만 단지 아내만을 인식하는 것을 보면 사랑이 가장 강력한 요소인 것 같기도 하다. 기억이 사라지는 인간에게서 아내의 존재가 가장 강하게 잊히지 않고 남는 이유는 무엇인가? 치매는 인간이 바보가 되고 죽음이 가까워 온 것과 같다. 갓난아이와 비슷해진다. 갓난아이는 똥오줌을 못 가려도 귀엽지만 성인이 똥오줌을 못 가리면 고통스런 일이다. 사람이 갓난아기 때의 귀여움과 늙어서 죽을 시점의 치매의 고통에서 돈이나 그 무엇이 소용이 되나? 사랑하는 마음이 해결을 해 줄 뿐이다. 사랑의 손길을 내밀어주어야 문제가 해결된다. 갓난아이 한 명과 치매 노인 한 명에게는 전적으로 보살펴주는 사람이 반드시 한 명은 붙어있어야 한다. 갓난아이는 전적으로 붙어 있을 어머니가 있지만 치매노인에게는 아내나 남편이 아닌 경우에는 매우 어려운 상황이다. 외로운 섬에게 전적으로 붙어 있어 줄 푸른 별 같은 사람도 매우 필요하다. 황제 펭귄이나 다른 동물이나 사람이나 식물까지도 살아남기 위해 특별한 방법들을 동원한다. 사람이 느끼기에 특별하게 보이는 것이다. 사람이 아닌 차원에서는 어떻게 느끼는 것일까? 맹수들에게 먹이 동물의 어린 새끼나 늙어서 동작이 느린 사냥감은 먹이로 사냥하기가 쉽다. 그러면 갑자기 종이 늘어나거나 하는 부작용이 줄어들고 그 종의 튼튼한 개체만 남아서 오히려 생태계를, 그 종을 좋게 유지시켜 준다. 사람의 경우는 아이를 사냥해가는 동물이 없다. 치매에 걸린 노인을 사냥해 가는 동물이 없다. 그런데도 아이들은 더 건강하고 치매 노인들은 그렇게 쉽게 빨리 죽지는 않는다. 현재 사람은 스스로 출산율을 줄여 적응하고 있다. 하이에나 암컷 우두머리도 무리의 출산율을 조절한다. 젊은 암컷과 수컷의 교미를 제한한다. 사람은 결혼 연령의 여자들이 가장 아름답다. 푸른 별이나 외로운 섬이 가장 아름답기까지는 아직 시간이 남아 있다. 쌀뒤주의 열쇠를 쥐고 있는 시어머니는 과거의 식량 담당 전문인이다. 이제는 쌀뒤주의 열쇠가 의미가 없어지는 지경이다. 쌀은 목숨과 직결되는 부분이었다. 맹수가 눈을 부릅뜨고 혼신의 힘을 쏟아 사냥하는 것이 사람에게는 결국 쌀이다. 그 쌀이 쉽게 생기면, 사람에겐 사냥감이나 진배없는 쌀, 그 사냥감이 쉽게 생기면, 사람은 덜 혼신의 힘을 쏟을 것이라, 맹수는 눈을 덜 부릅뜨리라, 당연히 추측한다. 하이에나라면 젊은 암컷과 수컷의 교미가 덜 제한당할 것이다. 하이에나는 강력한 협동심을 발휘하는 동물이다. 외로운 섬은 학교로 와서 사람들이 만든 혜택을 누린다. 좋은 친구인 푸른 별도 만났다. 푸른 별만이 아니라 예쁜 꽃이나 많은 친구들이 있다. 열 살의 친구들이 골프를 치거나 하진 않아도 환경이 그렇다면 칠 수도 있다.

'대학의 친구들이 학생시절에 골프를 친다. 매우 드물거나 거의 없었지만 50십 년 전의 대학친구들이 학생시절에 골프를 치는 사진을 본 경우에 생각을 반추하니 매우 놀라운 사진이다. 1960년 그 당시에 일본대학생들이 골프를 친다. 책을 세 권이나 짓는다. 교수이어야 하지 않을까? 의문이 들 정도이다. 케네디가 하버드 대학시절에 세계여행을 다닌 것을 볼 때 일어나는 일들이기도 하다. 아버지가 주영대사를 지냈고 집안이 워낙 부자이니 일어나는 일이다.'

외로운 섬에게도 일어나는 일이다. 외로운 섬의 친구들은 우주여행을 다닌 아이들이다. 불가능한 사막여행도 이미 경험했다. 케네디를 넘어서는 여행을 열 살에 한 사람들이다. 가난한 학생이라면 책을 읽던지 상상으로 세계여행을 하면 된다. 상상력으로 일군 세계여행이나 우주여행이나 해저여행이 또 다른 세상을 열어줄 수 있다. 신채호가 독학으로 영어를 터득하여 원서를 읽듯이 외국 한 번 가지 않아도 영어로 소설을 쓸 수 있고 시도를 해보다가 한글이 더 빨리 되니 너무 느린 영어 소설보단 한글을 택하기도 한다. 영어 소설이 한글로 쓰는 것보다 더 빠르고 경제적인 면도 더 좋다면 그렇게 할 사람들이기도 하다. 사천 년을 사는 아태부3세의 친구들은 여러 나라 말로 무슨 일을 하던 할 수가 있다. 일백 년에 한 나라 말을 통달하면 40개국의 언어를 구사할 수 있다. 보통의 사람도 일백 년이면 다른 한 나라의 말을 통달하기가 어렵지 않을 것이다. 40개국의 언어로 소설을 쓸 수 있다. 재미있는 세상이다. 사천 년을 생존하는 사람에게 전 세계의 200여 나라의 말들을 모두 할 줄 아는 사람이 상당히 있게 될 것이다. 그런 사람에게는 통역조차 필요가 없게 된다. 외로운 섬의 친구들은 구석기시대의 언어를 연구하고 있다. 그렇다면 미래의 언어도 연구가 가능할까? 미래의 언어를 연구하는 분야를 개척해야 하지 않나? 구석기 언어학, 일만 년 후의 언어학, 이상한 학문이 일어난다. 오동나무는 일만 년 후에 무슨 말이 되나? 돌담길은 일만 년 후에 무슨 길이 되나?

가슴이 답답한 일이 일어나는 나날은 마음이 편치 않다. 외로운 섬은 무의식속에 일어난 듯이 느껴진 일이었지만 이제는 그렇지가 않고 가슴이 시원하다. 마음이 매우 시원하다. 응어리가 풀리는 시간들이다. 푸른 별의 마음으로 인해 마음속이 편안한 것이다. 얼굴에 나타난 지금이다. 밝은 표정은 외로운 섬을 숨거나 뒤로 가지 않게 하고 앞에 나서도 두려움이 없게끔 도와준다. 아름다운 처녀가 마음까지 밝으면 더 밝은 세상을 보고 그렇게 만들어 갈 것이다. 한 명의 어린이가 밝아져서 우주의 모든 것이 밝아진다고 하기 어렵더라도 사실은 우주가 밝아지는 것이 맞다. 외로운 섬이 뿜어낼 에너지는 아무도 모른다. 그 에너지가 아무런 효력이 없을지 우주에 영향을 미칠지 알 길은 없다. 하지만 사천 년을 노력하면 미래언어학이나, 혹은 외로운 섬이 좋아하는 어떤 분야의 업적을 이룰 수 있다. 아무런 발자취를 남기지 않을 수 있고, 큰 발자취를 남길 수도 있다. 공룡의 발자국이 공룡의 존재를 확인시켜 준다. 외로운 섬은 무엇으로 자신의 긴 인생을 남겨 놓을까? 많은 사람에게 기억되고 싶은 것이 사람이다. 사랑이나 감동은 자동적으로 기억된다. 위급한 상황에서 목숨을 건진 일들도 자동으로 유전자정보에 기록된다. 독약이나 독초나 독충이나 맹수의 울부짖음이나 살기 등은 자동으로 감지하는 사람이다. 만난 적도 없는 공룡을 느끼는 것은 또 무엇일까? 만난 적도 없는 호랑이나 사자를 무서워하는 것은 무엇일까? 동물원에서 보는 맹수를 본능적으로 무섭다고 느낀다. 작고 귀여운 새나 애완동물을 보고 무서워하지 않는다. 외로운 섬은 부모가 없는 것이 가장 무서운 일이다. 매우 강하게 기억하는 것이다. 할아버지나 할머니를 아버지와 어머니로 인식을 하거나 제삼자를 대리로 부모라 인식하거나 약간 다른 방식으로 인식을 한다. 전혀 없을 수는 없다. 전혀 없어도 어쩔 수 없는 부분이다. 사람이 태어나 사람이 아닌 동물들 속에 살지 않는 한 사람들 속에서 살게 된다. 외로운 섬이 완전히 사람과 달라질 수는 없다. 푸른 별과 예쁜 꽃과 같이 사는 어린이다. 푸른 별의 꿈과 예쁜 꽃의 꿈과 다른 친구들의 꿈이 외로운 섬에게 영향을 주고 서로 소통하여 좋은 것들이 산출될 공산이 크다. 외로운 섬만의 전혀 이질적인 것이 나오리라 여기기는 어렵다. 그렇지만 성인이 되기 전까지는 사랑을 듬뿍 더 받아야 하는 점이 어렵다. 사랑이 사랑을 낳고, 사랑이 더 진한 사랑을 낳고, 사랑이 더 더욱 진한 사랑을 낳으면 해결이 되는 과정이다. 사랑의 파노라마와 바이러스가 사람을 살게 만든다. 암조차 도망가게 만드는 행복의 바이러스가 사람을 살게 만든다. 외로운 섬은 면역력을 키워야 한다. 웃음이 늘 끊이지 않게 스스로가 웃음전도사가 되어 오히려 더 오래 살고 더 건강한 사람이 되어야 한다. 약점을 강점으로 뒤바꾸는 것이다. 푸른 별이나 학교가 도와주므로 일어날 수 있는 일이다. '세월이 약'이 아니라 '사랑이 약'이다. 사랑은 사람의 팔자를, 인생을 바꾸게 한다. 외로운 섬도 자신이 남을 더 사랑하는, 자신이 남으로부터 더 사랑받는, 사람으로 변신해야 한다. 열 살의 어린이에게 부담이 되는 일을 많이 시키지는 못해도 수준에 맞게 이해를 시키고 실천하게끔 해주어야 한다. 아니면 스스로 가 터득할 지도 모른다. 사람은 몸이 아프면 병을 고친다. 세상이 아프면 아픈 세상을 고쳐야 한다. 아픈 세상을 그대로 둘 수 없다. 아프지 않는 세상이 어린이의 세상이고 사람들의 세상이다. 아프지 않는 세상이 온다. 절대로 그런 세상은 오지 않는다. 아프기도 하면서 사는 세상은 온다. 미래의 세상이 덜 아픈 세상이길 바라는 것은 사람의 욕심일까? 덜 아픈 세상에서 살고 싶은 사람의 희망을 누가 지켜주나? 사람 스스로가 지키는 방법이 가장 맞다. 그렇게 지켜야 한다.

외로운 섬과 푸른 별과 예쁜 꽃이 함께 의자에 앉아 있다. 다시 만난 교정에서 서로가 반가움의 인사들을 하고 있다. 떨어지기가 싫은 친구들이다. '척하면 삼천리'라고 셋의 마음은 잘 통한다. 다음에는 예쁜 꽃이나 외로운 섬의 고향으로 여행을 가보자고 잠정적인 약속을 하는 지금이다. 예쁜 꽃은 푸른 별과의 사이에서 가장 친한 존재로 생각하다가 외로운 섬이 푸른 별에게 한 발 더 다가간 듯 느껴지는 순간이 오늘이다. 우정을 독점하고픈 어린애다운 감정이다. 연리지가 부부의 연을 비유한다면 세 명이 엮어가는 삼리지가 되어야 하나? 세 그루의 낙랑장송이 한 자리에 연이어 솟아있는 교정이나 언덕이나 산속에서 세 친구가 모여 있다. 사실, 의자 앞에는 낙랑장송이 서 있지는 않다. 두물머리는 강 두 개가 합치는 곳이다. 강이 세 개가 합치면 세물머리인가? 세 사람 앞에는 강이 세 개가 합치지는 않고 있다. 삼삼오오, 세 명이나 다섯 명이 어울려 지내는 학교의 일상이다. 세 명의 끈끈한 우정에 두 명이 더 들어와도 분위기는 좋을 것이다. 예쁜 꽃이 오늘은 두 친구에게 무슨 꽃을 건네주나? 베토벤이 가장 좋아한 노랑붓

꽃을 두 친구에게 꽂아주나? 오늘은 노랑붓꽃이다. 노랑붓꽃에서 베토벤의 음악이 울려나오지는 않는다. 학교의 방송반의 스피커에서 베토벤의 노래가 흘러나온다. 예쁜 꽃의 고향에는 얼마나 많은 꽃이 있을까? 얼마나 많은 향기가 뿜어져 나올까? 얼마나 많은 나비와 벌이 있을까? 얼마나 많은 베토벤이 있을까? 예쁜 꽃의 고향에는 수많은 꽃만큼이나 꽃에 관련된 전설이 얼마나 많을까? 여학생 한 사람 한 사람마다 꽃이 아닌 사람이 없다. 세 학생은 삼십 년이나 사십 년 전의 졸업앨범을 뒤적이는 나이는 아니다. 태어나기 전의 일이니 그렇다. 훗날에는 긴 세월의 장면을 사진으로 찾으려 할 것이다. 동영상으로 찾으려 할 것이다.

'사십 년 전의 졸업앨범을 찾으니 저 세상으로 가버린 친구의 얼굴에 인생이 덧없기도 하다. 정말로 서글픈 장면이다. 아기가 태어나지 않는 집에 매우 귀하게 아들로 들어가서 행복하게 살던 아이를 할머니들의 대화 속에서 '주워온 아이'라고 하기에 그 말을 듣고 전하게 되는 어린 친구는 나이가 들어 너무 미안하기 짝이 없다. 충격을 받은 친구는 자신이 포대기에 싸인 채 파출소 앞에 버려졌다가 아이 없는 집에 입양이 된 것을 열 살의 또래친구에게서 듣게 되다니!!! 그렇게 충격을 견디고 잘 살아가던 친구가 결국은 자살을 해버렸다니!!! 그 얼굴이 앨범에 나온다. 다른 친구를 찾다가 다른 학교의 친구를 찾다가 그 얼굴이 나온다. 꿈자리도 친한 친구가 죽은 일이 나오더니 실제로 죽은 친구의 앨범사진을 인터넷으로 보게 될 줄이야!!! 외로운 섬에게는 사천 년이나 일어나지 않아야 될 일이다. 열 살의 어린이는 판단력이 매우 부족하다. 동네 할머니들이 모여서 이야기를 하면서 논다.

그 이야기 속에 친구의 이야기가 나온다. 귀가 쫑긋해진다. 아니, 포대기에 싸인 채 파출소 앞에 버려진 아이였는데 부부가 아이가 생기지 않아 아이가 없는지라 포대기를 안고 집에 데려와 키운 아이가 친구라니!!! 다음날 학교에 가서 친구에게 이 사실을 전한다. 전하지 말아야 하지 않나? 이야기 하지 말아야 하지 않나? 천재적인 재주도 있는 아이였건만!!! 외로운 섬이 매우 뛰어난 소녀라 할지라도 마음의 아픈 곳을 세상이 치유해주지 못하면!!! 푸른 별이나 예쁜 꽃이 어떤 비밀을 알게 되어 상황이 어처구니없게 된다면? 할머니나 할아버지는 힘이 빠진다. 어제 친구가 죽었다. 일주일이 지나면 또 친구가 죽었다. 한 달이 지나면 또 친구가 죽었다. 실제 상황의 연속이다. 친구가 아니라 어느 친구는 아들이 죽었다. 딸이 죽었다. 자식이 먼저 죽는다. 실제 상황이 계속된다. 이제는 죽을 시점이구나! 세 소녀가 양로원에서 다시 만날까? 꿈자리도 뒤숭숭하다. 친한 친구가 죽는다. 돌아가신 조상이 온 몸에 불이 붙는다. 점쟁이를 찾아갈 지경이다. 인터넷을 뒤지고 뒤지니 모두가 다 좋은 것들로 해몽을 한다. 꿈은 반대라나! 대단한 발견을 한 어떤 해에는 정말로 집 채 만큼 큰 시커먼 돼지와 넘치는 인분과 귀인이 동시에 꿈에 보이고 연이어 다른 날도 수십 마리의 흰 돼지가 보이고 희한한 꿈이 평생에 한 번이다. 신이나 귀신이 있나? 사람이 늙으면 죽은 사람과 대화를 하는지 모를 일이다. 무당이 죽은 사람과 산 사람을 연결시키는 고리인데 요지경 세상이다. 외로운 섬의 인생사를 말해주는 할아버지나 할머니는 없다. 외로운 섬의 고향을 방문하면 들어볼 지도 모를 일이다.'

'버려진 아이' 는 자신이 직접 당사자라면 너무나 슬프다. 십 년이면 비밀이 드러난다. 이십 년이면 비밀이 드러난다. 도대체 이해할 수 없는 일들이 꿈속에서 보인다. 이해를 못하는 일은 이해를 하지 않으면 된다. 그런데 잊히지가 않으니 문제다. 다 풀어버린 수학문제는 기억이 나지 않는다. 아무리 풀어도 풀 수 없는 문제가 기억에 남아 사람을 성가시게 하거나 사고력을 계발시킨다. 칠 년 만에 만난 옛 애인과 하룻밤을 같이 보내고 난 뒤 다음날 상대방이 사고사로 죽은 사실을 접할 때에 기가 막힐 노릇일 것이다. 칠 년 만에는 얼굴이 기억나지만 삼십 년 만에 만나면 비슷한 사람 정도로 여길까? 전후사정이 서로에게 파악이 되어야 삼십 년 후에 만나도 알 수 있지 않을까? 칠 년의 공백이 있는데도 만나자마자 모텔행이 가능하면 매우 그리워했던 상대방이 아닐 수 없다. 육신이 늙어지면 애정행각도 불가능하다. 얼마 남지 않은 육신의 힘이 사라지기 전까지 몸부림을 치는 사람이다. 너무 늦은 나이에 결혼한 맥아더는 육신의 마지막 남은 힘을 아내와 보내려 철저히 노력한 사람이다. 절대로 버려지는 혈육이 되지 않게 인간의 정성을 다 쏟을지라도 자식과 살 절대적인 시간은 적다. 자식을 만들 수 있는 시간은 한계가 존재한다. 대포의 포신 끝이 땅바닥을 향하고 있으면 대포는 대포가 아니다. 낳은 아이를 버려야 하는 엄마도 마음은 찢어질 것이다. '십 년이면 강산도 변한다.' 고 하지만 사람의 마음은 오랜 세월 변하지 않는 측면도 있다. 그런데 육신이 변하니 마음마저 변하게 된다. 삼십 년 동안 변하지 않는 육신은 없다. 오히려 더 나아진 운동능력은 있을 수 있다. 그러면 더 젊다는 것인가? 전반적인 육신의 힘은 줄지만 그렇지 않은 면도 있음이다. 아무리 특별하게 자신을 관리해도 결국은 자연이 사람을 버린다. 사람은 죽게 된다. 마지막은 '버려진 사람' 이 된다. 자연이 송장을 벌레들이 먹게 만든다. 해골바가지가 몇 백만 년을 가는 희귀한 경우에는 버려졌다가 인간들의 연구용으로 재사용이 된다. 버려지는 시간의 차이가 일백 년 내외이다. 소설 속에서 억지로 사천 년까지 연장을 한다. 외로운 섬은 살아있을 사천 년을 본능적으로 버려지지 않으려 몸부림을 칠 것이다. 자신의 후손들도 버려지지 않기를 가장 열망할 것이다. 정말로 그렇게 되어야 하는데 실제적으론 가장 불안한 정신적 밑바닥이 사람을 괴롭힌다. 찾아오지 않아야 할 귀신이 집중적으로 외로운 섬을 물고 늘어지기 때문이다. 지하국가5의 날씨가 아니라 예전의 지구의 날씨와 같이 변덕이 심할 것이다. 외롭지 않으려는 감정의 활화산은 외로운 섬을 다른 사람으로 규정지어 줄 수 있는 미지의 에너지이다. 누군가를, 무엇을, 사랑하지 않고는 외로운 섬이 견뎌내기가 쉽지 않다. 애완용 강아지나 애완용 고양이나 무엇을 사랑하지 않고는 외로운 섬이 외로울 뿐이다. 무인도가 외로워 보이는 것은 사람이 그렇게 보고 있는 마음의 눈이 그렇게 본다. 도시의 도둑고양이들은 인간이 인간의 기준으로 번식을 막고 있다. 고양이들은 인공의 불임으로 고양이의 가족이 형성되지 않는다. 식량을 축낸다고 쥐들은 과거에 대량으로 죽어야 했다. 쥐를 잡아먹는 동물들도 덩달아 쥐약 때문에 죽어야 했다. 외로운 섬은 외롭지 않으려고 사천 년 동안 많은 자식을 퍼트릴 지도 모른다. 거세를 당하는 고양이나 쥐약으로 내몰리는 쥐의 신세는 아니다. 사람도 극한으로 내몰리면 자식을 버린다. 사람도 도둑고양이나 쥐처럼 무엇에게 극한으로 내몰릴 지도 모른다. 인간의 도시에서 이미 극한으로 내몰린 맹수들은 흔적이 별로 없다. 열 살의 어린아이인 외로운 섬이 여자아이인 외로운 섬이 사자와 호랑이를 각각 한 마리씩 애완동물로 키워보나? 강아지나 고양이가 아닌 맹수를 키운다면 주위의 사람들이 말릴 것이다. 스파이는 한 명도 침투할 수 없는 미국의 펜타곤에 쥐들은 아무 탈 없이 사무실에서 살고 있다. 사람이 침투하지 못하지만 쥐를 스파이로 만들면 생물 스파이들이 득실거리는 곳이 된다. 조그만 생물 스파이만이 아니라 세균 스파이까지 만들어지면 세상의 비밀은 전혀 없게 된다. 세균을 애완용으로 키우는 이상한 사람들도 나타날까? 사람이 외로움에 떨다가 맹수나 세균에게까지 애정이 간다면 이것이 무슨 조화일까? 옛날의 왕들은 온대기후에 살면서 타국에서 선물로 준 코끼리나 기린이나 낙타를 키우기도 했다. 열대지방이나 사막지방에서 사는 거대한 동물을 임금의 힘으로 키우기도 했다. 지하국가 5는 누구나 과거의 임금보다 힘이나 능력이 많으니 맹수나 거대동물이나 세균까지 애완용으로 키울 수 있다. 외로운 섬은 할 수가 있는 일이다. 어떤 어린이는 세균 스파이로 전 세계를 유리알처럼 보고 있을지도 모른다. 사람의 몸속에 들어간 세균 스파이는 그 사람의 건강 상태나 유전자정보까지 알려준다. 열 살의 꼬마들이 세상 사람들의 유전자정보까지 알고 있다. 그렇게까지 남을 잘 알아도 외로운 섬의 고민이나 외로운 섬을 행복하게 해주는 일이 쉽지 않다니 참 어려운 영역이다. 사람들의 몸속에 들어와 있는 세균 스파이를 찾아내어주고는 대가를 받는 직업도 생길 것이다. 외로운 섬처럼 우울한 어린이에게 우울하지 않게 만들어주는 세균 스파이는 없나? 나쁜 스파이가 아니라 좋은 스파이를 보내주는 것이다. 미생물이나 세균은 사람보다 더 복잡하고 어려운 사랑을 하는지 증오를 하는지 무엇을 한다. 외로운 섬은 어떻게 스스로 자신을 행복하게 하는 좋은 세균을 만들어 내나? 그 세균 스파이를 마음이 아픈 친구에게 전염시킬 수 있을까? 외로운 섬이 사람에게 이로운 세균 스파이를 애완용으로 키우려고 하니까 아직 그런 것을 다룰 자격조건이 되지 않는다고 하는 것이 아닌가? 그러면 가장 쉬운 강아지나 고양이나 길러 볼까? 외로운 섬이 예전에 강아지를 키우던 친구에게서 들은 바로는 강아지 똥을 치우기가 쉽지 않고 강아지의 털도 문제라 한다. 너무 자주 강아지를 목욕시켜 강아지에게는 되레 해롭게도 했다고도 한다. 고양이는 똥도 많지 않고 목욕을 시킬 일도 훨씬 적다. 고양이는 꼬리를 흔들지 않아 좀 그렇기도 하다. 아무래도 꼬리를 잘 흔드는 강아지가 낫지 않나 싶다. 강아지나 고양이는 외로운 섬을 심하게 힘들게 하지는 않는다. 두 마리 모두 기르기로 한다. 외로운 섬의 가족이 두 명 아니 두 마리 늘었다. 강아지와 고양이이다. 외로운 섬은 아침과 저녁으론 두 마리의 식사를 잘 챙겨줄 수 있으나 점심은 좀 힘들다. 자신이 직접 기숙사의 자기 방으로 가서 점심을 먹여야 한다. 아침과 저녁은 자신의 방으로 돌아와서 먹여주면 된다. 수업 중에는 데리고 다닐 수도 없다. 졸지에 수업을 한 과목이나 더 공부해야 하는 정도 이상의 노력이 필요하다. 비록 조그만 애완용 동물이지만 살아있는 생명체이므로 생명이 잘 보존되어야 한다. 외로운 섬은 강아지 한 마리, 고양이 한 마리를 잘 살려가야 한다. 새끼를 많이 낳으면 좀 일이 많아진다. 강아지와 고양이는 외로운 섬이 없는 시간 동안에는 두 마리의 작은 동물이 동거를 해야 한다. 같은 종이 아니다. 그래도 긴 시간을 한 공간에서 같이 지내야 한다. 외로운 섬이 만들어 준 낙원인지 지옥인지 그곳에서 그들의 삶을 이어가야 한다. 강아지와 고양이의 생사여탈권은 외로운 섬이 쥐고 있다. 열 살의 꼬마 아가씨가 쥐고 있다. 외로운 섬의 변덕에 따라 강아지와 고양이는 행불행을 맛보아야 한다. 강아지와 고양이는 외로운 섬에게서 정말로 버려지면 안 된다. 강아지와 고양이는 죽을 때까지 외로운 섬에게서 버려지지 않을 수 있을까? 외로운 섬이 답을 해주어야 한다. 외로운 섬이 천수를 누린 강아지와 고양이의 무덤을 만들어 줄까? 우선은 새끼라도 낳게 해 줄까? '버려진 아이', '버려진 강아지', '버려진 고양이', 버려지지 않아야 된다는 것은 너무나 당연한 일인데 시간이 지나

봐야 알 수 있다. '업둥아' '업둥아' 부잣집에서 행복해라. 자식 없는 집에서 행복해라. 부자 나라에서 행복해라. 어리고 어린 업둥이에게 무슨 표시를 하나? 관자놀이에 작은 별을 새겨 둘까? 귀여운 얼굴에 작은 흉터자국을 만들려니 무섭다. 그러면 어떻게 구별할 수 있게 해 두나? 수십 년이 지나서 알려면? 유전자정보가 있으니 쉽지 않나? 업둥이 생모는 흔적을 지울 것이냐? 흔적을 새길 것인가 고민이다. 버리는 순간이지만 찾을 수 있는 조그만 흉터라도 새기고 싶은 심정이다. 작고 어린 아기에게 칼을 들이댄다니 경악하지 않을 수 없으나 찾기 위한 수단일 뿐이다. 어른이 되어 절대로 성형수술을 하지 않아야 할 텐데. 외로운 섬은 강아지와 고양이에게 신체에 표시를 하는 칼질을 하진 않는다. 그렇게까지 전혀 간절하지 않다. 강아지와 고양이다. 그 이상이 아니다. 목장의 소 엉덩이에는 인두로 찍은 불도장이 있다. 소가 다른 농장으로 팔려 가면 엉덩이에 다른 농장의 불도장이 또 찍힌다. 노예도 소 엉덩이에 불도장이 찍히듯 몸에 불도장이나 무엇이 찍힌다. 목에 건 군번줄은 죽은 뒤에 이에 박힌다. 외로운 섬은 몸에 불도장이 이에 박힐 군번줄이 무엇이 없어 외롭다. 군복무를 했지만 현역은 군번줄이 있는데 방위병은 군번줄이 없다. 무엇인가 외롭다. 소설가가 됐지만 등단이 아니라 스스로 된 소설가다. 무엇인가 외롭다. 사법시험에 백 명이 합격 했는데 혼자만이 고졸이다. 무엇인가 외롭다. 가수가 됐는데 앨범이 한 장도 팔리지 않는다. 외롭다. 꼬리를 흔드는 강아지를 보는 외로운 섬이지만 손을 흔들어 준 고향의 부모님의 그림이 없다. 친척과의 작별이 있었지 부모님과의 작별이 없다. 매우 외롭다. 그 외로움 중에서 덜 외로운 그림이 나온다. 푸른 별의 오빠인 멋진 강의 작별이 불현 듯 떠오른다. 무지개가 뜨는 느낌이다. 목장의 농장주는 소 엉덩이의 불도장이 자기 농장의 것이 새로 찍히면 기분이 좋다. 반대로 팔아 버려서 다른 농장의 불도장이 찍히면 마음이 우울하다. 사랑하던 무엇을 할 수 없어서 내다버린 것 같아 벌 받는 느낌까지 들 지경이다. 나치는 유태인 육백 만과 집시 팔십만 명을 학살했다. 유태인은 잘 살고 능력이 뛰어나 싫고 집시는 행동거지가 마음에 들지 않아 아예 죽여 버렸다. 소나 말이 아니라 사람이다. 나치 당원 2만 5천 명이 횃불을 들고 행진을 하고부터는 선거가 무용지물이 되고 제정신이 아닌 나라로 변하고 말았다. 과거 동독에서는 행진이 있었지만 과거 서독과 지금의 통일된 독일에서는 횃불행진을 금기시하고 한 번도 하지 않았다. 잘 되는 사람을 시기하는 마음이나 못한 사람을 업신여기는 마음이나 둘 다 무서운 결과로 이어진다. 횃불행진을 하는 자신들만이 가장 멋지다고 하는 마음도 무서운 결과로 이어진다. 외로운 섬의 친구는 강아지와 고양이와 푸른 별과 학교의 친구들이다. 이차대전 이후로 횃불행진은 긴 시간동안 없었다. 다시 횃불행진이 되살아나면 독일에 있는 칠백 만의 터키계 사람들은 어디로 재빨리 피신을 하나? 주류가 아닌 소수는 외롭다. 외로운 섬은 횃불을 만든 적도 많은 친구들과 행진을 한 경험이 없다. 아직 열 살이다. 행진은 의식적이거나 무의식적으로 일어난다. 횃불을 드는 일은 매우 의식적인 행위이다. 세균들이 횃불을 드는 것은 사람의 눈에 보이지 않는다. 미생물이 횃불을 드는 것도 사람의 눈에 보이지 않는다. 사람이 만든 특수한 현미경만이 볼 수 있다. 횃불은 무서운 느낌이 있다. 촛불은 덜 무서운 느낌이 있다. 횃불은 대나무 죽창이나 화염병 같이 매우 엄하게 처벌한다. 촛불은 처벌하진 않는다. 촛불이 거리를 메운다. 세균들이 촛불을 켜고 행진한다. 진짜 세균이 세균의 크기에서 켜는 촛불은 얼마나 약한 불빛일까? 머리카락보다 수십 만 배나 작은 세균이 촛불을 켜면 사람들은 전혀 알아챌 수가 없다. 알아볼 수 있는 방법은 과학의 힘을 동원해야 한다. 외로운 섬의 몸에서 외롭다고 마음속의 무엇이 촛불을 켠다. 횃불을 켜면 더 강력하게 외로운 섬을 괴롭힐 것이다. 촛불은 여중생이나 여고생이 켠다. 횃불은 상황이 다르다. 촛불은 세균이 켠다. 횃불은 무엇이 켜나? 외로운 섬은 아직까지 촛불조차 켜 본 적이 없다. 아니, 켜 본 적이 있다. 생일날 케이크에 꽂은 작은 초에 촛불을 켠 적이 있다. 생일날 켜는 촛불을 행복의 촛불이다. 생일날 켜는 횃불은 없다. 횃불은 매우 큰 불이다. 외로운 섬은 작고 예쁜 촛불로 자신의 운명을 개척해야 한다. 매우 작은 촛불을 켠다. 매우 작은 촛불도 방심하면 큰 화재를 일으킬 수 있다. 작은 촛불을 켜지 못하는 동물들은 어린아이들이 켜서 들고 다니는 조그만 촛불에 놀라고 있을까? 횃불이어야 놀라지 않을까? 횃불이면 동물들이 겁을 내고 사람을 잘 공격하지 못한다. 아예, 공격하지 못하는 것일까? 수만 명이 횃불을 들면 사람들도 무섭다. 동물이 무서워하는 것을 넘어서서 사람들이 무서워한다. 나치 당원 2만 5천 명의 횃불은 이차대전의 비극이 된다. 올림픽의 횃불은 성화(聖火)라고 한다. 외로운 섬의 촛불은 성화가 될 수 있나? 촛불이나 횃불이나 산 위에서 바라보면 위협적이거나 아름답거나 사람의 마음에 따라 달리 보인다. 동물이 보면 위협적일 것이다. 올림픽의 성화를 보고는 모두가 평화나 안정이나 부드러움이나 긍정적인 마음이 된다. 외로운 섬에게는 외롭다는 촛불이 켜져 있다. 아직 횃불이 켜진 것은 아닐 것이다. 로마의 네로 황제의 불처럼 변하진 않을 것이다. 찬란한 로마를 불로 태우는 네로!!. 여중생은 촛불을 켠다. 초등학생은 성냥불을 켜나? 독일에서 이민자 천 만 명이 촛불을 켠다. 매우 많은 촛불이다. 무슨 일로 천 만 명이 횃불을 켜진 않겠지만 천 만 개의 촛불은 매우 많다. 여중생이 촛불을 켠다. 여대생이 약간 큰 촛불을 켜나? 단 한 개의 촛불도 켜지지 않는다. 오직 한 개의 촛불만이 켜진다. 외로운 섬은 촛불을 켜지 않아도 외로움의 촛불은 언제든 켜질 수 있다. 외로운 섬은 촛불이나 횃불로 딱히 할 일은 없다. 심심해서 방안에 촛불을 켜 볼 수 있다. 심심풀이로 횃불을 켜지는 않는다. 강아지나 고양이에게 촛불을 켜는 방법을 가르쳐 볼까? 동물이 불을 켜는 일은 없었다. 외로운 섬이 가르쳐 주면 사람을 겨우 따라올 수 있을까? 횃불을 든 강아지나 고양이나 다른 짐승을 본 적이 없는 사람들이다. 언제 사람들은 불을 든 동물들을 보게 될까? 지금일까? 내일일까? 여중생들이, 여중생이 촛불을 든다. 대단한 진화가 아닌가? 인류사의 획기적인 일일까? 세 살이나 네 살의 영유아들이 촛불을 들고 나와야 인류사의 진보인가? 어린이들은 도대체 몇 살 때부터 불을 만지기 시작하나? 어쩌다가 아는 것일까? 딱히 일부러 배우는 것은 아니나 알게 되는 모양이다. 생일날 촛불을 켜는 것을 보고 매우 어린 나이에 무의식중에 알게 되나? 아궁이에 불을 피우는 어머니를 보고, 담배를 피우는 아버지를 보고 알게 되나? 외로운 섬은 오늘 무슨 촛불잔치를 벌리나? 횃불잔치를 벌려 보나? 독일에서 횃불행진은 금기시된다. 독일에서 횃불잔치는 가능한가? 열 살의 어린이들은 횃불에 대한 경험이 별로 없다. 옛날 시골에서 먼 산길을 돌아 학교에 갔다가 밤이 늦어 돌아오거나 새벽에 산길로 학교에 갈 때 늑대가 무서워 관솔불로 횃불을 휘휘 돌리면서 학교를 다니지 않은 경우에는 초등학생이 횃불을 만지는 일은 거의 없다, 외로운 섬은 혼자 외롭고 무섭게 먼 산길을 새벽이나 밤에 횃불을 돌리면서 오가는 일도 없다. 정말로 그렇게 무섭게 된다면 강아지나 고양이가 아니라 더 큰 개와 무엇을 데리고 횃불까지 장만해야 한다. 산골의 어린이가 관솔불로 횃불을 만들어 집에 당도하면 반갑게 맞이하는 멍멍이와 어머니는 평화의 화신이다. 열 살의 산골 어린이는 늑대를 아니 호랑이까지 염두에 두고 하루하루를 살아야 했다. 늑대와 호랑이와 깊은 산의 밤길과 새벽길을 지켜준 것은 관솔 불로 만든 횃불이다. 어린 영혼을 하루하루 지켜준 소중한 불이다. 관솔불이 꺼지면 죽음의 공포가 엄습하는 것이다. 소년은 그렇게 초등학교를 다니지만 소녀는 그렇게 학교를 보낼 부모가 없다. 소년은 공부를 하고 소녀는 공부를 하지 못하게 되는 산골이다. 외로운 섬은 횃불을 들지 않는다. 그렇지만 공부를 할 수 있다. 산골의 소년은 한 사람의 횃불이 아니라 수천 수 만 명이 같이 횃불을 들고 산길을 걷고 싶었을 것이다. 여중생이 촛불을 켠다. 무서운 산길에서 늑대나 호랑이에게 물려가지 않으려 수만 수천 개의 촛불이 켜지길 원했을 것이다. 횃불을 만들려면 어머니나 아버지가 만들어주어야 가능한 일이 아닌가? 여중생은 자신이 횃불을 만들기가 쉽지 않다. 촛불은 만들 수가 있다. 횃불은 어린이가 만들기 어렵다. 성인이 만드는 것이다. 늑대나 호랑이는 어른이 물리치는 것이다. 어린이가 물리치기는 어렵다. 외로운 섬은 촛불로 늑대와 호랑이를 물리친다. 혼자가 아니라 수많은 촛불이 있어야 가능하다. 강아지와 고양이도 촛불을 들어야 하는데 외로운 섬이 그 기술을 가르쳐 내나? 강아지와 고양이의 등에 랜턴을 달아매면 쉽게 된다. 작은 고양이와 강아지이지만 열 마리 정도 등에 랜턴을 달아매면 무서운 밤의 산길을 갈 수 있으나 옛날에는 랜턴이 없었다. 관솔불을 강아지나 고양이의 등에 요령껏 매달아야 가능한 일이다. 소녀가 밤에 산길을 다니면서 학교를 가거나 일을 하려면 오빠나 어른이 동행해야 가능하다. 공부나 어떤 일이 쉽지가 않다. 산골의 산길에는 CCTV가 없으니 말이다. 야광으로 빛을 발산하는 옷도 없으니 말이다. 늑대나 호랑이가 놀라는 음향장치를 몸에 지니지도 않았으니 말이다. 야광 기능의 옷과 맹수를 퇴치하는 음향장치가 기능하고 여러 가지 방지책이 있다면 어린 소녀도 혼자서 산골의 밤길을 다니면서 학교를 다니거나 할 일을 할 수 있다. 산골의 소년은 늑대나 호랑이가 무섭지 강도나 치한은 만날 확률이 매우 낮았다. 소녀는 늑대나 호랑이뿐만 아니라 거의 만날 확률이 없는 강도나 치한까지 고려해야 하니 공부하려 산골을 다니기가 더 어렵다. 외로운 섬이 산골에서 옛날에 학교를 다니려면 어떻게 해야 하나? 혼자서 다니려면 어떻게 해야 했을까? 소년처럼 한 개의 관솔불로 만든 횃불만 있으면 해결되었으면 좋았을 텐 대. 여대생이 되어도 불과 20~30미터의 가로등이 없는 집 앞의 밤길도 문제가 된다. 길은 좁고 길은 탱자나무가 양쪽으로 이어진 길이면 누군가 마중을 나오게 하는 여대생이다. 불편하기 그지없는 하루하루이다. '가로등도 졸고 있는 비오는 골목길에 두 손을 마주잡고 헤어지기가 아쉬워……' 가로등에 불빛이 없다. 고장이다. 휴대폰도 없다. 공중전화를 해야 한다. 외로운 섬이 다니는 밤길에 가로등은 졸지도 않고 CCTV도 잘 작동한다. 으스스한 골목이나 나무가 우거진 길이나 산길도 아니다. 밤의 무서움, 밤의 어두움, 밤의 외로움, 촛불이, 횃불이, 가로등이, 무엇이 밝혀주길 원했다. 외로운 섬은 혼자서 밤을 이겨내기는 매우 힘들다. 밤에 혼자서 무슨 일을 하는 것은 전혀 없다. 밤은 잠을 자는 시간이다. 밤에 외출을 하는 일은 없다. 강아지와 고양이도 밤을 무서워하나? 고양이는 밤을 좋아하는 것일까? 강아지도 밤을 많이 무서워하지 않나? 사람과 약간 다른 듯 느껴나 정확히는 알지를 못 하겠다. 박쥐는 밤을 좋아한다. 달은 밤을 좋아한다. 눈에 띄기 싫어하는 것도 밤을 좋아한다. 촛불이나 횃불은 밤을 좋아한다. 마음이 외로운 사람은 사람이 환하게 웃고 즐기는 낮보다 혼자 우울히 지새는 밤을 좋아할까? 24시간 중에 밤이 차지하는 비중이 크다. 밤이 없는 하루는 없다. 낮과 밤은 똑같은 비율로 사람을 지배한다. 미처 깨닫지 못했는데 밤이 무척 많다. 인생의 반이 밤이다. 사람의 일생의 반이 어둠과 연관된다. 동물이나 식물도 마찬가지이다. 밤이 무척 다르게 다가오는 대목이다. 남녀가 육체적으로 사랑하는 시간도 압도적으로 밤이다. 밤이 되면 사람은 피곤하여 쓰러져 잠을 잔다. 잠을 자지 않는 사람은 없다. 어둠을 밝히는 불이 사람을 덜 자게 만든다. 어둠을 또는 밤을 밝히는 것을 할 수 있는 존재는 유일하게 사람이다. 박쥐는 다른 방법으로 밤을 정복한다. 불은 촛불은 횃불은 동물을 이기기도 하지만 밤을 정복하는 수단이다. 인간은 밤을 정복할 기초를 지닌 유일한 집단이다. 여중생이 촛불을 켠다. 밤을 이길 수 있는 선택이다. 칠흑 같은 밤에 불을 밝히고 있는 인간에게 동물들은 인간에게 공격을 하거나 시비를 걸 엄두를 내지 못하고 두려워하고 있음이 드러난다. 외로운 섬은 도대체 어떤 촛불을 켤까? 빨간 촛불을 켜나? 분홍 촛불을 켜나? 노란, 파란 촛불을 켜나? 레이저 불빛을 켜나? 성냥불을 켜나? 부싯돌로 불을 켜나? 질소발전기로 불을 켜나? 십억 분의 일로 약하게 만들어진 원자력으로 불을 켜나? 백억 분의 일로 약하게 만든 원자력으로 켠 불을 사천 년이나 필요할 때마다 이용하여 불을 켜나? 팥 알갱이보다 천 배나 작으면 눈에 보이지도 않고 손의 감촉으로도 느껴지지 않을 만큼 작다. 그렇게 작은 원자력 발전기를 사람 몸의 피부에 장착하여 에너지를 이용하여 사천 년을 사용하면 밤에는 사이키 조명보다 더 현란하게 불빛이 일게 만들면 맹수조차도 두려워하게 만들 수 있다. 그러나 발명하기가 쉬운 일이 아닐 것이다. 사람에게 독이 되는 것들도 무지무지하게 독성이 약하게 희석을 하면 오히려 약이 되는 경우가 많다. 외로운 섬이 느끼는 외로움이 엄청나게 외로운 것은 아니지만 무지무지하게 외롭지 않게 상황을 개선시키면 전혀 다른 모습의 상황이 된다. 생일 케이크에 사용하는 촛불보다 천 배가 가느다란 초는 사람의 눈에 보이지도 않고 손에 잡히지도 않을 것이다. 그렇게 미약한 초를 이용하여 촛불을 켜면 불빛이 보이지 않을 것이고 인간의 오감으로는 알아채지 못할 것이다. 그렇게 약한 촛불의 불빛을 만들어 낼 수 있을까? 그렇게 만든 미약한 촛불을 어디에 써 먹을까? 괴테 전집은 어마어마하게 방대한 분량이다. 다빈치의 연구업적도 상상이상으로 많다. 혼자 한 것이 아닐 거란 추측이 나오고 상당한 양은 후대인이 부풀린 것이 아닐까? 의심을 받는다. 매우 밝고 큰 촛불을 밝힌 사람들이 사람들의 긴 삶속에서 나오기도 한다. 촛불이 안 되는 수많은 헤아릴 수 없는 많은 사람들이 너무나 미약한 촛불만 겨우 켜 보려다가 저 세상으로 가고 말았다. 자유의 여신상에서처럼 횃불을 들고 싶지만 횃불이 잘 들려지지 않는다. 올림픽의 성화가 되고 싶지만 더 더욱 어렵다. 촛불을 현실적으로 드는 사람이다. 일반 쌀값보다 쌀값이 사십 배나 비싼 쌀을 쉽사리 사서 먹을 수가 없다. 횃불을 들지 못하고 촛불을 든다. 한 달에 십만 원의 쌀값을 사용하는 사람이 갑자기 사백 만원을 한 달에 쌀값으로 지불하지 못한다. 그렇구나. 촛불이 보이는 것은 쉽지만 횃불이 보이는 것은 매우 힘들겠다. 마라톤 하프를 서른 번을 뛰어야 풀코스가 한 번 뛰어지는 것이랄까? 10킬로미터를 삼백 번은 뛰어야 풀코스가 한 번 뛰어진다고나 할까? 정확하게 맞진 않아도 10킬로미터나 21.0975킬로미터가 많아야 결국에는 42.195킬로미터가 나오지 않나? 10킬로미터를 삼백 번을 뛰려면 상당히 긴 시간이 들어간다. 하루에 한 번이라도 꼬박 일 년이다. 하루에 한 번 10킬로미터 뛰기가 매우 어렵다. 이 년 삼 년이 훌쩍 지나갈 것이다. 이 년이고 삼 년이 되어도 풀코스 한 번이 쉽지가 않은 것이 일반인들의 경우일 것이다. 잔 다르크의 횃불이나 유관순의 횃불이나 자유의 여신상의 횃불이나 횃불은 쉬운 것이 아니다. 그렇다고 여중생의 촛불이 쉬운 것도 아니다. 일반 여성이 10킬로미터를 달리면 자부심이 대단하다. 일반적인 남성이면 여성이 10킬로미터를 달린다면 자신은 더 달릴 수 있지 않을까 생각되지만 10킬로미터 달리는 일이 만만치가 않다. 외로운 섬은 열 살의 나이로 매우 어렵고 거의 불가능한 듯 여긴다. 마라톤은 성장기가 끝난 다음에 해야 하는 운동이므로 20대 초반도 무리하게 할 필요가 없다. 사람은 25세까지도 성장기로 보기도 한다. 20세에서 25세에 힘이 하늘을 찌를 것 같지만 마라톤 풀코스는 일부러 욕심을 낼 필요가 없다. 25세 이후에 하는 것이 더 합리적이라 한다. 20대 초반에 해도 무리한 것은 아니지만 그렇다고 하니 그러려니 하는 것이다. 동물은 성장기의 여섯 배가 일반적인 수명이라고 한다. 사람도 120세가 넘어간다. 120세를 살아야 일반적인 동물인데 사람은 동물이 아닌지 더 빨리 죽는다. 왜 일반적인 동물이 누리는 천수를 누리지 못할까? 촛불을 아니면 횃불을 많이 들어서일까? 아니면 동물이 지구상에 나타난 것 보다 너무 짧은 시간을 지구에서 보냈기에 적응능력이 떨어져서일까? 바퀴벌레의 4억 년이나 말이 6천 년이나 된다는데 사람은 너무 짧은 시간이다. 앞으로 4억 년을 더 지구에서 살려면 사람이 자랑하는 지력이 오히려 독이 되지 않을까? 두렵기도 하다. 원자탄이나 중성자탄을 만들어내는 능력이 나쁜 쪽으로 흐르면 스스로 제명을 단축하지 않나? 사람의 평균수명은 사람의 지력인 과학의 힘으로 더 길어졌다고도 하지만 앞으로의 상황전개를 잘 알지 못하는 것이 사람이다. 외로운 섬의 친구들은 생존기간이 사천 년이 되므로 알 수 없을 정도의 고도의 지력을 가지게 될 것이다. 일백 년에 한 나라의 언어를 누구나 터득해 일반적인 노인이면 40나라의 말을 구사한다면 뇌의 활용능력이 도대체 얼마나 되나? 운동능력은 그렇게까지 늘어나나? 그렇지 않나? 태권도를 예를 들면 반복하는 동작을 40배나 많이 했다면 많이 다르지 않나? 마라톤에서 30배 정도면 10

킬로미터가 하프로 하프가 풀코스를 뛰는 능력으로 바뀌는 경향이 있다. 지력이나 운동능력이 단순히 비례적으로 향상되는 것은 아니지만 생각을 일차적으로 해보는 것이다. 외로운 섬이 외로움을 단순비례로 늘리는 것이 아니라 외로움을 덜 느끼거나 둔감하게 만드는 일이 오래 살아가는 동안에도 여전히 개선책을 찾아야 하는 분야이다. 지금은 고양이와 강아지 한 마리이지만 사천 년 동안에 얼마나 많은 고양이와 강아지로 불어나나? 선택한 고양이와 강아지를 바꾸지 않는다면 엄청난 고양이와 강아지가 외로운 섬의 말년에 곁에 있게 된다. 너무 많으면 애완의 개념을 떠난 가축을 사육하는 방대한 목장이 아닌가? 강아지와 고양이의 목장이 되어 너무 넓거나 많은 무엇을 차지한다면 미래의 상황은 어느 정도 달라질까? 사천 년 동안에 강아지와 고양이는 숫자가 많아질수록 단순한 가정으로는 버려질 공산이 더 커 보인다. 외로운 섬을 외롭지 않게 해주던 강아지와 고양이의 역할을 후손이나 자식들이 해주므로 애완용 동물을 홀대하는 외로운 섬이 되지 않나? 꼬리를 흔들며 자신을 반기고 주인인 외로운 섬을 배신하지 않는 강아지는 그런 측면에서 사람들의 사랑을 받는다. 사람은 아무리 사랑하는 사이라도 강아지만큼이나 꼬리를 흔들진 않고 배신도 하는 것이 사람이다. 사람이 강아지처럼 사랑하는 사람에게 꼬리를 흔들고 배신하지 않는다면 인간세상은 엄청난 낙원이 된다. 강아지나 개의 습성조차 따라가지 못하는 것이 사람이다. 외로운 섬은 자신의 애완견과 애완 고양이가 사천 년이나 불어나는 것에 대한 규모에 대해 생각한 적이 없다. 사료나 차지하는 공간이나 돌봐줄 사람에 대해 길게까지 고민을 하지 않았다. 이만 년이나 인간의 곁에 붙어 있는 개는 사람들이 필요한 면이 많아서 길러 왔다. 외로운 섬은 강아지의 사천 년을 지켜줄 마음이 일어날까? 사람과 사람은 복종하는 관계가 아닌 대등한 관계가 많다. 복종하는 경우는 상황에 따라 일어난다. 개는 주인인 사람에게만 복종을 철저히 한다. 먹이를 주기 때문인지 절대적으로 주인에게 복종한다. 고양이는 개와 조금 다른 면으로 사람과 관계를 이어간다. 인간의 집단에는 특이하게 전적으로 복종을 요구하는 집단이 있다. 군대는 무조건의 복종을 요구한다. 군대가 유지되려면 맞는 구조이지만 조금만 사람이 자신의 마음이 들어가면 무조건의 복종을 싫어하는 사람들이다. 야생의 아프리카 초원에는 동물들의 위계질서가 철저하다. 지키지 않으면 죽어야 하는 야생이다. 사람과 개는 아프리카 원시지역의 야생의 법칙이 그대로 적용된다. 사람과 사람은 그렇게 적용이 불가능하다. 사람은 사랑하는 사람이지만 꼬리를 심하게 흔들지도 절대 복종은 전혀 없다. 성장기간 동안 남자는 왕자로 대접받으며 살았다가 결혼하여 아내에게서 머슴 같은 일을 하라고 일을 맡게 되면 하지를 않는다. 남편의 어머니는 아들을 평생 설거지를 시키지 않고 왕자로 키운다. 아내는 남편을 설거지를 하는 머슴으로 좀 부리려면 되지를 않는다. 아내가 남편을 머슴으로 설거지를 시키는데 무려 33년이 걸린다. 33년이 지나야 겨우 남편이 설거지를 하는 아내의 입장에서 약간 머슴처럼 일을 해주는 일이 겨우 발생한다. 강아지는 2만 년이나 그렇게 해왔다. 거의 바뀌지가 않는다. 남편을 설거지를 하는 사람으로 바꾸는데 이조 육백년을 넘어서야 겨우 가능해지는, 칠백년이 되어서야 일어나는 현상이다. 서양문물이 들어오고도 일백년이나 이백년이 지나야 나타나는 현상이다. 외로운 섬이 살아갈 사천 년 안에 개의 행동유형이 어느 정도 달라질지 잘 모른다. 그렇지만 남녀 사이의 가정생활은 어느 정도 달라지는 것들이 좀 있을 것이다. 사람이 사천 년 동안에 사랑하는 사람끼리는 강아지나 개처럼 배신하지 않고 항상 꼬리를 흔든다면 즐겁고 행복한 사천 년이다. 사람이 멋진 이성을 보고 금방 사랑에 빠지는 '금사빠' 는 순식간에 일어나는 본능이다. 사랑에 굶주린 외로운 섬이 사랑을 할 대상을 간절히 찾고 있음은 누구나 알 수 있는 일이다. 외로운 섬이 어느 날 강아지처럼 꼬리를 잘 흔드는 사람이 되는 것도 일어날 일이다. 원래 가지고 있던 사람의 꼬리는 왜 없어졌을까? 원숭이는 아직도 긴 꼬리를 가진 것들이 많다. 강아지 꼬리를 매단 많은 사람들이 길을 가고 있다. 만나는 사람마다 꼬리를 흔든다. 저쪽에는 꼬리가 달리지 않은 사람들이 걸어온다. 그들은 꼬리를 흔들지 않고 무표정한 얼굴로 지나간다. 외로운 섬은 꼬리를 잘 흔드는 강아지를 데리고 다니면 좋은 면도 있지만 쉽지 않다. 장난감 강아지를 가지고 다니면서 사람과 인사할 때 장난감 강아지가 반갑게 꼬리를 흔들게 하게 하면 좋을 듯하다. 어깨에 고양이 인형을 메고 다니는 어떤 아가씨처럼 강아지인형을 메고 다니면서 강아지인형이 귀엽게 짖으면서 꼬리를 흔들게 하는 것이다. 친구들이 너무 좋아한다. 귀여운 외로운 섬과 어깨에 얹힌 강아지인형이 멍멍 인사를 하고 꼬리까지 흔들어주니 일석이조의 느낌과 기분으로 상대방을 즐겁게 해준다. 외로운 섬의 여자 친구들이나 다른 반의 여자아이들까지 모두가 강아지인형을 몸에 지니고 다니면서 외로운 섬과 같은 행동을 한다. 어느 날 남자 아이들은 어깨에 사자인형을 메고 와서는 인사를 하면 인형사자가 울부짖는다. 꼬리도 귀엽게 흔드는 것이 아니라 무섭게 흔들게 한다. 남자 아이들은 사자나 호랑이인형을 어깨에 메고 다닌다. 여자 아이들은 강아지나 고양이, 토끼, 다람쥐 등을 메고 다닌다. 코끼리를 메고 다니는 남학생, 늑대를 메고 다니는 남자아이도 있다. 수업을 하는 동안에는 어깨에 인형이 없다가 쉬는 시간에는 어깨에 인형을 메고는 온갖 동물과 새소리가 교실에서 울린다. 어떤 아이는 가슴 앞쪽에 코알라나 캥거루인형을 달고 인사를 하고 노는 아이들도 있다. 여대생이 앞가슴에 코알라나 캥거루인형을 달고 다니면서 인사를 하고 지낸다면 재미있는 광경이기도 할 것이다. 등에 코알라인형을 달고 멋진 아가씨가 시내를 활보한다. 재미있는 거리풍경이다. 이제는 외로운 섬의 학교에서 어깨나 앞가슴이나 등에 동물이나 새나 어떤 인형을 달고 다니지 않는 친구들이 없는 형편이다. 그러더니 자꾸 발전하여 책가방이 등에 매달린 코알라의 형태나 앞가슴에 달린 캥거루 모양으로 바뀐다. 인형의 속은 책가방이나 지갑이나 가방의 용도로까지 이용되는 방식이다. 어깨에 매달린 강아지인형이 인사도 멍멍하고 꼬리도 흔들고 지갑도 되고 필통도 되고 작은 가방도 된다. 끌고 다니는 좀 큰 가방은 사슴이나 암소나 당나귀처럼 만들어 사용한다. 염소가방은 사람을 만나면 '음메' 염소처럼 인사를 하고 꼬리를 흔들고 염소가방에서 책이나 필요한 물건들을 꺼내어 사용하고 다시 넣곤 한다. 사자가방이나 호랑이가방은 소리를 크게 하면 근처의 사람들이 놀라자빠질 지경이다. 맹수모양의 가방은 목장이나 동물이 많은 곳에서 맹수의 냄새는 나지 않지만 맹수의 소리를 크게 나게 하면 약한 동물들이 놀라 혼란이 일어난다. 간혹 어떤 아이는 꽃 모양의 가방을 가지고 다니는데 그 꽃가방에서 향기가 나오기도 한다. 심지어 사자가방이었다가 꽃가방이었다가 코알라가방이었다가 자유자재로 변하는 가방을 가지고 다니는 아이도 있다. 제일 자랑을 많이 하고 기분이 좋아진 아이이다. 시간이 지날수록 학교의 선생님들도 아이들처럼 재미있는 가방을 끌고 오거나 메고 학교에 오신다. 외로운 섬이 처음에 시내에 나갔을 때는 사람들이 호기심으로 매우 좋아하더니 요사이는 시내의 많은 사람들이 외로운 섬이 학교에서 사용하는 것들을 실제로 이용을 한다. 이상하다. 사람들이 어린 학생들의 문화를 모방하는 것이다. 사람을 만나면 강아지나 동물이 즐겁게 해주고 가방에서 꽃향기가 많이 나니 즐겁지 않을 수가 없다. 외로운 섬의 친구인 예쁜 꽃은 꽃가방에서 무한대의 많은 꽃의 향기를 내뿜는 꽃가방이나 꽃인형이 만들어지면 좋겠다고 생각한다. 한 개의 꽃가방이나 꽃인형이 수천 개로 변신이 되고 수천 가지의 향기를 낸다. 만들어내면 참 좋은 일이다. 마찬가지로 동물가방이나 동물인형이나 새가방, 새인형, 식물가방, 식물인형도 똑같은 형태로 이용되어지면 좋다. 외로운 섬뿐만 아니라 세상의 모든 사람들이 반갑게 인사하고 꼬리를 흔들고 향기가 나는 것이니 이보다 더 좋을 수가 없다. 인형이나 가방이 약간의 구실을 변형하여 사람을 즐겁게 하니 온 세상이 밝아진다. 외로운 섬이 외로울 틈이 없어질 지금이다. 동물원에 놀러간 꼬마들은 동물의 우리마다 옮겨가면서 모습이 같은 동물 앞에서 같은 모습으로 만들어 놓고 소리를 내어 즐겁게 놀면서 동물원을 한 바퀴 돌아다닌다. 식물원에서도 같은 식물 앞에서 같은 모양을 하고 같은 향기를 뿜으며 식물원을 한 바퀴 돌면서 소풍을 다니는 어린이들이다. 어른들도 덩달아 똑같이 행동을 한다. 실제의 동물과 식물과 새들이 정신을 바짝 차려야 한다. 어린이들은 동물과 식물의 세계로 한 발짝 더 깊이 들어간다. 사람의 기쁨과 행복과 마음의 평온에도 더 가까이 다가간다. 외로운 섬은 강아지와 고양이에게 무수히 많은 동물과 새와 식물을 소개해 줄 수 있다. 그림책이 아니라 모양이 드러나고 소리와 향기까지 알려줄 수 있다. 사실, 외로운 섬이 학교수업을 받는 시간동안 강아지와 고양이가 이것을 이용할 줄 알면 너무나 좋지만 그기까지 안 되는 지라 긴 시간동안 자동으로 작동하게 조치하여 두 애완동물이 시간을 덜 지겹게 보내도록 한다. 맹수로 변신이 되는 동안에는 놀라지 않게 설계된 매뉴얼이 작동하여 두 동물이 기절하지 않게 한다. 사람만이 사용하는 것이 아니라 동물도 사용하는 것이다. 영유아들을 위해서는 어머니의 수고를 덜어주는 아주 좋은 공부거리이다. 영유아에게는 더 없이 좋은 교재이고 놀이이고 꼭 필요한 것이기도 한 물건이다. 어쩌다가 영유아와 동물을 위한 너무 좋은 것이 되고 만다. 인공동물원이나 인공식물원이 바로 곁에 있는 느낌이다. 외로운 섬은 본의 아니게 강아지와 고양이를 공부시키는 일을 곰곰이 생각하는 어린이다. 자신이 공부하는 시간동안 같이 있지 못하므로 그 시간동안 자동으로 두 애완동물이 학습을 하는 좋은 방법이 없나? 외로운 섬보다 더 많이 배우고 더 앞서는 일이 일어날까? 열 살의 어린이가 배우는 일뿐만 아니라 가르치는 일을 고민한다. 그것도 사람이 아닌 동물을 상대로 어려운 길을 매우 쉽게 가고 있다. 강아지의 어미가 죽고 없으면 꼬마 아가씨가 강아지를 키우면 꼬마 아가씨는 강아지의 엄마가 된다. 그리 특별한 일도 아니다. 염소 새끼나 송아지를 꼬마 아가씨가 키우면 염소나 송아지의 엄마가 된다. 안 되는 일이 아니다. 그런데 사람이 아는 학습을 시키기에는 상당히 힘든 면이 있다.

외로운 섬은 외롭지 않으려는 의식적인 노력을 하는 안타까운 아이이다. 외롭지 않은 환경이면 일부러 외롭지 않으려는 몸부림을 칠 필요가 없다. 4,500만 년의 시간 중에 180만 년을 사막으로 와 버린 낙타는 180만 년 만에 사막에 사는 동물로 특이하게 진화를 했다. 사람도 180만 년이면 낙타처럼 초원에서 살던 동물이 사막에서 살 정도로까지 변할 수 있는 여지가 있다. 앞으로의 사람은 180만 년이 지나면 우주로 나가 있을 공산이 크다. 우주에 생존하는 사람은 지금의 사람과 많이 달라져 있는 이상한 종류일 것이다. 외로운 섬이 생존하는 사천 년을 잘 견디면 외로운 섬은 자신의 일생을 마감할 수 있다. 폭풍같이 말이 늘어나는 어린 영유아시기에 말을 받아줄 어머니나 할머니나 곁에 있는 사람이 없으면 아이는 언어가 무한대로 늘어날 시기를 놓치게 될 것이다. 텔레비전이나 영상물이 사람을 대신할 수도 있으나 사람이 중요하다. '재잘재잘, 조잘조잘' 많은 말을 하는 귀여운 꼬마가 외로운 섬과 같이 있는 동생이라면 외로운 섬의 외로움도 줄어든다. 강아지와 고양이가 사람의 말을 대신해주지는 못한다. 180만 년이 지나 인류가 우주에서 말을 한다. 영유아인 꼬마들이 무슨 말을 한다. 고양이와 강아지가 알아듣진 못해도 녹음기나 음향장비를 다룰 줄 알 정도가 되어 외로운 섬에게 전달만 해주어도 하루가 지루하지 않고 즐겁고 행복할 것이다. 말을 잘하는 어른들은 자신이 옹알이를 하고 조잘조잘 말을 폭풍같이 늘이던 시절의 기억이 없다. 아이를 키우거나 다른 아이를 통해서 간접적으로 알 수 있다. 낙타는 180만 년 전에 초원을 떠나 사막으로 이동한 기억을 해내지 못한다. 사람은 180만 년 후에 우주에 가 있을 것을 알 수 있다. 사람이 우주로 낙타를 데려가면 낙타도 우주에 가게 된다. 우주에 먼저 간 것은 사람이 아니라 개나 원숭이였다. 개나 원숭이가 살아 돌아오자 그 다음에 사람이 우주로 나아가기 시작했다. 사람이 우주를 향했지만 실험동물이 먼저 사람을 대신해 우주를 간 것이 사실이지만 사람이 주도권을 쥔 것이고 동물은 타의에 의한 강요된 선택이었다. 에베레스트를 정복하는 것이 산악인이지만 세르파의 도움 없이는 힘들다. 세르파의 역할이 대단하지만 세르파는 역사의 기록에서는 한발 뒤에 가게 된다. 외로운 섬은 매우 귀여운 아이이다. 어른이 없는, 부모가 없는 현실에서 외로운 섬의 역할은 빛을 보지 못하는 안타까운 일이다. 세상에서 가장 행복한 딸의 모습에서 가장 큰 행복을 맛볼 부모가 그 행복을 맛보지 못하니 그 달콤함을 강아지와 고양이가 가져가나? 사람이 달콤한 것을 많이 섭취하면 당뇨병이나 면역력이 떨어져 감기에 걸리기 쉽다. 저혈당이거나 극심하게 피로하거나 영양이 결핍되어 있다면 우선적으로 당분을 섭취해야 하기도 한다. 음식의 달콤함이 과하면 탈이 나지만 사랑의 과한 달콤함도 탈이 날까? 사랑이 과하게 달콤해도 문제가 전혀 없는 것은 아니지만 외로운 섬에게는 사랑의 달콤함이 절실하다. 애완동물이 사람의 사랑의 결핍을 본능적으로 알아낸 것일까? 사람이 느끼는 사랑의 결핍이 아니면 사랑의 넘침이 애완동물을 필요하게 만들었나? 맹수들도 사람이 공격하지 않으면 굳이 사람을 공격하려 하지 않는다. 사람이 맹수를 맞이하면 침착하지 못하고 똥오줌을 살 지경이 되어 이상한 상황을 사람 스스로가 만들어 내는 것이 아닐까? 아주 어린 아이는 사자나 호랑이의 무서움을 전혀 모르고 사자와 호랑이에게 똥오줌도 가리지 못하는 아기가 아니라 잘 가리는 어른보다 낫기 때문에 태연한 표정이 나오고 사자나 호랑이를 사자나 호랑이로 학습하여 느낀 감정이 없어 무섭지 않을 것이다. 너무나도 자연스럽게 아기가 사자나 호랑이와 스킨십을 하여도 사자나 호랑이도 자연스럽고 태연하게 아기를 대한다. 아기와 맹수가 같이 살면 늑대와 같이 산 늑대아이와 같은 삶이 될지도 모른다. 강아지와 고양이도 외로운 섬과 오래 살면 그런 현상이 나타날 것이다. 긴 시간을 같이 살면 외로운 섬은 강아지나 고양이의 엄마가 자신이라고 여기고 그런 행동이 나올 것이다. 학교생활을 하는 낮 동안에는 친구와 선생님과 시간을 보내지만 기숙사에 있는 시간 동안에는 강아지와 고양이와 있는 시간이 적지 않다. 강아지와 고양이는 낮 시간 내내 기숙사 방안에만 있다가 오후나 저녁이나 밤 시간 동안 외로운 섬과 같이 있다. 강아지와 고양이가 만나는 생물은 자신 두 마리와 한 명의 사람인 외로운 섬이다. 외로운 섬이 무척 반갑고 중요한 존재가 아닐 수 없다. 독방에 감금된 죄수라면 유일하게 만나는 존재가 간수일 뿐이다. 독방이 아니면 다른 죄수들과 접촉이 있지만 독방이라면 인간과의 접촉이 매우 제한된다. 애완동물은 사람이라는 주인이라는 사람 외에는 접촉이 거의 없는 일생으로 긴 삶의 시간을 죄수가 독방에 감금된 거나 진배없는 시간이 애완동물에게 제공되는 시간이다. 자유로운 사람이지만 사람들도 지구라는 제한된 공간에서 주어진 시간을 보내는 존재이다. 광대한 우주를 삶의 공간으로 하기엔 180만 년이 지나야할지 아주 짧은 시간이 지나야할지 알 길이 막막하다. 차이는 독방이나 지구 정도이지만 자유로운 사람도 지구라는 전체의 공간을 삶의 공간으로 많이 활용하지는 못한다. 따지고 보면 제한된 공간에서 제한적인 삶을 살다가 가는 것이 사람이고 동물이다. 지구의 육지의 삼분의 일이 사막이지만 사람은 살 수가 없다. 미래의 사람들은 낙타보다 더 영리하여 결국은 낙타보다 사막에서 더 잘 살 것이다. 현재의 사막은 사람에게 감옥의 독방보다 더 상황이 좋지 않은 곳이다. 낙타는 전혀 그렇지가 않다. 낙타는 가시나 씨앗이나 죽은 동물의 뼈도 먹을 수 있는 입과 소화기관이 있다. 사람도 낙타처럼 도구를 이용하여 가시나 씨앗을 죽은 동물의 뼈를 채취하고 향신료나 소화제를 섞거나 하여 낙타처럼 먹을 수도 있다. 180만 년이면 사막이 대도시로 변해 있을 것이니 미리 알아볼 필요조차 없을 것이라 여겨지기도 한다. 중국이 G2로 변하면서 일궈내는 변화는 엄청나다. '한 자녀 갖기' 운동을 서서히 버리고 있다. 한 자녀가 아니라 두 자녀가 되어도 견뎌낼 힘이 생기는 지금이다. 결국은 세 자녀나 네 자녀는 고비사막이나 타클라마칸사막이 없어진다는 결과와 같은 맥락이다. 사막은 낙타가 차지하고 있지만 조만간에 사람이 사는 공간이 된다. 그 다음은 우주로 갈 수밖에 다른 선택이 없다. 사람이 수명이 사천 년을 일만 년이 된다면 우주공간조차 좁을 지경이 된다. 지구상에 4,500만 년 전에 나타난 낙타가 180만 년 전에 사막을 택하듯이 사람도 사막이나 바다를 택하고 달이나 화성으로 나중에는 우주로 나가게 될 것이다. 그리고는 낙타처럼 진화를 하거나 과학의 힘으로 살아갈 것이다. 외로운 섬이 외로워도 사람은 제 살길을 만들어 낼 것이다. 외로운 섬도 강아지와 고양이로 일차적으로 외로움을 달래고 있다.

외로운 섬은 외롭지 않으려 노력하는 가운데 알아차린 것이 많아졌다. 강아지와 고양이에서 인형강아지와 인형고양이로까지 자신이 그런 방향으로 갔는데 점점 그것이 많은 사람에서 모든 사람으로 더 발전하여 가방이나 문화로까지 이어지는 것을 생생하게 체험을 하게 되고 앞으로도 좀 더 다른 데까지 확산되지 않을까 길이 보인다는 점이다. 동물이나 식물에서도 위안을 받으려는 사람들이 무생물에게서도 위안을 받으려하고 그런 대상에게까지도 사람이 정을 쏟는다거나 애정을 보일 것이라는 점이다. '우주의 삼라만상에 사랑을 심는 사람이 사람이다.' 삼라만상이 사랑의 대상으로 다가옴을 어떻게 어린 영혼은 알아냈나? 너무 순수한 마음이 그것을 바라보게 만들었나? 원래부터 우주에 있는 것이기도 할 것이다. 원수도 사랑하고 귀신도 사랑하고 세포도 사랑하고 세균도 사랑할 사람인가? 암환자가 암을 사랑하게 되면 정말로 암이 사라지나? 암을 사랑하는 것이 무슨 뜻이냐? 악마를 사랑하는 것도 마음의 일이고 사람의 일인가? 강아지와 고양이를 사랑하여 두 마리의 동물에게 촛불을 다루게 만들어 보나? 개의 수명이 20년 인데 사람이 사천 년을 사는 것처럼 사십 배를 늘렸으니 개들도 800년을 살게 하는 것이 불가능하진 않을 것이다. 800년이면 개들도 얼마든지 불을 다룰 줄 알고 글을 아는 정도로까지 학습이 되지 않겠나? 800년을 사는 개나 원숭이나 영장류들이 사람의 수준이 되지 않나? 이런 세상을 지구를 우주를 어떻게 잘 지탱하게 만드나? 개나 고양이나 원숭이나 영장류들이 800년의 수명에서 인간과 같은 능력에 도달할 때 사람들은 이들을 어떻게 잘 다루어야 하나? 800년의 수명을 누리는 개는 21세기의 사람만큼이나 문명을 누린다면 사람은 더 앞의 세상으로 가 있겠지만 그런 상황을 사람들이 감당할 수 있다는 것이 매우 놀라운 일이 될 것이다. 외로운 섬과 강아지는 800년을 고양이도 800년을 같이 산다면 외로움이 매우 줄어들 것이다. 원숭이는 40년을 살지만 거북이만큼 오래 살지는 못한다. 개가 20년을 사는 것이 인간의 수명과 비교하면 사람이 개를 오랫 기간 같이 살 수 있는 돌볼 수 있는 관리할 수 있는 측면이 존재한다. 20년이면 사람이 자식을 키워 어른이 되는 기간과 비슷하다. 사람들은 거북이가 오래 산다는 것을 잘 알고 있다. 개처럼 같이 살아보고 아는 것인지 동물원에서 키워보고 아는지 알고 있다. 부모와 자식 간에도 20년이면 긴 시간이다. 그 20년이 800년으로 이어진다고나 할까? 외로운 섬은 부모와 살지 못한 20년이 800년으로 변하는 과정에서 결국에는 강아지와 고양이를 800년 동안이나 가까이하게 된다는 것인가? 정말이지 800년이면 강아지나 고양이도 사람의 말을 알고 글자도 알고 거의 사람이 된다고 여겨질 지경이다. 강아지와 고양이가 사람의 문명과 문화를 향유한다니 도대체 세상이 얼마나 개벽한 것이냐? 강아지와 고양이가 핵전쟁을 할 수 있다니!!! 그러면 사람들은 강아지와 고양이의 핵전쟁을 완벽하게 막아낸다는 것이 아니냐? 논리전개 과정에서 그렇게 될 수밖에 없다. 강아지와 고양이가 800년의 수명으로 사람과 같아지니 핵을 사용하여 전쟁도 날 것이고 사람이 과거에 하던 것을 반복하게 된다고 하면 동시대의 사람들은 핵을 아무런 해가 되지 않게 다룰 줄 아는 신인류가 되어있다는 것이다. 도대체 핵을 완벽하게 제어하는 사람들은 언제 나타나나? 강아지와 고양이에게 핵이 주어져도 안전에 문제가 없는 세상이 온다. 왔다는 것이 아닌가? 외로운 섬은 강아지와 고양이와 800년을 같이 산다고 처음부터 생각을 했나? 살다보니 그렇게 되는 것이 아니냐? 사람이 사천 년을 사는 동안 사람과 관련된 삼라만상이 또 변하는 모양이다. 개와 고양이도 오래 살고 식물들은 어떻게 되나? '살아 천 년, 죽어 천 년' 이 가는 주목은 팔만 년을 살게 되나? 팔만 년이 된 주목의 약성은 도대체 얼마나 되나? 암을 완벽하게 정복하는 약성이 나타나나? 그러면 산삼은 백 년이 아니라 사천 년이 되면 산삼의 약성은 도대체 얼마나 강한 것이냐? 산삼이나 사람이나 수명이랄까? 어떤 기간이 100년이나 간다. 산삼도 사람처럼 사천 년이 가면 사천 살이 된 사람이 놀라운 능력을 나타내듯이 산삼도 알 수 없는 무엇이 된다고 할 수 있나? 사천 년이 된 산삼을 무처럼 먹게 되는 미래의 사람들, 아니 외로운 섬의 친구들, 그러면 사람이 호랑이나 사자나 코끼리의 힘을 내는 것이 아닐까? 일주일이나 아니 한 달을 밤낮이 없이 공부를 하고 연구를 하고 운동을 해도 버텨내는 사람들이라면 놀랍고 놀라운 무엇을 해내는 사람들이다. 사흘이나 일주일 밤낮을 정복하지 못하는 사람들이 사천 년 된 산삼으로 인해 완전히 다른 사람이 될 것이다. 그러면 삼천 년이나 사는 나무는 40배를 더 살면 12만 년을 살아있단 말인가? 가장 울림이 좋은 바이올린은 고산준령의 황무지에서 비바람을 맞아 겨우 살아난 나무로 만든다고 하는데 그런 조건에서 만약에 12만 년을 산 나무로 바이올린을 만들면 그 소리는 어떻게 울리고 사람의 귀에 들려오나? 사천 년이나 음악을 한 사람의 귀는 귀신의 소리도 들을 것이다. 귀신의 소리를 내는 바이올린의 재료가 12만 년은 되어야 하지 않나? 베토벤은 정말로 귀가 멀었을까? 후세인들이 조작한 것이 아닐까? 당대의 베토벤이 속인 것이 아닐까? 사천 년을 음악을 하면 귀가 먹어도 귀신의 소리를 알 수 있을까? 12만 년을 에베레스트나 고산준령의 나무가 살 수 있는 마지막 한계선에서 살아남아 울림이 좋은 재료가 되어 악기가 되었다면 악기를 다룰 줄 모르는 영유아들이 연주해도 엄청나게 좋은 음악이 되나? 외로운 섬과 친구들이 12만 년 된 나무로 만든 악기로 연주하고 연주를 듣고 사천 년 된 산삼을 먹고 운동을 하고 공부를 하는 것이 현실일 때 그것이 어떤 행복을 주는 걸까? 조선시대의 궁중음악은 너무나 느리다. 현대의 랩은 너무나 빠르다. 천 년도 아닌 시간에 많이 다르다. 태산준령에서 12만 년이나 바람을 맞은 나무는 바람의 울음소리를 어마어마하게 많이 경험했다. 그 바람소리가 녹음이 되어 있다면 무한대의 음악이 생성될 수 있다. 12만 번의 나이테는 없겠지만 12만 년 동안의 나날 중에 어느 바람소리를 기억해내어 연주자가 연주할 때 같이 섞어 우려 주면 금상첨화의 음악이 된다. 가장 슬펐던 바람소리, 가장 기뻤던 바람소리, 가장 행복했던 바람소리, 가장 사랑스러웠던 바람소리, 그 놀라운 소리들이 재현될 것이다. 나무가 눈 속에서 12만 년을 버티고 있듯이 사람도 그곳에서 12만 년을 버티고 있다면 눈 속의 장군인 설장(雪將)이다. 에베레스트에 12만 년을 버티고 있는 설장(雪將)을 사람들은 보지 못했을까? 보고 싶다. 설장을 보고 싶다. 설장(雪將)은 12만 년이나 바람소리와 그 모든 것을 보고 듣고 겪어내고 견뎌낸 사람이다. 12만 년의 기후조건을 하루하루의 기상을 알고 있음은 대단한 일이다. 외로운 섬은 12만 년의 놀라움을 간직한 설장(雪將)을 만날 수 있고 같이 지낼 수도 있다. 강아지와 고양이만이 아니다. 12만 년의 나이테도 외로운 섬의 곁에 있다. 돌덩이도 12만 년이면 먼지가 되는데 12만 년이나 먼지가 되지 않으려 나무는 설장은 노력했다. 외로운 섬은 사천 년 동안은 먼지가 되지 않으려 노력하고 살 것이다. 그러면 12만 년이나 먼지가 되지 않으려면 어떻게 해야 하나? 물질이 아닌 정신이 12만 년이 가게 하는 그런 쪽을 택해야 할 것이다. 우주의 삼라만상에게 12만 년이나 무엇이 되는 것이 무엇인지 찾는데도 천 년은 걸릴 듯하다. 찾고자 하면 천 년 동안에 찾게 될 것이다. 천 년 만에 찾아내어 강아지와 고양이의 후손들에게 가르칠 수도 있을 것이다. 강아지와 고양이의 후손들이 외로운 섬의 무엇을 이어가게 되는 희한한 세상이 올 날도 멀지 않다. 그 광경을 그 소리를 12만 년이나 사는 나무는 보거나 들을 것이다. 그러면 강아지와 고양이가 800년을 사는 것이 기정사실이 되지 않을 수 없다. 그래야만 일어나는 일이다. 영국과 프랑스가 도버해협을 바다 밑으로 연결하여 짧은 시간 안에 건널 수 있다. 태평양의 바다 밑을 연결하여 짧은 시간 안에 건널 수 있다. 부산에서 로스앤젤레스(LA)까지 한 시간 안에 기차를 타고 건널 것이다. 아무리 빨리 가도 마음속의 외로움은 무엇으로 달래나? 느리고 느린 조선시대 궁중음악을 듣고 있노라면 어느새 태평양을 건너 다른 나라에 와 있다. 외로운 섬은 태평양의 바다 밑을 뚫어 만든 기찻길에 아무런 노력을 보태지 않았다. 그렇지만 잘 이용하고 있다. 울림이 너무 너무 좋은 악기를 만들지 않았다. 무료로 잘 듣고 있다. 무료로 좋은 것들을 향유하고 있다. 외로운 섬이 해낸 일은 없다. 140억 부셸의 옥수수가 생산된다. 일 부셸은 25.4킬로그램이다. 상당히 많은 양이다. 일 부셸에 4달러로 값이 싸다. 외로운 섬이 옥수수를 생산하지 않았다. 옥수수가 많다. 옥수수는 일년생 작물이지만 12만 년이나 계속하여 자라면서 수확이 된다면 12만 년이나 사람들은 농작물재배에 힘이 적게 들 것이다. 옥수수에 12만 년이나 살아가는 나무의 유전자를 주입하나? 옥수수가 12만 년이나 버티고 있으면 어떻게 되나? 태산준령에 12만 년을 버티는 나무에 옥수수 유전자를 주입하여 그렇게도 나쁜 환경에서도 옥수수가 12만 년이나 열리게 하면 어떻게 되나? 외로운 섬을 그런 일을 하지 않았지만 그런 일이 일어나 긴 긴 세월동안 사람들은 농사를 짓지 않고 놀면서 살게 될 것이다. 12만 년이나 그 이후로도 농사를 짓는 수고를 하지 않으면 무엇을 해야 하나? 12만 년 동안에 사람의 식성이 어떤 식으로 바뀌어 있을지도 예측이 쉽지 않다. 바닷물만 먹고도 살 수 있게 된다면 바닷물만 공급되면 사람은 생존하는 기괴한 일이 일어난다. 물 없이 공기만 마시고 사는 사람이 되나? 외로운 섬은 800년 동안에 강아지와 고양이를 변화시킬 기초적인 능력이 있다. 사천 년을 사는 사람들은 누구나 외로운 섬이 하는 일 정도를 해낼 것이다. 그런데 아주 뛰어난 사람은 놀라운 일을 해내거나 벌일 것이다. 외로운 섬이나 친구들은 그냥 혜택을 누리면 된다. 많은 것들이 일반인들은 그냥 얻는다. 사람들이 모여서 만든 좋은 것을 이용한다. 사람들이 누군가를 사랑하면 더 좋은 것들이 그냥 주어진다. 사람들이 강아지와 고양이를 사랑하면 강아지와 고양이도 사람과 별반 다르지 않을 정도로 혜택을 누릴 것이다. 사람들이 우주를 사랑하면 우주는 사람이 사는 보금자리가 된다. 사람들이 외로운 섬을 사랑하면 외로운 섬은 다른 사람이 된다. 외로운 섬이 사람들을 사랑하면 사랑스런 세상이 된다. 울림이 좋은 나무가 되어 악기의 재료가 되는 것은 사람도 마찬가지다. 사랑하는 사람이 되어 세상을 사랑하면 사랑이 넘치는 세상이 된다. 외로운 섬도 사람을 사랑하는 마음이 되면 사랑을 하는 사람이다. 푸른 별이나 예쁜 꽃이나 외로운 섬이나 서로가 사랑하는 마음이다. 그래서 그들은 친구이다.

6. 예쁜 꽃

　예쁜 꽃은 오늘 따라 더 예쁘다. 많은 사람들이 예쁜 꽃을 보고 꽃 같이 예쁘다고 말들을 한다. 예쁜 꽃은 자신이 예쁘지 않다는 것을 인정할 수가 없다. 당연히 예쁘기 때문이다. 사람의 이름은 예쁘지만 예쁘지 않은 사람도 있지만 예쁜 꽃은 예쁘다. 예쁜 꽃에는 벌과 나비가 많다. 너무나 당연한 일이다. 높은 산은 골짜기도 깊다. 높은 산을 오르기는 쉽지 않다. 그렇지만 사람이 올라가지 못하는 산은 거의 없다. 산이 많은 나라, 평야가 많은 나라, 사막이 많은 나라, 황무지가 많은 나라, 나라마다 지리적 조건은 많이 다르다. 많은 나라 중에 꽃이 제일 많은 나라는 어디에 있나? 꽃을 유난히 좋아하는 사람이 많은 곳은 어디인가? 세상에 꽃을 가꾸지 않는 곳은 드물다. 꽃을 싫어하는 사람은 드물다. 꽃이 활짝 핀 꽃동산은 너무나 마음에 드는 곳이다. 지옥에도 꽃이 만발하면 지옥이라 할 수가 없게 될 것이다. 감옥에도 꽃이 만발하면 감옥이 아닌가? 그래도 감옥인가? 사람이 사는 곳에는 꽃이 없을 수가 없다. 꽃을 가꾸는 사람은 많다. 꽃을 가꾸지 않는 사람도 많다. '꽃 피는 춘삼월'을 좋아하지 않을 사람이 있으랴! 사람이 모인 곳에 꽃이 없는 곳은 드물다. 실내이던 실외이던 꽃이 있다. 학교나 회사나 군대나 종교시설이나 어디에나 꽃나무가 있다. 실외의 꽃나무가 심긴 곳이나 실내의 화분이 놓인 자리에 꽃나무나 화분 대신에 다른 것을 심거나 두면 조화가 잘 안 되는 느낌이다. 그 자리에는 그 자리에 합당한 꽃이 자리를 차지해야 한다. 그래야 낯설지가 않다. 아름다운 꽃을 보지 못하는 장님들은 참 안타까운 삶을 이어간다. 향기로운 꽃의 향기를 맡지 못하는 사람도 매우 서글픈 삶이다. 눈이 있고 코가 있어도 아름다운 꽃을 보지 못하고, 향기를 맡지 못하면 그것은 또 무엇인가? 꽃은 아름다움과 향기로 말을 한다. 아름다운 젊은 여인은 아름다움과 젊음으로 말을 한다. 말을 하지 않지만 저절로 어떤 느낌으로 사람들을 사로잡는다. 젊은 청년이 아름다운 젊은 여인의 아름다움에 빠지면 헤어 나오기가 쉽지 않다. 꽃잠을 잔 신혼부부의 방을 자리보기 하는 일도 사람들이 하는 일이다. 예쁜 꽃도 나이가 차면 어느 날인가 꽃잠을 잔다. 꽃과 같이 달콤한 나날을 예쁜 아기와 같이 보내기도 할 것이다. 아기였을 때 꽃과 같이 대접받지 않은 사람은 세상에 없을 것이다. 꽃처럼 대접받은 아기는 어른이 되어 다시 자신의 아기를 꽃처럼 대접한다. 무의식적으로 그렇게 한다. 꽃이 피고 지는 것은 자연의 현상이다. 아기가 태어나고 노인이 되어 죽는 것도 자연현상이다. 꽃같이 아름다운 아가씨를 보고 감탄을 하는 것도 매우 자연스런 현상이다. 아름다운 아가씨나 멋진 청년은 상대방의 이성이 서로가 알 수 없이 끌리는 것은 설명이 잘 되지 않는 영역이다. 꽃이란 것도 앞뒤의 설명이 잘 안 되는 요소가 많다. 꽃길을 걷노라면 세상이 꽃같이 아름답다. 사람들이 꽃이라고 하는 꽃은 무엇인가 꽃다운 면이 있다. 꽃이 꽃향기를 뿜어내는 것은 꽃이기 때문 일거다. 사람도 사람에게서 사람다움이 나타날 것이다. 살인자에게서 느끼는 사람다움은 상당히 마음에 들지 않는 것이다. 사람들이 존경하는 사람에게선 사람다움이 나타난다. 누구나 그런 사람이기를 원한다. 꽃이 꽃이듯이 사람도 사람이어야 한다. '산은 산이요. 물은 물이다.' '꽃은 꽃이요. 사람은 사람이다.' 꽃은 꽃이고 사람은 사람이어야 한다. 너무나 당연하다. 꽃 중에 꽃은 예쁜 꽃이다. 사람 중에 사람은 어떤 사람일까? 꽃 중에 꽃은 자연 상태의 꽃이면 꽃이다. 사람 중에 사람은 사람이지만 그 사람은 사람이 하는 노력과 정성과 인격의 수련에 달려 있다. 사람은 자신을 단련하고 높이는 훈련을 하는 사람이다. 할 수 있다. 하기가 싫지만 해야 하는 일이기도 하다. 사람은 꽃이 되는 훈련을 해야 한다. 사람은 아름답게 되는 훈련을 해야 한다. 향기 나는 사람이 되기 위한 훈련을 해야 한다. 하지 않으면 아름답지 않고 향기가 나지 않는다. 꽃이 되기 위한 노력을 세차게 해야 한다. 비가 심하게 내리고 바람이 쌩쌩 불면 꽃은 마음이 아프다. 꽃의 몸마저 망가진다. 비와 바람을 피하지 못한다. 견뎌내야 한다. 하늘이 꽃에게 견뎌낼 힘을 주었겠지만 주지 않았으면 참으로 애처로운 꽃이다. 꽃의 일생이 무참히 끝나는 순간이다. 사람도 불가항력의 죽음 앞에 대단한 존재도 아니다. 그러니 뭐 그렇게 사람이 꽃같이 아름답고 향기가 나게 다듬을 필요가 있을까? 의문이 들기고 한다. 아! 그래도 아름답게 향기 나게 살아야 하나? 그렇다고들 한다. 꽃에 관심이 없던 사람이 꽃을 한 번 가꾸어 보려니 씨앗도 구해야 하고 하루아침에 해결이 나지 않고 오랜 시간을 키워야 하고 쉽지 않다. 돈을 주고 아예 사버리면 쉽지만 그래도 물을 주고 관심을 집중해야 한다. 시들지 않고 향기가 줄지 않게 세심한 배려를 해야 한다. 주목을 해주지 않으면 꽃이 되지 않는다. 야생화는 주목을 받지 못해도 꽃이다. 들판의 야생화는 사람의 관심을 적게 받지만 자연 상태에서 나비와 벌의 사랑을 받는다. 사람이 사는 방안이나 사람이 입는 옷에도 향기를 뿌려서 꽃이 있는 듯 환경을 만드는 사람이다. 아름다운 여인이 향수까지 뿌려 남자를 매료시킨다. 눈이 부시게 꽃 같은 옷을 입고 꽃 같은 향수를 몸에 뿌리고 여인이 남자의 옆에 있다. 꽃 같은 옷과 꽃 같은 향수가 없는 여인들도 비슷한 흉내는 내려고 한다. 꽃을 모방하려는 심리를 부정하기 어렵다. 사실, 여인이면 꽃이 되기를 염원하지 않는 사람이 없다.

'교정의 꽃시계가 반 백 년을 더 오래 시간을 알려주고 있다. 시계조차 꽃으로 만든다. 꽃시계 앞에서 시를 읊던 친구들은 어디로 갔나? 장미꽃밭을 거닐던 청순한 여학생들은 어디로 갔나? 라일락 향기를 즐기던 교정에서 어디로 갔나? 붉은 장미꽃이 그렇게 붉게 핀 골목길은 어디로 갔나? 사루비아의 달콤한 꽃잎을 따먹던 어린 시절의 나날은 어디로 갔나? 벚꽃 길에 만난 사람들은 어디로 갔나? 아름다운 꽃길도 많다. 복사꽃이 끝없이 이어진 그 길들이 사람의 마음속을 헤집고 그리움에 몸서리치게 만든다. 수십 리의 능금꽃이 핀 그 길이 그립다. 진해며 군산이며 윤중로며 파계사며 동촌이며 방촌이며 하양이며 그 길이 그립다. 토끼풀로 시계를 만들며 놀던 그 옛날이 너무나 그립다. 어떻게 토끼풀이 시계가 되나? 그렇게 놀아도 하루가 즐겁고 행복하게 잘 지나갔다니!! 토끼야, 고맙다. 토끼풀로 놀 수 있게 해주어서. 토끼는 무척 귀엽다. 토끼 가죽을 수집하러 다니던 아저씨는 자전거에 수없이 많은 토끼 가죽을 달아놓고 있다.'

토끼털은 따뜻하고 부드럽고 공급도 쉽고 여러모로 필요했다. 열 살의 어린이는 토끼의 가죽을 벗기지 않지만 어른들은 벗긴다. 예쁜 꽃도 나이가 들면 토끼의 가죽을 벗길지 모르지만 그런 일은 잘 하지 않으려 할 것이고 하지 않을 것이기도 하다. 하얀 털과 대비되는 토끼 가죽의 안쪽 붉은 면은 너무나 다른 느낌이다. 중세시대에 사람의 피부로 책의 표지를 만들기도 했다지만 끔찍하다. 토끼풀로 시계를 만들어 놀지만 토끼는 가죽이 벗겨져 사람의 입속에 맛있는 고기가 된다. 당연하게 일어나는 일이다. 사람이 꽃을 꺾거나 꽃을 따먹거나 해도 감정이 그렇게 요동치지는 않는다. 토끼나 짐승의 도살이나 가죽을 벗기는 것처럼 처절하고 놀랍고 이상하진 않다. 꽃을 너무 사랑하거나 나무를 너무 사랑하는 사람이라면 동물을 다루는 것같이 느낄지 모를 일이다. 고기를 먹으려면 사람의 동물적인 속성이 드러난다. 예쁜 꽃이 고기를 먹으려면 누군가가 동물을 가혹하게 다루어 음식으로 만들어야만 한다. 아직까지 예쁘고 향기 나는 꽃을 재료로 하여서 고기로 변신을 시키는 음식조리방법이 없다. 어떻게 만들어 내는 방법이 없나? 콩고기라는 것과 세포로 배양한 돼지고기가 현실적으로 이용이 되기는 한다. 콩으로 고기의 질감과 맛을 내는 콩고기와 세포로 돼지고기를 배양한 것은 돼지를 사람이 사육하지 않고 실험실에서 고기를 배양한 것이다. 가축을 도살하지 않고도 고기를 먹을 수 있는 방법이 전혀 없는 것은 아니다. 가축을 도축할 때 가장 편안한 상태에서 도축하여 고기에 독성이 남지 않고 편안한 상태의 독성이 전혀 나타나지 않는 고기를 원하는 사람들이다. 사람이 죽을 때 가장 많은 행복호르몬이 나온다고 하지만 죽어가다가 다시 살아나지 않으면 경험이 매우 어려운 일이다. 행복호르몬이 많이 나온다고 죽어버리면 만사 헛일이다. 인간의 탐욕인지 가축도 가장 행복호르몬이 많이 나올 때 도축하여 먹으려는 사람들이다. 거의 모든 짐승이 먹이를 섭취할 때 위의 70~80%만 채우지만 유독 인간만이 위가 터지도록 음식물을 섭취한다. 왜 인간은 배가 터지도록 먹을까? 참! 이상한 일이다. 짐승은 배가 터지도록 먹고는 소화제를 먹지 않는다. 사람만이 배가 터지게 먹고는 소화제를 먹는다. 참으로 희한한 족속이다. 콩고기와 세포로 배양한 고기와 행복할 때 도축한 고기로 사람들은 배가 조금 덜 터지고 소화제를 덜 먹고 살아보려 노력하는 중이다. 고기를 삶아먹거나 구워먹거나 훈제하거나 오래 저장하여 발효하거나 튀겨먹는 짐승은 없다. 짐승은 고기를 날것으로만 먹는다. 식물마다 미량의 단백질을 추출하여 고기를 만들어보고 맛이 좋으면 사용하고 다시 여러 가지 식물의 단백질을 섞어서 더 맛이 있는 식물에서 추출한 단백질에 약간의 지방을 가미하여 고기를 만든다면 짐승이나 가축을 도축할 필요가 없다. 만약 꽃에서 단백질을 추출하여 고기를 만들 수 있는 여건을 만들면 엄청나게 많은 고기를 만들기 위해 단백질이 많이 나오는 꽃은 지구상을 뒤덮을 정도로 많이 재배할 것이다. 벼나 밀이나 옥수수보다 더 많은 양의 꽃이 재배될 것이다. 꽃 세상이 된다. 고기를 먹기 위한 꽃 세상이 된다. 단백질만 분리되고 남은 꽃에서 향수와 식물성 성분에서 사람에게 필요한 것들을 사용할 수 있다. 꽃을 이용한 단백질 분리와 고기로의 전환은 온 세상이 꽃인 세상, 꽃의 나라가 될 수 있다. 예쁜 꽃은 싫지만은 않은 세상이고 친구들이나 많은 사람들에게 좋은 세상이고 동물과 짐승과 가축에게는 낙원이 보장되고 스님들이 좋아하는 세상이 되고 어쩌면 스님이 가장 먼저 꽃에서 단백질을 분리하여 고기를 만드는 일을 성공시킬지도 모를 일이다. 도대체 어떤 꽃이 단백질을 가장 많이 지니고 있나? 콩은 꽃이 아니다. 그러면 콩을 아름다운 꽃이 피고 향기가 나게 개량하는 방법이 빠르나? 그게 좋은 방법이기도 하다. 포마토처럼 위는 토마토 아래는 감자이면 지금도 되는 일이다. 아래는 땅콩이면서 위는 아름다운 꽃, 아래는 콩이면서 위는 아름다운 꽃, 거의 불가능한 일은 아니다. 콩을 백합, 장미, 국화, 등등의 아름다운 꽃이 피게 하면서 뿌리는 땅콩에서 진화된 콩이 되게 하면 꽃과 고기가 동시에 만들어지는 꽃의 나라며 고기의 맛을 즐기는 세상이 된다. 전혀 안 되는 일은 아니다. 드디어 소나 돼지나 닭이 도축되는 일이 일어나지 않는 스님이 원하는 세상이 온다. 스님이 원하는 세상을 만들어 줄 수 있는 능력이 사람에게는 있다. 욕망을 줄여 만들 수도 있고 욕망을 줄이지 않고 꽃에서 고기를 발견하여 성공시킬 수도 있다. 꽃에서 고기가 나오는 것은 거짓말이 아니다. 사람들은 꽃을 원하는 것일까? 고기를 원하는 것일까? 어쩌다가 둘 다 충족이 되는 일이 발생한다. 그러면 소나 돼지나 닭은 어떻게 되나? 가축으로 애지중지 키울 필요성이 없어지지 않나? 소나 돼지나 닭이 애완용이 되나? 가축의 지위를 상실하면 야생화로 되나? 가축이 사람의 곁을 떠나 자연으로 돌아가나? 방사능이 오염된 지역에서 사람들이 떠나자 멧돼지 수컷과 집돼지 암컷의 잡종이 마을을 차지하여 잡종돼지의 천국이 되고 만다. 소나 돼지나 닭이 사람이 만든 가축의 우리를 떠나게 될 것이다. 목축업은 원예업으로 변질되는 세상이 될 것이다. 아! 목동이 사라지는구나! 양치기가 없어지는구나. 카우보이도 없어지고 소꼴을 베는 소년도 없어진다. 사람들은 꽃을 보고서 불고기나 삼겹살이나 통닭을 생각하는 나날이 되나? 호박꽃이 불고기라니! 장미꽃이 삼겹살이라니! 안개꽃이 통닭이라니? 온 천지에 꽃이 만발한 땅이 지하국가5가 아닌가? 예쁜 꽃이 사는 곳이다. 어쩌면 예쁜 꽃들에서 추출한 단백질로 물고기들의 맛을 내게 연구하여 물고기가 되게 한다면 위험한 바다에서 고기잡이하는 일도 없어지고 어업이 꽃에서 이루어진다. 꽃이 맛있는 생선이 되면 바다의 물고기는 사람이 건드리지 않고 그냥 그대로 있게 된다. 식물에서 단백질을 잘 추출하면 어업까지 원예업이 맡게 된다. 그러면 어부는 어디에서 만나나? 어부가 타던 어선은 요트가 되고 거대한 어선은 호화유람선이 되나? 목동이 사라진 목장은 온갖 운동장이 되나? 육고기와 해물고기까지 꽃에서 얻게 되면 꽃이 너무 많은 세상이다. 꽃이 너무 많아 부작용이 생기나? 왜 꽃에서 단백질이 나와 이런 일이 벌어지나? 가축을 도살하지 않으려다 일이 이렇게 되었나? 고기를 먹고 싶어 이렇게 되었나? 예쁜 토끼털을 보다가 토끼가죽의 무서움이 그렇게 만들었나? 나치가 사람의 몸에서 나온 기름으로 비누를 만드는 것보단 훨씬 낫지 않나? 사람도 동물이나 가축으로 보게 된다면 동물이나 가축이 당하는 일이 현실적으로 일어나는 지옥을 만나게 된다. 우리는 지옥을 무지무지하게 싫어한다. 더욱 더 지옥을 싫어하려면 꽃에서 단백질을 찾아 고기와 물고기를 대신하게 해야 한다. 불가능한 영역이 아니기에 예쁜 꽃이나 친구들은 수긍이 가고 원하는 세상이다. 열 살의 꼬마들이 이해가 되면 성인은 누구나 알 수 있는 일이 된다. 상상 이상의 흉년이 들면 사람들은 사람이 사람을 잡아먹는 식인의 흔적들이 나타난다. 상상을 넘어서는 흉년에도 꽃이 만발해야 한다. 도토리로 만든 묵을 도토리묵이라 하지만 도토리를 꿀밤이라고 한다. 꿀맛이 나는 밤이 꿀밤이다. 떫은맛이 나는 도토리묵이지만 꿀처럼 맛있는 밤이다. 고픈 배를 채워주니 꿀맛이 아닐 수 없다. 흉년이 드는 해는 도토리가 더 많이 열리고 풍년이 드는 해는 도토리가 덜 열린다고 한다. 놀라운 자연현상이다. 흉년에도 더 많이 피는 꽃이 무엇인가? 흉년에도 더 많은 단백질이 나오는 꽃이 무엇이냐? 도토리 같은 꽃이 있을 것이다. 도토리 꽃, 꽃 도토리, 생선냄새가 나는 어성초, 놀라운 식물이 많다. 흉년인 해에는 멧돼지의 식량인 도토리를 사람들이 탐을 낸다. 멧돼지와 사람이 가장 많이 충돌할 때는 흉년이 심한 해이다. 도토리에 단백질이 많은지 잘 알 수가 없다. 도토리에 단백질이 많이 들어가게 연구하여 개량한다면 흉년도 무섭지 않다. 어성초를 잘 다루면 생선이 생기는 것인가? 도토리가 열리는 나무와 어성초를 어떻게 콩과 결합하고 꽃과 결합하나? 쉬운 듯 어려운 듯 풀리는 날이 있지 않을까? 흉년을 대비하는 것은 사람의 한계에 직면하는 일이므로 도토리처럼 야생적으로 존재해야 한다. 식량으로 사람이 재배하지 않아도 그대로 있는 상태가 되어져야 한다. 꽃에서 단백질이 나오는 어떤 종류의 꽃도 사람이 재배하지 않는 야생에서 항상 존재하는 형태로 해야 한다. 사람이 과연 해 낼 수 있을까? 어떻게 사람이 흉년에 더 많이 피는 단백질이 많은 꽃을 전 세계의 야생에 퍼져 있게 할 수 있나? 토끼나 쥐나 참새가 먹고 씨를 자연적으로 퍼뜨리게 하나? 자연이 스스로 하게 만들어 내어야 한다. 예쁜 꽃과 친구들은 꽃이 많이 피는 세상을 만드는 일을 할 마음이 없는 것도 아니다. 꽃은 사람을 유혹하는 면이 있다. 꽃은 동물도 유혹할 것이다. 곤충을 유혹하는 것은 두말할 필요도 없다. 꽃이 동물을 유혹하는 것은 꽃이 곤충을 유혹하는 것은 본능이다. 꽃의 본능이다. 사람이 흉년에 굶어죽지 않으려는 것은 본능이다. 도토리도 보이고 꽃으로 만든 고기도 보이는 것이다. 콩으로 만든 된장이 상당히 놀라운 식품이다. 콩으로 만든 고기를 매우 오랜 기간 저장할 수도 있고 매우 멋진 발명품이다. 냄새가 달콤하지 않은 것이 과소비나 낭비를 줄이는 면도 있나? 콩고기를 된장이라는 형태로 사람들이 알아내었네!

예쁜 꽃은 산길에서 다람쥐를 만난다. 높은 나무를 획획 날면서 이쪽저쪽 나무를 옮겨 다닌다. 가느다란 높은 나뭇가지에서 떨어질 것 같으나 떨어지지 않고 잘 날아다닌다. 나뭇가지가 휘청휘청 거린다. 자그마한 다람쥐가 날쌔다. 그런 다람쥐이지만 땅위에서 살금살금 다닐 때는 무척 귀엽다. 볼에는 도토리를 물어 볼록하게 튀어 올라 있다. 어느 굴에 도토리를 숨기려고 연신 예쁜 눈망울을 굴리고 있다. 겨우내 먹을 양식을 열심히 저장하고 있다. 부지런하고 생존의지를 본능적으로 보여주는 다람쥐이다. 다람쥐의 서커스 실력에 잠시 넋을 잃고 바라보는 예쁜 꽃이지만 다람쥐의 모습이 예사롭지 않다. 끊임없이 도토리를 입에 물고 볼이 볼록하게 되어 꼼지락 거린다. 도토리에 목숨을 걸고 있는 다람쥐이다. 도토리에 목숨이 걸린 산짐승이 다람쥐뿐만이 아니다. 멧돼지도 사정이 다르지 않다. 사람도 흉년이 들면 도토리에 목을 맬 지경이다. 다람쥐와 청설모는 몸의 색깔이 약간 다르다. 나무위에서 나무를 타는 재주는 비슷하다. 예쁜 꽃이 외로운 섬과 같이 다람쥐 가방을 등에 메고 있지만 다람쥐가 다가오지는 않는다. 두 소녀의 덩치가 다람쥐가 보기엔 거인으로 보이는지 접근을 하지 않는다. 거인의 등에 두 마리의 다람쥐가 달라붙어 있다. 동료인지 구별이 되지 않는다. 나뭇가지를 타지도 않고 볼에 도토리를 물고 있지도 않다. 약간 이상한 친구들이라 여긴다. 두 소녀는 도토리를 줍지도 않는다. 아직까지 두 소녀에게 도토리에 대한 추억은 없다. '도토리 키 재기' 란 말은 들어본 듯하다. 도토리는 키가 작다. 도토리는 매우 작다. 쌀알이나 밀알보다는 월등히 크다. 일반적인 콩알보다는 크다. 콩알은 키가 있나? 너무 작아 키를 생각하지 않는다. 열 살의 두 소녀도 사람들에게 꼬맹이로 인식된다. 키가 작은 어린이일 뿐이다. 하루 종일 도토리를 주워 모으면 양이 꽤 된다. 어른들은 무서움이 덜 하지만 어린 두 소녀는 그런 일은 하지도 않고 하게 된다면 너무 깊은 산속으로 들어가 되레 사고가 날지도 모른다. 두 소녀에게 도토리는 관심 밖의 사항이다. 산에 놀러온 것뿐이다. 산에는 야생화는 있지만 아름다운 꽃은 평지보다 많지 않다. 두 소녀는 단백질이 많이 포함된 꽃을 찾으려고 노력도 하지 않는다. 산이 좋아서 온 것이다. 깊은 산속으로 들어갈 마음은 없다. 너무 긴 시간을 있지도 않고 조금 있다가 내려갈 생각이다. 산에 나무가 많이 우거지고 낙랑장송이 많으면 산속이 어두워 오히려 겁이 더 나는 것을 느끼는 어린이들이다. 나무는 많이 우거지지 않고 어둡지도 않고 그런 산을 원하는 아이들이다. 다람쥐는 반갑지만 늑대나 맹수는 식겁을 하는 아이들이다. 그래도 도토리묵은 먹어본 아이들이다. 묵의 맛을 전혀 모르는 것은 아니다. 간장으로 만든 양념의 맛도 안다. 간장도 콩에서 나온 식품이다. 아미노산의 맛이 어린 아이들의 일생을 지배하는 맛이 된다. 된장, 간장, 김치 등등 사천 년이나 지속되는 혀의 감각이다. 갓난아이 때 먹는 이유식은 무미건조한 맛이지만 점점 자라면서 맛을 느끼게 된다. 어머니가 만들어주는 맛이다. 어머니는 먼 먼 조상으로부터 물려받은 맛이다. 음식이 먼 먼 시간을 지니고 있는 무엇이다. 꽃으로 만들어진 고기는 이제 겨우 시작이 되는 음식이다. 시작으로부터 얼마나 오래갈지는 알 수가 없다. 콩에서 간장이라는 음식이, 아미노산이 만들어지기까지 시간이 무척 걸렸다. 꽃 고기는 단숨에 만들어질 수 있나? 도토리묵이 맛이 있듯이 어묵이나 고기묵이라는 육묵도 맛이 있지 않을까? 편육을 잘 요리하면 육묵이나 진배없다. 고기를 젤리같이 만들어 굳히면 편육이나 육묵인 고기묵이 된다. 꽃에서 단백질을 추출하여 편육이나 고기묵이나 육묵을 만든다. 만들어져 있으면 산에 놀러온 두 소녀가 도시락을 꺼내듯 산속에서 먹으면 꽃이 고기가 되는 날이다. 새로운 식문화가 만들어진다. 다람쥐는 왜 도토리를 모으나? 왜 두 소녀는 꽃으로 만든 육묵을 먹나? 주지육림은 술이 못이 되고 고기가 너무 많아 고기가 숲을 이루었다는 말이지만 과장이 심하거나 사실일 수도 있다. 일부러 그렇게 만들어 그렇게 되었다는 것인데 꽃으로 고기를 만들면 술로 못을 만들진 못해도 고기로 숲을 만든다는 것은 거짓말이 아닌 경우가 될 수 있다. 꽃이 무성하게 피어있으면 그것이 고기로 변할 수 있으니 꽃동산은 약간의 수고를 들이면 고기의 동산이 된다. 육림(肉林)이 정말로 가능하나? 육림이 되는 것이 사람에게 맞는 것인지 아리송하다. 사람이 아는 것이 사람만이 아는 것일까? 그렇지도 않을 것이다. 꽃에 단백질이 많다. 그래서 사람들이 고기로 변형시킨다. 사람들이 꽃을 고기로 변형하기 이전에 짐승들이 먼저 알고 고기를 좋아하는 맹수들이 날것인 꽃을 먹여 배를 채우고 고기의 성분인 단백질로 살아갈 것이 아닌가? 오히려 동물이 먼저 알아차리고 먹어버리지 않나? 먹이 경쟁에서 일차적으로 먹는 존재와 이차로 가공하여 먹는 사람에서 사람이 느리지 않나? 고기를 좋아하는 동물에게 먼저 꽃 속의 단백질을 빼앗기지 않나? 그래서 원하지 않게 또 식물에서 고기를 얻지 못하고 끔직한 동물사냥을 또 반복하는 바보 같은 사람이지 않을까? 두 소녀는 맹수를 대적할 힘이 기본적으론 없다. 준비를 하면 맹수를 상대할 수 있지만 늘 그렇게 긴장되게 나날을 보내지는 않는다. 백미와 현미를 땅바닥에 놓아두면 닭들이 백미는 먹지 않고 현미만 골라서 먹는다. 사람들은 백미를 먼저 먹지만 닭은 현미의 좋은 점을 더 잘 안다. 동물이 사람보다 더 나은 것은 얼마든지 많다. 꽃에 단백질이 많아지면 짐승들이 사람보다 더 잘 알지도 모른다. 현미에는 단백질이 8% 포함되어 있어 유아가 먹는 모유의 성분에 섞인 단백질 양과 별반 다르지 않다고 한다. 유아는 일 년 만에 몸무게가 3배로 늘어난다. 모유를 먹고 그렇게 된다. 모유에 섞인 단백질의 함량이 현미에 섞인 비율과 비슷하므로 현미만 먹어도 단백질을 일부러 더 공급받을 필요가 없다고 한다. 그런데 굳이 꽃에서 단백질을 추출하여 고기를 만들 필요가 있나? 현미만 잘 먹으면 고기는 필요가 없는데 굳이 그렇게 하나? 현미만 먹고 고기 소비를 하지 않으면 축산분야는 어떻게 되나? 꽃으로 고기를 만들 이유가 없어지지 않나? 풀을 먹지 않아 풀에 섞인 좋은 요소를 섭취하지 못하는 맹수들도 초식동물을 사냥하여 먼저 뱃속의 약간 소화된 음식물을 먹으므로 간접적으로 풀을 먹는 꼴이니 일부러 풀을 먹지 않아도 초식동물의 위를 통해 섭취하니 아무런 문제가 되지 않는다. 꽃에서 단백질을 추출하는 것보단 바로 꽃을 먹어버리는 것이 편하지 않나? 현미를 꼭꼭 씹어 먹으면 바로 단백질이 들어가지 않나? 방법은 여러 가지이지만 꽃이 활짝 핀 세상을 보고 싶다는 사람들의 심미적인 욕구도 매우 큰 부분이다. 우아하게 먹으려는 인간의 심리와 생존이 우선인 자연 앞에서 생존이 우선인 자연적인 방법이 더 절실하게 자연계에서 통용이 되지 않겠나? '전쟁엔 이등이 없다.' 수단과 방법을 가리지 않고 이기려 할 것이다. 자연의 법칙이 그런 것이 아니냐이다. 먹고 먹히는 야생에서 언제 아름다운 꽃을 감상하고 난 뒤에 배를 채우나? 그렇게 하지 않으려는 사람이 이상한 존재이긴 하다. 아니면 가장 악랄하고 이기적인 방법을 동원하는 동물 중의 동물이랄까? 썩은 고기를 먹는 하이에나 죽은 사체를 먹는 독수리나 먹는 방법은 다 다르나 인간은 잡아먹을 고기도 화가 나지 않게 죽은 고기, 편안하게 죽은 고기, 꽃에서 나는 고기를 찾는 이기적이고 악랄한 인간인지, 아닌지 헷갈린다. 남미에서 노예들은 주인이 버린 소의 혓바닥, 돼지 족발 같은 것으로 고기 맛을 보며 연명했다. 일본인이 버린 돼지창자를 주워서 냄새나는 돼지 똥을 씻어내고는 창자를 구워먹었던 일이 일제강점기에 일본에 있던 조선인들이었다. 하이에나나 독수리와 같은 꼴 같다. 그렇지만 사람은 육림(肉林)을 만들기도 하고 꽃에서 나는 고기를 먹기를 원한다. 육림을 만드는 것과 꽃에서 고기를 얻으려는 것이 큰 차이가 있나?

온갖 꽃으로 꽃의 바다에서 맹수들이 꽃을 먹고 그들의 낙원을 만들어 갈 때 사람들은 인내심의 부족으로 인하여 맹수들을 사냥하기 시작한다. 인간의 포악성이 드러난다. 맹수를 사냥하는 잔인한 방법보다는 맹수들이 즐겨먹는 단백질이 많은 꽃에서 맹수들이 싫어하거나 섭취가 안 되거나 설사가 나거나 맹수들이 즐겨 찾지 않을 방법만 알아내면 일부러 맹수를 사냥할 필요가 없다. 사람이 독초나 독충을 알아내고 피하듯이 맹수들에게 독초이며 독충인 요소가 단백질이 많은 꽃에 포함되게 개량하는 방식이다. 그런데 사람도 동물적인 면이 있는데 맹수와 다르게 반응하는 어떤 미세한 차이를 발견하여 식물세포에 적용시킨단 것인가? 예쁜 꽃이나 친구들이 하기에는 벅찬 일이다. 짐승이나 동물이나 곤충은 단백질이 많은 꽃을 잘 먹지 못하거나 먹지 못하게 만들고 사람만 독차지 하는 방법을 실천하려는 것이 사람이다. 정확하게 그렇게 움직이는 것이 사람이다. 동물들은 풀을 먹고 영양분을 섭취한다. 인간은 그렇게 하지 못한다. 그런 차이만큼 꽃의 단백질은 사람만이 섭취하여 소화시키고 동물은 소화시키지 못하게 하면 되지만 동물이 사람보다 더 잘 풀을 소화시키는 자연적인 재주가 있는데 그것이 반대로 갈 수 있을까? 낙타는 180만 년 만에 사막에서 나무뿌리, 씨앗, 나무가시, 동물의 뼈, 사막의 모든 것을 먹고 소화시킬 수 있게 바뀌었다. 180만 년이 아니라 지금 당장에 꽃을 먹고 단백질을 섭취하려니 문제다. 꽃을 먹었지만 단백질이 거의 없는 꽃을 먹었지만 그 미미한 단백질을 사람의 체내에서 재합성하여 효율을 100배나 올리면 단백질을 100분의 1만 섭취해도 생존이 가능해진다. 오히려 더 나은 방법이기도 하다. 그러면 꽃이 일백 배나 많이 피지 않아도 되니 꽃 세상이 아니라서 서운해지기는 한다. 사람은 꽃의 단백질을 1%만 섭취해도 몸 안에서 100배의 합성으로 인해 생존이 더 좋아지고 동물은 꽃을 많이 먹어야 한다면 사람이 동물보다 더 나은 면이 있고 꽃은 많은 양을 동물이 섭취해야 하므로 꽃이 많은 좋은 세상이 된다. 동물은 많은 꽃을 먹어야 하므로 양식이 많지 않은 관계로 너무 많이 번식하기가 어렵지만 인간은 100분의 일만으로도 가능하므로 양식인 꽃에 대한 과도한 집착은 없어도 될 것이다. 적게 먹고도 많은 힘이나 더 나은 것이 되게 한다. 단백질을 일백 분의 일만 먹어도 몸에서 재합성을 잘하여 탈이 없다면 고기를 일백 분의 일만 먹어도 되고 꽃을 먹어 단백질을 만든다 해도 많은 꽃을 소비할 필요가 없다. 사람의 몸속 세포가 바뀌거나 아니면 같은 단백질이라도 효과가 일백 배로 기능하는 것을 찾아내야 한다. 어느 쪽이 더 쉬울까? 당연히 일백 배의 효능을 내는 단백질을 찾는 것이나 합성하는 것이 빠르다고 여기지만 반대로 사람의 세포가 그런 일을 더 빨리 할지도 모를 일이다. 인삼을 많이 생산하고 세계에서 효능이 가장 좋은 인삼을 가장 많이 팔아도 그 반대로 인삼을 가장 많이 수입하여 그 인삼을 가공하고 재처리 재합성하여 더 많은 돈을 버는 곳도 있다. 한국은 전자이고 후자는 스위스이다. 후자가 더 잘 하고 있다. 조그만 시계로 큰돈을 버는 곳이 스위스다. 나라가 작고 바다도 없고 높은 산이고 여건이 그렇게 만든다. 꽃에서 단백질을 추출하여 일백 배로 효능을 높이는 일이 스위스처럼 하는 일이다. 그렇게 하는 것이 더 나은 듯하다. 인삼에서 사포닌 성분만 추출하거나 좋은 약성이 있는 무엇을 추출하여 고부가가치로 만든 일을 하고 있는 스위스이다. 영세중립국으로 살고 세계의 돈을 끌어들여 이자도 잘 받는다. 더 쉽기는 콩에서 뽑은 단백질을 된장이나 두부나 간장을 만드는 것을 넘어서서 일백 배로 효능을 높이는 방법의 발견이다. 콩 속의 단백질을 추출해 일백 배나 높이면 꽃을 이용하지 않게 돼 꽃이 만발하지 않게 되지 않나? 그러면 꽃에 포함된 단백질은 동물에게 양보하면 된다. 콩의 단백질을 일백 배만 올려도 목축이나 어업이 필요 없을 정도가 아닌가? 아름다운 꽃은 만발한 세상이어야 하므로 꽃에 단백질이 많게 한 것은 동물이 먹게 하여 널리 퍼져 있게 세상을 만들면 된다. 비싼 인삼을 싸서 더 비싼 것을 만들어 낸다. 엄두가 나지 않는 일을 벌인다. 시계로 성공하는 방법과 흡사하다. 시계가 워낙 고가이고 비밀자금도 은행에 많이 들어오니 비싼 것도 엄청난 돈에도 감각이 매우 발달해 있다. 한 대에 5조원인 항공모함을 사서 일 년에 운영비로 5천억이나 6천억을 지불하면서 더 비싼 무엇을 해내나? 인삼보다는 항공모함이 너무너무 비싸다. 비싼 보석을 사서 더 비싼 무엇을 만드나? 비싼 차를 사서 더 비싼 무엇을 하나? 일억 짜리 차를 사서 하루에 십만 원을 받고 빌려주면 삼 년이면 찻값이 빠진다. 시간이 길어질수록 이익이 발생한다. 5조 원인 항공모함을 사서 하루에 얼마를 받고 빌려주어야 이익이 생기나? 일억 짜리 차를 임대하는 일을 벌일 정도는 되는 사람이지만 5조 가치의 배를 임대할 정도의 사람이 있나? 일억 짜리 차로 비교하면 5조인 항공모함은 하루 임대료가 50억 원이 된다. 나라와 나라 사이에 원조금액이나 방위분담금은 일조 원에 육박한다. 북한에 원조하는 금액이나 미국에 지불하는 방위분담금이나 둘 다 거의 일조원에 육박한다. 하루에 30억 원 까지는 아니라도 300일에 30억을 곱하면 9,000억 원이다. 한국은 북한과 미국에 하루에 50억을 주고 항공모함 한 대를 반쪽 씩 양쪽에서 임대하여 사용하는 꼴이다. 꼭 정확하진 않아도 그런 셈이다. 300조나 400조의 예산에서 2조이면 견뎌낼 정도이긴 하지만 항공모함을 임대하여 이용할 정도다. 월급이 300만 원이나 400만 원에서 2만 원 정도를 일반인들은 지출할 여력이 있다. 나라와 개인이 다르지만 비싸고 비싼 항공모함을 임대하여 쓸 정도가 된다. 아예, 항공모함을 운용해버리면 어떠냐? 양쪽에 돈을 주지 않는다면 살아가기가 만만찮은 것도 현실이다. 세금을 내어야 하니? 꽃에서 단백질이 나오거나 콩을 일백 배로 효능을 높이는 일에 그만한 돈이 들어가면 결과물이 나올까? 개인이나 사기업은 2조원을 한 해에 벌기가 하늘의 별따기처럼 어렵다. 그렇지만 인구 5천 만의 국가는 한 해에 쓰는 돈이 300조를 넘는다. 2조 원이면 항공모함도 가능하지만 그렇게 돈을 쓰기는 아까울 것이다. 예쁜 꽃은 꽃이 많은 세상을 원한다. 또 어떤 사람은 단백질이 꽃에서 나오길 원한다. 항공모함을 원하는 사람도 있다. 스위스나 몽골은 항공모함이 필요 없다. 우크라이나도 항공모함이 필요 없지만 항공모함 설계도는 중국에 팔아먹는 나라이기도 하다. 한국은 삼면이 바다인 반도국가라서 항공모함이 필요하다. 비싼 항공모함을 사서 이익이 되나? 골머리가 아프다. 비싼 인삼을 사서 이익이 나와야 하는데. 신경이 많이 쓰인다. 들판에 널린 비싸지 않은 꽃을 구해 단백질을 일백 배나 높여 어디에 쓰나? 단백질을 이용해 석유대신으로 사용하나? 단백질을 이용해 에너지로 사용하나? 꽃에서 추출한 단백질로 에너지를 만들어 에너지 효율을 일백 배로 늘이면 꽃이 만발한 지구가 된다. 에너지를 필요로 하는 사람들이 많은 꽃을 키울 것이다. 옥수수에서 사탕수수에서 에탄올 에너지가 나온다. 대두(大豆)와 유채꽃에서는 디젤 에너지가 나온다. 배고픈 나라의 사람들에게는 마음에 닿지 않고 서글픈 일이지만 에탄올을 디젤을 식량에서 추출한다. 140억 부셸의 옥수수에서 1부셸이 25.4킬로그램인데 4달러나 8달러라면 에탄올을 추출하여 적정가격을 받을 수 있으면 포기하지 않을 것이다. 꽃에서 추출한 단백질이 옥수수보다 더 저렴한 상태이고 경제적 가치가 있으면 에너지로 사용하려 할 것이다. 유채기름이나 아주까리기름이나 동백기름도 사용한다. 일제강점기에 아주까리기름이나 송진도 모두 일본이 이용했다. 유채는 유채꽃이기도 하다. 동백은 동백꽃이기도 하다. 유채꽃은 아름답다. 동백꽃은 아름답다. 기름이 나온다. 식물성 기름의 효율을 일백 배로 늘이면 대단한 일이 된다. 옥수수나 사탕수수의 에탄올을 일백 배나 효율을 높이면 많은 식량자원을 쓰지 않고도 사람이 원하는 것을 이룰 수 있다. 에탄올이 일백 배나 가격이 싸다면 석유나 석탄이나 우라늄에 기대지 않아도 해결의 실마리가 보이기 때문이다. 수력발전이나 화력발전도 멈출 지도 모른다. 항공모함이 원자력의 힘으로 2년에 한 번만 원자력 에너지를 공급받으면 된다는데 단백질이나 에탄올의 효율이 일백 배로 높아지면 원자력도 또 상응하여 일백 배나 효율이 또 높아진다면 항공모함은 한 번의 에너지 공급으로 200년이나 움직일 수 있다. 그러면 항공모함이 200년이나 지탱해야 하고 200년이 지나도 더 업그레이드가 되는 배가 되어야 한다. 항공모함을 30년이나 50년에 한 번씩 자체적으로 개량하여 타고 다녀야 할 처지가 될 것이다. 꽃에서 단백질을 추출하거나 단백질 효율을 높이거나 꽃에서 단백질이 생성되게 하는 일은 매우 중요하고 좋은 일이다. 꽃이 많은 지구는 더 좋은 지구이기도 하다. 흉년에 더 많은 단백질이 나오는 야생의 많은 꽃은 인류에게 축복의 선물이 된다. 꽃에서 추출된 단백질이 에너지가 되는 것도 반가운 일이다. 산속에는 나무가 높이 솟아 있어 바닥은 약간 어둡고 빛이 적다. 음지에 적응하는 식물이 많다. 꽃은 양지에 많이 핀다. 지하식물공장이면 인공태양이나 인공조명으로 빛을 많이 필요로 하는 꽃들도 얼마든지 키울 수 있다. 예쁜 꽃과 외로운 섬 두 친구는 산속을 다니다가 산속에서 지하로 연결된 길을 통하여 지하국가5로 내려간다. 훨씬 더 밝고 꽃도 더 많고 향기도 좋다. 나무의 키는 산속보다 작다. 꽃이 고기는 아닌지라 곧바로 꽃을 따먹어도 고기 맛은 나지 않는다. 가공을 해야만 고기 맛이 난다. 잠시 만났던 다람쥐가 생각난다. 다람과 쥐의 결합이다. 단어로는 쥐가 끝에 붙어 있다. 그러고 보니 매우 큰 쥐 같은 느낌이다. 쥐를 보고 느낀 감정과는 전혀 다른 예쁜 다람쥐다. 다람쥐는 다른 쥐란 말인가? 닮은 쥐란 말인가? 다람은 다르다는 것인가? 닮았다는 것인가? 다른쥐도 아니고 닮은쥐도 아니고 다람쥐다. 그러니까 다르지도 닮지도 않은 다람쥐다. 안데스 산맥의 인디오들은 쥐같이 생긴 동물을 잡아먹는다. 주식인 감자를 줄이는 쥐 같은 동물을 잡아먹는 것은 당연한 일이다. 다람쥐는 쥐 같지만 잡기도 어렵고 잡아먹는 경우는 드물다. 거의 없다. 다람쥐를 사냥한다는 기록은 거의 보이지를 않는다. 털을 이용하기 위해 잡았을 수는 있을 것이다. 다람쥐를 잡아 단백질을 공급하는 일은 거의 없는 듯하다. 다람쥐는 잡기도 어렵지만 너무 귀엽고 예쁘기도 하다. 그런데 예쁜 토끼는 많이 잡아먹은 사람들이다. 아무래도 토끼는 많고 잡기도 쉽지 않았나? 여겨지기도 한다. 다람쥐는 도토리를 맺는 나무와 관련이 깊다. 상수리나무, 굴참나무, 참나무, 등등 도토리를 떨어뜨리는 나무는 비가 적게 오는 가뭄과 흉년이 드는 기후가 아주 나쁠 때 도토리가 많아진다. 기후가 나빠지면 식물이나 동물이나 살기가 어렵고 후손을 어떻게든 퍼뜨리려고 각고의 노력을 할 것이다. 도토리도 자신의 분신을 더 많이 남기려는 나무의 처절한 생존투쟁의 산물이 아닐까? 이세를 남기려는. 식물이나 나무도 기후조건이 나쁘면 먼 훗날을 대비한다는 것이 아니냐이다. 다람쥐도 겨울잠을 대비해 도토리를 저장한다. 사람들도 처절하게 후손을 퍼뜨리려고 한다. 꽃에서 단백질을 추출하려 한다. 옥수수나 사탕수수에서 에탄올 에너지가 나온다. 석유가 비싸니 처절하게 찾아낸 결과물이다. 셰일 가스까지 나온다. 흉년이 드는 기후조건에서 많은 도토리를 사람이나 짐승이 먹어서 이세들을 널리 퍼뜨려달라는 나무의 주문이 아닌가? 나무도 살기 위해서 그러는 모양이다. 사람보다 더 놀랍다. 그러면 사람은 흉년에 어떻게 대비해야 하나? 나무조차도 해내는 일인데 말이다. 도토리가 많다는 것은 나무가 위기를 느끼고 있다는 증거가 아닌가? 위험을 알아차리고 있다는 반증이 아닌가? 나이테는 겨울을 안다는 증거이다. 열대지역의 나무는 나이테가 없다. 겨울의 혹독함이 없기 때문이다. 열대지방의 사람들에게는 의복이 거의 필요 없다. 추운 지역의 사람들은 토끼

가죽이 필요하다. 토끼를 사냥해 고기를 먹고 토끼의 가죽을 말려 처절하게 겨울을 대비한다. 추우니까 토끼털이 많은 토끼의 가죽이 소용이 된다. 세상의 수많은 나무가 있고 각각의 나무가 있다. 그 많은 나무의 잎이 하나하나가 다 다르고 한 그루의 나무에 달린 나뭇잎도 같은 나뭇잎이 하나도 없다. 땅에 떨어진 도토리도 똑같은 도토리는 하나도 없다. 그렇게 많은 꽃 중에서 단백질이 많거나 합성이 잘 되거나 효율이 높은 것이 있지 않나? 꽃에서 단백질을 찾으려는 사람들이 나타나는 것은 사람에게도 위기가 와서 인가? 도토리를 많이 생산하는 나무처럼 몹시 급박한 상황인가? '25시'를 쓴 게오르규가 소설가의 사명이 잠수함에서 산소부족을 가장 빨리 느끼는 토끼처럼 세상에서 토끼의 역할을 해야 한다고 하는데 꽃에서 단백질을 찾는 행동이 죽음을 예견하는 토끼와 같은 것인가? 탄광의 막장에서 광부의 생명을 미리 챙겨주는 카나리아의 역할인가? 토끼나 카나리아나 도토리는 사람에게 경고의 예비 사이렌이다. 꽃을 식용의 예로 사용하는 것은 많다. 허브식물을 비빔밥에 비벼 먹는다. 진달래를 화전에 이용한다. 호박꽃을 튀겨먹는 스님도 있다. 꽃에서 단백질을 찾기는 쉽지 않다. 꽃은 꽃의 기능으로 작용하는 것이 정상이지만 비정상적인 식량으로의 전환을 모색하는 일도 벌어진다. 식량인 옥수수와 사탕수수에서 에탄올을 추출하여 에너지로 이용하는 것은 에너지가 위험수위에 다다랐다는 것이 간접증명이 된다. 식량이 아니라 에너지일 수 있다. 식량자급률이 형편없는 한국도 식량을 수입하여 굶어죽는 사람은 거의 없으나 겨울에 추워서 얼어 죽는 사람은 발생한다는 점에서 에너지가 더 급박한 일이기도 하다. 얼어 죽는 사람보다 자살하는 사람이 더 많으니 자살을 막는 것이 더 급하기도 하다. 교통사고로 죽는 사람도 많았지만 줄고 있고 그래도 많기는 하다. 한국에선 죽는 문제에 있어서 마음의 문제인 자살이 더 급한 일이고 먹는 것보다 추워서 죽는 문제가 더 급하다. 단백질보다 에너지가 마음의 평화가 더 문제다. 행복지수 꼴찌, 자살률 1위, 이혼율1위, 마음에 들지 않는 것들이 드러난다. 행복하면 자살을 할 이유가 전혀 없다. 자신이 하는 일이 행복하면 행복한 인생이다. 글을 쓰는 일이 행복하면 행복하다. 달리는 일이 행복하면 행복하다. 꽃에서 단백질을 찾는 일이 행복하면 행복하다. 꽃에서 에너지를 찾는 일이 행복하면 행복하다. 꽃이 만발한 세상을 만드는 일이 행복하면 행복한 것이다. 꽃에서 나오는 단백질로 인해 동물이나 가축이 도살되지 않음은 행복한 일이다. 동물이나 가축이 사람의 식량으로 죽지 않으면 동물이나 가축도 행복하다. 동물이나 가축이 사람을 위해 죽지 않는 것이 정말로 동물이나 가축의 입장에서 행복한지는 알 길이 잘 없으나 그렇게 추측을 하는 사람들이다. 왜 행복지수가 꼴찌가 나오나? 왜 자살률이 1위가 되나? 왜 이혼율 1위가 되나? 행복하지 않으니 죽고 싶다. 이것이 5천만 명이 모인 곳에 밑바닥에 깔려 있다는 것이 아닌가? 죽고 싶을 정도로 행복하지 않다. 불행하니 죽는다. 희망이 없다는 것인가? 십만 분의 일의 희망이면 족하지 않나? 로또가 팔백만 분의 일의 확률이라 하지만 열 번을 사면 팔십만 분의 일의 확률이고 백 번을 사면 팔만 분의 일의 확률이고 천 번을 사면 팔천 분의 일의 확률이 아니냐? 전 세계 소설가 십만 명 중의 한 명이면 행복하지 않나? 한국의 소설가 팔백 명 중에 소설로만 돈을 버는 180명이 아니어도 행복하지 않나? 조엔 K 롤링처럼 5억 권의 소설이 팔릴 거라고 바보같이 믿으면 행복하지 않나? 아무도 인정하지 않아도 조엔 K 롤링처럼 된다고 믿는 바보가 되면 행복하지 않나? 자살할 필요가 없다. 한 권이 팔리지 않아도 5억 권이 팔릴 거라는 바보의 희망이 살게 하지 않나? 정말로 한 권이 팔리지 않아도 소설을 쓸 수 있는 것이 너무나 행복하지 않나? 전 세계에 소설을 쓸 줄 아는 십만 명 중에 한 사람인 것이 행복하지 않나? 전 세계 십만 명 중에 꼴찌라도 행복하지 않나? 한국의 5천 만 명 중에 제일 꼴찌라도 한국에 사는 것이 행복하지 않나? 전 세계 지구에서 꼴찌라도 지구에 살고 있는 것이 행복하지 않나? 지구에 살고 있는 것이 행복이라면 행복하지 않을 이유가 없다. 지구에 사람으로 살고 있는 것이 행복이라면 한국에 살고 있는 것이 행복하지 않나? 희망이 없는 구조적인 구조의 사회라면 희망이 보이는 사회로 고쳐나가야 한다. 무엇이 한국에서 희망이 없게 만들어가나? 예쁜 꽃은 무엇이 희망인가? 외로운 섬은 무엇이 희망인가? 십대 청소년이 희망을 잃는 것은 무슨 이유 때문인가? 물어보면 알 수 있는 문제이다. 강요된 공부가 문제라면 강요된 공부를 하지 않는 것이 답이다. 강제로 공부하지 않는 길을 열어주면 된다. 강제된 공부가 원인이 돼 그래서 십대의 자살률이 가장 높다고 하면 줄이는 것이 답이다. 노인이 궁핍하여 자살이 많다면 궁핍을 완화시켜야 한다. 그래야 꽃이 만발한 사회가 아닌가? 생물의 일종인 꽃만 아니라 마음의 꽃이 활짝 피어야 마음의 행복으로 환한 꽃의 세상이 아닌가? 교통사고로 많이 죽자 음주측정을 하고 교통에 대한 캠페인을 많이 하자 사망자가 많이 줄고 있다. 자살과 행복과는 관계가 밀접하다. 행복과 자살과는 관계가 밀접하다. 강요된 공부, 노년의 궁핍, 놀고 싶은 십대를 놀지 못하게 하는 공부, 편안하게 지내고 싶은데 돈이 없어 불편한 노후, 십대는 놀게 하고 노인은 돈을 좀 더 넉넉하게 쓰도록 하면 자살은 줄고 행복은 늘어난다. 그것 아닌가? 십대가 놀려고 하면 부모가 막는다. 공부를 하라고 막는다. 노인이 돈을 쓰려고 하니 돈은 없고 일을 할 수도 없고 절망만이 앞에 선다. 십대를 막는 것은 부모이고 노인을 막는 것은 일을 주지 않는 사회이다. 십대는 부모의 간섭이 줄어드는 세상으로 노인에게는 일자리를 주는 세상으로 변해야 한다. 그러면 마음의 꽃이 피어 자살은 멀리 가고 행복은 가까이 온다.

　자연에 핀 꽃도 사람의 마음을 움직이지만 사람의 마음속의 꽃을 피우는 것이 더 급하다. 자살자 중에 십대가 가장 많고 결혼하고서는 이혼이 가장 많고 늙으면 빈곤에 가장 많이 시달리고 그러니 가장 행복하지 않다. 10대에 많이 죽고 30대에 결혼하여 불만이다가 40대에 50대에 이혼하고 70대 노년에는 빈곤하면 일생이 행복하지 않다가 죽게 되는 행복이 꼴찌가 아닌가? 너무나 정확하게 일생의 전체가 행복하지 않다. 이상한 사회이다. 경고음이 세게 울리는 나라이다. 이웃이 불행하면 그 불행이 멀리 가지도 않는 모양이다. 가까운 동족이 300백만 명이나 굶어죽으니 그 여파가 가장 가까운 피붙이에게 오는 것일까? 형제가 굶주려 죽는데 형제간에 행복이 있나? 불행이 있는 것이 아니냐? 이웃이 지진해일로 고통을 받는데 이웃이 행복하나? 남의 불행, 그 가까운 형제의 불행, 이웃의 불행이 전염이 되는 면도 있지 않을까? 불행의 바이러스가 전염이 되는데 이겨낼 면역이 있어야 하지 않나? 사실, 도움을 받는 것보다 도움을 주는 것이 더 즐겁고 행복하고 마음이 흡족하다고 한다. 도움을 줄 수 있는 것이 불가능한 경우도 있지만 가능한 경우이면 도움을 주고 사는 것이 더 행복하다. 공부를 잘 하는 아이는 공부를 친구에게 가르쳐 주는 친구라도 한다. 아는 것을 가르쳐 주기 위해선 더 많이 더 정확히 알아야 하고 더 노력할 수밖에 없고 가르쳐 주는 과정에서 엄청나게 더 많이 알게 되고 능력이 나아진다. 그냥 아는 것을 가르쳐 주려면 한 번 본 신문의 내용도 열 번을 보아야 하고 더 정확하고 꼼꼼하게 알아야 한다. 그런 과정을 친구에게 공부를 가르쳐주다가 무의식적으로 더 공부를 잘하게 되는 것이다. 친구에게 무료로 열심히 공부를 가르쳐준다면 대단한 능력자가 어느새 되고 만다. 굶어죽는 삼백만을 떠안는 것이 일시적으로는 고통이지만 그들을 살리려고 만든 농업이나 식량의 인프라는 고스란히 나중에는 이득이 될 수 있다. 방사능으로 고통 받는 사람들을 살리려고 노력하다가 방사능을 잘 다루는 것이 가능해지면 초일류국가가 될 수 있다. 남의 불행을 혈육의 불행을 이웃의 불행을 친구의 공부를 도와주는 것이 결국은 자신이 행복해진다. 대단히 행복해진다. 도움을 받는 것보다 월등히 행복해진다. 내가 도와주어 삼백만이 굶어죽지 않았다. 내가 도와주어 방사능이 해결됐다. 내가 도와주어 친구가 공부를 잘한다. 정말로 행복하게 된다. 내가 도와주어 한 사람이 굶어죽지 않았다. 내가 도와주어 한 사람이 방사능의 고통에서 해방되었다. 내가 도와주어 한 사람이 공부에 스트레스를 받지 않게 되었다. 그것이 아닌가? 북한 사람이 행복해야, 일본 사람이 행복해야, 중국 사람이 행복해야, 남한 사람도 행복하다. 주위의 사람이 모두 불행한데 나 혼자 행복하기는 쉽지 않다. 남한 사람이 행복하지 않은 것은 북한 사람을 행복하게 해주지 않기 때문에 그런 것이 아닐까? 배고픈 형제에게 밥을 주지 않고 혼자 배부른 쪽이 어떻게 행복할 수 있겠나? 답이 이상하게 돌아가는 듯 느껴지지만 그렇지 않나? 2,400만 명이 이밥에 고깃국을 먹는데 30억 달러가 든다. 이밥에 고깃국을 남한이 제공하는 것이 불가능하지가 않다. 3조 6천억이다. 이것을 못하니 남한 사람들이 불행한 것이 아니냐? 원인과 결과의 처방이 정확하진 않아도 그렇다. 사교육비가 20조원이다. 음식물을 버리는 돈이 얼마다. 국방비가 35조다. 국방비의 10%나 혹은 사교육비의 18%나 그 정도의 돈을 절약하여 2,400만 명을 이밥에 고깃국을 먹게 해 줄 수 있다. 그러면 동포 2,400만 명이 얼마나 행복하나? 그 놀라운 행복이 남한에 오지 않나? 물론, 그 반대라고 하는 사람들도 많다. 그렇지만 그 반대가 아닌 것이 사실이지 않나? 남한 인구 한 명당 7만 원 조금 넘는 돈을 부담하면 북한 사람들은 누구나 이밥에 고깃국을 먹게 된다. 7만 몇 천 원이 큰돈이기는 하다. 7만 몇 천 원이 작은 돈이기는 하다. 근로능력이 있거나 젊은 사람이 부담해야 하므로 부담할 사람은 한 사람이 7만 몇 천 원이 아니라 서너 배는 된다. 영유아나 노약자나 학생이나 저소득층이나 이리저리 빼면 능력이 있는 사람이 부담해야 하므로 부담하는 사람은 한 사람이 20만 원이나 30만 원이 될 수 있다. 일 년 내내 2,400만 명이 이밥에 고깃국을 먹는 굶주리지 않는다는 사실은 얼마나 놀라운 일이냐? 그러면 남북한 서로가 행복한데 할 수 있는 일을 하지 못하는 현실이 우울하고 답답한 것이다. 20만 원이나 30만 원으로 십대가 자살하지 않고 이혼으로 가정이 파탄나지 않고 노인도 궁핍하지 않다면 누가 마다할 일인가? 20만 원이나 30만 원이면 일 년 소득의 백분의 일 정도이다. 백분의 일만 기부를 하면 2,400만 명이 이밥에 고깃국을 일 년 내내 먹는다니 정말일까? 믿기지도 않을 지경이다. 남한에선 쌀 한 가마니나 두 가마니 정도밖에 안 되는데 쌀로는 되지만 고기 값이 나오나? 의문이 들기도 한다. 전문가들의 판단이 가능하다니 믿어보는 것이다. 한 사람이 쌀 한 가마니면 일 년 동안 식량은 되고 대략으로 소고기도 십만 원이면 남한에서도 3킬로그램은 되니 가능한 일로 여겨진다. 새터민은 남한 사람의 고민은 고민이 아니라 여기기도 한다. 남한의 직장인이 직장을 그만두고 장사를 하려니 아내가 반대하여 큰 문제라고 하는 것에 대해 직장에 다니던 장사를 하던 밥을 먹는데 지장이 없는데 고민거리가 아니라 여긴다. 굶주린 사람은 굶주리지 않으면 고민거리가 아니지만 굶주리지 아니한 사람은 더 안전하고 편안한 것이 더 중요한 일로 생각하니 마찰이 생긴다. 직장을 그만두면 부부는 금이 가고 잘되면 괜찮지만 불만이 쌓이면 이혼이 되고 불행하다고 하게 된다. 불행한 것이 배는 불러도 일어나는 일이다. 더 배가 부르지 않다는 것이 불행이 된다. 절대빈곤을 넘어선 경우에는 더 나은 무엇을 차지해야만 행복하다고 느끼는지 행복을 느끼는 단계가 많이 달라져 있다. 남한은 이밥에 고깃국으론 행복이 더 나아가지 않는다. 더 나은 것을 자꾸 요구하고 그것이 충족되지 않는다고 불만이 많고 불행한 것이 하루며 하루라고 불행하다고 한다. 가정집의 조그만 꽃밭으로 만족하지 못하고 커다란 식물원의 꽃동산을 원하니 채워주기가 쉽지 않다. 사교육비 20조 원, 국방비 35조 원은 대기업이 일 년에 벌어들이는 이윤을 생각할 때 엄청난 돈이다. 대기업이 일 년에 20조 원 벌기는 참으로 어렵다. 겨우 한 개의 회사만이 가능한 듯 여겨진다. 학생이 그렇게 공부를 하고 싶은 것이 아니라 부모가 20조 원을 부담하면서 부모가 하는 일처럼 여겨진다. 자식을 공부시키는 일은 사적인 영역의 일이다. 넓게는 국가가 관련되지만 사교육의 비용은 개인이 부모가 부담한다. 아무래도 과잉 투자되는 부분이다. 원래 교육이 직접적으로 생산에 투입되는 요소가 아니라 간접 투자되고 효력을 알기도 긴 세월이 걸린다. 시간과 돈이 많이 들어가는데도 많은 학생들과 부모들이 크게 행복하지도 않으니 문제다. 행복이 아니라 골칫거리가 되니 문제다. 시간과 돈이 들어가서 긍정적이고 좋은 것이 즐거운 것이 되어야 하는데 아니라니 참 황당한 일이다. 시간과 돈을 들여서 공원을 만들고 꽃동산을 만들었는데 꽃에 벌과 나비가 한 마리도 오지 않고 무용지물의 공원이라 사람들도 찾지 않으면 이 무슨 꼴인가? 마음의 꽃밭을 가꾸라고 열심히 모두가 노력했는데 마음의 꽃밭이 아니라 마음의 가시밭이 되면 많이 잘못되는 것이다. 교육은 마음의 가시밭을 만드는 것이 아니다. 마음의 아름다운 꽃밭을 만드는 것이 아니냐? 마음의 꽃밭을 만들기 위한 경쟁은 옳은 것이지만 마음의 가시밭을 만들기 위한 경쟁은 많이 잘못된 것이다. 사교육은 처음에는 개인적인 마음의 꽃밭을 만들려고 시작하지만 가다가 길이 자꾸만 뒤바뀌는 일이 생겨 길이 어긋나게 된다. 길이 어긋나면 다시 가거나 돌아가거나 똑바로 가야 한다. 지구는 둥글기 때문에 어긋나든 말든 가는 길만 가면 나중에는 되돌아 원래의 자리로 온다고 여기고 계속 가야만 하나? 사람이 가시에 찔리면 기겁을 한다. 가시밭을 걷다보면 가시에 찔러 기겁을 해야 하지만 가시밭을 가도 아무런 고통이 없다면 마지막에 받는 고통은 그 고통이 너무나 심한 고통이 된다. 한 사람이 아니라 수많은 사람이 고통을 당하며 가시에 찔리는 일을 반복하는 것은 매우 어리석은 일이다. 원래 사람이 어리석지만 931번의 외침을 받고도 또 어리석게 932번의 외침을 당하는 사람이 되는 것이 아닐까? 가시에 931번이 찔려도 잊어버리는 것이 사람이라니 매우 바보스럽다. 찔린 자리에 또 찔리면 그 고통이 너무나 아파야 하지만 아프지 않다면 이건 무슨 일이냐? 원하지 않지만 가시에 931번이 찔린다. 원하지 않지만 결과가 가시에 찔리게 되는 데도 그 가시를 마다하지 않으면 제 정신이 아니지 않나? 제 정신을 차리기는 누가 차려야 하나? 제 정신을 차려야 할 사람이 차려야 한다. 가시밭이 아니라 마음의 꽃밭으로 정신으로 차려야 한다. 많은 십대가 스스로 가슴에 칼을 찌르고 숨을 멈춘다. 가시가 아니라 날카로운 칼을 찌르고 만다. 스스로 결정한 일이라 잘한 일이라고 하기엔 답이 틀리다는 감정이다. 마음속의 꽃이 시들어 죽어버리자 실제의 칼을 가슴에 꽂아 버린다. 어린 영혼이지만 칼을 입에 물고 가슴에 찌르고 한다. 아무래도 곁에서 잘못하지 않았나? 아무래도 옆에서 틀린 답을 은근히 주지 않았나? 그런 반성조차 하지 않는 것이 우리이고 나라면 자꾸만 칼이 가만히 있지 않고 춤을 추는 현상이 벌어지지 않나? 마음에 핀 꽃이 어떤 칼로 변해야 하나? 요리하는 칼이나 좋은 일에 쓰이는 칼이 되어야 하지 않나? 어린 영혼들이 날마다 가슴속에 칼을 품고 칼로 춤을 춘다니 무섭지 않나? 모두가 꽃인 아이들이 칼이 되어 자신을 찌르고 더 일이 꼬이면 다른 사람까지 찌르면 잘못된 일이 맞다. 그러면 고쳐야 된다. 그러면 바꿔야 된다. 배고픈 사람이 없도록 만들어야 된다. 추운 사람이 없도록 만들어야 된다. 어린 학생이 황당한 선택을 하기 전에 움직여야 한다. 성적(成績)이 문젯거리인 모양이다. 이루어 쌓인 것을 요구하는데 어린 학생들이 무엇을 그렇게 많이 이루어 쌓아 놓았겠나? 어른들도 이루어 쌓아 놓은 것을 따지거나 요구할 때 화가 난다. 극히 소수의 사람들은 이루어 쌓은 것이 찬란하여 특별대우를 받을지 몰라도 많은 사람들이 그렇지 않다. 인생을 살 만큼 산 사람도 삶의 성적(成績)을 요구하면 쥐구멍에 들어갈 심정이다. 어린 학생들에게 자꾸 고문을 가하는 것은 학생들이 아닌 부모나 제삼자이다. 어른들도 감당하지 못하는 것을 어린 학생들이 자꾸만 감당하게 한다. 한평생을 지나도 이루고 쌓인 것을 보면 한심하거나 짜증이 확 나는 것이 사람이지 않나? 왜 학생들에게 강요하나? 이루고 쌓인 것이 어디 있느냐고? 도토리는 스스로 알아서 흉년에는 씨앗을 많이 퍼뜨리려고 노력한다. 어린 학생인들 자연의 일부인 사람인데 도토리가 하듯이 알아서 씨앗을 많이 생산할지 적게 생산할지 때가 되면 할 것이다. 때도 되지 않았는데 자꾸 미리 독촉을 하여 일을 그르치나? 도토리의 양을 도토리를 맺는 나무가 잘 알아서 결정하는 것이다. 도토리를 맺으려면 시간이 있는데 아직 시간이 차지 않은 어린 학생들에게 빨리 더 빨리 도토리를 맺으라고 강요한들 그 강요가 틀리게 된다니 문제이다. 도토리를 많이 맺어야 되겠다고 어린 학생이 차차 알게 되면 놀랍고 놀라운 결과물을 성적(成績)을 자연적으로 표출하지 않나? 부모가 미리 나설 일이 아니다. 도토리를 많이 한 번도 맺지도 못하고 끝나버리는 어린 학생들이 너무나 안쓰럽다. 언젠가는 한 번은 무수히 많은 도토리를 땅바닥에 떨어뜨릴 것이었는데! 배가 고픈 2,400만 명이 한 사람씩 나는 누구 때문에 배가 고프지 않았다고 2,400만 말마디가 환청으로 들리지 않나? 한 사람씩 한 사람을 책임졌다면 2,400만 명의 이름이 들리지 않나? 2,400만 개의 도토리가 땅바닥에 떨어진다. 도토리 풍년이다. 2,400만 송이의 꽃이 피어난다. 마음의 꽃이 피어난다. 행복의 꽃이 피어난다. 풍성한 꽃동산이 된다.

예쁜 꽃이 꽃 이름이나 꽃에 대해 친구들 보다 많이 알지만 마음의 꽃을 가꾸는 일은 아직 능숙한 솜씨가 아니다. 열 살의 나이에서 아직 마음의 꽃에 대한 개념의 정립이 없다. 꽃이 아름답다. 가꾸는 것은 좋다. 그런 정도이다. 자연이나 인공으로 가꾸는 꽃은 사람이 정성이나 노력을 들이면 가능하다. 마음의 꽃은 일상에서 보는 꽃이 마음에 닿아 마음으로 피는 꽃이어야 한다. 마음으로 악마의 꽃을 어리석게 피우려는 사람은 근본적으로 없지만 살다보면 다른 길로 빠져 마음에 악의 꽃이 피는 일이 생긴다. 브들레르의 '악의 꽃' 이 아니라 사람의 마음속에 피는 악의 꽃이다. 형제가 뚜렷한 이유 없이 20년이나 30년을 만나지 않았다면 마음에 악의 꽃이 피었다고 할 수 있나? 무언가 향기롭지 못한 꽃이 형제의 마음에 핀 것이 맞다. 배고픈 동포가 굶어 죽어 가는데 돌보지 않는 것은 마음에 악의 꽃이 피는 것이 아니냐? 악(惡)의 반대는 선(善)인가? 마음에 선의 꽃이 필 수 있다. 선악과(善惡果)는 왜 인간을 힘들게 만들었을까? 선악화(善惡花)는 마음에서 핀다. 자연 상태에서 피는 꽃이 선악화는 아니다. 사람이 피우는 꽃이 선악화다. 늑대소년은 늑대무리와 살면서 선악의 구별을 못한다. 늑대처럼 울부짖고 늑대처럼 네 발로 기어 다닌다. 16년이나 늑대와 살면서 늑대의 습성을 익혔다. 사람의 세계로 돌아와 다시 사람이 되어야 했다. 16년이나 선악화를 피우는 것에 대한 자세한 공부를 하면 사람들은 아무래도 선화(善花)를 더 피우지 않을까? 마음의 꽃, 심화(心花)는 분명히 선화(善花)가 맞다. 예쁜 꽃이 기특하게도 마음의 꽃으로 선의 꽃을 피우려고 해도 사실이지 막연한 점이 문제로 드러난다. 막연하지만 화두(話頭)로 선택한 것이 얼마나 훌륭한 일이냐? 논리적이고 실천적인 구체성이 없지만 그런 마음만 먹는 것만 해도 진일보한 일이다. 화두를 물고 늘어지면 답은 천천히 아니면 순식간에도 풀릴 수 있다. 어쩌면 동물로부터 단백질을 얻지 않고 꽃에서 얻으려는 것도 선화를 물고 늘어진 화두의 힘일 것이다. 선화를 피울 화두는 십대가 행복하여 자살을 택하지 않는 세상이고 이혼이 줄어드는 세상이며 노인이 궁핍하지 않는 세상이다. 꽃이 만발한 세상이고 짐승이 고기로 도축 당하지 않는 세상이다. 예쁜 꽃과 친구들이 멋지게 사는 신세계이다. 신세계에선 늑대소년처럼 늑대의 흉내를 낼 필요가 없다. 선화를 피우는 흉내를 내면 된다. 지금 당장에 말하는 것들은 하나 같이 예쁜 꽃이 받아들이기에는 당황한 것뿐이다. 내로라하는 선생님들이 다시 어린이에게 맞는 선화의 화두를 제시해야 한다. 홍수가 나면 물이 물밀듯이 상류에서 밀려 내려온다. 어린이도 마음속에 선화의 화두가 물밀듯이 밀려나와 어린이의 세상을 넘어 어른의 세상까지 온 세상을 뒤바꿀지 모른다. 예쁜 꽃은 무슨 예쁜 꽃을 피우나? 꽃에서 사랑이 샘솟는 꽃이라면 가장 좋을까? 꽃에서 우정이 싹트는 꽃이라면 가장 좋은가? 꽃에서 자비가 넘친다면 가장 좋은 꽃인가? 그런데 마음에 피는 꽃이나 바다에 피는 꽃은 무엇이 다른가? 마음에 피는 꽃은 어떻게든 실체가 드러나든지 안 드러나든지 무슨 일이 벌어질 것이다. 그러나 바다에 피는 꽃은 원천적으로 모호하지 않나? 바다에 꽃이 필 수 있을까? 태평양에는 한반도의 일곱 배에 달하는 플라스틱 부유물이 떠 있다. 한반도의 일곱 배의 바다 위에 플라스틱 부유물 위에 꽃을 피워 그 꽃에서 단백질을 추출하면 되지 않나? 단백질이 사람에게 아무래도 꺼림칙하면 에너지를 추출하면 되지 않나? 유채꽃이나 동백꽃이나 아주까리나 사람은 먹지 않는 대두나 옥수수나 사탕수수나 등을 키워 디젤유나 에탄올이나 생산하면 좋지 않나? 한반도는 자그마치 1,200억 평이다. 예전 대구의 1,200배이다. (현재 대구는 달성군 포함 2억 6천만 평임.) 20~30억 평이면 남한 인구의 식량의 삼분의 일 정도를 경작한다. 플라스틱 위에 토양성분이면 괜찮지만 그래도 좀 꺼림칙하지만 플라스틱에서 사는 식물이라면 아무래도 환경호르몬이 겁이 난다. 식량보다는 에너지를 추출하는 것이 낫지 않나? 플라스틱 부유물을 흡수한 식물이나 무엇에서 에너지를 얻는다면 태평양의 플라스틱 부유물은 서로가 차지하려고 할 다이아몬드가 된다. 태평양의 플라스틱 부유물에 무슨 꽃이 피나? 거기서 기름이 나온다. 더 잘 개발하면 식량이 나온다. 더 발전하면 땅이 된다. 바다에도 꽃이 핀다. 바다에도 꽃의 향기가 난다. 바다가 아니지 않나? 물고기가 플라스틱 부유물을 먹고 살아가게 되면 사람은 머리가 아파진다. 북극곰이 사람과 가장 떨어져서 가장 오염이 덜 된 곳에 살지만 가장 상위 포식자이다 보니 북극곰의 몸속에는 가장 많은 비닐 계통의 성분이 몸에 축적되어 있다. 플라스틱을 북극곰이 간접적으로 먹고 있다. 가장 많이 먹고 있다. 사람도 플라스틱을 먹고 나빠질지 이상이 없는 새로운 종으로 바뀔지 모를 일이다. 바다의 어류가 플라스틱으로 북극곰과 같아지면 사람들은 꽃에서 단백질을 공급받아야 한다. 플라스틱을 먹은 어류와 바다의 플라스틱 위에서 만든 식물이나 무엇에서는 에너지를 추출하던지 식량 이외의 다른 방법을 택해야 한다. 더 넓은 바다의 물고기를 먹지 않고 사람들이 모자란 단백질을 어디에서 보충하나? 플라스틱 부유물을 현명하게 이용해야 한다. 플라스틱 부유물로 항공모함을 만들면 얼마나 큰 배를 만들 수 있나? 플라스틱으로 배를 만들 수 없나? 플라스틱으로 섬을 만들 수 없나? 플라스틱을 먹고 자란 꽃에서 에너지를 추출할 수 없나? 플라스틱을 먹고 자란 미생물에서 에너지를 추출할 수 없나? 바다 위의 플라스틱 부유물에서 전기를 생산할 수 없나? 아니면 플라스틱 부유물을 연탄이나 석탄이나 가스로 변형할 수 없나? 플라스틱 부유물을 빨아먹는 배를 만들어 배 안에서 어떤 식으로든지 에너지나 벽돌이나 무엇으로 변형을 하여 사람에게 좋게 이용하면 좋다. 플라스틱 건축자재로 만든 섬에서 꽃을 가꾸면 인공으로 만든 땅에 꽃동산이 생긴다. 한반도의 일곱 배나 되는 넓이를 풍선으로 만들어 부풀려서 위로 높게 만든다면 더 넓은 공간이 만들어져 어마어마한 영토가 되기도 할 것이다. 남북한 보다 더 큰 풍선 나라가 위에도 여러 층으로 있다면 얼마나 많은 꽃을 심어야 하나? 태평양 바다 위의 풍선 나라 5층에는 누가 살고 있나? 예쁜 꽃이 살고 있나? 친구들이 살고 있나? 풍선 나라 5층에서 바닷물을 먹고 자라는 꽃은 얼마나 예쁠까? 바닷물을 먹고 잘 자라는 김이나 미역이나 다시마, 파래 등도 있고, 소금 토양에서도 자라는 함초도 있다. 풍선 나라 5층은 허리케인, 토네이도, 태풍에도 잘 견뎌낼까? 바다 위에서 꽃이 피는 날, 잠수함에도 여자 승무원이 승선하는 일이 가능해진 오늘 날, 배에는 여자가 탈 수 없다고 하다가 타게 된 지금, 시간이 지날수록 금기시되거나 안 되는 일이 되곤 한다. 미군이 해병대 지휘관 훈련과정에도 여성을 참가시키기 시작하고 있다. 견뎌내지 못하리라 생각했었지만 훈련과정의 참여가 허용되고 있다. 정상적인 상륙과정이면 병력의 80% 이상이 전사하는 일에 그것도 지휘관에 여성이 왜 참여하려 하나? 아기를 낳아야 하지 않나? 아기는 누가 낳나? 열 명에 여덟 명이 넘게 죽어도 상륙작전을 하는 전쟁이다. 10%나 20%의 병력이 살아남는 것을 전제로 하는 일이다. 상륙작전은 한 번만 실패하면 치명적이다. 임진강의 벽란도나 금강으론 배가 들어갈 수 있지만 배가 들어가기 어려운 곳이 많다. 당나라 소정방의 대군도 금강이 아니었다면 상륙하기가 쉽지 않았을 것이다. 금강을 남한의 모든 도시에서 지하나 지상으로 연결하여 중국으로 이으면 상당히 좋은 뱃길이다. 심청이 피운 연꽃이 황해 위에 피어 있다. 백제의 많은 사람들이 당나라에 끌려갈 때 황해에는 많은 연꽃이 피었나? 연꽃은 바다 밑의 용궁에서 피지 않나? 바다 밑에서도 꽃이 핀다. 심청의 인당수는 바다 밑에 꽃이 핀다. 태평양 바다 밑에 연꽃이 핀다. 눈 먼 심봉사가 눈을 뜨는 연꽃이다. 공양미 삼백 석에 심청은 목숨을 던진다. 쌀 육백 가마 지금의 가격으로도 상당하다. 그 옛날의 농사기술로 얼마나 대단한 것이냐? 예쁜 꽃은 아버지의 눈을 띄우기 위해 죽지는 않을 것이다. 아무리 아름다운 연꽃이 필지라도 하지 않을 것이다. 모를 일이다. 왕비가 되는 것이 꿈이라면 할까? 바다 밑에는 사람이 산다. 아름다운 꽃이 피는 세상이다. 바다 밑에는 용왕님이 아프기도 한다. 토끼는 용왕님이 좋아하시기도 한다.

'연꽃은 연근이 가장 많이 재배되는 곳에서 핀다. 참으로 많은 연꽃이 피어 있다. 저수지나 넓은 들녘이 모두 연꽃이다. 크고 큰 연잎이다. 물을 빼고 연근을 캐내는 일은 매우 힘들다. 연은 하수구의 시커먼 물을 먹고도 연이 잘 자란다. 연이 자라는 밭은 깨끗한 물이 아니다.

연이 자라는 밭의 흙은 너무 더러워 보인다. 논으로 가는 길에는 연이 자라는 밭을 지나야 한다. 논이 연을 키우는 밭으로 변한 곳이기도 하다. 미꾸라지가 많이 사는 흙과 연이 사는 흙은 비슷하다. 얼마나 많은 논을 경작해야 쌀이 육백 가마가 나오나? 얼마나 연을 많이 재배해야 쌀이 육백 가마가 되나? 쌀과 연과 보리를 얻기 위해 고생해야 한다. 일요일이면 얼마나 싫은 일을 해야 하나? 거름을 싣고 먼 논까지 가기가 싫다. 냄새도 나고 하기 싫어도 농사를 지어야 쌀과 보리가 나오지 않나? 닭을 잡아야 닭고기를 먹지 않나? 토끼를 잡아야 토끼 고기를 먹지 않나? 개를 잡아야 개고기를 먹지 않나? 해야만 고기를 먹을 수 있다. 미꾸라지를 시키면 흙탕물에서 잡아야 추어탕을 먹지 않나? 해야 한다. 달걀을 얻기 위해 닭을 키우고 닭똥을 치워야 한다. 일인당 100달러의 삶이 고달프다. 그런데 연꽃이 핀 모습은 대단한 장관이다. 추수를 앞둔 들녘은 장관이다. 먹고 살기 위해 일을 안 할 수가 없었다. 그런데 적고 적은 농토조차 없던 사람들이 많았다. 농사도 짓지 못하는데 어디에서 먹을 것을 찾나? 땅을 빌려서 농사를 짓는다. 땅을 빌릴 힘이 없다. 그래도 살기는 산다. 중진국 함정에서 벗어나 조만간에 4만 달러. 선진국이란다.'

연꽃이 핀다. 심봉사가 눈을 뜬다. 심청이를 본다. 알 수가 있나? 왕비를 알 수가 있나? 예쁜 꽃은 연꽃을 키워보나? 시키면 흙과 시궁창의 물을 연꽃이 요구하는데 그런 것을 구하기가 어렵다. 깨끗한 흙과 맑은 물이다. 예쁜 꽃은 맑은 물과 깨끗한 흙으로 꽃을 키운다. 시커멓고 더러운 물에서 연꽃이 피듯이 태평양의 플라스틱 부유물 위에서 아름다운 연꽃 같은 것이 필 것이다. 태평양의 바다 밑에는 많은 용궁이 있을 것이다. 어마어마하게 많은 심청이와 왕비와 눈을 뜬 사람들이 있을 것이다. 태평양이 어떻게 시커멀 수가 있나? 사람들이 정신을 차리지 않으면 시커멓게 될 수 있다. 연꽃이 피어 땅과 물을 깨끗하게 해주지 않으면 태평양은 시커멓게 변할 날이 온다. 벌써 플라스틱 부유물이 경고를 하고 있다. 북극곰이 임신이 잘 되지 않는다고 한다. 북극곰을 살려주려면 더 춥게 만들고 오염이 되지 않은 물고기를 먹여야 하는데 쉽지 않은 일이다. 북극곰이 사는 북극에는 꽃이 자랄 수 없는 환경이다. 짧은 여름에나 가능할지 모른다. 꽃이 자라지 않는 북극이나 남극에는 어떤 꽃을 피우나? 아주 좁은 땅을 두껍고 단열이 잘 되는 유리나 투명한 재료를 이용하여 돔을 만들고 그 안에 꽃이 자라게끔 하면 꽃이 살 수 있다. 그런 꽃이 사는 돔을 사람이 거주하는 연구소 근처나 길목에 설치하면 아주 드물게 꽃을 볼 수 있다. 사람이 거주하는 아주 좁은 공간에도 작은 꽃을 피울 수 있다. 그래야 정서적으로 훨씬 견디기가 좋다고 한다. 너무 비용이 많이 들어서 그렇지 꽃이 남극이나 북극에서도 필 수 있다. 태평양의 바다 위의 많은 플라스틱 부유물을 이용하여 남극이나 북극에 인공화분을 만들어 던져 놓으면 꽃이 많이 필 수 있으나 이차적인 공해가 안 되어야 하는 부담도 있다. 인공화분을 단열이 잘 되게 만들어 남극이나 북극에 가져가 꽃을 키우면 무슨 좋은 점이 있나? 할 수는 있으나 경제성이 매우 적다. 땅값은 매우 저렴하다. 값이 매우 많이 나가는 꽃이 되어야 답이 나온다. 산삼이 적합하다. 산삼 인공화분을 남극에 가져가서 백 년 후에 수확을 하면 값이 꽤 된다. 도라지를 삼 년마다 8번 옮겨서 산삼과 같은 약효가 나오게 하면 답이 약간 나온다. 그렇지 않으면 경제성이 매우 떨어진다. 남극의 인공화분에서 자라는 산삼을 지키기 위해 일백 년을 수고해야 한다. 인공화분에 남극이나 북극의 경치 좋은 곳에 꽃동산을 만들어 관광지로 활용하면 관광객이 많아지나? 일반적인 도시의 가로나 공원의 가로에 겨울에도 꽃이 피는 작은 인공화분을 길 따라 세워놓아 겨울에도 아름다운 꽃을 보게 하자 해도 돈이 많이 든다고 잘 하지 않으려 한다. 그런데 북극이나 남극에 만드는 사람들이 있을까? 오히려 사람들이 도시나 농촌의 길가에 겨울에도 인공화분 속에서 꽃이 피는 것을 보는 것보다 남극이나 북극의 길에서 인공화분 속의 꽃을 보는 것을 더 좋아할 것이다. 사막에서 스키장이나 눈이나 얼음으로 지은 것을 더 좋아하니까? 예쁜 꽃이 남극이나 북극에서 인공화분 속에서 활짝 핀 연꽃을 본다면 매우 놀라울 체험일 것이다. 오히려 스님들이 더 놀랄 일일 것이다. 남방에서 가져온 불교와 관련된 나무를 겨울에 유리를 씌워 따뜻하게 하여 보호하는 것을 볼 때 전혀 일어나지 않는 일은 아닐 것이다. 온실이 남극이나 북극에서도 기능할 수 있다. 조선시대에도 겨울에 온실을 이용하여 채소를 가꾸어 궁중에서 소비한 것을 보면 경제성을 떠나서도 하는 일이다. 그러면 꽃이 남극이나 북극에서 피는 것은 기정사실이지만 규모가 다르다는 점이 차이일 것이다. 북극의 혹한에서 꽃이 자라고 그 꽃에서 단백질이 추출된다면 북극곰의 생육도 좋아지고 더 많은 북극곰이 살지도 모를 일이다. 북극곰이 꽃을 먹고 산다. 북극곰이 한 번에 90킬로그램의 고기를 먹는다. 북극곰이 한 번에 일 톤의 꽃을 먹어야 90킬로그램의 단백질이나 지방이 나오지 않나? 엄청나게 많은 꽃이 피어야 한다. 북극곰 수컷이 700킬로그램이나 되니 한 번에 90킬로그램을 먹어도 되는 모양이다. 동물 중에 사람을 먹이로 생각하는 동물이 지구상에 북극곰밖에 없다. 사람은 북극곰에게 먹이로 먹히면 수컷에게는 90킬로그램의 사람이 아니면 배가 덜 차 한 사람이나 두 사람을 더 먹을 것이다. 살코기만 그렇게 먹으니 몇 사람을 잡아먹어야 배가 찰 것이다. 엄청나게 많은 꽃이 북극에 피어 단백질이나 지방을 북극곰이 원 없이 먹게 되면 그제야 사람을 먹이로 보지 않게 될까? 누가 북극곰에게 단백질이 많은 꽃을 먹여줄까? 사람이 제공하게 된다면 먹이를 이용해 북극곰을 길들일 수 있나? 북극곰을 길들여 애완용으로 기르나? 정신을 차린 북극곰이 사람을 먹이로 공격하면 어찌되나? 웅담을 채취하던 사육곰이 골칫거리이다. 웅담 채취가 금지 되니 말이다. 평생을 좁디좁은 우리에서 한 번도 벗어나지 못한 사육곰들이다. 북극에 보내면 모두 얼어 죽지 않나? 사육하던 곰을 풀어줄 공간이 없다. 북극곰은 넓고 넓은 북극에서 산 행운을 얻었지만 그 행운이 길어져야 할 텐데. 사육 당하던 곰들은 한 번도 좁은 우리를 벗어나보지 못했다. 같은 곰이지만 팔자가 무척 다르다. 곰을 겨울잠을 자는데 사육 당하는 곰은 겨울잠도 평생 자지 못했다면 어떤 증상이 나타날까? 자연 상태가 아니라 인공 상태이기 때문이다. 북극곰도 먹이가 부족하고 얼음이 너무 많이 녹아버려 환경이 너무 변하면 겨울잠을 자지 못할 지도 모른다. 겨울잠을 자고 나온 곰이 먼저 뜯어먹는 풀이 곰취이다. 북극곰이나 사육 당하는 곰은 맛을 보지 못한다. 일반곰이 먹는 것과 북극곰이 먹는 것은 차이가 많이 난다. 같은 곰이지만 환경에 따라 먹이가 많이 다르기 때문이다. 사람도 북극곰이나 일반곰이나 사육 당하는 곰처럼 형편에 따라 먹는 것이 많이 다르다. 사람도 꽃에서 단백질을 얻듯이 곰들도 단백질을 꽃에서 얻는다면 훨씬 좋은 일이 되나? 사육 곰 천여 마리는 이제부터 웅담을 강제로 몸에서 적출당하지 않아도 된다. 쓸개가 인간의 손에서 적출당하지 않는다. 사람들이 북극곰을 생각한다. 사람들이 동물을 생각한다. 소의 쓸개는 우황이다. 병든 소의 쓸개가 약효가 있다. 말은 쓸개가 없다. 닭장에서 키우는 닭이 달걀을 닭고기를 사람에게 준다. 넓은 남극이나 북극이 있지만 넓은 땅에 닭을 키울 힘이 모자라는 사람들이 무슨 재주를 찾아낼까?

　예쁜 꽃이 구체적으로 할 일은 거의 없다. 열 살의 나이로 무임승차를 하고 혜택을 마음껏 누리면 된다. 기성세대가 올바르게 세운 세상을 잘 이어가면 된다. 사람의 눈으로 보는 꽃은 아름답다. 사람의 마음에 피는 꽃은 또 다른 차원이다. 단백질이나 지방을 함유한 꽃을 한 번에 90킬로그램을 섭취하는 북극곰 수컷은 어마어마하게 큰 위장을 가지고 있다. 그렇지만 사람처럼 배가 터지게 먹지 않고 위의 70~80%만 채운 수준이라면 90킬로그램을 채우고도 남는 위가 아닌가? 그 먹이 속에 비닐 계통의 오염물질이 들어가지 않아야 정상적인 번식이 가능하다. 사람의 탐욕이 북극에까지 영향을 미친다. 과자봉지, 라면봉지, 플라스틱 재료로 기름을 만들어야 한다. 휘발유나 경유가 나온다. 페트병으론 셔츠까지 만든다. 그러나 완벽하지 않으니 북극곰에게까지 탈이 난다. 북극곰이 예전처럼 잘 살면 꽃이 지지 않는 세상이다. 마음의 꽃은 사람들이 곰을 살리려 한다. 곰을 살려야 사람이 산다. 어쩌면 이기적으로 사람들이 살려고 곰을 살리는 것 같다. 사람도 지구상의 생물종의 한 종류임을 부인하기 어렵다. 다른 생물이 죽는데 사람이란 생물만이 홀로 죽지 않을 수 없다. 북극이 그렇게 까지나 사람과 밀접한 관련이 있나? 북극에 많은 온실들이 만들어진다. 이글루는 단열이 잘 되는 집이다. 너와집도 지붕이 여름에는 바람이 잘 통해 시원하지만 겨울에는 눈이 지붕에 많이 쌓여 단열효과로 방안은 따뜻하게 된다. 많은 눈과 얼음이지만 잘 이용하면 단열효과도 크다. 얼음 속에 눈 속에 파묻힌 온실이어도 따뜻할 수도 있다. 다람쥐가 대부분 땅속에서 추운 겨울을 지낸다. 하늘다람쥐는 고목나무의 구멍에서 겨울을 나지만 땅속에서 겨울을 나는 다람쥐이다. 눈과 얼음이 두꺼운 벽이 되고 영하 60도의 북극의 바깥 날씨와는 동떨어지게 만들 것이다. 소수의 에스키모들도 생존한다. 온실을 많이 만들어 북극에서 꽃이 핀다면 또 다른 신천지를 열 시초이다. 북극과 남극의 얼음과 눈 속에서 식물이 자란다. 곧 동물이 살게 된다. 눈과 얼음이 겨울에는 꼭 있어야 한다. 북극은 다 녹아버리면 바다가 아닌가? 어느 정도 깊은 눈과 얼음 속은 도시의 지하철의 지하와 같은 느낌일 것이다. 겨울잠을 자는 동물들이 먹이로 사용할 수 있는 식물들이 온실에서 눈 속이나 얼음 속에서 많이 생산된다면 겨울잠을 자는 동물들이 많이 남극이나 북극에도 불어날 것이다. 사람이 가장 많이 불어날 것이기도 할 것이다. 북극의 얼음 속에 식물원이 북극의 눈 속에 동물원이 그리고 지하철이 연결된다. 영원히 북극이 녹지 않아야 된다는 것이 정말로 필요한 사실이다. 북극의 지하에서는 물이 너무 많다. 눈과 얼음과 바닷물이 모두 물이다. 수력발전으로 북극의 지하에서 전기를 생산하면 엄청나게 많이 생산하여 사용할 수 있다. 북극의 지하는 지하 수력발전으로 인해 온실이나 지하철이 너무나 잘 발달될 수 있다. 지하국가나 별반 다르지 않게 될 수 있다. 북극에서 지하로 수직으로 지하국가와 연결되려면 태평양 바다 밑을 거쳐야 한다. 바다 위의 얼음 덩어리와 태평양 바다와 바다 밑 해저의 지하국가와 연결이 쉬운 일이냐? 가장 아래의 지하국가5와 연결이 쉬우냐? 거대한 빙산을 피해가는 재주나 거대한 빙산에 부딪혀도 사고가 나지 않는 방법이나, 빙산을 뚫고 올라가거나, 내려가거나, 모든 방향에서 빙산을 뚫고 나갈 수 있는 방법이나, 빙산에게 다치지 않고 빙산이 문제를 일으키지 않고 잘 북극을 돌아다닐 방법이 있냐? 빙산을 극복할 묘수가 쉽지 않은 북극이나 남극의 바다 밑이다. 거대한 유빙과 부딪혀도 유빙이 솜털보다 가볍게 반응하게 되는 물리적 방법이 무엇이냐? 시속 천 킬로미터의 열

차와 충돌해도 아무런 탈이 없는 식의 방법이 무엇이냐? 잠수함이 시속 이천 킬로미터의 속력으로 거대 유빙과 충돌해도 아무런 탈이 일어나지 않는 방법이 도대체 무엇이냐? 잠수함에서 꽃을 가꾸면 가능할까? 빙산이 십분의 일만 바다 위에 나타나 보이고 90%는 바다 밑에 잠겨 보이지 않는다. 90%가 보이지 않는다. 예쁜 꽃도 자신의 능력을 90%는 숨기고 있을까? 상륙작전도 투입하는 해병대 군병력의 10%나 20%의 생존만을 믿고 감행하는 군사작전이다. 분대장의 힘도 분대원 8~9명의 힘의 합으로 나타나는 실력이다. 나무는 뿌리가 지상의 솟아 있는 나무의 위용과 비슷할 것이다. 꽃도 그런 셈이다. 예쁜 꽃이 지금 보이고 있는 모든 것들이 빙산처럼 십분의 일을 보여주고 있을까? 사람의 마음 속에 있는 마음 꽃의 에너지는 얼마의 힘을 낼지 잘 모르는 영역이다. 빙산보다 예측이 더 어렵다. 거대 빙산은 사람을 왜소하게 만든다. 그렇지만 그 빙산과 맞서서 부딪혀서 살아남기를 바보같이 생각을 한다. 그것을 물리학이니 수리학이니 하면서 공부를 하는 이상한 족속이다. 어느 시점에서는 사람이 거대 빙산을 전혀 무섭게 생각하지 않고 다치지 않고 잘 이용하거나 피하거나 귀신같은 재주를 부릴 것이다. 보이지 않는 거대 빙산의 90%의 힘을 정확하게 잘 알고 그 빙산 앞에서도 당당히 살아남는 사람들을 보게 될 것이다. 더 이상 북극의 바다가 바다 밑이 두렵지 않다면 남극도 똑같이 두렵지 않다. 당황한 일도 일어날 것이다. 조그만 잠수함 한 대가 거대 빙산이 태평양으로 녹으면서 내려오는 것을 막아서서 움직이지 않게 저지하고 있다는 뉴스를 접할 지도 모른다. 조그만 잠수함 한 대가 나일 강이나 아마존 강의 하구에서 강물을 막아서고 있다는 황당한 일이 일어나냐? 잠수함 한 대가 거대한 강의 하구를 막아설 수 있나? 북극이 녹는 것을 막아 꽃을 북극에서 키우자는 것인가? 시위대의 물결이 10만 20만이면 경찰력으로 저지선을 만들어도 경찰병력이 뒤로 밀려난다. 막아내지 못한다. 강제적인 물리력이나 화력을 동원하지 않으면 시위대에게 밀린다. 강제적인 물리력이나 화력을 사용하면 인명이 살상되는 일이 벌어진다. 시위대가 너무 많으면 사실상 막기가 불가능하다. 군대를 동원할 지도 모른다. 군대가 동원되면 불상사가 일어날 것이 불을 보듯 명백하게 된다. 빙산을 붙잡는다니 말이 말 같지 않아 보인다. 예쁜 꽃이 빙산을 붙잡아 북극에 꽃을 피웠다. 예쁜 꽃이 20만의 시위대를 막았다. 혼자서 막았다. 꽃동산이 북극에 만들어졌다. 사람들이 북극에서 꽃놀이를 즐긴다. 예쁜 꽃의 친구들도 모두 같이 북극의 꽃놀이에 즐겁게 참가하여 행복감을 느꼈다. 입소문이 퍼진다. 남극에도 같다온 사람들이 많다. 북극이나 남극에서 꽃을 키우는 사람이 많다. 꽃이 많으니 벌을 키워 꿀을 만드는 양봉가도 많다. 산삼도 키우더라. 도라지도 산삼과 같다고 하더라. 온갖 말들이 퍼지고 사람들이 불어난다. 영하 60도가 춥지 않다니 놀라운 세상이다. 북극이나 남극의 눈 속이나 얼음 속이나 땅속이나 바다 속이나 사람들이 두려워하지 않는다. 꽃이 피어 있고 벌이 있고 꿀이 있으니 꿀을 먹고 사는 사람들이다. 크릴 새우나 생선은 아무래도 풍부하다. 미래의 인류의 식량인 크릴 새우는 남극이 가장 많나? 더 많은 크릴 새우를 키우기 위해 플랑크톤을 잘 키워 바다에 자꾸만 보충하나? 크릴 새우의 먹이인 플랑크톤은 고래의 배설물인 고래가 배설하는 똥에서 나오니 고래를 많이 더 많이 키워서 똥을 많이 싸게 해야 한다. 고래가 똥을 시원하게 잘 싸고 많이 싸야 사람의 먹을 것이 많아진다. 고래가 사람을 살리는 존재이다. 북극곰을 잘 살려놓으면 북극곰이 싸는 똥으로 사람이 잘 살지 알 길이 없다. 코끼리가 서식지에서 하루에 17번이나 똥을 싸 아프리카 밀림을 보호한다. 고래 똥과 코끼리 똥이 대단한 일을 한다. 하마의 똥도 물고기를 살리는 밥이다. 꽃을 많이 가꾸어 꽃에서 고래의 똥이나 코끼리의 똥 성분을 만들어 바다나 밀림에 뿌리면 크릴 새우나 밀림이 울창해져서 사람을 살린다. 예쁜 꽃은 똥에 관심이 없지만 혹시 친구 중에 누가 고래 똥을 연구할까? 코끼리 똥을 연구할까? 꽃에서 단백질을 추출하듯이 또 고래 똥이나 코끼리 똥을 닮은 것을 찾아낼까?

7. 멋진 강

멋진 강은 푸른 별의 오빠이다. 푸른 별의 고향에서 살고 있다. 멋진 강은 이제껏 강의 하구에서 조그만 잠수함이 강물을 막아서는 일을 겪은 적이 없다. 댐이나 저수지나 상수원에서 물을 막아 이용하는 일은 있어왔지만 잠수함이 거대한 빙산을 붙잡고 있다거나 황당한 일을 보진 못했다. 멋진 강은 강물이 막히는 일은 원천적으로 없다고 생각하지만 막는 일은 분명한 용도가 있었다. 아무리 막아도 완벽하게 막을 수는 없다. 강물이 막히는 댐을 만들기는 사람들이 수 천 년 만에 최근에야 하는 일이다. 높은 곳에서 낮은 곳으로 흐르는 강물을 만난 것은 매우 오래 전의 일이지만 강물을 낮은 곳에서 높은 곳으로 흘러보내는 것은 불가능하게 여겨온 측면이 강하다. 그렇지만 반중력을 이용하자 어렵지 않게 된 세상이기도 하다. 강을 따라 배가 올라오는 강은 그리 많지 않다. 더욱이 매우 큰 배가 올라오는 일은 불가능한 경우가 대부분이다. 강의 폭이 좁고 깊이도 깊지 않은데도 강으로 배가 올라가기 위해서는 배가 물위에 상당히 높이 떠서 갈 수 있어야 하고 강 폭이 좁은 문제까지 해결하려면 배가 하늘로 올라가야 한다. 배가 비행기의 기능까지 겸비해야 한다. 그러면 아예, 강이 없어도 갈 수 있는 비행기 겸용 배가 아닌가? 자기부상열차의 성능과 위그선의 성능과 수직이착륙기의 성능과 심하면 비행접시처럼 움직이는 만능의 용도로 활용되는 배이다. 그래도 하구의 물을 막기에는 쉽지 않을 것이다. 사과나무의 사과가 땅에 떨어지기 전까지는 반중력이 힘을 발휘하고 있는 것이다. 지하 수력발전은 중력을 이용한 것이다. 지하 수력발전은 물을 이용한 발전도 하면서 지하의 온도가 지상보다 따뜻하므로 지열발전도 동시에 할 수 있는 두 가지의 발전을 동시에 할 수 있다. 멋진 강은 지하에 지하호수를 만들 때 배의 격벽구조를 지하에 만들어 넣어 지하 깊이 갈수록 붕괴 위험이 많은 것을 예방하는, 즉 격벽을 두껍고 작게 많이 만들어 지하호수를 만들어야 한다는 점을 잘 알고 있다. 지하의 수력발전설비도 지상처럼 거대하게 한 개를 만드는 것이 아니라 아주 작은 것을 많이 만들어 넣어 합을 해서 큰 것 하나의 용량이 되게 운영되는 지하 수력발전소를 늘 보아 왔다. 지하호수에는 어마어마한 격벽과 격벽마다 상상 이상의 두께를 만들어 넣어 아주 조그만 수력발전기를 격벽으로 둘러 쳐진 조그만 아파트 한 채 크기의 공간마다 달아서 수도 없이 많은 발전기가 많이 힘을 내어 대용량의 전력을 만들어내는 구조이다. 아주 깊이 내려간 곳에서는 지열발전도 동시에 한다. 지하 수력발전과 지열발전으로 얻은 전기와 지하호수의 작은 격벽마다 담긴 물로 지하 식물공장을 운영한다. 작은 것이 많이 모여 큰 것이 된 구조이다. 지하에 만들어진 아파트 구조처럼 아파트 한 세대마다 물이 차 있는 작고 작은 물탱크 형태가 모여 만든 호수이고 아파트 한 세대마다 수력발전기가 달려 전기를 생산하는 구조이며 그 격벽이 아파트 벽보다 열 배나 두껍게 층마다 층간 두께는 아예, 아파트 한 채의 높이만큼 두껍게 만든 구조이다. 그리고 아파트 한 세대마다 건너서 지하 식물공장을 조그마하게 만들어 운영하는 구조이다. 그러니 합하면 대형 수력발전소이고 대형농장이지만 하나하나의 크기는 아파트 한 채의 작은 구조이다. 그래야 붕괴위험이나 지진에 대비할 수 있다. 사고가 나도 아파트 한 채만 사고가 나서 그 여파가 한 채에서 두 채로 전이가 안 되게 설계된 구조이다. 가스폭발이나 화재, 붕괴, 홍수 등이 옆 아파트와 분리되게 설계한 지하호수이다. 14억이 만들어내는 것이 적지 않다. 12억이 만들어내는 것이 적지 않다. 거대한 지상의 댐이 만드는 전력이 대단하다. 지하의 많은 아파트형 소형 수력발전기들이 수만 대나 수십 만 대가 모여서 만들어내는 발전량이 어마어마하다. 지상의 거대호수를 지하에 만들고 싶은 욕심은 있지만 아파트형 크기의 물탱크 형태의 작은 호수의 합인 지하호수가 차차로 아파트 두 채 크기들의 합으로 차차로 단위를 높여가는 중이다. 완벽한 상태가 되면 거대호수로까지 발전할 것이다. 격벽구조를 버리고 거대호수 구조를 이루어내는 날 멋진 강은 나이가 대단히 많아진 상태일 수도 있다. 이집트의 피라미드는 대단한 구조물이다. 그 시기에 만든 것이므로 매우 놀라운 것이다. 현대에는 아파트 두 동이면 이집트의 피라미드 수준이다. 늘 짓고 있는 아파트 두 동 정도가 피라미드이니 피라미드는 현대에는 대단하지 않다. 꽤 높은 아파트 두 동을 보고 현대인은 감동하지 않는다. 시큰둥한 반응이다. 지하 수력발전소와 지열발전소와 지하 식물공장이 동시에 만들어져 있어도 시간이 지나면 시큰둥한 반응이 나올 것이 틀림없다. 멋진 강은 오늘 무슨 일로 놀라움을 맛보나? 현대인은 피라미드를 너무 쉽게 만든다. 아니다. 오랜 시간 동안 숙련의 결과다. 아니다. 짧은 시간에 갑자기 비약을 해서 그렇다. 둘 다 맞는 이야기 같다. 멋진 강은 하루일과가 즐거운 날도 별로 즐거운 느낌이 나지 않는 날도 그럭저럭 보내고 있다. 매일 매일을 정신이 번쩍 뜬 채로 지내는 것은 아니다. 살고 있는 곳의 안락함에 빠져 편안한 상태이다. 너무나 평온하여 평온한 날을 뒤바꾸고 쉽다는 감정이 일어나는 것도 아니다. 사하라 사막이 먼 먼 옛날에는 바다라니 믿을 수 없을 일같이 여겨지나 사실이란다. 아프리카 대륙의 사분의 일을 차지하고 한반도의 38배 넓이다. 사막이지만 모래로 이루어진 지역은 20% 정도이다. 사막은 사람에게는 어려운 영역이지만 모래나 암석사막의 자갈이나 암석은 아무런 고민이 없이 편안할 것이다. 모래

위에 길을 내는 것은 어렵지만 암석이나 자갈은 모래보다 길을 내기가 덜 어렵다. 사막이지만 와디 같은 길을 택하면 약간은 더 수월한 길이다. 사막의 자연적인 길은 와디이다. 멋진 강이나 와디는 공통점이 있다. 사막의 우기에 와디는 일시적으로 강이 된다. 사막에서 정말로 멋진 강이다. 일 년 내내 흐르지 않아 사람들을 실망시킨다. 사막에는 암석이나 자갈이나 모래나 바람이 많다. 암석, 자갈, 모래는 모두가 건축자재이고 바람은 전기가 될 수 있다. 암석이나 자갈이나 모래는 피라미드나 아파트나 건물이 될 수 있고 바람은 전기로 변할 수 있다. 부족한 것은 물이나 사람이나 식물이다. 멋진 강은 이름이 물이며 실제로는 사람이다. 식물은 아니다. 사막의 80%가 암석사막이니 지하에 무엇을 만들어 넣는 일이 너무 어렵지는 않다. 지상에서 풍력이나 태양빛을 이용하면 에너지는 만들어진다. 물이 적거나 거의 없어 지하 수력발전은 쉽지가 않다. 멋진 강은 사막에 갈 필요성은 없다. 이름이 강이라서 사막에 가장 어울리는 조합이다. 강에는 물이 흐른다. 사막에는 모래가 흐른다. 암석사막에는 모래가 아닌 무엇이 흐르나? 하루에 두 번씩 달과 지구가 서로 끌어당기거나 밀어낸다. 그 결과로 바닷물이 움직인다. 밀물과 썰물이 일어난다. 파도만 잘 이용해도 미래에는 무한한 전기가 생산될 것이다. 에너지가 사막을 어떻게 변화시킬까? 물은 사막을 확실하게 변화시킨다. 멋진 강이 사막을 어떻게 변화시킬까? 사막에서 지하나 지상이나 건물을 짓고 에너지를 이용하여 냉난방이 가능하면 물이 없어 불편하지만 사람이 사막을 이용하는데 두세 발짝은 앞서가게 된다. 나일 강을 만들지는 못한 사람들이지만 아프리카의 먼 거리를 수로로 연결은 한다. 초보적인 강을 만드는 사람들이다. 초보적인 일이 예삿일은 아니다. 한국이 50년 전에 라디오를 조립할 때 제3세계의 전자기술을 어느 나라도 어느 사람도 주목하지 않았다. 매우 초보적인 수준이 50년이 지나자 어느 누구도 예견하지 못할 정도로 다른 상황으로 발전해 있다. 멋진 강이 사하라 사막에 대서양이나 인도양이나 지중해의 바닷물을 담수로 바꾸던지 그냥 바닷물로 하던지 강을 만들어 넣기 시작하면 긴 시간이 지날지 짧은 시간이 지나면 강이 될 수도 있다. 강은 나중에는 호수도 될 수 있다. 아주 단순하게 해안에서 육지로 강을 파면 강이 된다. 파지를 않는 사람들이지만 파면 강이 된다. 아무리 깊게 파도 깊은 바다의 깊이처럼 파지 못할 것이다. 혹시 이런 생각도 틀릴 수도 있다. 자꾸 파면 깊은 바다보다 더 깊이 팔지도 모를 일이다. 해안에서 사하라사막으로 강을 파는 일을 사람들이 하지 않았기 때문에 강이 생기지 않았다. 파기 시작하면 많이 달라진다. 글을 짓지 않으면 원고가 쌓이지 않는다. 글을 계속하여 지으면 원고가 쌓인다. 사람 키 높이까지도 쌓인다. 해안에서 사하라사막의 중심부로 자꾸만 강을 파들어 가면 강이 생긴다. 안 생기는 것이 아니다. 멋진 강이 생긴다. 멋진 강이 생긴 후에는 사람들이 매우 놀란다. 생기기 전까지는 믿지도 못하고 인정을 전혀 할 수 없다. 해안에서 사하라사막까지 강을 파는 사람이 있어야 강이 생긴다. 해안에서 가까운 곳에 거대한 인공호수를 바닷물을 끌어들여 만들어 놓고 그 호수에서 사막의 내부로 강을 만들어 갈 수도 있다. 이런 저런 방법들을 동원하면 강이 만들어진다. 열 살의 동생들보다 약간의 나이가 많은 멋진 강이 이 일을 해낼까? 사하라사막에는 거대한 바다가 인공으로 만들어질지도 모른다. 해안 가까이에 밀물이 들어올 때 바닷물을 인공으로 만든 호수에 많이 저장하였다가 내륙으로 보내는 방식이지만 썰물이면 또 그만큼 빠져나가는데 썰물일 때는 둑의 높이가 자동적으로 더 높아지는 구조물을 만들기가 쉽냐? 밀물과 썰물 때 들어오고 나가는 똑같은 양의 바닷물에서 썰물 때에 좀 적게 나가게만 설계된 방파

제나 무엇으로 사막의 내부로 바닷물이 들어오게 하면 바닷물이 하루에 두 번은 자동으로 사하라사막으로 들어가지 않나? 초보적인 일이 세월이 흐르면 대단한 일로 꼭 바뀌어야 하건만! 썰물을 막아내는 둑이 언제 만들어지나? 썰물은 바보같이 사람의 원을 들어줄까? 하루에 두 번씩 밀물은 자연현상으로 일어나고 썰물은 인공으로 세기가 약해지게 만든다. 둑을 이용하던지 할 수 있는 방법으로 해보는 것이다. 바닷물을 펌프로 퍼 올리던 물길로 끌어들이던 여러 가지로 해보는 것이다. 사람이 썰물을 막아낸다. 100% 막는 것이 아니라 0.0001%를 막아낸다. 아주 조금 막아내는 것이 사하라사막을 없애는 일이 된다. 아주 정말로 아주 조금만 막아내면 된다. 차차로 막아내는 양을 질을 높여가면 된다. 강이 있으면 사람이 많이 몰려 산다. 강이 없으면 많은 사람이 몰려 살기가 어려운지 사람들이 많지는 않다. 강이 없는 곳에 강을 만들어 넣으면 강이 있게 되고 사람들은 많이 몰려 살게 된다. 강을 만드는 일이 물을 가장 필요로 한다. 물이 많은 해안가에서 시작하는 것이 가장 수월하다. 양동이에 물을 담아 옮기듯이 바닷물을 옮기는 것이다. 양동이에서 차차로 개량이 되는 일이다. 수돗물을 차례대로 받기 위해 수많은 양동이들이 줄을 서 있다. 옆에는 사람들이 서 있다. 세월이 흐르니 수돗물을 만드는 정수장을 너무 과대하게 만들어서 만들어 놓은 정수장을 폐쇄하는 일이 일어난다. 사막에 강을 만든다. 어느 시점에서 사막에 강이 너무 많아 만들어 놓은 강을 강이 아닌 다른 용도로 변경을 가해야 하는 일이 일어날 것이다. 그렇게 힘든 수돗물이 정복이 되고 남아도는 일이 일어난다. 사막에서 물이 너무 어려운 일이지만 결국은 정복이 되고 사막에 만든 강을 폐쇄하는 일이 일어날 것이다. 사막에 만든 강을 폐쇄하면 말이 달리는 마도(馬道)로 사용하면 된다. 아니면 낙타가 다니는 낙타의 길로 사용하면 된다. 수돗물이 현대의 사람들의 평균수명을 획기적으로 늘어나게 만든 가장 중요한 요소라고 한다. 하루라도 물을 먹지 않는 날이 없다. 물이 깨끗하고 사람에게 탈이 나지 않으니 오래 살게 된다. 사막에서 깨끗하고 좋은 수돗물이 넉넉하게 공급되면 사람들이 오래 살게 된다. 양동이에 수돗물을 받다가 너무 고생을 한 사람들이 대비를 너무 철저히 하다 보니 정수장이 남아돌게 되는 현상마저 일어난다. 사막에서도 수돗물이 남아돌고 사막의 정수장을 너무 많이 지어 탈이 날 세상이 반드시 오지 않을까? 석유가 한 방울이 나오지 않아도 누구나 차를 몰고 사막에서 스키장을 만들어 스키를 타면서 에너지를 과하게 쓰고 있다. 사막의 스키장이 20년이나 후면 가능할까? 염려들을 하지만 200년이나 수천 년을 더 가다가 아니면 영원히 가능해질지도 모를 일이다. 석유가 한 방울이 나오지 않아도 살아갈 궁리를 자꾸만 한다. 대학교를 과하게 많이 지어 이제는 도리어 줄이는 일이 일어난다. 누구나 대학을 갈 정도가 되더니 대학이 너무 많고 학생은 줄어드니 대학교를 다른 용도로 사용해야 할 시점이다. 사막에 스키장이 너무 많아 사막의 스키장을 다른 용도로 사용할 날이 오지 않나? 사람은 이기적이고 욕망을 채우는 속성이 강하다. 석유가 없어도 차를 타려는 이기적인 욕망이 강하다. 양반이 되고 싶은 욕망이 강하다. 대학을 남아돌 지경으로까지 세운다. 결국은 남아돌게 된다. 사막에 강을 만들고 사막에 스키장을 만들고 나중엔 포화상태가 될 것이다. 한반도에 일억의 인구가 생존이 가능하다면 사하라 사막이 사람이 살게 되어 40억이 사는 날이 오고 그 날을 포기할 만큼 사람들의 이기심과 욕망의 그릇이 작지 않다. 멋진 강이 사막에 강을 만드는 것이 아니라 인간의 이기심과 욕망이 가능하게 한다. 북한에서 집단농장일 때는 해가 지면 모두 집으로 갔지만 집단농장을 개인들에게 나누어주자 변화가 나타나고 있다.

어둑한 밤에 사람들이 보이는 것이다. 무엇을 하나 보니 개인의 농장에서 해가 진 밤에 일을 하는 것이다. 소유욕이 사람을 밤에 일하게 한다. 집단농장이면 밤에 일을 하지 않는다. 내 것이란 소유욕이 생기지 않으니 말이다. 사하라사막이 강이 늘어나 강이 개인의 것이고 무엇이 남의 것이 아닌 나의 것이란 이기심과 욕망을 자극하면 사막이 옥토로 더 쉽게 변할 것이다. 강제로 밤에 일을 하게 하는 것은 어려워도 자신의 것이란 것이 밤에 일을 하게 만든다. 사하라사막의 모래는 산화철이 많이 포함되어 붉다. 다른 사막보다 석양에 더 붉다. 사람의 욕망까지 더하면 더 붉은 욕망의 사막이다. 사하라 사막에 40억 명이 산다. 지구 인구의 반 이상이 살게 된다. 집단농장이 아니라 개인농장이면 일어나는 일인가? 이스라엘은 집단농장으로 사막에 옥토를 만들지 않나? 정확하게 맞는 방법은 없지만 이런 저런 방법이 있다. 소금물인 사해의 바닷물로도 정수하여 사막을 옥토로 만드는 것이 이스라엘이다. 사해의 소금농도는 가장 높다. 지구상에서 가장 낮은 지역이기도 하다. 대서양이나 지중해나 인도양의 바닷물은 사해보다 염분이 적다. 담수로 만드는데 힘이 덜 든다. 사하라사막의 내륙까지 멀리 보내야 하는 단점이 있다. 해수를 담수로 만들면 인공수로를 이용해 내륙으로 보내면 되지만 일이 많기는 하다. 땅이나 영토를 중요시 하지 않을 개인이나 나라는 드물지만 자기나라도 아닌 곳인 사하라사막에 뛰어들게 하는 방법이 없나? 이득이 생기게 만들어야 할 것이다. 사하라에 사막을 가진 나라도 이익이 생기고 강을 만들거나 수로를 만들거나 담수를 만드는 사람이나 기업이나 나라도 이익이 생겨야 일을 할 것이다. 멋진 강이 하지 않아도 시스템이 잘 구비되면 아주 자연스럽게 잘 할 것이다. 이스라엘의 집단농장처럼 애국심이 해낼지? 자본주의 시스템인 이익을 따라 잘 해낼지? 여러 나라의 힘이 합쳐져 잘 해낼지?

일을 시작하는 날이 오고 꽃 필 날이 오고 사람들이 행복하게 사하라 사막에서 번성하는 날이 올 것이다. 그러면 많은 강에서 배를 타고 유람도 하고 강가에서 낚시도 하고 강을 따라 자전거도 타고 말을 타고 달리는 사하라사막이 될 것이다. 멋진 강이 사하라사막에 인공으로 만들어져 사람이 이용하는 것이 현실이다. 그렇게 되나? 나일 강만이 아니라 나일 강의 의미를 나타내는 많은 강이 나타난다. 사하라 강, 사하라의 각 나라의 이름을 딴 강, 무슨 강, 무슨 무슨 강, 많은 강이 있다. 한반도의 넓이를 기준으로 하면 강이 38개나 40개나 삼천리의 길이를 가진 강이 생긴다. 만리장성을 기준으로 하면 만리장성이나 되는 강이 생긴다. 5,700킬로미터, 1,700킬로미터의 강들이 생긴다. 사하라사막 동서길이 5,700킬로미터를 잇는 강이 생긴다. 직선이 5,700킬로미터인데 곡선으로 강을 이리저리 구부리면 일만 킬로미터가 되어 이만 오천리의 강이 생긴다. 모택동이 도망 다닌 2만 5천리 장정의 길이가 강이 된다. 남북으로 1,700킬로미터도 긴 강이다. 곡선이 되면 더 긴 강이 되는 것은 불문가지이다. 대서양과 인도양을 잇는 강이 생기면 아프리카 대륙은 갈라져서 두 개의 대륙이 된다. 남북아프리카가 될지도 모른다. 5,700킬로미터나 일만 킬로미터를 인간이 강을 만들어 한 대륙을 두 대륙으로 만든다. 구부러진 곡선의 강이 일만 킬로미터이지만 일 킬로미터씩 일만 조각을 내면 일만 조각의 한 부분인 일 킬로미터를 인공의 강으로 만드는 일은 어마어마하게 어렵게 느껴지지 않을 것이다. 일만 개의 건설사가 달라붙어 분업을 하면 불과 몇 년 만에 성공할까? 일만 분의 일로 분업으로 이룬 결과를 합하면 일만 배의 놀라운 기적을 우리는 향유하게 된다. 강을 만들다가 결국은 일만 킬로미터의 길을 즉 도로를 먼저 만드는 일이 일어날 것이다. 길이 있어야 일만 개의 건설업체가 일을 하러 돌아다닐 것이 아닌가? 강과 더 불어 도로도 생긴다. 강과 도로를 따라 마을이 생기고 도시가 생기고 나라가 생길 것이다. 이미 나라는 있지만 말이다. 시베리아 횡단철도나 미국의 동부와 서부를 잇는 철도가 만들어져 있다. 긴 길을 철도로 연결시킨 사람들이다. 강과 도로와 철도가 생기면 사막이 아니지 않는가? 사막이 아니다. 와디로 다니던 대상과 낙타는 기차를 타거나 강으로 배를 타고 다닐지 모른다. 오아시스가 드물어 사하라사막 전체를 여행하거나 탐험하긴 과거에는 어려웠지만 강이나 도로나 철도가 완비되면 이런 길들이 오아시스의 역할을 하므로 낙타를 타고 일만 킬로미터의 사막길이라도 위험이 거의 없이 탐험이나 여행이 가능해진다. 낙타로 여행이나 탐험을 하다가 힘들거나 위험하면 근처의 강이나 도로나 철도로 가서 안전을 확보하면 된다. 사하라사막의 일만 킬로미터를 일 킬로미터씩 잘라서 일 킬로미터를 강으로 만드는데 일천 억을 사용한다면 일만 킬로미터는 일천 조의 비용으로 만들어진다. 일천 조의 비용으로 사하라사막에 일만 킬로미터의 강을 만들 수 있나? 강물이 사하라사막을 적시면 사막은 오아시스로 변질된다. 많은 사람들이 이민을 오게 되어 새로운 합중국이 만들어진다. 사람보다 먼저 새나 곤충이 올 것이고 아프리카의 동물들이 새로운 땅을 선점할지도 모른다. 그러면 사람들이 동물들을 몰아내려고 인간의 야수성을 발휘할지도 모른다. 미국에서 들소를 죽이듯이 사정없이 동물들을 죽일 새로운 땅에 온 새로운 이주민을 보게 될까? 미국에서처럼 선주민인 인디언을 죽이듯이 새로운 이주민들이 선주민인 아프리카 사람들을 죽일까? 일어나지 않을 일도 대비를 해야 할 판이다. 사하라사막에 일 년에 일 킬로미터씩 강을 만들면 일만 년이 걸리고 일 년 만에 일만 개의 기업이 달라붙어 성공하면 일 년 만에 일어나는 일이다. 우주에서 보면 일 킬로미터는 보이지 않는다. 일만 킬로미터는 보일 듯 말듯 할 것이다.

하늘에서 비행기를 타고 보면 일만 개의 작업장이 일만 마리의 개미들이 움직이듯이 보일 것이다. 일만 마리의 개미가 인간의 역사를 바꾸는 듯이 보일까? 멋진 강이 고민하지 않아도 사하라사막에 강이 만들어져 있으면 멋진 강은 유람선을 타고 한 바퀴 돌아볼 수 있다. 무역선도 그 뱃길을 오갈지 모른다. 군함도 그 길을 갈 것이다. 강폭이 문제이지만 폭이 대단히 넓지 않은 배는 다닐 것이다. 고속도로 일 킬로미터 건설은 일백 억이 든다면 사막의 일 킬로미터를 강으로 만들려면 정말로 일천 억이면 가능할까? 경부고속도로가 처음에는 일 킬로미터 건설에 일억이 들다가 이제는 일백 억이 든다. 일백 배나 올랐다. 더 들기도 한다. 사하라사막의 공사비가 일 킬로미터 강으로 만드는 비용이 지금은 일천 억이다가 50년이 지나면 일조 원이 되나? 돈이 들어가면 안 되는 일은 아니다. 일천 조원이나 일백 조원을 투자하여 이익이 나와야 움직이지 않나? 사람들의 어떤 이기심이나 욕망이 사하라사막을 신천지로 바꾸나? 사하라사막이 가능성이 있다면 중국은 고비사막이나 타클라마칸사막을 가만두지 않을 것이다. 중국은 이미 3조 달러의 외환을 보유하고 있다. 이미 3,000조의 돈이 있다. 고비사막이나 타클라마칸사막에 일천 조를 투입하여 일만 킬로미터의 인공강을 만들까? 알 수 없는 일이다. 멋진 강이 사하라사막이 아닌 고비사막이나 타클라마칸사막에 먼저 생기나? 돈이나 인력이나 영토의 문제나 인구의 문제나 먼저 일어날 곳이 어디일까? 어디가 멋진 강이 먼저 생길까? 사막에 강이 생긴다. 생길 수 있는 일이 아닌가? 아니다. 생길 수 없는 일이다. 모르는 일이다.

멋진 강은 사람들이 긴 역사에서 길고 큰 강을 따라 문명이 일어났음을 잘 알고 있다. 세계 4대 문명이 강을 따라 일어났다. 21세기에도 길고 큰 강을 따라 사람들이 몰려 살고 있다. 일만 킬로미터의 강을 사람이 만들어 낸다는 것은 인류사의 새로운 시작이다. 지구상에 인구가 500억이 되어도 생존이 가능하다고 과학자들은 말한다. 지구상의 모든 황무지가 없어지는 일이 일어난다. 극지방이나 사막도 생존이 가능한 곳으로 변한다는 설명이다. 인공으로 만든 강이나 지하호수까지 만들어지면 더 많은 사람이 생존할 것이다. 고래처럼 변하기에는 더 많은 시간이 필요하겠지만 잠수함의 성능을 획기적으로 개선하면 고래를 따라잡아 바다에도 삶의 공간이 늘어날 것이다. 사람의 신체는 소금을 먹지 않으면 안 된다. 그러나 많이 먹으면 탈이 난다. 염분이 배출되면서 몸속의 칼슘도 같이 빠져 나간다. 염분이 몸속의 칼슘을 빼나가는 양만큼이나 칼슘이 늘 자동으로 보충되는 신체구조라면 바닷물을 먹고 살거나 바다에서 바닷물을 많이 먹어도 몸이 망가지지 않는다면 민물만 먹을 필요가 없다. 낙타처럼 지방을 함유한 혹이 사막에서 낙타의 생존을 가능하게 하듯이 사람도 낙타의 혹 같은 칼슘 혹이 있다면 바닷물도 상관없는 사람이 된다. 사람이 몸에 칼슘으로 만든 혹을 이식하고 있다면 강을 일부러 담수로 채울 필요도 없다. 바닷물로 채워도 잘 살 수 있다. 바닷물을 먹으면 칼슘 혹이 줄어들거나 없어지고 담수를 먹으면 칼슘 혹은 그대로 있는 것이다. 우주여행을 장기간하면 몸속의 칼슘이 빠져나가 곤란한 점이 있는데 인공으로 이식한 칼슘 혹은 우주여행이나 바닷물을 먹고 살아도 생존이 가능한 인류로 만들어준다. 남자의 유방이 여자처럼 커다란 칼슘 혹으로 변한 사람들이 나올까? 여자의 유방은 칼슘이 더 많아져 지금보다 두 배나 큰 유방이 되나? 한국인들은 소금섭취량이 평균보다 많아 건강을 해친다고 하는데 더 많이 소금을 섭취해도 문제가 없게 칼슘 혹이 생긴다면 바닷물로도 생존이 가능하고 우주에서도 더 적응력이 커진다. 사막에 일만 킬로미터의 강을 만들면 민물을 채우려면 많은 담수화 장비가 필요하지만 칼슘 혹을 이식한 사람이라면 바닷물로 채운 인공 강의 물로도 살 수 있고 칼슘 혹과 더불어 낙타같이 지방 혹까지 있으면 민물이나 바닷물이 없어도 생존이 가능하다. 칼슘 혹과 지방 혹과 인공 강의 물이 담수와 바닷물까지 네 가지를 다 가지고 있으면 사람은 사막을 두려워할 이유가 사라진다. 우주여행도 자꾸만 쉬워진다. 바닷물을 먹어도 죽지 않고 사막에서도 죽지 않는 인간은 어떤 인간인가? 포유류이면서 어류의 성질과 낙타의 성질이 섞인 이상한 동물인가? 사람은 사람의 신체구조를 바꾸는 것보단 기계나 기구로 먼저 대처하고 자연환경을 바꾸고 그 다음에야 신체구조를 바꿀 것이다. 그런데 기구나 기계나 자연환경을 바꾸어 놓으면 굳이 신체구조를 바꿀 필요성이 줄어들 것이다. 사막이나 바다나 우주여행을 위해서는 칼슘 혹이나 지방 혹이 더 좋은 대처방법이지만 기구나 기계로 먼저 대처한다. 차나 잠수함이나 우주선이나 등등으로 먼저 대처하고 사막에 도로나 바다에 주거시설이나 우주정거장을 만든다. 신체적으로 적응하는 일은 너무 시간이 오래 걸리고 시도하기를 꺼린다. 자기의 몸속에 칼슘 혹이나 지방 혹을 달려고 하지 않는다. 미인이나 미남이 되기 위한 조건이라면 할지도 모르는 여성이나 남성일까? 원시인들이 몸을 이상하게 성형하는 것이나 현대인들이 몸을 성형하는 것이나 얼마나 차이가 나나? 옛날 사람들이 갓을 쓰거나 유럽인이 가발을 쓰거나 현대인이 옷을 입는 것이나 외모를 바꾸는 일은 늘 해오는 일이다. 우리는 사막에서 바닷물을 먹으면서 사는 칼슘 혹과 지방 혹을 동시에 가진 인류를 보게 될까? 낮에는 40도 밤에는 영하 10도인 날씨의 사하라 사막을 보름씩이나 걸어서 가는 대상들이 있다. 낙타는 잘 견뎌낸다. 사람도 견뎌낸다. 30도가 넘어가면 사람들은 견디기가 쉽지 않다. 영하 10도이하이면 사람들은 견디기가 쉽지 않다. 밤낮으로 그렇게 변한다. 인구가 늘어나기 쉽지 않은 지역이다. 대상들을 이런 일을 일 년에 네 번 정도 한다. 네 번을 넘기기에는 힘이 매우 드는 일이다. 보름을 버티는 것도 나일 강을 보름 만에 만나기에 가능한 일이다. 보름이 지나면 물이 풍부한 나일 강을 만나 사람도 낙타도 목을 적시고 살아나는 것이다. 보름을 버틸 강을 인공의 강을 가장 먼저 만들어야 한다. 보름 안에는 강을 만나야 한다. 보름 안에 만날 강을 만들어도 일 년에 네 번밖에 움직이지 않는다. 인공으로 만든 강을 따라 사람이 많아질 것이지만 강과 강이 떨어진 보름간의 거리는 극소수의 대상만이 일 년에 네 번만 움직인다. 대상들이 움직이려면 밤에는 밤하늘의 별자리를 알아야 하고 낮에는 지형지물을 알아야 한다. 낯선 길을 갈 수는 없을 것이다. 위성항법장치가 있어 쉬울지 몰라도 낮에는 지형지물 밤에는 별자리로 보름을 버텨내는 재주가 있어야 움직인다. 인공으로 만든 강을 사람이나 낙타의 걸음으로 보름이 아니라 사흘에 도달하도록 더 촘촘히 인공의 강을 만들어야 왕래가 더 많아진다. 하루에 50킬로미터라면 사흘이면 150킬로미터이다. 직선거리로 150킬로미터 이내에 인공의 강을 만들어야 한다. 실제로 사람들이 더 많이 움직이게 하려면 5킬로미터마다 우물이 있어야 한다. 5킬로미터마다 우물이 있으면 사막의 느낌은 많이 사라진다. 그러나 만들어내기는 쉽지 않은 일이다. 걸어서 한 시간마다 우물이 있다면 웬만한 젊은이들도 사막을 다닐 수 있게 된다. 여행이나 놀이로는 가능하지만 삶을 사는 곳으로 하기에는 또 다른 측면들이 나타난다. 한 시간 마다 우물이 있다면 농사가 가능하다. 목축도 가능하다. 결국은 바로 코앞에 수돗물이 나오는 수도가 있어야 사람이 많이 살 수 있다. 아랍의 왕족들은 수도꼭지가 탐이 났다. 자기가 묵은 유럽의 호텔에서 수도꼭지를 떼어 와서 자기가 사는 곳에 설치했지만 물이 나오지 않는다. 수도꼭지에서 물이 나오려면 일만 킬로미터의 인공 강에서 더 어마어마한 수도관을 묻어야 한다. 그래야 물이 나온다. 칼슘 혹이나 지방 혹보다는 수도관을 묻는 것이 더 빠른 일이 아닌가? 낙타는 180만 년에 고래는 얼마 만에 인간은 수도관을 10년 만에 50년 만에 100년 만에 묻어버릴까? 수도관을 묻는 일이 아무래도 더 빠를 것 같나? 100년 안에 칼슘 혹과 지방 혹을 이식한 사람들이 나올까? 칼슘 혹과 지방 혹과 같은 음식이나 음료나 영양식으로 십 년 안에 사막을 정복할까? 칼슘 혹과 지방 혹과 같은 음식이나 음료로 사람들은 그것을 이용해 먹으면서 사막에서 인공 강과 수도관을 묻으면서 일을 하게 될까? 영상 50도이면 일의 능률이 현저히 떨어질 것이다. 2리터의 물이 아니라 20리터의 물을 먹으면서 일을 하게 되고 속도는 매우 느릴 것이다. 밤에는 영하 10도 이하로 내려가는 날씨를 견디며 일을 해야 한다. 우주복은 한 벌에 200억 원이라 불가능하고 사막에서 낮에는 시원하고 밤에는 따뜻한 사막의 옷으로 바꿔 입어야 일을 할 수 있다. 그런데 그 비싼 옷을 작업을 하다가 찢어지면 어떻게 대처하나? 너무 비싸서 골치가 아플 것이다. 일 년에 네 번 낙타를 몰고 가서 팔고 돈을 버는 대상들이라면 높은 임금을 지불하면 비싼 사막의 옷이 아니라도 일을 해줄 것이다. 보름의 네 번은 두 달이다. 네 달 이상을 일하기는 어렵다. 네 달 이상을 일을 하려면 일을 할 수 있게 좋은 환경이 만들어져야 한다. 사막에서 반 년 이상은 일하기가 쉽지 않다. 일을 하지 않고 살 수 있으면 좋지만 일을 하지 않으면 돈을 못 벌어 궁핍하다. 일을 하고 싶어도 일자리가 한정되어 있어 마음대로 일을 하는 것도 아니다. 일을 하고 싶어도 할 수 없는 많은 사람들을 모아 사막에서 일을 하게 하면 일을 하는 사람은 많게 된다. 그렇게 많은 돈을 들여서 인공의 강을 사막에 만들면 큰 경제성이 있나? 시간이 지나면 어마어마한 경제성이 있다는 것을 당연히 알지만 당장에 천문학적인 돈과 노력을 들이기가 선뜻 내키지가 않는 일이다. 선뜻 일을 시작할 능력이 있는 사람이나 집단도 드물다. 나방도 공업지역이 되면 검은 색으로 그냥 농사짓는 지역이 되면 흰색으로 변신을 한다. 아니면 공업지역에는 검은 색 나방이 많아지고 농사짓는 지역은 흰색 나방이 많아지나? 흑인이 검은색 나방이고 백인이 흰색 나방이냐? 황인종은 그 중간인가? 사람도 피부색이 세 가지이다. 근본적으로 다른 사람이 아니다. 나방도 검은 나방이나 흰색 나방이나 근본적으로 다르지 않다. 사람은 단지 멜라닌 색소와 기후환경에 따라 달라진 것이다. 인간도 400만 년이나 200만 년에서 피부색이나 키, 입술, 눈매, 코 등에서 약간씩 다르다. 일본인들도 키가 작다고 왜구라고 했으나 고기를 많이 먹어 이제는 키가 작지 않다. 일본 왕이 소를 잡아먹지 못하게 아예, 육식을 금한 기간이 매우 긴 동안 키가 별로 크지 않았다. 유럽인들도 과거 그렇게 키가 크지 않았다. 불과 최근에 소고기를 많이 먹어 키가 아주 크게 되었다. 단백질이 키가 커지는 요인에 많이 작용한다. 사람의 이가 맹수처럼 날카롭지 않은데 고기를 많이 먹는 것이 맞을까? 날카로운 송곳니가 많지 않다. 어금니가 많은 것은 초식동물과 닮아 있다. 남북한의 청소년들은 체격에서 차이가 많이 난다. 하루에 세 끼보다 두 끼를 음식을 30% 정도 줄이면 수명이 20년 이상이 늘어난다고 한다. 성장기에는 피해야 하지만 성장기를 넘기고 나서는 음식물을 30% 줄이면 20년 넘어서 30년을 더 살게 된다니 귀가 솔깃해지는 일이기도 하다. 사막에 인공의 강을 만들어 바닷물을 사막에 끌어들여 사막의 바다를 작은 바다를 통해 바다목장이나 물고기를 양식하거나 김이나 미역 등을 생산하는 곳으로 만드는 일은 담수로 만드는 강보다는 쉽지만 사막의 지하수가 변질되거나 여러 가지 문제를 일으킬 수가 있다. 담수로 공급하는 것이 가장 안전하기는 하다. 사람의 이기심이나 지구를 변화시키는 놀라운 능력들을 볼 때 지금 살고 있는 지구의 좋은 지역보다 계획적으로 바꾸는 사하라 사막이나 극지나 오지들이 나중에는 더 잘 짜인 사람들의 삶의 터전이 될 가능성도 있다. 땅값이 비싼 곳은 개발을 하기 어렵다. 논은 쌀을 생산하기 위해 건드릴 수 없다. 논보다 값이 싼 비탈진 밭이나 낮은 산이 땅값이 헐어서 더 잘 개발되고 더 비싼 곳으로 변하게 된다. 비싼 값을 준 논은 개발을 하지 못하게 묶여 값이 적고 헐값이던 밭이나 야산이 엄청나게 더 비싸져서 부자가 되는 일을 현실에서 우리는 많이 본다. 사하라 사막이나 극지방이나 오지가 땅값이 헐하기 때문에 나중에는 더 잘 개발되고 더 비싸고 더 많은 사람이 사는 도시가 될 개연성도 있다. 너무 헐한 땅값이 세상을 뒤바꾸는 것이다. 사람의 욕심이 경제성의 원리가 들어간다. 곡식을 생산하는 땅을 건드릴 수 없다는 것은 결국은 사막을 옥토로 농경지로 만들어야 한다는 이유와 맞아 떨어진다. 나중에는 지하로 내려가 층층으로 농경지를 만들거나 지상으로 층층으로 올라가면서 농경지를 만들어야 한다는 점과 일맥상통해진다. 그렇게 하기 싫으면 곡식을 세포배양해서 산삼배양근처럼이나 돼지고기를 배양하는 식으로 할지도 모를 일이다. 사막에서 곡식을 심어서 바이오 에너지를 생산하게 되어 석유가 된다면 하지 않을 일이 아니다. 석유 채굴보다 비용이 저렴하다면 시작할 것이다. 석유보다 적은 가격에 사막에서 기름을 만들어내는 일이 가능할까? 인공의 강만 만들어지면 그 다음은 아주 쉬워지는 답이지만 인공의 강을 만드는데 돈이 너무 많이 든다. 어떻게 적은 돈으로 인공의 강을 만드나? 사막이 바다에서 가까우면 더 쉬운가? 일반적으로 그렇게 느껴진다. 사막이 바다에서 더 멀어도 비용이 더 적게 되는 방법을 찾아내면 또 다른 해결점을 보게 된다. 바다와 더 멀리 떨어져 있으면서 바닷물을 더 잘 제공받는 방법이 어떤 것일까? 조선시대에 한양에 있으면서 한 여름에 얼음이나 제주도의 귤을 한 겨울에 더 잘 공급받는 것은 왕의 권력 때문이다. 낙동강 지역의 사람들 중에 한 겨울에 얼음을 채취한 사람은 여름에 얼음을 공급받지 못하고 한양의 왕(이조 519년)이 공급을 관리한다. 제주도의 귤을 재배한 사람은 귤을 먹지 못하고 한양의 왕에게 모두 진상한다. 소비자는 한양의 왕이다. 추사 김정희가 유배지 제주에서 한양의 아내에게 귤껍질 귤피를 제주의 유배지로 보내줄 것을 부탁한다. 제주의 사람은 귤을 먹지 못하는 구조이다. 더 멀리 바다와 떨어져 있지만 내륙의 깊은 사막에서 바닷물을 공급받게 하려면 왕이 하는 방식으로 하면 안 되는 일은 아니다. 그런 방식으로 사막이 농경지로 변할까? 안 해보는 것보단 해보는 것이다. 될지 알 수도 없다. 왕이나 고관대작이나 먹던 귤이 누구나 먹을 수 있다. 6백 년이나 걸린다. 왕이나 극소수의 사람이 먹던 여름날의 얼음이 누구나 먹을 수 있다. 6백 년이 걸린다. 6백 년이 지나면 사막에 수돗물이 나오는 현실을 맞이하게 될 것은 너무나 명백해 보인다. 50년 안에 한다면 살아서 보게 되는 사람들이 매우 많다. 50년 전의 라디오 조립수준이 지금의 스마트 폰이 터지는 현실이다. 50년 전에 라디오를 잘 만지던 사람은 상당한 수준이 되어 돈도 상당히 많이 벌고 있다. 꽤 놀랄 정도로 돈을 번다. 라디오를 만지다가 20억이 넘는 개인주택을 짓는다. 중간에 50년이나 40년의 시간이 있기는 하다. 한국의 과도한 교육열이 50년이 지나니 놀라운 결과로 이어진다. 양반이 되고자 과거시험에 합격하여 출세하고자 발버둥을 치더니 결과물이 나온다. 사막에 인공의 강을 만드는 일이 과거시험에 합격하려고 하듯이 목을 매고 하게 되나? 그렇게 강하게 이기심이 작용할까? 고시원에서 공부하는 하는 학생들은 상당히 세게 한다. 이기심이 아주 강하게 작동한다. 좋은 면과 좋지 않은 면이 섞여 있지만 이기심이나 명예욕을 자극하는 면이 있다. 양반이 과거에 목을 매듯이 천민이나 노비는 신분이 바뀌길 하늘에 바랐을 것이다. 너무나 간절했을 것이다. 노예가 노예해방을 원하듯이 사막에 인공의 강을 만들겠냐? 어떤 간절함이 사막을 농사를 짓는 목축을 하는 땅으로 변모시키냐? 마라톤 풀코스를 한 번만 뛰어보려고 오 년을 넘게 노력하니 그 근처에 가는 것이다. 42.195킬로미터가 5년이 넘으니 무섭지가 않고 할 수 있겠다는 것으로 바뀌는 것이다. 놀라운 일이다. 5년이 넘게 걸리기는 한다. 4시간을 뛰어도 가능하다. 한 시간만 더 뛰면 5시간이다. 5시간 안에 42.195킬로미터를 달리면 된다. 육백 년이나 양반이 되지 못한 사람들이나 노비나 천민들이 양반이 되고자 공부를 하니 놀라운 저력이 나온다. 엘리트 선수의 속도의 반밖에 되지 않지만 마라톤 풀코스가 되는 것이다. 프로 마라톤 선수의 속도보다 두 배나 더 느리고 두 배의 시간이 더 들어가지만 되기는 되는 것이다. 양반의 과거시험에 합격은 못하지만 두 배의 느린 속도로 과거시험의 맛을 약간 보는 것이다. 그것이 한 사람이 아니라 수천 만 명이나 되니 성과물이 꽤 크다. '십 년이면 강산도 변한다.' 더니 사막은 강과 산은 아니다. '십 년이면 사막도 변한다.' 그렇게 될까? '십 년이면 사막에 인공 강도 생긴다.' 그럴 수도 있다. 마라톤 풀코스를 한 번만 뛰어보려고 노력하여 한 번만 성공하면 그 다음은 상당기간 동안 계속하여 풀코스가 가능하다. 사막에 인공의 강을 한 번만 만들어 넣으면 사막은 곧 옥토가 된다는 증명이 된다. 대수로 공사는 이미 물만 있으면 지하수만 있으면 가능하다는 신호를 보내고 있다. 담수장비만 있으면 사막에 물을 공급한다는 것을 이미 증명하고 있다. 달을 정복하고 화성으로 발길을 옮기고 있는 인류이다. 화성은 멀리 있다. 그런데 그 먼 길을 가깝게 만들어가고 있다. 화성을 가고자 하는 우주를 가보고자 하는 인류의 무엇이 앞을 개척해준다. 양반이 한 번 되어보고자 하는 마라톤 풀코스를 한 번 달려보자는 무엇이 약간의 앞을 보여준다. 저작권이 사후 70년이나 보장된다니 멀고 먼 길을 달려보게 만든다. 마라톤 풀코스를 한 번 달려보려고 5년 넘게 달리니 지구를 한 바퀴(42,000킬로미터)의 사분의 일을 향해 달리는 일이 벌어진다. 5킬로미터 10킬로미터들이 모여 지구를 한 바퀴 돌려고 한다. 그러다가 풀코스 42.195킬로미터가 달려지는 것이다. 어쩌면 인간의 이기심이나 알 수 없는 무엇이 일을 벌인다. 사막에 인공의 강이 흘러 수영도 하고 물고기도 잡고 유람선을 타고 다니는 일이 너무나 즐거운 일이 아닌가? 일만 킬로미터의 인공 강을 하루에 10킬로미터씩 달리면 일천 일이면 달린다. 넉넉잡아 5년이나 6년이면 달릴 수 있다.

멋진 강은 낙타를 한 마리 만난다. 4천 년 전에 사람과 처음으로 관계를 맺은 낙타이다. 개는 2만 년 전에 인간과 친해졌고 낙타는 4천 년 전에 처음으로 인간과 친해졌다. 낙타는 180만 년이나 사막을 돌아다니고 있었지만 사람과 낙타는 4천 년 전에 조우한다. 사람은 사막에서 물이 풍부한 멋진 강을 찾지만 찾을 길이 막막하고 낙타도 역시 그렇다. 낙타와 사람이 만나는 것은 사막의 우물이나 오아시스이다. 우연히 물을 마시려고 서로가 만나지만 다 큰 낙타는 키가 2미터에 몸무게가 400~500킬로그램이다. 사람이 접근하기가 무섭다. 혹의 지방 무게만도 40킬로그램이다. 그 혹의 힘으로 한 달을 물을 먹지 않고도 사막에서 버틴다. 물을 먹었다 하면 10분 만에 100리터를 먹을 수 있다. 200리터를 한 번에 먹는 낙타이다. 사람은 낙타와 같이 물을 먹기가 어렵다. 낙타가 다 먹고 난 후라야 먹을 수 있는 것이 4천 년 전의 모습일 것이다. 사람은 하루에 2리터를 먹는다. 50도의 더위의 아프리카에서 일을 하는 평화유지군은 하루에 20리터의 물을 먹으면서 건설 일을 한다. 평상시의 열 배에 해당하는 물을 섭취한다. 다 큰 야생낙타를 잡아서 길들이기는 쉽지 않다. 4천 년 전에 처음 만난 낙타는 어미낙타가 버린 새끼낙타이다. 어미낙타가 젖을 주지 않아 새끼낙타는 비실비실 죽을 지경에 사람을 만나 생명이 보존되고 사람을 따르면서 사람이 낙타를 잘 관찰하고 어떻게 할까? 고민을 하다가 낙타가 점점 커지니 제압을 해야 하고 길을 들였을 것이다. 고비사막에서 간혹 어미낙타가 새끼낙타에게 젖을 주지 않는 일이 일어난다. 그러면 낙타 주인은 어미낙타에게 구슬픈 소리로 연주하는 마두금의 음악을 들려주면 어미낙타는 젖을 새끼낙타에게 주지 않다가 눈물을 흘리면서 새끼낙타가 젖을 물면 뿌리치지 않고 젖을 먹게 해준다. 사람이 마두금을 연주하지 않으면 새끼낙타는 젖을 먹지 못하고 죽을 확률이 높다. 그런 버려진 낙타새끼가 멋진 강과 만난 사연이다. 새끼낙타가 클수록 같이 클 낙타가 필요하다. 이왕이면 암수로 짝을 맞춰 키우다가 사람을 피하지 않는 가축인 낙타가 4천 년을 같이 살게 된 것이 고비사막의 쌍봉낙타일 것이다. 건조한 사막에서 4천 년 전에 죽은 낙타의 뼛속의 DNA을 추출하여 재생시킨 낙타의 이름이 고비이다. 멋진 강은 4천 년의 세월 동안의 고비의 이력을 알지만 고비는 멋진 강의 옛날을 알지 못한다. 고비의 코에는 소의 코에 꿰뚫어 놓은 소의 코뚜레와 용도가 같은 부일이라는 낙타의 코뚜레가 고비의 코에 찔려 있다. 500킬로그램의 고비를 다루기 위해 불가피한 조치이다. 고비는 사람에게 사람을 이동하게 하는 말의 역할을 해주고 젖을 주고 나중에는 고기를 주고 털을 주고 낙타의 똥은 연료가 된다. 왜 바보같이 고비는 사람에게 가축이 되었나? 4천 년 전부터 처음으로 그렇게 되었다. 겨울에 고비사막은 영하 40도의 혹한이다. 말린 낙타고기는 가장 요긴한 식량이다. 겨울에는 친척들이 모여서 겨울을 같이 난다. 겨울이 지나면 다음 겨울까지는 서로가 떨어져 지낸다. 겨울이 힘들기 때문이다. 겨울보다 더 혹독하기는 봄 동안의 모래폭풍이 더 견디기 어렵기도 하다. 낙타는 모래폭풍에 귀와 코를 수시로 닫아버리지만 사람은 낙타만큼 몸의 진화가 덜 되었다. 멋진 강은 500킬로그램의 고비를 겨울 식량으로 말리면 양이 상당하다. 그렇게 하고 싶지 않지만 낙타의 운명은 결국 그렇게 될 것이다. 털을 갈기 전에 털을 깎아 사용하는 사람들이다. 양의 털보다는 덜 좋아도 용도가 다양하고 꼭 필요하다. 게르가 모래폭풍에 날려가지 않게 끈으로 묶을 때도 낙타털로 꼰 밧줄을 이용한다. 수단에는 300만 마리의 낙타가 있다. 20만 마리의 어린 수컷 낙타만 팔려서 대상들이 이집트로 몰고 간다. 암컷은 주인들이 팔지를 않는다. 고비사막에는 야생낙타는 불과 300마리뿐이라고 추정한다. 고비사막의 야생낙타가 아닌 낙타는 모두 사람이 키우는 낙타이지만 거의 방목을 하는 낙타이다. 주인이 자기의 낙타를 찾으러 고비사막을 50킬로미터나 더 돌아다닌다. 주인이 낙타를 찾아 데리고 갈 때 낙타는 순순히 따라온다. 도망을 가지 않는다. 4천 년이나 어떻게 이상한 정을 쌓았는지 신기하다. 멋진 강은 고비사막에서 고비와 같이 맑은 물이 흐르는 인공의 강을 만나면 너무나 기쁠 것이다. 한 달이나 물을 먹지 못하고 쌍봉에 저장된 지방으로 몸을 유지하지 않아도 된다. 몸무게의 10% 넘는 지방 혹을 녹이지 않아도 된다. 낙타들이 젖을 주지 않으면 사막의 사람들은 살 수가 없다. 하루에 1리터의 젖을 낙타에게서 짜내지 않으면 죽어야만 하는 것이 사막의 사람들이다. 암컷 낙타가 젖을 주니 그래서인지 수단에서는 300만 마리의 낙타가 있어도 암컷은 이집트로 팔려가지 않는다. 고비사막의 사람들도 암컷낙타의 젖은 생명줄이나 다름없다. 멋진 강도 사막에서 다른 식량이나 물이 없다면 고비가 제공하는 하루의 1리터의 젖이 양식이고 물이다. 고비가 암컷이 아니고 수컷이면 젖은 없고 고기로써의 기능만을 멋진 강이 노리거나 수컷 고비를 타고 빨리 사람이나 물이나 식량이 있는 곳으로 이동할 것이다. 500킬로그램의 낙타가 어쩌다가 사막에서 죽으면 늑대나 독수리나 수많은 생물들이 목숨을 부지할 것이다. 사람도 예외는 아닐 것이다. 한국의 한우처럼 사막의 낙타는 버릴 것이 하나도 없다. 낙타의 뼈는 공예품을 만드는 재료로 사용하기도 한다. 모로코의 전통 공예인은 낙타 뼈로 매우 비싼 물건은 만들어낸다. 소의 뼈도 세라믹 도자기의 재료가 된다. 매우 비싼 도자기의 원료가 된다. 멋진 강은 고비를 사람처럼 사람으로 대우하는 것이 아니라 사람들이 소를 이용하듯이 그렇게 대할 뿐이다. 참으로 딱한 관계이다. 소는 사람에게 가축이다. 낙타도 가축의 경우에 해당한다. 달리 다른 무엇이 없다. 멋진 강이 4천 년을 산다면 고비에게 해줄 수 있는 것은 사람들이 줄기세포로 자신의 몸을 자꾸 갈아 끼워 넣듯이 고비도 낙타의 줄기세포를 이용해 오래 살게 해주는 것뿐이다. 식량의 요소로써의 낙타고기로써의 사용을 자꾸만 미루는 일뿐이다. 동물원의 동물들이 야생의 환경을 박탈당한 체 수의사의 도움과 야생에서 힘들게 구하는 먹이 대신에 사육사의 먹이로 수명이 야생상태보다 두 배로 늘어나듯이 고비도 과학의 힘인 낙타의 줄기세포로 인해 수명이 네 배나 다섯 배까지 늘어날 지도 모를 일이다. 고비가 제공해주지 않는 고기로써의 역할은 꽃에서 추출한 단백질로 채우면 되니까. 낙타 젖은 염소의 젖보다 두 배나 진하다. 그러면 양질의 낙타 젖이나 유제품은 어디에서 구해오나? 또 꽃에서 가져오나? 바다의 굴에서 가져오나? 지하식물공장에서 양식한 바다의 먹거리에서 가져오나? 낙타도 사람과 같이 4천 년을 생존할 수 있을까? 반려동물이라면 사람이 죽는 날까지 같이 가기를 원할 것이다. 과거의 무덤에는 말처럼 사람과 같이 묻은 동물도 있다. 주인이 타던 말을 같이 묻기도 했다. 권력자는 산 사람까지도 같이 묻기도 했다. 경우가 다르기도 하지만 나이가 많은 부모를 고려장하는 풍속도 있었다. 고려장이 정신이 멀쩡한 부모가 아니라 치매가 온 부모를 그런 식으로 장례를 치른 것인지 정확한 점을 잘 알지는 못한다. 동물도 늙으면 치매가 오는가? 사람도 연구하기 힘든데 동물의 치매까지 살필 사람이 아니었지만 엄청나게 사람이 여유가 생기면 동물의 치매도 연구하나? 수명이 4천 년에 이른 사람들이 마땅히 시간을 보낼 소일거리도 많지 않으니 동물의 치매도 연구할 개연성은 있다. 멋진 강이 4천 년의 생애 중에 일백 년 정도 낙타의 치매를 연구해 보나? 과거의 사람들이 낙타의 치매를 생각할 필요가 없었다. 고기로써의 용도로 잡아먹어 버리면 그만이니 말이다. 사하라사막에 일만 킬로미터의 인공의 강이 생기면 고비를 타고 5년이나 6년을 돌아다닐까? 사막에서 낙타의 주인은 아주 오랜 세월을 낙타를 타고 다닌다. 말의 주인이 말을 오래 타고 다니듯이 말이다. 사람의 일생과 같이 4천 년을 같이 사는 낙타가 생기나? 혹은 그런 말이 생기나? 자동차가 생기자 사람들은 말을 헌신짝처럼 버렸다. 소가 끄는 소달구지도 버렸다. 농촌의 운송수단이던 소달구지나 말이 끄는 수레나 당나귀가 끌던 수레가 사라졌다. 대장간은 자동차수리소로 바뀌었다. 과거의 역참은 기차역이나 공항으로 바뀌었다. 이제는 자동차운전도 필요 없이 자동으로 될 세상이다. 낙타를 이용하여 움직일 일이 완전히 없어지나? 낙타의 생존권을 보장해주어야 하나? 낙타는 낙타가 있는 어디든지 가고 싶다. 고비사막에서 사하라사막으로 아프리카의 수단으로 가고 싶다. 그 반대의 길도 가고 싶다. 그러나 그 가는 길의 중간에서 길이 막힌다. 중앙아시아를 넘고 아라비아반도를 거치고 홍해를 건너야 한다. 스스로 해결을 하지 못한다. 사람들이 폭이 100미터 정도이며 가는 길이 낙타가 생존할 수 있는 사막의 날씨가 보장되는 낙타 전용 고속도로가 아니 낙타의 전용 저속도로가 만들어져야 한다. 그러면 낙타들은 마음대로 기후에 구애받지 않고 낙타가 있는 곳을 방문할 수 있다. 낙타가 없는 곳도 낙타가 다닐 길을 인공적으로 만들어주면 어디든지 돌아다닐 수 있는 낙타가 된다. 폭이 100미터나 되는 천정을 만들어 덮기는 쉽지 않다. 지구의 한 바퀴 거리인 4만 2천 킬로미터의 길을 낙타가 다니는 저속도로로 만드는 일이 경제성이 있나? 경제성은 없지만 낙타에게 좋고 사람들은 동물원의 낙타를 볼 수 있어 좋고 그런 길을 만드는 기술을 축적하는 것이 좋다. 낙타가 행복해지면 사람들은 얼마나 더 행복해지나? 다른 사람을 도와주고 느끼는 행복감과 같이 낙타를 도와주고도 그런 행복감이 나오나? 낙타를 위해 낙타의 저속도로를 만들어 주면 그 곁에는 북극곰을 위한 북극곰의 길을 만들어주나? 멋진 강을 인공으로 만들어 지구를 수십 바퀴나 도는 길에서 멋진 강의 양쪽으로 낙타의 길과 북극곰의 길을 이리저리 보면서 다니는 것도 즐거운 일일까? 보르네오 섬의 숲 코끼리는 숲 속을 다니기 위해 몸집이 작아져 있다. 코끼리의 길도 낙타나 북극곰처럼 이어져 있으면 코끼리도 전 세계를 두루 돌아다닐 것이다. 열대지방으로 만들어진 길로 다니는 코끼리와 추운 시베리아 지역의 날씨로 만들어진 길을 다니는 복제된 매머드가 서로 가까이 유리벽으로 분리되어 쳐다볼 때 서로가 비슷한 모습에 놀라게 되지 않을까? 같은 코끼리가 맞으나 추운 지역의 매머드는 멸종한 것이고 열대지방의 코끼리는 멸종되지 않은 경우이다. 사람은 온대지방에 많이 몰려 있고 살기가 좋은 곳을 찾아다니는 사람이다. 인구밀도가 높은 곳이 살기가 좋단 말인가? 도시가 농촌보다 좋은

가? 좋은 점도 있고 나쁜 점도 있다. 낙타나 북극곰은 사람이 생각하기에 나쁜 곳에 산다. 사람들이 그들을 해칠 수 없는 곳을 선택한 것일까? 그렇기도 하다. 사람도 맹수들이 없는 도시에 몰려 산다. 동물원은 사람들이 맹수나 짐승을 제압하고 있다는 것을 보여주고 사람이 가장 상위포식자로서 동물을 괴롭히고 죽일 수 있다는 증거를 제시하고 있다. 낙타나 북극곰이나 동물에게 인위적으로 전 세계를 돌아다닐 수 있는 길을 만들어준다는 것은 대단한 사람의 능력과 상위포식자임을 여지없이 드러내는 결과물로 증명된다. 사람의 우월감을 충족시키려고 그 길을 만드는 것일까? 그럴 수도 있다. 인간의 이기심이 만들어내는 길이기 때문이다. 우주에서 보면 하찮은 존재의 인간이 동물을 위한다는 아니면 자신이 우월하다는 둘 다가 복잡한 더 복잡한 이유로 길을 만들어 줄 것이다. 지상에 만들어진 동물들마다의 저속도로의 각각의 길이가 4만 2천 킬로미터이지만 동서남북이나 16방위로 만들면 그 길은 더 길다. 그 많은 길들을 지하국가5까지 모두 연결시키면 그 많은 풍경과 길들이 이어지고 풍요롭게 된다. 수많은 동물원이 사람에게 주는 혜택이 도대체 무엇이냐? 삼라만상을 지배하고픈 인간의 마음에서 나타나는 일일까? 국가의 이기심도 다른 나라보다 앞서기 위해 신무기를 만드는 기술을 가르쳐주지 않는다. 스스로 만들어낸다. 신무기에서 앞서지 못하면 다른 나라에게 잡아먹힐 것이라는 약육강식의 짐승의 세계와 별반 다르지 않다. 합법적으로 폭력을 행사하는 괴물인 국가는 폭력을 극대화하는 무기의 가장 앞선 기술을 영원히 독점하려는 짐승의 성질이 있다. 짐승도 진화한다. 사람도 진화한다. 국가는 어떻게 진화하나? 로마는 길을 만들었다. 식민지를 개척하고 식민지에서 착취한 것을 로마로 가져오기 위해 반란을 일으킨 세력을 빨리 제압하려고 길을 만들었는지 다니기 좋을 길을 만들었다. 로마에게 무엇을 주는 정도의 무엇이 나오지 않아도 동물들을 위해 길고 긴 길을 만들어 주는 사람들의 심보는 무엇이냐? 단순히 낙타를 위해서만 길을 만들어 준 것일까? 배가 비행기가 사람들을 멀리까지 가게 해준다. 낙타는 자신의 힘이 아니지만 사람이 이용하는 배나 비행기를 타고 움직이는 것과 엇비슷할 수도 있는 혜택을 사람을 통해 무료로 얻을 수도 있다. 사람이 연결해주는 길은 사람이 달을 탐색해 달을 사람의 거주지로 만들 듯이 낙타도 그 길을 통해 낙타의 달나라를 얻은 것과 진배없는 대단한 것이 되어 낙타가 이동하여 받는 충격과 모든 정보들이 낙타의 DNA에 기록될 것이다. 사람이 만들어주는 것이란 것을 모른 채 그렇게 살 것이다. 낙타가 언제 그 사실을 알게 되어 이 길이 인간이 만들어주어 이렇게 다르게 되었다고 알게 되나? 그렇게 알게 되도록 또 사람들이 낙타를 가르칠까? 실제로 멋진 강은 낙타의 길을 만드는데 무슨 일을 했나? 전혀 한 일이 드러나지 않는 정도일 것이다. 멋진 강을 만들어 놓으면 낙타는 물을 마시지만 강에서 수영도 할까? 사막에는 강이 없으니 낙타가 수영을 하는 장면을 전혀 본 적이 없는 사람들이다. 강이나 호수나 바다에서 수영을 하는 낙타는 있게 되지도 않을까? 코끼리와 매머드는 사촌지간이다. 일어날 수 있는 현상이다. 사람이 물위에서 명상을 하거나 물위에 누운 채로 책을 읽는 일이 거의 없지만 그렇게 지내는 사람도 극히 예외적으로 있다. 두 살 때 소아마비를 앓아 다리가 불편한 사람이 살다가 너무 세상이 싫어 호수에 몸을 던져 죽으려 했는데 죽지 않고 물에 둥둥 떠서 살게 되자 물에 뜬 채로 명상을 하며 시간을 보내거나 책을 읽거나 하면서 살게 되는 반전이 일어나기도 한다. 낙타는 무슨 연유로 인해 강이나 호수나 바다에서 수영을 하면서 살게 될까? 멋진 강이 멋진 강을 만약에 만들어 놓으면 사막에 만들어 놓으면 낙타가 수영을 하길 원할지도 모른다. 그러면 바다의 고래가 뭍에 올라와 기어 다니게 될까? 고래가 뱀처럼 육지에서 기어 다닌다. 고래가 사람이 사는 도시에 나타나 기어 다니면 곤란하지 않나? 40톤이나 되는 고래가 도시를 활보하다가 만약에 그 육중한 힘으로 도시의 빌딩을 무너뜨리면 어떻게 되나? 공룡이 도시에 출현한 꼴이 되지 않나? 고래가 뭍에서 기어 다니는 현상은 사람들을 무섭게 만든다. 그러나 개미만한 물건이라도 고래의 힘에 짓밟히거나 부딪혀도 다치지 않을 정도로 반동력이 있는 에어백의 구조라면 고래가 도시를 돌아다녀도 문제가 되지 않을 수도 있다. 40톤의 고래가 사람이나 모든 삼라만상과 부딪쳐도 부서지지 않는다면 그런 기술을 사람이 만들어낸다면 문제가 발생하지 않는 특이한 일이 일어난다. 정말로 그렇다면 맹수나 짐승이 활개를 쳐도 울타리가 필요 없고 사냥총이 없어도 될 것이다. 멧돼지는 목표가 정해지면 저돌적으로 돌진한다. 앞으로 돌진하는 추진력이 무시무시하다. 그 힘에도 사람이 다치지 않는다면 무슨 조화이냐? 멧돼지의 저돌성은 호랑이도 피하려 한다. 멧돼지가 보지도 못한 호랑이의 녹음된 울음소리와 호랑이 똥의 냄새에 혼비백산하여 도망가지만 돌진할 때는 제정신이 아닌지 맹수가 피한다니 놀라운 일이다. 과거의 코끼리부대나 현대의 탱크나 무시무시한 괴력을 나타내는 전쟁의 무기까지도 사람의 맨몸과 충돌하여 아무런 사고가 나지 않고 오히려 충돌하면서 생긴 에너지를 사람이 입은 옷이 축적을 하여 냉난방이나 자동차의 연료나 비행기의 연료로 사용가능하게 된다면 일부러 사람들은 매일 같이 무시무시한 괴력을 가진 것과 충돌을 하려 할 것이다. 사람의 교통사고는 충돌에너지의 잘못된 상황의 전개이지만 에어백의 기능이 사람의 입은 옷의 기능이 차량 표면의 기능이 충돌에너지를 축적하여 좋은 곳에 사용이 가능하다면 도로에서 끊임없이 교통사고가 나는 도로가 될 것이다. 맹수의 날카로운 이빨이 뚫지 못하는 견고하며 딱딱한 동물의 변화된 피부도 있다. 사람의 옷이 그와 같다면 비록 옷이 얇지만 기능이 그렇다면 맹수의 이빨도 두렵지 않다. 멋진 강이 넓고 깊고 늪이 많을수록 악어도 많다. 그 악어의 이빨에 뚫리지 않는 얇은 수영복이 있다면 사람들은 악어도 무섭지 않고 바다에서 상어도 무섭지 않다. 그러면 동물원에 맹수를 가둘 필요가 없지 않나? 사냥총을 가지고 다닐 이유가 없어진다. 맹수나 악어나 멧돼지나 많은 동물들이 사람을 물어뜯어도 뜯기지 않고 위협을 해도 위협이 통하지 않으면 그들의 DNA에는 어떤 혼란된 인식이 새겨질까? 돌덩이나 쇳덩이 같이 느껴지지만 동물들의 생명을 좌지우지하므로 사람을 가장 공포의 대상으로 여기지 않을까? 거의 대부분의 포유류는 일생 동안에 15억 번의 심장박동을 한다. 사람이라면 15억 번의 심장박동을 유용하게 응용하는 방법이 없을까? 심장박동을 전기적 에너지로 변환시킬 수는 없는가? 낙타나 말의 심장박동과 사람의 심장박동을 연결시켜 더 많은 전기를 만들어내지 못할까? 식물은 심장박동을 하지 않는데 사람의 심장박동과 식물의 무엇을 연결하여 전기를 만들어내나? 사람이 걸을 때 무릎 관절이 움직이는데 이 관절의 움직임을 기구를 연결하여 전기로 변환시키는 단계에까지 현재 다다른 사람들이다. 심장이 뛰는 것을 전기로 만들고 동물이 뛰는 심장과 혹은 식물이나 사람과 사람 사이에도 심장박동이 서로 연결되게 하여 전기가 만들어진다면 낙타가 다니는 길에 무슨 도움을 줄까? 멋진 강도 15억 번을 낙타인 고비도 15억 번을 뛰는 심장이 있다. 두 심장이 서로에게 도움을 주면 어떤 전기가 만들어지나? 그 전기로 사막에서 물도 되고 식량도 되나? 두 대상에서 발생하는 전기는 사랑의 전기일 수도 있다. 전기가 만들어지면 추위와 더위를 이길 수 있다. 물은 어떻게 만드나? 먹는 것은 어떻게 만드나? 매일 같이 지낼 수 없는 멋진 강과 고비는 자주 떨어져 지낼 경우에 멋진 강은 고비의 몸에 아주 조그맣게 이식된 위치 추적장치를 통해 고비가 어디로 돌아다니는지 잘 알 수 있다. 고비는 멋진 강이 어디에 있는 지 잘 알지 못한다. 고비에게도 위치 추적장치의 이점을 활용하게 설계된다면 고비는 멋진 강을 늘 찾아오는 일이 발생해 서로가 약간 불편해질 일이 일어날 수도 있다. 진돗개라면 무작정 주인을 찾아 반 년 이상을 헤매면서 주인에게로 되돌아 올 일이 일어날 것이다. 고비는 진돗개와는 성질이 다르다. 사람도 남녀가 사랑의 호르몬이 작용하는 기간이 3년이나 4년이나 2년이나 그런 정도라고 한다. 진돗개와 사람은 특이하게 진돗개가 충성심이나 사랑의 폭이나 질이 넓고 강하다. 낙타인 고비와 사람인 멋진 강도 똑같은 15억 번의 심장박동을 잘 연구하여 사랑의 호르몬이 서로에게 4천 년이나 흐르게 한다면 새로운 상황이 펼쳐지는 인간과 동물의 공존관계가 된다. 사람의 인연도 어쩌면 우연이고 동물과 사람의 만남은 더욱 우연성이 크다. 종교에서는 사람과 신의 만남을 필연이라고 하지만 천문학의 영역으로 보면 거의 우연일 뿐이다. 동물은 어떤 경우에도 암수가 짝을 이루는 일을 스스로 거부하지 않는다. 그러나 인간만은 암수가 짝을 이루는 것을 거부하는 행동을 하기도 한다. 왜 약간 다른 일이 일어나나? 동물도 인공적인 강을 만들려고 하는 일이 일어날까? 비버는 물고기를 잡아먹으려고 강에 댐을 만든다. 엄청나게 많은 물을 저장하게 만들고 물고기가 몰려 살게 환경을 조성한다. 세상에 사람만이 댐을 만드는 것은 아니다. 비버는 식량을 구하기 위해 하는 행동이다. 사람이 저수지를 만드는 것도 식량을 위한 행동이다. 사막에 인공 강을 만드는 것도 식량과 밀접한 관련이 있다. 사막의 선인장도 몸에 많은 물을 저장한다. 사막에 대한 약자인 인간도 사막에서 일 년에 두 달을 버티기도 한다. 낙타를 매매

하는 대상들이 낙타를 몰고 사막을 건너는 일이 일 년에 네 번, 한 번에 보름씩 합해서 두 달이다. 인공 강을 만드는데 비버를 이용하면 댐을 스스로 만들어내므로 많은 댐이 만들어져 물이 풍부해지고 물고기도 많아지고 강의 생태계가 매우 좋아진다. 그러나 비버가 강을 막을 수 있는 나무가 근처에 많이 있어야 하고 강에는 물고기가 풍부해야 한다. 사막을 일단은 폭이 좁지만 강을 만들어가면서 나무가 강가에 많이 살게 해주고 비버가 살 정도로 환경을 조성한 뒤 많은 비버를 풀어놓으면 사막의 강은 사람이 심한 고생을 덜하고도 비버를 통해 물이 좀 더 풍부하게 만들어 갈 수 있다. 멋진 강은 사막에 고비나 선인장만이 아니라 비버를 엄청나게 많이 살게 해주어야 할 의무가 생기는 것이다. 힘들게 사람이 댐이나 저수지를 만들지 않아도 비버가 만들어주기 때문이다. 갈라파고스제도에서는 파충류인 도마뱀 종류가 바다 속으로 들어가 해초를 뜯어먹으며 생존한다. 갈라파고스의 이구아나는 바다에서 헤엄을 친다. 사막의 인공 강에서 생존하는 비버가 있게 된다는 점이 전혀 이상한 사실은 아니다. 사막에 인공 강을 만들지만 수많은 저수지나 늪이나 소규모로 강을 막아 댐을 만드는 일은 엄청나게 많은 노력을 사람에게 요구한다. 비버가 대신하도록 하면 너무나 좋은 일이다. 멋진 강이나 사람들은 비버를 사랑하는 면보다는 사람 자신의 수고를 줄이려고 비버를 선택한 것이 사실이다. 멋진 강은 고비만이 아니라 이제는 비버도 친한 친구로 해야 하는 일이 일어난다. 비버가 일만 개나 아니라 일십 만 개의 작은 댐을 만들어주면 너무나 사막은 행복해진다. 비버가 일백 만 개의 댐을 사하라사막의 인공강에 만들어 주면 너무나 풍요로운 새로운 땅이 개척된다. 비버를 돌봐주는 수의사는 수입이 가장 많은 전문직 종사자가 될 것이다. 인기가 가장 좋은 직업이 비버를 사랑하는 사람이 될 것이다. 멋진 강은 자신의 이름이 강이므로 강을 가장 강답게 만들고 강의 물을 많이 저장하는 비버를 사랑하지 않을 수가 없을 것이다. 비버가 가장 좋아하는 나무는 무엇이고 가장 좋아하는 물고기는 무엇이며 무엇을 가장 힘들어하고 무엇을 가장 싫어하는지 알게 되는 것은 당연한 일이 된다. 멋진 강은 사막이나 강과 관련된 일을 자꾸만 많이 알게 되는 일이 자연스런 현상이다. 그러면 멋진 강이 좋아하는 외로운 섬도 고비나 비버에 많은 관심이 있을까? 우연이나 숙명적으로 관심이 있게 될 것이다. 그러면 나무만이 아니라 사막에서 흔한 암석이나 자갈이나 모래로 댐을 만드는 비버라면 더 쉽게 사막이 바뀌지 않나? 모래사막보다는 암석사막이 네 배나 더 넓으니 암석과 자갈이 사막엔 더 많다. 비버가 암석과 자갈을 이용해 댐을 만들게 변화를 줄 수 없나? 비버가 이빨로 나무를 잘라 끌고 와서는 댐을 만드는데 이빨로 암석을 자르기는 무리이다. 그러면 사람이 비버의 이빨 표면에 특수 임플란트 칠을 한다든지 하는 시술을 통해 암석을 자르게 할 수 있는 능력을 높여주면 되지 않나? 통나무를 자르는 이빨이 암석을 잘라도 가능하게 이빨의 표면을 특수 처리하는 것이다. 비버는 통나무만 자르다가 암석을 잘라도 잘라지면 그렇게 이용을 할 것이다. 그렇지만 문제가 단순하지는 않다. 암석이 무거워 비버가 옮기기가 쉽지 않고 물에 뜨지도 않는 문제를 해결해야 한다. 그러면 또 비버의 턱에 아주 소형의 반중력의 센서를 달아주어야 한다. 비버는 동물이 아니라 가축이나 기계가 되어야 하는 불편한 진실이 숨어 있다. 나중에는 사람이 인공강 근처에 많은 건축물을 지어놓으면 비버들이 건물들을 뜯어가서 댐을 만들면 어떻게 하나? 그 때는 이빨에 표면처리된 물질들을 제거하고 턱에 부착되거나 이식된 반중력의 센서도 제거해야 한다. 한니발을 코끼리를 타고 알프스를 넘었다. 로마가 점령되는 순간이다. 나폴레옹은 당나귀를 타고 알프스를 넘었다.

마부가 당나귀 고삐를 잡아주어서 덜 위험하게 넘었다. 인공강의 한계를 넘어서는데 비버가 한몫을 할 것이다. 이빨과 턱이 인간의 손을 거쳐 약간 강화되었다가 제자리로 돌아갈지도 모른다. 로봇을 만들어도 비버만큼의 일을 해주지 못한다면 비버를 생각해야 하는 대목이기도 하다. 로봇이 비버보다 월등히 일을 잘 해주면 비버를 이용할 필요는 없다. 비버보다 인간이 움직이는 중장비가 더 잘하면 비버가 할 일도 없겠지만 비버도 할 일이 있게 해주어야 할 것이다. 비버나 중장비가 일을 할지라도 로봇이 하도록 또 그렇게 해주기도 해야 한다. 가장 효율적인 것을 이용하지만 효율이 떨어져도 약간은 일을 하게 해서 그 분야를 아예 없애버려 후속연구를 하지 못하게 만들지는 말아야 한다. 코끼리가 에베레스트를 넘는 것이 불가능하지 않다는 것이 아니냐? 매머드가 높은 설산을 넘는 것은 더 쉬운 일 같다. 히말라야의 블랙 야크는 에베레스트를 넘는 것이 어렵지 않다. 사람이 매우 어렵다. 블랙 야크는 따뜻한 산 아래로 내려올 수 없다. 따뜻한 곳이 되레 불편하다. 비버는 강에 댐을 만들지 않으면 불편하다. 이빨과 턱에 인간이 약간의 도움만 더하면 인간이 만든 돌덩이나 시멘트 덩이나 흙덩이의 댐을 만들 수 있다. 그러면 사하라사막의 일백만 개나 일천 만 개의 댐을 비버가 만들어낸다는 것인가? 얼마나 많은 인건비와 건설비가 절약되나? 거의 공짜로 만들어낸다는 것인가? 그러면 지하 수력발전소를 만들기 위해 먼저 지하에 호수를 만들어야 하는데 비버를 이용하면 인건비와 건설비를 들이지 않고 할 수 있다는 것인가? 아주 적게 들이고 할 수 있다는 것이 아니냐? 멋진 강은 사막의 지하에 저수지를 많이 만들 수 있다. 인공강의 근처로 지하에 비버들을 이용해 수억 개의 지하저수지를 만들면 인건비와 건설비가 얼마나 줄어드나? 사막이므로 붕괴위험을 생각할 필요도 없고 비버가 스스로 붕괴되도록 지하에 저수지를 만들지도 않을 것이 아닐까? 사막의 지상에 비버들이 댐을 만드는 것은 훨씬 쉬워 보이지만 사막의 지하에 비버들이 저수지를 만들어내는 것은 더 어렵지 않나? 사막에 일차적으로 물을 보내는 것은 사람이지만 지상이나 지하에 저수지를 만드는 것은 비버의 몫으로 한다면 답이 더 쉬워지는 대목이다. 사막에 일차적으로 물을 보내는 것도 사람이 아닌 동식물이나 무생물이 해내는 방법은 없나? 비버보다 더 강력한 장비로 사막의 지하에 굴을 뚫어나가면서 그것이 암석이면 죽처럼 되었다가 지상으로 올라가면 빠른 시간 내에 굳어져 암석이 되게 하면서 인공강을 만든다면 지상에 지하에 동시에 강을 만들어 갈 수 있다. 모래로 된 곳이라면 모래가 단단해지는 암석으로 변하게 하여 지하와 지상에 강을 동시에 만들면 비버가 아니라도 가능하다. 그런 장비가 쉽게 일을 해주지만 수억 개의 저수지를 지상과 지하에 만들려면 너무나 많은 장비와 사람이 필요하다. 비버를 이용하여 수십억이나 수백억 마리의 비버들이 자연적으로 인간의 힘이 좀 들어간 반쯤 자연적인 방법이면 기계나 인력의 힘을 줄일 수 있다. 수백 억 마리의 비버들을 어떻게 이빨을 성형하고 턱에 센서를 부착한단 말인가? 그것도 쉬운 작업은 아니다. 사람이 길들인 개나 말이나 소나 가축은 매우 많다. 비버도 그 정도까지 할 수는 있으므로 전혀 불가능하지는 않다. 비버를 이용해 사막의 지하에 지하 일백층까지 어마어마한 양의 저수지를 만들어 넣는다. 그 저수지에 수력발전을 위한 장치만 부착한다. 물고기를 잡아먹는다. 농사도 짓는다. 비버가 소나 양이나 말이나 사람에게 유용한 가축이 될 수 있다. 논밭을 가는 소처럼 저수지를 만들어주는 가축이 된다는 점이다. 소의 힘이 농사를 가능하게 했다. 비버의 힘이 소의 역할을 한다. 그보다 더 많이 할 수 있다는 것이 아닐까? 물론 기계가 더 잘하겠지만 완벽한 기계가 하기 전까지 비버를 이용하면 되지 않나? 멋진 강과 비버는 오늘부터 이런 관계가 맺어지나? 비버는 개가 2만 년 전에 사람에게 가축이 되듯이 비버도 사람에게 가축이 된다. 이제부터 비버는 지상이나 지하에 저수지를 만드는 일에 이용된다. 전 세계의 소만큼이나 많은 비버가 사육된다는 것이 아니냐? 어마어마한 소가 코에 코뚜레가 뚫리듯이 비버들도 이제는 소의 코뚜레나 말의 고삐나 재갈 같은 것이 비버를 속박하겠구나? 비버들의 줄초상이 되나? 아니면 비버들이 무한대로 번식되는 비버들의 전성기가 되나? 사실, 물이 없는 사막에서 비버를 만나기는 불가능하다. 비버는 강이 있고 숲이 있어야 사는 동물이다. 미국에서 비버들을 잡아버리자 미시시피 강의 물줄기가 변한 것이 사실이다. 비버는 강의 물줄기를 변화시킨다. 사람이 댐을 막아 변화시키는 것과 이치는 같다. 사막은 언젠가는 물이 들어온다. 그 물길을 비버가 막아 많은 물이 저장되는 사막을 원하는 것이 사람이다. 그 물이 넘치고 넘쳐 사막의 지하 일백층이나 이백층까지 층층으로 물이 들어차 상상을 뛰어넘는 지하호수가 지하저수지가 생기기를 바란다. 그날에 비버는 가장 빛나는 존재이다. 필요한 존재는 필요한 자리에 가 있는 것이 지극히 정상이다. 강가나 저수지에 비버가 있는 것은 너무나 당연하다. 사막의 지상이나 지하에 비버가 많아지고 낙타는 줄어드는 기현상이 일어날 것이다. 지상과 지하에 사람이 만들어 넣는 물길에 따라 일어나는 필연적인 결과물이다. 비버가 살기 위해서는 비버의 서식지인 북유럽이나 북아메리카와 흡사한 기후조건이어야 하는데 사하라사막에서 어떻게 적응하나? 비버는 고향을 떠나 인공강으로 만들어진 사막에서 살아가는데 얼마만큼의 적응력을 보여줄까? 비버가 살 수 있을 만큼 물이 많아지게 어떻게 해야 한단 말인가? 비버가 생존하게끔 사하라사막을 물이 많은 북유럽이나 북아메리카까지로 변화시키는 일이 얼마나 힘든 일일까?

호수의 나라 북유럽, 오대호의 나라 북아메리카, 인공강이 북유럽의 호수나 북아메리카의 오대호 수준으로 변한다는 것은 거의 불가능한 영역이다. 비버를 인공강만 고작 있는 사하라사막에 적응시켜야 한다. 대단히 어려운 일이다. 북유럽이나 북아메리카에 살던 사람이 사하라사막에 와서 사는 것과 같지 않나? 사람은 자유의지로 와서 살지 않아도 되지만 비버는 사람이 강제로 데려오므로 올 수밖에 없는 불쌍한 운명이기도 하다. 인공강이 사하라사막에 있다면 사람도 오기 시작하는 단계이다. 인공강이 사하라사막에 있다면 비버도 오기 시작하는 단계에 돌입하는 것이다.

멋진 강은 사막에 강을 염두에 두게 되자 고비를 만나고 비버도 만나게 된다. 낙타는 이미 가축이 되어 있지만 이제부터는 비버가 가축이 되는 세상으로 가고 있다. 비버는 잘 살아날까? 아프리카 노예들을 남아메리카에 데려와서 광산에서 강제노동을 시키니 기후조건이 더운 곳이 아니라 적응력이 월등히 떨어졌다. 남아메리카 원주민인 인디오를 노예로 이용하는 것이 월등히 나았다. 사람도 살아온 기후에 따라 적응력이 다르다. 비버는 사하라사막에서 살기가 무척 어려울 것이다. 그러나 이주한 비버들이 100% 다 죽지는 않을 것이다. 적응하는 비버들을 이용하게 될 것이다. 사람도 2리터의 물이 아니라 20리터의 물을 먹고 아프리카에서 적응하여 일을 하듯이 비버도 그렇게 살다가 강한 적응력이 나올 것이다. 강화된 인공의 이빨로 암석이나 자갈이나 모래로 댐을 만들고 턱에 반중력의 조그만 센서를 달아주는 사람들에 의해 가축이 되는 비버들이 댐과 저수지를 무한대로 만들어낸다는 것은 비버가 스스로 생존하기 위한 방편이다. 가마우지로 생선을 잡는 어부처럼 사람들은 비버를 통해 수억 개의 저수지를 공짜로 얻게 된다면 북유럽의 호수나 북아메리카의 오대호를 부럽게 생각하지 않을 지경으로 변한 세상을 만나게 된다. 멋진 강은 소 수백 만 마리를 지닌 목장의 주인보다 더 부자인 비버 수천 만 마리를 지닌 비버목장의 주인이 되나? 저수지는 농경지를 말하게 되고 저수지는 지하 수력발전소를 말하게 된다. 비버는 목장의 소나 돼지나 닭보다 더 비싼 가축이 될 것이다. 비버의 이빨을 돌보는 비버의 치과의사는 사람의 이를 사자나 호랑이의 이빨처럼 강하게 만들어 줄 수 있게 된다. 사람의 턱을 맹수의 턱만큼이나 강하게 만들어 줄 수 있다. 사람이 이와 턱이 너무나 강력하게 맹수처럼 된다면 좋은 점이 무엇이고 나쁜 점은 무엇인가? 동물의 뼈나 딱딱한 곡식도 먹을 수 있다. 아기가 사람을 물게 되면 엄청난 상처가 날 수도 있다. 독수리의 시력만큼 밝게 만든 안경의 인공시력으로 전투기조종사는 하늘에서 목표물을 찾아 폭탄을 날릴 수 있어 좋지만 지상에서는 그 안경이 오히려 너무 밝게 보여 불편을 초래한다고 한다. 너무 강하게 만든 이와 턱의 힘도 사람들이 불편해 할 수도 있다. 비버도 그런 일이 일어나지 않을까? 이빨과 턱을 사람이 인공으로 강하게 만들어 주면 맹수들은 분명히 음식을 더 잘 먹고 몸이 튼튼해지고 더 오래 사는 것이 불문가지이지만 초식동물도 좀 그렇겠지만 너무 과도하게 발달하면 적응력의 문제도 일어날 것이다. 사람들이 저수지나 댐이나 많은 물을 저장하기 위한 방편에서 비버를 가축으로 이용하고 가축으로서의 능력을 높이려는 것은 많이 잘못된 것은 아니다. 사막이 옥토로 변하면서 비버의 이용가치는 높아지지만 낙타는 설 자리가 줄어드는 것은 어떻게 또 잘 맞추어 나가야 하나? 인공강을 따라 만들어진 구조물들이 비버의 이빨과 턱에 무너지지 않아야 하는 모순을 어떤 방법으로 해결해야 하나? 일천 조 원을 들여 만든 강을 비버가 무너뜨리지 않나? 비버가 암석이나 자갈이 아닌 통나무만을 이용해 댐이나 저수지를 만들게 하려면 얼마나 많은 나무를 사막의 인공강 근처에 심어야 하나? 어차피 심어야 하는 나무이긴 하지만 너무나 아까운 나무인 사막의 나무를 비버가 몽땅 다 소비하게 할 수 있나? 고비사막에서 사막의 사람들은 겨울에 연료로 사용하기 위해 나무는 죽거나 말라서 비틀어진 나무만 모은다. 살아있는 사막의 나무는 절대로 건드리지 않는다. 그렇게 귀한 사막의 나무를 비버는 모두 사용해야 하는데 얼마나 많은 나무를 키워 놓아야 하나? 어마어마한 숲이 있어야 비버가 댐을 만들고 저수지를 만들지 않나? 숲이 우거질 대로 우거진 사막의 인공강이면 비버의 이빨과 턱을 사람이 인공으로 강화해서 인공강의 구조물을 비버들이 무너뜨려 자연적인 강이 되게 만들도록 유도해야 한다. 그때에는 비버가 인공강을 망가뜨려도 문제가 되지 않는다. 그러면 인간이 만든 가짜나무가 인공강의 곁으로 많이 있게 만들어 사람들이 비버의 눈을 속여서 저수지와 댐을 만들게 하나? 나무를 심어 긴 세월을 기다리기엔 시간이 너무 길다. 가짜나무는 무엇으로 만드나? 비버의 건강과 환경문제를 일으키지 않으면서 댐이나 저수지를 만들 수 있는 가짜의 인공나무는 어떻게 만드나? 가짜 인공나무를 만드는 것이 댐이나 저수지를 사람이 직접 만드는 것보단 경제성이 있고 나은 점이 있어야 하지 않나? 비버의 이빨과 턱으로 자연적으로 만질 수 있는 가짜나무이면서 비버의 몸속에 들어가도 아무런 해가 없어야 하고 인공강에 들어가도 아무런 해가 없는 인공의 가짜나무를 만들어야 하는 문제가 생긴다. 사람이 비버에게 가짜나무로 속이는 일이 나쁜 일은 아니다. 개의 사료나 개가 즐기는 개껌을 만들 듯이 만들면 된다. 개껌은 애완동물인 개가 즐기는 것이다. 비버가 즐기는 비버껌이 가짜나무일 수 있다. 비버의 껌은 무척 부피가 크다. 장난감치고는 매우 크다. 식량을 확보하기 위한 어장이나 목장의 수준이니 말이다. 집을 짓는 수준이다. 집을 넘어서서 저수지나 댐을 만드는 수준이다. 실제로 댐이나 저수지를 만든다. 댐이나 저수지를 수억 개나 만들 가짜나무를 어디서 조달하나? 일이 더 복잡하고 힘들어지지 않나? 가짜나무를 무엇을 가지고 쉽게 만드나? 이산화탄소나무는 지금도 가능한 나무이다. 인공으로 이산화탄소를 채집하는 나무를 사람이 만들 수 있다. 댐이나 저수지를 만드는 가짜나무는 무엇으로 만드나? 식물성의 목질을 인공으로 만드는 방법을 고안해야 할 판이다. 아예, 펄프를 대량으로 인공배양을 하나? 펄프가 인공배양 된다. 무한정으로 배양하여 통나무로 만들어 비버들이 사용하게 한다. 산삼배양근처럼 펄프를 배양하는 것이다. 그 원료로 통나무를 만든다. 목재가 부족하여 집을 짓기가 힘든 문제도 동시에 해결할 수 있다. 땔감으로서의 인공목재도 만들 수 있다. 엄청난 양의 펄프를 배양하여 통나무로 만들어야 한다. 비버도 엄청나게 번식시켜야 한다. 인공강에 물고기도 엄청나게 번식시켜야 한다. 펄프를 인공으로 배양하면 사람들은 나무를 일부러 벨 필요성이 매우 줄어든다. 땔감이나 건축자재로 나무를 베지 않고 펄프를 목재로 가공하여 사용하면 된다. 인공으로 배양한 펄프를 잘 배합하거나 약간의 과정을 거치면 가축의 사료로도 공급을 할 수 있을 것이다. 인공으로 배양된 펄프가 소나 돼지나 닭의 사료로 변화는 과정은 또 다른 영역의 확대가 된다. 곡물사료의 부담을 인공으로 배양된 펄프 사료를 통해 획기적으로 사람이나 환경의 부담을 줄일 수 있다. 펄프 사료는 물고기의 식량으로도 개량이 가능하다. 배양된 펄프는 댐과 저수지를 많이 만들게 하고 비버를 번성케 하고 물고기도 많아지게 하고 여러모로 가능성이 있다. 그러면 펄프 배양을 하는 공장이나 농장을 먼저 지어야 하나? 펄프 배양근으로 만든 통나무는 가짜나무라기 보다는 진짜나무에 많이 가깝다. 펄프 배양근이 물고기의 먹이로 활용된다면 비버가 만든 수억 개의 저수지에 물고기가 너무나 많이 살게 된다. 인류의 식량창고가 바다일 수 있듯이 저수지나 댐이 먼저 그 역할을 할지도 모른다. 크릴새우가 아니면 곤충이 미래의 인간의 먹거리이듯이 인공으로 배양된 펄프를 물고기의 먹이로 이용해 물고기를 어마어마하게 이용할 미래의 사람들이 될지도 모를 일이다. 비버는 통나무를 사랑한다. 저수지나 댐을 만들어 자신의 식량창고를 만들려면 너무나 중요한 요소이다. 비버는 물고기를 좋아한다. 먹이이니까? 사람도 물고기를 좋아한다. 비버가 만들어준 저수지나 댐은 가장 좋은 어장이 된다. 물은 생명수가 되고 수력발전도 할 수 있고 사막을 옥토로 만들어 준다. 지하에 사람들이 일백층이나 이백층으로 내려가면서 조그만 저수지나 댐을 만들면 가짜나무와 비버는 사람들이 지하에 만드는 삶의 터전만큼이나 불어날 여지가 있다. 비버가 강아지보다 더 많아지는 것이 아닐까? 비버가 소보다 더 많아질까? 미국이 번영하는 것에 있어서 세계에서 가장 많은 담수를 가진 오대호가 영향이 크지 않았다고 하기 어렵다. 사하라의 사막이나 사하라의 지하에 오대호가 이식되는 결과를 비버가 이루어주나? 인공으로 배양한 펄프가 이루어주나? 남극의 전체 면적은 약 1,360만 km² (중국과 인도의 합한 넓이), 한반도의 62배 크기, 평균 2,100m의 두꺼운 얼음, 지구 담수의 90%를 품고 있다. 중국과 인도의 인구는 14억과 12억이다. 남극은 물을 90%나 지니고 있다니. 10미터마다 얼음의 밑으로 층을 만들면 210층이 되고 그 밑에는 또 흙이나 암석으로 이루어진 땅이 있다. 땅 밑으로 또 내려갈 수 있다. 남극의 얼음 속이나 지하에서도 어마어마하게 사람이 살 방법이 마련되면 500억이 지구에서 생존한다는 것이 거짓말이 아닐 것이다. 멋진 강이 멋진 강을 만들 물은 남극에 너무나 많다. 운반할 재주가 문제이다. 어떻게 운반만 할 수 있다면 사막이 사막이 아니다. 멋진 강은 사하라사막이 변하는 일이 일어난다는 사실을 인정한다. 시간이 흐를수록 남극도 사람이 사는 땅으로 변하는 일을 부정하지 않는다. 사막에서 인공강이 만들어져 사람들은 비버를 이용하여 더 풍부한 물이 있는 땅으로 바꾸고 비버를 개나 소처럼 가축이나 애완용으로 기른다는 사실을 알게 되고 적응하게 될 것이다. 사람이 동물을 가축으로 만든 시기는 알 수 있어도 처음 시도한 사람을 알 길은 막연하다. 그러나 비버를 가축으로 만든 사람은 멋진 강이라는 사실이 확연한 지하국가5이다. 비버를 사람들이 잘 이용하게 만든 가축화의 일을 인정하자면 그 개인인 멋진 강에게 상당한 혜택을 주어야 한다. 이것을 무엇이라 해야 하나? 비버를 가축화한 능력을 어떻게 표현해야 하나? 동물의 가축화 특허라고 해야 하나? 경제적으로 환산되는 가치로 인해 멋진 강은 지하국가5에서 가장 부유한 사람이 될 수 있다. 옛날 중국에서 양자강을 황하를 다스리면 황제이다. 치수는 국가의 최고 권력자라야 해낼 수 있는 영역이었다. 비버를 가축으로 이용해 강을 호수를 늪을 댐을 저수지를 만들고 지하에 호수를 저수지를 만들고 지하 수력발전소를 만든 것은 최고 권력자가 황하의 물을 다스리는 것과 진배없다. 멋진 강은 최고 권력자가 되는 것은 아니나 최고의 부자가 될 보상을 받는 것이다. 어쩌면 당연한 보상이기도 하다. 멋진 강은 나이가 많지 않다. 푸른 별보다 불과 몇 살이 많다. 그러면 그 많은 돈을 어떻게 이용한단 말인가? 더구나 미성년자가 아니냐? 비버가 가축이 되는 것이 어째서 멋진 강과 관련이 있나? 비버와 강은 상관관계가 애초부터 많다. 멋진 강도 이름에서 연관성이 있다. 그 다음에는 또 누가 비버가 아닌 무슨 동물이나 곤충이나 식물을 이용해 사람들을 행복하고 잘 살게 만들어 주느냐에 따라 어마어마한 부자가 나타나게 되나? 아니면 옛날처럼 권력자가 되나? 멋진 강과 같이 어린이라면 부와 권력도 별 소용이 없는 것이기도 하다. 어른이 아니기에 사람들은 더 좋은 혜택을 받는 듯이 느껴진다. 부와 권력이 어린이에게 직접적으로 전달되지 않으니 말이다.

8. 깊은 샘

깊은 샘은 멋진 강보단 어린 동생뻘이지만 관계가 깊은 이유는 물과 관련되어 있다. 깊은 샘은 사하라사막에서 물을 만들기를 진심으로 원했지만 자신의 힘으로 이루어내지는 못했다. 세상은 불공평한 듯 아니면 공평한 듯 그렇게 돌아간다. 사막에 물을 만들어내는 일이 사람의 노력으로 해낸 것 같아도 비버가 해낸 일을 무시할 수 없다. 비버는 멋진 강을 통해 그 존재가치가 매우 높아진 가축이 되었다. 깊은 샘은 무슨 일로 인해 엄청난 부자가 될까? 전혀 가능성이 없어 보인다. 깊은 샘은 가뭄에 마르지 않는 샘이다. 지구 담수의 90%를 지니고 있는 남극과 같은 존재이다. 아직 깊은 샘은 마음의 깊이도 깊지가 않다. 미래의 어느 순간에 어떤 것이 깊은 사람인 깊은 샘일까? 사람들은 산은 높지만 바다는 깊다고 한다. 큰 바다의 밑바닥은 너무나 깊다. 땅 밑도 너무나 깊다. 우리는 우주의 넓이를 생각하면 머리가 어질어질하다. 사람의 몸도 매우 복잡하다. 현대의 의사들도 사람 몸의 십분의 일밖에 이해하지 못한다고 한다. 사람들은 자신의 몸에 대해 십분의 일을 알 수 있다. 그것도 전문가인 의사만이 그렇다. 우리는 우주의 넓이만큼이나 우주의 깊이도 잘 모른다. 사람은 각자의 자신의 마음의 깊이도 잘 모른다. 토끼는 귀가 쫑긋하다. 세상의 작은 소리도 크게 들으려고 한다. 그러고는 위험신호로 여기면 재빨리 몸을 피하려고 한다. 토끼는 털이 부드럽고 따뜻하다. 털은 추위를 대비하는 신체적인 의미일 것이다. 귀가 발달한 것도 그와 같을 것이다. 깊은 샘은 이름으로 따지면 샘이 깊은 물인데 물에 대한 것이 잘 발달되어 있다는 의미인가? 우연적인 무의미인가? 낙타에게는 지방혹이 깊은 샘의 역할을 한다.

토끼에게는 깊은 산속의 옹달샘이 관련되나? 깊은 산속에는 옹달샘이 있다. 새벽이면 토끼는 움직인다. 정말로 노랫말처럼 그런가? 식물은 그 자리를 떠나기가 쉽지 않다. 동물도 그 터전을 떠나기가 쉽지 않다. 사람들도 만들어 놓은 시설물을 아주 멀리 떨어지게 하기 어렵다. 당인리 화력발전소가 있던 그 자리에 또 지하에 세계 최초로 지하에 화력발전소를 짓는다. 한강이 옆에 흐른다. 깊은 샘은 사람이지만 진짜로 샘이 깊고 깊은 샘은 자리를 움직이기가 불가능하다. 지하수의 흐름이 변하는 시점에는 일어날 수 있으나 지하수의 흐름은 인간이 과도하게 지하수를 퍼 올리지 않으면 일어나기가 쉽지 않은 일이다. 사람들은 갈수록 지하수를 너무 많이 사용하여 샘의 위치도 바뀌게 만들고 깊은 샘에게도 영향을 미치는 존재로 변하고 있다. 바이칼호수나 오대호가 말라버린다면 사람이 살기에는 엄청난 고통이 따를 것이다. 중앙아시아의 엄청나게 큰 호수가 물을 많이 쓰는 목화농사로 인해 실제로 말라버린 지금이다. 바다 같은 호수가 말라버린다. 깊은 샘이 없어져 버린다. 호수가 말라버리면 사람이 사막을 만들어 버리는 일이 일어난다. 사람 스스로가 모르는 사이에 사막을 만드는 것이다. 이제는 아는데도 사막을 만든다. 사막을 만들지 않아야 한다는 것이 현실의 일로 일어난다. 나무를 베어내는 것보다 더 많은 인공의 펄프배양근을 통해 목재를 조달해야 한다. 숲이 사라지면 물이 모자라고 깊은 샘도 없어진다. 농경지를 만들지 않으려면 곡물도 탄수화물 형태로 배양해야 하나? 곡물을 곡물공장에서 배양한다면 땅을 많이 차지하지 않아 숲을 없애지 않아도 되고 깊은 샘이 마르지도 않는다. 깊은 샘을 유지하기 위해선 곡물도 인공으로 배양해야 할 판이다. 쌀을 배양하여 부피를 열 배만 불려도 곡물생산량이 십분의 일이어도 문제가 해결될 수 있다. 뻥튀기 기술이 발전해야 하나? 빵을 만들 때 넣는 것이 빵을 부풀게 하지 않나? 목화솜을 열 배나 부풀려서 사용하는 방법이면 물을 열 배가 적게 사용해도 된다. 물이 한정된 자원이라는 것을 잘 알게 된 사람들이다. 물이 석유보다 더 비싼 것이 된다는 사실도 잘 알고 있다. 물을 지하에 저장해야 한다는 점이 점점 현실적인 일이 된다는 것이 깊은 샘을 더욱 긴장시킨다. 지구의 지하에 구불구불한 물길을 끊임없이 만들어 넣는다. 깊은 샘이 짊어진 멍에이다. 지하에 만들어지는 수많은 물길로 인해 지하의 흙이나 암석은 지상으로 올라와 저수지나 호수를 만드는 재료가 된다. 지상과 지하는 동시에 물을 저장하는 방식으로 지구의 겉모습과 속살을 변화시킨다. 지구 담수의 90%인 남극의 2,100미터 두께의 얼음을 지하에 저장하려면 중국과 인도의 합한 땅 넓이에 지하로 2,100미터의 깊이로 파야 저장이 가능하다. 파낸 흙은 지상에 2,100미터의 높이로 중국과 인도의 합한 넓이만큼의 산을 고원지대를 만들 수 있다. 깊은 샘이 일을 하기에는 너무나 바보스러운 일같이 느껴지나 방법을 찾아내면 찾아지는 것이 사람의 일일 것이다. 사하라사막이 한반도의 38배나 40배이며 남극은 한반도의 62배 크기이다. 전 세계의 사막을 2,000미터의 높이로 빙 둘러막아 남극의 물을 얼음을 저장하면 지상에 물을 모두 저장할 수 있다. 기온이 높은 사막기후가 비가 많이 오는 기후지역으로 바뀔지도 모를 일이다. 황당하기 그지없는 일이다. 지상의 물은 결국에는 남극이나 북극으로 순환을 하여 돌아갈 뿐이므로 지하에 저장을 해야만 수증기 형태로 변형이 되어 비가 되어 다시 북극이나 남극으로 되돌아가지 못할 것이다. 지하에 물을 저장해야 하니 사막을 둘러치는 방법은 쓸모가 없어지는 일이다. 지하에 저장하더라도 똑같은 자연현상이 벌어지면 헛일이 된다. 지하에 저장하는 방법은 아무래도 물의 증발을 막으므로 물이 저장되는 것이 틀리지는 않아 보인다. 비버가 댐을 저수지를 만들어주듯이 무슨 동물이나 식물이 굴을 파주어야 가능한 일이다. 도대체 얼마나 많은 로봇을 동원해야 일을 성공하나? 멧돼지의 저돌성을 굴을 파는데 이용하나? 살아있는 동안엔 멧돼지를 굴을 파는데 이용하고 마지막에는 식용으로 사용해도 된다. 수억 마리나 수십억 마리의 멧돼지가 굴을 파게 유도하여 지하에 물을 저장하는 동굴이 되게 하는 것이다. 수억 마리나 수십억 마리의 멧돼지를 동원하면 한반도의 62배 크기의 땅에 지하 2,100미터 깊이의 공간을 물을 저장하게 굴로 변화시키는 것이다. 멧돼지가 로봇으로 변신이 되는 것이다. 또한 멧돼지는 식량자원으로도 충분히 활용가치가 높다. 멧돼지가 암석을 뚫는 착암기가 되어 광석을 캐는 광부 수억 명이나 수십억 명의 역할을 한다면 전혀 불가능하다고 하기도 곤란한 면이 있다. 중국이 미국을 따라잡아 G1이 되는 것은 인구가 뿜어내는 힘이다. 14억이 3억 6천의 힘을 이겨낸다. 멧돼지의 땅을 파는 저돌성을 이용하면 답이 보일 수 있다. 수십억 마리의 멧돼지가 지구를 구하거나 바꾸는 것이다. 그 과정을 사람들이 잘 관리하면 되는 것이다. 정말로 그렇게 쉽게 멧돼지들이 사람을 위해 일을 하게 될까? 비버가 살기 위해 댐이나 저수지를 만들 듯이 멧돼지도 살기 위해 굴을 파게 만들면 저절로 되는 일이 되기도 할 것이다. 지하의 흙이나 암석 속에 멧돼지의 먹이가 있어야 파고 들어올 것인데 지하의 흙이나 암석 속에 무슨 수로 멧돼지의 먹이를 넣어 놓나? 석유나 천연가스나 셰일가스를 찾아내는 사람들이다. 멧돼지가 먹이를 찾아내는 것이 사람이 에너지를 찾듯이 그렇게 되도록 하려면 사람이 멧돼지에게 사람이 원하는 지하의 공간만큼이나 먹이를 공급하는 방법을 고안해야 한다. 깊은 샘은 좋은 방법을 알고 있나? 멧돼지의 후각이 먹이로 인식하는 냄새를 지하의 흙이나 암석에 배어들게 하여 멧돼지가 굴을 뚫게 할 수는 있으나 음식이 아니므로 멧돼지의 체력이 보강되지 않아 계속하여 일을 하게 만들지 못한다. 멧돼지의 체력을 지속적으로 보강하는 것은 멧돼지의 몸에 이식한 탄수화물이나 단백질 엉덩이를 이용하나? 흙이나 암석에 냄새를 배어들게 하는 것은 어려우니 멧돼지의 엉덩이나 어느 부위에 이식된 먹이로 인식하는 냄새를 돌진하는 멧돼지의 앞의 흙이나 암석에 뿌려지게 설계하는 것이 나을 듯하다. 멧돼지의 콧등에서 먹이로 인식하는 냄새를 이식한 조그만 혹을 달아서 그 혹에서 멧돼지가 전진하는 지하의 흙의 앞이나 암석의 앞에 뿌려지게 하여 일을 하게 하면서 체력이 보강되는 것은 엉덩이나 다른 부위에 이식한 에너지원을 이용하게 하는 방식이다. 지하에 굴이 뚫리는 일이 일어날 것이다. 멧돼지 착암기, 멧돼지 굴착기, 멧돼지가 지구를 바꾼다. 생물이면서 로봇의 역할을 하는 생물형태의 로봇이다. 생물로봇이다. 소나 말에게 멍에나 재갈을 물려 이용하는 방식이 약간 진화하여 멧돼지의 몸에 후각을 자극하는 혹이나 먹이로 사용될 에너지가 저장된 혹을 이식하여 이용하는 단계로 올라간 정도이다. 주둥이엔 암석을 뚫어도 피부가 상하지 않게 부드러우면서 특수한 플라스틱 피부나 약간의 성형을 통한 방법으로 대처하는 것이다. 사람이 살고 있는 지역에서 굴을 너무 깊게 파면 문제가 생기므로 사막의 지하에서 일을 시키면 문젯거리의 발생이 너무 크게 잘못될 확률이 작아진다. 사람이 살지 않는 사막의 지하를 2천 미터 정도 깊이 파는 일을 생물로봇으로 변신한 멧돼지들이 하는 것이다. 사막에 너무나 큰 지하호수가 아니 지하바다가 생기면 물을 채워서 물이 없는 사막이 아니라 물이 지하에 바다만큼이나 저장된 사막을 우리는 만나게 될 것이다. 정말로 깊은 샘이 깊은 샘을 만들어내는 기적을 행한다. 이 일을 이루어내면 비버를 이용한 멋진 강보다 더 부자가 되어야 하나? 비버를 생물로봇으로 만든 일이나 멧돼지를 생물로봇으로 만든 일이나 비슷한 특허가 아닐까? 멧돼지의 주둥이에 암석을 녹일 정도의 에너지가 빛으로 뻗쳐나가는 장치가 달린다면 굴을 뚫는 속도는 더 빨라질 것이다. 에너지를 빛으로 쏘아 암석을 뚫어 굴을 만든다면 멧돼지의 역할이 너무나 대단하지 않나? 그런 장치를 이식한 사람들이 더 대단한가? 우라늄을 이용해 아주 극초소형의 핵탄두를 핵폭탄보다 수억 배나 약한 성능으로 만든 레이저를 주둥이에 단 멧돼지들이 굴을 뚫는다면 너무나 빠른 시간 안에 해낼지도 모른다. 너무나 발달한 장비를 이용해 빛의 속도로 굴을 뚫는다면 몇 시간 만에 일이 끝나버리나? 일초에 빛의 속도의 길이만큼 굴이 뚫리면 그렇다면 일초에 30만 킬로미터의 굴을 뚫는다면? 도대체 십분 안에 해결이 되나? 십분 안에 인류가 수십만 년이나 물 걱정이 없이 살게 만들어버린다고? 믿을 수가 있나!!! 믿을 수가 없으니!!! 소행성이 지구와 충돌하면 지구는 십분 안에 없어질 수 있다. 소행성을 아주 작게 만들어 사막의 지하에서 남극대륙의 얼음이 모두 들어찰 지하공간이 생기게 조작하는 것이 영원히 불가능할까? 그렇지도 않을 것이다. 사막에 물이 가게 만들려면 강의 하구를 사막으로 돌리면 더 쉬울 수도 있다. 사하라사막은 나일 강을 고비사막은 황하를 사막 쪽으로 하구를 돌리는 것이다. 하구를 돌려서 사막까지 원래의 강보다 약간 더 길고 더 깊은 강을 만들면 사막이 긴 세월이 지나면 바다가 될 지도 모른다. 강을 돌려버리는 것이 일의 양을 훨씬 줄이는 결과가 될 것이다. 나일 강과 황하만 돌리면 거의 해결이 나버린다. 사막이 없는 곳에서는 강을 돌려도 물을 품어줄 사막이 없어 난감하다. 그런 곳에는 지하에 호수를 만들어야만 하나? 나일 강이나 황하를 돌리는 일이 범람하는 우기 때만 돌리도록 고안되면 생태계에 엄청난 무리를 주지 않아도 된다. 평상시의 수량은 늘 흘러가게 되지만 홍수 시에 넘치는 물만 돌려져서 사막으로 유입되게 설계되어도 나쁘지는 않다. 오히려 더 좋은 방법일 수도 있다. 사막이 옥토로 바뀌는 시간이 너무 급격하지 않은 면도 있다. 급격하게 단박에 이루어지는 것이 나은지 천천히 이루어지는 것이 나은지는 잘 알 수가 없다. 깊은 샘은 깊은 샘이 만들어지는 일에 집중을 하고 있는 어린이이다. 김연아 선수는 석 달 동안의 연습 기간 중에 똑같은 동작을 한 번도 틀리지 않게 하는 행동인 클린을 한 번도 실수하지 않고 하고서 본 시합인 올림픽 무대에서 재연을 한다고 한다. 90번이나 매일 반복하고 한 번도 실수하지 않은 상태에서 시합을 하는 것이다. 어린아이가 일어서기 위해 2만 4천 번을 엉덩방아를 찧는다고 하는데 놀라운 사람의 노력이다. 하나의 약을 만들 때도 엄청난 임상실험을 통해 부작용을 검증한다. 강을 돌리는 것이 얼마나 많은 검증을 할 수 있나? 검증을 많이 하기가 매우 어려운 부분이다. 이론으론 많은 검증이 가능하지만 실제의 검증은 매우 제한적인 한계가 있다. 현대에도 전면전을 하려면 6개월을 준비하지 않으면 거의 불가능하다고 한다. 6개월을 속이기도 어려울 것이다. 워낙 많은 첩보위성이 감시를 하고 있으니 말이다. 깊은 샘이 깊은 샘을 만드는 것은 혹독한 검증을 거쳐야만 일어나는 일일 것이다. 사람은 그 검정의 과정을 거치는 이성적인 면이 있다. 마음속의 무의식은 중구난방이지만 꼭 해야 하는 일은 이성적으로 처리를 하는 사람이기도 하다. 독일통일은 이성적으로 대처하고 있었지만 일어날 때는 돌발적으로 터졌다. 여행자유화를 묻는 외국기자에게 실무자가 자유화할 수 있다고 하자 사람들이 동독국경을 넘어 서독으로 간 것이다. 그러자 봇물이 터져 통일이 되고 말았다. 이성적으로 일을 처리하여 백 년이나 걸려 사막의 지하에 생물로봇인 멧돼지를 이용하여 바다를 만들려고 하다가 하루아침에 특이한 기술을 시험하다가 순식간에 이루어낼 수도 있다. 순식간에 지구의 사막의 지하에 바다가 생기는 것이다. 사람의 일생도 우연적인 요소가 매우 많다. 태어나는 것 자체가 거의 우연이다. 사람이 태어날 때 예고를 하고 태어나는 것은 아니다. 왕조시대이면 태어나자마자 신분이라는 우연이 일생을 어느 정도 지배하지만 왕조시대가 아니면 일생이 매우 심하게 변한다. 우연적인 요소들이 많다. 깊은 샘도 이름도 거의 우연이고 멧돼지로 사막의 지하를 바다로 만들게 되는 것도 우연이다. 사천 년 동안이나 만나게 될 많은 사람들도 거의 우연일 것이다. 어느 날 사막을 방문하니 지하에 바다가 있는 것이다. 지하에서 수력발전을 하니 지하이지만 어둡지도 않고 사는데 큰 불편은 없다. 그러면 사람들이 지하에 사는 것이다. 물이 너무 많으니 지상의 사막도 사막 같지 않다. 지하에 파이프만 연결하면 물이 자동으로 공급이 되니 사막으로 기능하지 못하게 된다. 물이 너무 풍부하니 사막이 제 기능을 상실하는 것이다. 물이 없는 사막에서 오아시스는 너무나 값진 것이고 깊은 샘은 너무나 소중한 것이다. 이제는 오아시스나 깊은 샘이 거꾸로 대접받지 못하는 역전의 현상이 일어난다. 어마어마한 일을 해준 깊은 샘이지만 사람들이 깊은 샘을 잊어먹어 버리는 것이다. 사람은 결국에는 잊히게 되는 존재이지만 잊히는 속도가 너무 빠르다. 과학의 발전 속도가 너무 빠른 것처럼 사람의 마음도 그렇게 빨리 움직이는지 놀라울 따름이다. 기어 다니던 아기가 엄마 젖을 빨던 아기가 어느새 노인이 되는 것도 순식간에 일어난 일처럼 일어난다. 사막의 지하에서는 물고기가 많다. 양식된 어류나 바다의 생산물들은 급속도로 사람이 많은 도시로 이동이 된다. 사막의 지하는 바다목장이다. 어부들이 사막의 지하에 있다. 인류의 생명을 유지하는데 지대한 공헌을 한 물고기들이 너무나 많아지니 인류의 생명은 더 질겨지게 된다. 곡물이나 땅의 고기나 물고기나 사람들이 엄청나게 먹는 먹거리이다. 물고기가 많아지는 것을 싫어할 사람은 없다. 중국은 연안에 대단한 바다가 없다. 인구는 많고 황해의 물고기는 씨가 말라버린다. 씨가 말라버리면 중국 사람들은 굶주리게 될 것이다. 굶주리지 않으려면 사막의 지하에서 물고기가 황해에서 보다 일백 배나 일천 배가 더 많이 양식되어야 한다. 바다의 물고기가 씨가 말라버리면 인류의 재앙이 오는 것을 잘 알지만 급하다보니 씨가 말라버리는 현상이 일어난다. 지하호수에서 물고기를 양식하지 않을 수가 없다. 지하바다에서 물고기를 양식하지 않을 수가 없다. 깊은 샘에서 많은 물고기를 키우지 않을 수가 없다. 미역이나 바다에서 먹을 것을 만들어내지 않을 수가 없다. 지하호수나 지하바다에서 먹을 것을 만들어야 하는 사람이다. 사람이 불어날수록 하지 않으면 안 되는 일이다. 강가 근처에서 물고기를 잡아먹던 옛 사람들이 길고 긴 시간이 지나자 사막의 지하에서 물고기를 키워 먹고사는 사람으로 진화를 하는 것이다. 사람은 몹시 힘들 일을 당하면 대비를 하게 된다. 과외수업이 불법으로 변한 기간 동안 졸지에 실업자가 돼 버린 사람들은 고민을 하지 않을 수가 없다. 다시 합법이 되었지만 언제 또 다시 불법이 될지 알 수 없으니 두 가지 직업을 생각하는 것이다. 양식업도 같이 하는 것이다. 학원을 운영하지만 불법으로 변할 날을 대비해서 물고기 양식업도 하는 것이다. 사막의 지하에서 물고기가 양식되는 일도 일어나는 당연한 일이 될 것이다. 바다에서 물고기의 씨가 말라버리는 상황에서 대비하지 않을 수 없다. IMF로 수많은 사람들이 직업을 잃어버리자 원치 않았지만 많은 고학력자들이 눈높이를 낮추어 일을 찾게 되고 그들이 진출한 분야가 예전에는 관심이 없던 영역이었지만 그 분야를 열심히 변화시켜 예전보다 월등히 나은 수준으로 끌어올리는 것이다. 컴퓨터로 장부정리를 하지 않던 분야가 컴퓨터로 장부정리를 하는 곳으로 변하는 것이다. 옛날 방식으로 음식을 만들다가 외국 풍의 음식도 만들어내는 것이다. 아무리 강제로 해도 변하지 않던 것들이 인력의 구조가 변하자 변하고 만다. 관심을 받지 못하던 분야의 수준이 상당히 올라가 버린 것이다. 공부를 잘하는 학생이 한국에서건 미국에서건 공부는 역시 잘한다. 그 능력이 하루아침에 없어지는 것은 아니다. 북한이 건국 초기에 노동자와 농민의 나라라고 일제에 협력한 사람과 자본가나 지식층을 모두 숙청하고 보니 초기에는 잘 돌아갔으나 돈 잘 버는 재주의 사람이 거의 없으니 경제가 잘 되지도 않고 지식층이 없어지니 잘 돌아가지 않게 되는 현상이 일어났다. 남한은 잘 살지도 못했지만 북한의 돈 잘 버는 재주의 사람과 지식층을 흡수하고 친일 색깔의 사람들도 많이 흡수하여 오히려 나중에는 덕이 되는 꼴이 되었다. 친일 색깔의 사람들은 현실에 잘 적응하는 재주가 있는 사람들이다. 한국 사람들은 이스라엘 사람만큼이나 디아스포라의 경험이 크다. 이산가족은 아직도 고통을 받고 있다. 이스라엘이나 한국은 대비를 많이 해야 하는 사람들이다. 이스라엘이 먼저 사막의 지하에 호수를 만들어 물고기를 생산할지 한국이 먼저 할지 알 수가 없다. 수산물 시장이 바닷가가 아니라 사막에 있게 되는 일이 일어날 지금이다. 우리는 정반대로 전개되는 일이 없는 것이 아님을 알고 실제로 해야 하는 것이다. 마라톤 30킬로미터 정도를 넘으니 쓰러져 인공호흡을 받는 사람도 생기고 도저히 다리가 아파 걷기도 힘들기도 하다. 어떤 마라토너의 입은 티셔츠는 눈을 동그랗게 만들기도 한다. 북조선인민공화국의 지도를 그려 넣은 티셔츠다. 북조선인민공화국이란 글자가 선명하다. 국제마라톤이니 외국마라토너도 많다. 남한 사람은 북한 가 보기가 어렵지만 외국인은 북한을 가 볼 수가 있는 사람이 많다. 그렇게 생각을 하니 이해가 되는 부분이다. K-POP공연에 한국 사람보다 외국 사람이 월등히 더 많은 경우처럼 처음 느껴보는 일이 일어난다. 한국에서 하는 공연에 반대로 외국에 와 있는 듯이 느낌이 들 정도였다. 아무리 섬나라나 삼면이 바다라도 지하호수나 지하바다에서 물고기를 키우거나 사막의 나라라도 사막의 지하에서 물고기가 생산되는 일이 일어나고 실제의 상황이 될 것이다. 그러면 물고기가 물이 없어도 사는 방식도 성립이 되나? 물고기가 물이 없어도 살 수 있다. 사람이 공기가 없어도 살 수 있다. 물고기가 물이 매우 적어도 살 수 있다. 사람이 공기가 매우 적어도 살 수가 있다. 매우 적어도 살 수 있는 점은 이해가 가지만 없는 데도 살 수 있는 것은 답을 하기가 정말로 어렵다. 이조시대의 사람들이 지금의 세상을 보면 이해가 되지 않을 일들로 가득하다. 그러나 지금은 생활상들을 잘 이해한다. 현재는 당연한 일들이 아닌가? 말이 안 되는 것들이 이루어진다고 볼 수 있다. 6년 후면 한국의 소득이 일본을 넘어선다고 하는 말도 있다. 한국이 4%대의 성장을 계속하고 일본은 6년 내내 경제가 말이 아닐 정도면 일어나는 일이라고 한다. 한국은 4만 달러가 되고 일본은 4만 달러에 조금 못 미치는 일이 일어날 수도 있다는 것이다. 일본이 말이 안 되는 말들은 자주 한다. 한국이나 다른 나라들도 대비를 하지 않을 수가 없다. 대비를 하자니 힘이 드는 것은 사실이다. 너무 일어날 일이 아닌 것 같은 사막에서 어시장이 생기는 일을 무시하지는 말자. 대도시의 지하에서 물고기를 양식하면 대도시 지하에서 어시장이 생긴다. 대도시도 식량을 자급해야지만 영원히 버틸 수 있다. 대도시가 식량을 자급하지 못하면 불안한 생존이 아닐 수 없다. 핵공격에 살아남기 위해 평양은 세계에서 가장 깊은 지하철을 만들었다. 핵공격을 당한다고 생각한 북한이다. 중국은 핵공격을 당한다고 생각하고 한국전쟁에서 3백만 대군을 밤에만 이동시키고 실제로 병력을 숨겼다. 북한이나 중국은 실제로 핵공격을 당한다고 생각하고 행동한 일들이다. 마라톤 풀코스를 뛸 때는 실제로 죽을 지도 모른다는 생각을 하는 것이다. 그렇게 생각하고 대비를 하지 않을 수가 없다. 실제로도 죽을 지경의 일이다. 깊은 샘이 하는 일이나 했던 일들이 실제로 일어날 것이고 그렇게 대비를 하는 것이 맞는 일이기도 하다.

사막의 지하는 바다이다. 깊은 샘도 알고 사람들도 안다. 사막의 지하에는 물고기가 많아 맛있는 회를 먹을 수 있고 바다의 낭만이나 바다에서 즐기는 놀이도 할 수 있음을 알게 된다. 바다에서의 위험인 태풍이나 쓰나미나 깊은 바다는 없는 인공의 잔잔한 바다이며 매우 소규모의 바다, 작은 호수, 작은 저수지라 해야 정확할 것이다. 저수지가 가장 적합한 것이다. 지하의 저수지가 수도 없이 약간의 공간을 두고 연달아 있는 구조이다. 작은 저수지이지만 수억 개나 수십 억 개가 있다면 바다로 인정을 할 수준이 된다. 저수지 수준이면 사람이 먹을 수 있는 물고기나 다른 것들이 생산될 충분한 조건이다. 물오리나 거위도 키울 수 있다. 식수의 부족이나 물이 부족하다는 것이 원천적으로 차단될 세상을 만나는 것이다. 전기가 부족하다는 것도 원천적으로 일어나기가 매우 힘든 세상이 온다. 물과 전기와 식량이 안정적이면 사람들은 매우 게을러질 확률도 높다. 엉뚱하게 놀이나 레저 활동으로 게을러지는 시간을 채우는 사람들이 되기도 할 것이다. 수영이나 뱃놀이나 스쿠버다이빙이나 저수지에서 즐길 일로 하루하루를 채우는 일이 일어날 것이다.

'강가의 꼬마 어린이들은 여름방학이면 강에서 수영을 하고 논다. 배가 고파 힘이 빠질 때까지 노는 것이다. 배가 고파 힘이 빠져야 집으로 밥을 먹으러 오는 것이다. 강가에서 먹을 것이 있다면 더 놀다가 어둑해야 집으로 올 것이다. 만약에 저수지에서 먹을 것이 있고 밤에도 야간등불을 켜서 불이 밝다면 밤에도 수영을 하며 더 놀 것이다. 오히려 너무 많은 운동을 하여 몸이 대단히 튼실할 수도 있다. 바닷가의 어린이들처럼 하루 종일 바닷물에 헤엄을 치면 물개가 아닐 수가 없다. 해녀들은 먹을 것을 찾아 헤엄을 치지만 건강은 매우 좋아진다. 먹을 것이 있으니 더 편안하게 헤엄만 치고 놀게 되면 더 편안하고 건강한 사람들이 될 수도 있다. 물가에서 놀게 되면 거의 저절로 헤엄을 친다. 아침부터 점심때까지 강에서 헤엄을 치고 놀다가 집으로 올 때면 까만 고무신이 열이 올라 너무 뜨거워 강물에 식혀 신고는 오는 동안에 발가락에 먼지나 오물 등이 들어와 고무신은 삐걱거리고 강물에서 깨끗이 씻긴 발가락이지만 집에 오는 동안에 발가락 사이는 새까만 때가 낀다. 돌아오는 동안의 땡볕은 땀이 뻘뻘 난다. 하루 이틀이 지나면 온몸이 새까만 아이가 된다. 점심은 부엌의 소쿠리에 담긴 꽁보리밥이 보인다. 파리도 왜 그리 많은지? 꽁보리밥은 잘 씹히지도 않는다. 찬물에 말아 된장국과 먹고 나면 허기가 가신다. 점심을 먹고는 꼬마들은 또 강가로 놀러간다. 마땅히 갈 곳도 없다. 새카만 몸이 더 새까매진다. 열대의 나라라면 아예 벌거벗고 다닐 것이다. 러닝셔츠(난닝구)와 짧은 바지를 입은 꼬마들은 거의 반나체 수준이다. 지하의 저수지이면 태양이 인공이므로 여름날의 태양만큼은 빛이 강하지 않을 것이다. 꽁보리밥보다는 더 나은 아니 영양이 과다한 음식을 먹을 공산이 크다. 보리밥은 당뇨병도 유발하지 않고 아주 좋은 식품이지만 거의 섭취를 하지 않는 지금의 사람들이다. 몸에 나쁜 흰 쌀밥이나 흰 밀가루 계통의 음식을 더 많이 먹는다. 버글버글 하던 파리는 거의 없어진 것이 지금이기도 하다. 목욕은 하루 종일 하는 셈이니 너무 심하게 하는 꼴이었다. 작은 물고기들이 몸에 달라붙어 없는 때도 뜯어먹는다. 깊은 강물에 빠져 죽으면 큰 물고기들이 사람의 시신을 뜯어 먹는 것이 사실이다. 사람들이 버린 아기의 탯줄이나 갑자기 빠져 죽은 사람의 살은 물고기의 밥이다. 사람도 물고기의 밥이 될 수 있다. 지렁이나 낚싯밥만이 아니라 동물이나 식물이나 생물이 물고기의 밥이 된다. 거머리는 사람의 피도 빨고 사람의 나쁜 피를 빨아먹어 의료용으로 대단히 좋은 생물이기도 하다. 저수지의 물고기를 양식하여 잡아먹으려면 사람들이 물고기의 밥을 주어야 한다.'

    깊은 샘은 물고기의 밥을 생각하지 않을 수 없다. 물고기도 밥이 있어야 한다. 물고기가 사는 물은 사람에게도 나쁘지 않거나 물고기도 나쁘지 않아야 한다. 물이 오염되거나 물고기 밥이 오염되어 있으면 사람이 다시 먹게 되는 현상이 당연히 일어난다. 저수지의 물은 매일매일 시간 시간마다 오염도를 측정해야 한다. 철저하게 관리해야 한다. 중국의 북부지방이 남부지방보다 주거조건이 좋지만 스모그로 인해 남부지방 사람보다 평균수명이 5년이나 짧다고 한다. 저수지의 물이 오염된 상태로 오염된 물고기를 섭취한다면 사천 년의 생명이 많이 단축될 수도 있다. 중국은 스모그를 해결하려고 일 년에 430조원을 투입한다고 한다. 스모그로 인해 사람이 죽을 수 있다고 생각하는 것이다. 결국은 사람들이 죽기 싫어서 스모그가 생기지 않는 방향으로 살게 된다. 죽고 싶은 사람은 한 사람도 없다. 스모그에 견디는 새롭게 진화된 인류가 나타나기까지는 너무 긴 시간이 걸릴 것이고 그 이전에 기술적으로나 과학적으로 스모그를 제압하는 사람들이 될 것이다. 하지 않으면 안 되는 일이기 때문이다. 원시시대엔 사람이 일부러 물고기를 대량으로 죽일 수가 없었다. 이제는 사람들이 물고기를 잘못하면 대량으로 죽이는 우를 범할 수가 있다. 원시시대엔 사람들이 일부러 물을 오염시킬 재주가 없었다. 이제는 사람들이 약간만 잘못해도 물을 오염시킬 수가 있다. 수명이 늘어나는 사람들이지만 조금만 방심하면 대재앙은 너무나 가까이에 있다. 사막이 사막으로서의 기능을 상실하면 황사의 두려움도 없어지기는 하지만 또 다른 무슨 재앙이 올지도 잘 모르는 사람들이다. 한국의 일 년 예산보다 많은 돈이 스모그를 잡는데 들어가야 한다. 현실이다. 견디기 힘든 수준이라는 방증이다. 공기의 질이 나빠진다. 숨이 막히는 일이 현실로 나타난다. 사람들 스스로가 대재앙을 만들고 또 해결하려고 몸부림을 친다. 젊은 남성의 정자수가 줄고 자꾸 출산율이 떨어지고 한 가정에 한 자녀가 아니라 더 낳아도 된다고 까지 간다. 정자수가 줄고 출산율이 떨어지니 더 낳아야 되고 너무 낳지 않으면 문제가 또 불거진다. 사막의 지하에서 생산된 물고기를 먹고 정자수가 줄어들고 출산율이 떨어지면 엄청나게 심각한 일이다. 헛일을 하는 꼴이다. 잘 살자고 하는 일이 환경오염으로 연결되고 정자수가 줄어들면 이 무슨 일인가! 사람만이 문제가 아니다. 물고기의 알이 적어지는 것도 똑같은 현상이다. 지하호수에서 사는 물고기들의 번식력이 떨어진다면 사람의 일과 무관하지 않다. 바다의 물고기의 씨가 마르는 일은 정말로 무서운 일이다. 최대한 보존하면서 사막의 지하나 대도시의 지하에서도 물고기의 씨를 불려야 한다. 대도시의 지하라도 식물농장이나 물고기를 키울 소규모의 지하 저수지를 개발할 수 있다. 지하철 일 킬로미터가 일조라면, 지하철 10킬로미터가 일조라면, 430조면 430킬로미터의, 4,300킬로미터의, 지하로 연결된 강을 만들 수 있다는 말이 아닌가? 과학적으로 잘 연구하면 우기시의 강물을 사막으로 돌릴 수 있는 길이가 430킬로미터나, 4,300

킬로미터나 더 폭이 좁게 만들면 더 멀리까지 돌릴 수 있다는 말도 되지 않나? 우기시의 물만 돌려도 사막이 변하는 것은 현실이 될 것이다. 10킬로미터마다 매우 큰 지하의 저수지를 만들면 더 많은 물을 모으고 사용할 수 있으나 돈은 더 많이 들어가야 한다. 스모그를 잡는 비용이면 강을 사막으로 돌릴 수가 있다. 중국이 한국전쟁에서 16개국의 연합국을 상대하면서도 동시에 티베트를 침공하여 점령한 경우를 보면 두 곳의 전장을 유지하면서도 버티는 대단한 재주가 있다. 한국에서는 38도선 이하로 내려오기가 힘들었지만 티베트는 완전히 점령해버렸다. 중국이 스모그를 잡으면서 동시에 사막에까지 인공의 지하강이나 지상강을 만들어 사막을 변화시킬지 모를 일이다. 전 세계에 두 곳이나 되는 전장을 해결하는 방식은 미국이 유지하다가 힘이 들어 이제는 한 곳만 집중하려고 한다. 한국이 전 세계에 두 곳의 전장을 관리할 수 있는 능력은 없다. 그런 능력이 생길지는 매우 희박하지만 그런 능력이 영원히 생기지 말라는 법도 없는 것이다. 깊은 샘은 사막의 지하호수를 전 세계의 모든 사막에서 동시에 추진할 수 있는 능력이 있나? 동시에 해결해 버리면 좋지만 힘이 모자라면 차차로 하면 된다. 달에 가는 나라가 많지 않지만 자꾸만 가게 된다. 화성에 가는 나라가 많지 않지만 가게 된다. 전혀 안 되는 일이 아니다. 스티븐 호킹 박사는 50년 안에 사람들이 달에 정착한다고 한다. 138억 년의 우주생성 비밀인 인플레이션우주도 밝혀내는 과학자들이다. 상상하기 힘든 짧은 순간에 일어난 일을 자꾸만 알아내고 있다. 황하나 나일 강을 사막으로 되돌리면서 10킬로미터마다 지하철처럼 지하에 100킬로미터 정도씩 지하철 다섯 개나 열 개 노선 정도로 굴을 만들어 물을 저장하면 많은 물을 저장한 지하 저수지를 보유할 수 있다. 5천 킬로미터를 가면 500개는 만들어야 한다. 500개 저수지가 비용을 배로 더 많아지게 하는 불편은 있지만 좋은 점도 매우 많다. 5천 킬로미터의 강이 10킬로미터마다 범람 시에 지하에 100킬로미터씩 물을 저장해주면 홍수의 위험이 원천적으로 차단되고 갈수기에도 물이 부족한 일이 없게 만들 수도 있다. 사막에 물을 공급하는 일도 매우 안정적으로 설계할 수 있다. 일본의 동경이 지하에 터널을 만들어 홍수에 대비하고 있다. 우기에 물을 일시적으로 저장하는 방식이다. 황하나 나일 강의 상류에서 태어난 물고기가 다시 상류로 되돌아오면서 그 중간 중간에 500개의 저수지를 거치면서 길고 긴 여행을 즐길 수 있다. 사람도 배를 타고 그와 같이 여행을 할 수도 있을 것이다. 어쩌면 깊은 샘이 가장 최초로 경험하는 행운을 안게 될 것이다. 사막의 가장 낮은 지대는 자연적이 아닌 인간의 노력에 의한 거대호수가 생겨날 것이다. 사막의 가장 낮은 지대에 거대호수가 생긴다면 사막에서 강의 하구까지 물이 갔다가 다시 사막으로 되돌아오는 일이 늘 일어나면 거의 자연적인 생태계 순환으로까지 여겨질 것이다. 자연의 물을 수돗물로 정화하여 쓰고는 하수돗물을 다시 정화하여 사용하고 사람들이 어느 정도 인공과 자연이 합해진 생태계를 만들어내고 있다. 하수도 물을 정화하여 작은 지천에 다시 보내고 정수된 물을 다시 강으로 되돌리면서 또는 펌프를 이용해 물이 부족한 곳으로 물을 상류 쪽으로 끌어가서 다시 흘러 내는 일을 보내는 일을 하고 있다. 더 거대하고 복잡하게 하는 일이 강을 사막으로 되돌리는 일이다. 지금도 도심에서 너무 길지 않은 범위에서 하고 있다. 지하에 터널을 뚫어 홍수에 대비하는 일을 동경은 하고 있다. 지하수력발전소는 핵전쟁에 대비해 지하에서 살아남기 위해 이미 오래전에 만들었던 비밀시설이다. 핵전쟁으로 인류의 멸망에 대비해 미국의 소수의 지도자(미국 대통령)가 거처할 비밀지하시설에 지하수력발전소가 인공으로 이미 만들어졌다. 북한이나 중국이 과거 핵공격에 대비해 자신들이 행동하는 방식을 가졌던 것처럼 미국은 이미 지하에 수력발전소까지 있는 비밀시설이 있었지만 보거나 접근할 수 있는 사람은 아주 제한적이지 않을 수 없다. 일반인은 볼 수도 없거니와 지을 기술력을 확보하기도 쉽지 않다. 지하수력발전소를 유지할 만큼의 물이 지하에 공급되는 인공의 구조를 가지고 있다. 소규모이지만 인공의 구조물이다. 영국의 지하수력발전소는 대규모이지만 지하호수가 인공이 아니라 자연적인 지하호수를 이용한 경우이다. 사막에 강을 돌려 물을 공급하고 사이사이마다 지하저수지를 만들고 그곳에서 수력발전을 하고 지하식물공장을 운영하는 것이 가능하지만 돈이나 노력이 너무 많이 든다는 점이 걸림돌이지만 그런 문제들이 차차로 풀리면 일어날 일이다. 미국이나 영국은 이미 지하수력발전소가 있고 운영도 잘한다. 미국의 것은 완전히 인공적인 것이다. 한국은 세계 최초로 지하에 화력발전소를 만들었다. 깊은 샘이 감당하지 않아도 이미 핵전쟁이라는 공포가 미국으로 하여금 지하에 물을 저장하고 지하수력발전소를 만들게 했다. 그러면 전 세계에 핵전쟁이 일어나 사람들이 마지막까지 죽게 된다면 미국대통령이 가장 오래 생존할 확률이 높다. 그러니 가장 힘 있는 사람이 아닐 수가 없네! 지하에 인공으로 저수지나 소규모 호수를 만들고 지하수력발전소의 전기를 이용하는 사람은 사실은 세계에서 가장 힘 있는 미국대통령이다. 깊은 샘은 지하호수를 만들고 지하수력발전소를 만들려다가 가장 힘 있는 사람을 찾아내게 된다. 어쩌다가 깊은 샘은 힘이 센 사람을 본의 아니게 생각하게 되나? 마라톤을 해본다. 너무 어렵다. 가장 잘 달리는 사람이 누구일까 생각이 나게 된다. 그런 식이다. 산삼이 비싸다. 누가 먹나? 심마니가 가장 먼저 먹겠지만 누가 먹는지 궁금하지 않을 수가 없다. 너무 비싸 팔리지 않아 할 수 없이 심마니 자신이 먹는 일이 일어난다고도 한다. 사막에 지하호수를 만들고 지하수력발전소를 만들어 보면 되지만 실제로 하기에는 미국대통령보다 힘이 더 있어야 된다는 것이 이해되면 누가 하려하나? 깊은 샘은 현재의 세상에서 가장 힘 있는 사람보다 더 힘이 세다는 것이 아니냐? 대단한 깊은 샘이다. 그런데 한국이 세계 최초로 지하에 화력발전소를 지은 것은 대단한 것인가? 느끼기에는 대단하지만 미국이나 영국까지의 느낌이 오지는 않는다. 왜 그럴까? 심마니가 산삼을 많이 먹지만 돈이 많은 사람이 사먹는 것과는 느낌이 매우 다르다. 그러나 심마니는 산삼을 먹지 않나? 깊은 샘은 사천 년을 사는 사람이니 이미 대단한 사람이다. 50년 안에 달에 사람이 정착한다는데 깊은 샘이 사천 년을 산다면 상상하기 힘든 일들이 현실이 될 것이다. 정말로 사천 후의 인간의 모습을 알 수가 없다. 사천 년 전의 인간의 모습은 매우 미개하지만 인간의 모습이었다. 과거의 사천 년 전의 인간과 미래의 사천 후의 인간의 모습에는 그 격차가 너무나 커서 지금 살고 있는 사람들은 사천 후에 더 미개한 듯이 생각되거나 놀라게 될 점이 느껴지지 않나? 사천 년 후의 후손들이 선조를 똑똑하다고 하기가 매우 어렵지 않나? 지금도 사천 년 전의 선조들을 똑똑하다고 하기가 쉽지 않다. 지하수력발전소의 전기를 사용할 수 있는 가장 힘 있는 미국대통령도 사천 년 후의 사람들은 대수롭지 않게 여길 것이다. 영국 사람들은 지하수력발전소의 전기를 사용한다. 한국 사람들은 지하화력발전소의 전기를 사용한다. 시간이 많이 지날수록 별의별 전기를 사용하는 사람들이 될 것이다. 생각지도 않은 알 수 없는 전기를 사용할 것이다. 버뮤다 삼각지대나 네바다 사막지역에는 자기장이 발달하여 불가사의한 일들이 많이 일어난다. 자기장은 기차를 레일 위에서 붕 뜨게 하여 날아나게 만든다. 그런 자기장을 자꾸만 이용하다가 일초 만에 달에 가게 만드는 이상한 자기장이나 전기를 사용하는 인류가 될 것이다. 자기장에 실려서 달까지 일 초 만에 갔다가 일 초 만에 지구로 돌아오면 이 무슨 신의 조화가 아니라 사람이 해내는 일이라면 머리가 너무 어질해진다. 항공기가 사라지는 것이 버뮤다해역도 아닌 인도양에서 일어난다면 알아내는 것이 사람의 몫이고 과학자의 몫이다. 순간이동이나 시간여행이 전혀 불가능한 일이 아니고 조금은 가능하다고 근거들을 제시하는 지금이다. 이조시대보다는 지금의 기차나 비행기는 순간이동의 느린 형태로 볼 수 있다. 우리는 미국이라는 나라를 본지가 불과 얼마 되지 않는다. 인디언이 4백만 명이나 살았었지만 씨가 말라버리고 3억 6천만이라는 다른 사람들을 보고 있다. 일백 배의 낯선 사람으로 바뀌는 것이다. 일천 배로 바뀌는 것을 이해할 수 있다. 일만 배로 바뀌는 것이다. 부산에서 신의주까지 10시간이다가 일만 배로 바뀌면 얼마나 빨리 이동하는 것인가? 이조시대에 부산에서 신의주까지 두 달이다가 10시간이면 일백 배가 넘게 바뀐 것이 아니냐? 순간이동은 무지무지하게 빨라진다는 것이 사실일 것이다. 말을 달리던 길이 기차로 변하지 않았나? 그것이 하늘의 비행기로 변하지 않았나? 다음은 하늘의 비행기가 아니라 비행접시로 순간이동을 한다. 그 다음은 비행접시의 순간이동보다 더 빠른 다른 무엇인지 잘 모르지 않나? 잘 모르는 것을 알아내고 싶은 것이 사람이다. 특이한 사람들이 찾아내면 이해하기도 쉽지 않을 것이다. 얼마 본지 안 되는 미국이 한국을 무척 많이 변화시킨 것을 우리는 안다. 우리 스스로가 변화하고자 하기도 하지만 서로의 연관들이 변화를 만들어낸다. 깊은 샘도 나중에는 지금도 높은 산과 연관이 되지 않을 수가 없다. 지하에서 파낸 많은 흙이나 모래나 암석은 높은 산이 되는 결정적인 요소로 작용을 하지 않나? 아파트가 올라가는 공사현장은 석 달이면 엄청난 정도로 변하고 일 년이나 이 년이면 수십 층의 고층빌딩으로 산이 만들어진다. 수백 만 채나 수천 만 채의 아파트는 산이 얼마나 많이 많아진 것이냐? 아파트 일천 채를 산이 하나라고 한다면 한 채에 5명이 산다면 인구 5천 명에 산이 하나씩 생기지 않나? 5천만 인구이면 산이 일만 개나 만들어진다. 사실이다. 산을 일만 개나 만든 만큼의 지하에서 흙이나 모래나 암석을 캐내었다면 그 만큼의 지하의 공간에 깊은 샘을 만들 수 있다. 높은 산 때문에 깊은 샘도 만들어지는 것이다. 강가의 모래를 다리를 놓기 위해 도로를 만들기 위해 집을 짓기 위해 파낸 다음의 일을 생각하면 강가의 깊이가 너무 깊어서 헤엄을 치고 놀 때 위험해지기도 한다. 모래를 파낸 만큼 강의 바닥이 밑으로 내려가기 때문이다. 사막의 모래는 높고도 높은 건물을 지을 수 있는 재료이다. 사막의 모래를 빌딩으로 변화시키는 일을 로봇이 아닌 사람만이 해야 할까? 개미는 사실이지 사람보다 더 집을 잘 짓는다고 한다. 개미의 집은 천연 에어컨의 원리가 적용되어 있어 매우 시원하고 온도가 일정한 집을 짓고 산다. 개미가 짓는 집의 원리를 이용하여 지은 빌딩은 너무 시원한 에어컨이 작동하는 것과 같다고 한다. 개미를 이용하여 빌딩을 만들게 하면 에어컨이 필요 없는 빌딩을 지을 수 있다. 개미를 어떻게 빌딩을 짓는 로봇으로 만들어내냐? 이 문제는 깊은 샘이 관여할 문제가 아니다. 높은 산이 고민해야 할 사항이다. 개미를 사람만큼의 크기로 유전자조작을 하여 로봇으로 변형시키는 것은 좀 위험한 일이 아닐까? 사람크기만큼이나 커진 개미를 다루기가 쉽나? 그 큰 개미의 살코기는 맹수에게 먹이냐? 개미가 소고기나 돼지고기만큼이나 되면 무섭지 않나? 그렇게 크진 개미들이 개미굴을 지하에 판다면 사람이 파는 정도의 일이 벌어지지 않나? 잘못하다간 전 세계의 지하에 개미가 개미굴을 사람보다 더 많이 팔지도 모를 일이다. 그러면 멧돼지도 코끼리만큼이나 크게 변형한다면 일의 능률이 더 올라가지 않나? 코끼리가 멧돼지의 습성을 가지고 지하에 굴을 파고 들어가면 대단한 생물로봇이다. 멧돼지가 코끼리의 덩치로 굴을 판다. 그러면 코끼리에게 멧돼지의 코를 더 크게 만들어 달아주면 코끼리는 멧돼지의 코와 코끼리의 코와 거기에 더하여 개미의 지혜까지 합한 능력을 보유한 생물로봇이면 일은 더 쉬워진다. 결국은 그렇게 만들어 사람의 지혜까지 보태어 지하에 굴을 판다면 일은 더 잘되지만 해내기가 만만치는 않다. 웜홀을 통하면 사람이 시간까지 정복할지 모르나 벌레도 과일을 재빨리 먹어치우려고 먼 길을 돌지 않고 지름길을 찾아서 과일 속을 요리한다. 벌레는 먹이인 과일을 재빨리 가는 지름길을 알고 있다. 벌레이지만 대단한 놈이다. 온갖 삼라만상이 다 도움을 줄 수 있는 여지가 있다. 개미가 바람의 원리를 잘 안다. 벌레가 지름길의 원리를 잘 안다. 사람도 뭘 잘 아는 것이 있지 않을까? 소나무도 죽기 전에 솔방울을 많이 맺어 씨를 퍼트리려고 안간힘을 쓴다. 흉년에는 도토리를 맺는 도토리 종류의 나무는 도토리를 많이 맺어 씨를 퍼트리려고 한다. 깊은 샘은 깊은 샘을 뚫는 재주를 많이 가진 것이 맞는 것이지 아닐까? 지렁이도 땅을 기름지게 하고 흙을 변화시킨다. 지렁이가 지구 표면의 토양을 기름지게 하지 않으면 농업생산량이 줄어들어 사람들의 생존에 위험이 온다고 한다. 고마운 지렁이다. 지렁이가 살지 않는 땅은 곡식이 많이 생산되지 않는다. 인공으로 만든 지하의 강은 물을 사막으로 보내기까지 한 방울의 물도 가는 길에 땅속에 흘려주지 않는다는 모순이 포함된 강이다. 댐을 만들어 물을 저장하고 그 물을 지하의 관을 통해 다른 지역으로 보내주면 예전에 강이 흐르면서 땅을 적셔주던 지하수가 없어져서 이상한 일들이 일어나곤 한다. 강을 사막으로 돌리면서 우기 때에 넘치는 물만 되돌리는 것은 큰 문제가 없더라도 사막으로 되돌아가면서 물을 땅에 적셔주지 않는 것이 원래대로 생태계에 변화를 주지 않지만 물을 땅에 적셔주지 않는 강은 정말로 인공의 강이다. 자연적인 강이려면 사막으로 되돌아가면서 물을 땅에 적셔주어야 하는데 그러면 예전보다 땅이 물을 두 배나 많이 공급받게 된다면 그 영향이 어떻게 될지도 매우 어려운 부분이다. 원래보다 더 많은 양의 물을 공급받으면 지하는 지하수나 땅은 어떻게 되나? 사막은 일부러 그렇게 하려고 한 것이니 문제가 아니지만 사막이 아닌 지역에서 대처는 물을 많이 적셔주어야 하나? 사람은 영양을 많이 섭취하면 성인병이 많이 생기는 부작용이 있다. 어느 정도껏 많아지는 것은 문제가 크지 않지만 그 선을 지키기가 어렵다. 지금보다 땅에 물이 너무 많이 적셔지면 변화가 일어날 것이다. 10킬로미터마다 저장된 물을 사용하는 것은 엄청난 수준의 문제를 일으키지 않는다 할지라도 지금보다 열 배 이상이나 백 배 이상으로 많은 물을 사용하여 토양에 스며들게 하면 문제가 일어날 소지가 있다. 깊은 샘의 머리가 아파지는 일들이다. 하루아침에 해결하려면 해결책이 보이지 않지만 4천 년 동안이면 해결책이 나올 수 있다. 50년 안에 달에 정착할 사람들이니 더 빠른 시간 안에 답을 찾아낼 사람들이다. 지하수의 수위가 변하는 문제를 정확하게 밝혀내고 처리하는 재주가 있어야 한다. 지하수의 물길을 완벽하게 아는 지하수리학이 발달해야 한다. 지표수의 흐름도 아직 많이 알기가 힘든데 보이지 않고 영향력을 가늠하기 힘든 영역까지 알아야 한다. 지하수는 깊은 샘과 떼려야 뗄 수 없는 관계이다. 도시의 아스팔트나 도시의 빌딩이나 아파트나 건축물을 지하수의 문제를 왜곡시킨다. 동경은 아스팔트나 길에서 물이 땅으로 잘 스며들게 설계가 되어있지만 대부분의 도시가 그렇지 않다. 물이 제대로 땅에 흡수되지 못하게 하므로 홍수가 더 많이 발생한다. 지하터널로 물을 저장해도 그 영향력이 많지 않다. 엄청나게 더 많은 지하터널을 만들거나 물이 잘 스며드는 구조로 도시를 설계해야 한다. 물을 인공으로 더 빨리 많이 지하에 저장하는 방법을 알아내야 한다. 우기에 쏟아지는 물을 순식간에 모두 저장할 수 있다면 홍수도 두렵지 않고 사막도 두렵지 않게 된다. 달에 정착한다는 것은 물이나 전기가 안정적일 수 있게 정확하게 된다는 것이므로 지구에서의 일은 더 잘 할 수 있음도 추측이 가능하다. 대학교 캠퍼스를 학생들이 많이 다녀 오솔길이 생기면 곧바로 시멘트로 길을 만들어 버리자 일을 잘 하는 총장이라 하기도 하고 낭만을 없애는 이상한 사람이라고도 한다. 시멘트로 길을 바꾸면 비가 내려도 좋은 면이 있지만 비가 오지 않는 날은 흙길이 더 좋다. 시멘트 길이나 아스팔트 길이지만 물이 잘 흡수되고 낭만까지 있다면 좋지만 두 마리 토끼를 다 잡는 방법을 고안해야 하지 않나? 사막으로 가는 인공강이 물을 한 방울도 낭비하지 않는 구조와 물이 어느 정도 땅에 적셔지며 가도 되는 두 가지의 방법이 가능한 인공강이면 더 좋다. 더 발전하여 인공강이 지나가면서 물을 인위적으로 알아서 일일이 땅을 적셔주는 양을 조절할 수 있다면 금상첨화이다. 도시의 건물이나 아스팔트나 시멘트 길도 날씨의 상황에 따라 많은 물을 흡수하거나 전혀 흡수하지 않거나 양을 자유자재로 상황에 맞게 조절할 수 있으면 좋다. 홍수 때는 재빨리 흡수하고 건조할 때는 전혀 흡수하지 않고 눈이 많이 오면 시멘트 길이나 아스팔트나 건물이 열을 발생해 재빨리 눈을 녹여 흡수해버리면 눈이 많이 와도 문제를 일으키지 않는다. 건물의 지붕이나 벽체가 눈이 한계 이상으로 오면 재빨리 녹여서 지하호수에 저장하게 하면 눈으로 인한 문제도 해결이 가능하다. 여름의 홍수나 겨울의 눈 폭탄이 엄청난 물로 인해 전기가 더 많이 생산되고 지하식 물공장이 더 잘 돌아가고 사막이 더 푸르르 진다면 좋은 일이다. 예전에는 건물이 물을 흡수하지 못하는 시설이었지만 지하에 물웅덩이를 잘 설계하고 지붕이나 벽체에 열선을 설계하면 겨울에도 눈을 재빨리 녹여 지하 물웅덩이에 저장하고 소규모의 가정용 지하수력발전으로 이용하고 소규모 지하식물공장을 운영할 수 있다. 너무 깊지 않은 얕은 샘도 건물마다 만들면 많은 물을 저장하고 전기가 만들어지고 식량이 만들어진다. 지상의 다랑이 논 같은 것이 집집마다의 지하에서 만들어진 물웅덩이를 통해 실현할 일이 된다. 집집마다의 지하의 소규모 물웅덩이는 양어장도 되고 소규모 바다목장으로 김이나 미역이나 전복도 생산이 될 수 있다. 어마어마한 다랑이 논도 이천 년에 걸쳐서 만들면 놀라운 것이 된다. 순전히 인력으로도 이천 년이라는 노력이 만들어 내는 결과물이다. 에베레스트 산도 조직적으로 하면 이천 년이나 더 걸리면 다랑이 논으로 순전히 인력으로도 가능해진다면 놀라운 결과물이 아니냐? 깊은 샘이 만든 지하호수나 지하바다는 결국에는 지하에서 파낸 재료를 이용해 에베레스트 산 만큼이나 높은 다랑이 논도 다랑이 밭도 만들어 낸다는 것이다. 다랑이 밭이나 다랑이 논을 만들기 보다는 식량의 종자개량이나 영양분을 반복 배양하는 방법이 더 빠르지만 다랑이 논이나 다랑이 밭은 에베레스트 산 높이로 만들 수 있다. 페루의 잉카인이 만든 공중도시가 만들어진다. 인공으로 만들어진다. 높은 산을 잘 타는 산양이나 적합한 동물을 이용하여 농사를 짓는다면 사람이 당하는 위험성도 많이 줄어든다. 다랑이 논이나 다랑이 밭만이 아니라 산양을 키우는 다랑이 목장이 될 수도 있다. 높은 산에는 야크도 키울 수 있다. 리마도 키울 수 있다. 산삼을 키울 수 있는 산도 인공적으로 많이 제공받을 수 있다. 열대지방이라면 낮은 땅보다 해발고도가 높은 산위에 사람이 살기가 더 좋다. 열대지방은 고도를 인공적으로 높여 높은 산위에서 쾌적하게 살 수 있다. 인공으로 열대지방에서 고도를 높이면서 올라가는 높이마다 사람이 살게 설계하면 더 많은 공간을 확보할 수 있다. 낮은 곳은 개미가 설계한 방식으로 이천 미터 이상이 되어 시원하고 쾌적하다면 그대로 집을 지어 사용하면 된다. 사막이나 동토는 지하로 내려가던지 지상으로 올라가던지 두 가지 모도 병행하면서 모든 지혜를 짜내어 적합하게 만들어야 한다. 어느 곳이던 물은 절대적으로 확보하고 끌어와야 한다. 물이 석유보다 더 비싸질 이유들이다. 석유보다 더 좋은 에너지들을 만들어낼 수 있지만 물은 인공적으로 만들기가 쉽지는 않다. 별 기계도 없이 잉카인은 엄청나게 높은 산에 물을 끌어들이고 석축을 인력으로인지 축력으로인지 쌓아 인공적으로 물과 식량과 주거조건을 만들었다. 잉카인이 세운 석축들은 무너지지 않는데 유럽인들이 세운 건물들은 무너진다. 무너지지 않는 지하호수나 지하바다나 지상의 건물이나 인공강이나 모든 것이 무너지지 않게 되어야 한다. 시멘트 건축물이 이백 년을 지탱한다면 나무로 지은 집이 더 오래가는 것은 무슨 의미일까? 아직 이백 년의 역사가 되지 않은 시멘트 건물이어서 일까? 나무로 지은 집도 이백 년 안에 손질을 하지 않을 수 없을 것이다. 그러면 짓고 지어도 이백 년이면 다시 지어야 하지 않나? 사람의 수명이 백년 미만이니 그런 수준이지만 사천 년이라면 사천 년을 지탱해야 하지 않나? 깊은 샘이 짓는 인공강은 사천 년은 끄떡없어야 부실시공이라는 오명이 붙지 않을 것이다. 원시인이 지은 움막은 보기에도 얼마가지 못해 보인다. 원시동굴은 오래갈 것 같아 보인다. 백 년 정도면 건물이 모두 무너지고 새 건물로 바뀐다는 것을 부정하기 어렵다. 사천 년이나 생존하면 사천 년 동안이나 무너지지 않는 건물이라면 지루하고 싫증이 나서 견뎌낼지 의문이다. 인공강이나 사막의 인공호수가 백 년마다 리모델링을 한다면 사천 년이면 사십 번이나 리모델링을 통해 많이 아니 엄청나게 개선된 건축물이 될 것이다. 도시나 인간이 설계한 건축물들이 이백 년을 가는 것이 거의 일어나지 않는다면 이백 년 안에 모든 것들이 뒤바뀐다는 것이다. 중국의 왕조가 이백 년이면 바뀌듯이 바뀐다. 고구려 700년이나 조선 519년은 매우 긴 기간이다. 신라는 천 년이다. 그러면 경상도 쪽의 유전자가 가장 질긴 면이 있나? 조선의 건물은 아직도 6백 년이나 유지가 되고 있다. 천 년 이상 된 건축물이나 도시구조를 유지하기가 거의 불가능하다. 사천 년을 유지하기는 현재의 경험을 생각하면 일어나기가 매우 어렵다. 사천 년이나 앞서 가는 건축물이나 공법이 존재하기가 어렵다는 것이 증명되고 사천 후에는 훨씬 앞선 방법이 적용된다고 한다면 사막의 지하호수는 매우 괜찮게 되어 있으리란 점이 드러나기도 하지만 잘 알긴 어렵다. '내가 나를 모르는데 넌들 ...... !' 깊은 샘은 어떡하다가 질긴 유전자를 가지게 되었나? 잘 모르는 일이다. 깊은 샘이 만든 깊은 강은 인공강은 백 년이나 이백 년 안에 리모델링이 되고 말지 않을까?

깊은 샘은 점점 나아지는 인공강이나 지하호수를 평생 동안 보게 될 것이다. 깊은 샘의 이름이 바뀌어 지하의 물을 관심 밖으로 두지 않는다면 크게 예측이 빗나가지 않는다. 사람이 성을 갈겠다고 하면 무척 화난 상황이다. 사람이 이름을 잘 바꾸지 않는다. 그런데 인위적으로 바꾸라면 무척 화가 나는 일이다. 창씨개명은 정말로 화가 나고 사람을 사람답지 않게 만드는 일이다. 깊은 샘이 어느 날 느닷없이 노예 상태가 된다면 이름을 강제로 바꾸고 지금과 전혀 다른 삶을 살지도 모른다. 깊은 샘이 지하에 만들어간 기술들을 버리지 않고 이용한다면 이름이 달라져도 같은 일을 하는 사람이기는 하다. 언어가 바뀌면 이름이 바뀔 여지가 크다. 언어는 자연적인 요소도 있지만 정치적인 이유도 매우 많다. 배우기 쉽고 현재의 첨단전자 시대엔 한글이 매우 적합하지만 세계가 한글을 채택하지는 않는다. 그렇지만 훨씬 편리하고 좋은 것을 안다. 에스페란토어나 더 편하고 좋은 인공의 언어로 바뀔지 안 바뀔지 잘 알기도 어렵다. 깊은 샘의 이름이 높은 산으로 바뀌면 지구의 지상에 높은 산을 만드는 사람으로 변신이 되나? 창씨개명으로 조선인을 한국인을 일본인으로 개조하려는 강제가 35년이나 36년 보다 짧은 기간 동안에 일어났다. 이름을 도용하기도 한다. 경찰관의 이름이나 신분증을 위조하여 행세하기도 하고 고급장교로 신분을 위장하여 범죄를 저지르기도 한다. 중국황제로 살다가 소련의 감옥에서 죄수번호로 불리는 희한한 경험을 하는 사람도 있다. 중공이 들어서자 소련에서 만주국 전범들을 모두 다시 받아들여 기차를 타고 고국인 중공(중국)으로 돌아오기도 했다. 군대에 신병으로 가면 일시적으로 이름대신에 번호로 사람을 부른다. 몹시 기분이 좋지는 않다. 개인의 자유가 일시적으로 박탈된다. 깊은 샘도 자신의 의도와 상관없이 강제적으로 이름이 바뀌는 것은 싫은 일이다. 70억 개나 80억 개의 이름이 있다. 많기도 하다. 한국이라는 이름이 별로이다가 이제는 덜 별로이다가 아주 듣기 좋은 이름이 되는 날을 사람들은 바란다. 외국으로 이민을 가든 사람이 많던 한국에서 이제는 300명 남짓이 이민을 가고 되돌아 한국으로 오는 역이민이 12배나 많은 삼천 몇 백 명이 넘는다고 한다. 이름이 어느 정도 마음에 드는 모양이다. 이민 정도가 아니라 목숨을 걸고 국경을 넘는다는 것은 매우 살기가 힘들다는 증거이기도 하다. 밀항선을 타고 일본으로 다시 들어간 것이 무엇을 의미하나? 해방 전후에 너무나 배가 고프지 않았나? 제주도민들은 원치 않아도 목숨을 부지하기 위해 배를 타고 바다로 나가야만 했다. 바다에서 빠져 죽지 않으려면 육지에 닿아야 했다. 보트피플이나 국경을 넘는 일은 매우 견디기 힘든 사람들이 당하는 고통이다. 사막에 이상향이 사막의 지하에 이상향이 생긴다면 고통을 피해 많은 사람들이 몰려올지도 모른다. 대만이나 미국이나 사람들이 몰려들어 만들어진 새로운 나라이다. 완벽하리만큼 자유나 의식주가 보장될 정도로 지하를 사람이 살기에 적합하게 만들어 놓으면 사람들이 홍수처럼 밀려들 것이다. 일억 명이 십억 명이 몰려와도 수용이 가능하다면 새로운 중국 인구만큼의 나라가 만들어진다. 미국보다 중국보다 더 많은 인구와 자유와 힘이 있는 나라가 사람이 원하는 것에 의해 만들어지는 세상이 올 것이다. 깊은 샘이 지하의 모든 것을 잘 꾸며낼수록 사람들은 모여든다. 그와 같이 높은 산도 상응하게 산을 높이 올려가면서 사람들이 살 공간이나 무엇을 만들어놓으면 똑같은 현상이 일어난다. 살기가 좋은 곳이면 사람들이 몰려온다. 반대로 살기가 좋지 않지만 선택하는 소수도 있을 것이다. 군대나 경찰이 막지 않는다면 모든 사람들이 살기 좋은 곳으로 가려고 할 것이다. 막고 막아도 그 경계선을 넘어서 다른 곳으로 움직인다. 지하도시가 겨울이나 여름에는 견디기가 더 낫다. 유목민처럼 풀이 자라는 계절과 풀이 자라지 않는 계절을 구분하여 사람과 가축의 거주지를 여러 곳이나 두 곳으로 정하여 살 수 있다. 수 십억의 사람들이 여름과 겨울에는 땅 밑으로 들어가고 봄과 가을에는 땅 위로 올라와 사는 모습도 연출될 것이다. 일용직 근로자들이 일하는 날들이 날씨와 계절에 영향을 받듯이 그런 일이 일어날 여지가 크다. 절대적으로 사막보다 사막이 아닌 곳이 더 많지만 사막이 아닌 곳에 사는 모든 사람을 일시적이나마 사막의 지하에 수용하여 살게 될 정도로 잘 발달된다면 사막의 지하에 전 세계의 인류가 거주할 정도로 그렇게까지 거대한 모습으로 변하나? 깊은 샘이 이름을 바꾸지 않는다면 계속하여 그런 일을 해야 할 판이다. 사막의 지하에 그 깊이가 수백 미터 아래라면 지상의 모든 땅이 핵전쟁으로 사람이 살지 못해도 상당기간이나 아니면 수만 년을 버틸지도 모를 일이다. 지하에 물이 수만 년이나 사용할 양이 있다면 핵에 오염만 되지 않는다면 전기로 식수로 농업용수로 양식장의 물로 사람들은 생존을 이어갈 것이다. 깊은 샘은 사천 년을 산다. 그러니 계획자체를 일만 년 정도는 해야 한다. 사람이 일백 년을 산다면 후손까지 이백 년 정도의 계획을 하겠지만 그것도 매우 벅찬 일이다. 일백 억 명이나 오백 억 명이 일만 년이나 먹을 살 물을 지하에 저장하여 관리하는 일이 쉽지 않아도 할 일이다. 사람은 생각한 것을 실제로 옮기는 경향이 있다. 자연현상으로 거대산맥이 생기고 없어지고 하지만 인구가 너무나 많아지면 생물로봇이나 사람의 인력이나 기계로 만든 로봇으로 거대산맥을 만들고 없애고 하는 일이 벌어진다. 어린이는 장난감 레고로 집을 짓지만 어른이 되면 실제의 집을 짓는다. 불과 20년이나 30년이 지나면 일어난다. 미국대통령의 지하비밀시설이 핵전쟁에 견디게 한다면 모든 지구상의 사람들이 그런 지하의 시설을 가진 곳으로 바뀌면 핵전쟁이 두렵지 않게 되나? 그렇지만 또 핵보다 더 강력한 폭탄이나 무기가 나오지 않나? 일본은 자신들이 행한 악업을 생각하여 미군이 일본에 상륙하면 일본부녀자들을 모두 강간할 것이라 지레짐작하고는 전시말기에 일본의 젊은 여성들을 끌어 모아 종군위안부를 미리 만들어 미군이 상륙하면 운영하려했으나 미군이 그런 일을 하지 않으니 무용지물이 된 일이 있었다. 사람이 어느 정도까지 무기를 만들어 낼지 모르나 대비책은 한계가 없지만 그렇게까지 하지 않는 사람일 수도 있다. 사실, 깊은 샘은 물길을 만드는 것만 해도 골치가 아프다. 그것도 그만두고 싶지만 하고 있다. 열 살의 어린이가 너무 어마어마한 일을 하고 있다. 한국이 일본을 점령할지 모르나 그런 일이 일어나면 일본은 미리 일본 사람의 이름을 지레짐작으로 한국식으로 바꾸어 놓을까? '아이 낳기도 전에 포대기를 장만할까?' 사람들이 우주를 개발하는 것은 지레짐작으로 하는 것인가? 사람의 도전의식이 하는 것일까? 미리 지하에 모든 것을 만들어 놓고 '향불 없는 젯밥' 이라면 사람의 노력이 너무 아깝지 않나? 일반 사람들이 거주할 목적인데도 대통령이 있을 지하비밀시설 정도라면 '아이 치레 송장치레' 되는 꼴이다. 아이들이 공부를 하는 것도 훈련의 일종이다. 부모들은 아이가 훈련을 잘 받아 아주 훌륭하게 되기를 바라지만 잘 되지도 않고 간혹 잘 되는 일도 있다. 여자들은 아이를 양육해야 하기 때문에 더 신중하고 까다롭고 현실적으로 남자를 선택하고 성에 대한 인식도 남자보다 허수롭지 않다. 아이를 키우는 일을, 모성을 높게 평가한다. 깊은 샘은 인공강이나 지하바다를 깊은 사고과정에서 해낸 일은 아니다. 밥을 먹다가 탄수화물을 자꾸 섭취하다가 어느 날 비만이 된 사람처럼 그렇게 일을 많이 해 버렸다. 마라토너처럼 날씬한 몸매를 유지하는 것이 아니라 반대로 가는 몸매의 사람처럼 많이 온 것 같다. 스모 선수는 몸을 자꾸만 불려서 체중을 불린다. 아이돌 여가수는 몸매를 날씬하게 유지하려 애쓴다고 일반적으로 느낀다. 마라토너나 아이돌 여가수가 스모 선수 같다고 생각하는 사람은 거의 없다. 깊은 샘이 이름으로는 인공강을 만든 것이 설득이 되지만 열 살이라는 나이는 설득력을 잃는다. 대학생이 배우는 공부는 초등학생에게 설득이 되지 않는다. 초등학생이 배우는 공부는 대학생에게 설득이 너무 쉽게 된다. 초등학생이 대학생의 공부를 이해하면 우리는 천재라고 한다. 아주 드물게 그런 사람이 있다. 깊은 샘은 그런 사람일까? 정상적인 어린이일까? 배가 많이 나온 마라토너가 달린다. 당연히 기록이 좋지 않을 것이라 판단하지 않을 수가 없다. 날씬하지 않은 아이돌 여가수가 있다. 그런 경우를 본 일이 잘 없을 것이다. 아이돌 여가수의 날씬함을 유지하지 않고 반대의 몸매로 틈새시장을 공략하듯 여자 개그맨이 인기를 누리기도 한다. 깊은 샘이 지금하고 있는 일은 인기를 누리고자 하는 일은 아니다. 대중의 관심을 두고 하는 일이 아니다. 필요한 일이라는 것에서 하는 일이다. 그렇지만 많은 사람들이 '아니 무너진 하늘에 작대기 받치자 한다.' 고 여길 공산이 크다. 깊은 샘의 나날이 어쩌면 '뒤로 오는 호랑이는 속여도, 앞으로 오는 팔자는 못 속인다.' 는 운명이 그를 이렇게 하는 지도 모를 일이다. '마음이 천 리면 지척도 천 리다.' 라는 것이 어쩌면 깊은 샘에게는 적용이 되지 않는 나날인 듯하다. 깊은 샘은 '치마 밑에 키운 자식' 도 아니다. 정상적인 가정에서 자라고 있었고 학교로 왔던 것이다. 깊은 샘은 '각설이 떼에게서는 장타령밖에 나올 것이 없다.' 는 말이 적용될 수 없다. 깊은 샘은 같이 지내는 친구들과 같이 같은 수준의 능력들을 보여준다. 깊은 샘의 일의 버렁이 너무 광대한 것은 부인할 수 없다. 얼굴도 예쁘고 잇바디까지 예쁘면 미인이 아닐 수 없다. 깊은 샘이 하는 일은 미래의 사람을 위해 좋은 일이다. 대두리가 어린이에겐 거의 일어나지 않지만 어린이에게 먼지떨음도 매우 아프게 여길 것이다. 너울가지가 좋은 아이로 자라날 깊은 샘이기도 하지만 친구들이 해내는 일들이 장기튀김으로 나아가는 면모가 너무나 놀랍다. 어금지금한 아이들이지만 모두가 모인 능력이 하늘을 찌를 지경이다. 일본이 늘 내발뺌을 잘하지만 주위 나라로부터 고운 시선을 받지 못한다. '재강으론 맑은 술을 얻지 못한다.' 깊은 샘에서 나온 맑은 물로 빚어야 맑고 맛있는 술을 만들 수 있다. 일본이 주변국을 위해 진심을 가지면 지금의 세나절은 옛날 일이 될 것이다. 배래기가 볼록하면 물고기는 알을 낳을 징조다. 깊은 샘은 징조가 보이나? 일본은 어떤 징조가 보이나? 일본과의 한국은 '원통한 씨름에 팔 짚었다.' 는 긴 세월이 아픈 상처이지만 많은 어린이가 깊은 샘이라면 세상은 살 만하다. 깊은 샘의 친구들이 어느 날갑이별을 당하지 않는다면 그들의 미래는 늘 장밋빛이다. 같이 지내는 친구들이 놀랍다. 모두 아태부3세의 친구들이다. 모두가 빈탕이 아니다. 모두가 자장격지의 영웅들이다. 모두가 마들가리가 아니라 궁궐의 기둥감이다. 모두가 단물곤물이고 지기를 펴고 있는 훌륭한 아이들이다. '고스러진 보리밭 두렁' 이 아니다. '시렁 눈 부채손도 아니다.' 그들의 일을 잘하고 있는 꼬마대장들이다. '방에 가면 더 먹을까, 부엌에 가면 더 먹을까?' 고민하는 그런 부류가 아닌 사람들이다. 지하호수나 지하바다가 '지렁이 갈빗대 같다.' 고 놀릴 수 있지만 실제로 이루어지는 날을 축제의 날이 아닐 수 없다. '독 틈에 탕관' 으로 긴 세월을 보낸 한반도이지만 그 한반도도 일어날 날이 있다. 끌탕하며 산 날들도 빛날 날이 있을 것이다. 푸둥지로 날지 못하는 새끼 새이지만 곧 하늘을 비상할 것이다. 늘 책을 읽을 때 측주나 각주를 잘 살펴야 뜻을 이해하는 초심자의 공부이지만 어느 날엔 옆잡이나 풋트노트 없이 책을 잘 읽는 학자가 될 것이다. 벗들에게 댕기풀이를 하듯이 세계를 향하여 잔치를 열어갈 한반도이다. 깊은 샘의 송두리는 어쩌면 어린이의 진정성이다. 깊은 샘의 이름으로 하여 '부엌에서 숟가락을 얻었다.'고 하면 그것은 깊은 샘의 노고를 낮추는 일이 된다. 갈치는 몸을 세로로 세우고 바다에서 산다. 갈치의 새끼 풀치는 더 가늘고 가늘다. 몸을 세우고 사는 운명의 갈치이다. 참치는 한 번도 쉬지 않고 헤엄을 친다. 헤엄을 멈출 수 없는 운명이다. 물고기도 각자의 특성이 있다. 연말연시에 여자아이들이 콩알만한 서캐조롱을 옛날에는 차고 다녔다. 먼 후일에는 또 무엇을 여자아이들이 차고 다닐지 안 다닐지 잘 모른다. 풀치가 서캐조롱보다는 크겠지만 작은 것이 틀림없다. 잔풀나기는 좋은 시절이다. 어린 시절이 좋은 시절이라고 회상하지만 어린이는 어떻게 판단하는지 그들의 사정을 들어보아야 알 수 있다. 반달보다 더 이지러진 달을 조각달이라 하지만 조각달보다 더 이지러지면 그믐달인가? 그러다가 달이 없어지나? 어린이는 마음이 조각달도 세상을 보나? 보름달로 세상을 보나? 티베트 불교에서는 고승이 환생하여 아이로 다시 세상에 온다고 하여 그 아이를 살아있는 부처로 추앙한다. 세 살의 꼬마가 '살아있는 부처' 이다. 깊은 샘은 '살아있는 부처' 는 아닌가? 아니지 않을까?

깊은 샘은 곰손이도 아니고 성격상 너름새를 부리지도 않는다. 다만, 물에 관한한 도꼭지이다. 지하의 지하수가 저장된 저수지는 지상의 자연적인 물길보다는 많이 다르다. 폭포도 자연적이지 않고 많이 만들기도 힘들다. 우금과 같은 골짜기는 보기도 어렵다. 아무래도 지하에서는 미적 감각을 살리기 위해 조경기술이 어마어마하게 발전해야 한다. 사나나달 만에 이루어낼 수는 없다. 지하 깊은 곳에서는 따지기 현상도 없지만 토압이나 수압이나 마그마의 움직임이나 지진이나 지금의 수준에서 예측이 힘든 일들을 대비할 능력을 비약적으로 축적해야 한다. 마그마의 모든 것을 이해한다는 것이 우주를 이해하는 것만큼이나 어려운 영역이다. 마그마와 대화를 시도하는 인류가 우주와 대화를 시도하는 것과 별반 다르지 않다. 밤하늘의 별과 교류를 가진 인류는 많았지만 지하의 마그마와 교류를 가진 인류는 많지 않다. 개의 밥그릇인 개밥바라기는 인류가 오랜 세월 바라본 별이다. 마그마는 화산이 폭발할 때 목격한 지하의 뜨거운 불이다. 마그마의 움직임을 무슨 수로 알아내나? 앞으로 십만 년 동안의 마그마의 움직임을 정확하게 알 수만 있다면 지하에 도전하는 일이 두렵지 않을 것이다. 불덩어리 태양을 식힐 수 있는 방법을 찾아내는 것인가? 태양을 식힐 수 있는 재주는 모르는 것이 낮지 않나? 태양이 식으면 사람들은 죽지 않나? 마그마도 식히는 방법을 모르는 것이 나을까? 물은 불을 식힌다. 바닷물은 엄청난 불을 식힐 수 있다. 너무 엄청난 불이 전 세계의 바닷물을 펄펄 끓게 만든다면 지구상의 많은 생물들이 물에 익혀서 죽을 것이다. 지구상의 모든 바닷물로도 식힐 수 없는 불이 있을 수도 있다. 깊은 샘이 감당하지 못하는 불이 있다. 불화(火) 자는 사람 (人) 자 위에 점이 두 개다. 점 하나를 한 사람의 인간으로 점 두 개를 지구상의 모든 인간으로 가정한다면 사람이 전체 인간을 등에 업고 있다. 사람이 어떻게 전 세계의 모든 사람을 등에 업고 있을 수가 있나? 불이 날 수밖에 없다. 한 사람이 한 사람도 등에 업기 어려운데 한 사람이 70억 80억 인간을 업고 있으면 어떻게 되나? 그 업고 있는 사람의 밑에서 물이 부력으로 받쳐주어야 한다. 부력으로 뜨게 해야 한다. 항공모함이 바다에 떠 있듯이 뜨게 해야 한다. 물의 부력이 불가능하지 않게 해준다. 놀라운 물이다. 그래서 불이 물을 이기지 못하나? 전 세계의 개미의 무게를 합하면 사람 전체의 무게와 차이가 나지 않을 지경이라고도 한다. 놀라운 개미의 무게이다. 하찮은 개미가 다 모이면 인간이 다 모인 무게와 버금간다니!! 개미의 숫자는 사람보다 월등히 많다. 한 사람의 심장이 불처럼 타오른다면 전 세계의 인류를 등에 업을 수 있는 것인지? 한 사람의 영혼이 불처럼 타오르면 전 세계의 인류를 등에 업을 수 있다는 것인지? 한 사람의 사랑이 불처럼 타오르면 전 세계의 인류를 등에 업을 수 있다는 것인가? 사람이 혼자서는 자신의 체온만으로 버티지만 두 사람이 등을 맞대면 두 사람의 심장의 힘으로 추울 때 견디기가 더 낫다고 한다. 황제 펭귄처럼 수많은 사람들이 서로서로 등을 맞대고 있다면 더 심한 추위도 견딜 수 있다. 한 사람이 전 세계 사람을 등에 업고 그 체온으로 열을 얻고 불을 얻는다면 그 사람은 얼마나 추워도 견뎌낼 수 있나? 한 사람이 전 세계 사람들을 등에 업고 그 열을 받는다면 그 열에 상응하는 물이 또 있어야 하고 그 물이 어떤 힘을 내지 않나? 깊은 샘은 물이 있다. 그와 비견하여 불이 있나? 있다는 것인가? 물과 불은 상극이지만 같이 가는 존재이다. 물속에 들어가면 사람은 저체온증으로 오래 버티기가 어렵다. 물개나 바다표범도 물에 들어갔다가 나와 뜨거운 바위 위에서 몸을 덥힌다. 해병대원들도 바다에서 전투수영을 하고난 뒤에는 뜨거운 콘크리트 위에 몸을 쫙 붙이고 몸을 덥힌다. 물개나 바다표범이 뜨거운 바위 위에 몸을 붙이듯이 그런 행동을 장시간 동안 한다. 강가에서 더운 여름이지만 오래 수영을 하면 추워진다. 강가의 한여름 땡볕에 달궈진 돌멩이 위에 누워도 별로 뜨겁지가 않다. 한 여름 삼복더위지만 입술이 파래지면 모래나 돌무더기에 몸을 따뜻하게 덥히는 행동을 하게 된다. 몸의 체온이 일도만 높아도 면역력이 아주 좋은 건강한 사람이 된다고 한다. 고래나 물개나 바다표범은 지방이 매우 많다. 사람도 열대지방 사람보다 추운 지역의 사람들이 더 지방이 많고 통통하다. 깊은 샘은 어디에 불을 가까이 두고 있나? 불은 인간이 동물과 구별되는 가장 중요한 요소로 작용한다. 불을 다룰 줄 아는 능력이 인간과 동물의 분류기준이다. 고래나 물개나 바다표범은 저체온증을 견디는 능력이 있다. 몸 자체가 열을 발산하는 방법이 있다. 물새들도 엄청나게 많은 지방을 먹이로 섭취하여 물에 견디는 능력이 탁월하다. 러시아의 추운 곳에 사는 사람들은 겨울에 매우 많은 지방을 섭취한다. 코카서스의 산양들은 해발 4,200미터의 고산에서 생존한다. 춥기도 하고 절벽이지만 절벽을 잘도 타고 다닌다. 태어난 새끼는 바로 그날부터 걷기 시작한다. 험준한 산악을 태어난 날부터 적응을 하는 놀라운 동물이다. 송아지도 태어나자마자 걷는다. 사람보다 몸에서 열을 더 잘 생성하여 적응하는 생물들이 많다. 11도의 수온에서 사람들은 세 시간 이상을 버티지 못한다. 한 사람은 세 시간을 버티지 못하지만 한 사람이 등에 70억이나 90억 명을 업고 있다면 그 열로 인해 70억 명 곱하기 세 시간이면 얼마나 오래 버틸 수 있나? 놀라운 열이고 불이다. 우산을 쓰지 않고 비를 맞으면 감기가 들기 쉽다. 아기를 데리고 다니는 엄마는 아기를 추위에 노출시키지 않으려고 숨도 쉬기 어려운 정도로 아기를 방한용 포대기나 담요로 둘둘 만다. 열을 전달한다. 사랑을 전달한다. 불을 전달한다. 추운 날에 아기의 체온을 지키는 엄마는 거의 필사적으로 그렇게 한다. 자신의 생명보다 아기의 생명을 더 중히 여긴다. 지극히 정상적인 일이다. 그런데 지극히 정상적인 일이 반대로 일어나면 비정상이다. 엄마가 갓난아기를 추운 날에 포대기로 감싸지 않는다면 아기는 죽을 것이다. 해난사고가 났는데 배의 선장과 승조원이 먼저 탈출하고 승객이 나중에 탈출하는 것도 정상적인 매뉴얼이 아니다. 물이 불을 끄는 것은 정상인데 불이 물을 이기는 일이 일어날까? 아버지가 아기를 살해하는 이상한 일이 발생한다. 바닷물이나 깊은 샘의 물은 큰 불을 끌 수 있다. 전쟁은 대부분이 불로 나는 것으로 나타나지만 생물화학무기는 또 다른 형태의 전쟁이다. 첨단의 전쟁은 방법이 자꾸만 달라지지만 그래도 재래식 전쟁의 화력을 무시하지 못한다. 불의 힘을 중요시한다. 그 불을 끄는 것이 물이다. 석유나 식량이나 여러 가지 요인에 의해 전쟁의 불이 터지지만 이제는 물이 전쟁을 유발하는 요소가 될 소지가 크다. 물이 석유보다 더 중요해지니 말이다. 태평양의 바닷물을 팔아먹는다는 것이 아니냐? 대동강물을 팔아먹는 봉이 김선달이 아니라 태평양의 바닷물이 거래된다는 것이다. 물이 있기에 행복한 지구이고 지구가 살아있는 요인이기도 하다. 깊은 샘은 앞으로 어느 정도의 불의 세례를 받고 그 불을 물로 끄게 될까? 원자폭탄이나 중성자탄이나 질소폭탄의 불을 끄는 물이 될까? 절대로 친할 수 없는 불을 물은 친하게 되어야 한다. 비가 많이 오면 새들도 하늘을 날 수 없다. 짐승들도 활동이 뜸해진다. 비가 많이 오면 나무는 많은 물을 저장할 수 있다. 뿌리가 클수록 많은 물을 저장한다. 이스터 섬에는 천 사백만 그루의 거대한 야자수가 있었다. 그렇게 많은 나무가 어느 순간부터 한 그루도 없다. 거대석상 모아이를 만들려고 너무 많은 나무를 베어 내고 이스터 섬에 정착할 때 배에 같이 들어온 쥐까지 야자나무 열매를 모두 쪼아 버려 씨가 퍼지지 못하게 하니 사람과 천문학적으로 늘어난 쥐가 동시에 천 사백만 그루의 야자수를 멸종시키고 만다. 큰 나무가 죽으니 큰 나무 밑에서 살던 작은 나무도 다 죽어버리고 소금기의 바닷바람이 섬을 더 황폐하게 만든다. 결국은 지하에 동굴로 들어가서 살게 되고 지하정원을 만들어 식물을 재배하게까지 된다. 나무가 없으니 배도 못 만들고 물고기 잡기도 어렵고 섬을 탈출하기도 어렵다. 사람이 사는 곳이면 대부분 돼지가 사육되어 사람들의 단백질 공급원이 되는데 이스터 섬에는 돼지가 없어 식량사정이 말이 아닌 상황이 되고 결국은 멸종하고 만다. 나무는 물도 품어주고 짐승도 살게 만든다. 사막에는 나무가 거의 없다. 아예 없다. 천 사백만 그루의 야자수도 사람의 무지와 쥐가 망가뜨린다. 이스터 섬에는 쥐의 천적인 고양이도 없었던 모양이다. 고양이도 돼지도 매우 필요했던 이스터 섬이다. 쥐와 비슷하게 번식력이 강한 토끼도 쥐와 같은 일을 일으킬 수 있으나 토끼의 천적이 이런 일을 예방할 것이다. 그러면 지구상에서 사람의 천적은 무엇일까? 사람 자신일까? 공해일까? 전쟁일까? 무기일까? 깊은 샘의 물은 불을 잡는 천적이다. 물을 잡는 천적은 무엇인가?

물을 잡는 천적은 사람일까? 물을 소비하는 것이 사람이다. 너무 많은 사람이 한계 이상으로 물을 소비하면 물을 고갈시키는 사람이 물의 천적이 되나? 물이 모자랄 수 있다는 사실을 감지하는 사람들이다. 깊은 샘도 느끼는 일이다. 지하 깊은 곳의 옥(玉)이 생산되는 옥광산이 있다. 그곳에는 옥(玉)의 틈새로 물이 흘러나와 옥정수(玉井水)가 생긴다. 정말로 옥을 통과한 놀라운 물이다. 그와 같은 좋은 물까지 말라버리면 사람의 생명도 영향을 받을 지경에 이른다. 지하의 옥광산에서 고생을 하는 광부이지만 옥정수(玉井水)를 마시는 행운을 누리기도 한다. 희말라야의 고산에서 힘들게 살지만 병든 야크가 동충하초를 먹고는 병을 이겨내는 것을 보고 동충하초의 신비한 약성을 알아채고는 이용을 하는 사람이다. 동충하초의 무게보다 두 배의 금덩어리의 가격으로 거래된다니 얼마나 비싼 것이냐? 등소평이 자신의 시신을 화장하여 바다에 뿌리고 무덤을 만들지 못하게 하는 일을 하기도 했지만 동충하초를 먹고 지낸 사람이기도 하다. 광부이지만 옥정수를 마시고 권력자로 등소평처럼 동충하초를 먹는 힘을 가진 사람일 수도 있다. 깊은 샘은 옥정수가 사라지지 않게 해야 할 힘든 의무가 있다. 거기에 대하여 나중의 높은 산은 인공산을 만들면서 자연적인 높은 산의 동충하초를 잘 보존하여야 의무가 생긴다. 깊은 지하의 옥정수는 사람이 아닌 무엇이 이용을 하나? 병든 야크가 이용하는 것을 사람이 중간에 가로채는 것이 사람의 모습이기도 하다. 비버들도 자신이 만든 두 개의 방 중에서 하나는 음식을 먹는 방으로 하나는 새끼를 키우는 방으로 이용한다. 언젠가는 비버가 만든 방을 빼앗으려는 사람이 될 것이 예상이 되지만 아직은 시도를 하지 않은 사람들이다. 개미들의 습성 중의 하나인 다른 개미를 노예로 만들어 지배하는 구조는 사람들이 이제껏 해온 방식이기도 하지만 진화를 거듭할수록 버려야 할 습성이다. 물의 천적을 잘 모르는 사람들이 물의 천적을 알게 될 것이다. 어쩌면 물의 천적은 영원히 없어야 깊은 샘에게도 사람에게도 좋은 일이지만 사람이 원하는 방식일 뿐일 것이다. 더 많은 연구를 한다면 옥정수보다 더 좋은 물을 만들어내는 사람들이 될 수 있다. 우주에서 물을 가진 행성은 드물다. 인류보다 너무나 앞선 우주의 무엇이 지구의 물을 가져가려고 할 때 지구는 물을 잃어버리면 살 수가 없다. 지하나 우주나 어디에 물을 숨길 재주가 있나? 더욱 앞서 물을 만들 수 있는 재주가 있나? 다른 행성에서 물을 발생시킬 재주나 저장할 재주나 물을 만들 재주를 배양해야 하지 않나? 우주선에 식물과 동물을 싣고 가 새로운 행성에 이식시켜 차차로 물을 만들어내야 한다. 아주 빨리 물을 만들 수 있다면 일은 매우 수월해진다. 화성이나 목성이나 이런 행성의 지하는 표면보다는 온도나 기후의 조절이 더 쉽다. 지하에 식물이나 동물을 곤충을 이식하여 생태계를 지구와 비슷하게 만들면서 물과 공기를 점차로 확보한다면 깊은 샘이 화성이나 목성에도 존재하는 미래를 맞이할 것이다. 화성이나 목성에서 옥정수와 동충하초를 생산한다면 누구든 환영하는 곳이 된다. 깊은 샘을, 깊은 강을, 깊은 우물을 지구가 아닌 곳에서 만난다는 것은 사람이 하는 일이 될 것이다. 조류가 센 바다를 정복하지 못하는 사람들이지만 빠른 물살도 보이지 않는 물속의 시야도 이겨내는 사람이 등장할 것이다. 짠 바닷물을 먹고 사는 어류나 더러운 강물을 먹고 사는 물고기도 있다. 몇 년을 물을 먹지 않고도 살아 있는 물고기나 양서류도 있다. 야크는 추운 설산에서 산다. 야크의 털은 천막의 재료로 아주 유용하다. 물을 먹지 않고는 살 수 없는 사람이 물에 대해 약한 존재임을 부인하기는 어렵다. 물에 빠지면 금방 죽는 존재인 사람임을 부인할 수 없다. 물과 불에 강한 사람이 아니다. 악마의 풀이 옥수수를 못살게 굴지만 악마의 풀을 비켜가려고 애쓰는 사람들이다. 식량으로 사용하는 옥수수를 일억 톤이나 바이오 에너지를 만들려고 사용하는 사람들이다. 옥수수에서 에너지를 식량조차도 에너지를 만드는데 사용하는 것을 보면 우주에서 에너지를 물이 없는 우주에서 조차도 수력발전을 할 사람이 아닐까? 물이 없어도 수력발전을 한다. 화력이 되는 화력자원이 없어도 화력발전을 한다. 깊은 샘이 없어도 깊은 강이 만들어진다. 깊은 샘이 없어도 지하의 저수지가 만들어진다. 식량이 없어도 굶어죽지 않는다. 과연 그럴까? 바위 틈에 뿌리를 내리는 나무는 끈질기게 생명을 이어가고 결국에는 바위를 부수고 흙으로 만들어 버린다. 풍차를 돌리던 바람이 전기를 만든다. 어느 날 지구보다 더 위험부담이 적은 화성이나 목성에 더 깊고 깊은 지하의 인공강이나 인공저수지나 인공의 바다가 만들어지고 더 정교하고 규모가 큰 것이 만들어 질 것이다. 사람이 거주하기 전에 시험을 다 해볼 정도로 해본다면 계획적으로 이룬 곳이 사람이 많이 살아 마음대로 해보지 못한 지구보다 더 살기 좋은 형태가 될 여지도 다분히 있다. 깊은 샘보다 더 깊은 샘이 나타나는 일이다. 다윈도 어린 딸이 죽은 뒤로는 신을 덜 믿게 되고 여러 가지 과학적인 발견들이 진화론을 증명하지만 종교의 힘을 무시하지 못해 발표를 미루고만 있다가 자신과 비슷한 견해를 가진 사람을 간접적으로 알게 되지 진화론을 펼치게 된다. 지구상의 많은 사람들 중에는 서로 교류하지는 못해도 비슷한 경험이나 진리를 발견할 수 있다. 자신이 처음이라고 여겼지만 이미 수 천 년 전에 발견된 것일 수도 있다. 수십 억 년 전에 화성에 바다가 있었어도 불과 이백만 년이나 사백만 년이 고작인 인류가 알 수가 없다. 이제야 겨우 알려고 하는 단계일 뿐이다. 깊은 샘은 물을 알아가고 있다. 덤으로 불도 알아야 한다. 바다는 여객선도 화물선도 군함도 삼킨다. 전쟁 중에는 항공모함도 삼킨다. 인간이 만든 거대한 배인 항공모함도 유조선도 삼키는 바다다. 아예, 바다 속으로 들어간 잠수함은 바다가 쉽사리 삼키지는 않는다. 그러나 사람들이 숨이 막혀 영원토록 매우 긴 세월을 바다 속에 있을 수가 없다. 지하로 깊이 들어 갈수록 공기가 드나드는 공기구멍은 수억 개나 수백억 개로 많아져야 한다. 공기구멍이 아주 적게 있어도 가능한 특수한 방법이 고안되지 않으면 일반적으론 그렇다. 바다 속으로 들어갈수록 공기구멍은 수억 개나 수천 억 개가 만들어져야 가능한 일이 되는 것이 바다 속이다. 지구의 지하나 지구의 바다나 화성이나 목성의 지하에 수천억 개의 공기구멍을 만들어 넣는 일이 쉽나? 공기구멍이 없이도 공기가 드나드는 방법은 무엇이 있나? 깊은 샘은 덤으로 공기구멍을 생각하지 않을 수가 없다. 지하의 암석이나 흙이 바다의 물이 공기를 어떻게 드나들게 사람이 한단 것인가? 깊은 샘은 고민하지 않을 수가 없다. 바다 속의 해초가 공기를 공급하나? 땅속의 개미가 공기를 공급하나? 해초가 개미가 공기를 공급해주어야 한다. 깊은 샘은 얼마나 공기를 물만큼이나 알아야 하나?

9. 높은 산

높은 산은 오늘도 산을 오른다. 늘 하는 일이다. 평야나 사막이 펼쳐진 지형이면 산을 오르기가 일상적인 일은 아니다. 산이 많아야 산을 오르는 일이 일상적인 일과가 된다. 어부는 바다에서 물고기를 잡고 어부의 일을 한다. 농부는 농부의 일을 한다. 운이 없든지 재수가 좋든지 직업이 없는 경우도 발생한다. 가만히 식물이나 나무처럼 한 자리에 머물러 있지 못하는 사람은 산을 오른다. 올라가기만 할 수 없다. 내려올 계산을 더 잘 해야만 한다. 높은 산은 인생의 길이에서 열 살이니 올라갈 이천 년이 있고 내려올 이천 년이 있다. 사람의 일반적인 일생이 일백 년을 넘기 어려운 현실에서 반 백 년이 지나면 내리막길이다. 아무리 발버둥을 쳐도 내리막길을 되돌릴 수가 없다. 한 가지씩 욕망의 크기가 줄어든다. 젊은 시절 꿈꾸던 꿈의 색깔이 자꾸만 변색이 된다. 꿈의 색깔이 달라지지 않고 더 선명해지는 찬란한 시절을 향유하는 소수의 행복한 사람도 있다. 예기치 않게 더 나은 인생의 후반부를 즐기는 사람도 있다. 높은 산은 이천 년을 산을 오르다보면 후반부 이천 년은 너무나 튼튼한 다리를 가진 건강한 사람이 되어 있을 수 있다. 그러나 매일 오르는 산일지라도 내려갈 준비와 겸손한 마음은 하루도 잊어서는 안 된다. 산을 내려가야 한다. 너무나 당연한 자연법칙이다. 음식을 입으로 먹으면 똥구멍으로 배설을 해야만 한다. 성인 남녀가 생식기로 정자와 난자를 배설하지 않고는 견디기가 무척 힘들다. 물을 마시면 땀이나 오줌으로 나와야만 한다. 여자가 아이를 낳지 않고 평생을 산다. 약간은 의아스럽다. 남자가 평생 동안에 자식을 만들어내지 않는다. 약간은 당황스럽다. 높은 산에게 비버나 멧돼지나 깊은 샘이 연관되지 않을 수가 없다. 그들이 뿜어내온 것을 재료로 산을 만들어야 하는 운명적인 높은 산이다. 고산지대에선 야크의 똥이 연료로써 너무나 고마운 것이다. 넓은 초원의 유목민에게도 가축의 똥은 하나도 버릴 것이 없다. 고래의 똥은 크릴 새우의 양식이다. 사람의 똥도 똥돼지나 똥개의 먹이로 작용하기는 한다. 인공비료를 만들지 못했던 불과 30년, 50년 전만해도 사람과 가축의 똥은 천연의 비료이다. 경작지에는 사람의 똥오줌이나 짐승이나 가축의 똥오줌이 작물의 비료였다. 그 냄새를 잊은 지가 그리 먼 세월이 아니다. 채 일백 년도 되지 않는다. 사람이라는 종이 지구상에 나타난 이래로 극히 짧은 기간만에 후각 속에 기억이 지워지려고 하지만 아주 짧은 시간이다. 산에 가면 식물들이 살아나려고 안간힘을 쏟으면서 내뿜는 피톤치드의 맑고 평안한 냄새를 맡을 수 있다. 산속의 나무나 식물은 사람의 무슨 냄새를 맡는지 잘 알 수가 없다. 나무나 식물의 입장을 완전하게 알지 못하기 때문이다. 사람은 술을 마시면 헤롱헤롱하는 경향이 있는데 나무나 식물이 무엇을 섭취하면 사람처럼 헤롱거리는지 알 수가 없다. 원숭이들이 자연적으로 발효된 알코올을 사람처럼 먹기는 하지만 아주 극소량만이 자연에 존재한다. 사람처럼 대량으로 먹는 기술이 없다. 산에는 사람을 유혹하는 요소가 약간은 있다. 산삼이나 약초나 목재나 광산의 금이나 은이나 철광석이나 대리석이나 캠핑을 하게 하는 경치나 여러 가지들이 있다. 대부분의 대찰들은 깊은 산속에 자리 잡고 맑은 개울을 끼고 있다. 사찰의 입구는 아름드리나무를 길게 심어 더욱 사람들이 기분 좋은 점을 느끼게 해준다. 너무 높은 산은 추워서 식물이나 나무가 살기가 어렵다. 추운 날씨이고 산이 가파르고 목축이 주라면 스위스처럼 겨울에 가축을 사람이 사는 주택의 일층에 우리를 만들어 키우면서 사람은 이층에 거주한다. 여름이 되면 풀이 많은 산비탈에 방목한다. 긴 겨울 동안은 사람과 같이 일이층에 같이 거주한다. 산이 많은 한국도 산을 염두에 두지 않을 수가 없다. 적은 평야로 부족한 식량을 채우기는 쉽지 않았다. 농사를 지을 수 있는 땅은 부의 상징이다. 북한의 경우 해방이 되자 오천 평 이상을 일제 강점기에 가졌던 소수의 사람들을 지주라고 숙청까지 한다. 북한에서 평야지대가 워낙 없으니 오천 평 이상의 지주는 황해도에만 있지 다른 곳에는 거의 없었다. 오천 평은 대단한 넓이인 모양이다. 캐나다나 미국은 보통의 농부가 일백만 평을 경작하니 북한의 초기정권의 기준이면 모두 숙청감이다. 산에는 땅이 없다. 필리핀의 다랑논이나 잉카의 계단식 밭을 만들 수 있지만 평야지대 같은 땅은 없다. 높은 산을 땅으로 만들려면 지하식물공장처럼 산을 지하공간을 개발하듯이 해야 한다. 그러니 높은 산을 만들어도 실제로는 흙이나 돌이나 재료가 훨씬 적게 들어가고 산 속의 공간은 텅 빈 동굴형태로 지하동굴이 땅이 되는 형태가 될 것이다. 그렇게 만든 오천 평이나 일백만 평은 너무나 돈이 많이 들어간 땅이 아닐 수 없다. 그러니 생물로봇인 개미가 무료로 만들어야만 겨우 경제성이 발생할 것이다. 스페인 정복자들이 노예로 탄광에 일을 시키니 아프리카에서 실어온 노예들은 풍토병에 더 잘 걸리고 일하는 중에 음식도 더 많이 먹으니 마음에 들지 않자 원주민인 인디오들을 이용한다. 풍토병에 잘 걸리지 않고 탄광의 막장에서 이틀씩이나 음식을 주지 않아도 코카 잎을 씹으면서 잘 견디니 훨씬 부리기가 좋았다. 잘 죽지도 않고 이틀을 음식을 주지도 않고 부려먹었다. 코카 잎은 마약이다. 탄광의 막장에서 이틀의 배고픔을 견디게 하고 피로를 멎게 하는 진통제였다. 높은 산에 많은 지하의 땅을 만들려면 개미가 유사한 일을 해주어야 쉽게 된다. 개미나 노예에게 식량이 들어간다면 적은 돈을 들이고 힘을 많이 내는 음식을 생각할 것이다. 쌀 100킬로그램이

15만원이라면 옥수수가 100킬로그램에 3만원이라면 옥수수를 택할 것이다. 소의 사료가 원래는 풀이지만 인공으로 대량사육을 하다 보니 소의 원래식성과 다른 풀이 아닌 곡물을 사료로 사용하고 있다. 소에게 일 톤에 30만원하는 옥수수를 먹이는 것은 돈이 덜 들지만 쌀 일 톤에 150만원이라면 쌀을 선택하지 않는다. 어림잡아도 쌀과 옥수수에는 상당한 가격의 차이가 있다. 개미에게 옥수수 일 톤은 어마어마한 양이지만 소나 말보다 더 많은 일을 해주어야 또 답이 나온다. 어쩌면 개미에게 코카 잎보다 더 심한 효능이 나는 것을 찾을 사람들이 분명하다. 시간이 지날수록 곤충이 사람들의 미래의 식량으로 부상할 것이라고 한다. 개미는 어쩌면 미래의 곧 다가올 가까운 미래의 인간의 식량자원일 수 있다. 개미들을 높은 산을 만들고 그 산속에 동굴식 지하식물공장이나 터전을 만드는데 사용하고는 힘이 빠지거나 쓸모가 없어지면 곤충으로 만든 사람의 식량으로 이용하여도 된다. 개미핥기나 곰도 개미를 맛있게 잘 먹는다. 사람들도 곤충으로 요리를 해 놓으면 잘 먹는 경향이 있다. 개미는 이타적으로 행동하는 대단히 잘 발달된 사회조직을 영위하면서 개미집단을 살아가게 한다. 사람보다 훨씬 더 이타적으로 남을 위해 개미의 사회조직을 위해 살아간다. 그 개미를 잘 이용하면 식량도 높은 산의 고층건축물로 변형하는 것도 가능해지는 방법을 높은 산은 생각하여야 하는 입장이다. 에베레스트 산을 티베트 고원을 개미가 만들고 그 속에는 온갖 식물공장과 수력발전시설과 인간의 거주공간이 마련되고 개미가 사람의 식량까지 되어준다면 스페인정복자들이 인디오를 박해하던 일은 없어질까? 높은 산은 산을 오른다. 개미가 만든 산이라니 믿어지나? 개미는 같은 개미이지만 종이 다른 경우는 다른 종의 개미가 상대방을 노예로 만들어 부리기도 한다. 상대방 개미의 여왕개미를 힘이 센 다른 종의 여왕개미가 잡아먹어 그 페르몬이 자기에게서 풍기게 하여 잡아먹힌 여왕개미의 개미들을 노예로 만들어 이용한다. 특이한 곤충이다. 개미는 오래된 5백 년이나 6백 년 된 건축물도 무너뜨린다. 쥐도 건축물을 무너뜨리지만 고양이라는 천적이 있다. 개미는 천적도 잘 보이지 않는다. 천 년을 지탱해온 건축물을 개미가 망가뜨린다. 개미는 나무나 흙을 무너뜨린다. 높은 산을 만들어주는 개미이지만 그렇게 만든 높은 산의 대단한 건축물을 개미들이 스스로 무너지게 일을 벌이는 일도 일어날 것이다. 사람이 천적이 되어 개미를 식량으로 이용하면 그런 건축물을 개미가 무너지게 하는 일을 방지할 수 있다. 개미가 가진 원자폭탄이나 중성자폭탄이 무엇인지 사람들은 모른다. 사람들이 원자탄이나 중성자탄을 가지고 있더라도 덩치가 항공모함만한 이상한 우주의 생물체에게 대항할 능력이 될지 되지 않을지 잘 알 수 없다. 개미도 그들이 가진 어마어마한 무기가 무엇일까? 알아내야 하는 것이 사람의 일이다. 일백 년이나 무너지지 않는 건물도 개미가 조금씩 무너지게 하는 것은 사실이다. 보잘 것 없어 보이나 고건축물을 관리하는 사람들은 개미가 매우 무섭다. 개미는 배고픈 세 자매와 아버지의 네 식구의 반찬이 되기도 한다. 하루 겨우 일을 하여 아버지가 쌀을 약간 구해오면 하루 종일 열대의 더운 땅에서 어린 세 명의 여자애들이 개미와 아주 작은 게 한 마리를 구해가지고 저녁에 네 식구가 밥과 개미와 작은 게 한 마리로 볶은 반찬으로 하루 한 끼를 겨우 먹으면서 생존을 한다. 거기에 단백질로 작용하는 음식은 작은 게 한 마리와 개미뿐이다. 개미가 없다면 생명을 부지하기도 힘들다. 개미는 메뚜기떼처럼 모든 농작물을 갉아먹어 식량을 고갈시키는 힘도 지니고 있다. 메뚜기의 천적인 사마귀나 그런 종류의 곤충이 제 역할을 하지 못하면 메뚜기는 사람의 식량을 거덜 내어 사람을 곤란에 빠지게 하는 일을 한다. 개미의 집단공격에 아무리 큰 짐승도 견뎌내지 못하는 일이 일어나기도 한다. 개미가 둑을 무너지게 하는 것 뿐 만이 아니라 에베레스트 산도 무너지게 하는 것이지만 자연생태계가 잘 작동하면 쉽게 일어나지는 않는다. 그런데 사람이 높은 산을 만들기 위해 너무 많이 번식시킨 개미는 어쩌면 대재앙을 몰고 올지 알 수가 없다. 개미의 천적까지 같이 이용해야 탈이 없다. 높은 산은 일거리가 더 많아진다. 개미의 천적도 철저히 알아야 한다. 우주에서 사람은 개미보다 더 작지만 우주를 생각한다. 개미도 지구를 생각하고 있는지 알 길이 막연하다. 개미는 땅에 산다. 물에는, 바닷물에는 플랑크톤이 산다. 플랑크톤은 고래를 살리고, 바닷물고기를 살리고, 사람을 간접적으로 살린다. 사람은 개미만이 아니라 플랑크톤조차도 무시할 수 없다. 높은 산은 아무리 생각을 해도 혼자서는 산을 만들지 못한다. 사천 년이면 아주 조그만 높이의 산은 가능할지 몰라도 높은 산을 만들 수가 없다. 개미든지 어떤 다른 수단을 동원해야만 한다. 혼자 할 수 없다는 것을 아는 높은 산이다. 혼자 할 수 없지만 많은 사람이 하면 할 수 있다는 단순한 사실을 안다. 아주 작은 미물인 개미도 집단의 힘이 큰일을 해낸다. 70억, 80억의 사람이 그보다 수천 배나 수만 배가 더 많은 개미가 집단적으로 움직인다. 사람보다 덩치는 작지만 더 많은 개체의 개미가 집단적으로 움직이면서 노하우가 더 발달된 것이라 추론할 수도 있다. 사람은 80억의 조합으로 해보지만 개미는 8천억이나 8조의 집단으로 해보고 있다는 것이 아니냐? 우주의 크기는 너무 크다. 사람은 80억의 크기이다. 개미는 8조억의 크기라면 우주의 크기에 더 근접하여 우주를 더 많이 아는 것일까? 사람이 혼자일 때보다는 사람이 많을 때 더 재주 있고 특이한 사람들이 더 많아지지 않나? 높은 산이 자연적인 에베레스트 산보다 더 높아지는 것이 어쩐지 부자연스럽지 않나? 도시에서 아파트나 빌딩이 도시를 배경으로 하는 산보다 더 높아질 때 사람들은 당혹감을 느낀다. 산보다 더 높이 짓는 것이 사실은 부담스럽다. 옛날의 건축물은 산이나 자연에 순응하여 산보다 낮게 짓는 것이 일반적이고 기술력의 한계로 인해 늘 그래왔지만 이제는 기술력이 산보다 더 높게 짓는 것을 가능하게 한다. 팔공산이나 한라산이나 백두산이나 에베레스트 산보다 더 높게 지은 인공의 산이, 인공의 빌딩이 우리를 어디로 몰고 가나? 사람의 힘으로 되는 일을 일부러 되지 않게 포기하는 것도 그렇지 않나? 생명을 복제하는 일은 사람을 머리가 아프게 하고 있다. 나 자신을 복제하여 또 나 자신이 있다. 한 명이 아니라 두 명인데 나중에는 수천 명을 나 자신으로 복제한다. 머리가 아프다. 국수발이나 줄자를 돌돌 말아 놓으면 부피가 작지만 펼치면 길이는 길어진다. 나중에는 높은 산도 산을 국숫발이나 줄자처럼 돌돌 말아 놓을 지도 모른다. 그러면 자연적인 산보다 더 높지 않아 기괴한 느낌을 주지 않기 때문이다. 부득이 펼쳐야 할 때는 펼쳐서 사용하는 방식을 채택할지도 모른다. 컴퓨터를 입는 옷처럼 구겨지게 만들 듯이 높은 산도 옷처럼 구겨지게 사람이 만들지, 개미가 만들지 알 수가 없다. 뭐! 산이 구겨진다고!! 그러면 나중에는 바다도 구겨지게 한단 말인가? 태평양이 구겨진다고!!! 사람들은 컵이나 그릇에 물을 담으면서 물의 모습을 컵이나 그릇의 모양에 따라 구겨지게 만든다. 태평양은 컵이나 그릇이 태평양보다 크다면 일어날 일이다. 태평양보다 더 큰 컵이나 그릇으로 태평양을 구긴다. 개미가 알아내나!! 그 방법을!! 아주 정말로 작은 산이나 건물은 구부리거나 이리저리 조작을 하기는 하지만 너무 크면 무리가 따르고 쉽지는 않다. 어느 시점에는 잘 발달이 된다면 항공모함이나 유조선을 한 척이 아니라 서너 척을 붙였다 떼었다 할 것이다. 기차를 붙였다가 떼었다가 하듯이 할 것이다. 에베레스트 산 높이를 인공으로 만든다면 그런 산들을 붙였다가 떼었다가 한다면 전혀 일어나지 않는 일은 아니다. 지진이 일어나려 한다면 티베트 고원 같은 것을 순식간에 이동하여 위에서 눌려버리면 지진이 막아지나? 이미 기존의 지형지물이나 도시가 있는데 어떻게 파괴되지 않고 위에서 눌려버린단 것인지? 지형지물이나 도시는 파괴되지 않고 그 위에 붕 뜬 채로 티베트 고원의 힘을 어떻게 지하로 전달한다는 것인지? 전기도 전선이 없지만 아주 가까운 거리이고 매우 약한 전기이면 옆으로 이동이 가능하다. 전선이 없이 전기가 전달되는 방식을 성공시키고 있는 지금이다. 티베트 고원이 직접 지진이 일어나는 지역을 위에서 덮지는 않아도 힘만 전달되는 것이 가능해지면 지진을 내리눌러 막아버리지만 그 지진의 힘이 사막이나 바다가 아닌 사람이 사는 곳으로 이동한다면 헛일이기도 하다. 그렇게 지진을 눌러 내린 힘이 큰 바다의 중심으로 가야만 하지 않나? 그런 일을 개미가 해주나? 참으로 고마운 개미이다. 접어둔 티베트 고원을 지진이 일어난 곳에 내리누를 때 지형지물의 굴곡대로 티베트 고원의 밑바닥이 굴곡지게 덮여지고 그 덮여진 세기를 잘 조절해 지진의 힘이 대양의 중심부로 이동하게 하여 지진을 막는다면 막을 수는 있으나 쉽게 될까? 그러면 지구의 모든 지진은 큰 바다의 중심으로 이동되고 티베트 고원은 수건이나 이불처럼 둘둘 말아놓았다가 수시로 사용한단 말인가? 높은 산이 수건처럼 둘둘 말린다면 너무나 많은 높은 산을 만들어도 높이나 부피문제로 덜 고민해도 된다. 아니! 그렇다면 한 나라나 유엔 차원이 아니라 한 사람의 개인도 높은 산을 수건처럼 둘둘 말아 높이와 부피를 줄여 가지게 된다면 에베레스트 산을 가진 개인들이 많지 않을까? 그것을 펼칠 공간은 우주공간이나 지구의 아주 높은 대기권이 될 정도로까지 많아지면 개인이 에베레스트 산을 이용해 얼마나 많은 생산물을 산출한다는 것인가? 높은 산과 깊은 바다를 둘둘 말아서 수건이나 이불처럼 소유할 수 있다. 산의 돌과 흙과 바다의 물을 무슨 수로 부피를 줄인다는 것인가? 우주공간에 쪼개어 띄워놓은 상태로 이용한다는 것인가? 우주공간에 놔둔 것을 수건이나 이불을 펼칠 때 집어넣는다는 것이 아니냐? 그렇지 않으면 어디에 놔두나? 여간 고민스럽지 않네? 높은 산이 신통방통한 도술을 많이도 부려야 일어날 일들이다. 정보통신의 도술은 사람들을 몇만 킬로미터나 떨어져 있지만 얼굴을 사진으로 보고 목소리를 들을 수 있게 해준다. 물리천문학적인 도술은 언젠가는 그렇게 될 거라고 할 것이지만 아직은 미심쩍다. 높은 산이 높은 산을 오르는 것은 힘든 일이지만 산이 열 배나 말려 있으면 열 배나 쉽고 일천 배나 말려 있으면 일천 배나 쉽다. 높은 산이 말려 있는 정도에 따라 올라가고 내려오는 힘이 다르므로 말린 정도에 따라 오르내리는 힘을 측정을 달리 해야 한다. 산이나 바다가 열 배나 일천 배로 돌돌 말려있다면 그 부피만큼의 조작기술이 있어야 한다. 반중력을 자유자재로 이용하지 않고는 답이 나오지를 않는다. 자기부상원리나 반중력의 원리가 정교하게 발전된 세상이라야 높은 산은 제대로 적응을 할 수 있다. 높은 산은 자신이 올라온 산 위에 수많은 산과 바다가 하늘에 자기부상원리와 반중력의 원리에 따라 붕 떠서 있지만 사고가 나지 않는 것이 신기롭기도 하다. 무서워서 살 수가 없어야하지만 그렇지가 않다. 지금의 세상도 비행기가 날아다니고 배가 바다 위에 떠 있고 지하철이 있지만 많이 무서워하지는 않는다. 해난사고가 나면 겁을 내지만 또 시간이 지나면 배를 이용한다. 지구에서나 우주에서나 100% 안전한 곳은 없다. 100% 안전하면 좋지만 참으로 이루기가 어려운 목표이다. 높은 산을 올라간다는 것은 숨이 턱턱 막히는 고산병이 사람을 고통스럽게 만든다. 산소가 부족하여도 적응이 되어야 하는 일이다. 높은 산에는 산소가 적다.

높은 산에는 나무나 식물도 없다. 오직 추위와 만년설이 있다. 고글을 착용하지 않으면 실명이 된다. 너무 높은 산은 사람들이 거의 올라가지 않는다. 너무 높은 산은 이용가치가 많지 않아 보인다. 너무 높은 산의 세찬 바람은 풍력발전에 유리하지만 건설하기가 너무 어렵다. 너무 높은 산의 태양빛도 전기를 만들기에는 좋다. 만년설은 좋은 수자원이다. 산소가 희박한 것은 사람에게는 좋은 것이 아니지만 어떻게 잘 이용할 방법이 없나? 산소 대신에 무엇이 더 많다는 것이냐? 산소가 부족한 환경을 좋아하는 것이 어떤 것이 있나? 동식물이 서식하지 못하는 환경을 좋아하는 것이 어떤 것이 있나? 높은 산의 단점을 잘 이용할 어떤 것이 있지 않을까? '악마의 풀'은 옥수수에게 악마이지만 다른 작용을 할 것이다. 높은 산은 사람이 접근하지 못하는 단점이자 장점일 수도 있다. 고산기후에 적응하여 사는 동물들은 엄청나게 강한 심장을 가지고 있을 것이다. 사람의 심장이 일생동안 정지하지 않지만 정지하는 순간이 죽음의 순간이다. 부족한 산소에도 적응한다면 사람은 심장이 튼튼해 오래 살지 모를 일이다. 일부러 산소가 부족한 고산의 공기를 마실 이유는 없지만 만약에 하루 중에 약간의 시간을 그런 공기를 마시면서 적응을 하다보면 심장이 튼튼해져 인간의 수명이 두 배로 늘어난다면 높은 산의 산소가 부족한 공기는 세상에서 가장 비싸게 팔릴 수 있다. 높은 산이 증명할지, 개미가 증명할지, 의학자가 증명할지, 증명이 된다면 고통스러워도 고산에 사는 사람이 늘어날 수 있다. 고산에 살지 않아도 고산의 산소가 부족한 공기를 주기적으로 마시는 훈련으로도 수명이 두 배로 연장된다면 높은 산의 역할이나 높은 산을 자꾸만 만드는 일이 대단히 많아질 수 있다. 골드러시가 사람들을 불러 모으듯이 고산에서 산소가 부족한 것이 생명연장의 일로 이어진다면 지구의 평야나 살기 좋은 곳을 버리고 고산으로 몰려

드는 사람들로 높은 산들은 몸살을 앓게 될 것이다. '악마의 풀' 에게 5%를 양보하면 옥수수는 엄청나게 많이 생산된다. 운동을 하여 심폐기능이 좋아지면 건강한 것은 분명한데 좋아지는 것에 비해 아주 약간의 나쁜 활성산소가 발목을 잡는다. 고산에서 부족한 산소가 사람의 심폐기능을 강화해 오래 살게 해주는데 약간의 방해를 하는 무엇을 제거만 한다면 높은 산을 자꾸만 만들고 거기에 살려는 사람들이 될 것이다. 고산에서 산소의 부족을 느끼며 살다가 수명이 팔천 년이 되는 사람들이 나타날지 모를 일이다. 해녀나 고산지대에 사는 사람들의 심폐기능은 강하다. 마라토너들의 심폐기능도 강하다. 고산의 부족한 산소가 사람의 심장을 두 배로 오래가게 한다면 또 다른 영역의 유토피아가 만들어진다. 사천 년이 아니라 팔천 년은 꿈의 기간이고 사람이 꿈에도 그리는 일생이다. 식사량을 삼분의 일을 줄이면 수명이 이십년이나 삼십년 길어진다. 부족한 산소에 적응하면 어떻게 변하는지 잘 모르지만 마라토너는 분명히 더 잘 달리는 것은 확실하다.

 높은 산을 오르면 산소가 부족하다. 잘 아는 사실이다. 그렇지만 고산족의 수명이 일반 사람보다 수명이 두 배나 길지는 않다. 달리기나 심폐기능이 요구되는 분야에선 더 능력을 발휘하는 것은 인정을 한다. 보통 사람보다 심장이 두 배로 강하다면 올림픽 마라톤에서 금메달을 따는데 매우 유리하게 작용한다. 잠수부의 일을 해도 두 배나 긴 시간을 바다 속에서 적응할 수 있다. 사천 년을 높은 산에 오르면 심장이 너무도 튼튼하여 약간은 다른 사람으로 진화가 일어난 듯 느낄 것이다. 높은 산에서 수백 만 년을 살면 고래가 바다에 사는 것처럼 산소가 적은 것이 문제가 되지 않을 정도로 변할 지도 모른다. 수백 만 년의 적응과정을 단지 50년이나 이천 년 안에 할 방법은 없을까? 50년

안에 할 수 있다면 후반부 50년은 정말로 튼튼한 심장으로 힘차게 살 수 있다. 인공심장으로 그렇게 되는 일이 더 빠르겠지만 자연적인 자신의 심장으로 그런 변화를 이끌어낸다면 더 좋은 일이다. 현실적으론 고산족도 인생의 후반부에서 심장이 놀라울 정도로 튼튼하다고 장담하기는 쉽지 않다. 마라톤은 가장 정직한 운동이라고 한다. 한만큼 늘어나고 심장도 튼튼해진다. 그러나 결국은 일백 살을 넘기기가 어려운 것이 마라톤 선수의 일생이다. 산소가 적은 것에 적응하고 심장이 강해지면 수명이 더 늘어나야 한다는 점을 당연하게 하는 일이 전혀 일어나지 않을까? 높은 산에 올라 심장의 고통이 가해지는 산소부족을 늘 겪는 일을 즐길 사람은 거의 없으나 예외적으로 극소수의 사람들이 있다. 모험심이 극도로 강한 사람이다. 우주로 날아가는 우주인이나 극도의 모험심을 가진 매우 제한된 사람들이 겪는 일이다. 우주인, 산악인, 잠수부, 해녀, 마라토너, 등등 많은 사람들이 아니다. 일반인은 접근이 가능한 분야가 거의 없다. 그래도 가장 가까이 접해 볼 수 있는 것은 달리기를 하다가 마라톤 근처에 가보는 것이 가장 널리 해볼 수 있는 방법이다. 달리기를 하면 수명이 두 배로 늘어난다면 하지 않을 사람이 어디 있겠는가? 음식량을 삼분의 일 줄이면 수명이 20년이나 30년이 늘어난다고 해도 실천을 잘 하지 않는다. 30년 늘어난 인생이 고통의 연속이고 즐겁지 않다면 늘이기도 싫을 것이다. 수명이 두 배로 늘어나지만 노예적인 생활이 계속된다면 반가운 일이 아니다. 행복하고 건강하고 자유롭고 안정된 상태의 생활이 유지되어야 수명이 늘어나도 받아들일 것이다. 그런데 수명이 늘어나는 일이 자신의 의지와는 별 상관없이 대체적으로 일어난다는 점이다. 고산족이 강한 심장을 가진 것은 자신의 의지와는 연관성이 별로 없다. 그곳에서 태어난 일 때문이다. 우주인이 되고 싶어도 될 수 있는 사람은 너무나 적다. 개도국이면 대통령되기 보다 더 어렵다. 히말라야를 등반하는 산악인도 너무 적다. 해녀는 이제 명맥이 끊어질 지경이다. 산소가 부족한 것에 대해 적응하는 일이 좀처럼 일어나지 않는다. 높은 산은 전혀 일어날 것 같지 않은 일에 힘을 쏟아야 한다. 부족한 산소에 적응하는 일을 맡아야 한다는 것이다.

'강가에서 노는 꼬마들은 물속에서 숨을 오래 참는 시합을 한다. 그렇지만 어른이 되면 하지 않는다. 놀이삼아 하다가 나이가 들면 할 필요성도 못 느끼고 영원히 잊어버린다. 숨을 오래 참는 놀이를 하던 친구들의 얼굴도 가물가물 기억이 잘 나지 않을 지경이다. 80도 경사의 절벽을 미끄러운 까만 고무신을 신고 열 살의 어린이와 중학생 정도의 아이들이 풀이나 관목을 붙잡고 수직에 가까운 절벽을 늘 기어오르면서 놀고 있다. 일상적으로 그렇게 논다. 어른이 되면 전혀 하지 않는다. 어른이 되어 절벽을 볼수록 무섭기만 하다. 10년을 그 절벽을 쳐다보지만 한 사람도 절벽을 기어오르지 않는다. 어린이들이 더 용감한지 잘 놀고 있는 것인지 그렇게 물속에서 숨을 참는 놀이와 절벽을 오르는 놀이를 한다.'

숨을 참는 일을 해녀들이 사천 년을 계속했다면 해녀들 중에서도 가장 능력 있는 해녀가 되어 있을 것이다. 그러나 지하식물공장이나 지하의 인공저수지에서 해산물을 양식하면 해녀의 역할은 더 줄어들고 만다. 높은 산도 둘둘 말아 인공으로 만든다면 고산병도 많아지지 않는다. 우주나 바다는 그래도 적은 산소나 없는 산소에 대한 연구의 대상이 된다. 등에 메는 산소통의 산소는 오래가지 않는다. 머구리 잠수사의 산소 공급도 등에 메는 것보단 오래가지만 한계가 있다. 사람의 심장이 일반인보다 두 배로 강한 경우도 아주 희박하다. 일천만 명에 한 명이랄까? 매우 일어나지 않는 일이다. 심장이 일반인보다 두 배로 강하지 않아도 그런 수준까지 노력으로 끌어올린 마라톤 선수도 있다. 그런데 사람들이 이봉주 선수처럼 그만큼 노력하기를 기대하지 못한다. 가능은 하지만 그런 고생을 할 이유가 많지 않다. 고산지대에서 사는 사람은 어쩔 수 없이 그런 생활로 인해 이봉주 선수 같은 일을 하게 된다고 볼 수 있다. 고산지대에 살지 않으면 굳이 산소부족을 느낄 정도로 심장을 단련하지 않는다. 사자나 호랑이가 사람을 뒤쫓아 온다면 죽을힘을 다해 도망을 가고 심장의 훈련은 가장 효과가 클 것이다. 왜 그런 훈련을 일부러 할까? 할 마음이 전혀 없는 것이 사람이다. 변형된 사자나 호랑이가 많지만 사자나 호랑이보다 더 빠른 자동차나 기차나 그런 것에는 죽을둥살둥 달려봐야 승산이 없는지 아예 달릴 엄두가 나지 않을 것이다. 자동차나 기차에게는 사자나 호랑이가 오히려 더 위협을 느낄 것이다. 사람이 가진 총의 화약 냄새나 총의 위력을 맹수들은 안다. 모르는 동물은 북극곰이라고도 한다. 북극이다 보니 사람들이 많이 가지를 않은 모양이다. 초식동물이 빠른 것은 육식동물에게 잡아먹히지 않으려 빨라진 것이다. 초식동물의 새끼들이 태어나자마자 걷는 것도 육식동물에 잡아먹히지 않으려 진화된 경향이랄까? 태어나자마자 일 년이나 걷지 못하는 사람들은 가장 힘이 있다는 증거일까? 그러면 이 년이나 걷지 못하는 아기는 또 말이 틀리지 않나? 그러면 심장이 강해져 도망을 더 빨리 가는 것이 아니면 심장이 약해져 더 천천히 움직여야 하는 것이 어느 쪽이란 것인가? 심장이 강해야 할 때는 더 강하고 강할 필요가 없을 때는 더 강하지 않아도 되는 것이 가장 합당하기는 하다. 그런데 일반적으론 심장이 강한 것을 원하는 사람들이지 심장이 약한 것을 선택할 사람들은 아니다. 젊은 남녀가 강한 심장을 거부하지 않는다. 노인이 될지언정 강한 심장을 마다하지 않는다. 사람의 발톱은 사자나 호랑이처럼 날카롭지 않다. 사람의 이도 맹수의 이빨처럼 날카롭지 않다. 발톱이나 이는 맹수보다 약하다는 것을 부정하기 어렵다. 그러니 그렇게 날랠 수가 없다. 맹수보다 심장이 더 좋다고 하기는 어렵지 않을까? 사람들이 고산지대나 해녀처럼 살게 될 확률은 많지 않다. 일부러 고산지대를 택하든지, 해녀를 택하든지 할 확률도 적다. 가장 많은 확률은 고작 달리기일 뿐이다. 달리기도 매일 하루에 15킬로미터 이상을 달리는 마라톤 선수처럼 연습하면서 달리는 사람도 매우 적다. 눈이 오나 비가 오나 하루에 15킬로미터 정도는 달려주어야 마라톤 선수의 훈련 정도가 된다. 실천하기가 매우 어렵다. 심장이 고산지대의 사람이나 마라톤 선수처럼 강해지는 것이 쉽지 않다. 선택할 수 있는 것은 일반인이 하루에 15킬로미터를 늘 달려주어야 마라톤 선수의 심장을 유지하는 정도까지 가 볼 수 있다. 그렇게까지 하는 일이 쉬워야 누구나 할 것이 아닌가? 쉽지가 않으니 문제이다. 달리다 보면 심장과 다리가 튼튼해지고 몸이 튼튼해지고 마음도 매우 튼튼해진다. 높은 산이 사람들을 보면서 할 수 있는 일은 하루에 15킬로미터를 달릴 정도의 힘을 요구하는 높은 산에 일터를 마련하고는 사람들이 사는 주거지에서 일하러 오게 하는 방법은 있다. 자동차나 인위적인 탈 것을 타지 않고 다녀야 한다. 어린 학생들이면 평지의 학교이지만 자동차를 이용하지 않고 걷거나 능력에 맞게 뛰어서 학교에 다니게 한다면 심장이 튼튼해지지만 강제로 할 수는 없는 일이다. 초등학교의 운동장이 100미터 달리기를 하지 못하고 50미터 달리기를 하는 정도로 좁아지는 현실에서 머리가 아픈 일이다. 15킬로미터가 아니라 운동장이 50미터가 된다. 옛날의 시골학교를 다니던 사람들은 학교가 많지 않아 산골이나 시골길을 상당히 걷거나 뛰어야만 갈 수 있었다. 영양공급은 별로이지만 운동이나 심장을 강하게 하는 일은 저절로 일어나는 상황이었다. 이제는 반강제로 해야 할 형편이다. 자연적으로 하려면 학교에 도착하여 학교 안에서 15킬로미터를 걸을 수 있으면 좋지만 그렇게 넓은 학교를 만들기도 어렵고, 공원처럼 만들기는 더 어렵고, 자연적인 형태가 되도록 만들기는 더 어렵다. 한 시간이나 두 시간을 학교에 오자마자 공원을 아니면 산을 오르듯 걷고 난 다음에 공부를 시작하게 하는 방법이다. 학교를 높은 산처럼 만들거나 지하 십층으로 만들어 해결해야 할 판이다. 하루에 한 시간이나 두 시간은 산을 타야 공부가 되는 구조라면 심장과 다리가 튼튼해지고 학교는 산과 지하에는 또 다른 세상이 있는 곳이 된다. 학년이 올라갈수록 학교의 산은 높아질수록 산소가 조금 부족해지는 고산의 공기 맛을 보게 설계하면 히말라야를 고학년이면 경험할 수 있을 것이다. 육 년이나 십 년을 걷게 하여 그 후에 히말라야의 고산의 공기 맛이 학교에서 경험된다면 매우 나쁜 일은 아니다. 높은 산은 일거리가 너무 많아진다. 엄청나게 많은 학교가 히말라야의 고산으로 높은 산으로 만들어야 한다. 그와 아울러 지하는 깊은 샘이 깊은 샘을 만드는 학교가 된다. 지하의 깊은 샘과 지상의 히말라야까지 거의 매일을 오르락내리락 하는 학교생활을 오래하면 심장은 매우 튼튼해진다. 육 년이나 십 년이나 이십 년을 반복했다면 지하의 깊은 샘에서 잠수사의 경험도 학교의 높은 산에서 히말라야를 등반하는 고산등반자의 경험까지 가능한 수준으로 가지 않을까? 고등학생 정도이면 고산병과 잠수병까지 경험을 해볼 수준이고 그런 정도를 견뎌내는 강인한 체력의 학생도 나오기도 할 것이다. 고등학생이 히말라야 등반가와 잠수사의 능력을 보유한다고 가정하기는 매우 어려운 일이지만 십 년 이상을 15킬로미터 이상을 높은 산과 깊은 샘을 학교에서 오르고 내려오는 훈련을 했다면 가능성을 타진해 볼 수 있다. 높은 산과 깊은 샘이 합작으로 좋은 결과물을 내는 형태가 될 것이다. 학생들의 많은 운동량은 밥이 맛없다는 말도 많이 줄어들 것이고 영양섭취도 훨씬 적극적이 될 것이다. 뚱뚱한 학생이 없다는 이상한 일도 벌어질 것이다. 너무 건강하여 의료계가 수입이 줄어들 형편이 될 것이다. 높은 산과 깊은 샘을 각각 가진 학교들을 둘둘 말아 이동하여 같이 모아 놓으면 어마어마하게 넓은 국립공원이 된다. 높은 산은 산소가 적지만 지하는 산소가 많다는 것은 아니다. 평지나 지하는 식물이 번성해야 산소가 많다. 지하는 지상의 지표보다 식물이 적어 산소는 지상의 지표보다 많지 않지만 인위적으로 많은 식물을 재배하고 크기가 작은 동물이나 가축을 많이 기르면 서로 상호작용을 일으켜 산소가 많아질 것이다. 지하의 저수지들도 해조류를 많이 양식하면 산소는 많아진다. 높은 산까지 지하의 식물공장에서 채집한 산소를 곧바로 올려주는 공기기둥이 있다면 아무리 높은 산도 산소부족을 느끼지 못할 것이다. 그렇게 된다면 높은 산에서도 산소가 적은 고통도 없이 사람들이 잘 살 수 있을 것이다. 높은 산의 추위도 지하의 따뜻한 온기를 공기기둥으로 재빨리 공급한다면 추위조차 덜 느끼고 고산지대에서 살 수 있다. 지하에서 높은 산으로 올라가는 공기기둥이 막히면 재앙이 되지만 철저하게 막히지 않게 설계를 해야만 한다. 지하와 높은 산에 연결된 수많은 공기기둥은 사람의 폐와 같은 일을 한다. 그렇게까지 높은 산의 공기를 산소가 많게 따뜻하게 만들어 놓으면 산소가 부족한 경험을 또 어디서 해야 하나? 엘리베이터까지 만들면 걸어 다니거나 산을 오르거나 달리는 능력을 또 퇴화시키는 일이 되지만 그렇게 안할 수도 없는 노릇이다. 공기기둥이나 엘리베이터도 작동하고 산소부족이 일어나는 자연적인 길과 엘리베이터가 없는 등반길까지 이중으로 삼중이나 사중이나 수십 가지로 설계되면 이용자의 편의에 따라 골라서 사용하게 하면 문제는 덜 어려워진다. 노약자는 엘리베이터로, 가장 훈련이 잘 된 집단은 산소가 가장 적은 길을 택하고 능력에 따라 산소의 양이 다른 길을 택하면 된다. 사람들이 원하는 기후조건까지 선택하여 살 수 있다니 희한한 구조이다. 기후조건을 선택하여 학생들도 운동을 할 수 있다. 호기심과 모험심과 체력이 가장 강한 젊은이들이 가장 혹독한 기후를 택하여 운동을 할 것이다. 높은 산은 가장 강력한 수력발전이 이루어지는 것도 가까이서 관찰할 수 있다. 가장 높은 산에서 가장 깊은 샘으로 강력하게 떨어지는 물줄기는 가장 센 전력을 생산하는 일을 한다. 너무 많은 그리고 센 전기가 생산되면 남아도는 전력을 많이 소비해야 하는 부담까지 생기기도 한다. 높은 산이 너무나 많고 깊은 샘이 너무나 많으면 전기는 너무 많이 만들어질 수 있다. 과도한 전기를 사람을 위해, 지구를 위해, 우주를 위해, 잘 사용하는 방법을 찾아야 한다. 전기가 사람이 사용하는 공기나 물처럼 많아진다. 일어날 수 있는 일이다. 중력과 반중력과 자기부상의 원리를 너무나 잘 응용하는 사람들이라면 수력발전을 통한 전기는 무한대로 늘일 수 있을 것이다. 높은 산의 추위는 전혀 춥지 않다는 것이 사실이 된다면 전기의 힘이 이루는 일일 것이다. 그러면 사람들은 대부분의 사람들이 춥다고 느끼던 높은 산에서 따뜻하게 살게 되면 신체의 적응력이 또 더 약해지는 것일까? 높은 산에서 만년설과 추위와 산소부족을 느끼지 못하면 사람들은 높은 산에 대한 경외심을 줄이거나 아예 없기까지 변할 것이다. 높은 산이 무섭지 않을 것이다. 산을 산같이 보지 않을 때 사람의 교만은 하늘을 찌를 것이다. 산을 정복했다는 마음은 긍정적이든 부정적이든 사람의 마음에 남을 것이다. 정말로 높은 산을 정복했다는 것은 정복이라 여기지 않을 것이다. 산이 사람을 받아들였다고 할 것이다. 산이 사람을 받아들이는 모든 요소를 사람이 통제하고 사람이 원하는 대로 하게 되면 사람이 나아진 존재라고 믿겠지만 그렇게 사람이 전지전능한 존재이기는 쉽지 않을 것이다. 자연과 우주를 이해하고 사람에게 적응되게 하려는 일을 늘 노력하는 사람들이다. 넘어서기 어려운 우주와 자연이지만 넘어서야 만이 앞으로의 길을 볼 수 있는 사람이기에 그 가는 길을 개척하지 않는 사람이 아니다. 꼭 개척을 하는 용감한 사람들이다. 사자 무리는 배가 고프면 사냥을 한다. 세 마리의 물소와 다른 동물 한 마리까지 네 마리를 수분 만에 잡아내는 놀라운 능력을 보인다. 소형 자동차만한 물소를 세 마리나 잡는다. 극히 짧은 시간 안에 한다. 시속 60킬로미터로 달리는 기민함을 순간적으로 이용한다. 사람도 사자 무리가 물소를 잡듯이 자연이나 우주를 사람에게 유리하게 이용하려고 온갖 방법을 다 동원한다. 사자는 본능으로 극히 짧은 시간 안에 사냥을 하지만 사람들은 그 시간을 시계를 가지고 측정까지 한다. 사람의 손톱과 발톱과 머리카락도 자르지 않으면 긴 세월 동안 매우 길게 된다. 결국은 잘라야 한다. 맹수들은 손톱과 발톱과 이빨을 사냥을 하면서 닳게 될 것이다. '숲 속의 사람' 이란 오랑우탄도 사람처럼 새끼를 어미가 이 년 동안을 지극히 돌보아야 하고 그리고도 사람처럼 긴 시간을 새끼를 돌본다. 새끼가 혼자 먹이를 구할 수 있을 때까지 보살펴야 한다. 먹이를 구하든지 생존을 위해 동물이나 사람이나 무엇을 해야 한다. 300킬로그램이 나가는 거북이도 새끼를 낳기 위해선 알을 낳아야 한다. 한 번에 140개의 알을 여러 번 낳아야 한다. 하지 않으면 안 되는 일들이다. 사람들이 높은 산과 깊은 샘을 연결하여 공기기둥을 뚫고 그렇게 높은 낙차의 수력발전을 해야 한다면 하게 되는 사람들이다. 거북이가 알을 낳고 사자가 사냥을 하고 오랑우탄이 새끼를 돌보듯이 하는 것이 정답이다. 사람도 하게 될 것이 정답일 것이다. 컴퓨터를 다루지 못하는 학생들이 없다. 자동차를 몰 줄 모르는 사람이 매우 드물다. 사람이 변하게 된다. 별로 원치 않아도 꼭 필요한 외국어도 약간은 습득하게 된다. 사자의 날카로운 발톱과 이빨과 별반 다르지 않다. 낙차가 큰 수력발전은 전기가 되고 그 전기는 결국은 인간의 불이다. 동물이 따라올 수 없는 인간이 만든 불이다. 나무나 풀로 피우는 불이 아니라 동물을 넘어서는 대단한 불이다. 그 불이 높은 산을 따뜻하게 하고 높은 산을 사람에게 유리하도록 변화를 가한다. '숲 속의 사람' 인 오랑우탄이 사람이 하는 수력발전의 불을 모방한다면 정말로 사람이 된다. 거북이는 느리지만 오래 산다. 일백 년이나 이백 년을 산다. 사람은 거북이처럼 오래 살고 싶어 한다. 오래 사는 일을 공들여서 연구하는 것이 사람이다. 사람이 제 수명을 살지 못하면 매우 안타깝게 생각한다. 거북이처럼 오래 살다 가면 행운이라고 한다. 거북이처럼 느리게 살지 않는 사람들이 많은 곳이 한국이다. 왜 쫓기며 살고 있을까? 토끼처럼 잘 뛰는 동물이 낮잠만 자지 않기 때문일까? 능력이 있는 사람이나 국가나 집단이 늘 낮잠을 자지 않고 달리고 있기 때문일까? 실제로 토끼처럼 능력이 있는 무엇들이 낮잠만 자지 않는다. 계속 토끼의 속도로 아니면 더 빨리 나아간다. 거북이가 아무리 부지런해도 경주가 성립이 되지를 않는다. 그래서 한국 사람들은 '빨리빨리'라고 외치는가? 높은 산을 오르는데 산소가 부족한 산을 오르는데 빨리 오르다가는 죽게 된다고 한다. 서서히 고산병에 적응하면서 천천히 올라야 된다고 한다. 고산병은 천천히 조차도 모든 사람에게 허락을 하지 않는다. 빨리는 안 되는 일이고 거북이처럼 천천히도 극소수의 사람만이 성공할 수 있다. 사자나 호랑이의 습성은 고산을 오를 때는 죽음의 길이 된다. 바다에 잠수하는 일도 너무 빨리 바다 밑으로 내려갈 수 없고 너무 빨리 물으로 나올 수도 없다. 매우 천천히 해야만 한다. 사람이 정복하기 힘든 고산이나 바다 밑은 천천히 하기를 요구한다. 거북이가 바다를 무대로 살면서 물으로도 나오니 천천히 다니는지도 모를 일이다. 수압을 견디기 위해 등이 딱딱한 지도 모를 일이다. 일견 맞는 듯도 해 보인다. 심해의 바다 생물들을 수압을 이기거나 어두운 바다 속에서 살기 위해 발광의 지혜가 있든지 특이한 구조로 진화가 되어 있다. 잠수부의 잠수복은 발광체가 되고, 열이 발생하는 발열기가 되고, 수압을 이겨내는 특수한 도구가 되어야 한다. 거기에다가 산소까지 발생해야 한다. 잠수부의 잠수복은 높은 산을 오르는 사람에게도 거의 적용이 가능한 물건이 될 수 있다. 수압을 이겨내는 기능은 덤으로 가지고 있으면 된다. 잠수복이나 고산에서 입는 옷이 동일해진다면 높은 산과 깊은 바다는 동시에 사람들이 덜 무서워하면서 탐험을 할 것이다. 잠수복이며 고산복인 이 옷이 우주복처럼 비싸면 현실적으로 사용하기가 어렵다. 이 옷이 일반적인 옷보다 더 가격이 싸다면 높은 산과 깊은 바다는 80억 인구가 바글바글 돌아다니는 곳이 될 것이다. 기능은 어마어마하게 좋으면서 가격은 너무나 싼 옷 한 벌이 세상을 뒤바꿀 것이다. 그러면 해녀 아닌 사람이 없고 히말라야를 정복하지 않은 고산등반가 아닌 사람이 없게 된다. 옷이 문제네? 과연 옷이 문제일까!! 옷 한 벌만 잘 만들면 만사가 풀리네. 그 옷을 만들기가 만만치가 않다. 그런데 그 옷을 입고 돌아다니는 것은 좋은 데 옷을 벗어야 할 때는 어떻게 한다는 것인가? 대소변을 본다거나 여러 가지 사정이 옷을 벗어야 할 때 대비책이 있나? 젊은 남녀가 사랑이 불타올라 옷을 벗어야 한다면 높은 산과 바다 밑에선 옷을 벗다간 죽을 것이니 어떻게 하나? 옷을 입고 사는 문제는 해결을 한다 해도 옷을 벗고 처리해야 하는 일에도 답을 내놓아야 하지 않나? 옷을 입은 채로 남녀의 생식기 부분에서 옷이 결합하여 일체로 만들어 놓고 그 사이로 교접을 한다는 것인가? 방법은 그런 식이다. 입술부위도 옷이 붙은 채로 그 사이로 키스를 하나? 그러면 아예 남녀의 옷이 통째로 붙은 채로 한 벌이 되고 그 옷 속에서 육체적 사랑을 나누나? 그런 방법을 고안하지 않을 수 없다. 대소변은 우주인이 우주복을 입고 해결하는 방식을 택하면 해결이 될 수 있다. 사람과 사람이 입은 옷이 결합을 할 수도 있다는 것이 아니냐? 엄마는 갓난아이와 옷이 일체가 되어 갓난아이를 품에 안고 다닐 수 있다. 갓난아이와 엄마는 옷이 붙어있는 한 벌이 된다. 청춘남녀나 부부도 그런 식의 옷이 될 것이다. 엄마와 아기는 덜 불편하지만 성인인 청춘남녀나 부부는 너무 불편하지 않을까? 어쩌면 샴쌍둥이가 많아질 공산도 크다. 그래도 역시 어려운 부분이 산소가 끊임없이 수년이나 수십 년이나 아무 탈 없이 공급되어야 한다는 점이다. 풀기가 여간 어려운 문제가 아니다. 옷은 이불 두 채를 붙여놓는 식으로 하면 답이 나오지만 산소공급은 잘 되지를 않는다는 점이다. 산소를 무한대로 압축하여 십 년 마실 산소를 1리터의 물병에 저장할 수 있다면 가능하지만 그 물병을 잃어버리면 또 어쩌나? 그 자리에서 죽게 되지 않나? 옷도 찢어지는 날에는 그 자리에서 즉사하지 않나? 찢어져도 무한재생이 되어야 한다는 힘든 과제가 있다. 산소 물병을 잃어버려도 무한대로 제공된다는 전제가 해결되어야 한다. 높은 산과 깊은 샘의 고민이 동시에 해결되는 묘책이 언제 나오게 되나? 나오게 될 날이 있을 것이다. 너무 간절히 바라는 일이므로 궁리를 거듭하여 답을 구할 것이다.

기능성 옷은 사람의 몸에서 나는 땀을 잘 배출하면서도 비바람이 옷 안으로 들어오지 못하게 잘 기능을 한다. 얇은 옷인데도 보온이 잘 된다. 그런 옷이 점점 더 잘 발달되면 사람의 대소변을 땀을 배출하듯 이 배출하고 극한의 날씨로 인해 낮은 온도와 높은 온도까지 차단한다면 답이 약간은 보인다. 더 발전하여 고산이나 바다에서 산소까지 빨아들이는 기능이 가능하다면 한 걸음 더 나은 세상에 접근한다. 우주에서는 공기가 없어서 산소를 빨아들일 방법이 없기는 하다. 바닷물의 수압도 거북이의 등딱지나 심해생물이 이겨내는 방법이 응용되면 답이 서서히 나올 것이다. 얇은 옷인데 거북이의 등딱지보다 수백 배나 더 견고하다면 답이 되기는 한다. 얇은 옷이 부드럽게 구겨지지만 질기기가, 수압을 견뎌내는 정도가, 거북이의 등딱지의 일천 배라면 바닷물도 깊은 태평양도 무서움이 덜하게 된다. 현수교를 지탱하는 케이블은 철선은 꼬아 만든 것인데 놀라울 정도로 견고하고 출렁거리면서도 하중을 견뎌낸다. 부피도 옛날의 교량을 지을 때보다 적게 들고 여러모로 더 편리하다. 사람들은 시간이 지날수록 케이블보다 더 좋은 다른 어떤 것을 찾아낼 것이다. 바다 밑으로 터널을 뚫다가 더 나은 공법인 아예 바다의 밑바닥 표면에 컨테이너 비슷한 박스형태의 짧은 터널을 던져 넣어 수없이 많이 연결하여 침매공법으로 해저터널을 뚫지 않고 해저터널 형태를 만들어 내고 있다. 해저에 터널을 뚫지 않아도 바다의 밑바닥에 해저터널과 흡사하게 해저터널을 만든다. 잠수복이지만, 한 사람이 입는 옷이지만, 필요에 따라 두 사람이 붙으면 옷이 붙어서 두 사람이 한 벌의 옷을 입은 것처럼 되면서 두 사람이 움직임에 따라 무한대는 아니지만 5미터 정도까지 늘어난다면 여러모로 편리하다. 아주 많은 사람이 필요성에 따라 붙어서 옷이 늘어난다면 소형 잠수함의 내부처럼 이용이 가능할 수 있다. 그 표면은 오징어나 문어의 껍질이나 움직임처럼 신축성은 자유자재라면 훨씬 개량된 소형 잠수함이다. 거대한 공속에서 사람들이 움직이고 그 공이 밀가루반죽처럼 신축성이 있으니 바다가 사람들의 제집 앞마당이 된다고 할 수 있다. 똑같은 원리가 높은 산에도 적용이 되면 높은 산에서 추락하여도 부상이 없을 수 있다. 공처럼 작용하니 다칠 이유가 없다, 크레바스에서는 부피가 부풀어지면 빠지지도 않고 공처럼 굴러갈 수 있다. 산에서는 공이면서 물이 흘러가는 방식처럼 그렇게 움직이면 산악사고가 없어지게 되나? 높은 산에서 추락도 없고, 크레바스에 빠지지도 않고, 춥거나 덥지도 않고, 산소부족도 느끼지 않으면 남녀노소 누구나 높은 산을 제집 앞마당으로 사용이 가능하다. 높은 산과 깊은 바다가 제집 앞마당이 된다. 일어날 수 있는 일이다. 공처럼 생긴 것이 오징어나 문어나 가오리처럼 흐느적거리고 그 속에는 사람이 살고 있다. 높은 산과 바다 밑에서 보이는 새로운 풍속도이다. 자동차에도 사람이 입는 옷이지만 덮어씌우면 교통사고가 일어나지 않는 일이 일어난다. 여러 겹을 덮어씌우면 에어백의 기능을 충실히 하는 것이므로 자동차만이 아니라 속도가 빠른 모든 물건에 적용이 가능하다. 에어백의 기능이 너무너무 개량이 된 상태라 할 수 있다. 에어백도 공기와 관련되는 일이다. 높은 산은 산에서 많은 공을 만난다. 대단히 큰 공들이다. 가파른 산비탈에서 계곡으로 굴러간다. 잘 굴러가다가 문어다리처럼 공이 쫙 펴져서 더 이상 깊은 골짜기로 추락을 하지 않는다. 둥근 공이 순식간에 문어로 변한다. 공이나 문어 안에는 사람이 있다. 부피가 클수록 사람이 많다. 산양은 매우 높은 산에서도 잘 다닌다. 절벽도 잘 탄다. 공을 뒤집어쓰고 있는 사람들도 산양처럼 절벽을 마다하지 않는다. 오징어다리나 문어다리가 기능을 하기 때문이다. 패러글라이더나, 거대한 풍선이나, 소형 헬리콥터도 높은 산을 잘 오를 수 있다. 그러나 에어백 기능이 공처럼 좋지 않다면 위험부담이 크다. 공처럼 에어백

기능이 확실하면서 더하여 패러글라이더, 거대풍선, 소형 헬리콥터의 성능을 겸비하면 금상첨화이다. 문제는 다리의 힘을 기르거나 산소부족을 체험하는 일이 점점 멀어진다는 점이다. 더 안전한데도 훈련의 강도는 더 약해지는 선순환의 반대현상이 일어난다. 해병대신병훈련의 마지막 주인 지옥주를 전혀 경험하지 못하는 꼴이 된다. 지옥 같은 훈련을 일주일 마무리해야 해병이 되는데 고산의 산소부족체험이 없으면 아무 것도 아니지 않은가? 일주일을 잠을 자지 않고 음식물은 평상시보다 반만 공급받으면서 강도 높은 지옥의 마지막 일주일을 버텨내야 전장의 전사가 되는데 고산훈련의 고산등반가가 산소부족 체험을 하지 않으면 높은 산에서 무엇을 느낀 것이 되나? 수면의 욕구를 일주일 참아내는 것은 일상적인 체험이 아닌 특별체험이다. 음식도 평상시의 반만 먹으면 배고픔의 고통도 크다. 식욕을 참는 것도 대단한 체험이다. 신병훈련에서 성욕은 아예 금지되어 있다. 정상적으로 누리지 못하는 수면욕, 식욕, 성욕은 채워져야 하는 것이다. 고산등반을 하거나 특수훈련을 하는 군인은 상당기간동안 욕망을 줄여야 한다. 일년이 52주인데 한 주는 견디겠지만 사천 년의 일생을 참아가면서 살아간다는 것은 무리일 것이다. 여러 가지의 욕망을 줄이는 것보다 산소가 부족한 상황은 더욱 힘든 일이다. 욕망을 줄이는 것은 생명이 직접적으로 중단되는 일은 드물지만 산소부족은 목숨이 왔다갔다 한다. 일주일을 잠을 자지 못하는 것도 정신이나 체력이 강철 같은 군인이나 젊은이가 아니라면 큰 문제를 일으키기도 할 것이다. 젖먹이에게 젖을 너무 적게 먹여도 젖먹이는 견디지 못하고 늘 울 것이다. 울 힘도 없다면 심각한 국면이다. 신생아는 아주 오래 자고 엄마에게서 편안하게 배불리 젖을 먹고 입술로 젖을 빨면서 행복감을 느낀다. 신생아에게 잠을 줄이고 젖을 줄이고 엄마 젖을 빨게 하지 못하게 하는 것은 아기를 죽이는 일일 것이다. 그럴 엄마는 세상에 없을 것이다. 그렇지만 아기가 커 가면서 견딜 정도가 될 나이라면 그 아기가 장성하여 스스로 산소부족을 체험하는 사람이 되기도 한다. 자신의 결정으로 하는 일이 될 것이다. 타인의 강요에 의해 해낼 수 있는 일이 아니다. 신생아는 일생 중에 실제로 가장 편안한 상태일까? 아기가 태어나 엄마의 자궁에서 세상을 나오는 일은 너무나 고통스런 일이라고 한다. 아기를 분만하는 산모보다 태어나는 아기가 더 힘들다고 하는데 아기의 힘든 면을 잘 알 길이 없다. 어른인 엄마는 자신이 얼마나 힘들었는지를 아는데 아기는 더 힘들다니 그래서 그렇게 오래 자고 배불리 젖을 먹어야 하고 엄마의 젖을 빨면서 행복함을 느껴야 그 힘든 것들이 보상이 된다는 것인지 아리송하다. 잠을 줄여서 잠을 빚진 사람은 그 빚진 잠을 갚아야 한다고 한다. 잠을 줄여봐야 줄인 만큼의 보상을 자신의 몸이 요구한다고 한다. 빚진 잠은 갚아야 하는 것이 생리적인 질서란 것이다. 아기는 도대체 어디에서 그렇게 많이 잠을 빚진 것일까? 태어나기 위해 너무 많은 에너지를 사용했는지 긴 잠을 자야 한다. 사람이 매우 깊은 병이나 너무 피곤하면 계속하여 잠만 잔다. 빚진 잠을 요구한다. 사흘밤낮을 육박전을 한 전쟁터의 군인들은 적군이나 아군이나 지쳐 쓰러져 잠을 잔다. 몸이 말을 듣지 않고 곯아떨어지게 한다. 전시에 잠에 곯아떨어진 적병을 생포하기는 매우 쉽다. 신생아는 늘 잠만 자니 엄마가 생포하지는 않지만 엄마가 잘 보살필 수 있다. 기거나 몸을 뒤집지도 못하니 너무 약해보이는 존재이다. 신생아는 제 한 몸을 뒤집기도 힘에 버겁다. 불가능하다. 어른들도 잠을 자는 동안에는 신생아야 별로 다르지 않다. 하루 중에 삼분의 일이 신생아와 같은 꼴이다. 강인한 체력과 정신력의 고산등반가나 해병대원도 하루에 삼분의 일은 신생아와 다르지 않다. 어른이나 신생아나 사람이 사는 모습이 하루 중에 삼분의 일이 정확하게 같다. 자야 한다. 먹어야 한다. 생식의 본능이 존재한다. 자고, 먹고, 생식의 본능적인 무엇을 하지 않으면 안 된다. 높은 산도 똑같이 하는 일이다. 다만, 열 살의 어린이라 생식의 본능적인 무엇은 감이 잘 오지 않는다. 남녀칠세부동석이 아니라 남녀칠세지남철이지만 별로 느끼는 것은 구체적이지 않다. 음양이 있는 것이 세상의 이치이듯이 높은 산에는 산도 높지만 골짜기도 매우 깊다. 깊은 골짜기에는 맑은 물이 있다. 깊고 깊은 골짜기의 맑은 물에는 선녀들이 목욕하는 환상적인 장소가 늘 있기 마련이다. 수양의 정도가 높은 스님만 사는 깊은 골짜기의 산이 아니다. 아름답고 육감적인 선녀도 사는 세상이다. 스님이나 선녀는 음양의 문제가 일어나는 일이다. 신생아가 보이지 않는 것이 아니라 보일 수 있는 것이 깊은 산의 골짜기이다. 깊은 산에는 짐승이 있기는 하지만 짐승을 사냥하지 않으면 고기가 별로 없다. 높은 산을 내려가 고기나 쌀이나 곡식을 구해오기도 여의치 않다. 산에서 나는 것으로 오래 저장할 수 있는 것을 먹거리로 마련할 공산이 크다. 눈이 많이 쌓여 겨울이 긴 깊은 산골짜기라면 더욱 저장하여 먹는 것에 힘이 실린다. 말린 나물이나 장독대에 절인 음식이나 특이한 식문화가 발달한다. 딱히 문화적인 혜택을 맛보기도 어렵다. 고립적인 문화와 스스로 자급자족의 형태의 삶이 일반적이다. 눈이 많이 쌓여 있는 계절은 사람의 왕래마저 뜸하거나 일어나지 않는다. 배고픈 산짐승의 울부짖음이 더욱 크게 들릴 것이다. 산소부족뿐만 아니라 온갖 부족에 시달릴 것이다. 부족하지 않는 것은 골짜기에서 눈과 찬바람과 하염없는 시간일 것이다. 눈과 찬바람과 시간 앞에서 아리따운 아가씨와 젊고 씩씩한 청년의 모습을 애가 타게 그리워하는 나날이 이어지는 서로에게 다가올 것이다. 언제 따뜻한 봄날은 오나? 깊은 산골짜기의 화전민은 겨우내 고기 맛을 보지 못했다. 영양

상태가 말이 아니다. 오로지 생존하는 일에만 골몰했다. 목숨을 부지하고 있다. 멧돼지라도 한 마리 잡히면, 잡으면, 생기면 살맛이 난다. 눈 속에 길을 잃은 노루 한 마리만 걸려도 횡재다. 노루에게는 슬픈 일이지만 한 마리의 노루는 식구들의 굶주린 배를 채워주고 고기 맛을 보게 해준다. 눈이 지붕보다 더 높아 옆집에도 갈 수 없으니 멧돼지나 노루는 그림의 떡이다. 언제 눈이 녹나? 눈이 녹을 날을 손꼽아 기다려야 하니!! 높은 산의 골짜기에 터전을 잡은 화전민들은 힘들다. 골짜기가 아닌 약간 평평한 그리 넓지 않은 삶의 터전도 눈이 많이 쌓여 움직이는 것이 너무 불편하다. 지하식물공장에 연결된 엘리베이터로 무엇이 올라와야 답이 나올 건데 골짜기의 외딴집이나 약간 평평한 곳에도 엘리베이터도, 공기기둥도, 없는지 신통한 일이 일어나지를 않는다. 둥그런 공을 탄 사람들이라도 오면 세상의 소식도 들으련만. 낯선 방문객도 없으니 지루한 나날이다. 하루해는 금방 넘어가지만 변화는 전혀 없다. 눈이 녹기 전까지는 어쩔 방법이 거의 없다. 수력발전의 전기로 녹여보나? 풍력발전의 전기로 녹여보나? 전기로 눈을 녹이면 길도 뚫리고 물도 많아지고 더운 물도 사용을 할 수 있다. 전기로 집안을 데우면 집안에서는 추운 줄도 모른다. 가축우리도 전기로 따뜻하게 해주면 집짐승들이 추위에 덜 뜬다. 사람이나 가축이나 견디기는 어려운 긴 겨울이다. 골짜기에서 물소리가 나기까지는 긴 시간이 지나야 한다. 전기로 골짜기의 얼음을 녹여 볼까? 녹이면 녹여지지만 생뚱맞은 일이다. 가축우리의 소 한 마리를 잡으면 고기는 엄청 많지만 잡을까 말까? 남은 겨울 두 달을 버틸 수 있을까? 돼지 한 마리 잡아서는 두 달을 버티지 못한다. 어쨌거나 소든 돼지든 잡아야 한다. 호랑이에게 소나 돼지를 빼앗기면 억울하다. 늑대에게 돼지나 소를 빼앗기면 억울하다. 호랑이도 늑대도 잡아야 하고 머리가 아프다. 호랑이고기나 늑대고기 맛을 한 번 보나? 호랑이가죽이 돈벌이가 되는데? 여우가죽도 돈벌이가 되는데? 스키 관광객이 돈이 되나? 둥그런 에어백을 입고 높은 산꼭대기에서 산 아래로 굴려내려 오는 스포츠가 돈벌이가 되나? 한 번 굴러내려 오는 데 얼마로 요금을 정하고 일거리를 만드나? 눈 속의 장독대에 담긴 김치를 먹고는 짜고 맵고 목이 말라 눈을 집어먹는데 많은 눈을 먹는 시합을 만들어 놀이로 만드나? 한국전쟁에서 낙오가 된 한 미군병사는 산속을 며칠이나 헤매다가 추위와 허기로 탈진 상태가 되어 죽을 지경이 다 되었는데 마침 장독대에 손을 넣으니 물컹하게 집히는 것을 너무 배가 고파 정신없이 먹었더니 너무나 짜고 목이 말라 눈을 엄청나게 집어먹고는 겨우 힘을 얻어 살아났는데 그것이 무엇인지 몰랐으나 나중에 알고 보니 김칫독의 김치를 먹은 것이었다. 그 맛이 평생 동안 잊히지 않는다고 한다. 깊은 산속에서 겨울을 보내려면 철저하게 겨우살이 준비를 하지 않으면 생존에 위협을 받는다. 추위와 배고픔을 일 년의 반 정도인 육 개월을 버티려면 온갖 지혜나 경험을 동원하지 않을 수가 없다. 산골에서 겨울을 견뎌내기가 너무 힘이 들면 도시로 흘러들어 도시빈민이 되는 수도 있을 수 있다. 산골의 가난과 도시빈민의 가난이 큰 차이가 나나? 겨울의 산바람이 전기로 바뀌면 상황이 달라진다. 전기로 눈을 녹여 더운 물을 사용할 수 있고 추위를 해결할 수 있다. 전기생산량이 많다면 겨울에도 온실이나 축사를 덥혀서 가축을 잘 사육할 수 있다. 실내축사에서 소의 먹이인 보리를 닭장처럼 층으로 만들어 수확하면 얼마든지 많은 사료생산이 한겨울에도 가능해진다. 산골의 많은 눈은 지하나 지상의 물고기 양식장의 물로 사용가능하고 수력발전까지 가능할 수 있다. 산골이 천지개벽이 되어 있을 것이다. 설경과 겨울스포츠가 다양한 산골이 살기에 더 매력적이어서 도시보다 인구기 더 많아지는 역전이 일어날지 모를 일이다. 도시빈민의 길을 숙명적으로 선택하지 않아도 된다는 것은 도시에 인구가 몰릴 이유가 사라지는 현상이다. 도시의 많은 불편함을 감수하지 않아도 되는 일을 축복이 아닐 수 없다. 도시빈민은 고단하다. 지하 단칸방에서 자신의 하루하루를 반추하면 사는 것이 축복이고 행복이어야 하는 현실이 너무나 다른 것에 온몸이 부들부들 떨리는 증상이 생기기도 한다. 넓고 넓은 이 세상에서 어찌하여 단칸방 하나만이 겨우 제공되나? 세로로는 누울 수 있으나 가로로는 누울 수조차 없는 현실을 직면한다. 더 답답한 것은 아무리 셈을 해보아도 50평이나 100평의 집이 주어지지 않는다는 사실이다. 도시빈민은 절망하지 않을 수 없는 지경이다. 높은 고층을 올리든지 지하로 깊이 내려가든지 어떤 방법이든 주거공간이 늘어나게 만들어야만 답이 나온다. 아니면 산골이나 어촌이나 농촌에서 사는 형편이 넉넉해야지만 도시로 탈출하지 않는다. 시골에서 도시로 이주하면 처음으로 맞닿는 것이 판잣집이나 단칸방이다. 운이 억세게 좋은 사람이면 시골에서 도시로 이주하는 즉시로 대감이 사는 정도의 집에 살 수도 있을 것이다. 모든 사람을 대감들이 사는 정도의 집에 살게 해주려면 엄청나게 많은 집을 지어두어야 한다. 주택보급률을 100%가 아니라 수천%가 되게 해야 한다. 대도시를 수천%가 많은 주거지로 형성하려면 수천%의 고층화나 지하화가 되어야 한다. 높고 높은 산을 만들어야 한다. 산골이나 어촌이나 농촌까지도 높은 산을 만들어야 대감들이 사는 세상으로 변모할 수 있다. 지하단칸방에 사는 사람을 99칸의 대저택에 살게 해주려면 대도시의 주거공간이 하루아침에 99배가 늘어나야 하지 않나? 에어백이 부풀듯이 도시가 높아지고 깊어져야 한다. 도시빈민에게 평지의 99칸이나 고층아파트의 99칸이나 꿈의 궁전이 될 것이다. 대감이 그리 많지 않다. 현대의 장관이 많지 않다. 도시빈민이나 산골이나 어촌의 사람을 대감이 누리는, 장관이 누리는 주거환경으로 제공한다는 것은 어마어마한 복지수준의 세상이다. 지하 단칸방이 99칸의 대궐로 변하게 하는 것은 꿈을 가지고 계획을 하고 실제로 차곡차곡 실천을 해야 일어나는 일이다. 착수하지 않으면 일어나지 않는다. 시작을 해야만 한다. 높은 산과 깊은 샘은 공간에 대한 개념이 매우 앞서 있다. 불가능하다고 주저하지 않는 상황의 나날들을 보내 왔다. 깊은 산 속에서 물이 많지 않아도 철갑상어가 사용한 물을 다시 정화하여 공급하는 방식으로 적은 물로도 귀한 철갑상어를 키울 수 있다. 산이 깊어 땅이 없어도 지하로 파내려가고 여러 가지 방법들이 산골이나 도시에서도 99칸의 대저택을 사용하게 만들어 줄 수 있다. 오천 평이 지주계급이라고 숙청되는 세상에서 누구나 오백만 평이나 더 넓은 농토를 지하나 고층빌딩을 통해 소유하게 해주는 세상으로 만들어주어야 한다. 물질이 사람을 영원하게 행복하게 하지는 않지만 공간을 확대하는 것은 포기하기 힘든 일이다. 한국학생들이 공부를 잘 하지만 그 만큼의 행복지수가 높지만은 않은 모순이 존재하기는 한다. 땅이 일백 배나 늘어나도 행복이 일백 배 늘어나지는 않지만 그래도 해야 할 일이다. 현대의 물질문명은 옛날의 왕이 30명 정도의 하인을 두는 호사를 누리는 정도라 한다. 모든 사람이 그런 혜택을 누리고 있다. 세탁기는 빨래하는 일을 줄어들게 하고 텔레비전이나 음악기기는 궁중악단이 노래나 춤을 선사하는 기능을 대신해준다. 이런저런 혜택을 하인이 300명인 수준까지 올리면 좋은 것이다. 아울러 공간은 99칸을 제공받으면 더 좋은 것이다. 지하단칸방에서 대감의 대저택으로 살게 되면 대감 같은 신분상승과 마음의 여유가 생기지만 곧 더 많은 욕심이 생기는 사람일 것이다. 마음의 행복을 연구하는 사람은 단칸방에서 99칸으로 옮겨 사는 행복이 잠시 만에 사라지지 않는 비법을 전수해주어야 한다. 오래

내지 영원히 가도록 신통한 방안을 널리 유포시켜야 한다. 학생들이 세계에서 공부를 가장 잘 하면 가장 행복한 사람들이 되도록 비법을 가르쳐야 하고 학생들이 체득하게 만들어야 한다. 물론, 적은 것에 만족하여 행복한 것이 가장 현명한 방법이지만 많은 것을 누리면서 무너지지 않는 행복을 오래가게 하는 것도 틀린 것이 아니다. 개인에게 99칸을 제공한다면 도시는 지하나 공중으로 합하여 일백 배는 팽창이 되어야 한다. 옆으로는 한계가 있으니 지하와 높은 산으로 이루어지는 새로운 세상이 된다. 지하철이 일백 층으로 이루어져 달리는 세상이 정말로 온다. 지상에도 철길이나 도로가 일백 층이 되어 달리는 세상일 것이다. 지진에 100% 방비책이 있어야 가능하다. 단칸방에 살던 사람이 99칸을 채워 넣어야 한다. 무엇을 채울까? 사람마다 다를 것이다. 개구쟁이 아이들은 딱지나 구슬이나 장난감을 99칸에 채울까? 술을 좋아하는 사람은 술을 99칸이나 채울까? 책을 좋아하는 사람은 책을 99칸이나 채울까? 게으른 사람은 99칸을 비워둘까? 음악을 좋아하는 사람은 악기를 99칸에 채울까? 행복을 99칸에 모두 채우면 좋지만 채우는 사람이 많을까? 최진사는 6간 대청에서 사윗감을 본다. 지하단칸방에서 살던 도시빈민들이 12간 대청에서 무엇을 볼까? 6간짜리 큰 마루가 아니라 12칸짜리 큰 마루이다. 높은 산은 도시빈민들에게 12칸짜리 큰 마루를 선물하는 대단한 사람이다. 18간 대청에서 사람들은 무엇을 보게 되나? 계획적으로 그렇게 만들어 간 세상이 오래 유지되면 사람들은 태어나자마자 99칸의 대저택이 개인 누구에게나 주어지는 날을 맞이하게 된다. 단칸방보다 99배나 무엇이 채워진 방을 가지고 처음부터 살게 된다. 어쩌면 이미 앞선 세대가 채워 놓은 99칸이 부담이 되거나 좋은 방향으로 인도하거나 사람마다 다르게 작용을 할 것이다. 대형도서관이나 대학도서관은 이미 선조들이 채워준 것으로부터 시작한다. 지혜의 보고가 전달되는 식이다. 아주 심한 부작용은 일어나지 않는다. 부모로부터 거의 모든 개인이 99칸에 채워진 무엇을 전달받아도 심한 부작용이 일어나리라고 섣불리 예단하기는 쉽지 않다. 몽고의 서사 시인들은 사나흘이나 그들의 역사와 신화를 암송하면서 시를 읊는다. 도서관이 발달하지 않은 대신에 육성으로 암송하여 전달한 체계 때문이다. 조선의 기록문화는 대단히 놀라운 것이다. 99칸에 무엇을 채워서 후손에게 전달하듯이 5백 년이나 6백 년을 기록하여 전달한다. 그 정도의 정신력이면 모든 사람이 99칸으로 배당받아 후손에게 전달하는 것이 불가능하지 않다. 높은 산 혼자만이 아니라 대부분의 사람들이 그러한 생각이고 실천력이 따른다면 이루어지는 일이다. 모택동이 '권력이 총구에서 나온다.' 고 했지만 그가 젊은 시절 북경대학교의 사서 일을 한 것을 무시할 수 없다. 도시빈민의 단칸방에서 99칸이 주어지면 채우는 일은 사람들이 해야 한다. 배고픔이나 목마름이나 사랑의 주림도 채워야 한다. 도시의 높은 산은 무엇으로 채워지나? 농촌의 높은 산은 농작물로, 산골의 높은 산의 산골의 수확물로, 어촌의 높은 산은 수산물로 채워지나? 높은 산에는 공기가 부족하다. 99칸이 주어지는 사람들에게는 무엇이 부족해질 수 있나? 공간의 결핍에 대한 생각이 부족해지나? 높은 산이 높게 올라가 더 많은 공간이 공급되어도 어느 정도 공평하게 99칸이 모두에게 제공되었지만 아직도 지하단칸방 만이 한 사람에게 공급된다면 잘못된 일이 생겨나는 세상이 끝이 나지 않는 일이 된다. 주거조건을 빚을 내어 해결하려던 21세기 초의 미국의 실험이 실패로 끝난 마당에 99배로 늘려준다는 현실성은 거의 제로에 가까운 현실을 극복하는 방법이 과연 없을까? 과도한 속도로 주거조건을 개선하는 일이 경제침체나 아파트의 붕괴나 온갖 부작용들이 속출한다. 일 년이나 이 년 안에는 불가능하지만 그 기간이 사천 년이나 걸리는 것도 마음에 와 닿지 않는 일이다. 매우 정밀하고 가능한 계획을 설계해야 한다. 조립식으로 만든다면 개인도 편리한 시간을 이용하여 집을 높게 올릴 수 있지만 안전성이나 지진에 완벽하게 방어될 수 있는 일이어야 한다. 건축비에 해당하는 부분에서 스스로 조립하게 한다면 인건비나 공기문제로 어려움이 발생할 근거가 줄어들 수 있다. 안전성이나 지진에 완벽하게 대처할 방법이 고안되면 개인이 스스로 조립하여 지어갈 수 있게 과정을 이어준다면 여러모로 어려움을 줄이면서 성공에 가까워질 수 있다. 개인이 스스로 99칸의 집을 지을 수 있도록 조립식으로 잘 설계된 구조물이 되어야 한다. 레고처럼 만들어가게 하면서 위험성을 제로가 되게 한다면 답이 나오지 않는 것이 아니지 않을 것이다. 사람들 스스로가 개미가 로봇이 되어 일하듯이 일을 하여 집을 스스로 짓게 한다면 비용이 많이 줄어든다. 3D 방식으로 재료들을 규격화한다면 개인들도 집에서 컴퓨터를 이용해 흙이나 모래나 돌 부스러기로 쉽게 건축재료를 만들어 낼 수 있다. 흙, 모래, 돌덩이는 깊은 샘을 파면서 많이 나오므로 무료로 제공이 가능하고 3D 방식이 자재를 규격화하고 스스로 조립하므로 인건비, 재료비가 거의 공짜에 가깝고 99칸이 만들어지는데 비용이 매우 적게 들어도 가능하다는 것이 틀리지 않게 된다. 꿈의 99칸이 개인에게 제공되는 것이 3D 기술이나 풍부한 천연자원이 있어 가능하게 되고 레고처럼 조립하는 일이 어렵지 않으므로 발생하는 세상이 된다. 안전과 지진에 해답을 주는 것은 건축기술자나 과학자가 답을 내어주어야 하는 부분이다. 높은 산은 정말로 높은 산이 상상 이상으로 많아지면서 사람들이 모두가 대감의 공간을 차지하는 것을 실제로 보게 될 것이다. 환상의 것이 보이는 것은 즐겁고 기쁜 일이다. 사백 년의 시간이 신대륙을 마천루가 넘치는 곳으로 변화시켰다. 개인에게 대감의 집에 버금가는 99칸을 맛보게 하는 것이 이루어지는 환희의 날이 온다고 믿어야 한다. 99칸을 짓는 일이 컴퓨터를 이해하고 자동차를 운전하는 것을 익히고 사용하는 일 정도라면 불가능하지 않고 쉽게 성공시킬 수 있다. 3D 기술도 그와 같다면 답이 나오는 상황이다. 3D 기술도 엄청나게 어려운 일이 아니라 대부분의 개인들도 할 수 있다는 현실이 곧 다가온다. 그러나 높은 산을 접는 기술은 매우 어려워 보인다. 높은 산을 고무풍선처럼 만들면 가능하지만 산이 고무풍선으로 유지될지도 의문점이기도 하다. 높은 산을 만들 재료들이 놀라울 정도의 신축성을 가진 벽돌이나 재료로 제공되면 안 되는 일도 아니다. 벽돌의 신축성이 고무보다 더 좋은 일천 배나 일만 배로 신축이 가능하다면 일만 층을 일층으로 만들 수 있지 않나? 일층의 집이 높이 일만 층으로 불어나게 하는 건축 재료가 무엇이 있나? 화산재의 일종인 벤토나이트를 일만 배나 성능을 높이는 기술이 무엇일까? 벽돌의 신축성을 열 배나 일백 배만 높여도 획기적인 사건이다. 벽돌의 신축성이 두 배만 되어도 지진이 일어나면 줄어들어 버리면 지진피해가 없지 않나? 견고하여야 하지만 벽돌이 견고하면서도 동시에 순간적으로 필요에 따라 부피가 줄어들 수만 있다면 새로운 건축의 세계가 열린다. 사람의 위나 장은 매우 신축성이 있다. 초식동물의 위와 장은 더욱 더 신축성이 있다. 건물이 사람이나 초식동물의 위장이나 창자처럼 신축성이 있게 만들어진다면 재미있는 일이다. 고층빌딩이 늘어나거나 줄어드는 일을 예사로 보게 된다. 나중에는 건축물이 구름처럼 자유자재로 신축되는 놀라운 날을 만나게 될 것이다. 뭉게구름처럼 고층빌딩이 움직이고 그런 현상이 늘 일어난다면 구름이나 건축물을 어떻게 구별하나? 바다에는 항공모함이 뜬다. 지상의 공기에도 바다의 항공모함처럼 뜨게 하는 건축물도 만들어지면 부력이 아닌 반중력의 힘을 교묘하게 이용하여 하늘에 항공모함이 떠다니는 신세계가 눈앞에 올 수 있다. 고무의 탄력성을 가진 벽돌을 3D로 대량으로 개인도 손쉽게 집에서 만들어내면 더 쉽게 99칸의 꿈이 우리에게로 다가온다. 도시빈민들도 꿈을 꿀 수가 있다. 그 길이 열릴 날이 온다고 믿어보는 것이다.

높은 산은 높다는 것에 대해 생각을 많이 하게 되었다. 깊은 샘은 깊은 것에 대해 많은 생각을 했을까? IBM회사의 사훈 같은 것은 '생각하고 생각하라.' 고 벽에 쓰여 있었다. 무엇을 생각하라는 것인가? 사무실이나 음식점의 벽에 '금연' 이라고 적혀 있으면 사람들은 '금연' 을 한다. 의식적으로 생각한다고 되는 것일까? 무의식적으로 생각하는 것이 되는 것일까? 데카르트는 '생각한다. 고로, 나는 존재한다.' 고 했는데 어쨌든 정신이 있어야 한다는 것인지 그렇다. 데카르트가 자신의 육체는 분명히 보이고 인식이 되는데 영혼이나 정신은 도대체 보이지도 잡히지도 않고 이리저리 고민을 하다 보니 생각하고 있는 것이 살아있다는 증거로 느끼기 시작했던 것이다. 살아 있네. 생각하고 있네. 비슷한 말이란 말인가? 숨을 쉬고 육체적 생명이 유지되는 것도 살아 있는 것이지만 마음이나 정신이 살아 있는 것도 살아 있는 것이 아니냐? 살아 있기 위해 쓸데없는 생각을 많이 해야 하나? 그러면 높은 산을 인공으로 만들어 내는데 속은 아파트처럼 사람이 살 수 있는 구조이거나 동굴 형태로 만들어내는 것을 레고 쌓는 방식을 하는 것이 아니라 화산이 폭발하듯이 순식간에 하는 것도 가능하지 않을까? 깊은 샘을 파면서 퍼내온 재료들을 백두산만큼이나 모아 놓고 가장 밑에서 화산이 폭발하듯이 순식간에 원하는 아파트나 동굴이 불길에 구워져서 만들어지게 할 수 없나? 화산은 과도한 마그마의 에너지가 불편한 상황을 만들지만 정확하게 폭발로 구워지는 에너지의 양을 설계한다면 도자기 굽듯이 할 수 없을까? 도자기는 작은 것이지만 백두산만 한 도자기가 만들어진다고 하면 적응방식은 같은 것이다. 옹기를 굽는다. 옹기의 크기가 백두산이라는 차이일 뿐이다. 옹기를 굽는다. 장독대를 채우는 옹기를 사람들은 잘 만들고 있다. 옹기의 형태가 다만 대구만한 아니면 서울만 하게 만들어 구워버리면 순식간에 만들어내지 않나? 옹기 하나는 크기가 크지 않다. 도시 하나는 대단히 큰 옹기이다. 옹기를 도자기를 굽는 가마의 크기가 백두산이나 대도시나 히말라야 산 만큼이나 크다는 것이 어려움일까? 사실, 그것이 어려움이다. 남미의 인디오가 광산에서 이틀을 굶으면서도 일을 할 때 코카 잎을 씹으면서 견디듯이 대도시를 옹기 굽듯이 할 수 있다고 마약을 먹어야 하나? 사람의 뇌는 '할 수 있다.'고 생각하면 하게 된다고 한다. 1,903년의 라이트 형제의 비행기가 지금은 우주로 가고 있다. 불과 일백 년 남짓이다. 히말라야 산을 옹기 굽듯이 인공으로 구워서 만들어내는 일이 불과 일백 년 남짓에 이루어질까? 높은 산은 무슨 생각을 하고 있나? 높은 산을 만들 생각을 하고 있다. 마천루를 더 높게 더 규모가 크게 만들려고 하는 것이다. 비용은 적게 들고 더 빨리 만들려는 것이다. 탈이 날 가장 좋은 순간이기도 하다. 많이 먹으면 배탈이 나듯이 과욕이 화를 부를 지도 모른다. 깊은 샘을 파면서 나온 재료가 무료나 무료에 가깝고 사막이나 황무지에서 시도를 해도 비용이 많이 들지 않고 사람들에게 해를 입히지 않는다면 해볼 수도 있는 일이다. 원자폭탄이나 수소폭탄의 실험도 하는 사람들이 아닌가? 옹기나 도자기도 불을 다루는 기술이 많이 작용한다. 발전소도 특히 화력이나 원자력은 불을 많이 다루는 영역이다. 레고를 쌓는 방식으로 만든 높은 산과 옹기를 굽듯이 만든 높은 산이 공존하는 모습을 사람들이 볼 수도 있다. 옹기로 김치를 보관하는 방식과 땅이 없는 아파트에서 김치 냉장고로 김치를 저장하는 방식 등이 공존하고 있다. 옹기보다 김치 냉장고가 더 많다. 마당이 있는 집보다 마당이 없는 아파트 형태의 집이 많아지니 일어나는 일이다. 높은 산이 인공으로 만들어지고 있다는 증거이고 레고를 쌓는 방식이든, 옹기를 굽는 방식이든 또 다른 방식도 등장할 것이다. 높은 산이 개인적으로 인공의 높은 산을 만들어 가는 동안에 많은 다른 사람들도 스스로의 방식으로 만들어가다가 인류 전체가 만들어내는 놀라운 사실을 직면하게 되고 달라지고 이해할 수 없을 정도로 앞선 세상을 만나게 될 것이다. 우주로 가는 길을 예언하거나 실행에 옮긴 사람은 많지 않지만 마음속에는 달에 가고 싶다는 염원이 긴 시간을 거쳐 현실이 되었다는 점이다. 다가올 현실이 좀처럼 믿기지가 않을 것이다. 사람이 안다는 것도 많은 한계성을 지니고 있다. 결국에는 잘 알지 못한다는 것이고 틀리거나 맞거나 간에 생각을 통해 맞는 길을 찾는 것 일뿐이다. 그렇지 않나? 높은 산은 높은 산이 하는 대로 자신이 하는 일을 하면 된다. 지구상에는 일만 미터 이상의 산이 없다. 사람이 인공으로 오만 미터의 산을 만들면 오만 미터의 산이 만들어지든지 실패하든지 할 것이다. 일만 미터만 되어도 기후적으로 사용가치가 줄어들지만 오만 미터의 인공의 산이지만 산의 내부를 이용하면 답이 나오기도 하고 산의 표면도 갖가지 인공으로 만든 장치나 설계로 기후를 정복하면 문제가 풀리기도 한다. 에베레스트 산보다 더 높은 오만 미터의 산을 왜 만드나? 만드는 것이 어렵지 않다면 되는 일이다. 50년 후 사람이 달에 정착하게 되면 달에 사는 것이 매우 어려운 일이 아니게 된다. 차차로 달이 외국을 방문하거나 다른 도시를 방문하는 정도로까지 일이 나아갈 것이다. 오만 미터의 인공의 산이 결국은 달에 정착하는 것과 같이 일어날 것이고 현실이 된다는 것을 부정하지 못한다. 젊은 남녀가 사랑을 하면 필연적으로 아기가 생기는 것을 막을 수 없다. 이제는 인공으로 아기를 갖지 않으려고 발버둥을 치지만 이제껏 아기가 생기지 않은 세상이 아니었다. 그러나 아기를 생기지 않게 변화를 만들어내는 희한한 사람들이다. 피임법을 사람에게 적용하여 연구하기는 매우 문제가 많은 영역이었지만 가장 무자비하게 연구한 것은 나치가 유태인을 실험도구로 삼아 발전을 시켰다. 사람이 아니라 학살을 하는 동물처럼 연구한 것이다. 놀랍게도 사람을 사람처럼 취급하지 않고 사람을 죽이는 전쟁이 일어나면 가장 많은 의학적인 연구 성과가 나오는데 사람을 원숭이나 쥐처럼 의학실험도구로 이용하여 일어난 현상이다. 패전한 일본의 731부대의 인체실험 연구 성과를 미국이 입수하는 대가로 731부대원들을 전범재판에 회부하지 않게 되는 일도 발생했다. 사람이 사람 같지 않은 측면도 많이 있다. 그런 것이 인간이기도 하다. 식인의 관습이 오랜 세월 동안 남아 있었던 것이 사람의 모습이기도 하다. 사람이 사람을 잡아먹는 식인의 DNA가 남아있는 사람들이 사람을 상대로 전시에는 추악한 일들이 일어나는 것이다. 인구폭발을 막아내는 것이 피임이기도 하다. 인구폭발이 대재앙이 될 상황도 많지만 늘 극복해온 사람들이기도 하다. 오만 미터의 인공의 산을 만들어 사람이 살 수 있어야 피임을 하지 않아도 되고 인구폭발에 답을 주기도 한다. 줄기세포로 오래 살고 복제 기술로 사람이 많아지고 오만 미터의 산을 만들어 산의 내부나 외부나 주거지로 만들지 않을 수가 없다. 육식을 하지 않는 스님은 또 다른 인간의 모습이기도 하다. 사람의 의지로 식인의 문화나 육식의 문화를 거부하는 것이다. 그런데 답이 다른 것은 스스로 피임을 한다는 자연성에 반하는 일도 동시에 하는 것이기도 하다. 오만 미터의 인공의 산을 만든다고 해서 인구가 줄어들지 않는다는 보장도 사실은 없다. 그렇게 해보는 사람이다. 사막에는 모래나 암석이 많다. 암석 사막에는 암석이 모래보다 월등이 많다. 모래사막보다는 암석 사막이 더 많다. 사막에서는 산을 오만 미터로 쌓아올릴 재료가 풍부하다. 레고 형식이 아니라 인공화산이 발생해 오만 미터의 산을 만들면서 산의 내부와 외부를 도자기나 옹기를 굽듯이 완벽한 인공도시가 만들어지게 해보는 것이다. 쓸모없던 사막이 대단히 쓸모가 있는 곳으로 변모한다는 것이 재미있는 일이기도 하다. 이집트의 피라미드가 처음으로 시도된 인공의 산의 모습이다. 묘지가 산이기도 하다. 높이 오만 미터의 인공의 산을 만드는 미친 미래의 파라오가 나올지 미친 미래의 파라오가 아니라 사람을 위한 대단한 건축가가 나올지 모를 일이다. 높은 산이 파라오의 권력은 없지만 많은 사람들이 오만 미터의 산을 만들어 살기를 원하면 파라오의 권력이 되어 일을 하게 된다. 많은 사람이 이해를 하고 동의하여 일을 할지 독재자나 무자비한 파라오가 강제로 할지 알 수도 없는 일이기도 하다. 오만 미터의 인공의 산은 오만 미터의 지하가 개발된다는 동시다발의 의미도 있다. 도시의 도로가 많아질수록 그 도로의 길이만큼이나 정확하게 비례하지는 않지만 도로의 좌우로는 인도가 생기도 도로에 아스팔트를 많이 깔 정도만큼이나 인도에 보도블럭을 깔아야 하고 가로수도 심어야 하고 하수도나 상수도나 도시가스 배관이나 통신선로도 지하에 설치되어야 한다. 지상철과 지하철과 동시에 모노레일까지 다양한 모습이 차차로 드러난다. 오만 미터의 높이를 지하까지 고려하면 십만 미터의 높이를 오르내릴 엘리베이터가 잘 작동할지 궁금한 사항이기도 하다. 높은 산과 깊은 샘은 모든 모습들이 눈앞에 선하게 보이는 것이다. 기억술이 공간과 결합하면 더 오래 정확하게 기억이 되듯이 미래나 지금 당장에 만들어지는 지상이나 지하의 높고 깊은 건축물들이 뇌리 속에서 정확하게 그림들이 그려지는 것이다. 그림들이 더 정확하고 더 안전하게 될수록 도시빈민의 지하단칸방은 99칸의 대감의 집으로 변모를 한다. 자신이 그렇게 되는 것도 대단한 행복감을 느끼지만 도시빈민들이 대감의 저택에서 사는 모습을 보는 것은 매우 큰 즐거움과 행복의 바이러스를 느끼게 한다. 꿈이 아니라 현실이 되기를 무척 바라는 사람들이다. 현실이 되도록 하기 위해 실천을 해야만 한다. 개미보다 더 집을 잘 짓는 인간이 되어야 한다. 개미보다 더 이타적으로 사회를 운영하는 능력을 키워야 한다. 암사자의 무리들이 이루는 프라이드가 사냥을 할 때 순식간에 물소 세 마리와 다른 동물 한 마리를 사냥하듯이 일을 해낼 기민성도 배워야 한다. 배우고 실천하면 일이 진척되는 것은 불문가지이다. 지상의 오만 미터의 산과 곧바로 연결된 오만 미터의 지하가 동시에 연결되어 건설되는 거대 도시가 화산폭발의 원리를 정확하게 응용하여 순식간에 만들어내는 것이 불가능하지 않다고 일을 해보는 것이다. 그와 동시에 레고를 쌓는 방식으로 긴 시간을 들여서 해보기도 하는 것이다. 가능한 방식이 있다면 모든 방식을 동원해보는 것이다. 99칸의 대감의 집에서 살고 싶지 않나? 꿈을 꾸지 않으면 꿈은 이루어지지 않는다. 꿈을 꾸지 않는데도 꿈이 성사되는 일은 매우 희박한 경우일 것이다. 꾸고 있는 꿈을 현실로 이루기 위해서는 해보아야 한다. 높은 산을 만들기 위해 높은 산을 실제로 만들어야만 한다. 오만 미터의 산을 만드는 열 살의 어린 아이인 높은 산을 우리들은 보게 된다. 그것이 지하국가5가 아닌가? 깊은 샘도 오만 미터의 지하를 개발하고 있는 아이이다. 우리는 그 아이도 동시에 보게 되는 것이다. 두 아이는 도시빈민에게 99칸의 집을 지어주는 사람이다. 세상의 그 누구도 도시빈민에게 99칸의 집을 지어주겠다고 거짓말을 하지 못한다. 두 아이는 거짓말이 아니라 정말로 지어주는 것이 맞다. 라이트 형제가 우주를 보여주고 우주로 가는 길을 무의식중에 열어주었다. 1,903년과 지금의 비행기는 너무나 달라 보이지만 1,903년의 비행기가 우주선인 셈이다. 두 아이의 높은 산과 깊은 샘은 오만 미터의 산과 오만 미터의 지하공간을 의미한다. 지하 오만 미터의 따뜻한 공기가 오만 미터의 산꼭대기로 전달되면 오만 미터의 높은 산도 춥지 않다. 오만 미터나 십만 미터의 낙차로 떨어지는 수력발전은 무한대의 전기를 만들어 사람들을 편리하게 할 것이다. 기후조건이 아주 좋은 십만 미터 즉, 십 킬로미터의 산을 오르내리는 새로운 신인류를 보게 될 날이 오지 않을까? 무척 기대되는 일이다. 높은 산과 깊은 샘이 만들어내는 새로운 세상이다.

10. 친구들

　　아태부3세의 친구들은 모두가 멋진 아이들이다. 아이들이라 여기기 힘들 정도의 능력들을 보여주었다. 푸른 별, 외로운 섬, 예쁜 꽃, 깊은 샘, 높은 산, 모두 열 살의 또래들이다. '십년이면 강산도 변한다.' 라는 말이 있지만 친구들은 열 살에 우주를 변화시키는 정도이다. 사실, 우주를 변화시키는 정도는 아니지만 지구를 변화시키는 정도랄까? 하루하루가, 순간순간이 같은 경우는 없다. 광속으로 움직이는 우주의 시간을 캐어내는 과학자들의 힘은 놀라운 영역이다. 상상을 하기 어려운 짧은 시간에 우주는 만들어지고 소멸되기도 한다. 친구들이 만든 우정의 시간은 길다고 하기는 어렵지만 그 깊이를 깊지 않다고 하기는 맞지 않다. 우정의 높이와 깊이는 높은 산과 깊은 샘이 만든 인공의 산이나 지하만큼 높고 깊다면 좋은 것이 맞나? 하늘의 푸른 별만큼의 거리까지 멀리가고 예쁜 꽃처럼 예쁘고 향기까지 있다면 더 좋은 것이냐? 헤아릴 수 없는 외로움까지 알고 같이 나눌 수 있다면 더 좋은 것인가? 높고 깊고 멀리까지 더 하여 아름답고 향기가 나고 마음의 외로움을 아는 정도라면 대단한 것이다. 하늘을 나는 새는 하늘을 나는 재주를 가진 존재이다. 바다를 헤엄치는 고래는 바다를 헤엄치는 재주를 가진 존재이다. 만물이 사는 시공간이 행복해지는 것은 만물에 따라 다를 것이며 사람이 시공간에서 느끼는 행복도 다른 무엇이 있을 것이다. 사람은 생존과 번식에서 행복을 느끼나? 사람은 자신이 시간을 지배하지 못한다는 것을 너무나 잘 안다. 사람은 사람 자신이 이 우주의 공간에서 영원할 수 없다는 사실을 너무나 잘 안다. 한정된 시간과 한정된 공간에서 발버둥을 치는 존재임을 잘 알아차린다. 아태부3세의 친구들의 우정도 4천 년 이상을 유지하기 어렵고 너무나 먼 우주에까지는 다다를 수 없다는 현실을 잘 아는 열 살의 아이들이다. 한계를 넘어서는 일에 흥미를 느끼는 사람들이기도 하지만 시공간에 존재하지 않는 상태로도 사람들이 교류하고 우정의 지속이 이루어질까? 귀신들이 서로에게 안부를 전하는 저승의 영역이 아닌가? 나이가 들수록 저승의 영역을 준비하게 된다. 수의를 장만하고 묘지를 준비해야 하나? 고민을 하고 장례비용을 남겨두어야 하지 않나 신경이 쓰이기 시작한다. 가져 갈 것은 하나도 없고 누구에게 주어야 하나? 무엇을 남겨두어 뒤에 오는 사람이 불편하지 않을까? 이제껏 생각하지 않던 영역이 새롭게 부각된다. 시공간에 존재하지 못 할 때 가져갈 수 있는 것은 아무 것도 없다. 열 살에 많은 일을 이룬 친구들이지만 사천 년 후에 시공간을 떠날 때는 아무 것도 가져갈 것이 없다. 조그만 것이라도 남길 것이 있다면 좋으련만……. 그것조차 없는 것이 현실이 아니냐! 남길 것도 없고 시공간에 존재하는 동안에도 자신의 육신조차 지키기가 여간 어렵지 않다. 정답은 절대로 영원히 지킬 수가 없고 살아있는 일시적이나마 지키기도 힘들다는 사실이다. 열 살에서는 전혀 고민하지 않는 일들이다. 저 기차를 타면 어디까지 갈까? 저 비행기를 타면 어디로 가나? 저 배를 타면 어디에 닿나? 멀리 가 보고 싶어 한다. 저 우주선을 타면 어느 곳에 가나? 버스 한 대도 오지 않는 산골은 텔레비전으로 먼 세상을 동경한다. 책속에서 먼 나라를 여행한다. 상상 속에서 우주를 여행한다. 우주로 수학여행을 떠나다가 사고가 나면 온 세상이 시끄럽게도 된다. 지구가 아닌 우주에 인간의 DNA가 새겨지는 것은 인간이 우주를 생활의 터전으로 삼아가는 증거이다. 우주에 우주선의 항로가 생기는 것이다. 결혼식이나 장례식을 우주의 어느 공간에서 치르다가 우주가 제집인양 느끼게 되는 것이다. 깊은 산골에 뽀얀 먼지를 날리며 달려오는 한 대의 시골버스는 어느새 우주선으로 둔갑이 되어 있다. 뽀얀 먼지는 보이지 않고 우주선의 섬광이 보이는 것이다. 하늘의 햇빛과 우주선이 연출하는 섬광은 또 다른 세상의 모습이다. 비가 오는 날 하늘에서 내리는 우주선은 섬광이 발생하지 않나? 우주선의 겉면의 열기로 안개가 생기나? 눈이 오는 날 하늘에서 내리는 우주선에는 무슨 섬광이 일어나나? 눈이 녹아 빗줄기가 되나? 우주선이 내리는 일부분만이 그렇게 되나? 우주선은 지구상의 기후변화에 대해 완벽한 방어능력이 있나? 우주의 혹독한 기후를 방어하다 보니 지구의 기후는 완전히 제어할 능력이 되는 것일까? 우주로 길고 긴 시간을 여행하다가 몸이 망가지면 3D 프린터로 인공장기를 만들어 갈아 끼우면서 우주를 더 돌아다니나? 의사의 도움도 필요 없이 스스로 인공장기를 만들고 스스로 이식할 정도라면 도대체 사람이 얼마나 살 수 있고 우주의 어디까지 날아간다는 말인가? 21세기 초에 벌써 3D 컴퓨터로 인공장기를 만드는 것이 보이고 있다. 그러나 바다에 배가 침몰해도 속수무책인 것이 21세기의 초가 아닌가? 우주의 바다에 우주선이 침몰하면 더 끔찍하지 않나? 우주선이 수도 없이 많이 난파되어야 우주의 길이 확실하게 열리나? 개미가 아무리 많이 죽어도 사람들은 아무런 반응이 없다. 우주에서 사람들이 아무리 많이 죽은들 우주는 아무런 반응이 없을 것이다. 개미보다도 더 미물이지 않나? 개미가 자신의 장기를 스스로 갈아 끼워 오래 살아가듯이 사람이 자신의 장기를 스스로 갈아 넣을지라도 개미의 수준을 넘어서는 것일까? 개미의 수준을 넘어선다고 말하고 싶은 것이 사람일 것이다. 개미가 죽은들 개미의 무덤이 있는지 조차 전혀 알 길이 없고 관심이 없는 것이 사람이다. 셰익스피어가 죽어 왕들이 묻히는 사원에 묻혀 있다고 위대하다고 느끼지만 우주에서는 개미의 무덤처럼 인식할 것이다. 개미의 무덤을 본 적이 없다. 한 마리 개미의 무덤을 본 적이 없다. 여왕개미의 무덤도 본 적이 없다. 사람과 개미는 격이 다르다고 하지만 왕들의 무덤은 그래도 피라미드나 좀 큰 형태로 남아있기는 하다. 우주에서 보기는 개미무덤이나 별반 다르지 않다. '나는 개미가 아니다.' 맞는 말이다. 나의 무덤은 높이가 오만 미터이고 지하로도 깊이가 오만 미터이다. 우주에서 보일 듯 말듯 하다. 그래서 개미가 아니기 위해서 묘지를 그렇게 크게 짓는 것일까? 개미가 아니기 위해서 피라미드를 지은 것일까? 개미는 살아 있는데 공룡은 모두 죽고 없다. 사람은 모두 죽고 없는데 개미는 살아 있는 것일까? 개미는 여왕개미라는 특이한 존재가 있다. 사람들은 여왕개미의 번식능력을 각자의 개인이 가지고 있다. 사람의 모성애나 부성애는 놀라운 힘을 발휘하고 행복의 원천이나 삶의 노력의 이유이기도 하다. 포수가 어린 곰을 향해 총을 쏘면 어미 곰이 자신의 몸으로 총알을 받아내고 어린 새끼 곰을 살려낸다. 모성애나 부성애는 동물도 가진 속성으로 보이기도 한다. 어미 곰이 왜 그런 행동을 할까? 사람이 총으로 자신들을 죽인다는 것을 아는 것이 곰이다. 사람은 이제 사람을 죽이는 상대를 잘 모르고 살아가는 순간으로 접어들고 있다. 전쟁은 사람이 사람을 죽이는 것이라고 잘 알기는 하지만 국제적인 규약으로 계속하여 사람이 서로 죽이는 것을 방지하려고 노력한다. 개미가 죽으면 스스로 자신들의 무덤을 만드는지 잘 알 수가 없다. 이제는 사람들이 무덤을 만들 공간의 부족으로 무덤을 잘 만들지 않는 지경으로 가고 있다. 무덤이 아니라 가루로 재로 만들어 가고 있다. 살아있는 동안에 살 99칸의 집과 죽은 뒤의 무덤을 제공해야 하는 부담이 있다. 지하단칸방에 사는 도시 빈민에게 돌아갈 무덤이 있을 수가 있나? 개미보다 더 나은 것이 있나? 울고 싶지 않나? 정말로 울고 싶지만 울고만 있을 수가 없다. 지구상의 모든 나라의 사람에게 죽은 뒤에 이집트의 피라미드에 해당하는 무덤을 지어주려면 얼마나 많은 지구가 있어야 하나? 아태부3세의 친구들이 이에 해답을 내놓을 수 있을까? 모든 사람에게 피라미드와 같은 무덤을 지어주겠다. 얼마나 건축술이 발달해야 가능하나? 얼마나 우주로 진출해야 가능하나? 일천 만 배의 공간 확장을 무슨 도술로 만들어내나? 공간은 과거의 개념이면 땅이고 영토이며 그 확장은 대부분이 전쟁이었다. 아프리카 사파리에서 수사자가 자신의 영역을 알리면서 울부짖는 사자후는 저주파로 모든 동물을 공포로 몰아넣는다. 소름이 돋는 소리이다. 아태부3세의 친구들이 모든 사람에게 피라미드 같은 무덤을 만들어 준다고 하는 것은 수사자가 울부짖는 저주파보다 수조 배도 더 큰 저주파로 우주에 울릴 것이다. 우주에 울리는 상상 이상의 저주파는 듣는 동물이나 사람이 있나? 잘 알 수가 없다. 70억 90억 인구 모두를 파라오로 만들어 무덤을 만들어 준다면 어디에 그 땅을 확보하나? 아태부3세의 친구들의 수사자와 같은 저주파가 태양계를 벗어나서까지 울리나? 방송출력이 세고 큰 것도 힘의 상징이기도 하다. 주파수가 방송을 하는 요소인데 가장 힘이 센 방송은 결국은 힘이 센 다른 모습이기도 하다. 누구의 저주파가 가장 센가? 아태부3세의 친구들인가? 당나라 황제의 말은 힘이 있다. 신라로 도망친 사람까지도 잡게 만든다. 잡힌 사람이 흘린 피가 주왕산의 계곡에 뿌려져 물이 붉게 되었다니! 핏빛의 수달래로 환생하여 피었다니! 개미가 소리친들 개미소리이다. 무덤을 사람마다 피라미드로 만들어 주겠다는 소리가 개미소리로 바뀐다면 아무런 일도 없고 허언이 되고 만다. 당나라 황제보다, 이집트의 파라오보다, 사파리의 수사자보다 더 놀라운 말이 되어야 되지 않나? 이씨 조선의 왕들의 태무덤은 왕이라는 것을 정확하게 증명하고 있다. 개인의 태무덤까지 만들어주려면 더 넓은 우주가 필요하다. 죽어 묻힐 땅도 없는데 태무덤까지 만들려면 어디에서 땅을 구하나? 태무덤을 가진 사람은 어마어마하게 극소수이다. 조선 28왕 가운데 28명이 모두 갖고 있는 것도 아니다. 누가 피라미드와 태무덤까지 지구상의 모든 사람에게 제공하나? 아태부3세의 친구들이 한다는 것인가? 그러면 그것이 우주에 대한 우주전쟁의 선포인가? 수사자에게 대항할 젊은 수사자만이 할 수 있는 대단한 일이다. 아무리 가난한 사람일지라도 아기가 태어나면 태를 처리해야 하는 일이 발생한다. 왕의 태무덤은 아니지만 강에 버리든지 저수지에 버리든지 산에 묻든지 태를 처리하면 태무덤이 아닐 수 없다. 왕비의 몸에서 나온 태만 신성하고 다른 여인들의 태는 신성하지 않은가? 그렇지는 않다. 똑같이 신성해야 하지 않나? 태무덤을 만들려니 여간 어려운 일이 아니다. 모든 사람이 왕비가 되는 일이 쉬운 일이 아니다. 영화배우 성룡은 12달 만에 태어났다. 돈이 없어 아버지 친구 십여 명이 돈을 모아 제왕절개 수술비용을 대어 겨우 세상에 나왔다. 8달 만에 나온 팔삭둥이 처칠도 있지만 12달 만에 나오는 특이한 아이도 있다. 성룡은 무려 몸무게가 5.7킬로그램으로 태어났다. 사람마다 사연이 없이 태어나지는 않을 것이다. 그 모든 사람의 태무덤을 어디에다가 다 만들어주나? 지하단칸방의 도시빈민에게 99칸의 집과 죽어서는 피라미드를 만들어주고 이미 없어진 태를 위한 태무덤은 만들 수 없어도 두 가지만 해주려고 해도 너무나 어마어마한 건축 일이 아니냐? 아니, 우주를 개발하는 일이 된다. 우주에서 땅을 확보하지 않으면 답이 안 나온다. 아태부3세의 친구들은 태무덤이 있나? 없다. 이씨 왕조의 왕이 아닌지라 없다. 아태부3세조차도 태무덤이 없다. 아태부3세는 있어야 하는 것이 아니었을까? 아기무덤도 있을 테지만 현실적으론 거의 볼 수가 없다. 아기로 죽으면 아기무덤이 생기는 것은 정한 이치이지만 장례식을 치르지 않으니 무덤을 거의 볼 수가 없다. 궁궐에서 궁녀나 내시가 죽으면 죽기 전에 처리하는지 죽은 뒤에 처리하는지 조용히 해결하고 만다. 궁녀는 죽기 전에 늙으면 궁 밖으로 내보내졌다. 내시도 비슷하였다. 궁녀나 내시는 왜 태무덤이 없나? 사람마다 태무덤을 만들어주고 99칸을 지어주고 무덤으로 피라미드를 만들어주는 것이 인간이 살아가는 동안에 영원토록 불가능하나? 영원토록 불가능하지는 않을 것이다. 계획을 세운다면 영원히 불가능하지 않다. 불가능하지 않다고 세뇌를 하여야 한다. 그렇지만 너무 낭비적인 요소가 있지 않나? 공간의 차원을 우주로 확대된 사람의 정신구조와 인식체계라면 낭비도 아니고 늘 생활하는 공간의 개념이 된다. 21세기에도 어마어마하게 높은 아파트에 거주하는 현실을 맞이하고 있다. 고소공포증이 있다면 거주하기 어려운 지경이다. 코끼리들도 죽으면 그들이 뼈를 묻는 장소가 있다고 한다. 인공적으로 코끼리뼈를 모은 것이 아닌데 동굴에 자연적으로 길고도 긴 시간 동안 코끼리의 뼈들이 계속하여 쌓여 있는 것은 코끼리의 무덤이라고 추정을 할 수 있다고 한다. 사람이나 동물이나 무덤은 모여 있다. 죽어서도 무리를 이루는 습성이 존재한다. 아태부 3세의 친구들은 태무덤을 우주 공간에 만들어 볼 수 있다. 생명의 신비와 아기가 태어나는 것도 자연히 알게 되고 죽음에 대한 철학적인 기초도 쌓일 수 있다. 행하여 보는 주제 자체가 열 살의 나이에 그리 적당한 주제는 아니지만 해보는 것이다. 태는 엄마와 아기를 이어주는 생명줄이다. 탯줄은 삶과 죽음의 연결고리이지만 삶이 이어지는 생명의 탄생에 더 무게가 실리는 신성한 면이 있다. 동물의 세계에선 태반이 먹이사슬의 먹이로 작용하는 것이지만 사람은 달리 인식한다. 아기를 만들기 위해서는 남녀가 옷을 벗지 않으면 안 된다. 알몸이 되어야 가능한 일이다. 그래야만 알몸으로 태어나는 아기를 만나게 된다. 아기는 알몸으로 태어난다. 탯줄을 끊은 배꼽이 없는 사람은 없다. 배꼽 밑에는 단전이 있다. 단전 밑에는 생식기가 있다. 배꼽, 단전, 생식기가 잇따라 있다. 그 부분이 사람의 신체 중에 가장 가운데에 가깝다. 생식기가 사람의 몸 중에서 가장 가운데 있다. 남녀가 생식기가 없으면 인류는 멸망하고 만다. 태무덤을 이해하려면 열 살의 나이에 남녀의 몸 구조나 아기가 태어나는 과정이나 죽음이라는 것까지 접근을 해야 한다. 어른들의 도움이 필요하다. 아태부3세의 친구들만의 힘으로는 매우 부족한 면이 있다. 아기를 많이 낳은 엄마일수록 아기의 태무덤은 많아진다. 태무덤이 많다는 것은 가장 힘이 있는 여성이고 가장 높은 여성이라는 것도 간접증명이 된다. 아이 하나 키우는 것도 벅찬 현실에서 태무덤을 열 개나 스무 개를 만들 수 있는 세상으로 변모시키는 것이 너무 높은 목표가 아닐까? 컴퓨터의 통신 속도를 일만 배나 빠르게 진화시킬 수 있지만 한 사람의 여인이 스무 개의 태무덤을 만들어 내는 것을 하지 못하는 것이 지금이지만 이 상황을 역전시켜야 하지 않나? 20년 만에 일만 배로 늘이는 일을 태무덤에도 적용할 정도로 가능하게 만든다면 우주는 매우 발달해 있을 것이다. 아파트형 공장이 세워지고, 차차로 아파트형 농장이 세워지고, 다시 아파트형 태무덤이 생기고 변화는 올 것이다. 아태부3세의 친구들이 태무덤을 만들려고 시도를 하려니 먼저 견본을 보아야 하는데 그 참고자료가 전 세계를 뒤져봐도 이조 시대의 태무덤에 대한 자세한 기록과 그 결과물보다 나은 것이나 비슷한 것이 실제로 존재하는 것이 없었다. 유일하게 한국인만이 지닌 독특한 문화이고 놀라운 점이 드러나기도 한다. 무학대사가 조선의 궁궐을 동쪽을 향하여 지어야 조선의 후대 왕의 자손들이 좋게 된다고 했으나 정도전은 유교의 이념을 바탕으로 한양의 건물을 지으면서 궁궐도 남쪽을 향하여 짓게 된다. 조선의 번성을 위해 태무덤도 짓게 된다. 지하국가5도 무슨 일로 인하여 태무덤을 만들게 되나? 무슨 연유로 모든 사람에게 태무덤을 만들어 주나? 무연고자의 시신이나 연고자가 있어도 시신의 수습을 거부하는 고독사가 현실로 일어나는 21세기를 어떻게 태무덤이 가능한 세상으로 뒤바꾸나? 개인의 자유를 존중하고 개인이 스스로 잘 살고 구속되지 않는 삶을 영위하게 하는 것이 바람직한 자유국가의 일이지만 고독사는 또 다른 측면으로 다가오는 문젯거리이다. 공동체가 개인에게 자유를 충분히 주는 것인지 방관하는 것인지 죽음을 홀로 맞이하여 시신이 수습되지 않는 일이 일어난다는 점이다. 고독사하는 현실에서 태무덤보다 더 급한 것이 고독사에 대한 대책이 우선이 아니냐? 도시빈민의 비정한 지하단칸방이 다시 고독사로 연결되는 고리는 정말로 원하지 않는 그림들이다. 조선의 왕들이 태무덤을 가졌지만 사는 동안에 고독한 일도 없지는 않았을 것이다. 수입이 적은 사람은 경조사에 벌써 경제적으로 많은 부담을 느낀다. 경제적으로 부담이 되지 않는 사람은 시간이나 다른 요인으로 부담이 있을 것이다. 꼭 가야 하는 경조사에 참석하기 어려운 경제적 문제로 사람들은 다시 한 번 더 돈에 대한 사람의 비참함을 느끼게 된다. 과거의 유고사회에서 돈 없는 평민이나 노비층에서 유교의 격식들을 지키리란 여간 어려운 일이 아니었을 것이다. 노비나 평민이 삼년상을 치르는 것이 현실적으로 가능했을까? 고독사를 철저하게 막는 시묘살이 삼년이 가능한 계층은 경제적으로 어느 정도는 풍족해야 하는 양반만의 문화가 아니였겠는가? 아테네의 민주정치도 여자나 노예는 철저하게 배제하고 자유시만이 누린 민주정치가 아니냐? 어찌보면 이조시대의 양반만이 누린 특권과 별반 달라보이지 않는다. 결혼을 하지 않는 사람들이 많아지고 결혼은 했지만 이혼율은 높아지고 이런저런 이유로 혼자사는 일인가구가 더 많아지고 고독사는 점점 더 현실이 된다. 대가족이나 핵가족이 아니라 일인가족으로 변화가 일어나기 때문이다. 고독사한 사람만을 모은 특이한 묘나 장례시설물이 나타난다는 것이 사실일까? 고독사를 막기 위해 대가족이나 핵가족이나 이혼율을 떨어뜨리는 방법들이 나오기가 쉽나? 누구의 죽음을 거두어 줄 수 없는 세상이 끔찍하다. 한국전쟁의 틈바구니에서 죽은 시신들이 부패하여 냄새가 코를 찌르고 길에 방치된 시신들을 개가 팔다리를 물어뜯어가 시신을 먹이로 삼아 개가 포식을 하는 장면들을 목격한 세대들은 전쟁이 끔찍하고 나뒹구는 시신이 방치되는 현실도 너무나 끔찍했다. 전쟁이나 절대가난이나 고독사가 대규모로 번지는 사회에서 태무덤은 너무나 양반만의 재벌만의 문화가 아닐까? 유교사회는 장사나 돈을 매우 천시하는 경향이 강했다. 자본주의 사회는 장사나 돈을 너무 중시하는 경향이 강하다. 시신이 길거리에 방치되는 세상은 전쟁상황이다. 지하단칸방에 시신이 아무도 모르게 방치되는 고독사는 길거리가 아닌 은밀한 곳이라는 차이뿐이다. 다 보이게 전쟁이 일어난 것이 안 보이게 전쟁이 일어난 것이 아닐까? 개가 시신을 뜯어먹는 것은 전쟁이고 구더기가 시신을 훼손하는 것은 전쟁이 아닌가? 그러면 태무덤을 만들기 위해 전쟁처럼 달려들어야 한단 말인가? 그것은 좀 이상스런 면이 있다. 태무덤을 만들면 고독사가 없어지나? 태무덤을 만들면 이혼율이 줄어드나? 태무덤을 만들면 일인가구가 줄어드나? 고독사, 이혼율, 일인가구는 줄어들지 않고 늘어나고 있다. 프랑스 외인부대는 동료의 시신을 어떤 일이 있어도 수습하여 돌아오는 전통이 있다. 낯선 사람끼리 모인 외인

부대이지만 태무덤을 지키는, 시신을 개가 물어뜯지 못하게 하는 정신이 살아있다. 누구도 나의 시신을 돌보아 주지 않을 것 같은 외인부대의 부대원들은 서로가 죽으면 시신을 챙겨오기로 전통을 세운 것이 어쩌면 사람에 대한 마지막 자존심이기도 하다. 미군이 전장의 미군을 단 한 명이라도 낙오시키지 않고 전장에서 데려나오겠다고 하는 것이나 비슷하다. 사실, 고독사한 사람들이 자신의 장례비용조차 마지막 순간까지 지킬 수가 없었을 것이고 시신을 거부하는 연고자도 장례비용이 실제로 없을 경우가 허다할 것이다. 사람의 마지막은 누구나 사지(死地)로 몰리는 것이다. 물론, 당연한 일이다. 그 사지(死地)가 고독사라면 막아서야 하는 것이 아닌가 하는 점이다. 그 사지(死地)가 개들이 사람의 사지(四肢)를, 팔다리를 물어뜯는 사지(死地)라면 눈물이 나지 않을 수가 없다. 글과 그림이 어둡지 않으려면 사람의 내면세계나 세상이 덜 고통스러워야 할 것이다. 풍요로운 시기에 태어난 세대들은 그들 나름의 밝은 면이 있다. 겪어보지 못한 체험들은 공유하기가 매우 어렵다. 주먹밥이나 보리밥이나 보리죽이나 우물물이나 공동수도나 공동변소나 곤궁 그 자체가 체화되지 않은 것을 맛보라고 하기란 매우 곤란한 영역이다. 일반인들이 공유하고 맛보지 못한 태무덤을 누구나 맛보고 공유하게 만들기가 지난한 과제이기는 하다. 그것이 누구나 왕이 되는 진정한 세상으로 가는 지름길은 아니지만 그런 형식이라도 해보고 싶다는 것이 아닐까? 외할아버지가 마당에 피워주는 모깃불은 매케한 연기가 온 집안을 감돈다. 매일 모깃불을 피우기 위해 낮에 풀을 베어와야 한다. 조그만 통에 담긴 모깃약은 한 달이나 두 달 동안 조금씩 새어나와 모기를 쫓는다. 콘센트에 꽂기만 하면 된다. 세네 세대만에 마당의 모깃불이 콘센트의 모기약으로 변했다. 매일 베어오는 풀을 두달이나 베어오지 않아도 된다. 소를 먹이려면 소꼴은 매일 베어와야 하니 소먹이에 모깃불을 피울 풀은 포함되어 있는 것이기도 하다. 세네 세대의 시간이 필요하다. 태무덤도 세네 세대의 시간 안에 해결이 날까? 그 시간 동안 원하지도 않던 고독사, 이혼율, 일인가구의 증가는 어떤 식으로 전개가 되어 갈까? 잘 알 수가 없다. 측정하고 예측하고 미래를 추정해보아야 하지만 아주 정확한 답을 내놓지는 못하는 사람들이다. 마당이 학교 운동장만큼 넓은 것은 아니고 아침 일찍 마당을 쓰는 사람은 할아버지이다. 아들이나 손자가 있지만 비를 잡는 사람은 할아버지이다. 옛날의 양반집이면 하인이 열 명이면 열 명의 하인 중에 마당을 쓸 수 있는 빗자루를 쥘 하인은 열 명 중에 한 두 명이었을 것이다. 다른 사람은 다른 일을 해야 한다. 마당을 쓸 수 있는 마당쇠는 좀 서열이 높은 하인일 것이다. 돌쇠, 마당쇠 등등 성이 없고 이름조차 분명하지 않다. 농촌의 대가족 중심의 집에서 가족이 열 명이나 스무 명이면 마당을 쓰는 빗자루를 할아버지가 쥐면 아들이나 손자는 빗자루를 쥐어볼 기회가 매우 적다. 아무나 마당을 쓸 수 있는 자격이 있는 것이 아니다. 부엌의 부지깽이도 시어머니가 쥐고 불을 피우면 며느리는 다른 일을 해야 한다. 왕할머니인 시할머니까지 있다면 부지깽이도 쥐어보기가 그리 쉽지 않다. 빗자루나 부지깽이를 쥘 그 뭐같지 않은 일이 집안의 서열이다. 핵가족이나 일인가구로 살면 집안에서 일어나는 자연스런 서열의 문화를 몸으로 느껴 볼 일이 없다. 대가족이 제사나 묘사를 지내면 자연히 서열을 알게 된다. 철저하게 질서를 지키는 유교사회의 무언의 압력을 피부로 알게 된다. 핵가족의 아들로 딸로 자란 세대들은 마당을 쓸 빗자루 한 번 잡기가 얼마나 어려운 일인지 알 길이 없다. 남편과 단 둘이 산 여인들은 부엌의 부지깽이 한 번 잡기가 얼마나 어려운 일인지 잘 실감이 나지 않는다. 열 살의 아태부3

세의 친구들이 태무덤을 만들면 그들은 왕자가 되는 것인가? 사실, 이씨 조선이면 왕자나 공주에 해당되는 꼴이다. 왕자나 공주는 천석꾼이나 만석꾼보다 더 부자이지만 일반인을 천석꾼이나 만석꾼보다 더 부자로 만들려면 어마어마한 농토를 제공해야 하고 그래야만 거기에 합당한 힘이 나오고 문화가 나올 수 있는데 농토가 없이 살아간 유태인처럼 이상한 힘을 발휘한단 말인가? 일반인에게 왕이 누린 경제적 능력을 주어야 그들이 태무덤을 만들 수 있다. 그렇지 않다면 유태인이 택한 방법처럼 땅없이도 왕같은 경제력을 키워서 태무덤을 만들어야 한다. 좁은 마당을 쓸 빗자루나 아궁이에 불을 때는데 쓰는 부지갱이를 마음대로 쥐고 일을 해보기도 쉽지 않은 처지에서 태무덤을 만드는 일을 벌이는 것이 그렇게 쉬운 일일까? 빗자루는 진공청소기나 로봇청소기로 부지갱이는 원터치 스위치로 바뀌었다. 만석꾼의 농토나 경제력이 나중에는 대학을 짓는 기초적인 힘으로 바뀐다. 만석꾼의 땅이 대학의 교정으로 바꾸어야 큰 대학교가 만들어질 수 있다. 도시빈민이 지하단칸방 하나로써는 대학교를 지을 부지를 제공할 여력이 없다. 도시빈민이 대학을 지을 땅을 기부하는 그런 기적이 일어나게 하는 방법은 우주를 개발하거나 지하의 공간이나 지상의 공간을 확대하거나 잘 이용하는 방법 밖에는 다른 출구가 없다. 반지하의 단칸방이나, 지하의 단칸방이나, 지상의 단칸방이나, 단칸방에 사는 사람들은 만석꾼의 농토를 갖고 싶다. 만석의 식량이 소출되는 땅을 갖고 싶다. 이만 가마니의 쌀이 생산되는 땅을 갖고 싶다. 정말로 80킬로그램짜리 쌀이 이만 가마니가 생산될 수 있는 땅을 갖고 싶다. 자신의 땅에서 소출되는 $80 \times 20,000 = 1,600,000$킬로그램의 쌀을 가지고 싶다. 해마다 1,600톤의 쌀을 가지고 싶다. $1,600 \times 100,000 \times 10 = 1600,000,000$원 이상의 돈을 가지고 싶다. 해마다

16억 이상이나 32억 정도의 돈을 늘 대대손손 가지고 싶다는 것이다. 그런데 누구나 우주를 통하거나, 지하를 통하거나, 지상의 높은 산이나 하늘을 통하거나, 아니면 산양배양근을 배양하듯이 쌀을 배양하여 생산하거나, 누구나 해마다 1,600톤의 쌀을 생산하면 과잉생산된 쌀을 어떻게 처리하나? 무지무지하게 많은 음식물쓰레기를 배출하는 미국처럼 살아가나? 음식물의 삼분의 일이 버려지는 미국을 원하나? 세계적으로 굶는 사람이 많지만 음식물을 낭비하는 미국의 길을 가나? 이만 가마니의 쌀은 이만명이나 일만 명의 일년치 식량을 보장한다. 인구가 일천 만 명이면 일천 명 정도의 만석꾼이 있을 수 있다는 계산치는 나온다. 모두가 만석꾼이 될 필요성이 없다. 많은 사람이 소작농이나 자작농이나 노비나 일꾼이 되어야 하는 구조이다. 공산주의는 일천 명의 만석꾼을 없애고 비전문가인 수많은 자작농이나 대규모 협동농장을 만들어 공산주의식으로 일을 벌이려고 하고 벌이다가 오히려 수확량이 줄어들고 더 못사는 기현상이 일어난다. 인구 일천 만 명의 나라가 국민 모두가 만석꾼이 되면 농토는 넓어서 좋지만 과잉생산된 농작물을 어떤 식으로 소비하나? 동물들이 차지하나? 가축들이 차지하나? 곤충들이 차지하나?

　태무덤을 짓거나 만석꾼이 모두 될 수는 없는 세상의 이치이지만 그 흉내를 내보는 세상을 원하는 것이다. 처음에는 아주 소규모의 흉내이지만 실제로 가능해지는 기적의 세상을 바라고 사는 사람이다. 식량을 누구나 인공으로 밥통 정도의 그릇에서 영원토록 만들어낼 수 있다면 만석꾼 아닌 사람이 없는 세상이다. 태무덤은 무슨 방법으로 가능하게 한다는 것이냐? 아이디어를 찾아내야 한다. 피라미드는 하나이지만 하나의 피라미드에 수억 명의 시신이 장례를 치를 수 있고, 시신이 묻힐 수 있는 방법을 찾을 수 없을까? 시신을 수억 배로 축소시키면 수억 명의 시신이 하나의 피라미드에 묻힐 수 있다. 후손이 방문하면 시신을 부풀려서 보여주면 해결이 날 듯 하지만 수억 명이 동시에 시신을 보자고 할 때 부풀리지 않은 시신을 부풀린 것처럼 착시로 보게 만드는 기술이 있다면 수억 명이 동시에 시신을 보는 것도 가능하지만 그 현장에 모일 사람들을 어떻게 사고가 나지 않게 관리할 것인가? 그 문제를 풀어야 한다. 잘 연구하면 피라미드 하나로도 수억 명을 그 자리에 묻힐 수 있게 할 수 있지만 하루 동안에 수천만 명의 장례식을 하나의 피라미드에서 치러내는 대단한 재주를 알아내야 한다. 태무덤도 피라미드와 유사한 방법으로 풀어 가면 답이 보일 날이 올 것이다. 수천 만 명이 한날한시에 태무덤을 만들면 태는 축소한다면 가능하지만 방문한 사람들을 축소하기란 불가능한 영역이라 여기지만 그것도 가능할까? 임시로 오만미터의 가건물이 세워진다는 것이 아니냐? 임시로 피라미드나 태무덤에 수억 명이 모이면 그 사람들을 모두 그 자리에서 장례식이나 태무덤 의식을 치를 수 있게 가건물을 짓는 기술이 나온다는 것이 아니냐? 사람들의 신발에 반중력의 센스를 달아 오만 미터의 높이이지만 삼 미터마다의 센서의 차이를 부여하면 삼 미터 높이만큼씩 사람들이 공중에 떠서 광경을 지켜볼 수 있다. 높이 올라갈수록 기후에 적응하는 옷을 입으면 불가능하지가 않다. 아태부3세의 친구들이 모든 문제를 풀어주는 것이다. 만석꾼이나 피라미드나 태무덤이 불가능한 영역이 아니다. 그런데 100억 명의 지구인이 모두 태무덤을 가지고 만석꾼의 식량배양기를 가지고 피라미드의 묘지를 가지지만 행복하지 않으면 무엇인가? 알고 보니 만석꾼이나 피라미드의 묘나 태무덤을 누구나 다 가질 수 있는 것이고 대단한 것이 아니게 된다. 대단한 것이 대단한 것이 아니게 될 때 또 다시 채워지지 않는 인간의 욕망을 무엇으로 만족하게 해야 하나? 건설 작업장에서 안전을 위해 쓰는 안전모는 여름에는 덥고 겨울에는 따뜻하지 않다. 안전모 안에 스티로폼을 여름에는 시원하게 작동되고 겨울에는 따뜻하게 작동되면 누구나 잘 쓰게 될 것이다. 그것이 보편화되면 또 더 좋은 것을 찾을 사람들이다. 추락 시에는 안전모에서 에어백 기능까지 나오면 더 좋겠다고 그 기능까지 첨부하여 더 좋은 안전모를 만들 것이다. 선풍기 바람에서 에어컨 바람에서 더 나아가 자연의 숲속에서 피톤치드가 나오는 바람을 요구하는 사람들이 될 것이다. 에어컨에서 피톤치드가 나오면 더 좋은 바람이 아니냐? 버스·비행기·배·지하철·사무실·집 모든 곳에서 피톤치드의 바람이 인공으로 나오게 설계하는 것이 불가능하지 않을 것이다. 물을 수도시설로 사람이 필요한 곳에 옮기듯이 피톤치드의 바람을 숲속에서 사람이 사는 곳으로 옮기는 기술이나 에어컨에서 생성되게 만들면 편리한 세상이 된다. 그러면 안전모에서 피톤치드가 나오는 시원한 바람까지 요구할 것이다. 나무의 모든 것을 너무나 잘 알고 사람이 나무가 되어야 할 판이다. 안전모가 너무 완벽하면 일의 능률이 너무 높아 하루치의 일을 삼분의 일의 시간 만에 해낸다면 건설비용도 많이 낮아지고 아파트의 가격도 낮아진다. 이런저런 연유로 아파트의 가격이 십분의 일로 낮아지면 삼십 평에 살 사람이 삼백 평의 아파트에 살게 된다. 안전모로 인해 추락사도 없고 일할 때는 피톤치드까지 나온다면 등산이나 숲속에 소풍을 온 정도로까지 기능을 한다면 건설하는 일이 너무 쉬워진다. 수억 명의 사람들이 피라미드에 모여 장례식을 치르지만 피톤치드가 많으면 갑갑하지도 않다. 수억 명이 동시에 울어대는 슬픔의 울음소리는 너무 기괴할까? 수억 명이 우는 슬픔의 울음을 어떻게 잘 모아서 유용하게 이 에너지를 사용할 수 있을까? 사람들이 신발에 달린 센서만으로도 지상에서 오만미터까지 올라갈 수 있다. 옷은 거의 우주복에 가깝게 입고 있다. 성능은 우주복이지만 일반 체육복이나 간단한 옷차림으로 가능하다면 지상 오만미터의 하늘을 지구의 지표면으로 이용하는 것과 같지 않나? 오 미터마다 지구가 하나씩 더 생긴 이치와 같으니 지구가 일만 개나 불어난 효과가 아닌가? 지구가 일만 개 불어나는 현실을 우리는 마주 할 수 있다. 지하단칸방에 사는 사람도 방이 일만 개로 불어난다는 사실이다. 99칸이 아니라 일만 칸으로 늘어난다. 실제 상황이라면 피라미드에 장례를 치르는 시신을 축소할 필요조차 없을 지도 모를 일이다. 인류가 반중력을 철저하게 이용할 날이 언제 올까? 일만 배로 늘어난 지구를 어떻게 배분해야 하나? 아태부3세의 친구들이 나눠가지나? 지구인 모두에게 공평하게 나눠주나? 지하단칸방에 살던 사람이 옛날 대감들이 살던 대저택을 일백 채나 가지게 되면 기분이 너무 좋아지나? 누구나 그렇게 가지고 있으니 이 무슨 세상일까? 반중력을 정확하게 이용하는 방법과 우주복의 개량이 현실로 만들어주면 대부분의 사람들은 혜택을 누리면 된다. 지하단칸방에 사는 사람들이 이 기쁜 소식을 듣고 보고 느껴야 한다. 바보처럼 믿으면 정말 바보처럼 믿으면 그런 세상이 올지 모른다. 올 수 있다고 장담하는 날이 올 것이다. 이성적으로 판단이 서지 않지만 가슴으로는 되는 일이 많다. 이성적으론 재벌이 몇 명이 되지 않고 대통령은 한 명이다. 가슴으로는 모든 사람이 되고 싶어 하는 경향이 강하다. 가슴으로는 지하단칸방이 일만 칸의 방으로 가능한 것이다. 현실로 가능한 날이 온다는 것이 아니냐? 사랑은 이성으로 되는 일이 아니다. 신앙은 이성으로 되는 일이 아니다. 지하국가5는 하늘국가5로 가는 것이 더 빠른 길일까? 우주는 불가사의한 영역이다. 하늘국가5나 지구가 일만 배로 불어나는 것이 우주의 영역이라면 일어나는 일이다. 일어나지 않는 일이 아니다. 지구의 일백 억 인구가 일만 배로 불어나면 그 많은 인구가 살 수도 있다는 황당한 일이 일어나지 않나? 지상의 일만 배는 지하로도 일만 배를 늘릴 수 있을 것이다. 지상 오만 미터에서 지하 오만 미터까지 물이 떨어지면 얼마나 센 수력발전이 일어나나? 물을 많이 떨어뜨리지 못하고 적은 양을 떨어뜨리면 중간에 날아가 안개가 되고 마나? 어느 정도를 떨어뜨려야 십만 미터 아래의 터빈이 망가지지 않나? 인간이 인공으로 어떤 물체를 십만 미터의 높이에서 떨어뜨리는 일이 가능해지나? 수력발전이라기보다는 물폭탄발전이지 않나? 높은 산은 지구에서 일만 미터 이하에서 사람들과 서로의 느낌을 주고받고 있다. 높이 십만 미터의 산과 사람들은 마주하게 되고 그 느낌을 공유하게 될 것이다. 인간이 만든 십만 미터 높이의 산이 아태부3세의 친구들이 사는 곳이 아닐까? 일만 미터는 지구가 인간에게 준 것이다. 그 지구에 사는 인간이 십만 미터의 산을 만들어 가는 것이다. 십만 미터의 산이 인류에게 지구를 일만 개나 이만 개를 선사한다면 포기하기가 인류의 입장에서는 쉽지 않다. 지하단칸방에 사는 사람이 대감이 사는 집 일백 채를 공짜로 받게 된다면 거절할 이유가 뭐 있나? 궁핍한 노인들이 기초연금 20만원을 주면 받지 별 이유가 없다. 전혀 거절할 뭐가 없다. 기초연금을 10만원에서 일만 배로 늘려서 준다. 그러면 얼마인가? 다달이 십억 원씩이나 준다. 지구가 일만 배로 늘어날 때 일어날 수 있는 현상이다. 에어컨에서 피톤치드가 나오면 냉방병도 생기지도 않고 좋은 면도 있지만 환경이 달라져서 인류에게 해가 되는 문제도 동시에 풀어야 하는 큰 문제도 생긴다. 월 10만원에 맞추던 노인들이 월 십억 원이면 부작용도 일어날 것이다. 사람의 자존감이 대감보다 일백 배나 커지면 어떤 일이 벌어지나? 당해보지 않은 일이라 상상을 할 뿐이다. 식당의 주인에게 '사장님' 이라고 늘 존대하면 차차로 음식의 질이 더 나아진다고 한다. '대감님' 으로 불리면 어떤 식으로든 대감의 티가 나게 될지 모른다. 일백 배나 대감보다 나으면 엄청난 일이 일어나지 않나? 아량의 크기가 대감보다 일백 배나 커지면 세상이 많이 좋아지지 않을까? 지하단칸방에서 쪼들리던 사람들이 대감보다 더 호탕하게 사는 세상이 잘못된 세상인가? 그렇지가 않다. 지하단칸방을 채우는 자물쇠는 하나이고 열쇠도 하나이다. 보잘 것은 없으나 자물쇠도 열쇠도 있다. 그 자물쇠와 열쇠가 일만 개로 늘어나면 골치가 아프기도 할 것이다. 중요한 몇 개는 채우고 중요하지 않은 것은 채우기도 귀찮을 것이다. 자물쇠가 채워지지 않는 많은 99칸짜리 집은 무상으로 사용이 가능하게까지 될 정도도 될 것이다. 99칸짜리 집이 거저 주어지는 아무나 사용할 수 있는 오두막의 수준이 되지 않나? 공간이 좁아지는데 대한 인간의 적응방식도 존재하지만 공간이 넓어지는데 대한 적응방식도 동시에 존재할 것이다. 사람들이 수입이 줄어드는데 대한 적응방식처럼 수입이 늘어나는데 대한 적응방식이 있을 것이다. 오만 미터의 하늘 위의 공간이 단지 신발과 옷으로 지구 일만 개의 공간으로 이용이 가능하면 기존의 비행기는 무용지물에 가깝게 된다. 완벽한 우주선은 우주로 나가게 되지만 비행기는 과거의 소달구지나 수레같이 필요성이 매우 줄어들 것이다. 소달구지와 같이 퇴화된 물건인 비행기를 어떤 방식으로 재사용하나? 바다의 잠수함으로 개조하나? 비행기는 고래처럼 운명을 바꾸어야 한다. 육상의 포유동물인 고래가 바다 속으로 들어간 것처럼 비행기도 바다로 가야 한다. 오만 미터의 하늘에서 붕 뜬 채로 사는 사람들은 새로 변신되는 것이 아니냐? 포유동물이 조류의 성질을 가지게 되는 것이 되나? 비행기도 조류를 보고 흉내를 내다가 이루어낸 산물이다. 거센 파도 위에 정박해 있는 배는 움직이는 배보다 기술력이 더 뛰어난 선박이다. 한 자리에 흔들림이 거의 없이 떠 있는 배는 하늘에 떠 있는 새처럼 또 다른 바다의 영토를 넓혀주는 기술이고 영역이다. 여섯 개의 프로펠러를 각기 다른 방향으로 움직여 배가 그 자리에 머물도록 하는 방법은 바다에서 시추를 하기 위해서 개발한 방법이다. 하늘에서도 여섯 개의 프로펠러든지 수백 개의 프로펠러든지 떠 있도록 하면 신발이나 옷이 하는 초기의 방법이다. 헬리콥터가 하늘에 체공하는 방법이 그 첫 기준이다. 헬기가 하늘에서 한 자리에 머물면서 소리도 조용하고 악천후에도 그대로 그 자리에 떠 있을 수 있다면 가능성의 영역이 희미하게 보이는 것이다. 신발이나 옷이 손쉽게 기능하기 전까지는 헬기나 비행기가 하늘에 떠 있어야 한다. 수억 명이 동시에 하늘에 헬기나 비행기를 타고 그 자리에 머물러야 한다. 많은 헬기와 비행기가 초기에는 필요하다. 나중에는 잠수함으로 바꾸어야 되겠지만! 하늘에 떠 있을 헬기나 비행기가 각각의 개인이나 각각의 가족에게 제공될 정도가 되어야 가능한 일이다. 자전거나 자동차가 헬기나 비행기로 바뀌는 세상이 차차로 온다는 추정이 가능하다. 그 다음의 상황이 신발이나 옷이 그 기능을 할 것이다. 경제에는 기적이 없듯이 기술의 발전도 단계가 있고 기적은 드물다. 퀀텀 점프로 중간과정을 생략할 수 있다면 인류에게는 시간의 단축이라는 행운이 주어지는 것이다. 헬기나 비행기가 개인이나 가족에게 주어진다. 그 헬기와 비행기가 하늘에서 한 자리에 수십 년을 수백 년을 머물 수 있게 된다. 그런 모습이 온다. 여러 가지 기능을 모두 가진 것이 더 환영 받을 것이다. 헬기로 비행기로 잠수함으로 바다의 표면에 정박하는 배로 동시에 네 가지의 기능을 수시로 변형하면서 사용되는 것을 사람들은 더 좋아할 것이다. 새는 바람을 잘 아는 생물이다. 사람도 새보다 더 바람을 잘 아는 신세계로 진입한다. 바다의 파도를 너무나 잘 아는 물고기가 된다. 바다의 20미터 50미터 높이의 쓰나미에도 배가 뒤집히지 않고 제 자리를 지킬 수 있다면 바다를 정복하거나 잘 다룰 수 있는 놀라운 능력의 신인류이다. 공포와 경외감의 영역인 하늘과 망망대해가 주거공간으로까지 간다는 것이 누구나 경험되는 날이 다가오고 왔다고 할 것이다. 칠천 미터의 바다 수심과 그 다음부터의 해저의 지층의 일천 미터까지 팔천 미터의 깊이를 시추하는 사람들이다. 지상의 다이아몬드 광구도 매우 깊은 깊이까지 내려간다. 다이아몬드를 찾는 노력이 지하로 굴착을 하게하고 지진을 연구하기 위한 일이 해저의 깊은 곳까지 시추를 하게 만든다. 높이와 깊이와 바람과 태풍 모든 자연적 제약을 이겨보려고 안간힘을 사람들은 경주한다. 그러면 바다 위에 떠 있는 거대한 피라미드도 만들어 질 근거는 있고 하늘에 떠 있는 피라미드도 만들어진다. 태무덤도 마찬가지이다. 바다 위에 피라미드와 태무덤이 묻힐 산이 생긴다. 항공모함의 모습이 피라미드와 같은 모습으로 태무덤이 묻힐 산의 모습으로 변형이 일어난다. 헬기와 비행기의 모습도 피라미드와 태무덤의 형태로 겉모습이 바뀌는 것이다. 사는 형편이 좀 나은 사람들은 생전에 자신이 묻힐 묘를 만드는 가묘 풍습이 있다. 사는 형편이 너무 나은 왕들도 자신의 태어날 자식의 태무덤을 미리 만들지 않았지만 아태부3세와 친구들이 사는 세상은 피라미드를 미리 만들 수도 있고 자신의 태무덤과 언제 태어날지 모르지만 자식의 태무덤도 미리 만들어 볼 수 있다. 사천 년을 살면 삼천 구백 살에나 생각할 일이지만 열 살에 해보는 희한한 세상의 맛을 보자. 살아 있는 상태에서 관속에 들어가 보는 체험을 열 살에 하는 것은 너무 과한 일이긴 하다. 사천 년의 인생 후에나 끝에 자서전을 쓰는 것이 아니라 열 살에 쓰 보는 것이랄까? 자서전을 쓸 만큼의 인생이 대단한 사람이 많나? 열 살에 이미 쓰 보는 아태부3세와 친구들이 정말로 대단한 일을 일생 동안에 해낼까? 태무덤이나 피라미드나 자서전이 모두가 필요성이 거의 없는 일들로 여겨지지만 그렇지 않을 사람이 있기 마련인 것이 세상이다. 마음에 간절히 와 닿은 것을 추억이나 아름다움으로 간직하고픈 것이 사람의 기본적인 정서이다. 너무 이상하고 인간으로 추악한 면도 잊어버리지 않으려고 남기는 것이 사람이다. 열 살의 자서전에 쓰여 질 것이 무엇일까? 태무덤은 열 살이라도 부모님 덕택에 가능한 일이 될 수도 있으나 피라미드나 자서전은 열 살에 이루어지기가 매우 지난한 일이다. 열 살의 인생에서 다섯 살까지의 기억은 희미하고 후반부 오 년의 삶이 자서전에 어떻게 기록되나? 학교에서 열 살의 나이에 글쓰기 훈련으로 자신의 자서전을 쓰는 일을 해보면 해볼 수 있는 일이다. 오 년 정도의 겨우 기억되는 삶 중에서 자신의 사후 피라미드를 지어보는 체험과 태어날 때의 태를 묻는 태무덤까지 자서전을 쓸 만한 놀라운 일을 하는 과정이 무엇을 느끼게 했다고 생각을 해볼 수 있다. 대부분의 아이들이 놀이로 여겨 큰 부담을 지지 않아야 더 정상적인 일이라 볼 수 있다. 자서전을 쓴다는 것은 놀이라 할 만하다. 일기를 쓸 정도의 능력이 겨우 배양되어 있지 않겠나? 일기가 결국은 자신의 삶의 기록이다. 바다의 태풍에도 무너지지 않는 바다 위의 피라미드나 태무덤은 사람이 어떻게 태풍을 이겨 왔는지를 기록해 주는 자서전에 꼭 들어가야 할 내용이다. 태풍이 무섭지 않다는 이제껏 본 적이 없는 사람들이 지하국가5를 통해 접하는 지금이다. 항구에 들어오는 배의 돛이 멀리서나 가까이에서나 같은 모습으로 보이는 것이 아니라 바다가 둥글기 때문에 직선의 바다에서 보이는 것과 다르다는 점이 절벽에서 떨어질 바다가 아니라고 믿고 멀고 먼 바다로 나아가게 했다. 둥글기에 되돌아오지 않나? 생각한 것이다. 절벽이 바다 끝에 있다고 믿던 무서움이 달아나는 한 발 앞 선 선견지명이다. 태풍이 무섭지 않는, 신대륙이 발견되는 것과 같은 일이 벌어진다. 상상 속의 공간들이 새롭게 창조되어 사람들이 살기가 편해지는 나날이다. 가혹한 자연의 힘 앞에서 사람의 흔적을 어떻게든 오래 간직하고픈 노력이 무덤이다. 잊히고 마는 인간이기에 그 잊힘을 반대하여 할 수 있는 온갖 수단과 방법으로 맞서는 것이다. 인간이 인간을 기억해주지 못하는데 다른 동물이나 식물이 인간을 얼마나 기억해 줄까? 생태계의 사슬에서는 사람이 삼라만상 속에서 기능하는 부분이 있다. 사람의 똥이나 오줌이 식물의 거름이 되고 시신은 구더기가 좋아하고 미생물이 갈기갈기 흙덩이로 만들어 버린다. 맹수는 사람을 먹이로 여길 것이다. 그것이 서로가 사람을 삼라만상이 기억하는 관계이다. 사람과 사람이 기억하는 차원과 사뭇 다르다. 홍수 때에 강물에 둥둥 떠내려 오는 통나무를 보고 사람들은 카누나 배를 생각하게 됐다. 단지 나무를 배로 생각하다가 항공모함이나 유조선이 바다에 뜨는 것을 경험한다. 피라미드나 태무덤도 항공모함이나 유조선보다 더 무겁고 크더라도 바다에 뜰 것이다. 빙산은 90%가 바다 속에 있고 나머지 10%가 바다 위에 드러나 있다. 바닷물에 녹아버리니 부피를 영원히 유지할 수는 없다. 빙산처럼 90%가 바다 속에 있으면서 녹아내리지 않는다면 빙산처럼 큰 구조물이 바다에 떠 있을 수 있다. 빙산 대신에 나무의 성분으로 만든 목산(木山)으로 빙산 같이 크게 만들면 너무나 큰 피라미드나 태무덤이 바다 위에 있게 된다. 비닐 계통도 물에 뜬다. 미국 텍사스주 넓이만큼의 플라스틱 부유물이 바다에 떠 있다. 환경재앙이 아닐 수 없다. 바다에 떠 있는 섬으로써의 텍사스주 넓이라면 활용도는 대단할 수 있다. 통나무가 물에 뜨는 것은 자연현상으로 사람들이 접하다가 이용을 했지만 플라스틱 부유물이 물에 뜨는 것은 인간이 만들어낸 인공의 산물이다. 빙산이 바닷물에 뜨는 것은 자연현상이지만 부력의 원리를 알고 철선이나 항공모함을 바다에 띄우는 일은 인공의 산물이다. 중력이니 부력이니 물리적인 요소가 사람의 삶에 알게 모르게 깊이 연관되어 있다. 하루하루의 나날이나 일 년이나 천문적인 우주지식이 연관되어 있지 않은 것이 없다. 아태부3세의 친구들이 태무덤을 한 자리에 모아 짓게 되나? 각자의 고향에 짓게 되나? 피라미드도 어느 장소에 짓게 되나? 여자 아이들의 태무덤이나 피라미드를 더 크게 짓고 남자 아이들의 태무덤과 피라미드를 더 작게 짓나? 똑같은 크기로 짓나? 지구상의 많은 사람들이 각자 태무덤과 피라미드를 지으면 사람이 사는 세상에 무덤이 가장 많은 기상천외한 일이 벌어지나? 인류의 유적지 중에 많은 것들이 사라지지만 그래도 무덤은 꺼림칙한지 꽤 오래간다. 죽은 자의 무덤에 손을 대고 싶은 사람은 많지 않다. 전문도굴꾼이라면 금덩어리를 보고 미친 짓을 할 것이다. 무덤은 자자손손의 수직계열로 만들어가는 것이 대부분의 방식이다. 아태부3세의 친구들이라면 수직의 혈연관계의 묘가 아닌 수평관계의 친구지간의 묘가 미리 만들어지는 가묘방식이다. 장례문화나 묘지문화가 수직의 개념이 아니라 수평의 개념도 도입될 수 있다. 만약에 실험적으로 여자를 더 우위에 두는 방식으로 장례를 치르고 묘지를 만들면 모계사회로 회귀하나? 과거에는 보기가 힘들었던 일인 남편이 아내에게 매를 맞는 일이 벌어지는 21세기 초이다. 기초적으로 남편이 잘못한 전제 위에 일어나는 일이지만 격세지감의 일이다. 푸른 별이 아태부3세의 친구들 중에 월등히 나은 능력을 보여준다. 결국에는 자서전에 약간 다르게 기록되는 일이 실제화 될 것이다. 위인전은 너무나 황당한 일들을 미화한 것인지 사실인지 믿기 힘든 부분이 많지만 자서전은 자신이 부풀릴 수도 있지만 얼토당토않게 과장될 일은 아니다. 위인전이나 푸른 별처럼 특이하게 재주가 없는 대부분의 아이들이 자서전을 쓸 이유가 있기는 하나? 아무 것도 쓸 것이 없는 인생인 사람들이 열 살의 어린 나이에 자서전을 써보다가 어른이 되어 달라진 인생의 찬란함을 선사하자는 것인가? 미리 써 본 자서전 덕분에 정말로 위인이 되는 것이 아닐까? 열 살의 나이에 단단히 자기최면을 걸어 사천 년을 초지일관하거나 긍정적인 삶으로 유도하는 것이 나쁘지는 않다. 태무덤은 자신이 공주나 왕자라는 것을 느낌으로 인해 평생을 자존감으로 살아갈 수 있는 큰 장점이 있다. 식당의 주인이 '사장님' 이라는 손님의 말에 결국에는 '사장님' 으로 반응이 일어나는 것처럼 열 살에 써보는 자서전은 그런 긍정적이고 꿈의 삶을 실제로 이어가게 하는 연결고리로 작용할 것이다. 이등병이라 불리면 이등병의 행동양식이 나오고 분대장이라고 불리면 분대장의 역할모형이 나오게 된다. 태무덤으로 인해 모든 어린이들이 왕자나 공주나 황태자나 황제의 딸이 되면 나이가 들어 실제로는 그런 고귀한 신분이 아닌 현실과 적응의 나날을 또 보내야 하지 않을까? 족보에는 상당히 성공한 직업이나 관리 등등 족보에 기록될 만한 아주 좋은 기록만 후대까지 보여주고 별 것이 아닌 인생이나 잘못된 인생의 기록은 아예 적지를 않는다. 후손들은 좋은 것만 보고 좋게 살아가게 만든다. 어린 시절의 태무덤이 그런 어린 시절의 체험으로 인해 평생을 뼈대 있는 집안의 후손이라는 족보의 자존심처럼 긍정적으로 기능하기를 바라고 그런 점을 노리는 것이 이처럼 중얼거리고 띄워보는 이유일 것이다. '남이 장군' 의 시 한 수가 대단한 용기를 주고 '광개토왕비' 가 엄청난 자긍심을 가지게 하여 정말로 광개토대왕처럼 십대나 '남이 장군' 의 이십대처럼 살아보고픈 마음을 일깨워주는 것이다. '남이 장군' 의 시 한 수나, 광개토대왕의 '광개토대왕비' 같이 각자의 어린이들이 자기의 태무덤으로 인해 그런 힘을 갖기를 바라는 것이다. 피라미드가 각각의 어린이들에게 '파라오' 의 무엇을 느끼게 해준다면 좋은 것인지 아닌지, 좋은 것이지 않을까? 그런데 현실의 마지막은 고독사가 사람의 마지막에 찾아오고 일인가구로 나날을 이어간다는 것이 아니냐? 한국전쟁으로 인해 군대의 중요성이 커지고 국군의 미래가 관심의 대상이었던 시절에 이승만 전 대통령은 육군사관학교의 졸업식에 꼭 참석하고 서울대학교의 졸업식에는 참석을 하지 않았다. 많은 시간이 흐른 뒤 약간의 차이는 있게 되었나? 그러자 김대중 전 대통령은 방송통신대학교의 졸업식에 참석하는 방향으로 변화가 일어났다. 방통대에서 큰 인물이 나오게 되나? 태무덤은 이씨 조선의 산물이고 세종대왕의 자식들의 태무덤이 가장 많고 그럴듯하다. 세종과 한글, 세종과 자식들의 태무덤이 보여주는 것은 이조 5백 년, 6백 년에서 가장 찬란하다는 것이 드러난다. 연관성이 정확하게 맞지는 않을지라도 세종의 일이 아태부3세의 친구들에게도 영향력이 전달된다면 인류를 밝게 해 줄 수 있는 한글 같은 것까지도 만들어지는 놀라운 미래의 세상을 꿈꾸어보는 것이다. 태무덤, 이씨 왕조의 왕자와 공주들, 세종대왕, 가장 좋은 일, 등등이 나타나는 것이다. 정성을 들여 아기의 돌잔치를 치르듯이 태무덤이 그 정도의 노력과 돈으로 해결이 나면 부담이 그래도 적지만 돌잔치보다 엄청나게 부담된다면 진짜 부담이다. 세종대왕이 되고 싶지만 쉽지 않은 점에서도 그렇지만 이조 시대의 가장 좋은 때를 재현내지 확대재생산하려는 일이 간단치는 않다. 지하국가5는 아태부3세와 친구들을 통해 새로운 시대에 적합하게 개선하여 모든 사람들이 그런 마음의 힘을 지니게 되어 참 좋은 무엇이 되었으면 하는 것이다. 한 살이 되면 아기는 돌잔치를 통해 축복을 받는다. 기억에는 없지만 돌사진을 통해, 동영상을 통해 알게 된다. 기억에는 없지만 백일 사진을 통해 알게 된다. 아기의 백일, 돌을 의식하는 부모들이고 사람들의 세상이다. 거기에 태무덤은 세종대왕으로 올라가는 놀라운 격상이다. 세종으로 가보자. 세종대왕으로 가보자. 한글로 가보자. 찬란한 곳으로 가보자. 그것이 아니냐? 세종이 자신의 자식들에게 태무덤을 선사하는 대단한 아버지이지만 백성을 생각한 더 큰 아버지이기도 하다. 한문이 어려워 뜻을 전달하지 못하는 사람들에게 한글을 만들어 선사한 것은 아버지가 자식에게 태무덤을 준 것이나 진배없는 것이다. 아니, 더 큰 사랑이기도 하다. 한문은 정말로 어렵다. 재주가 특이한 양반이나 할 수 있을 정도로 쉽지가 않다. 한글은 편리하고 너무나 쉽고 실용적이다. 도시빈민의 지하단칸방을 99칸의 대감의 대저택으로 바꿔준거나 마찬가지이다. 링컨의 노예해방처럼 값진 일이다. 한문은 글자마다 획수가 다르고 아예, 외워야 한다. 공부를 매우 많이 해야 한다. 머리를 발달시키는 것이 맞는지 한글이 더 지식습득이 쉽기는 하다. 한문은 공부하기에 많은 시간과 노력을 요구한다. 한글은 적은 시간과 적은 노력으로 가능하다. 한글의 장점이 많다. 세종과 동시대의 사람들이 해낸 일이다. 왜 그 시기에 태무덤이 가장 발달하였나? 생명을 매우 소중히 하였다는 간접증거이기도 하다. 실질적인 사형폐지국이 되는 것과 비슷한가? 국제사면위원회가 한국을 사형폐지국과 다르지 않다고 한다. 세종 시대의 태무덤의 개념이, 한글을 만들어낸 개념이, 후대에 꽃피는 증거인가? 태무덤은 좋은 점들이 많이 발견되는데 피라미드에는 어떤 긍정적인 면들이 숨어있나? 이집트의 문화를 전파하는 사람이 아닌지 알기가 쉽지 않다. '파라오'는 태양의 아들이다. '파라오'는 달의 딸이 아니다. '천자(天子)'는 하늘의 아들이다. '천자(天子)'는 땅의 딸이 아니다. 푸른 별처럼 여자 아이가 뛰어나면 '파라오'는 태양의 딸이거나 '천자(天子)'는 하늘의 딸이라고 바뀌어야 한다. '천자(天子)'가 아니라 '천녀(天女)'는 하늘의 딸이라고 해야 하나? 고정된 사람의 인식을 바꾸기에는 많은 힘이 든다. 남녀나 동물의 암수 생김새나 행동 유형이나 생식기의 구조나 모든 것이 수컷이 공격적이거나 앞장서는 모습으로 보인다. 그러니 그런 점을 그대로 여러 곳에 나타나게 하는 것이 맞는 일인지도 모를 일이다. 남자의 생식기는 성이 나면 부풀려져 여자의 생식기로 공격을 하는 듯하다. 남자는 달려들고 여자는 받아들이는 듯하다. 대부분의 동물도 그렇게 보인다. 태무덤은 음양에서 양의 문화인가? 음의 문화인가? 피라미드는 음양 중에 어디에 속하나? 열 살의 나이에 아이들이 무덤을 통해 음습한 죽음의 냄새가 아니라 밝은 무엇을 얻고자 함인데 피라미드에서 무슨 밝음이 나오나? 태양의 밝음이 나오나? 사막의 햇볕에서 밝음이 나오나? 태무덤에서는 밝은 면을 많이 찾아냈다. 피라미드는 매우 안정적이고 견고한 건축물이다. 시멘트 건물이 일백 년이나 이백 년을 가는데 비해 긴 시간을 지탱해오고 있다. 무생물인 돌이 생명이 없는데도 생명력이 길다. 태양은 생명력이 무한대에 가깝다. 태양의 아들인 '파라오'도 생명력이 무한대에 가까워야 하지만 그렇지 못하다. 진정한 태양의 아들은 아니고 희망으로 아들이 되고 싶다는 표현이다. 태양과 달은 얼마나 긴 시간 동안 존재하나? 사람들은 태양과 달이 매일 밤낮으로 사람 곁에 있음을 안다. '저 달보고 물어본다. 님 계신 곳을……' '저 별보고 물어본다' 무엇을 물어보나? 태양의 아들이고 하늘의 아들이고 모두 어머니가 낳은 사람의 아들이다. 사람에게 태양과 하늘은 위대해 보이는 것인가 보다. 달과 땅은 위대해 보이지 않는가? 역사이래로 역사이전 시대에까지도 지금까지 상징성의 힘으로 말미암아 태양과 하늘이 달과 땅보다 우위에 있는 듯한 느낌이 있다. 사람이 단단히 착각하고 있는 맹점이 아닐까? 너무나 긴 세월 동안 그래왔기에 그렇다고 믿어버리는 것이 사람이다. 사람들은 가족 곁을 잘 떠나지 못하고 주위를 뱅뱅도는 중력장에 갇힌 것 같은 삶을 산다. 고향이라는 조국이라는 중력장을 벗어나기가 무척 어렵다. 일인가구는 가족이라는 중력장을 벗어난 일이다. 이혼이나 비결혼은 가족이라는 중력장을 벗어나고 있다. 고독사는 인간이 이루는 세상이 중력장을 벗어나는 신호가 아닌가? 중력을 벗어나는 것은 반중력인가? 행성이 궤도를 벗어나면 파괴되고 만다. 21세기 초의 사람들이 궤도를 벗어나고 있나? 일백 년을 사는 인간이 이백 년을 살면 궤도를 벗어난 일이 되나? 의학이나 건강의 영역은 끊임없이 인간이 궤도를 벗어나 이백 년을 살기를 원한다. 99칸이나 태무덤이나 피라미드를 통해 사람들이 끊임없이 궤도를 벗어나 살기를 원한다. 99칸이나 태무덤이나 피라미드의 세계를 경험한 사람이 되는 그런 삶의 궤도를 자꾸만 원한다. 어쩌면 당연한 일이다. 중력장이나 중력을 벗어나 보려고 한다. 마당쇠나 돌쇠의 자리를 벗어나려고 한다.

예쁜 꽃은 태무덤에 일 년 365일 동안 매일 다른 꽃이 피어나게 설계를 한다면 일 년의 기간 동안에 365가지의 꽃의 향연이 이루어진다. 십 년 동안의 세월을 다른 꽃이 피게 만든다면 더 놀라운 일이다. 3,650가지의 꽃이 피는 태무덤은 꽃동산 중에서도 최고로 화려한 꽃동산이 아닌가? 무덤이 아니라 꽃의 천국이 열리는 일이다. 꽃의 향기가 3,650가기까지 존재하는지도 궁금한 일이다. 더 넓은 화원에서 매일 꽃을 가져와 바꿔주어야 가능하다. 꽃을 실어 나르는 모노레일로 매일 다른 꽃이 실려와 자동으로 꽃동산의 태무덤에 배열이 되는 시스템이 작동하는 나날이다. 꽃동산의 주위에 있는 3,650개의 태무덤은 매일 바뀌는 꽃으로 인해 꽃동산의 태무덤과 동일한 효과를 누릴 수 있다. 열흘마다 바뀌게 설계하면 36,500개의 태무덤이 비슷해 보이는 효과를 누릴 수 있다. 무덤이 무덤으로써의 기능보다는 꽃의 나라로 변신이 된다. 푸른 별의 태무덤은 또 어떻게 꾸미나? 그렇다. 365가지의 별빛이 빛나게 만드는 것이다. 3,650가지의 별빛으로 수를 놓아 밤마다 3,650가지의 빛의 향연이 일어난 세상을 우리는 보게 된다. 하늘에 폭죽놀이를 하는데 3,650가지를 사용하면 너무 휘황찬란하여 어지럽게 되나? 폭죽놀이는 사람들을 매우 즐겁게 만들고 행복호르몬이 많이 나오게 하는 일이다. 푸른 별의 태무덤이 폭죽의 소리는 들리지 않아도 3,650가지의 별빛과 기하학적인 무늬로 사람들을 매료시키면 태무덤의 효과가 대단한 것이 된다. 무덤이 아니라 매일 밤마다 축제의 연속이고 십 년 내내 축제가 아닌가? 낮에는 십 년 내내 꽃의 아름다움에 취하고 밤에는 별빛의 축제가 된다. 사천 년을 연속하여 할 수 있는 일이다. 외로운 섬은 무슨 태무덤을 만드나? 전 세계의 바다 경치 중에 멋있는 365가지나 3,650가지를 매일매일 외로운 섬의 태무덤에 나타나게 설계하면 바다의 모습에 흠뻑 취할 수 있다. 높은 산의 태무덤은 산의 경치로, 깊은 샘의 태무덤은 아름다운 호수의 모습으로 치장할 수 있다. 꽃, 별빛, 바다, 산, 호수가 사람들을 살기 좋게 만들어 줄 것이다. 꽃과 별빛은 금방 이해가 가지만 바다나 산이나 호수를 매일매일 바꾸는 방법은 어떤 아이디어로 해결을 해야 하나? 공부를 해야 할 일이기도 하다. 움직이는 항공모함 크기의 바다, 산, 호수를 365개나 3,650개를 인공으로 만들어 매일매일 순환을 시킨단 말인가? 아태부3세의 친구들의 태무덤을 만들다가 덤으로 엄청나게 많은 태무덤을 만드는 결과가 도출되고 많은 일반인도 태무덤을 만드는 세상을 우리는 만나게 된다. 꽃, 별빛, 바다, 산, 호수가 사람의 심성을 너무 좋게 만들면 잠재적인 폭력성이 줄어드는 사람으로 바뀌나? 주위의 환경이 사람을 변화시키는 일이 일어날 것이다. 마음의 꽃이, 마음의 바다가, 마음의 별빛이 빛나면 마음의 산도 높아지고, 마음의 호수도 깊어지고 인간의 품격은 올라간다. 태무덤이 인간의 존엄을 올려놓았는데 더 올라간 존엄은 인간이 더욱 멋지게 되는 일이다. 태무덤의 디자인이 더 좋아질수록 피라미드의 디자인도 덩달아 달라지나? 99칸의 대저택도 개인마다 일백 개를 모두 같이 지을 필요는 없고 전 세계의 건축을 보고 일백여 가지로 다르게 지어 소유하는 것이 더 많아질 것이다. 피라미드의 모습은 어떤 것으로 변신이 되나? 궁금한 사항이다. 피라미드의 형태도 일백여 가지를 만드나? 우주에 별은 너무나 많다. 지구에 사람도 너무나 많다. 각기 다른 형태를 원하면 다르게 만들면 된다. 태무덤이나 피라미드나 99칸이나 수십 억 가지로 만들어 사람들은 그 멋진 모습을 볼 수 있는 권리가 있다. 하늘의 기운과 땅의 기운과 인간의 기운을 너무 많이 완벽하게 받은 사람들은 그 세 가지의 기운으로 인해 사람이 아니라 도인으로 가게 되나? 도인(道人)의 기(氣)나 신인(神人)의 기(氣)는 존재하지 않는다고 부정할 수 없다. 기(氣)를 축적한 사람들은 아무래도 더 행복한 삶을 살아갈 기초적인 실력을 얻은 것이다. 태무덤은 왕의 기운을 암시하는 대목이기도 하다. 모든 사람이 왕의 태무덤의 기운과 파라오의 피라미드의 기운과 대감보다 일백 배나 많은 기운을 받았다고 가정을 하면 발걸음이 너무 힘차 걷는 걸음이 비행기보다 빠를 것인가? 높이 십만 미터에서 추락을 하지만 고무풍선처럼 작용하는 옷이 에어백의 역할을 하여 죽지 않는다면 그런 일이 마음의 영역에도 작용하여 기가 너무 센 사람들이 기가 떨어져도 마음의 상심을 잘 견뎌내는 면역이 저절로 자라나 있는 것일까? 청춘남녀의 기는 세다. 사랑의 기운인지 생물적인 기운인지 세다. 여름을 오행(五行)에서 화왕지절(火旺之節)이라고 하며 화기가 센 계절이다. 여름은 덥다. 여름은 땀이 많이 난다. 비도 많이 온다. 여름의 특징이 있다. 아태부3세의 친구들도 특징이 있다. 아태부3세의 친구들의 영향으로 많은 사람들도 그들의 특징이 만들어질 것이다. 여름의 기후에 사는 사람들은 눈을 몹시 그리워한다. 평생에 눈을 한 번 보고 스키도 타보고 싶어 한다. 음양이 조화되는 것인지 반대의 것을 좋아한다. 순록이 사는 툰드라기후에 사는 사람은 열대에 가보고 싶지만 쉬운 일이 아니다. 추위와 더위에 사람들은 지구상에서도 노출되어 있고 적응되어 있고 각각의 기운을 받고 있고 동시에 다른 기운을 얻거나 방어할 기초적인 능력이 있다. 엄동설한(嚴冬雪寒)에도 쉽게 죽지 않은 것이 사람들이다. 그렇지만 전쟁 통에 길가에 버려지는 아이들은 엄동설한에 살아남을 수 있나? 청나라가 조선에서 승리하여 청으로 돌아갈 때 그들이 끌고 간 조선여인들의 어린 자식들은 길가에 버려졌다. 예쁜 처녀나 처녀가 아닌 여자라도 겁탈을 하고 데려가면서 조선여인의 어린 자식들을 엄동설한의 길가에 버린 것이 청의 군사들이다. 나중에 조선여인들이 고국으로 돌아오게 되니 그들이 환향녀(還鄕女)이다. 화냥년으로 세월이 지나 말이 바뀐다. 그녀들이 걸었던 길은 태무덤이 아니라 산 자식이 죽어가는 길이었다. 화락천(化樂天)은 불교에서, 욕계 육천(欲界六天) 가운데 다섯째 하늘로, 도솔천의 위에 있는데, 자기가 원하는 바가 이루어져 즐거움으로 변하며, 인간 세계의 8백 년을 하루로 삼아 8천 년을 산다고 한다. 그녀들이 걸었던 길은 화락천(化樂天)이 아니라 화고천(化苦天)이다. 자기가 원하는 바가 망가져 괴로움으로 변하며, 인간 세계의 8백 년을 하루로 삼아 8천 년을 괴롭게 산 여인들이다. 그녀들의 자식이 엄동설한에 길가에 버려져 얼어 죽었으니 태무덤을 다시 만들어주면 그 고통이 없어지나? 만주의 겨울날은 무지무지하게 춥다. 행려병자가 죽으면 즉시 치우지 않으면 길가에 얼어붙어 돌덩이같이 되어 문제가 생긴다. 죽은 행려병자는 시신이 얼어붙기 전에 즉시 치워 개의 먹이로 던져진다. 겨울날 사람의 시신으로 배를 채워 키운 개를 여름날 복날에 보신탕으로 잡아먹는 것이 사람들이 아니냐? 화왕지절과 엄동설한에 사람과 개는 돌아가면서 먹이로 서로가 작용한다. 끔찍한 생존의 연결고리들이다. 행려병자는 얼어붙기 전에 개의 먹이가 되어야 한다. 피라미드가 아니다. 고독사한 시신을 구더기가 파먹는 것이나 시신을 치운다고 개에게 던지는 것이나 값어치가 너무 없어지는 사람이다. 청나라 군사들이 청에 돌아와 보니 겁탈한 조선여인의 자식들은 길에서 얼어 죽고 청에 있던 본처와 같이 조선여인이 사는 일이 정상적으로 이루어지기는 불가능이다. 조선여인들은 노예로 살다가 자유를 찾아 조선으로 돌아온 것이 아니냐? 멀고도 힘한 길이다. 돌아온 고향서 두 번 배신을 당해야 했다. 종군위안부보다 더 기구하다. 아니, 종군위안부가 더 기구하다. 환향녀나 종군위안부의 태무덤은 너무 우울하다. 아태부3세나 친구들이나 세종대왕의 자식들의 태무덤과는 너무 큰 틈이 벌어진다. 탈북자들이 목숨을 걸고 고국을 떠나듯이 환향녀들도 목숨을 걸고 청국을 탈출했을 것이다. 그 결과는 너무나 차가운 고국의 반응이 그녀들을 절망으로 몰아갔을 것이다. 화락천(化樂天)이 아니라 화고천(化苦天)이 시작되는 일이다. 결혼을 했지만 자식이 생기지 않는 부부도 고통이 크다. 이들도 자식의 태무덤을 간절히 원하지만 만들 수 없는 처지이다. 결혼을 하지 않아 아기가 생기지도 않아 태무덤을 만들지 못하는 여성도 남성도 고통이 적은 것은 아니다. 아태부3세의 친구들처럼 어린 시절에 이미 만들어 버리면 그런 고통이 없어지나? 이미 만들었다고 하나 실제로 자식이 생기지 않아 태무덤을 만든 것이 이치에 맞지 않으면 그것도 황당하고 겸연쩍은 일이고 마음이 편치 않을 것이다. 의학기술이 너무 발달하면 불임부부의 문제도 해결되고 결혼하지 않아도 시험관아기도 가능하고 방법은 많다. 자식을 원치 않는 사람도 있지만 매우 적은 수의 사람들일 것이다. 즐겁고자 한 일이지만 즐겁지 않은 사람도 발견이 된다. 승려들이나 종교가들이 인위적으로 정신력으로 즐거운 인생을 살려고 노력하지만 인간의 입장에선 부족한 부분이 많아 보인다는 점이 인간자체의 약점이기도 하다. 상황이 불리하고 여건이 충족되지 않은 경우에는 제한적인 범위에서 삶의 즐거움을 만족해야 하는 현실이 사람마다 주어지거나 주어지지 않은 특이한 경우의 사람도 있을 것이다. 극도의 기쁨이 아니라 극도의 괴로움도 지고 가는 사람이다. 벽돌이나 모래나 시멘트의 무게가 어깨에 짓눌리는 막노동에서 한 계단 또 한 계단 올라서는 것이 고통이지만 그 고통이 덜해지는 숙련의 시간도 있을 것이고 한 계단 한 계단이 희망으로 바뀌는 즐거움도 있을 것이다. 흘리는 땀방울이 몸을 건강하게도 하지만 무리한 노동이 사람을 힘들게도 한다. 노동을 제공할 수 있는 육신이 정상적으로 기능하는 것도 그렇지 못한 사람보다는 행복한 삶이다. 물러설 곳이 없는 벼랑에서 떨어지지 않는 것은 대단한 사람의 인내심이다. 탄광의 막장이나 삶의 벼랑 끝이라도 생존은 꼭 필요하다. 스스로 묻힐 무덤을 파는 동물은 사람뿐일까? 죽으면 시신을 묻는 행위를 사람만이 하는 것일까? 사람은 죽으면 시신이 자신의 손이 아닌 가장 가까운 사람들의 손에 의해 묻히는 것이 일반적인 경우이다. 완전히 타인이 묻어주거나 거두어주는 것은 고독사나 사고사일 것이다. 사람은 죽는 순간까지 완전히 타인이 되기가 쉽지 않지만 그런 경우의 일이 일어나는 지금이다. 태어나는 순간엔 완전한 타인이 될 수가 없다. 태어나자마자 모자(母子)의 관계가 끊어지면 완전한 타인이 개입되는 일이 일어난다. 태무덤의 태는 인간관계의 단절이 있을 수 없음을 증명하고 있다. 그러나 부모나 자식이 죽는 것은 세상에서 관계가 자연적으로 끊어지는 자연현상이다. 막을 수 없는 자연현상이다. 환향녀의 어린 자식이 엄동설한에 길에 버려지는 것은 자연현상으로 자식과 부모가 저 세상으로 가는 필연적인 일이지만 너무나 인위적인 놀라움이 섞여 있단 점이다. 전쟁은 태무덤을 부정한다. 태무덤은 전쟁을 부정한다. 삼복더위의 여름 날씨나 한겨울의 강추위에도 일을 하는 것이 대부분의 사람들이지만 일의 능률은 직업에 따라 다를 것이다. 태무덤으로 전쟁을 막는 특이한 방법이 있나? 피라미드로 전쟁을 막는 특이한 방법이 있나? 99칸 대저택으로 전쟁을 막는 방법이 있나? 인간의 비인간적인 모습을 보게 되는 전쟁이 사람을 우울하게 하고 그 부분을 무시할 수 없는 나날이 국가의 속성이다. 젊은 청년이 모병이나 징집으로 군인이 된다. 젊은 처녀도 지원하기도 한다. 태무덤 속의 나의 태를 지키기 위한 것일까? 나를 돌보지 않으면 돌보아줄 사람이 있기도 하겠지만 나를 죽는 날까지 돌보지 않을 수가 없다. '우리' 라고 많이 하는 한국인이나 '나' 를 먼저 내세우는 서양인이나 가장 밑바닥의 문제는 자기자신일 것이다. 나의 태무덤과 나의 피라미드와 나의 99칸을 지키겠다. 쉬운 일이 아니다. 왜 환향녀와 종군위안부가 생기나? 자기자신의 한 육신도 지키지 못했기 때문이다. 왜 고독사가 생기나? 환향녀나 종군위안부나 고독사나 당사자는 억울하고 참담하기 그지 없는 일이다. 실업자는 그저 참담하다. 전쟁터에 내몰린 군인들도 참담하기는 마찬가지이다. 살아돌아갈 날만을 손꼽아 기다린다. 이차대전에서 베를린이 점령될 당시에 나이 많은 독일군은 모두 도망가고 없고 어린 유겐트 대원만이 남아서 끝까지 항전했다. 망할 것은 아는 노련한 군인들은 도망가고 세뇌당해 망할 것을 모르는 어린 병사만이 싸운 것이다. 십대의 신병들이 연합군을 맞이한 것이다. 환향녀나 종군위안부나 고독사의 당사자처럼 십대의 어린 병사가 내몰린 것이다. 인구의 십분의 일을 군인으로 만든 독일 병영국가는 결과적으로 망하고 말았다. 병력을 지탱할 수 있는 최대치가 인구의 십분의 일인 병영국가이지만 가장 낭비적인 국가가 아닐 수 없다. 아홉 명이 한 명의 군인을 지탱시키기 위해 존재하는 무리한 구조이다. 노인이나 어린이나 부녀자나 장애인이나 학생을 빼면 도대체 몇 명이 한 명의 군인을 지탱하나? 과도한 군비지출로 스스로 망할 방식이 아닌가? 그러면 유태인 육백 만 명을 학살하지 말고 독일군인에 편입을 했더라면 상황이 달라졌을까? 미군조차 이차대전까지 흑백 군인을 한 소대에 같이 섞지 않았으니 쉬운 일은 아니다. 미군은 한국전쟁에서 비로소 한 소대에 흑백 군인을 같이 섞어 전쟁을 치른다. 오바마는 튀기 대통령이다. 부인인 미셀 오바마는 100% 흑인이다. 변화를 수용하는 폭이 대단히 민감하고 빠른 미국이다. 링컨의 선견지명이 이제야 빛을 발하는 시점이기도 하다. 링컨이나 링컨의 가장 수혜자처럼 보이는 오바마이지만 오바마는 노예의 후손이 아니라 아프리카에서 제발로 미국에 온 후손이다. 두 사람은 피라미드는 아니라도 죽은 후의 대접은 일반인과는 많이 다르다. 아태부3세는 친구들처럼 멋진 태무덤을 만드나? 아니면 아무런 꾸밈도 없는 태무덤을 만드나? 후자를 택하기로 한다. 어찌 보면 친구들 것보단 가장 초라해 보인다. 결혼하지 못해 태무덤을 만들지 못한 남녀들의 인위적인 태무덤이나 결혼했지만 자식이 생기지 않아 태무덤을 만들지 못한 사람이나 환향녀나 종군위안부나 특이한 경우로 인해 태무덤을 만들지 못한 사람들을 위한 태무덤도 아무런 꾸밈이 없는 태무덤으로 만들기로 한다. 화려하지 못한 일생을 일부러 화려하게 마지막을 장식하고픈 마음이 없는 것도 이유이다. 조선의 궁궐에 청기와를 얹으려고 하는 왕의 염원이지만 신하들의 반대로 얹지 못하는 것이 조선의 왕이지만 그래도 조선은 오래갔다. 왕이 끝끝내 비싼 청기와를 고집하고 신하를 핍박하고 국가재정을 파탄냈다면 조선은 그렇게 오래 지탱하지 못했을 것이다. 아태부3세의 태무덤이 화려해도 망할 지하국가5는 아니지만 일반인과 다르게 하는 또 다른 차별성을 부여한다는 것일까? 우리는 지켜본다. 화려한 태무덤들은 태무덤인지 구별이 잘 안 되지만 꾸미지 않은 태무덤은 당연히 태무덤임을 금방 알아차릴 수 있다. 사람들의 눈에 더 잘 띈다. 너무나 많은 태무덤이 사람들 곁에 있으니 깊은 산골에 눈에 띄지 않게 드러나지 않는 것도 아니고 교통이 너무 발달해 찾기 어려운 태무덤도 없는 현상이 벌어진다. 피라미드도 유사한 일이 일어난다. 그러면 여성들이 살면서 낙태시킨 생명들의 태무덤은 화려해야 하나? 화려하지 않아야 하나? 밝히고 싶지 않은 일을 태무덤으로 꼭 밝혀야 하나? 여성 개인의 자유의사에 맡기나? 여성 개인이 하지 않아도 국가나 자선단체가 무료로 해 주나? 갈수록 태무덤이 복잡해진다. 사람의 인정으로는 만들어주어야 할 것 같다. 그러나 너무 개인의 비밀을 캐내는 듯한 불편함도 있다. 원치 않는 임신으로 여성이 고통을 받는 것도 고려해야 하는 부분이기에 해답을 내놓기가 더 어렵다. 아태부3세의 친구들은 열 살에 너무 많이 알게 되면 인생이 기쁨보단 씁쓸하다고 여기면 역효과가 단단히 나는 꼴이다. 낳을 계획이 없었는데 너를 낳았다든가, 피임이 잘못되어 낳았다든가, 밝히기 꺼려하는 이유로 낳았다는 것이 태어나서 꽃이 피려는 어린 아이에게는 득이 없는 말들이다. 그렇지만 엄마의 입으로 세월이 흐르면 흘러나오는 것이 인생이다. 이차대전에 패한 독일은 소련군에게 겁탈 당하여 낳은 아이가 어마어마하고 그 통계치가 추정으로 나오기도 하지만 전후 독일여성들이 말하길 꺼려하는 부분이다. 독일의 예는 자업자득의 꼴이기도 하다. 소련군 포로를, 유태인을, 집시를 학살한 자업자득의 예다. 20세기나 21세기의 강력한 국가라는 인위적인 제도가 있어도 국적이 모호한, 국적이 없는 집시는 존재한다. 국가를 거부하는 소수의 존재들이 있다. 재일동포들도 차별이 심해도 버텨가지만 자꾸 일본 속에 동화되어 가고 만다. 집시로까지 길고 긴 세월을 버텨가기란 쉽지 않다. 유럽은 집시가 존재하나 아시아권에도 쿠르드족이나 찾아보면 나타나기도 한다. 동남아의 화교도 그런 측면이 있다. 섞어도 섞어도 섞이지 않는 유태인·집시·쿠르드·화교·재일동포 등이 있다. 소련군이 뿌린 씨앗으로 독일인으로 태어난 아이들이 독일사람이지 소련인은 아니다. 어머니가 굳이 밝히려 하지 않을 것이다. 인종학적으로 너무 다르면 외모로 금방 표시가 나지만 전혀 표시가 나지도 않을 테니까, 굳이 드러내 말하겠나? 임진왜란이나, 몽골의 침입이나, 호란의 경우에도 외모로는 특이하게 달라보이지 않을 것이다. 한국전쟁에서는 백인병사나 흑인병사를 통한 제2세는 외모로 금방 알게 된다. 전후 독일에서 피임약이 있었다면 원치 않는 출산을 막아 출생률이 많이 떨어졌을 것이다. 현재의 한국은 아이를 낳지 않아 골머리가 아프다. 피임약이 나중에는 독이 될 지경이다. 인구가 줄어드는 일에 일조를 하면 인간의 짧은 지혜가 도리어 큰 불행을 만들어낸다. 축복받지 않는 출산도 태무덤을 만들어주어야 하는 역설적인 고민이 있는 태무덤이기도 하다. 태무덤은 선입견을 가지지 않아야 된다. 임신한 여성이면 누구에게나 제공되어야 하지만 임신한 여성의 속사정을 헤아릴 수 없는 처지에서 어떤 방식을 취해야 하나? 일단, 모든 여성이 가임기가 되든, 가임기가 되지 않든, 원칙적으로 이유 불문하고 태무덤을 제공하나? 열 살 이전에 죽어버린 여자아이에게도 태무덤이 제공되어야 하나? 당연히 자신이 태어난 태무덤은 부모가 만들어주었으니 있는 것이지만 자신이 아이를 낳지 않고 열 살 이전에 죽었으니 자식의 태무덤은 원칙적으로 없지만 태어나지 않은 아이에 대한 태무덤도 만들어야 하나? 만들지 않는 것이 맞아 보이는데 그래도 만들어주나? 태어난 사람에게는 누구나 피라미드가 생기는 것은 맞다. 죽기 때문이다. 그러면 낙태한 생명에 대해서도 피라미드를 만들어주나? 만들어주어야 맞는 것인가? 사람이 거주하는 집보다도 피라미드가 많아도 큰 문제가 되지 않나? 인간이 정말로 유아사망율이라는 말이 없는 지구를 만들어낼 수 있나? 포유동물인 사람으로서는 태무덤이 없어질 수 없는 요소이다. 동물의 태무덤까지 만들어주면 동물이 사람처럼 대접받는 일이 되나? 식량으로 공급되는 가축의 태무덤이 무슨 의미가 있나? 돼지나 초식동물 중에는 아예, 자신의 태반을 어미가 먹어버린다. 자신의 몸속에서 나온 살덩이를 먹어 새끼의 젖으로 바꾼다. 자연에서 일어나는 일을 인간의 눈으로 재단해서는 안된다. 자연에서 인간만이 맞는 방식도 아니기 때문이다. 인간도 맹수에게는 단지 먹이일 뿐이다. 총을 가졌기에 두려워하지만 무의식의 영역에서는 단지 먹이로만 기능한다. 사람도 무의식의 먼 기억에는 식인의 DNA가 있다. 사람과 사람이 서로 싸워 동족을 먹이로 인식하는 먼 흔적이 있다. 영장류 동물들도 같은 종이 서로 잡아먹는다. 사람과 거의 비슷한 유전인자를 갖고 있지 않나? 영장류는 사람이 가진 총과 대포와 핵폭탄은 없지만 큰 무리끼리 죽고죽이는 싸움을 가끔한다. 사람의 전쟁과 흡사하다. 사람은 핵전쟁이 서로가 다 죽는다는 것을 알고서 정신을 약간 차리지만 얼마나 오래 갈지 모를 일이다. 얄밉게도 인간은 다 죽는다는 것을 피하려고 한다. 돼지나 자신의 태반을 먹어버리는 초식동물이 인간이 만들어내는 태무덤을 이해하고 따라온다면 대단한 진화일 것이다. 그 진화의 길을 동물들이 걸을 때 인간은 어떤 다른 길을 걷고 있을까? 사람이 만들어 갈 수 있는 길은 무수히 많다. 태무덤의 길이 좋아 보인다. 그러면 그 길로 가보는 것이 좋지 않을까? 핵전쟁은 좋지 않은 길임을 알지만 그 길을 쉽게 버리지 못하는 사람들이다. 원자력발전소를 버리는 나라들이 자꾸 생긴다. 그 길로 들어서도 전력생산이 큰 고통이 아닌지 힘은 들어도 그 길을 간다. 탈핵이 일어나기도 한다. 핵을 다루는 재주가 아직은 서투른 인간들이다. 불씨를 다루는 재주로 동물을 제압했지만 큰 불씨인 핵을 다루는 재주는 아직 부족해 어쩌면 실수로 인해 사람의 자리를 동물에게 넘겨줄지도 모를 일이다. 사람의 실수가 사람의 멸망으로 가고 남는 것은 태무덤이나 피라미드나 인공구조물인 99칸의 집만 남아 인간이 존재했음을 증명하게 될까? 동물들이 태무덤이나 피라미드나 99칸의 집을 이해하지 못하면 도대체 무엇이냐? 아무 것도 아니다. 사람이 살아남아 있어야 무언가 연결고리가 살아남는다. 아태부3세의 친구들은 질기게 살아남아야 한다. 다른 모든 사람들도 질기게 살아남아야 한다. 사천 년을 질기게 살아야 한다. 사천 년이 화락천(化樂天)이 되게 할 수 있는 방법은 모두 마련해야 한다. 친구들의 태무덤을 보면 즐거워진다. 다른 사람들이 덩달아 만든 태무덤도 즐거움을 선사한다. 꿈을 꾸는 사람은 몽상가이지만 꿈을 천천히 실천하는 사람은 몽상가가 아니다. 많은 지식으로도, 많은 습관으로도, 몽상가가 아니라 실천을 더

하는 사람이다. 프렌치 패러독스나, 차이나 패러독스를 보고, 사람들은 등한시 하지 않는다. 자신이 직접 실천을 하여 상황을 개선하려고 한다. 푸짐한 프랑스 식탁이 문제를 일으킬 것 같으나 포도주나 그 문제를 해결해주는 프렌치 패러독스나, 기름진 음식을 너무나 많이 먹는 중국인이 양파를 동시에 많이 섭취하여 심장병에 서구인보다 덜 걸리는 차이나 패러독스를 보고 사람들은 포도주나 양파를 식탁에 올리는 것이다. 태무덤이나 피라미드나 99칸이 문제를 일으킬 소지가 있을지라도 그 문제를 풀어주는 포도주나 양파같은 것을 잘 찾아낼 지하국가5의 사람들일 것이다. 태무덤, 피라미드, 99칸의 패러독스는 무엇이냐? 궁금한 분야이다. 화고천(化苦天)이 화락천(化樂天)이 되는 일을 우리는 늘 바라왔다. 아태부3세의 친구들이 피라미드를 만든다면 어떻게 만들어 갈까? 그들이 만든 태무덤이 다른 사람들에게 영향을 주는 것처럼 어떤 영향을 또 주게 되나? 세계 제일의 양파소비국은 중국이다. 세계 제일의 양파수출국은 네덜란드이다. 프랑스에는 포도가 많이 생산된다. 유럽에서 가장 농사짓기 좋은 나라이다. 태무덤이 가장 발달한 나라는 한국이다. 피라미드가 가장 발달한 나라는 이집트나 중미국가이다. 원자력발전소의 위험을 잡아먹는 무엇을 사람들은 언제 찾아낼까? 방사능의 위험을 잡아먹는 포도주나 양파는 어디에 있나? 무덤이 잘 발달된 한국이나 이집트나 무슨 특징이 있나? 첫눈에 피라미드는 무덤으로 느끼기가 쉽지 않다. 중미의 피라미드는 신전에 가깝다. 중미의 피라미드는 무덤이라기보다 신전이다. 멕시코나 중미의 피라미드는 무덤으로 기능하지를 않는 성격의 피라미드이다. 지하국가5의 피라미드는 무덤과 신전이 결합된 두 가지의 기능을 하는 피라미드가 되나? 더 좋은 기능을 더 첨부하면 피라미드의 성격이 어떤 식으로 규정이 되나? 무덤과 신전과 별장과 도서관과 주거의 개념이 모두 복잡하게 얽힌 새로운 개념의 피라미드를 만드나? 새로 지을 피라미드를 어떻게 정의를 내려야 좋은 건축물로 만들게 된다는 것인가? 단지, 무덤에 무게를 두나? 단지, 신전에 무게를 두나? 두 가지를 복합하나? 여러 가지를 복합하나? 학교나 사무실을 피라미드 형식의 모양으로 지을 수도 있다. 겉 모습은 피라미드이지만 가지가지의 건물을 지을 수 있다. 아태부3세가 처음 의도한 피라미드는 무덤의 개념이다. 화려하고 장엄하고 거대한 무덤을 생각했다. 무덤에 순장할 사람도 부장품도 없어도 거대하고자 했다. 아태부3세의 친구들이 너무나 거대한 일을 하는 것이 발단인가? 우주가 돌아가는 방식에선 거대한 것들이 아니지만 지구의 입장에선 너무나 큰 것들이다. 지구와 우주를 혼동하고 어디든 삶의 터전으로 삼는 사람들이기에 일어나는 일들이다. 500미터, 일천 미터, 이천 미터, 빌딩들이 올라간다. 십만 미터의 빌딩이 올라갈 날이 오지 않는다고 할 수 있겠나? 온다고 볼 수도 있다. 온다는 것이 어쩌면 필연일 것이다. 어쩌면 99칸을 넘지 말라고 한 왕에 대한 도전이 일어날 것이다. 100칸을 넘어 왕이 살던 궁궐에 도전할 것이다. 100칸을 넘으면 궁궐로 인정한 것이 조선이다. 진시황은 여인들만 거주하는 아방궁을 3,000칸으로 지었다. 조선의 궁궐을 30개나 합한 크기로 지었다. 지금이나 옛날이나 인구나 영토나 크기가 20배나 30배로 어쩌면 비슷한 지도 놀랄 일이다. 99칸에 한계에 직면한 사람들이 100칸을 넘어서고 아방궁인 3,000칸을 요구할 지도 모른다. 한 사람만이 아니고 지구상이 모든 사람들이 3,000칸의 진시황의 여인들만이 거주하는 공간을 요구하면 어떻게 또 답해야 하나?

11. 푸른 별의 여행

　푸른 별은 멀고 먼 푸른 별이 빛나는 우주의 푸른 별로 여행을 가고 싶다. 너무나 많은 푸른 별 중에 고르고 골라도 수도 없이 많은 푸른 별 중에 첫 번째에 내릴 푸른 별을 정해야 한다. 가야 할 목적지를 정해야 하는 과정이 있다. 푸른 별을 가는 도중에 무작위로 정할 수도 있다. 그러나 우주는 낭만적인 곳이 아니라, 위험이 상존하는 곳이라 더 정확한 준비가 필요하다. 그런 철저한 과정과 준비조차 아무런 효력을 발휘하지 못하고 사고가 날 무서운 곳이다. 푸른 별이 가는 길을 허락해 줄 사람은 그리 많지 않고 거의 없을 것이다. 푸른 별은 지구를 떠나 우주로 가출을 하는, 아니면 목숨을 걸고 우주로 날아가는 길이 된다. 열 살에 목숨을 거는 무모한 일일까? 같이 가는 동료가 나타날까? 푸른 별로 가고 있는 도중에 가는 길을 차단하려 방해하는 우주경찰이나 부모님이 우주로 날아올까? 창공을 나는 새는 사람들에게 선망의 대상이었다. 푸른 별이 미지의 푸른 별로 날아가면 하늘을 나는 새들은 푸른 별을 부러워할까? 하늘을 나는 새들이 우주라는 것을 아는 인식작용이 없는 한 이런 일은 일어나지 않을 것이다. 사람들이 새의 뇌에 우주를 아는 인식 칩을 이식하여 새들이 알게 만들면 가능할지도 모른다. 인간이 인공으로 만든 우주를 아는 인식 칩이 새들의 뇌에 이식된다면 새들이 오판을 하여 우주로 날아가려고 하다가 제명을 누리지 못하고 죽는 일도 발생할까? 상상을 하던 사람의 뇌가 실제로 우주선을 만들어 우주선이 우주를 인식하고 길을 개척하게 하는 것은 사람이 하는 일이지만 기계적으로 그 일을 수행하는 것은 우주선이다. 새들의 몸에 3D 프린터를 장착해 우주로 날아가면서 끊임없이 날개나 신체구조를 바꾸어 재생하면서 푸른 별이 찾아가는 미지의 푸른 별로 가는 길에 동행을 하게 만들면 아무도 가지 않는 길이지만 새들이 사람의 인공의 조작으로 인해 따라가는 길이 된다. 푸른 별이 생체적으로 개량내지 진화된 새들을 동료로 삼아 우주로 가는 길을 외롭지 않게 만들 수 있는 대단한 어린이일까? 달나라를 먼저 밟은 생물도 개였고 나중에도 원숭이나 동물이 자주 달을 방문했다. 안전이 완벽하게 보장되자 사람이 달에 갔다. 우주로 가는 길도 무인우주선이 먼저 가고 나중에는 인공으로 장치를 단 새들이 가고 마지막에 사람이 가는 것이 순서일 것이다. 그 무서운 길을 푸른 별이 간다면 도움을 줄 사람은 없을 것이고 허락을 받기가 쉬운 일은 아니나 스스로의 능력으로 가버리면 또 다른 일이 벌어지는 경우의 수가 된다. 사천 년의 인생에서 사백 년을 투자해도 그리 큰 투자는 아니기에 푸른 별이 푸른 별을 찾는 것이 불가능한 영역은 아니다. 우주선을 타고 사백 년을 간다는 것이 현실로 받아들일 수 있는 인식의 전환이 일어날 시간이다. 일백 년의 인생이면 십 년을 우주선을 타고 가는 일과 비견될 수 있다. 푸른 별이 하늘을 날아가는 사백 년을 같이 갈 친구나 동료는 누구일까? 십 년은 짧은 기간이 아니다. 대학시험을 치는 수험생을 두고서 가까운 사람들이 그 수험생의 초중고 12년을 추적하지 않을 수가 없다. 12년의 지나온 과정들을 깡그리 무시하는 사람은 전혀 없다. 12년의 지난 시간을 보고 판단을 내린다. 간혹 돌연변이 같은 경우에는 마지막 고삼 일 년의 기간 안에 놀라운 결과를 낼 수 있지만 잘 일어나지 않는 일일 것이다. 푸른 별은 고작 10년을 산 아이이다. 우주로 단독으로, 인공으로 진화된 새들을 데리고 우주로 갈 사람이라고 보기에는 돌연변이 같은 존재이다. 우주로 날아갈 우주비행 훈련을 일천 년이나 이천 년을 축적한 전문 우주비행사가 아니다. 푸른 별의 길에 동행해 줄 이천 년이나 우주비행훈련을 축적한 전문가가 있어야 한다. 이천 년이나 우주비행을 한 사람이라면 그 경험으로 사백 년을 우주로 날아가는 일에 동의할 극소수의 사람이 있을 수도 있다. 푸른 별이 그런 경험자를 만나는 행운이 있나? 하늘을 나는 새는 어쩌면 이천 년이나 비행기술을 축적한 인간비행사보다 더 나은 비행사이다. 그렇지만 우주의 환경에 적응되는 우주선의 구조는 아니다. 새를 우주선으로 변경시키는 것은 또 다른 어려운 일로 대두된다. 하늘을 나는 새를 어떤 방법으로 우주선과 같은 성능으로 진화내지 개량한단 말인가? 인간이 만든 비행기나 우주선은 이미 하늘을 나는 새보다 너무나 많이 진화되어 있어 격차가 너무 심하다. 장래가 촉망되는 푸른 별이지만 판단착오로 인해 우주로 너무 멀리 날아가면 열 살에 인생이 끝나는 비극을 자초할 위험성이 있다. 이 문제를 풀어줄 신통방통한 재주가 없나? '궁하면 통한다.' 식의 해결방안이 있나? 사람이 궁지에 몰리면 초인적인 힘을 발휘하기도 한다. 암에 걸린 소설가가 평생 써온 소설보다 더 많은 작품을 암이 걸린 기간에 만들어내기도 한다. 죽을 날을 알기에 죽기 전에 결과물을 쏟아내려는 마음이 일으키는 일이다. '천자문'도 하루 만에 만들어낸 산물이다. 하루 만에 일천 자로 된 시를 지어내지 못하면 목을 자른다고 하니 실제로 하루 만에 일천 자로 만들어진 천자문을 만들어내고는 하루 만에 머리카락이 모두 하얗게 세고 말았다. 푸른 별은 그런 극한 상황의 사람이 전혀 아니다. 전쟁터에 보내는 군인들도 불가능한 일을 가능하다고 세뇌시켜서 전장에 투입한다. 일당백이나 일기당천이나 불가능한 일을 주문한다. 간혹 성공하기도 한다. 전쟁터의 군인은 안 되는 일이 없다. 실제론 많은 군인이 죽는다. 푸른 별도 실제로는 많이 죽게 되는 군인 중의 한 사람으로 비교되는 일이 일어날까? 야구선수나, 축구선수나, 아이돌이나, 청소년의 우상들이 극소수의 사람만이 거머쥐는 일이고 대부분의 청소년은 일어나지 않는 일이다. 푸른 별이 너무 먼 곳의 푸른 별을 찾아가는 일은 푸른 별이 나이가 꽤 든 삼천 살에 일어나는 일이 되나? 삼천 살이 되어서는 꿈이 바뀌어 없든 일이 되고 마나? '세월이 약이다.' 라는 식의 시간이 이 문제를 해결하나? 아무리 불가능한 일이라 해도 자꾸 거론하고 문제로 인식하고 대처방안을 찾으려고 노력하는 과정에서 더 나은 다른 일이 이루어지기도 하고 뜻밖의 방법이 나올 수도 있다. 일단, 푸른 별이 푸른 별로 날아갈 사람들은 모아보아야 한다. 날아가는 일은 차후의 일이고 날아갈 의향이 있는 사람들을 만나서 허무맹랑한 말 같지만 많이 의논을 해보다 보면 답을 찾게 될 수 있다. 푸른 별을 찾아간다고 하면 사람들이 까만 별을 찾아가겠다. 하얀 별을 찾아가겠다. 별의별 별을 찾아가려는 소그룹들이 생길 수 있다. 별의 색깔만 다를 뿐이지 풀어야 할 문제는 거의 동일하다. 누런 별이나 붉은 별이나 별빛은 가지가지이다. 사람의 마음도 가지가지이고 소그룹들의 소망도 가지가지이다. 푸른 별로 가보려는 사람은 지구인 중에 모아보면 너무나 많을 수 있다. 푸른 별이 감당할 수 있는 매우 적은 소수의 사람으로 제한을 해야 한다. 제한된 사람 중에서는 우주비행전문가를 만나기란 불가능한 약점은 있다. 지구 전체로 표본을 삼아야만 우주비행전문가를 만날 수 있을 것이다. 노벨이 노벨상을 만든 연유도 들어보면 놀랍기도 하다. 다이너마이트로 많은 돈을 모았지만 죽었단 소문이 퍼진 뒤에 사람들이 하는 말을 죽지 않은 노벨이 들어보니 좋지 않은 것밖에 없었다. 실제로 죽지 않은 노벨은 많은 돈을 사회에 모두 돌려줄 결심을 하고 노벨상을 만들었다. 열 살의 푸른 별이 고민할 내용은 아니지만 노벨 같은 사람을 우연히 만나면 돈 문제로 우주로 가는 일이 막히는 불편은 덜 수 있다. 푸른 별은 멀고 먼 곳에 있는 푸른 별이 아니라 가깝고 가까운 곳에 있는 푸른 별에 갈 궁리를 해야 가장 현실에 맞는 일이다. 이순신이 명량에서 12척으로 300척이 넘는 왜선을 맞이하여 싸우게 될 때 조선수군의 사기를 어떻게 올렸는지 놀라운 일이 아닐 수 없다. 왜선이 쇠못을 사용하여 녹이 슬면 배가 헐거워지지만 조선의 배는 나무못을 격자로 박아 바닷물에 나무못이 불어나 배가 더 단단히 조여져 강해지는 장점이나 약한 나무로 만든 왜선보다 조선의 배는 소나무로 배로 만들어 강한 면과 군선이 아닌 민간인의 배를 12척 뒤에 많이 붙여 군선이 많은 듯 보이게 한 것이나 바다의 세찬 물길을 아는 등 여러 가지가 복합하여 일어난 일일 것이다. 열 살의 푸른 별이 모든 재주를 동원해도 노벨이나 이순신보다 나을 것이란 가정을 하기가 매우 어렵다. 그러면 무슨 근거로 푸른 별이 멀고 먼 우주의 푸른 별로 가는 것이 가능하다고 인정을 하게 되나? 어쩌면 아무 것도 모르는 무모함이 일을 성공시키는 결과로 이어지는 것인가? 사실, 많이 알면 행동에 제약이 따른다. 전혀 모르면 행동에 제약거리가 생기지 않으니 그대로 행동에 옮기고 만다. 남녀가 만나는 일도 재미가 있다고 한다. 처음 만나는 남녀는 상대방이 그 전에 어떤 이성을 만났는지 전혀 모른다. 그런데 연애사가 진행되는 것이다. 과거의 상대방의 이성편력에 대해 알면 사랑의 과정이 일어나지 않게 된다. 남들은 두 사람의 과거의 일들을 잘 알지만 당사자 두 사람은 전혀 상대방의 과거를 모르는 것이 두 사람이 결합하게 되는 일이다. 두 사람이 사랑에 빠진 뒤에는 다른 사람들이 과거의 일을 들먹거려도 이미 귀에 들리지도 않을 것이다. 푸른 별이 너무 어리기에 우주의 무서움이 거의 귀에 들리지도 않고 그런 일을 하리라고 어른들이 생각하지 않으므로 제제도 거의 없을 것이고 푸른 별이 진행만 하면 일이 진행되어 갈 수 있다. 왜선 300척은 상대방이 12척이라고 믿지 않고 뒤에 있는 많은 배를 보고 자기들만큼은 동원하지 않았을까 지레짐작할 수밖에 없다. 한국전쟁에서 한국군도 똑같은 실수를 한다. 중공군이 계속하여 인해전술로 나오니 나중에는 중공군 일개대대가 산봉우리 여러 곳에서 중공군이 많은 듯이 속이니 한국군 일개사단이 생각하기로는 중공군 일개 군단이 포위를 하고 있다고 착각을 하고는 일개 사단병력이 도주를 하고 말았다. 미군이 중공군을 맞아보니 일개대대병력뿐이자 유엔군사령관은 한국군을 모두 미군의 사단 밑에 지휘를 받게 만들었고 아직까지 그런 상태가 유지되고 있다. 부끄러운 전사인지라 위관급 장교교육에서는 가르치지도 않고 영관급 장교교육에서는 취급을 하고 있다. 우주가 12척이나 일개대대병력을 300척이나 일개군단으로 착각을 해줄까? 그런 행운은 거의 없을 것이다. 그러니 푸른 별의 목숨이 너무 안타깝게 되지 않을까? 우려하지 않을 수 없다. 이순신이 12척으로 300척을 상대한 용기와 일개대대병력을 군단으로 착각하는 일개사단병력은 무엇으로 설명해야 하나? 700명 정도에게 일만 명이나 이만 명이 도망을 가버린 것이다. 상대방을 삼배나 많은 군단으로 인식한 잘못된 상황판단으로 일어난 일이다. 미군은 중공군 군단도 맞아 싸우려고 하지만 한국군은 그렇지가 않다. 이순신 같은 결기가 없다. 그러니 드러내놓고 말을 할 수가 없다. 아픈 곳에 소금을 뿌리기도 그렇기도 하다. 쉬쉬할 뿐이다. 그러면 우주를 무서워하지 않아야 하나? 콜럼부스처럼 바다의 끝이 낭떠러지가 아니란 확신이 있어야 하지 않나? 인생이 사천년이지만 열 살에 자신의 400년의 시간을 우주의 푸른 별로 날아가는 시간에 투자하는 일을 부모도 학교도 지하국가5도 허용하지 않으면 푸른 별은 도대체 무슨 방법을 동원한다는 것인가? 일백 년의 시간에서 사람들이 열 살에 가출하여 일생을 사는 경우는 극히 이례적인 일일 것이다. 전쟁이나 가정의 파탄이나 사고가 아닌 경우에는 일어나지가 않는 일이다. 그러면 사천 년의 인생이라면 400살에 가출하여 혼자 4천 년을 사는 경우가 희박한 일과 비슷하나? 수치상으론 그렇다. 태어나자마자 다른 가정에 입양되는 꼴과 진배없다. 푸른 별은 우주로 입양되는 과정인가? 이리저리 설명을 해보니 우주로 입양되는 과정으로 이해를 해야 할 판이다. 우주의 푸른 별로 푸른 별이 입양이 되어 가는데 가는 길이 사백 년이 걸린단 말이 아닌가? 입양되는데 십 년이 걸린다니 입양 받을 양부모는 피가 마를 지경일 것이다. 우주도 사백 년 만에 입양을 받는다면 너무 긴 시간이다. 입양의 시간을 줄여야 하지 않나? 우주를 어떻게 양부모와 같다고 할 수 있나? 무리한 비교가 아닌가? 사실, 무리한 비교이다. 그러면 남녀의 정자와 난자를 실은 우주선이 400년을 날아가면서 도착하기 십 년 전에 아기가 시험관에서 태어나 우주선에서 십 년을 적응한 뒤에 푸른 별에 내려서 살게 설계된다면 이런 아이들은 우주선이 자궁이나 고향이 되고 우주의 푸른 별이 첫 정착지로 고향으로 인식되어 사천 년을 산다면 푸른 별과 비슷하거나 약간 다른 아이들이 우주의 푸른 별에 정착하는 꼴이 된다. 정자나 난자는 지구에서 태어난 아이보다 훨씬 많고 위험부담도 적지만 이런 방법이 맞는 것인지 정말로 실천해야 하는지도 의논을 많이 해야 하는 일이다. 우주선에서 혼자 태어난 아기가 어떻게 우주선 안에서 젖을 빨고 기저귀를 스스로 간다는 것인지……. 갓난아기를 도와주는 엄마 역할의 로봇이 타고 간다는 것인데 아기는 로봇을 엄마로 인식하지 않을까? 로봇이 사람을 지배하는 일이 실제로 일어날까? 새의 새끼들은 태어나자마자 바로 그곳에 있는 것을 어미로 인식한다. 사람이 있으면 사람을 어미로 인식한다. 아기들이 자신에게 젖을 주고 기저귀를 갈아주고 십 년을 우주선에서 산다면 엄마 로봇을 어미로 생각하는 일이 일어나지 않을까? 그리고는 우주의 푸른 별에서 엄마 로봇을 엄마라고 영원히 살게 되나? 끔찍한 일인가? 괜찮은 일인가? 식물의 씨앗은 놀라운 면이 있다. 몇백 년이나 수천 년이 지나도 싹이 터기도 한다. 식물의 씨앗은 충분히 푸른 별에서 이런 일이 일어난다. 지구와 같은 환경이거나 인공으로 지구와 같은 환경을 조성하면 일어난다. 동물도 복제기술로 가능하다. 동물도 가능하니 사람도 가능하지만 무서워서 멈칫거리는 것이다. 70억 90억 인구가 미이라로 세월을 보내다가 다시 살아난다면 그런 혼란한 상황을 잘 관리할 사람들의 능력이 배양되어 있을까? 70억 90억의 미이라나 난자나 정자를 우주로 보내 식물이나 동물이 복제되는 방식으로 우주의 푸른 별에 그런 지구를 만들어주면 되나? 식물의 씨앗에 해당하는 것이 동물의 난자나 정자가 아닌가? 아니면 동물의 뼈나 미이라가 아닌가? 사람도 넓은 범주로는 동물에 해당되지 않나? 푸른 별이 우주의 푸른 별로 여행을 가는 것은 오늘 당장에 실행하기가 어려운 현실이다. 계획적으로 준비를 해야 하는 일로 다가선다. 푸른 별은 어려운 계획이지만 그 계획을 짜지 않는 어린이가 아니다. 인생설계를 하는 사람과 전혀 하지 않는 사람과는 시간이 지날수록 차이가 많이 나게 된다고 한다. 꼭 잘 맞는 것은 아니지만 무계획의 일생은 결과물이 많이 나오기가 어렵다. 사람의 정신의 문제와 관련이 많다. 우주의 푸른 별로 가려는 일이 차차로 실현되는 것은 계획이 있어야 일어나는 일이다. 무계획은 영원히 일어나지 않는 일이 된다. 열 살의 어린이가 계획을 얼마나 잘 짤지 의문사항이지만 특이한 천재성의 아이는 열 살에 대학을 졸업하기도 한다. 푸른 별과 같이 우주의 푸른 별로 가려는 사람들이 똑같은 계획으로 뭉치고 연구하고 일생을 살아간다는 것이 아닌가? 혼자 가는 외로운 길도 견디는 사람들이 여럿이 가는 길은 견디기가 훨씬 수월하다. 일생을 홀로 살면 외롭지만 반려자가 있는 일생은 견디기가 더 낫다. 자식이 있는 일생도 견디기가 더 낫다. 우주의 온갖 별로 가려는 사람들은 모두가 동료의식이 있고 서로가 의지할 수 있는 우군들이다. 우리 편이 많으면 기세가 올라가는 것이다. 없는 우리 편도 만들어내는 것이 전쟁의 영역에서는 벌어지는 일이기도 하다. 우리 편이 적어도 기세가 죽지 않는 일당백의 용기도 놀라움이다. 무기나 군사력만이 아니라 정신력도 크게 작용한다. 우주를 여행하겠다는 것이 과학의 영역이 많은 부분을 차지하지만 사람들의 정신력도 작용할 것이다. 푸른 별과 같이 생각하는 사람이 많으면 일이 더 잘 되는 것은 불문가지이다.

푸른 별은 우주의 푸른 별을 방문할 사람들과 같이 시간을 보내는 일에 참석한다. 하루아침에 우주의 푸른 별을 여행하기가 쉽지 않다는 것을 다시금 확인하는 자리이다. 우주가 일일생활권에 편입되지 않은 시점이다. 우주가 일일생활권으로 바뀌는 일은 무척 어려운 일이란 것은 짐작이 가지만 어느 시점에서는 우주가 일일생활권이 될 수 있을지 올바르게 예측하기도 상당히 어려운 부분이다. 우주로 가기 위해선 시간과 속력이 사람의 한계를 넘어서 주어야 가능하다. 사천 년이나 사백 년을 우주선을 타야하고 속도는 상상 이상으로 빨라야 한다. 우주선을 타고 가는 긴 시간동안 겨울잠이나 여름잠을 자는 동물처럼 우주선을 타고 가는 우주비행잠을 자야 할 지경이다. 우주비행잠은 사백 년이나 사천 년이나 일만 년을 자야만 가능한데 사람이 우주선 속에서 일만 년이나 잠을 자다가 목적지에 도착하면 잠이 깨어나 활동을 해야 한다. 사람보다 지구에 꽤 먼저 나타난 동물들은 지구에 적응하기 위해 겨울잠이나 여름잠을 자면서 버터 왔다. 사람도 우주에 적응하기 위해 우주비행잠을 자야 할 운명이다. 우주비행잠을 일만 년이나 잘 수 있다면 우주에 정착하는 것이 불가능하지 않다. 푸른 별이 우주의 푸른 별을 가기 위해 우주비행잠을 사백 년이나 사천 년이나 일만 년을 버틸 수 있을까? 그러한 실험도구에 푸른 별이 선택될 필요가 있을까? 식물인간 상태를 우주선에서 일만 년이나 지낸다니 놀라울 뿐이다. 여러 가지 방법들을 동원해보지만 인간이 해낼 수 있는 능력의 한계로 말미암아 이런 단계의 과정을 겪지 않을 수가 없다. 죽은 듯이 우주선에서 일만 년을 보내야 한다. 이런 선택을 할 사람은 사실이지 나이가 삼천 구백 살이 된 가장 나이 많은 노인들이 선택하기가 수월하다. 죽을 날이 얼마 남지 않았으니 멀고 먼 푸른 별까지 일만 년이나 우주비행잠을 자고 날아가 다시 깨어나 나머지 일백 년을 살아보는 것이다. 자고 있었던 일만 년 동안에 인간의 의술이나 과학, 우주기술이 늘어나 사천 년의 생에서 더 수명이 늘어나게 될 지도 모를 일이기 때문이다. 모임에는 삼천 구백 살의 노인들이 실제로 일만 년의 우주비행잠을 거부하지 않고 신청을 하고 실제로 멀고 먼 우주의 푸른 별로 가는 가장 좋지 않은 조건도 기꺼이 받아들이는 것이다. 푸른 별처럼 열 살의 꼬마아이가 신청하는 일은 한 건도 없는 것이다. 노인 중에 상노인에게는 먹혀 들어가는 일이다. 잠을 자고 있는 수동적인 삶이지만 수명이 일만 년이 불어나는 도중에 사람들이 더 진화되어 더 좋은 일이 일만 년 후에 나타나기를 기대하기 때문이다. 열 살이지만 불치의 병에 걸려 곧 죽게 될 아이들도 일만 년의 우주비행잠을 신청한다. 일만 년 후에 치료되어 살아남기 위해 이런 불가피한 선택을 하는 것이다. 전혀 신청자가 없을 것이란 선입견이 무너지는 일이다. 멀고 먼 푸른 별에 여행을 하려는 사람들이 무척이나 많다는 현실에 직면한다. 100억 명의 인구이면 노인인구는 너무나 많다. 일만 년이나 잠을 자면서 수명이 연장된 후에 더 나은 세상을 보게 되어 무언가 달라지기를 바라는 노인들이 경쟁적으로 우주로 가려고 하면 이 엄청난 수요를 무슨 수로 또 감당해야 하나? 사람들이 누구나가 사천 살을 사는 마당에 늙으면 한 사람도 빠짐없이 일만 년일지라도 잠을 자고 더 나은 후대의 세상을 보기 위해 우주비행잠을 신청하니 태어나는 신생아 모두가 결국은 우주비행잠을 신청하는 잠재의 고객이지 않을 수가 없다. 태어나자마자 신생아들은 우주비행잠을 잘 수 있는 우주비행선을 유모차와 같이 배당받는 세상에 살게 된다. 우주비행선은 비록 삼천 구백 년 후에 사용이 가능하겠지만 말이다. 상황에 따라 자신의 나이를 감안하지 않고도 사용할 수도 있다. 푸른 별이 참석하여 만나는 사람은 자신과 같은 나이 또래의 아이는 불치병에 걸려 있고 나머지는 삼천 구백 살의 할아버지와 할머니들이다. 건강한 열 살의 아이는 회원 중에서 찾기가 어렵다. 열 살 밖에 안 된 푸른 별이 인생에서 만나는 사람들이 너무나 특이하게 구성되는 지금이다. 불치병이 걸린 아이와는 같이 노는 것이 안 되고, 노인들과 노는 것도 잘 안 되고, 모임이 전혀 즐겁지가 않다. 열 살의 아이가 견딜 수 있는 모임이 아니다. 푸른 별은 진짜 푸른 별이지만 노인이나 병든 아이는 우주의 푸른 별을 가려는 너무나 약한 존재들이다. 우주의 푸른 별은 너무나도 약한 사람들이 너무나도 혹독한 환경을 일만 년 후에 맞이한다는 것인데 그래도 희망의 불빛이 보인다는 것이 아니냐? 희망의 등대는 놀라운 것이다. 우주의 푸른 별이 희망의 아이콘이다. 불치병에 걸린 아이와 노인들에게 희망의 낙원이다. 절망과 희망의 저울에서 무거운 쪽은 희망의 저울이다. 희망의 저울은 사름을 살게 만든다. 희망의 저울은 정의의 저울이나 사랑의 저울처럼 사람을 살게 만든다. 노인이고 불치의 병을 가진 어린이지만 희망이 담겨 있는 저울은 엄청난 값어치가 나간다. 황금을 담은 저울보다 더 값이 나간다. 보석을 담은 저울보다 무겁고 값이 나가는 것은 희망의 저울이다. 우주비행선에서 우주비행잠을 자는 것은 희망의 비행선이다. 우주의 푸른 별은 값어치가 자꾸만 올라간다. 무한대의 값으로 매겨질 것이다. 우주는 무한대이고 사람의 희망도 무한대이다. 푸른 별은 이 모임에서 희망이라는 것이 사람을 움직이게 한다는 사실을 발견한다. 조건과 상황이 좋지 않아도 희망이 사람을 일만 년이나 잠을 자면서도 견뎌내게 한다는 점이다. 노예는 노예의 상태에서 해방되는 희망이 그 힘든 노예의 삶을 견뎌내게 한다. 남북한의 이산가족은 절망의 분단 상태를 견뎌내면서 희망의 통일된 날을 기다린다. 너무나 절망적인 통일이지만 그 희망의 끈을 놓칠 수가 없다. 노처녀나 노총각도 결혼하리라는 희망의 등불을 꺼지 못한다. 너무 간절하면 꿈에 보이거나 헛것이 보이기도 한다. 울다가 하염없이 울다가 이산가족은 눈물이 말라버리는 시기가 온다. 삼십 년을 울다가, 사십 년을 울다가, 눈물이 마르기 시작한다. 그리워하다가 너무나 그리워하다가 보름달이 그리운 사람의 얼굴로 바뀐다. 꿈에 본 고향산천이 사람에게 뼈저린 아픔을 준다. 넘어지고 또 넘어지고 절망하고 한없이 절망하면서도 희망을 다시 말하여야 하는 사람이다. 절망의 늪을 헤쳐 나와야만 하는 사람이다. 푸른 별은 불치병에 걸린 어린이나 죽을 날이 얼마 남지 않은 노인들보다 절망의 늪이 깊지 않다. 그들이 찾는 희망을 가진 존재이다. 푸른 별이 가진 너무나 당연한 희망을 일만 년이나 우주비행잠을 자더라도 우주의 푸른 별에서 이루어지길 바라고 있다. 눈물이 날 정도의 간절한 바람이다. 우주비행잠이 무섭지 않은 사람들이 있다는 엄연한 증거이다. 사람에게 고향으로 가는 길이 막히는 것은 너무나 고통스러운 일이다. 사람에게 우주가 고향이라면 우주로 가는 길이 막히는 것도 고향의 길을 막는 것과 같다. 우주의 극히 일부분인 지구가 우주로 가고 싶을 때는 가야 하는 것이 아닐까? 희망의 푸른 별로 가려는 사람들의 마음을 채워주어야 한다. 채워주기가 어려워도 어떻게든 방법을 찾아내야 한다. 모임이 활발하고 유지될 수 있는 조건들이 성숙해 있다. 삼천 구백 살의 노인들에게는 실제상황의 전개이다. 먼 미래의 일이 아니고 코앞에 닥친 현실적인 문제이다. 죽음의 시간을 연장하려는 사람들의 처절한 몸부림이다. '개똥밭에 굴러도 이승이 좋다.' 라는 말이 실감이 나는 것이다. 저승문의 사자를 만나기가 싫다. 라는 너무나 정직한 사람들의 마음이다. 이승과 저승의 경계의 죽음의 강이 아니라 우주비행잠을 자야 하는 일이 발생한다. 사형수에게 마지막의 먹고 싶은 만찬이 제공되듯이 우주비행잠이 제공된다. 죽음을 맞이하고 있는 노인에게 우주비행잠은 어쩌면 하나의 통과의례로 놓치기 싫은 과정이다. 환갑이나 회갑을 하듯이 꼭 하고픈 일이다. 사람이 살다보면 예기치 않은 순간에 환갑이 온다. 어쩌다 60년을 살게 되었나? 지천명을 넘어 이순이 온다. 하늘의 명을 알고 나서 귀가 순해진다니. 사천 년을 살면 수도 없이 지천명과 이순이 반복된다. 정말로 하늘의 명을 알고 나서 귀가 순해질까? 노벨처럼 귀가 순해져서 노벨상을 만들게 되나? 회갑연이나 고희연을 치르려면 자식들이 있어야 하건만 자식들이 없으면 회갑연이나 고희연이 의미가 있나? 회갑연이나 고희연을 스스로 혼자 치른다는 것은 상상하기가 쉽지 않다. 일평생을 누구를 위해 봉사나 희생을 하지 않고 홀로 살아온 사람에게 회갑연이나 고희연도 고문이 되는 일이기도 하다. 마음 편하게 회갑연이나 고희연을 맞이할 방법이 없나? 회갑이 찾아오고 회갑연을 치르지도 않겠지만 우주비행잠을 자버리고 싶은 심정이 되는 것도 혼자 사는 사람의 느낌일 것이다. 노인에게 오기 시작하는 질병이나 신체적인 약함이나 외로움 등등이 잊어버리고 싶은 인간의 모습들이다. 우주비행잠은 죽기 전의 반쯤이나 죽은 것과 별반 다르지 않다. 완전히 죽기 전의 가사상태인 것이다. 일만 년의 우주비행잠을 쪼개어 사람들이 어려운 일이나 고통스런 순간에 나누어서 잠을 자 버리면 사람의 건강에 매우 좋은 영향을 주지 않을까? 자살충동징후가 보이면 우주비행잠을 얼마쯤 자게 된다든가? 가벼운 우울증에는 얼마간의 우주비행잠을 잔다든가? 사람이 당하는 온갖 고통지수에 따라 우주비행잠을 자연적으로 자게 뇌가 작동된다면 사람은 스트레스나 병이나 심적 고통에서 많이 완화될 수 있지 않을까? 우주비행잠을 얼마 정도씩 자야 사람들의 여러 가지 문제를 풀 수 있는지 진찰하고 처방하는 우주비행잠을 관리하는 의사가 나오지 않을까? 잠을 관리하는 의사가 분명히 나올 것 같다. 차를 운전하는 사람은 잠을 충분히 자야 한다. 비행기를 조종하는 조종사도 그렇다. 우주비행잠이 꼭 아니라도 지구에서 여러 날을 자는 잠이라도 자살을 방지하고 큰 병을 예방하는 잠이라면 병원의 치료 항목에 들어가야 하지 않나? 신생아는 잠을 많이 잔다. 노인은 잠을 적게 잔다. 우주비행잠이 자살을 막아준다면 꼭 권해야 할 일이기도 하다. '밥이 보약이다.' '잠이 보약이다.' 맞는 말이기도 하다. '노는 것이 힘이다.' '쉬는 것이 힘이다.' 놀고 쉬는 과정이 있어야 일하고 사는 과정도 있는 것이다. 야간작업이나 연장근로를 많이 하는 작업장보다 야간작업이 없고 연장근로가 없는 작업장의 생산성이 더 높게 나타난다고 한다. 휴가를 많이 주는 기업일수록 그 기업이 더 잘 된다고도 한다. 일만 년의 우주비행잠은 너무나 긴 휴식과 휴가를 주는 것이 아니냐? 결국은 그것이 순환작용으로 좋은 쪽으로 일어난다는 것인지. 사람은 잠을 자지 않고는 살 수가 없다. 쉬지 않고는 살 수가 없는 것이다. 침엽수는 잎을 떨어뜨리지 않지만 활엽수는 잎을 떨어뜨리고는 무성한 잎을 피울 여름을 위해 쉬는 계절인 겨울을 넘긴다. 침엽수도 잎을 뾰족하게 만들어 자연현상에 적응하여 살아가고 있다. 일생의 삼분의 일이 잠을 자는 사람이다. 잠자는 시간을 일생 동안 몰아서 자면 삼십 년을 잠을 잔다. 삼천 년의 수명이면 일천 년이 잠을 자는 시간이다. 일만 년을 잠을 자면 삼만 년을 사는 사람이지만 우주비행잠 일만 년은 또 다른 개념의 잠이다. 응급실에 실려 오는 사람 중에는 피를 많이 흘려 수술 도중에 죽는 일이 많다. 그런데 사람의 체온을 낮추고 피를 뽑은 뒤에 수술을 하면 과다출혈로 인한 사망은 줄고 사람을 수술한 뒤에 다시 피를 공급해 사람을 살리는 수술이 성공하고 있다. 냉동된 채로 일만 년이나 우주비행잠을 자는 사람들이 있게 되지 않을까? 모임에서 푸른 별은 별 가운데 가장 빛나는 별이다. 좋아하지 않는 회원들이 없다. 할아버지와 할머니들의 귀여움을 독차지하는 예쁜이다. 노인들의 귀여움을 많이 받지만 또래가 모임에 없으면 서서히 푸른 별도 모임에서 멀어질 가능성이 크다. 이 문제를 푸른 별도 알지만 노인 회원들이 더 잘 알고 있다. 다음 모임에 나가니 또래들이 많이 와 있다. 할머니, 할아버지들이 손자나 손녀를 데리고 나왔기 때문이다. 회원으로 온 것이 아니라 푸른 별의 놀이 친구가 되어주기 위해 온 것이다. 저절로 친구들이 생기는 일이 발생한다. 할머니와 할아버지들이 시간을 보내는 동안에 꼬마 친구들도 같이 놀면 된다. 열 살의 꼬마들과 삼천 구백 살의 노인들이 같은 공간에서 일정한 시간을 보내는 것이다. 돌아갈 때는 각자의 집으로 돌아가면 된다. 과거 유럽의 사교계는 어머니가 딸을 사교계에 데뷔시키듯이 노인들이 손자나 손녀를 어울리게 해주는 것이다. 경로당이자 동시에 꼬마들의 놀이터가 결합이 된 현상이다. 옛날 마을의 정자나무 밑은 남녀노소가 더위를 피하거나 시간을 보내는 공동의 장소였다. 삼천 구백 살인 노인들은 경험이 매우 풍부하다. 모든 지혜를 꼬마들에게 전해주고 싶지만 꼬마들이 받아들여내는 한계가 있으므로 꼬마들의 그릇의 양 만큼만이 전해질 수 있다. 아프리카 속담에 '노인 한 사람은 도서관과 같다.' 고 한다. 꼬마들은 하나의 도서관이 아니라 많은 도서관이 모여 있는 상태의 도서관에서 노는 것인지 공부를 하고 있는 것인지 그런 상황이 일어나고 있다. 도서관에는 인류의 지혜의 보고를 많이 모아둔 곳이다. 해리 트루먼이나 빌 게이츠가 동네 도서관에서의 어린 시절이 나중의 자신을 만들어준 것이라고 한다. 원자폭탄을 만주에 떨어뜨리지 않은 해리 트루먼이나 세상을 하나로 묶어낸 빌 게이츠나 놀라운 일을 해낸 사람이다. 자연 속의 나무의 숲과 지혜의 숲인 도서관이 붙어있으면 몸과 정신이 같이 행복하다. 노인들이 지혜의 숲의 역할을 해주고 같이 있는 공간이 놀이공원이니 운동도 잘 할 수 있다. 푸른 별은 우주의 푸른 별을 가기 전에 새로운 친구들이 또 생긴다. 친구를 통해서도 배운다. 어린 꼬마가 아홉을 세고 열을 세지 못해 낑낑거릴 때 옆의 꼬마가 열, 열하나, 열 둘, 열 셋까지 세면 금방 열 셋까지 배우게 된다. '장자' 를 읽을 나이는 아니지만 서로가 읽을 수 있는 정도라면 서로의 느낀 점을 발표를 하면 서로서로가 친구를 통해 새로운 시각으로 배우게 된다. 유태인의 교육 방식인 두 사람이 끊임없이 토론을 하는 방법도 매우 유용하다. 그런 방법이 긴 시간의 축적 뒤에는 노벨상의 수상자의 숫자로 바뀐다. 일반적인 나라보다 너무나 큰 차이가 발생한다. 세계 인구의 0.25퍼센트인 유태인이 노벨상 수상자는 25퍼센트가 된다. 일백 배의 능력을 보인다. 할머니 할아버지들이 꼬마들에게 너무나 친절하게 토론의 상대자로 역할을 해준다면 노인들이 이루어내는 지혜의 숲에서 지혜로운 꼬마들이 되어 갈 것이다. 멀고 먼 푸른 별을 알게 되고 가게 되는 일은 사람이 하는 일이다. 우주의 지도가 넓어지는 일이다. 지구의 지도도 아메리카 신대륙을 사람들이 알기 전까지는 미지의 영역이었다. 유럽은 아프리카를 알고, 이슬람은 유럽과 아프리카와 인도와 중국을 알고, 중국은 동아시아와 인도와 이슬람과 유럽을 알고, 서로가 알고 있는 것을 합하면 아메리카 신대륙만 빠진 지구를 아는 것이다. 아메리카 신대륙이 예전부터 있었건만 사람들이 서로를 모르고 산 것이니 지혜의 깊이나 넓이가 그리 놀라운 것도 아니다. 이제는 우주의 푸른 별까지 알고 싶어 한다, 알고 싶어 하는 호기심이 결국은 알게 되고 가게 된다. 명나라와 대등한 인구를 지닌 잉카제국이 존재했지만 서로가 모르고 살았다. 명나라와 잉카는 수백 만 년을 모르고 있었다는 사실이다. 알게 된 것은 불과 5백년이나 6백년이 채 안 된다. 지구가 둥글다는 것도 그와 비슷하다. 사람들이 아는 지혜의 깊이에 실망이 오지만 그것이 또한 사람이다. '니가 나를 모르는데 난들 너를 어찌 아랴.' '내가 너를 모르는데 넌들 나를 어찌 아랴.' 그런 셈이다. 그런데 알고 있다는 사실은 놀라운 일이다. '제주도로 김정남이 가명으로 입국하니 조치를 취하라.' 아는 쪽과 모르는 쪽은 대단히 차이가 나게 된다. 미군은 알고 있고 국가정보원은 모르고 있다. 알려주는 미군은 국가정보원과 차이가 많다. 할머니나 할아버지는 꼬마들보다 훨씬 많이 안다. 시간이 많이 지나면 역전이 일어나게도 되지만 푸른 별과 친구들보다 더 많이 안다. 그러나 이제는 할머니와 할아버지들은 우주의 푸른 별로 냉동된 상태로 우주비행잠을 사백 년이나 사천 년이나 일만 년을 자면서 시간을 보내야 된다. 우주의 푸른 별에 도착해서 잠에서 깨어나야 한다. 긴 시간을 식물인간인 채로 생존해야 한다. 할머니나 할아버지의 손자나 손녀들은 같이 긴 시간을 여행을 할 수 없고 그 긴 시간의 초기 한 달을 같은 비행선에 동승하여 가는 길을 배웅하는 일을 해야 한다. 한 달을 배웅하고는 지구로 되돌아 와야 한다. 푸른 별도 한 달을 같이 가다가 우주의 푸른 별에는 도달하지 못하고 열 살의 또래들과 같이 지구로 되돌아 와야 한다. 정확하게는 우주의 푸른 별 방향으로 이주일을 날아가고 다시 되돌아 지구로 이주일 동안을 돌아온다. 우주의 푸른 별로 가는 이주일은 할머니들과 할아버지들과 손자와 손녀의 동행이 되고 지구로 돌아오는 이주일은 열 살의 또래들과 동행이 된다. 한 달을 재미있게 지낼 계획들을 짜야 한다. 할머니와 할아버지들이 우주의 푸른 별로 가는 첫 이주일은 잠이 들지 않은 상태에서 아이들과 즐겁게 시간을 보낸 후 아이들이 이주일이 지난 후에 지구로 되돌아가고 난 다음에 냉동된 채로 우주비행잠에 들게 되니 서로가 아쉽지만 배웅과 작별이 정돈이 된다. 지금 노인들과 푸른 별과 또래들은 적어도 사백 년을 길면 사천 년이나 일만 년이 지나야 다시 깨어날 노인들과 연락이 된다. 거의 장례식을 미리 치르는 기분의 일이 아닐 수 없다. 장례식의 전 단계라 할 만 하지만 긴 시간이 지난 뒤에 다시 살아나는 노인들은 장례식이 아닌 제이의 생명이 시작되는 기분일 것이다. 어찌 보면 미리 하는 장례식이 좀 긴 듯 느껴지나 장례식의 형식의 아니고 축하하는 멀리 가는 여행을 즐거워하는 약간 변형된 형식의 나날이다. 푸른 별은 사람이 언젠가는 죽게 되고 그 마지막의 길에서 행동하는 노인들의 삶의 일부분을 맛보는 것이다. 가기 싫은 길이지만 묵묵히 받아들일 수밖에 없는 운명의 길이다. 사실이지 긴 일생을 살고 다시 먼 우주로 가는 여행은 가장 잘 일생을 살아온 노일들이 거치는 행복한 길이다. 그렇게 불행한 길이 아니다. 천수를 누리고 더 조금 살아볼 수 있는 희망까지 있는 길이다. 조선의 왕들이 평균 47세, 조선의 양반들이 평균 54~56세, 내시들이 평균 70세를 살았다. 내시 중에는 일백 살을 넘긴 사람도 세 명 정도가 확인된다. 남성호르몬이 덜 나오는 여성들이 평균적으로 남성보다 오래 산다. 내시는 인위적으로 남성호르몬이 차단되어 반여성화가 되어 그런지 오래 살았다. 오래 살기 위해 내시가 되려는 남성은 없을 것이다. 그러나 삼천 구백 살을 산 노인들이라면 생각들이 달라질지 모를 일이다. 남성호르몬을 굳이 찾지 않을 수도 있는 노인들이 있지도 않을까? 일만 년을 잠을 자게 될 사람들을 위해 이주일 동안 무슨 위로를 하고 즐겁게 시간을 보내도록 해주나? 돌잔치·결혼잔치·회갑·환갑 지금 이것은 무엇이라 해야 하나? 우주의 푸른 별을 찾아가는 일만 년을 축하하는 이주일간의 잔치, 우푸별축이잔치인가? 짧게 우별잔치인가? '우별잔치'를 벌려 보자. 이 잔치에는 손자나 손녀가 제격이기는 하다. 지구에 있는 노인들의 모든 것이 손자나 손녀에게로 넘겨지는 것이 일어나는 순간이다. 장례 후의 상속이나 다름없다. 우주의 푸른 별에서는 다시 시작하는 일이므로 지구의 유산은 후대로 전해지는 것이 어쩌면 당연한 일이다. 손자나 손녀가 없는 노인들의 유산은 지하국가5에 귀속되나? 노인들의 유언에 따르나? 사천 년이나 모은 것이 전혀 없고 빚만 잔뜩 있는 노인들도 있겠지만 일반적으로는 사천 년 동안에 많은 것이 축적되어 있지 않을까? 열 살의 어린이들이 빚의 개념도 희박하지만 노인들로부터 빚을 승계하는 일은 원천적으로 없어야 하지 않나? 아버지의 빚을 아들도 아닌 손자까지 승계한다는 것은 합당한 처사가 아닌 것 같다. 원칙적으로 손자나 손녀는 노인들의 빚을 승계할 의무가 없는 것이다. '우별잔치'에서는 유산의 승계만이 만일의 경우에는 아무 승계도 없는 일만이 있을 것이다. '소문난 잔치에 먹을 것 없다.' 지만 '우별잔치' 는 어느 잔치보다 풍족한 잔치이다. 사람이 죽은 것은 아니지만 거의 죽은 거나 비슷한 상황의 전개에서 이주일이나 우주선에서 잔치를 벌이는 것이 썩 즐거운 일일까? 의문이 들기도 한다. 사천 년의 일생에서 삼천 구백 살에 이주일 동안 죽기 전의 만찬을 하는 문화가 만들어지는 것도 순리일 것은 같다. 사형수의 마지막 밥상이나 돼지나 소가 팔려가기 전에 푸짐한 먹이를 먹고 몸의 무게를 늘이는 일이나 완전히 다른 일일까? 사천 년이나 자손을 많이 퍼뜨린 노인들은 우주선이 비좁아 많은 후손들과 같이 시간을 보내려면 매일 매일 후손들이 비행선에 바꾸어 탑승해야 하는 불편함도 있다. 아예, 비행선에 타기 전에 '우별잔치' 를 치르고 비행선에서는 또 소규모로 치려야 하는 이중의 부담도 있다. 대부분이 이중으로 잔치를 치러야 한다. 푸른 별로 가는 우주선을 타기 전에 큰 잔치를, 타고 난 뒤에는 작은 잔치를 벌려야 한다. 장례식은 사백 년이나 사천 년이나 일만 년이 지난 후에 다시 생각해야 하는 일이 된다. 최소한이 사백 년을 만나지 못하는 일이다. 어찌 보면 기가 막히는 눈물의 이별장면들이다. 이별은 가슴이 찢어지는 일이다. 이별은 슬픈 일이다. 이별주가 이별가가 달콤할 수 있나? 어쩌면 노인들에게 한 달이나 계속되는 이별주나 이별가는 고문이 아닐까? 부모가 같이 우주선을 타면 자식들은 동시에 부모님 두 분을 잃어버리는 듯 슬픔이 다가온다. 일만 년의 먼 길을 부모님들도 혼자 가기 싫어 노인부부 두 사람이 같이 갈 것이다. 부모님이 따로 따로 자식과 이별하는 것이 아니라 두 분이 동시에 같이 떠나시므로 이별의 장이 너무나 더 서글프고 서럽고 눈물이 난다. '우별잔치' 는 노인부부가 길을 같이 떠나는 예기치 못한 일로 세상이 더 눈물바다가 된다. 노인부부의 나이차이가 이천 살이나 일천 살이면 같이 떠나지 않을 지도 모르지만 그렇게 많이 차이나지 않는다면 같이 떠날 확률이 높다. 이 일을 막을 방법도 마땅치 않을 것이다. 그러면 부인이 많은 할아버지나 남편이 많은 할머니는 또 어떻게 해야 하나? 사람의 장례식도 어느 정도는 예상을 하지만 장례식 전의 이 행사는 완전히 예상이 된 상태에서 이루어지는 일이다. 예비 장례식인지 삼천 구백 살에 하는 결혼식의 재판인지 헷갈릴 지경이다. 삼천 구백 살에 하는 회갑이나 환갑의 재판인지 아리송하다. 어쨌거나 오래 살다보니 새로운 문화가 만들어지는 것이다. 꿈에도 상상하기 힘들던 해외여행이 당연해지고 우주여행이 당연해진다. 평생을 같이 산 부인이나 남편이 아닌 숨겨둔 애인이나 아니면 갑자기 최근에 생긴 애인이랑 '우별잔치'를 벌이고 우주비행잠을 같이 하겠다고 하여 시빗거리를 만드는 노인들도 등장하지 않는 것이 아니다. 냉동되어 우주비행잠을 자는 노인들이 뒤바뀌어 우주선을 타게 되면 깨어나서는 자신의 부인이나 남편이 아니어서 우스운 장면이 연출될 수도 있다. 신생아가 뒤바뀌듯이 일어날 수 있는 일이다. 시체실의 시체가 뒤바뀌어 화장되고 나면 일이 복잡해진다. 사람이 하는 일이기에 모든 실수는 발생할 수 있다. 사백 년이나 사천 년이나 일만 년을 푸른 별은 우주의 푸른 별로 가는 길에 냉동되어 우주비행잠을 자면서 갈 수가 없다. 현실적으로 어렵다. 그러면 자신은 비록 못 가지만 푸른 별의 DNA 라도 보내어 그 곳 우주의 푸른 별에서 푸른 별로 복제되어 그 땅을 밟도록 할 수는 있다. 그러면 지구에도 푸른 별이 살지만 우주의 푸른 별에 복제된 지구의 푸른 별이 살 수 있다. 그래서 서로가 화상으로 연락을 주고받으면 서로의 살아가는 모습을 생생하게 볼 수 있다. 노인들도 할 수 있는 방식이다. 그러면 냉동된 자신보다 냉동되지 않고 복제된 자신들이 우주에 먼저 정착하는 역전의 상황들이 발생한다. 일만 년을 냉동되어 우주비행잠을 자는 동안에 이미 사백 년 만에 도착한 우주의 푸른 별에서는 복제된 노인들이 살아가게 되니 복잡한 상황이 도출된다. 그렇게라도 사람들이 정돈이 잘되지 않은 듯 느껴지는 세상을 원할까? 지금도 시험관아기는 머리가 복잡할 지경이다. 아들부부가 불임이어서 시아버지의 정자를 며느리가 받아 시험관아기를 탄생시키니 법적으로는 손자나 손녀이고 생물학적으로는 머리가 아파지는 관계가 이루어진다. 타인의 정자보다 가까운 사람의 정자가 더 가족과 비슷할 것이라고 일부러 타인의 정자보다 가까운 사람의 정자를 시험관아기에 적용하여 일어나는 일이다. 아무래도 노인들이 일만 년이나 잠을 자는 것보단 사백 년 만을 잠을 자기를 원하거나 사백 년 만에 빨리 복제되어 우주의 푸른 별에 정착하기를 원한다. 수요가 가장 많은 것은 시간이 짧은 경우이다. 그렇지만 성공의 확률도 가장 낮기도 하다. 쉽게 되지 않는 일이기에 그렇다. 쉽게 된다면 더 빠른 시간 안에 해결이 나기를 사람들은 원한다.

간혹 사천 년을 가족이나 후손이 없이 홀로 산 대단히 외로운 사람들도 있다. 이들도 '우별잔치'를 해야 하건만 '우별잔치' 자체가 정신적, 육체적 고문이다. 푸른 별이나 푸른 별의 친구들이 이분들의 가족으로 임시로 봉사할 수 있다. 임시의 가족으로 일시적인 상황을 모면할 수 있지만 일회성의 과정을 마치고는 더 큰 상실감이 오지 않을까? 남북의 이산가족이 천신만고 끝에 일회성의 만남을 뒤로 하고 다시 기약 없는 이별을 해야 하는 아픔이 있다. 비슷한 경험이 아닐까? 아예, 안 하는 것이 더 인간적일까? 슬픔이나 우울함에 단련된 에너지는 건전한 힘이 잘 나오나? 사랑하겠다는 힘도 크지만 복수하겠다는 미움의 힘도 크다. 사천 년이나 사랑을 할 대상을 못 만나는 인간의 원초적인 능력이기도 하다. '짚신도 제 짝이 있다.'고 하지만 제 짝을 만나지 못하는 사람들이 있다. 동물의 세계에서는 극히 이례적이고 거의 없는 일이다. 넓은 범주로는 동물인 사람이 동물과 조금은 차이가 나는 부분이기도 하다. 제 짝을 찾는 능력이 왜 사람보다 동물이 더 발달되어 있나? 비혼이라는 개념은 동물에게는 없는 개념이다. 이상하게 사람은 결혼을 하지 않는 습성이 약간 있다. 과거 소련에서 이차대전에 사람들이 너무 많이 죽어 희한한 일도 일어났다. 한 마을에서 젊은 남자는 모두 전쟁터에 내몰려 다 죽고 겨우 두 사람이 살아왔건만 한 사람은 정신이상이 되어 남자 구실을 하지 못하고 제대로 사람 구실을 하는 젊은 남자는 한 사람 밖에 없는 일이 일어났다. 여자들은 많고 줄어든 인구는 늘려야 하고 한 남자가 많은 여자들의 남편이 되어 인구를 늘이는 일을 인위적으로 하게 되는 일이 벌어졌다. 어쩔 수 없는 상황이 만들어낸 일이다. 전쟁 후에는 상당히 괜찮은 여성들이지만 신랑감이 없어 평화 시보다는 훨씬 못 미치는 남성과 결혼을 하는 일이 일어난다. 생물학적으로 삼천 구백 살에 우주로 가는 사람들은 압도적으로 여성이 많을 것이다. 이들이 우주의 푸른 별에서 다시 살아나면 재혼을 할 일이 희박하지만 만약에 수명이 더 늘어난다면 성비의 불균형이 몹시 심해진다. 이차대전 후에 소련의 한 마을에서 벌어진 일이 재현될 여지가 있다. 노인들의 성비를 맞추려면 할아버지들이 할머니들보다 조금은 나이가 덜 할 때 우주로 가는 우주선을 타야 한다. 미지의 우주의 푸른 별에서 다시 태어날 것이 분명하지 않아도 다시 살아난다고 한다면 성비의 불일치로 인한 문제를 지구에서 미리 예방하여 우주로 나가야 한다. 그러면 우주의 푸른 별로 가는 노부부는 나이를 할아버지가 할머니보다 적게 조정하여 간다고 하면 삼천 구백 살이나 삼천 팔백 살에 노인들의 재결혼이 어마어마하게 많이 일어나나? 인위적으로 처리하기가 매우 어려운 영역이다. 아무리 방법을 동원해도 할아버지의 숫자가 월등히 적을 것이고 생물학적인 영역의 개선이 쉽지는 않을 것이다. 삼천 팔백 살이나 삼천 구백 살에 살아남은 소수의 할아버지들이 다수의 할머니들과 공존을 해야 할 것이다. 우주의 푸른 별에서 그 나이에 다시 환생하여 성생활이 활발할지 모르나 할아버지 한 사람은 많은 할머니를 파트너로 상대해야 할 이상한 일이 일어날 것이다. 제주도가 과거 인위적인 일로 인해 남성의 숫자가 줄어들고 여성의 숫자가 많아 벌어진 일과 비슷하진 않아도 흡사하기도 하다. 바다로 고기잡이 나가 남성이 많이 죽고 제주 4.3사태로 남자들이 많이 죽어버려 일어난 일이다. 인구가 한정된 섬에서 남자의 숫자가 인위적으로 줄어드니 그런 일이 일어났다. 삼천 구백 살에 한 사람의 여성이 아니라 여러 명의 할머니를 부인으로 맞이하는 일이 유쾌한 일일까? 이슬람이 네 명의 부인까지 두게 한 것은 전쟁으로 인해 과부가 된 여성들을 구제하기 위한 방편이었는데 세월이 지나 변질이 되긴 했다. 삼천 구백 살에 할머니들은 처녀 때보다 더 심한 경쟁을 거쳐 할아버지를 선택하는 피곤한 일을 하려 할까? 영감 없이 살려하지 않을까? 삼천 구백 살에 다시 구할 남편이나 그 남편의 본부인이나 아니면 제2의, 제3의, 부인이 되는 긴장의 나날을 받아들여야 할까? 그런 일이 실제로 일어난다면 재미있는 세상인가? 여성들은 제2의, 제3의 부인일수록 본부인보다 더 젊고 여성적인 매력이 훨씬 많다. 그리고 본부인보다 더 자기계발을 한다. 할머니들이 삼천 구백 살에 제2의, 제3의 부인이 되기 위해 자기계발을 하게 되면 이 할머니들이 수백 살은 젊어 보이고 인지능력이나 사회성이 높아져서 약간 더 오래 살게 되지 않을까? 정신을 바짝 차리고 몸매를 가꾸고, 건강을 챙기고, 살아남기 위해 필사의 노력을 한 덕택에 정말로 더 오래 살게 되는 것이 아닐까? 과거의 원시

사회나 농경사회에서 남편이 아내에게 관심을 가지지 않으면 아내는 자신뿐만 아니라 자신이 낳은 자식까지 생존에 치명적인 위협을 느낀다. 삼천 구백 살에 할머니들이 이런 처지로 전락한다면 좋은 일은 아니나 생존능력이 매우 발달하지 않겠나? 죽지 않으려면 살기 위해 진화하지 않을 수가 없다. 유태인은 과거 나라가 없는 사람들이라고 토지를 가지지 못하자 생존에 위협이 너무 커 살아남기 위해 머리를 쓰는 쪽으로 진화하더니 일반적인 나라보다 노벨상 수상자가 일백 배나 많은 쪽으로 나아갔다. 땅이 없는 대신에 머리가 일백 배나 똑똑해지는 것이다. 삼천 구백 살에 할머니들이 한 사람당 한 명의 할아버지를 맞이하지 못할 때 어떤 방향으로 진화를 할지 모를 일이다. 노벨상은 대단한 상이다. 인류의 삶의 방향을 결정짓는 것들이 많다. 지구에서 땅을 차지 못해도 살아남을 정도의 힘을 발휘해준다. 도시빈민들이 지하단칸방에서 가장 땅을 차지 못한 상태이지만 유태인처럼 일백 배의 힘을 내는 방향으로 진화할지 모르는 일이다. 땅을 가질 수 없다. 대책을 세워야 하지 않나? 지하단칸방 뿐이다. 대책을 세워야 하지 않나? 삼천 구백 살에 난데없이 첩으로 살아야 하는 할머니들이라면 대책을 세워야 하지 않나? 할아버지가 아니라 젊고 멋있는 남성을 구하여 오게 되나? 알 길이 없다. 씨수말처럼 암말에게 정액을 제공하는 멋진 숫말을 할머니들이 구하나? 그런 일이 벌어지지 않는다고 할 수도 없다. 그러면 일반적으로 동물들이 택하는 방식과 또 비슷하지 않나?

삼천 구백 살의 할머니들이나 삼천 팔백 살의 할머니들이 평생을 모은 재산이나 능력은 상당할 것이다. 그들이 합심하여 늙은 할아버지가 아니라 새파랗고 젊은 청년을 우주의 푸른 별에서 환생할 때 파트너로 한 사람 당 한 명이나 아니면 여러 사람에 한 명이나 수많은 할머니에 한 명이라도 짝으로 만들려는 계획을 실천한다면 할아버지들은 새로운 땅에서 바보가 되게 되는 일이 발생한다. 할아버지들도 할머니들과 똑같은 방식을 취한다면 삼천 팔백 살이나 삼천 구백 살에 할머니와 할아버지들이 원래의 파트너를 버리는 일이 우주에서 벌어질 것이다. 옛날에는 남성이 늙어서도 젊은 여자를 취하고 본부인을 멀리하는 일이 많았지만 현재는 많이 개선되어 있었는데 또 다시 그런 세상으로 되돌아가면서 여성들도 할아버지들과 똑같이 행동한다면 세상이 진화하는 것이지 퇴보하는 것인지 혼돈이 오는 세상인지 잘 모를 일이다. 삼천 팔백 살이나 삼천 구백 살에 할머니들이 아이를 낳을 수 있나? 할아버지들은 아이를 낳을 수 있나? 현재는 여성들은 나이가 많아 폐경이 오면 아이를 낳을 수 없으나 남성은 나이가 많아도 아이를 낳을 수 있다. 사람의 수명이 사천 살이 되어도 여전히 그럴까? 할머니들이 삼천 팔백 살이나 삼천 구백 살에 아이를 낳을 수 없는데 굳이 젊은 남성을 필요로 할까? 할아버지들은 아이를 낳을 수 있다면 젊은 여성을 필요로 하게 되나? 그러면 가장 편차가 심한 경우는 20대의 여성이 삼천 구백 살의 남성과 결혼하는 일이 일어난다는 것인가? 십대 후반의 여성이 70대 남성과 결혼하는 것과 같은 일처럼 20대 여성이 삼천 구백 살의 남성과 결혼식을 올린다. 얼마가지 않아 젊은 여성은 다른 남성과 다시 결혼해야 할 것이다. 실제로 그런 일이 일어난다면 20대 여성이 삼천 구백 살의 남성과 살다가 이 남성이 죽고 난 뒤에 다시 자기 또래의 매우 젊은 남성과 다시 결혼한다면 어떤 기분이며 두 남성의 차이점은 어떤 경험일까? 사람의 수명이 너무 길어질수록 부부 사이의 나이차이도 상상을 초월하게 많이 벌어질 수 있다. 우주의 푸른 별로 간 경우에 일만 년이나 잠을 자고 난 뒤에 다시 환생한 노인이면 할아버지는 일만 사천 살 가까이 이른다. 일만 사천 살에 20대 여인과 결혼한다. 일어날 수 있는 사회현상이다. 이론적으론 일어나는 경우의 수이다. 감당이 잘 안 되는 세상이다. 과거의 왕이나 황제들이 내시나 환관을 만들어 남자의 구실을 못하게 만드는 일이 있었다. 중세 유럽에서는 전쟁터에 나간 귀족들이 부인의 몸에 정조대를 채워 성생활을 못하게 만들었다. 인위적으로 사람의 신체에 위해를 가해 성을 억압하기도 했지만 일만 사천 살에 20대 여인과 사는 일이 가능하다는 것이 가능한 세상이 온다는 것인가? 역으로 일만 사천 살의 할머니가 20대 남성과 결혼하는 일이 일어나나? 할머니가 생식능력이 있어야 하고 매력이 대단해야 할 것인데 일어나는 일일까? 남녀가 만나거나 아이가 생기는 문제는 한 공간 안에 있게 되면 일어날 확률이 많다. 한 공간 안에 있지만 아이가 생기는 문제를 방지하려니 내시나 환관이 만들어지는 일이 일어났다. 사람이 사는 한 공간에 일만 사천 살의 남성과 20대의 여성이 있다면 일어날 개연성은 있는 것이다. 조선 시대에 왕의 측근 내시가 40여 명, 궁 안의 내시가 130여 명, 궁으로 출퇴근을 하는 내시가 200여 명, 400여 명 정도가 있었다고 한다. 궁녀는 600여 명 정도라 한다. 궁녀와 내시가 일천 여 명의 인원이다. 내시가 없었다면 수많은 생명들이 탄생했을 것이다. 유럽에는 내시가 있었는지 궁금하다. 중국과 한국은 과거에 있었다. 우주의 푸른 별은 가장 가까운 곳이 400년이나 걸리고 먼 곳은 사천 년이나 일만 년이 걸린다. 가장 가까운 우주의 푸른 별이 400년의 거리인데 우주의 제1푸른 별이라고 하면 400년이나 우주비행잠을 자야 도달할 수 있고 첫 도착자는 최소한 400살이다. 우주선에서 마지막 10년에 태어나 우주의 제1푸른 별에 내렸다면 10살이다. 열 살이나 삼천 구백 살의 노인이 같이 내릴 것이다. 삼천 구백 살의 노인은 나이를 400살은 더 보태어 계산할지 아니면 다르게 표시해야 할지 그것도 문제이다. 실제로 일어난다면 우주의 제1푸른 별에서 20대 여성과 삼천 구백 살에 400살을 더한 할아버지와의 결혼이라는 일이 일어날 확률은 존재하게 된다. 조선 시대의 내시 중에 출퇴근 하는 내시는 결혼도 하기도 했다. 궁녀는 죽는 날까지 결혼이 허락되지 않았다. 만약에 광고문구로 삼천 구백 살에 20대 여성과 결혼이 된다. 고 광고가 된다면 우주의 푸른 별로 가지 않을 할아버지가 있을까? 할머니들은 어떻게 해야 되나? 반대로 광고하나? 생물학적으로 반대의 일이 거의 없으니 사기라고 할까? 20대 여성이 어떻게 할아버지를 받아들이나? 일어나지 않는 일이지 않나? 우주의 푸른 별에 또래의 20대 남자가 없고 남자라고는 삼천 구백 살의 할아버지뿐이라면 일어날 수 있는 일이다. 400백 년의 우주비행 잠 마지막 10년에 시험관에서 태어나는 아이가 남자아이는 태어나는 것이 불가능하고 여자아이만 태어나는 것이 가능한 구조라야 일어날 수 있는 일이다. 그러면 우주의 푸른 별로 할머니들은 가기 싫어하지 않을까? 남녀의 평등성에 위배되고 여성의 권리가 너무 불공평하지 않은가? 그러면 여성들은 자기들도 삼천 구백 살에 아이를 낳을 수 있고 20대 여성 같은 매력이 있게 되기를 원하지 않을까? 여성들의 고민도 해결이 되면 삼천 구백 살의 할머니가 20대의 남성과 살게 되는 일이 일어날 것이다. 그러면 사람의 나이는 무슨 소용이 있나? 삼천 구백 살의 남녀가 20대와 같다고 하는데. 우주의 푸른 별이 그런 곳이라고 하면 지구의 많은 사람들이 우주의 푸른 별로 몽땅 가버리고 지구는 폐허가 될 것이다. 푸른 별은 십 년이 지나면 20대의 여성이 된다. 만약에 푸른 별이 20대에 삼천 구백 살의 할아버지와 결혼한다면 끔찍하지 않나? 도대체 할아버지가 무슨 매력이 있어야 일어나는 일이 될까? 조선의 영조처럼 할아버지나이에 어린 왕비를 맞이하는 일이 일어나나? 왕이므로 일어나나? 공자의 아버지처럼 할아버지나이에 어린 신부를 맞이하여 공자를 낳나? 70대의 공자 아버지와 10대의 공자 어머니가 들에서 야합(野合)하여 공자를 낳은 것이다. 공자(孔子)가 세상에 나온 것이다. 20대 여성과 삼천 구백 살의 할아버지 사이에서 공자보다 더 나은 인물이 태어나나? 모를 일이다. 할머니들이 삼천 구백 살에 아이를 낳을 수 있고 20대의 남성과 결혼이 되는 우주의 푸른 별이라고 하면 우주의 푸른 별로 날아가지 않을 할머니들이 있을까? 푸른 별이 십 년이 지나 만날 세상은 지금 알 길은 없으나 재미있는 세상이 아닐까? 20대 여성과 20대 남성이 삼천 구백 살의 할머니나 할아버지를 받아들일 수 있는 조건이 되어야 무리가 따르지 않는 일이 일어난다고 할 수 있다. 상대방에게 무리수가 아니어야 한다. 내시나 궁녀는 개인적으로 좋은 일은 아니다. 현대의 관점으로는 무리수이다. 내시나 궁녀는 사라지고 없다. 종신으로 하는 왕도 거의 없어지는 지금이다. 삼천 구백 살까지 남녀가 20대의 젊음을 유지할 수 있다. 풀 수 없는 영역이지만 풀어야 하는 문제이다. 이 문제가 풀려야 푸른 별이 20대에 삼천 구백 살의 20대 젊음을 유지한 할아버지와 결혼을 해도 불만이 없지 않을 것인가? 이 할아버지가 푸른 별이 살 수명을 비슷하게 살아주어야 답이 나오지 않나? 참으로 어려운 문제이다. 20대의 젊은 남성이 삼천 구백 살의 20대 젊음을 유지한 할머니를 만나 이 할머니와 자신의 평생을 같이 살아갈 수 있어야 음양의 조화나 평등성이 문제가 되지 않을 것이 아닌가? 풀 수 있는 수수께끼일까? 유태인처럼 일백 배의 노벨상을 많이 받는 사람들이라면 풀어낼까? 유태인 6백 만 명이 학살되자 아인슈타인은 원자폭탄이라는 카드를 만들어낸다. 원자폭탄이 이차대전의 확전을 막는다. 일본은 원자폭탄을 보고는 두 손을 든다. 일본은 재빨리 두 손을 든다. 처음엔 믿을 수가 없었지만 현실임을 알아차린 때문이다. 상대방을 알기는 쉽지 않다. 상대방의 카드를 읽어내기도 쉽지 않다. 카드놀이에서 자신의 카드 패를 상대방이 훤히 알고 있을 때 이기기는 쉽지 않다. 상대방은 자신의 카드 패를 알고 있는데 자신은 상대방의 카드를 읽지 못하고 있으면 승산은 이미 기우는 것이다. 히틀러의 속셈을 미리 알고 대처했더라면 어떤 일이 일어나지 않았을까? 우주의 푸른 별에서 일어날 일을 미리 알 수 없을까? 매우 알고 싶은 부분이다. 첩보위성을 많이 가지고 있으면 상대방의 움직임을 많이 알 수 있다. 우주의 푸른 별에 가기도 힘든데 언제 우주의 푸른 별에 첩보위성을 보내 우주의 푸른 별을 알아내나? 삼천 구백 살의 할머니와 할아버지들이 20대의 젊은 남녀와 결혼하는 결혼식 동영상을 언제 보게 되나? 첩보위성이 영상을 보내주나?

　　푸른 별은 우주의 푸른 별로 가는 여행에서 한 할아버지의 사백 년 동안의 우주비행잠에 동행을 하게 된다. 이주일 동안 같이 날아가고는 다시 이주일 동안 지구로 돌아온다. 이 할아버지는 삼천 구백 살을 홀로 산 너무나 외로운 할아버지이다. 손자나 손녀가 없기에 푸른 별과 몇몇 친구들이 봉사를 해주는 것이다. 장례식과 별 차이가 없을 여행이지만 정확하게는 장례식이 아니고 희망의 길이기도 하다. 할아버지가 살던 지구에 있는 집은 푸른 별과 친구들이 봉사의 대가로 공짜로 가지게 된다. 푸른 별과 친구들이 놀이 별장이 생기는 셈이다. 할아버지는 돌을 수집하는 취미가 있었다. 모아 놓은 많은 돌들을 푸른 별과 친구들에게 나누어 주었는데 오래 간직할지 의문스럽기도 하다. 할아버지가 가졌던 집과 수집했던 돌은 지구의 꼬마들에게 돌아가는 지금이다. 우주의 푸른 별 중에서 가장 가까운 제1의 푸른 별로 할아버지가 간다. 외로운 일생이 사백 년 동안 잠을 자는 시간으로 더 길어지고 깨어나서는 남은 일백 년을 어떻게 지낼지 알 수는 없다. 사백 년의 시간 안에 획기적인 수명의 연장이 일어날지 추측이 쉽지도 않다. 삼천 구백 년의 시간이 주어졌는데도 여인이 생기지 않고 자식이 생기지 않을 수가 있나? 정말로 가능한 일일까? 삼천 구백 년 동안 마음에 드는 여성도 없었고 마음에 드는 여성이 할아버지에게 접근하지 않았단 말인가? 사람이 삼천 구백 년의 시간을 주어도 제 짝을 찾아내지 못하는 수준이란 말인지 아리송하다. 어쨌거나 할아버지는 가족이 없다. 부인도 없다. 그 덕택에 푸른 별과 친구들이 놀이 별장과 돌을 나눠가지게 되는 것이다. 의자에 오래 앉아 있거나 자전거를 오래 타거나 우주선을 오래 타고 갈 때나 승용차를 오래 탈 때도 몸을 많이 움직이지 못하여 불편하다. 의자에 오래 앉아 있을 때도 의자의 밑에서 안마기능이 있으면 견디기가 훨씬 낫다. 자전거도 안장에서 안마기능이 있으면 멀리 타고 가도 엉덩이가 아프지 않을 것이다. 우주선도 앉아 있는 좌석이나 누워 있는 자리에서 온몸에 안마기능이 있으면 견디기가 낫다. 한 달 동안 몸을 잘 놀리지 못해 불편한 몸을 가뿐하게 할 수 있다. 냉동되어 우주비행잠을 자는 동안에는 안마기능이 그렇게 필요하지 않지만 한 달 간의 우주비행에는 필요한 일이다. 자전거를 타고 갈 때도 엉덩이가 아프지만 태양빛을 자전거가 받아 전기로 바꾸어 안장이 안마기능을 하게 되면 훨씬 자전거 타기가 좋다. 발로 페달을 밟으면 전기가 만들어져 그 전기로 안장의 안마기능이 가능하게 해도 편리하다. 우주선에서는 꼭 해야만 한다. 우주선을 오래 타면 사람의 몸에서 칼슘이 빠져나가 척추가 약해지므로 운동을 꼭 해야 한다. 우주선의 좌석이나 잠자리나 모든 요소가 몸이 닿으면 안마기능을 발휘해서 우주선 안에서 계속 몸이 자극을 받게 해야 할 것이다. 장거리로 운전을 하는 승용차의 운전자도 운전석에 앉아있지만 안마기능이 이루어져 몸이 굳는 것을 방지하면 좋다. 푸른 별과 푸른 별의 친구들이 좁은 우주선에서의 한 달이지만 안마기능이 너무나 잘 활용되면 몸이 굳어지거나 둔해지는 것을 방지할 수 있다. 할아버지는 왜 돌을 모았을까? 할아버지가 말씀을 해주지 않으면 모르는 일이다. 아이들은 궁금하면 물어본다. 물어보면 답이 나오거나 나오지 않거나 하지만 나오는 일이 많다. 지구의 어느 곳이나 돌이 없는 곳은 거의 없을 것이다. 돌에 무슨 의미가 있는 것이란 말인지 알 수 없다. 뾰족한 돌 위에 앉으면 엉덩이가 아파 앉을 수가 없다. 앉으려고 하면 평평한 돌 위에 앉아야 한다. 여름에는 시원하지만 햇볕을 받아 달구어져 있으면 앉을 수가 없다. 그늘 밑의 평평한 바위여야 앉을 수가 있다. 겨울이면 햇볕을 받아 달구어진 바위에 앉기가 쉽다. 여름날 승용차 안의 좌석은 에어컨을 켜지 않으면 너무나 뜨겁다. 우주선 안은 이런 불편들이 없다. 너무나 멀리 오래 가므로 사람들의 신체적인 변화를 막아줄 정도로 세밀히 설계되어야 한다. 할아버지의 수집품이 돌이므로 우주선 안에도 돌로 된 의자에 앉아 푸른 별과 친구들과 할아버지가 시간을 보낸다. 놀랍게도 돌로 만든 의자가 이렇게 몸에 편안하다니 믿기지가 않는다. 삼천 구백 년 동안에 찾아낸 돌의 오묘함 때문인지 특이한 돌로 만든 의자이다. 돌에서 알 수 없는 암흑물질이 새어나오는 것일까? 자전거나 승용차나 비행기나 배의 좌석에 돌로 된 의자를 놓으면 좋을 것 같다. 서서 걷거나 달리거나 하지 않으면 사람들은 늘 앉아 있거나 잠을 잘 때는 누워 있다. 의자나 침대나 사람의 엉덩이나 몸이 닿는 부분에서 늘 안마기능이나 사람에게 이로운 암흑물질이 나와야 사람에게는 좋다. 힘의 상징으로 사람들은 의자에 호피를 받쳐 자신의 신분을 표시하기도 한다. 호랑이를 잡아 가죽을 이용하는 일이지만 사람들이 노리는 것은 어쩌면 과시욕이다. 돌로 된 의자가 보석이라서 그런 효과가 나오는가? 꼬마들은 돌이 보석인지 돌인지 구분을 잘 못한다. 사람의 기분에 보석으로 된, 옥으로 된, 돌 의자 위에 호랑이의 가죽으로 덮어 사용하면 꽤 권위와 힘이 있는 왕처럼 느껴지나? 그것이 사람을 편안하게 하는 요소인가? 다른 요인이 있나? 할아버지가 별 쓸모없는 돌도 많이 모았겠지만 옥이나 보석을 모은 것이 아닐까? 그렇다면 아이들은 상당한 값이 나가는 물건을 선물로 받은 것이 아니냐? 돌 가운데 인체에 좋은 기를 전달하는 돌을 이제껏 할아버지는 모으지 않았을까? 아니면 먼 우주에서 날아온 돌들만 모은 것일까? 보름 동안에 꼬마들은 돌에 대한 많은 신비한 것을 할아버지로부터 알게 될까? 우주선 안의 돌로 된 의자들은 알고 보니 사백 년 후에는 우주의 푸른 별에 내려질 수 있다. 가장 지구에서 가지고 가고 싶은 것을 우주의 푸른 별로 가져가는 것이 아닐까? 지구의 돌이 우주로 가는 것이다. 가장 지구적인 정보를 지닌 지구의 산물이 우주로 간다. 할아버지는 평생을 돌을 수집한 사람이기 때문이기도 하다. 돌로 만든 의자, 돌로 만든 침대, 돌로 만든 집, 돌로 만든 성벽, 돌로 만든 궁전, 돌로 만든 교회나 절이나 회교 사원, 돌로 만든 도로, 돌로 만든 것들이 많다. 돌 가운데는 보석이 가장 비싸다. 돌이라고 생각한 것이 모두 보석이라면 할아버지는 도대체 얼마나 부자란 말인가? 앉아 있는 돌로 된 의자가 보석이라면 돈으로 어마어마한 것이 아니냐? 할아버지는 돌을 모은 것일까? 보석을 모은 것일까? 돌이라면 별로 주목을 받지 못했을 것이지만 보석이라면 그 엄청난 부로 인해 일생이 그렇게까지 홀로 살게 될 수가 있나? 보석이 아니라 돌인 때문에 혼자 살게 되었나? 보석을 많이 가진 사람을 여인들이 가만둘 리가 있나? 돌을 많이 가진 사람을 여인들은 가만두나? 돌인지 보석인지 반반만 믿는 여인들은 반반만 할아버지에게 접근했나? 돌인지 보석인지 이제는 꼬마들에게 소유권이 넘어갔다. 우주에는 암흑물질이 많다. 인간이 모르는 물질이다. 인간이 아직 다다르지 못한 영역이다. 은이나 금이나 보석인지 모르는 암흑물질이다. 할아버지는 지구에서 돌을 모았지만 우주의 푸른 별에서는 암흑물질을 모을까? 알 수 없는 일이다. 사람의 몸속에 있는 피도 여러 가지 역할을 한다. 에볼라 바이러스에 감염된 사람은 특효약이 없다. 거의 죽고 만다. 치사율이 대단히 높다. 그런데 살아나는 사람이 있다. 콩고에서 사람들이 죽어가자 콩고의 의사들은 에볼라 바이러스에 살아난 사람의 피를 감염된 사람에게 주입하자고 하고 서양의사들은 극구 반대했다. 검증이 되진 않았지만 콩고 의사들이 살아난 사람의 피를 감염된 사람에게 수혈하자 10명 중에 9명이 살아나는 90%의 성공률을 보였다. 지금으로선 가장 확실한 치료법이 이것뿐이다. 면역력이 있는 사람의 피가 에볼라 바이러스를 이기는 모양이다. 후천성면역결핍증인 에이즈도 면역이 있는 극소수의 사람이 있다고 한다. 할아버지는 삼천 구백 살이 되도록 여인을 통해 자식을 만들지 못한 극소수의 이상한 사람인가? 애를 못 낳는 남자인 모양인가? 남성호르몬에 문제가 있는 사람이 아닐까? 돌로 된 의자나, 돌로 된 침대나, 돌로 된 물건들이 암흑물질을 만들어내어 아이를 못 낳게 만들었나? 연구를 해보야 할 일이다. 만약에 꼬마들이 성장하여 애를 못 낳는다면 할아버지의 돌이 문제가 될지 알 수 없으나 아직은 더 시간이 지나봐야 알 수 있다. 호랑이 가죽이 사람을 용맹스럽게 만드나? 전쟁터에서 여자의 팬티가 총알을 막아주나? 마릴린 먼로가 한국에 와서 팬티를 던져주는 것이나 월남에서 김추자가 팬티를 던져주는 것이나 죽음 앞의 병사들이 총알을 피했나? 할아버지의 돌들이 보석이면 돈이 되고 아이를 못 낳는 암흑물질이 나온다면 좋아할 사람이 있나? 에볼라 바이러스에 면역이 있는 사람의 피나, 에이즈에 면역이 있는 사람은 의학에서 대단한 연구의 대상이고 활용을 하려고 온갖 연구를 할 것이다. 우주선 안에는 꼬마들과 할아버지뿐이다. 이주일의 시간이 지나면 사백 년이나 연락이 두절된다. 사백 년이라는 침묵의 시간이 흘러야 한다. 사백 년이면 에볼라 바이러스도 에이즈도 정복이 될까? 정복이 될 확률이 높지 않나? 일만 년이면 대단히 달라질 지구일 것이다. 대단한 권력자가 아니면 의자에 호피를 씌우지 못한다. 동물을 보호해야 하므로 이제는 더 더욱 그런 일이 잘 일어나지 않을 것이다. 군사쿠데타로 인해 권력에서 밀려난 윤보선 전 대통령이었지만 의자에 덮인 호피는 전직 대통령임을 간접적으로 증명하는 것이기도 하다. 돌로 된 의자에는 호피가 덮여 있지 않다. 에볼라 바이러스를 막은 콩고 의사들의 의자에도 호피로 덮여야 하지 않나? 할아버지는 돌 의자에 꼬마들과 같이 앉아 있다. 마지막 가는 길이 매우 차분하고 정신이 온전한 상태에서 지내는 일이므로 흐트러질 이유도 전혀 없다. 우주의 푸른 별로 가는 노인들이 모두 제정신이고 육체적으로 큰 무리가 없는 상태이므로 가장 합당한 선에서 길을 떠나는 것이다. 여기서 한 발자국이라도 더 나가면 정신도 혼미하고 육신도 가누기 힘들어 판단력이나 모든 것이 흐트러진 상태에서 일이 진행될 것이지만 그 앞 단계이므로 세상이 잘 순환된다. 사람이 갈 때를 잘 아는 것이 매우 중요하다. 높은 산을 올랐으면 내려오는 일이 순탄해야 한다. 산을 잘 내려와야 사고가 나지 않는다. 갈 때를 알고 잘 해야 추하지 않게 된다. 나이가 들어 무엇을 하려하면 젊을 때 하려한 것과 똑같은 일이라도 노욕으로 여겨지고 그렇게 인정을 한다. 할아버지에게 돌 의자는 무엇을 가르쳤나? 꼬마들은 이제껏 돌 의자에 앉아본 경험이 없다. 할아버지가 돌을 수집하는 사람이므로 돌 의자에 앉아보는 것이다. 할아버지가 호피를 깐 의자에 앉아 있고 의자에 모두 호피가 깔려 있으면 호피 깔린 의자에 처음 앉아보는 것이다. 권좌나 옥좌에 앉아 있으면 그 자리는 예사자리가 아니다. 할아버지가 모든 옥좌에 앉아 있으면 옥으로 만든 의자에 앉아 있는 것이다. 옥이나 돌이나 보석이나 비슷한 듯 다르다. 꼬마들이 앉아 있는 돌 의자가 옥인지 보석인지 아이들은 판별을 못한다. 헝겊에 호랑이를 새겨 넣어 돌 의자 위에 깔아도 별 관심이 있을까? 인조 가죽으로 호랑이 가죽을 만들어 옥으로 된 의자 위에 깔면 약간은 다른 느낌을 꼬마들이 느낄까? 아프리카에서는 호랑이 가죽 대신에 사자 가죽을 옥으로 만든 의자 위에 까나? 우주의 푸른 별로 가는 마당이니 푸른빛이 나는 옥으로 된 의자 위에 무엇을 까나? 우주로 날아가는 대단한 새는 무엇인가? 의자에 까는 넓이를 생각하면 공룡같이 너무 큰 것은 곤란하다. 사람들이 본 우주로 날아가는 새는 우주선이다. 옥으로 만든 돌 의자가 일곱 색깔 무지개 색으로 수시로 변하고 깔리는 가죽도 일곱 가지의 동물로 바뀌게 하나? 인조로 만든 사자, 호랑이, 북극곰, 또 네 마리의 동물은 무엇이냐? 그러면 꼬마들이 너무나 강력한 무엇을 지닌 사람처럼 의자에 앉았단 말인가? 사실, 일곱 가지 색깔의 의자로 변하고 일곱 가지 동물 가죽으로 의자 위에 깔게 하는 기술이 어렵지 않다. 꼬마들이 대단한 권력자들이 해보지 못한 권위를 장난삼아 하게 되나? 푸른 별과 친구들이 해 보는 일이 그냥 일반적인 일이지 않나? 사람이 사자, 호랑이, 북극곰 말고 다른 어떤 동물을 의자에 깔고 앉아야 마음이 흡족할까? 네 마리를 더 생각해 내어야 하는데. 그거야 꼬마들이 의자에 앉아서 놀면서 찾아보면 된다. 토끼, 강아지, 닭이나 이런 동물을 꼬마들은 생각하나? 그러면 호랑이나 사자나 북극곰과는 그림이 잘 맞지 않는다. 동물 대신에 우주의 푸른 별 모양의 인조 가죽을 의자 위에 까나? 그것도 하나의 방법은 된다. 꼬마들이 의자에 까는 가죽에 부모님을 새겨 넣어 깔고 앉는다던지, 학교 선생님이나 대통령을 새겨 넣어 깔고 앉는다던지, 하느님이나 부처님을 새겨 넣어 깔고 앉는다면 어째야 하나? 못하게 할 공산이 크다. 함부로 깔고 앉는 것이 아니라는 정신적인 문제가 있다. 호랑이나 사자나 북극곰은 깔고 앉아도 시비를 걸지 않는다. 실제의 동물 가죽이라면 사람들이 동물보호차원에서 시비를 걸 것이다. 그러면 푸른 별을 의자에 까는 디자인으로 사용하는 것도 문제가 되나? 될 수도 있고 안 될 수도 있고 야릇한 문제이다. 우주의 푸른 별을 의자에 까는 디자인으로 사용하는 것은 불경스러운 일일까? 좀 찜찜한 느낌이 있다. 왜 이런 미신적인 사람의 심리가 작용하나? 지구가 둥글지 않고 네모이다. 명나라와 잉카는 서로의 존재를 모른다. 그러나 지금은 우주의 푸른 별로 가는 길목으로 들어서고 있다. 푸른 별은 우주의 푸른 별로 가는 길목에 들어섰다. 끝까지 갈 수는 없어도 갈 수 있는 터전을 보고 있다. 열 살의 나이로도 가능성의 길이 열려 있음을 알 수 있다. 우주의 푸른 별이 현실의 일로 작동하는 지금이다. 푸른 별과 친구들이 한 달 간은 그 느낌을 공유할 수 있다. 노인들이 실제로 실행하는 냉동된 채로 우주비행잠을 자지는 않지만 세월이 많이 지나며 해보게 될 것이다. 푸른 별이 우주의 푸른 별을 찾아가는 발걸음이 길어야 한 달이라 한계성에 직면하지만 대단한 일이 아니냐? 한 달의 경험이 일생을 좌우할 수도 있다. 노인들은 기꺼이 우주로 가려고 하고 꼬마들도 그 길을 동참하여 확인이 되는 마당에 이 과정들은 모두가 사람이 사는 세상의 문화가 아닐 수 없다. 문화는 인간이 만들어내는 견고한 영역이다. 원시인들도 사람이 죽으면 장례의식을 치렀다. 지금까지 그 방식이 없어지지 않는 정신적이며 물질적인 영역이다. 사람이 자꾸만 능력이 계발될수록 지구는 좁아지고 필연적으로 우주로 가지 않을 수가 없다. 우주로 가는 방법이 획기적으로 나아지지 않는 이상은 우주로 가는 이런 문화적인 방법들이 유지될 공산이 크다. 푸른 별이 어린 나이이지만 미래의 문화를 선도하고 만들어가는 첨병이 되고 있다. 우주의 푸른 별로 가는 사람들이 만들어내는 문화나 붉은 별이나 노랑별이나 가지각색의 별로 가는 사람들도 문화를 만든다. 우주로 가는 방법은 거의 비슷하고 문화는 엄청나게 다르지는 않을 것이다. 푸른 별은 우주의 푸른 별로 가는 길을 개척하는 데 동참한 사람이다. 어깨가 으쓱해지는 일이다. 열 살밖에 안 된 푸른 별이지만 이제는 자꾸만 재산이 생긴다. 재산을 관리할 만큼의 나이는 아니지만 의도하지 않았는데도 재산이 늘어나는 것이다. 재산은 왜 생기고 줄어들고 하는 것일까? 사람은 나이가 들수록 건강은 줄어든다. 늘어나는 청년시절이 있지만 그 시절이 지나면 영원히 늘어나지 않는다면 불변의 진리가 있다. 재산이 아무리 늘어난들 늘어나는 주름살과 줄어드는 힘을 지탱해주지 못한다. 노인이 되어 우주비행잠을 자게 되면 재산은 무용지물이다. 푸른 별이 아무리 많은 재산을 모아도 노인이 되어 우주의 푸른 별로 날아가 환생을 하게 되려면 재산은 필요가 없다. 그 때는 필요가 없겠지만 지금은 생기면 생기는 대로 그냥 모아둘 뿐이다. 돌 의자나 옥으로 된 의자나 보석으로 된 의자나 그 위에 아무 것도 깔지 않나? 아니면 무엇을 까나? 지구로 돌아와서는 너무 많은 돌 의자나 돌 조각품들을 주물러 보아야 할 판이다. 아무 생각 없이 잊어버리나? 그것이 더 편할지도 모를 일이다.

12. 고향으로

아태부3세와 학교의 친구들은 대부분이 고향으로 발길을 돌린다. 부모형제를 만나러 이제 왔던 길을 되돌아간다. 수구초심(首丘初心)의 늙은 여우는 아니지만 고향(故鄕)으로 간다. 즐겁고 행복했던 친구들과의 우정이 잠시 숨을 고르는 시간이다. 아태부3세는 멋있는 친구들과 학교생활을 즐겼다. 긴 세월이 지나면 기억이 가물가물해지겠지만 지금은 생생한 기억들이 남아 있다. 쓰디쓴 기억들도 나이가 많이 들면 달콤한 기억으로 바뀌어 질 것이다. 아름답게 다시 기억이 되는 과정이 일어날 것이다. 초콜릿은 달콤하다. 원래 초콜릿의 원료는 달콤한 것이 아니다. 원산지에서 온 초콜릿이 스위스에서 가공을 거쳐 달콤하게 바뀌게 된다. 스위스의 겨울은 길고 춥다. 지루한 겨울의 시간을 보내야 한다. 긴 시간 동안 씨름하다보니 시계나 특이한 스위스의 산물이 나온다. 스위스에서 드디어 쓰디 쓴 초콜릿의 원료가 우유와 만나고 가공 과정을 거쳐 달콤한 초콜릿으로 변형이 된다. 초콜릿의 원료인 카카오를 생산하지만 평생 동안 초콜릿 맛을 보지 못한 원료 생산자들이 있다. 세상은 많이 불공평하다. 어쩌면 한국도 그런 일에 해당되나? 인삼을 많이 재배하는 한국이지만 스위스는 인삼을 수입하여 인삼의 추출물인 아주 유용한 약물을 만들어 높은 부가가치를 붙여 세상에 내놓는다. 이 약물을 한국 사람들은 사 먹을 형편이 되지 못한다. 정밀한 시계, 쓰디 쓴 카카오에서 달콤한 초콜릿으로, 인삼에서 인삼추출물의 신약으로 만들어 내는 스위스이다. 아태부3세는 스위스 같은 곳에서 많은 재주를 배워 고향으로 가고 있는 것인가? 가파른 산과 곡물을 생산할 농토도 많지 않고 불리한 조건을 극복하는 스위스이다. 시계, 초콜릿, 인삼추출물로 변형을 가한다. 아태부3세는 공부하면서 배운 것과 친구들과의 우정을 나눈 시간을 통해 무슨 변화를 몸과 마음과 정신에 담아가게 되나? 사람이 정밀한 것을 다루는 성질도 있지만 다루기 싫어하는 성질을 지닌 사람도 있을 것이다. 한 나라의 산업구조가 정밀한 것을 하게 되는 구조라면 그런 일을 하는 사람이 많다. 자연적인 상태로 먹을 것이 풍부하고 기후조건이 혹독하지 않다면 굳이 머리를 많이 쓰려고 애쓰지 않을 사람들일 것이다. 아태부3세가 돌아가는 지하국가5는 어떤 상태인가? 사람들이 피곤할 정도로 머리를 많이 쓰도록 요구하는 면이 강한 세상이다. 적응의 강도가 스위스보다 낮다고 보기 어렵다. 정밀산업인 시계나, 바이오산업이나, 연구나 숙련을 요하는 과정이 높다. 정말로 긴 시간인 사천 년이 무엇을 개발하거나 연구하게 만든다. 긴 겨울이 해마다 찾아오는 스위스의 나날보다 더 긴 시간이 사람들에게 주어져 있다. 10년을 근무하는 북한 병사의 숙련도와 21개월을 근무하는 남한의 병사들과는 숙련도에서 차이가 많이 난다. 그러나 극복하여야 하는 고충이 있다. 스위스는 바다가 없다. 지하국가5도 바다가 없다. 그러나 인공의 바다를 만들어 넣은 지하국가5이다. 스위스에는 호수는 많다. 호수 근처의 산비탈에 만들어진 마을들은 풍경화의 한 장면들이다. 지하국가5에서 인공적으로 만들기 쉽지 않은 풍경들이다. 아태부3세가 돌아오는 고향은 풍경이 변할 시간적인 기간이 너무 짧아 아무런 변화가 없다고 해야 할 것이다. 심리적인 요인으로 말미암아 다르게 보이는 차이일 것이다. 지하국가5는 인공으로 만든 미가 존재하지 자연적인 미가 존재하지 않는 나라이다. 원초적인 자연이 존재하지 않는 나라이다. 아태부3세나 국민들은 원초적으로 자연적인 사람이지만 국토는 인위적인 방법으로 만든 것이다. 고향의 사람들은 자연적인 사람이지만 고향의 풍경이나 모습들은 자연이 아니다. 21세기 도시의 초등학교에 다니는 아이들에게 풍경화를 그리게 하면 농촌의 모습이 아니라 고층빌딩의 도시의 그림을 그린다. 그들이 보는 자연은 빌딩으로 둘러싸인 도시이기 때문이다. 풍경화(風景畵)가 아니라 도시화(都市畵)이다. 지하국가5의 풍경이 상상이 되나? 아태부3세는 고향의 그림이 인위적이란 사실을 알게 된 지금이다. 지구의 지표면은 자연적인 요소가 많지만 지하국가의 나라들은 모두가 인위적인 요소로 구성이 된 나라들이다. 그 차이를 알 수 있는 비교의 대상이 원래의 지구 지표면이다. 지구의 지표면도 고층화 된 마천루의 도시와 5미터마다 층층으로 만들어진 하늘국가 때문에 완전한 과거의 지구의 지표면이 아니지만 그렇지 않은 오지를 찾아가면 지구의 과거 자연적인 모습을 대하게 되고 여기에서부터 인공과 자연의 차이를 명확하게 발견하게 된다. 아태부3세는 고향의 그림에 혼돈이 오지만 인공의 지하국가5가 고향의 진정한 모습이 아닐까? 그러나 다시 생각하면 지구의 지표면이 원래의 고향이지 않나? 초콜릿의 단맛에 이미 적응된 사람들은 초콜릿이 원래는 쓰다는 것을 전혀 인식하지를 못한다. 인삼의 추출물에 익숙한 사람은 소수이지만 그들도 인삼이 원래 쓴 맛이 있다는 것을 느끼기 힘들 것이다. 너무나 정밀한 시계에 익숙한 사람들은 과거의 사람들이 생활에 적용하던 시간 개념에 자신을 맞추기가 어렵다. 젊은이들이 스마트폰이 없이 살거나 승용차 없이 살기는 매우 어렵게 된다. 고향이라는 공간은 아무리 변해도 많이 변할 수 없지만 시간이라는 것이 변화의 폭을 매우 크고 깊게 만든다. 하늘국가나 지하국가도 공간개념에서는 사람들을 당황하게 만드는 요인으로 작용한다. 영유아는 고향이라는 개념이 생기기도 전에 고향을 떠나면 정말로 고향이 어디인지 잘 모른다. 사람이 자신을 기억하는 최소한의 나이 이전에 일어나는 일은 기억을 못하지만 그것도 그 사람 자신의 일생의 일부분이다. 고향이라고 불리는 어머니로부터 가장 사랑을 받는 나이 때의 그 시절이 기억이 나지 않는 것이 사람이다. 아이를 낳아 길러보면 그 과정이 새록새록 알게 되는 일이지만 기억은 나지 않는다. 기억이 나지 않는 것이 소중한 것인가? 알 수 없는 부분이 소중한 것이란 말인가? 아태부3세는 알 수 없는 부분이 많다. 아무리 나이가 많아도 알 수 없는 부분은 존재하는 사람이지만 그 알 수 없는 부분이 사람을 사람이라고 불리게 하는 영역일까? 삼복더위의 무더위를 여름에는 잘 기억한다. 겨울이 되면 동장군에 밀려서인지 여름을 잊어버린다. 다시 계절이 바뀌어야 몸이 알게 된다. 정신이 알게 되는 것과 몸이 알게 되는 것은 차이점이 있다. 기후가 사계절이면 일생 동안에 경험하는 여름과 겨울은 나이만큼 반복한다. 나이란 것이 여름과 겨울을 경험한 수치이다. 나이란 것이 사계절을 경험한 수치이다. 삼복염천을 겪은 횟수와 엄동설한을 치른 횟수이다. 사람의 몸은 겨울과 여름을 잘 아는 것이다. 정신으로 아는 여름과 겨울이 아니다. 아무래도 사람들은 여름보다는 겨울을 더 대비한다. 더 철저히 대비하는 것이 겨울이다. 겨울에는 대비가 부적절하면 당장에 생명에 위협을 느낀다. 추운 지방에 오래 산 사람들일수록 잘 사는 이유가 죽지 않기 위해 대비하면서 생명의 위협을 많이 느꼈기 때문이 아닐까? 겨울에 대비하여 식량의 준비가 더 철저해야 한다. 여름에 대비하여 식량의 준비를 더 철저히 한다고 볼 수는 없기 때문이다. 일 년이나 이 년이 아니고 수백 만 년을 되풀이하다보면 약간의 차이가 발생할 수 있다. 불과, 수 만 년을 되풀이하여도 차이는 발생할 것이다. 아태부3세는 십 년을 되풀이 했다. 자신이 알 수 있는 나이로부터 시작하면 불과 3~4년이 채 안 될 것이다. 고향을 더 인식한 것은 공부를 하려고 멀리 떠난 기간이 영향을 미칠 것이다. 아태부3세 자신은 몸과 마음이 자란 것을 인식하지 못하지만 그의 부모님은 너무나 잘 알 것이다. 하루가 다르게 성장하는 아들을 보고 있는 것이 부모이다. 열대지방의 나무와 다른 지방의 나무에서 겨울이 혹독한 열대지방이 아닌 지역의 나무들은 겨울에 많이 성장하지 못해 여름보다 덜 성장한 나이테가 겨울을 증명한다. 일 년을 증명한다. 열대지방은 일 년 내내 나무가 자라기 좋으니 환경이 불리한 겨울의 모습이 없어 그 기록인 나이테가 없다. 나무의 나이테는 어려움을 기억하는 산물이다. 사람의 나이도 그와 같지 않을까? 환경이 좋은 조건에서 자라면 사람은 열대지방의 나무처럼 나이테가 생기지 않아 나이가 들지 않나? 그래도 나이는 든다. 열대지방이 아닌 지역의 나무들은 어려운 시기를 지났다는 훈장으로 나이테를 얻는다. 사람도 환경이 힘든 일 년을 보내면서 나이가 들면서 그런 역할을 했다고 인정을 받아 나이가 드나? 인삼이나 산삼도 뇌두를 보고 나이를 판별한다. 나무는 나이테를 보고 나이를 계산한다. 사람은 사람이 기록한 문서로써 나이를 정확하게 판별한다. 문서를 통하지 않으면 정확한 나이를 알기는 어렵다. 육안으로 나이를 판별하지만 실수할 허점이 있다. 사람의 관점이 아니라 식물이나 동물이나 가축이나 삼라만상의 관점에서 그들은 사람의 나이를 어떻게 정확하게 판별을 할까? 그들이 하는 방식은 무엇일까? 그것을 알아내는 방법이 없나? 사람도 식물이나 동물이나 가축이나 삼라만상에게서 관찰을 당하지 않을까? 아프리카 초원에서 사자가 동물을 사냥하는 것을 보면 상대방을 정확히 관찰함을 알 수 있다. 아태부3세는 자신의 고향을 얼마나 세밀히 관찰하는 능력이 있나? 놀라운 눈으로 잘 관찰해야 지하국가5를 훨씬 나은 세상이 되게 할 수 있지 않나? 겨울에는 무엇이 가장 힘들다. 그것이

각인되지 않는 사람은 없다. 그러나 불과 얼마 지나지 않아 계절이 바뀌면 망각하지만 그 점을 집요하게 물고 늘어지면 겨울을 더 힘들지 않게 보낼 방법들이 나올 것이다. 지하국가5는 아예 겨울을 없애버렸다. 그러자 없는 겨울을 일부러 만들어 즐기려고 하는 일이 일어난다. 지구의 지하는 원천적으로 겨울이 없다. 그러면 사람이 겨울을 넘기려는 지혜들이 무용지물이 되고 더 머리를 짜내지 않게 되나? 일반적으론 그런 셈이다. 재벌2세의 자식이 왜 선대의 고생을 반복하려 하겠나? 하지 않을 것이다. 고시를 통과한 사람이 왜 또 그 과정을 하겠나? 하지 않을 것이다. 완전히 겨울을 잊어버리려면 사람들은 수 만 년이 걸릴까? 수 만 년이 걸려도 유전적인 요소들은 쉽게 변하지 않을 것이다. 겨울을 잊어버림과 동시에 지하국가5는 여름도 혹독하게 기억하지 않는다. 여름의 기억도 점점 엷어진다. 계절을 많이 잊어버린 사람들이 살아가는 세상은 진화된 세상이지만 기후적인 면에선 오히려 퇴보한 느낌이다. 열대지방과 시베리아가 빠진 지구는 인공으로 만든 기후조건으로 인해 일어난 셈이다. 땅이 가마솥더위에 달궈지거나 꽁꽁 얼어붙는 일이 없다. 해변에서의 비키니 물결로 채워지는 낭만이나 눈싸움이나 스키의 즐거움도 없다. 일부러 놀이시설에 만들어 놓은 조건에서 즐겨야 한다. 아태부3세나 지하국가5의 사람들도 이런 곳을 찾아 살아왔으므로 기후로 인한 즐거움을 버리는 사람들이 아니다. 사람에게서 즐거움을 빼앗아 가버리면 살고 싶은 의욕이 생기겠나? 즐겁지 않아도 즐겁게 인식할 정도의 높은 수련을 사람들이 해내기는 쉽지 않다. 아태부3세가 고향으로 돌아오는 길을 인위적으로 즐겁게 만들 수도 있겠지만 일부러 그런 부담스런 과정을 만들려고 할 사람들이 많을까? 사람이 생존을 위해 하는 일들이 마냥 즐거운 일들이 아닌 경우가 많다. 크게 즐겁지 않아도 즐겁다고 스스로 세뇌를 할 뿐이다. 사람이 인위적으로 웃는 웃음도 대뇌는 웃는 것으로 인식하고 신체적이며 정신적인 긍정적 반응이 일어난다고 한다. 대뇌가 그리 정밀하지 않은 면이 있기도 하다. 사람의 인내력이나 정신력으로 버텨서 일상적인 일처럼 무리 없이 나날을 살아가게 만든다. 물고기는 큰 물고기가 작은 물고기를 잡아먹는 것이 정설이다. 작은 물고기가 큰 물고기를 잡아먹는 역전의 상황은 거의 없다. 큰 물고기는 작은 물고기를 잡아먹지 못하면 살아남지 못한다. 큰 물고기가 작은 물고기를 잡아먹지 않으려면 큰 물고기의 먹이가 안정적으로 풍부하게 공급이 되는 체계여야 한다. 사람도 자신이 먹는 음식을 먹지 않으면 생존이 불가능하다. 사람은 성욕이 발동되지 않으면 생존의 끈이 단절된다. 배란기에 여성이 성욕이 강해지고 호르몬의 흐름이 작동하지 않으면 남성이 아무리 노력한들 후손의 생산이 난관에 봉착한다. 암컷 원숭이의 발정기에 엉덩이가 붉게 부풀어 오르듯이 배란기의 여성들도 약간의 신체적인 변화가 동반된다. 자연이 보내는 신호들이다. 계절 중에 혹독한 여름과 겨울이 빠지면 기후의 시스템이 작동하지 않는 경우인데 사람도 서서히 바뀌게 될까? 식물은 자신이 터 잡은 곳을 떠나지 못한다. 동물은 쉽게 떠난다. 임산부나 어린 아기가 딸린 여성은 자신이 터 잡은 곳을 쉽사리 떠나지 못한다. 급격한 환경의 변화는 생존에 위협이 된다. 혹독한 계절이 줄어들면 노약자는 더 견뎌내기가 쉬운 것은 사실이다. 혹독한 군사훈련은 노약자에게 시키지 않는다. 젊은 병사에게만 시킨다. 아태부3세도 어린 나이인지라 그의 일생에서 혹독한 시련을 겪은 것은 거의 없는 실정이다. 아직 사춘기의 격정조차 찾아오지 않았다. 고향으로 돌아오는 지금 이 순간 아태부3세는 감정의 기복이 약간은 일어난다. 그러나 아주 강렬한 것은 아니다. 먼 거리를 혼자 다닐 수 있는 능력이 배양되고 있다. 세상을 맛 볼 수 있는 기초적인 힘을 얻어가고 있다. 약간은 환경의 변화가 극심했던 기간이지만 잘 넘기고 있다. 가장 가까운 가족이 아니라도 또래들과 살 수 있는 경험을 했고, 낯선 사람과 같이 살 수 있고, 낯선 환경도 적응이 된다는 것을 알게 되었다. 한 가지 더 안 사실도 자신의 신분이 대단히 높다는 것도 알게 되었다. 멀리 유학을 떠나기 전 까지는 전혀 느끼지 못했던 일이다. 세상에는 온갖 사람들이 공존한다는 것도 알게 됐다. 부모님만이 아닌 또래들과 살게 될 때 또래들의 협력으로 살아야 한다는 것도 배웠다. 아무리 부모가 힘이 있어도 전혀 도움을 받을 수 없는 일도 일어난다는 사실도 배웠다. 또 한 가지 더 안 사실은 푸른 별과 같은 경우인데 여자 아이가 능력이 월등한 일도 있다는 사실이었다. 여자에게 질 수 있다는 사실을 배웠다. 남자가 꼭 우월하지 않다는 점을 알게 됐다. 오래 사는 것도 여자란 것도 알게 됐다. 아태부3세가 경험한 것이 일생 동안 모두 어떻게 작용할지 알 순 없지만 성장을 하고 있다는 엄연한 증거이다. 육체적인 성장도 중요하지만 영혼의 성장도 중요하다. 아태부3세의 영혼은 어떤 식으로 성장을 하고 있나? 육체의 성장은 측정이 쉽다. 계량화된 수치가 금방 드러난다. 그러나 영혼이나 정신이 성장한 영역을 측정하자면 단순하지가 않다. 아태부3세는 자신이 지하국가5의 사람이라는 것을 부정할 수가 없었다. 그것이 영혼의 문제와 많이 결부되나? 우주의 푸른 별이나 더 먼 우주로 날아가면 국가란 개념이 큰 의미가 있을까? 지구라는 개념보다 더 큰 우주라는 개념을 받아들일 사람들이지 않나? 또래들과 공부하면서 자신의 조국이라는 조금은 부담스럽고 멍에처럼 느껴질 때도 있었다. 자부심을 줄 때도 있었지만 우주라는 것 같은 곳이라면 거추장스러운 부분처럼 느껴지는 점이다. 지구의 중력을 벗어나면 지구의 힘에 눌리지 않는다. 사람이 많이 사는 도시에서 한밤에 4킬로미터를 걸어가는 것은 가로등과 넓은 길과 여러 요소가 사람을 몹시 무섭게 하지는 않는다. 그러나 시골길을 한밤에 4킬로미터를 걸어가려면 가로등은 없고 인공적인 번잡함이나 여러 요소가 적어 무시무시한 공포를 느끼게 된다. 사람이 많은 도시는 사람이 지구의 자연의 땅의 기운을 눌러 밤이 무섭지 않으나 자연적인 요소가 더 많은 시골은 사람이 적어 자연이나 땅의 기운에 사람이 눌려서 한밤에는 공포와 오싹함과 전율을 느끼는 것이다. 우주에는 지구의 시골보다 사람이 더 없으므로 우주의 공포는 더 크게 감지된다. 수많은 사람의 기운이 밤의 무서움도 물리치는 것은 대도시에서 일어나는 일이다. 농촌에서는 사람이 적어 일어나지 않는다. 아태부3세는 얼마나 담력이 세어져 우주의 밤이나 시골의 밤을 혼자서 무서움을 느끼지 않고 다닐 수 있을까? 대도시에서의 밤에만 가능하지 않을까? 전신주는 50미터마다 서 있다. 50미터마다 가로등이 환하면 밤이 덜 무섭다. 전신주의 가로등이 켜지지 않으면 무서운 길이다. 낮에는 전혀 무섭지가 않다. 사람은 태어난 이래로 밤에는 무서움을 느끼고 살아왔다. 사람들이 많이 모여 살면 무서움이 덜 했다. 그렇게 무서운 밤이지만 사랑하는 남녀라면 밤마다 사랑이 꽃피는 밤이기도 하다. 지하국가5나 지하국가 전체는 지하에 불을 밝혀 나날을 보낸다. 불이 꺼지는 날에는 무서움만이 지배하는 밤의 나라가 된다. 밤에 불이 영원히 꺼지지 않게 설계하면 무섭지 않으나 피곤한 다른 문제들이 생길 것이다. 무서운 밤에는 사람들이 정신을 잃은 듯이 잠을 잔다. 무서움을 잠을 자면서 잊어버린다. 잠이 오지 않으면 밤이 무섭다는 것을 더 느낄 것이나 밤에는 잠이 와서 해결을 해준다. 무섭지 않은 낮에 잠이 깨어서 활동을 하게 한다. 일 년 중에 6개월이 밤이면 육 개월 내내 무서움이 사람을 고통스럽게 할 것이나 그렇다고 일 년 중에 6개월이 낮이라도 고통이 없는 것일까? 극지방 근처의 일년은 이처럼 유지된다. 극지의 사람들이라면 지구의 인구 중에 극소수의 사람만이 적응이 된 조건이다. 일반적으로 이런 상태로 살기가 어려울 것이다. 그러나 지하국가5나 다른 지하국가들은 극복을 하는 구조이다. 우주가 어둡다고 해서 밤이 어둡다고 해서 피하지 않는 사람들이다. 어두움을 극복하는 사람들이다. 이 인위적인 밝음이 얼마나 먼 우주로까지 갈 수 있느냐의 시험이 사람들에게 부여된 시험일 것이다. 밤을 밝힌 것은 불이다. 우주를 밝힐 것도 불이 될까? 대도시의 매미들은 더 시끄럽다. 불빛이 밝아 밤을 낮으로 착각한다. 잠을 잘 수 없는 수컷 매미들이 암컷을 불러들이려고 밤을 잊고 울어댄다. 사람이 만든 인공이 정상적으로 작동하지 않아 일어나는 사건이다. 수컷 매미들은 과도한 에너지를 쓰고 있다. 암컷 매미들도 더 많이 반응을 해야 하는 과로한 일이 아니냐? 밤을 밝힌 불빛은 공부를 더 많이, 일을 더 많이, 밤새 술 마시고 춤추고 놀기를 더 많이, 사람들을 더 많이 무엇을 하게 만든다. 매미에게 벌어지는 일이 사람에게는 이미 일어난 일이다. 지하국가5나 다른 지하국가들의 불빛을 끄면 멸망이 되지 않나? 불빛이 없어도 사람이 몽땅 죽지는 않겠지만 대단한 혼란이 일어날 것이다. 아태부3세는 불빛에 대해 좀 배운 것이 있나? 딱히 배운 것도 없다. 배울 마음이 있는 것도 아니다. 불빛이 밝은 지하국가5로 아태부3세는 돌아왔다.

　　부모님과 동생들을 만나니 매우 반갑다. 꼭 만나야 할 사람을 만난 것이 어쩌면 당연지사이다. 서로가 그리워하고 있음이 말이 아니라 마음이 먼저 안다. 자석처럼 끌리는 것이다. 물과 불처럼 상극이 아니다. 떠나던 때의 집과 똑같은 집이다. 아무런 변화도 없다. 진심으로 반겨주는 가족의 품이 살아있다. 세상은 가족이 모여 만들어진다. 세상은 젊은 남녀가 사랑으로 만나 새 생명을 낳으므로 이루어진다. 모든 것들이 자연적이고 당연한 일들이다. 우주의 질서처럼 아주 정연하고 달라질 이유가 없다. 쌍둥이의 모습이나 옷차림같이 다른 것이 거의 없다. 시간이 수십 년이나 수백 년이 지나지 않아 차이점이 많이 나지 않은 것일까? 시간의 문제도 분명 숨어 있다. 아태부3세는 가족들과의 거리의 차이를 이제 다시 원상태로 돌려놨다. 거리가 가깝다. 멀리 간 아들이 아니다. 멀리 가기가 힘든 나이였지만 멀리 가 본 아들이다. 멀리 가 보았기에 가족의 품이 더 따뜻하다는 것을 절실히 느낀 지금의 아태부3세이다. 가족의 품은 쉽게 따뜻하지만 친구의 품은 약간의 시간이 지나야 따뜻해졌다. 여름철에는 비가 적당히 와야 가을에 풍년이 든다. 적게 와도 탈이고 많이 와도 탈이다. 사람의 따뜻함도 너무 뜨거우면 탈이 나기도 할 것이다. 젊은 남녀의 불꽃은 너무 뜨겁게 달아오를 것이지만 노인의 불꽃은 덜 뜨거울까? 댐이나 저수지에 물이 차지 않으면 불안한 것이 사람들이다. 가족들 간의 사랑이 꽉 차 있지 않으면 불안한 가정이다. 가족들 간의 사랑이 댐이나 저수지의 물이 바닥을 드러낸 것과 같다면 심각한 일이다. 재빨리 가족 간의 사랑을 댐이나 저수지의 물이 넘칠 만큼 채워 넣어야 한다. 한강에는 인구가 이천 만 명이 몰려 있다. 물줄기가 사람을 모은다. 강이 사람을 엄청나게 모을 정도의 물이 있어야 된다. 그러면 강이 한강처럼 물이 많지 않다면 바닷물을 끌어와 한강 이상으로 물이 많게 만들어야 사람들이 이천 만 명이나 일억 명이 모일 수 있다. 문명의 발상지가 4대강 유역인 것도 우연이 아닌 물의 양이 관계된다. 물의 양이 바다에 가장 많다. 그러나 물이 짜다. 짠물이지만 이제는 소금을 제거할 기술이 있다. 그러니 바다 근처라면 강이 크지 않아도 바닷물을 잘 이용하면 사람이 많이 몰리는 것을 가능하게 할 수 있다. 많은 사람이 모여 사랑하는 사람들이 사랑의 댐이나 저수지를 채우듯이 바닷물로 채워 해결할 방법이 존재한다. 바다 근처의 지하에 바닷물을 이용해 지하수력발전을 하고 그 전기로 물을 증발시키면 민물도 많이 생산할 수 있고, 소금도 많이 생산할 수 있다. 바닷물로는 지하 식물공장에서 해조류나 바닷물고기를 양식할 수 있고, 민물로도 양식업이나 농업을 할 수 있다. 사람들이 너무 많이 몰려 살아도 물 부족을 걱정하지 않고 식량을, 전기를 걱정하지 않고 살 수 있다. 없는 해안선도 인공으로 만들어내는 지금이니 해안선이 적다고 혹은 없다고 너무 어려워 할 필요도 없다. 지구상의 강들이 바다로 흘러 보낸 많은 양의 물을 사람들은 바다에서 다시 끌어와 쓸 수 있다. 바닷물을 끌어올 정도로 사람들은 가족 간이나 누구에서라도 무심코 흘러 버린 사랑을 다시 끌어올 수 없나? 사랑을 다시 바닷물을 끌어오듯이 끌어와야 하지 않나? 그래야 한다. 그것이 가장 맞는 답이다. 도시의 주변마다 각 도시가 사용할 물의 일백 년이나 일천 년 간의 물을 끌어다 지하에 저장한다면 그 물로 지하에서 수력발전으로 전기와 농업과 어업과 목축이 가능하고 그 불어난 잉여자원을 잘 이용할 방법을 찾는다면 너무나도 풍족한 삶을 사람들은 하게 될 것이다. 잉여전기, 잉여농산물, 잉여수산물, 잉여목축물, 잉여의 물로 인해 게으르고 나태한 후손을 만나게 되나? 수많은 후손이 사람들의 사랑으로 불어나나? 바닷물을 끌어다 쓰는 기술이 완벽하다면 일부러 많은 양의 물을 저장할 수고를 할 필요도 없을 것이다. 불완전한 기술이라면 많은 물을 저장하고 대비해야 한다. 영원히 사람은 불완전하므로 사람이 다루는 기술도 불완전하다고 추정한다면 물을 저장해야 한다. 불완전한 사람이므로 굳이 저장하지 않아도 될 물을 저장하고 그러면서 완벽에 가까운 기술로 바닷물을 사람이 원하는 지하나 사막이나 하늘로까지 사용 가능하게 끌어다준다면 살기가 편한 세상이다. 거대한 강이 없는 사막이나 지구의 지하나 지구의 하늘이나 거기에도 사람들이 사는 대도시가 만들어지는 것은 사실이 된다고 보아야 할 것이다. 세상에는 사랑하는 가족들이 자꾸만 불어나 인구폭발이 일어날 것이다. 아태부3세는 인구폭발의 세상에 사는 사람이 아닌가? 잉여농산물을 생산하는 최고의 강대국은 지하국가5 그 자체가 되나? 잉여농산물이 많으면 비만인구가 많아진다. 잉여농산물 중에 비만을 줄이는 것이 많다면 비만인구가 늘지는 않을 것이다. 잉여농산물로 인해 가축들이 비만이 되어도 문제가 생길 것이다. 그러나 가축들이 사람보다 더 나은 절제력으로 비만이 되지 않을 정도만 영양을 섭취한다면 문젯거리가 되지 않는다. 돼지는 위의 80% 정도만 채우므로 위가 늘어나지 않지만 사람은 100% 이상을 채워 위가 늘어난다. 동물 중에 위가 늘어날 정도로 먹는 동물은 사람밖에 없다고 한다. 어쩌면 먹이를 먹는 데 있어서 절제력을 발휘하지 못하는 사람들이 욕망의 화신이므로 그 욕망의 크기가 이런 세상의 발전을 이룬 것이 아닌지 긍정적으로 해석을 해 볼 수도 있나? 탐욕의 크기가 멸망에 이르지만 그 탐욕이 세상을 몰라보게 발전시키는 원동력이 아니냐이다. 인간의 늘어나는 위만큼이나 빌딩이 올라가고 지하의 깊이가 깊어지고 하늘국가의 하늘이 높아지나? 그런 측면을 완전히 무시하지도 못하는 것이 인간의 약점이자 강점인가? 그릇의 크기가 사람의 인격으로 말하지만 그 그릇을 인격의 그릇이 아니라 밥 먹는 그릇이라고 하면 너무나 틀린 것이냐? 코끼리의 밥그릇은 너무 크다. 초식공룡의 밥그릇은 너무나 크다. 그러나 문명이나 문화가 동물에서 있었나? 동물이지만 약간 다른 동물인 인간에서는 밥그릇이 정신의 밥그릇이던 육체의 밥그릇이던 큰 것이 긍정적이라고 보아야 하나? 전혀 얼토당토않은 낭설이냐? 밥그릇이 크면 일단은 많은 에너지를 섭취하는 것이다. 그 에너지를 긍정적으로 잘 사용하면 좋은 일이지만 잘 사용되지 않으면 부작용이 일어난다. 수제비를 한 대접만 먹는 아들이 아니라 두 대접을 먹는 아들로 인해 어머니는 없는 살림에 힘이 들었지만 아들이 미식축구 선수가 되어 삼천 억의 돈을 벌자 한 대접의 수제비가 아닌 두 대접의 수제비를 먹인 수고를 단단히 보상받은 경우도 있다. 주한 미군의 아내로 미국에 입국하니 본부인이 이미 미국에 있고 어머니와 아들은 남편에게 버림받아 두 식구가 미국에서 살아가는데 어머니는 두 배의 일을 하면서 미국 땅에서 버터 냈다. 아들은 값싼 수제비 한 대접은 부족한 두 대접을 먹어야 하는 미식축구선수였다. 수제비 한 대접을 먹는 아들이었다면 이런 행운은 기적처럼 일어나지 않았을 것이다. 조선 시대의 그림에 나오는 밥그릇이나 실제로 섭취하는 밥의 양은 너무 많아 보였다. 불과 50년의 세월에도 한국 사람의 밥그릇이 너무나 작게 줄어들었다. 그러나 고기나 영양이 풍부한 것들은 월등히 더 많이 먹는다. 밥그릇만 작아졌지 실제의 영양공급은 월등히 나아졌다. 단지 밥만 많이 먹던 시절과는 다른 식생활이기 때문이다. 값이 싼 밀가루 수제비 두 그릇과 값이 비싼 재료로 만든 한 그릇의 밥은 또 다른 모습이다. 21세기 초의 지구는 10억 명이 굶주림에 고통을 받고 있다. 일곱 명이나 아홉 명에 한 명이 배고픔에 시달리는 지구이다. 70억 명이면 일곱 명에 한 명이다. 상당히 많은 수치이다. 배가 고프면 눈에 보이는 것이나 생각하는 것은 먹는 것뿐이다. 다른 일은 차후의 문제이다. 사람이 아무리 과식을 하더라도 사람의 체형이나 몸의 크기로 인해 한계가 존재한다. 그러니 사람의 밥그릇은 예측이 가능한 크기이다. 기후조건을 완벽하게 통제할 수 있는 지하의 식물농장이라면 식량의 조달이 가능할 방법이 나타난다는 의미이다. 붕괴되지 않는 지하건축술과 완벽한 방수기술과 첨단 자동기능으로 이루어지는 식물농장이나 동물농장이나 수산물농장이 답을 제공한다. 아태부3세는 지하국가5에서 굶주림을 당하거나 밥그릇이 적다는 것을 전혀 경험할 수 없는 사람이다. 오히려 과식으로 인한 병으로 고생할 위험은 늘 존재한다. 수족관의 큰 물고기는 작은 물고기를 잡아먹지 않는다. 자연법칙에 위배되는 일이 일어난다. 사람이 수족관을 만들어 먼저 작은 물고기를 넣어 기른 후에 차차로 크기가 큰 물고기들을 순차적으로 넣어 기른다. 그러면서 먹이를 풍부하게 제공한다. 큰 물고기들이 먹이는 풍부하고 먼저 자리를 차지한 작은 물고기를 존중하는지 약육강식의 자연법칙이 깨지는 일이 일어난다. 사람들이 먹이를 충분히 제공하는 인위적인 요소와 자리를 선점했던 작은 물고기를 배려하는 지 그런 일이 일어난다. 지구도 우주에서 보면 작은 수족관일 것이다. 그러면 큰 물고기인 사람이 작은 물고기인 지구의 산물을 다 차지 않으려면 우주의 절대자나 무엇이 사람에게 먹이를 식량을 무엇을 풍부하게 제공하여 주어야 하지 않나? 그래야 수족관인 지구에서 평화스럽게 살아가는 큰 물고기인 사람이 되지 않나? 수족관 같이 인간이 큰 물고기에게 제공하는 식량을 사람이 지구의 지하에서 인공적으로 제공할 정도로 과학이나 농업이나 수산업이나 목축이나 바이오산업을 업그레이드 시키면 지구라는 작은 수족관도 일어나는 일이 될 것이다. 수족관에서 절대자처럼 일을 하는 사람이 있듯이 지구에도 사람 스스로가 그런 일을 하면 가능한 일이 된다. 지구상의 사람들이 이천 년이나 이어온 제도가 그리 많지 않다고 한다. 266대 교황을 배출한 가톨릭의 교황제도가 그 중의 하나라고 한다. 한 사람의 가장 강력한 대표를 뽑아 복종하는 모습은 원승이의 세계도 비슷하긴 하다. 이천 년이나 남자가 교황이지 여자가 교황이 아니다. 원숭이도 무리의 대장은 수컷이다. 한국도 교황의 꿈의 있었다. 고(故) 김수환 추기경이 필리핀에 가면 그 당시에 차기 교황은 김수환이라는 현수막이 많이 걸렸다. 콘클라베에서 김수환 추기경의 표가 많이 나오기도 했다. 전두환 군사독재시절이라 그런 사실들이 국내에서 일절 보도되지 않고 언론 통제를 당하다보니 잘 알 수가 없었다. 남미 교황이 처음인 것처럼 그런 일이 아시아의 교황으로 일어날 뻔 했던 무척 큰일이지만 알지 못한 국민들은 불행한 한 시대를 살았다. 필리핀은 인구의 90%가 가톨릭 신자이다. 낙태도 잘 하지 않는다. 십대의 출산율이 매우 높다. 인구의 10%가 조금 넘는 가톨릭 신자가 있는 남한도 아시아에서 두 번째로 많은 가톨릭 신자의 나라이다. 교황은 12억의 종교 수장이다. 교황은 남한에서 아직 나오지 않았지만 유엔 사무총장은 나왔다. 지하국가5에서 우주의 푸른 별이나 우주의 신대륙에서 무슨 일을 벌이는 큰 인물이 나올 것은 예상은 할 수 있다. 신(神)의 제 일번 대리자가 되기 위해서는 이천 년 이상의 시간과 12억 명의 지지자가 필요하다. 아태부3세의 지하국가5는 얼마나 많은 국민이 있나? 얼마나 역사가 긴 나라인가? 정확하게 답을 하지 못하는 나라이다. 한 마디로 모호한 나라이다. 이탈리아는 로마시대에 유럽과 아시아와 아프리카에 걸치는 큰 나라가 되었다. 로마는 없어지고 이탈리아의 수도 이름으로는 남아있지만 과거의 로마는 없어졌다. 그러나 로마의 적대세력이었던 기독교세력의 하나인 가톨릭은 이천 년을 넘게 이어져 오고 있다. 가톨릭이 아시아에 상륙하여 신자가 많은 곳은 필리핀과 한국뿐이다. 이천 년이 지나도 쉬운 일이 아니다. 필리핀은 워낙 오랜 세월을 서양의 식민지로 있다 보니 그런 현상이 일어났다고 하더라고 한국은 오랜 시간 동안 서양의 식민지도 아니었다. 한반도는 이탈리아가 로마처럼 큰 나라가 된 적이 없어서인지 이천 년을 유지하면서 12억을 묶어주는 무엇이 지금은 없다. 아태부3세는 수명이 기본적으로 사천 년이 되므로 누구나가 일생을 무리 없이 살면 한 사람마다 사천 년의 대단한 무엇이 있는 구조이다. 나무의 나이테가 힘을 발휘하듯이 사람이 살아온 축적한 시간도 힘을 발휘한다. 지지하는 많은 사람도 힘을 발휘한다. 교황이나 유엔사무총장은 대단한 것이 아니라고 하기 힘들다. 남한은 유엔사무총장이 현실이 되었고 교황은 근처에 가 본 경험이 있다. 아태부3세는 열 살이다. 아시아태평양부부의 3세이다. 아메리카대서양부부의 3세도 아니고 아프리카인도양부부의 3세도 아니다. 유럽대서양부부의 3세도 아니다. 아시아인도양부부의 3세도 아니다. 아메리카태평양부부의 3세도 아니다. 아프리카대서양부부의 3세도 아니다. 아태부3세의 고향은 지하국가5이다. 그의 고향이 정확히 어디인지도 사실은 약간 모호하다. 도대체 어느 지점이란 말인가? 주소가 불분명한 사람이라도 사는 곳은 사람이니 지구이다. 지구 바깥에서 살면 우주로 진출한 지구인이다. 국가가 존재하는 것이 멀고 먼 시간이 지난 후에 일어나는 일일까? 지하국가5나 하늘국가로 분류한 것이 무의미해지지 않을까? 주소에서 동네 이름은 없애버리자 수많은 전설이 사라지는 이상한 일이 일어나지 않나? 동네마다의 이야기와 추억들이 숫자로 바뀌는 것이 못내 못마땅하지 않나? 사람의 이름을 없애고 번호로 불리는 기분이랄까? 주소가 없는 사람이 사는 집은 지붕이 하늘이고 방바닥이 땅이면 누구보다 넓은 집이지만 반대로 집이 없는 사람이라고 한다. 집이 없으면 많은 사람들이 가진 집이 아닌 곳을 집으로 삼아야 한다. 공터나 공유지나 산이나 들이나 주인이 자기 땅이라고 강력하게 주장하지 않는 곳을 임시로 집으로 삼아야 한다. 아태부3세의 집은 너무나 뚜렷이 드러난다. 집이 너무 눈에 잘 띄면 비워두거나 대문이 없거나 대문이 철저하게 굳게 닫히게 된다. 수녀원은 문이 꽁꽁 닫혀 있을 수도 있다. 수녀원 중에는 영원히 봉쇄된 문으로 수녀가 평생을 나오지 못하는 수녀원도 있다. 평생 교도소에 있는 것은 타의에 의한 것이지만 평생 수녀원에서 나오지 않는 것은 자의의 일이다. 가톨릭도 이천 년을 세계 각국으로 문을 두드렸지만 아시아의 문은 열기가 쉽지 않았다. 일본은 임진왜란 때 가톨릭 신자로 이루어진 부대를 제일 선봉부대로 하여 조선에 상륙시켰다. 조선을 잡아먹어도 좋고 제일 먼저 희생되어도 관계없고 골치 아프게 일본에 번지는 것보다 조선으로 보내 해결을 보려 했다. 서양 혼에 물든 일본인들이 조선과의 전쟁에서 죽어버려도 상관없다고 생각한 것이다. 중공이 한국전쟁에서 장개석 휘하의 항복한 군대들을 밀어 넣은 것이나 비슷하다. 남한에게 이겨도 좋고 싸우다가 죽어도 상관없고 거제도 포로수용소의 중공군 포로들은 대부분이 장개석의 패잔병이었던 것이다. 1,592년 임진왜란과 더불어 왜군의 선봉부대가 가톨릭으로 무장된 사람들이었다. 정신은 가톨릭이고 싸움은 조선과 벌이는 것이다. 많이 혼돈스럽지 않았을까? 대마도주와 왜군 장군들은 머리가 아팠다. 그들이 선택한 방법은 두 쪽에다가 거짓말을 한 것이다. 풍신수길에게는 조선통신사들이 일본에 와서 조선은 일본의 속국이 되었다고 말했다며 풍신수길을 속이고 조선통신사들에게는 침략한다는 사실을 속이고 조선에 침략해서는 속국이 아닌 조선이 정명가도의 길을 비키지 않자 속국이 된 조선이 왜에게 배반했다고 풍신수길에게 거짓 보고하였다. 대마도주와 왜장들은 조선과 교역을 하여야 살 수 있는 구조인데 풍신수길의 무리한 명나라 정벌요구를 거짓말로 또 거짓말로 대처한 것이다. 부산에서 200킬로미터의 거리에 있는 나고야

(일본 지명 가운데 나고야는 두 곳인데 일본 삼대 도시인 나고야가 아닌)에 주둔한 28만 왜군의 절반 넘는 병력이 700척의 배를 타고 부산에 나타났다. 조선의 선조는 의주까지 몽진을 하였으나 이순신의 수군과 각지의 의병과 명나라 원병 5만으로 겨우 막아낸다. 아태부3세의 종교는 무엇인가? 딱히 종교도 없다. 열 살에 선택하는 종교는 부모가 하는 대로 따라 할 것이다. 그러면 아태부2세는 종교가 있나? 없지 않나? 아태부3세는 아침에 무엇을 먹었나? 점심에 무엇을 먹었나? 밥을 먹었나? 빵을 먹었나? 임진왜란 때 조선군과 왜군이 먹던 음식은 무엇일까? 명나라 원군 5만의 군량미를 대기 위해 조선은 고통스럽기도 했다. 일제강점기 때도 군량미의 공출은 조선인을 엄청나게 괴롭혔다. 조선에서 빼앗아 간 쌀로 살던 일본이 이차대전 후에는 조선에서 공급되던 쌀이 없자 상당기간 동안 일본인들은 점심을 먹지 못했다. 해방된 한국이지만 해방 후의 한국도 쌀을 일본에 빼앗기지 않았지만 굶주리기는 마찬가지였다. 남한의 사람들을 굶주림에서 어느 정도 견디게 해 준 것은 미국의 잉여농산물 때문이었다. PL480호에 의한 무상원조 덕분이었다. 최근에는 남한이 북한에 40만 톤의 쌀을 보내주다가 중단된 상태이다. 한 사람이 일 년에 일백 킬로그램을 먹는다면 사백 만 명이 일 년에 먹을 수 있는 양이다. 삼백 조가 넘는 예산에서 일조 원에 조금 못 미치는 금액으로 쌀 40만 톤과 비료를 보내 줄 수 있다. 월급이 삼백 만 원인 사람이 만 원을 지출하는 정도이다. 매우 어려운 일은 아니다. 굶주리는 10억 명 중에 일백 분의 일도 안 되는 사람들은 감당하다가 그것마저도 하지 않는 중이다. 사람들은 사실이지 일백 분의 일의 수고도 하기 싫어하는 마음이 진심의 일부로 숨어있는 것이다. 아태부3세나 그 누구나 일백 분의 일의 수고나 봉사나 노력도 하기 싫은 것이 사람의 모습이다. 일

백 분의 일도 부담은 부담으로 작용하는 것이다. 노름이나 술주정이나 나쁜 짓을 하는 형제에게는 일백 분의 일의 도움도 주기 싫어하는 것과 흡사하다고나 할까? 어찌 보면 부자의 것을 일백 분의 일이라도 얻어먹기가 매우 힘들다는 반증이기도 하다. 기독교는 십일조의 계율이 있다. 버는 것의 십분의 일을 내놓기를 정하고 실천한다. 일백 분의 일도 엄청난 변화를 이루어내는데 십분의 일은 놀라운 힘을 발휘할 수 있다. 남북한의 도움을 주고받는 쪽이 모두 같은 종교인 기독교도라면 쌀 40만 톤이 아니라 400만 톤이고 그것은 사백 만 명이 아니라 사천 만 명이 굶주림을 해결한다는 것이 아니냐? 문제는 서로가 형제이면서 원수이고 형제이면서 이교도이고 해답이 몹시 어렵다는 점이다. 일조 원의 열 배는 십조 원이고 십조 원이면 대단한 변화가 일어나는 것은 맞으나 남한의 국방비가 40조원이나 30조 원인 상황에서 십조 원을 넘겨주기가 현실적으론 불가능할 것이나 적국의 군비로 뒤바뀌지 않아야 하는 문제에 봉착한다. 머리가 아프다. 미국이 베트남에 쏟아 부은 전비를 원조를 해주었다면 어떻게 되었겠나? 답이 잘 나오지를 않는 부분이다. 사람들은 바보스러운 측면이 분명 존재한다. 세계 모든 인구가 먹을 수 있는 식량은 생산되나 분배가 잘 되지 않아 10억 명이 굶주린다. 군사비를 과다하게 지출하지 않을 수가 없다. 이성적으로 생각하지만 이성적으로 일이 풀리지를 않는다. 어머니는 아기를 낳으면 아기에게 올인 한다. 다른 것은 생각하는 우선순위가 아니다. 가장 약한 갓난아기에 집중한다. 바로 위의 형이나 누나는 우선순위가 밀린다. 세상에서 가장 사랑받다가 동생이 태어나므로 인해 가장 어린 동생에게 사랑을 빼앗긴다. 자연적인 현상이다. 그때부터 사람들은 심리적으로 불안하고 사랑에 대한 공포가 생기나? 아태부3세가 고향으로 돌아왔다. 그러나 고향이 더 어린 동생만을 사랑하고 어느 정도 자란 아태부3세를 덜 사랑한다고 하면 무슨 투정을 부릴까? 고향이지만 타지의 많은 사람들은 받아들여 살아가려면 모든 사람이 같이 고향으로 느낌을 받아야 할 것이다. 아니면 고향보다 더 살기가 좋아야 한다. 고향에선 배가 고팠지만 타향이지만 배가 고프지 않다면 타향을 택하지 않나? 고향이지만 자유가 없었으나 타향이지만 자유가 있다면 타향을 택하지 않나? 배가 고프지 않고 자유가 있고 사람이 살기에 좋은 곳으로 변해야 다른 곳의 사람들이 모이지 않나? 너무나 당연한 일이다. 고향이 객관적으로 타향보다 살기가 어려워도 돌아오기는 한다. 고향이 객관적으로 타향보다 나아도 상황에 따라 고향을 떠날 수도 있다. 아태부3세는 사천 년을 살다보면 이리저리 많은 곳을 돌아다닐 확률도 높다. 아니면 사천 년을 한 곳에 머물러 살지 잘 알 수는 없다. 사람이 만든 대도시들은 많은 곳이 오래된 곳이다. 서울이나 경주나 평양이나 북경이나 등등이 쉽게 바꾸지 않는다. 사람들이 오랜 세월 동안 살면서 터전을 닦아보니 그런대로 좋은 곳이라 계속 사는 것이다. 그러면 그 대도시의 지하도 역시 살기가 좋은 곳일까? 그 대도시의 하늘도 역시 살기가 좋은 곳일까? 고민을 해야 할 시점이다. 바람과 물과 땅과 그 무엇이 결합된 것이 풍수지리(風水地理)이다. 이제는 바람, 물, 땅과 그 무엇이 인공으로 조작되고 관리한다는 것이 아니냐?

지하국가5가 고향인 사람은 몇 명이냐? 그들은 무슨 심정으로 고향을 대하고 있나? 태어난 곳이 고향이다. 태어나기 위해서는 부모가 존재해야 한다. 비가 내리기 위해서는 구름이 먼저 있어야 한다. 구름은 수증기를 품고 있다. 수증기는 지구의 표면에서 하늘로 올라간 것이다. 수증기는 하늘로 올라갈 수 있다. 사람이 하늘로 올라가기 위해서는 비행기나 반중력을 이용해야 한다. 하늘로 올라가는 상징적인 의미는 사람이 죽어서 하늘나라로 간다고 한다. 혹은 북망산으로 간다고 한다. 하늘에는 날개 달린 천사가 있다. 사람은 태어나면 죽어야 하고 태어나면 고향에서 살던지 다른 곳에서 살아야 한다. 아태부3세는 십 년을 살아왔다. 일생 중에 과거의 나이테는 구 년이다. 고향에 산 기간이 월등히 많다. 아태부3세의 고향은 특산물이 무엇이냐? 하나하나의 물음에 답을 해야 한다. 답이 신통하지 못하면 신뢰성이 떨어진다. 신뢰성이 떨어지면 지하국가5나 아태부3세의 고향은 매력이 떨어지는 곳으로 인식된다. 사람이 뿜어내는 매력이나 나라가 뿜어내는 매력이나 강산이 뿜어내는 매력을 느낄 수 없다면 사람이 살기에 부담이 가는 곳이다. 사람들에게 고향은 무슨 매력으로 사람을 붙잡는 것일까? 천사의 날개를 달고 다른 곳으로 날아가지 못하게 하는 고향은 무엇이 그런 효과를 내나? 고향의 언덕에서 천사의 날개를 달고 우주의 푸른 별로 날아가는 자유를 붙잡는 고향은 무엇일까? 잘살고 있는 우주의 푸른 별에서 다시 고향으로 돌아가고픈 것은 무엇인가? 사랑하는 남녀가 달라붙는 것처럼 고향은 왜 사람을 고향땅에 달라붙게 만들까? 사랑하는 남녀가 달라붙으면 매우 훌륭한 결과물이 나온다. 사람이 고향땅에 달라붙으면 어떤 결과물이 나오나? 난자에 정자가 달라붙으면 새 생명이 탄생한다. 난자에 정자가 달라붙기 전에 남자는 여자에게 구애를 한다. 끝없이 달라붙는 것이다. 운이 좋으면 여자 쪽에서 달라붙어 쉽게 일이 진행되기도 한다. 달라붙는 것은 자석과도 같은 현상이다. 사람도 지구의 지표면에 달라붙어서 살아가고 있다. 콘돔은 남녀가 달라붙어 살지만 결과물이 생기지 않게 고안된 물건이다. 사람이 신는 신발은 땅과 달라붙지만 약간의 거리를 둔다. 콘돔같이 작용하는 것인가? 사람이 신는 신발에 반중력의 센서를 다는 것은 콘돔과 같은 역할인가? 사천 년을 사는 사람들은 한도 끝도 없이 불어날 사람들을 생각하면 남녀가 달라붙지만 결과물이 많이 나오지 않는 콘돔과 같은 것에 대한 관심이 많이 가지 않을 수가 없다. 그러면 반대로 생각하면 더 잘 달라붙는 방법도 나올 수 있다. 콘돔의 반대작용을 일으키는 물건도 고안될 수 있다. 그러면 반중력의 센서가 아니라 더 강한 중력의 센서가 달린 신발로 인해 사람들이 땅을 헤집고 걸어 다니거나 암석을 뚫으면서 걸어가거나 달려갈 수도 있을 것이다. 고향이라는 곳이 사람을 끌어당기는 힘이 더 강하다면 사람들의 왕래는 많이 줄어들 것이다. 남북한은 특이하게 사람들이 왕래하는 것을 막는 것이 강한 곳이다. 이것은 남녀가 만나지만 너무나 두툼한 콘돔으로 달라붙는 것을 막는 구조와 같은 것인가? 인종이나 언어나 모든 것이 비슷한데도 역의 작용이 일어난다. 남녀가 가장 뜨겁게 사랑하여 달라붙지만 콘돔이 두꺼워 아이가 만들어지지 않는 구조이다. 어쩌면 콘돔과 같은 역할을 휴전선이 하는 것과 흡사해 보인다. 콘돔은 인간이 만든 것이다. 바다나 사막은 사람이 만들지 않았지만 휴전선은 사람이 만든 것이다. 사람의 마음에서 벽이 생기면 그것이 휴전선이 되고 전쟁이 된다. 젊은 남녀의 마음이 사랑하지 않으면 아기가 탄생하지 않는다. 사랑은 하지만 콘돔으로 아이의 탄생을 조절하지만 불량품으로 인해 콘돔이 터져 아이가 생기기도 한다. 휴전선이 아무리 막혀도 그곳을 요리조리 피해 넘나드는 극소수의 사건도 일어난다. 너무 긴장해 견디기 힘이 들자 판문점이나 개성공단으로 숨통을 틔우기도 한다. 도체는 전기를 통하지만 반도체는 전기를 통하다가 말다가 어중간하게 하는 것이 사람들의 과학기술에서 많은 도움을 주었다. 꽉 막힌 철조망이 답답한 일로만 채워지다가 반도체처럼 어중간하게 전기가 통하는 듯이 왕래가 일어나면 상당한 결과물들이 나올 것이다. 콘돔도 완전한 사랑보다는 어중간한 사랑으로 견뎌보자는 것이다. 진정 사랑한다면 콘돔을 없애자, 진정 같은 민족이고 형제라면 휴전선을 없애버리자. 반중력은 사람이나 물건을 하늘로 올라가게 만들지만 풍력발전기나 전신주나 다리나 과일나무나 큰 나무들은 중력이 강력하게 작용하여 더 강하게 지면에 달라붙어야 한다. 태풍에 날려가지 않을 정도의 강력한 중력이 작용해야 배는 전복되지 않는다. 반중력이나 중력이나 인공으로 반중력을, 중력을 다루는 능력이 사람들은 부족하다. 지하국가5나 고향에 자석처럼 강하게 달라붙게 하는 접착물이 무엇이냐? 남녀가 더 달라붙는 접착제는 무엇이냐? 오래 사는 나무는 긴 세월 동안 뿌리를 땅에 박고 있다. 일천 년이나 사천 년을 뿌리를 박고 있는 나무는 그 나무의 크기만큼의 힘을 뿌리가 감당한다. 나무의 뿌리가 가진 성질을 수십 배나 수천 배로 늘려낸 다음에 그 나무뿌리가 건물의 기초로 작용하게 한다면 그 건물은 나무뿌리의 수명만큼이나 기초가 무너지지 않는 일이 일어난다면 많은 건축비를 절약할 수 있다. 수천 년이나 나무뿌리가 건물을 지탱해준다면 일백 년이나 수백 년 만에 건물의 기초를 다시 세우는 불편과 낭비를 줄일 수 있다. 사람들은 나무뿌리만큼도 중력을 잘 활용하는 능력이 떨어진다. 새들은 큰 나무를 자신의 집으로 이용한다. 거대한 나무뿌리는 사람이 인공으로 만든 케이블선 같은 느낌이다. 다리를, 무게를 지탱하는 다릿발과 케이블선들은 사람이 만든 것이다. 나무뿌리가 케이블선처럼 작용한다면 건물의 기초를 잡아당기거나 지탱하는 요소로 사용할 수 있다. 지하국가라면 나무의 뿌리가 반가운 요소가 아니라 골칫거리일지라도 나무뿌리의 성질을 반대로 적용하면 나무뿌리가 하늘로 솟아 인간이 만든 케이블선 같은 역할을 한다면 지하국가의 건물이 지하로 쳐지거나 붕괴하는 것을 나무뿌리가 하늘로 거꾸로 솟아 잡아당기지 않을까? 나무뿌리가 하늘로 솟은 풍경이 나온다. 바오밥나무가 마치 뿌리를 하늘로 뻗치고 있는 모습과 닮아질 것이다. 지하국가에서는 지상에서와는 반대로 나무를 거꾸로 심고 나무의 줄기와 잎의 밑에서 인공태양광선을 계속 비추면 나무는 지상과 반대로 크지만 사람들은 자신의 머리 위에 거꾸로 크는 나무를 볼 수 있다. 지상에는 정상적으로 크는 나무를 키우면 지상과 지하에서 동시에 양쪽의 나무뿌리가 엉겨 힘을 발휘하는 구조를 만들 수도 있다. 맹그로브나무가 쓰나미를 막듯이 이런 식으로 키운 나무는 중력이나 반중력을 강화하거나 약하게 하거나 중화시키는 방향으로 이용을 해 볼 수 있다. 넓은 지역을 나무를 심고 뿌리도 깊고 강하다면 담쟁이덩굴이 뿌리는 땅 밑으로 줄기와 잎은 건물을 감싸듯이 자란다면 담쟁이덩굴 같은 성질로 나무를 변형한다면 거대한 뿌리가 도시전체를 지하에 있고 줄기와 나뭇잎은 건물의 외벽에 코팅이 되듯이 자라게 하여 새로운 건축물을 만들 수도 있다. 나무뿌리가 맹그로브 숲의 작용처럼 작용하거나 줄기와 잎이 맹그로브 숲의 역할을 할 수 있을 것이다. 지하국가5의 기온은 얼마든지 열대바다의 기온처럼 올릴 수 있다. 맹그로브 숲은 인위적으로 만들어지지만 쓰나미가 없는 지하국가5에서 그 힘을 중력이나 반중력에 이용하여 붕괴되지 않거나 아니면 천정에 잘 매달리는 힘으로 변형이 되도록 한다면 좋은 방법일 수 있다. 나무의 높이가 수십 미터나 수백 미터로 높이 크는 나무숲의 뿌리의 힘이나 줄기나 잎의 힘으로 중력이나 반중력에 유리하게 작용하게 해 볼 수 있다. 지하는 나무를 거꾸로 자라게 할 수 있으므로 정상적으로 자라는 나무숲과 거꾸로 자라는 나무숲을 여러 가지 조합으로 응용하여 여러 가지 다른 힘을 나게 하여 사람들이 유용하게 이용할 수 있다. 나무숲은 태풍도 막고 사막의 모래바람도 막고 대단한 역할을 하기도 한다. 취약점이 화재가 나면 어려움이 있기도 하지만 거기에 대한 대비책도 동시에 세워야 한다. 비무장지대에는 녹색의 띠가 있다. 인위적으로 만들어진 공간이다. 폭 4킬로미터, 길이 255마일이다. 열대의 거대나무는 앙코르와트 같은 석조물로 만든 거대사원도 무너뜨린다. 스펑나무(뱅골보리수)는 도시를 쓰러뜨리는 힘이 있다. 도시가 나무를 이기지 못하는 이 사태를 막아내면서 대도시나 지하국가의 도시가 지탱되어질까? 거대 나무숲이나 맹그로브 숲은 도시를 집어삼킬 것이다. 그 자연의 힘을 잘 조절해내는 능력이 인간에게 있나? 지하국가들은 기후조건을 제어하므로 열대의 밀림이나 타이가 지역의 거대한 나무숲을 만들 수 있다. 거대 숲의 나무뿌리들이 지하국가들의 붕괴를 막아주는 역할을 정말로 정확하게 해야만 한다. 거대 숲의 나무줄기와 잎들도 사람이나 건물을 땅바닥에 떨어지지 않게 붕 뜨게 해주어야 한다. 층층으로 이어진 지하국가들에 심어진 나무와 나무뿌리들이 붕괴될 때는 유리창의 경우에 산산조각이 나는 것이 아니라 안전유리가 부서지듯이 부서져도 산산조각이 나지 않고 서로 다닥다닥 붙여진 채로 깨지듯이 층층의 나무와 뿌리가 다닥다닥 붙어서 잘 쓰러지지 않는 구조가 되고 기둥처럼 작용을 해 붕괴를 막아야 한다. 나무가 꽂꽂이 서서 쓰러지지 않고 기둥이 되어야 한다. 줄기와 나뭇잎은 무너지는 것들을 받치는 지붕의 역할을 해야 한다. 열대밀림의 나무나 타이가의 나무나 모두가 강력한 기둥으로 변신이 되게 설계가 되어야 한다. 안택선의 삼나무와 판옥선의 소나무는 배가 충돌하여 싸우는 전법에서 치명적인 차이를 발생시킨다. 무른 삼나무로 만든 배와 단단한 소나무로 만든 배는 부딪치면 단단하지 않은 배는 부서진다. 쓰러지지 않고 기둥이 되고 화재가 나지 않아야 한다. 소나무는 송진이 많아 불이 붙으면 감당이 되지 않는다. 불에 강한 나무여야 한다. 불에 타지 않는 나무가 있나? 불이 날 상황이 되면 불연재의 물질이 스프링클러에서 자동적으로 나와야 하지 않나? 나무의 뿌리는 물을 찾아간다. 그리고는 물을 빨아올린다. 물이 다니는 곳이 되면 아무리 단단한 암석이라도 균열이 일어나고 암석은 부서지는 운명을 맞이한다. 암석을 찾아 지어지는, 인공의 암석을 만들어 기초를 만드는 지하국가의 건설에서 지하국가5도 같은 입장에서 나무의 뿌리는 적대관계의 설정인데 어떻게 조화로운 균형을 찾는다는 것인지 답을 할 수 있나? 지하국가5가 만약에 붕괴가 일어난다면 암석상태가 피해가 크나? 나무뿌리의 흙의 상태가 피해가 크나? 복구하기는 어느 것이 쉬우나? 여러 가지 사정에서 무엇이 더 나은 것인가를 따져보아야 한다.

'대숲이 우거져도 흐르는 물 막힘없고
태산이 높다 해도 흰 구름은 걸림 없네.'

지하국가5에는 태산이 없다. 그러나 지구 지표면의 높은 산을 지하국가 전체로 관통하여 둘레를 파서 아주 높은 산을 볼 수 있게 인공적으로 조성해 놓았다. 이곳에는 지하국가5이지만 흰 구름이 걸림이 없이 흘러 갈 수 있다. 대숲의 흐르는 물은 지하국가5에서도 일어날 수 있는 일이다. 흐르는 물이나 흰 구름은 막힘이나 걸림이 없다. 상대가 대숲이거나 태산일 경우이다. 아태부3세는 자신이 흐르는 물이나 흰 구름 같은 존재가 아니므로 대숲에서 태산에서 멋있는 일을 할 수 없다. 대숲에서 아태부3세는 무슨 멋있는 일을 하나? 튀르키예 속담에 '어머니의 발밑에는 천국이 있다.'고 한다. 아태부3세가 서 있는 대숲의 발밑에는 천국이 있나? 대숲에 있으면 상당히 기분이 좋다. 천국처럼 편안하기도 할 것이다. '어머니의 발걸음에는 천국이 있다.' 혹은 '어머니의 품안에는 천국이 있다.' 또는 '어머니의 마음에는 천국이 있다.'라고 바꾸면 훨씬 이해가 쉽다. 그러면 흐르는 물이 막히지 않고 흰 구름이 걸리지 않는 것도 어머니의 발밑이나 발걸음이나 품안이나 마음일까? 그렇기도 할 것이다. 어머니가 자신의 아기나 자식에게 하는 것들은 앞의 모든 말들이 맞아드는 일일 것이다. 그러면 이 말들을 프란시스코 교황에 적용하거나 아태부3세에 적용하여 보자. '교황의 발밑에는 천국이 있다.' '교황의 발걸음에는 천국이 있다.' '아태부3세의 발밑에는 천국이 있다.' '아태부3세의 발걸음에는 천국이 있다.' 정말로 그런가? 그렇다면 정말로 좋은 것이다. 대부분의 사람들도 이것을 이용하여 '직장으로 일하러 가는 발밑에는 천국이 있다.' '직장으로 일하러 가는 발걸음에는 천국이 있다.'라고 바꿀 수 있을까? 바꾸어 그렇다고 믿으면 행복한 세상이 된다. '사랑하는 연인이 사랑하는 상대방을 찾아가는 발밑에는 천국이 있을 것이다.' '사랑하는 연인이 사랑하는 상대방을 찾아가는 발걸음에는 천국이 있을 것이다.' 흐르는 물이나 흰 구름도 천국에서는 늘 보는 것이 되는 나날이면 얼마나 좋으냐! 아태부3세가 고향에 온 것도 천국에 온 것이고 멀리 타향으로 간 것도 천국으로 간 것이면 어느 곳이나 천국이 아닌 곳이 없다. 입학한 학교가 마음에 들지 않아도 많은 사람들이 좋은 학교라고 하자 그래도 좀 나아 보이게 된다. 입학한 학교가 마음에 들고 많은 사람들이 좋은 학교라 하면 더 나아 보인다. 입학한 학교가 천국은 아니지만 천국이고 많은 사람들이 천국은 아니지만 천국이라고 하면 매우 나아 보인다. 대학교의 교정은 상당히 좋은 공원과 비슷한 면이 있다. 사람이 근무하는 모든 곳을 대학교의 교정처럼 꾸미기는 쉽지 않다. 어머니의 발밑에는 왜 천국이 있을까? 아기를 위해서는 천국을 만들어야 할 것이다. 어머니는 그 일을 하는 사람이다. 아버지도 똑같을 것이다. 어머니나 아버지는 아기나 자식에게 천국을 만들어 주려고 한다. 현실적으론 힘들지만 마음은 사실이다. '사람이 아는 것보단 아는 것을 행동하는 것이 더 중요하다.'고 한다. 부모는 아기나 자식을 위해 행동을 하는 사람일 것이 분명하다. 대숲이 우거져도 막힘없이 흐르는 물처럼, 태산이 높다 해도 흰 구름이 거침없듯이 그렇게 부모는 행동할 것이다. 왜 그럴까? 천국을 만들어야 하기 때문이다. 아태부3세는 자신이 지하국가5를 천국으로 만들어야 하는 사명을 느끼고 있나? 느끼는 것을 넘어서서 행동으로 나타나야 하는 것이 진정성이 있는 일이다. 아태부3세는 자신이 고향을 천국으로 만들어야 한다는 것을 마음속에 새기고 있나? 실제로 행동으로 그것이 나타나나? 상당히 어려운 주문이다. '나의 마음은 고향을 품고 있나?' '나의 사랑은 고향을 그리워하나?' 아태부3세는 고향을 마음에 품고 사랑으로 그리워하나? 그렇다. 열 살에 대단한 마음이고 사랑이다. 사람들이 자신의 직업을 천국을 만드는 일이라고 생각하고 일을 한다면 일이 매우 달라질 것이다. 그러면 천국과 거리가 먼 일을 하는 사람들은 어떻게 적응이 되나? 아노미현상이 일어나고 마음에 번갯불이 일어날 것이다. 무지개는 찬란하다. 찬란한 무지개는 사람들에게 꿈을 심어준다. 꿈이 있는 젊은이는 모든 것이 어렵게 여겨지지 않는다. 꿈이 문제를 해결해 줄 것이라는 희망이 있음이다. 고향의 언덕에서 무지개가 뜨고 희망의 싹이 움트는 것은 진정한 행복의 과정이다. 형제의 잘못을 일곱 번이 아닌 일흔 일곱 번이나 용서한다면 그 세상은 하나님이 바라는 세상이다. 베드로가 일곱 번만 형제의 잘못을 용서해야 하나요? 물으니 하나님은 그 열한 배를 용서하라고 하신다. 이렇게 되는 세상이라면 천국이 되고 만다. 사람은 천국을 걸어 다니는 것을 좋아한다. 사람은 자신이 만드는 천국을 좋아한다. 사람은 천국에서 무슨 일을 하는 것을 좋아한다. 사람은 남이 만들어 놓은 천국도 좋아한다. 사람은 자신이 자신의 천국도 만들지만 남의 천국도 만들 수 있는 능력이 있는 사람이다. 부모가 자신의 아기나 자식에게 천국을 만들어 주고 싶지 않은 이유가 있나? 자신의 아기나 자식이 아니지만 타인의 천국을 만들어 줄 수 있는 대단한 힘이 사람은 전혀 없는 것이 아니다. 놀라운 사람이다. 그 반대로 자신의 아기나 자식에게 지옥을 타인에게 지옥을 만들어 주는 바보스런 일을 하게 되면 마음이 매우 아플 것이다. 바보스러움도 사람의 영역이다. 그 바보스러움을 잘 깨우치면 부처가 되지만 쉽지만은 않은 일이다. 내일 죽는다는 것을 알면 오늘 사람들은 행동이 매우 달라질 것이다. 한없이 자비스러워지는 현상이 일어날 것이다. 갑자기 늙은 노인이 너무 상대방을 잘 대해주면 곧 죽을 날이 왔나하고 농담을 한다. 죽을 날이 오면 사람들은 참 착해진다. 언제 죽는다는 것을 아는 순간에 사람들은 깨우침이 울리는 것이다. 아! 죽는다. 살아있는 동안에 무언가 달라져야 하지 않나? 내일 죽는다면 형제를 용서하지 않을 이유가 없지 않나? 사람은 죽음이라는 시간으로 끊임없이 달려간다. 헤어 나오지 못하는 미로이다. 인생의 무지개가 아무리 찬란해도 죽음의 시커먼 구름은 이기지를 못한다. 이 이길 수 없는 괴물로 인해 사람은 겸손해지지 않을 수 없다. 죽음의 시커먼 구름에 휩싸여 죽는 마당에 뭐 그리 올바르게 살아가나? 반문이 생기지만 올바르게 살아가는 그 과정들이 또 이어진다고 여기기에 죽은 후에도 그 영향이 있다고 함에 아무렇게나 살 수가 없다. 사천 년의 긴 일생이 너무 길기에 올바르지 않은 세월도 살아가고 싶은 유혹도 생기기도 하겠지만 그 길은 길이 아닌 것이 분명하다. 천국으로 가는 걸음이 아니다. 사람에게 주어지지 않는 극락의 문이 아니라 주어지는 극락의 문이다. 극락의 열쇠를 가지는 행운이 사람이 가지는 행운이다. 아태부 3세는 내일 죽을 지도 모르지만 절대로 그렇게 믿지를 않을 것이다. 사천 년이 남아있다고 생각할 것이다. 3,990년이 남아있다고 생각한다. 극락의 문이나 천국의 문은 아직 시간이 많다고 느낀다. 우주비행잠(우주를 잠자며 가는) 일만 년까지 잔다고 하면 더 남았다고 생각한다. 지극히 정상적인 생각이다. 아직 겸손해지기가 힘든 나이이다. 얼굴에 죽음의 검버섯이 돋지 않고 탱탱하고 고운 피부의 얼굴을 가진 어린이이므로 죽음을 생각하는 나이가 아니다. 경치가 너무 좋은 곳에 사람이 살게 되면 무언가 모르게 편안하다. 아이들은 어머니가 곁에 있으면 아주 안정된 모습을 보인다. 사람이 끊임없이 연구하고 희망하는 것은 극락의 문이나 천국의 문에 늦게 가고 싶다는 것이다. 가장 늦은 지각생을 원한다. 그것이 우주비행잠을 일만 년이나 자는 결과물로 나오는 것이다. 이왕이면 그것도 고향에서 더 오래 버티고 싶은 것이다. 그러나 현실은 사람들이 일백 년을 넘기기가 어렵다. 육십이 되면 초초해진다. 이제껏 해놓은 것이 없어 보인다. 해놓은 것이 있어도 모자라는 느낌을 받는다. 능력이 줄어드는 것이 일반적이지만 능력이 덜 줄어드는 사람이라도 남은 생에서 더 열심히 남기고 싶은 욕망이나 마지막 정열을 불사르고 싶을 것이다. 무엇인가 남기고 싶지만 남길 수도 없는 경우도 많을 것이고 가능하다면 더 남겨놓고 이 세상을 떠나고 싶지 않지만 떠나야 할 것이다. 아태부3세는 아직 그것의 방향을 찾지도 못하고 있지만 재빨리 찾을수록 일생이 풍부한 삶으로 채워질 것이다. 무엇을 할 것인가? 고향을 모든 사람이 살고파 하는 곳으로 만들어 보는가? 고향을 모든 사람이 희망의 땅이라고 하게 만드는가? 고향을 모든 사람이 신혼여행을 오는 곳으로 만드는가? 고향을 모든 사람이 맛있는 음식을 먹으려고 오는 곳으로 만드는가? 고향을 모든 어린이가 한 번은 유학을 오는 곳으로 만드는가? 생각할 수 있는 모든 것을 할 수 있는 곳으로 만들어 놓을 것인가? 감당을 할 수 없을 정도로 많은 사람이 몰려오는 땅으로 바뀐다면 도리어 불편이 일어나는 땅이 아닌가? 프랑스 파리의 사람들은 많이 몰려오는 관광객을 싫어하여 불친절한 현상이 일어난다. 내가 살기 불편할 만큼 많은 외래인의 방문은 즐겁지가 않은 기현상이 일어난다. 부작용이 일어날 정도로 아태부3세의 고향이 사람들로 북적여야 하나? 북경의 자금성은 나무 한 그루 심을 수 없었다. 불편한 사람인 자객이 나무에 몸을 숨길 수 있다는 이유에서였다. 그렇게 넓은 황궁도 불편하여 다른 곳에 또 별장을 만들어 여름을 보내거나 겨울을 보내거나 했다. 아태부3세도 파리시민이나 자금성의 주인이라면 사람이 몰려오는 것이 반갑지가 않다. 사람들이 몰려오지 않는 천국이나 극락을 만들어야 하나? 그렇지만 아무리 잘 만들어진 도시이지만 사람들이 오지 않는다면 그것은 죽은 도시가 아닐까? 아무리 좋은 풍경이 살아있는 곳이라도 사람이 가지 않으면 그것은 사람의 것이 아니라 또 다른 무엇이 주인인 곳이 되지 않나? 전쟁으로 인해 피란민이 구름떼처럼 밀려온다. 악몽이 시작되는 일일까? 전쟁터에서 적군이 인산인해를 이루어 밀려온다. 공포가 사람을 몸서리치게 할 것이다. 시위군중 수십 만 명이 밀려올 때는 경찰도 막기가 어렵다. 만약에 무기로 막는데도 죽음을 무릅쓰고 밀려온다면 그것 또한 놀라움 그 자체이다. 많은 사람이 와야 좋지만 그 상황에 따라 잘 맞아떨어져야 하는 문제가 있다. 극락이나 천국이 만원이 되어 붐빈다면 극락이나 천국의 일반적인 모습은 아니다. 고래가 새우 떼나 물고기 떼를 먹이로 잡아먹을 때는 그 규모가 대단하다. 사람도 우주로 대량이주를 한다면 그 많은 인구가 놀라운 광경이 될 것이다. 사람들도 식량이 바닥나면 한 나라의 인구 중에 상당한 부분이 삶의 근거지를 옮긴다. 전쟁이나 식량의 부족이나 전염병의 창궐이 아니라면 대량이주는 잘 일어나지 않는다. 아태부3세가 사천 년 동안에 얼마나 많이 목격할지 알 수 없지만 아주 적은 경우일 것이다. 21세기에 이미 농촌이 없어지는 현상이 일어나고 있다. 농작물이 재배되는 구조가 아니라 배양을 하는 구조로 변형이 일어나면 더 심하게 일어날 것이다. 실험실이나 공장에서 사람이 먹을 것을 배양하는 일이 벌어진다는 것을 추정하지 않을 수가 없다. 더 더욱 사람들은 대도시나 도시에 집중하여 살아갈 것이나 역으로 넓어진 농촌에 어마어마하게 넓은 저택을 지니고 사는 미래의 농촌귀족이 탄생할 지도 모른다. 농촌귀족은 너무 넓은 땅을 무슨 용도로 사용하나? 과거의 왕처럼 사냥터로 이용하나? 백성은 식량을 생산할 땅이 없어도 왕의 사냥터는 보존되어야 했다. 사람들은 양식을 배양하여 만들어 먹으니 농토가 필요 없는 세상이 되어 농토는 다른 용도를 찾아야 한다. 남한에는 농사를 짓기 위해 20억 평이 넘는 농토가 있다. 대구 넓이의 열 배가 되지는 않지만 매우 넓은 면적이다. 논농사에 20억 평이 넘는 땅을 이용한다. 쌀을 각 가정의 조그만 용기에서 배양을 해 먹으면 20억 평이 넘는 농토는 무엇이 될까? 온통 꽃밭이 되나? 온통 운동장이 되나? 온통 수영장이 되나? 식물공장은 농토가 많이 필요하지 않는 구조로 이행이 되고 있다. 엽채류의 경우에 노지재배보다 17배나 생산량이 많다. 농토가 17분의 일로도 가능함을 암시한다. 지하국가5는 너무 많이 남아도는 땅을 어떻게 해야 할 지를 고민해야 하는 부담이 있다. 이것이 극락이나 천국의 문을 여는 열쇠로 작용하나? 부동산 가격이 열 배나 수백 배나 수천 배로 폭락해도 금융시스템이 잘 작동을 하게 될까? 농산물 가격이 열 배나 스무 배로 떨어지면 농민의 수는 열 배나 스무 배로 줄어들지 않나? 현재 선진국의 농업인구가 2%에서 0.2%로 줄어들어도 사람들이 배가 고프지 않게 된다면 무슨 일을 해야 하나? 그냥 놀아야 되나? 사탕수수나 옥수수가 열 배나 일백 배로 재배되는 것이 아니라 배양된다면 석유가 떨어져도 바이오에너지가 얼마든지 그 자리를 대신할 수 있다. 사탕수수나 옥수수의 바이오에너지를 우라늄을 이용해 핵발전을 하듯이 무슨 촉매제를 잘 개발하여 섞었을 때 효율이 열 배나 일백 배로 늘이면 지금의 생산량으로도 문제가 해결된다. 사카린처럼 설탕을 얼마든지 대체하는 방법이 나오면 일부러 더 농업이나 수산업이나 목축업에 힘을 들이지 않아도 된다. 지하국가5는 많은 시간과 정력을 어디에 쏟아 부어야 하나? 아태부3세 혼자 하는 일이 아니다. 많은 사람들이 하는 일이다. 그 하는 일들이 극락을 여는 일일까? '두드리고 두드리면 문은 열린다.' 두드리고 두드리지 않으면 문은 열리지 않는다. 사람의 몸의 근육은 자극을 주지 않으면 안 된다. 적당한 자극을 주어야 한다. 정신의 영역도 자꾸만 자극을 해야 한다. 천국이나 극락이 사람이 하기에 따라 되는 일이므로 사람들은 자꾸 자극해야 한다. 스스로 자극이 되고 행동이 일어나야 한다. 조건반사적으로 운동선수들이 몸을 활용하듯이 아태부3세도 부지불식간에 극락이나 천국은 만들어내는 일반적이고 평범한 사람이어야 한다. 일반적이고 평범한 지하국가5의 사람들이 해내는 일이기 때문이다. 습관이 그렇게 들어버리면 그렇게 살게 된다. 행복하게 살고 극락에 사는 것처럼 살고 습관적으로 그렇게 살아야 한다. 습관은 물이 흐르는 것처럼 구름이 흘러가는 것처럼 자연적일 것이다. 어떻게 극락이나 천국이 몸에 배인 사람들이 될 수 있는가요? 습관이 되어서일까요? 세뇌가 되어서일까요? 사람들의 훈련 때문일까요? 그것이 본능이 되게 하는 것은 불가능한가요? 식욕이나 수면욕이나 성욕처럼 본능이 되게 하는 것은 또 다른 영역과의 싸움일까요?

아직까지 아태부3세는 고향으로 돌아온 이후로 가족 이외에는 만난 사람이 없다. 지하국가5의 사람들을 서서히 만날 예정이다. 가장 가까운 사람만 만났다. 쉬고 싶었기 때문이다. 쉬지 않고는 앞으로 나아가기가 힘들다. 몸과 마음이 편안한 다음에 그 다음의 일을 할 수 있다. 고향산천과는 이미 만난 셈이지만 사람을 만나야 하는 과정이 뒤를 이를 차례이다. 고향에는 이야기가 녹아 있다. 전설들이 오랜 옛날부터 있어 왔다. 하지만 지하국가5는 오랜 옛날부터 있던 나라가 아니다. 이제부터 모든 것들이 전설의 시초가 된다. 전설이라고 하기에는 너무 짧은 시간이다. 시간의 문제에 있어서 권위가 서지 않는다. 그렇다고 조작을 하지는 않는다. 전제국가나 독재국가는 역사를 조작할 유혹을 많이 받는다. 대부분의 전설이 많은 부분 사실과는 거리가 있지만 통용이 되지만 일부러 조작할 성질은 아니다. 세월이 많이 흐르면 보태지고 과장되고 빠지고 잊게 되고 여러 가지의 과정을 거친다. 산에는 메아리가 울린다. 전설도 사람이 살아온 긴 시간의 메아리이다. 지하국가5의 메아리는 아직 생기지 않은 단계이지만 언젠가 생기게 된다. 아태부3세의 메아리는 아직 생성 단계일 뿐이다. 아태부3세의 메아리를 받아주는 소중한 친구들이 약간은 생겼다. 그 이상의 확대발전은 아직 감지가 되지 않는다. 이탈리아의 마피아는 끈질긴 유대관계를 가족이나 친척을 통해 유지한다. 로마의 가톨릭이 이천 년 이상을 유지하듯이 질기다. 266대 교황까지 이천 년을 넘게 교황제도를 이어가고 있다. 아태부3세의 메아리는 얼마까지 멀리 퍼지고 얼마나 오랜 세월을 유지될까? 자신이 살아 있을 사천 년 동안은 당연히 지속이 된다. 사후 몇 만 년이나 이어질까? 부처님이 만난 가섭이나 예수가 만난 베드로나 메아리가 오래 간다. 아태부3세가 지하국가5에서 지금 만날 누구는 얼마나 오래 그 흔적이 있게 되나? CCTV는 어느 곳에서든 촬영이 되어 사람들의 행동을 정확하게 가려낸다. 술을 야외에서 먹을 수 없는 미국이라면 실내에서 술을 마시지 않고 법규를 어긴 장면을 여과 없이 드러내 놓을 것이다. 술을 야외에서 마셔도 처벌을 받지 않는 한국 사람이라면 문화적인 충격을 잘 받아들여야 한다. '로마에서는 로마의 법을 따라라.' 지하국가5에서는 지하국가5의 법을 따라야 한다. 아태부3세가 만나는 첫 사람과의 사이에는 무슨 법이나 관습이 존재하나? 아무런 규제조건이 없다. 만나기만 하면 된다. 만나는 사람은 약속을 정해서 만날 수도 있고 아무런 약속이 없는 타인을 우연히 길에서 만날 수도 있다. 인연이 닿아야 만나는 것일까? 약속을 하지 않았다면 무작위로 만나는 것이다. 누드가 허용되는 해변이나 그런 장소가 아니면 나체로 다니는 사람을 만날 수는 없다. 벌거벗은 임금님이 우스운 이야깃거리의 소재가 되기도 하지만 벌거벗은 그 누구도 길에서 만나지 못한다. 밀폐된 사적인 공간이 아닌 공개된 공개적 장소에서 사람들은 벌거벗을 수 없다. 옷을 입고 사람을 만난다. 옷을 벗고 만나는 일은 없다. 사랑하는 남녀라면 사적인 공간으로 들어가서 옷을 벗을 수 있다. 너무 급해 공적인 공간에서 옷을 벗으면 어떻게 되나? 밤과 낮의 차이도 있을 것이다. 아태부3세는 아직 어린지라 공개적 장소건 폐쇄된 장소건 옷을 벗고 사람을 만날 일은 없다. 병원에서 진료 때문에 옷을 벗거나 어떤 이유가 없으면 옷을 벗지 않는다. 지하국가5는 옷을 입지 않는 원시시대의 법을 적용하지 않는다. 아태부3세가 갓난아기거나 아직 너무 어린 영아나 유아라면 옷을 벗은 상태일 수도 있다. 옷을 입지 않고는 사람을 만날 수 없다. 열 살이면 꼭 옷을 입어야 하나? 사람들이 꼬맹이라고 여길 수도 있다. 아태부3세는 고향으로 돌아와 사람을 만날 것이다. 이 일은 늘 일어나는 일상적인 일일 것이다. 사천 년을 옷을 벗고는 사람을 만나지 못할 것이다. 사천 년이나 누드 해변이나 특이한 장소만 허용되는 규칙이 이어져 갈까? 아태부3세가 만날 사람이 대단한 사람일까? 무의식적으로 길에서 만나는 사람은 일반적인 사람들일 것이다. 특정한 사람을 기준을 정해 만나지 않으면 특별한 사람을 만날 일을 거의 없을 것이다. 이제 아태부3세는 사람들을 만나고 일상적인 나날들이 이어질 것이다.

지하국가5

발 행 일 : 2024년 4월 20일
지 은 이 : 남원환
발 행 처 : 사라출판사
폰 번 호 : 010-5583-3568
우편번호 : 41162
주　　소 : 대구광역시 동구 화랑로75길 35-4
　　　　　대구광역시 동구 방촌동 1084-103
인 쇄 처 : 예일출판사 02-2263-1604

가　격 : 24,000원
이메일 : namweon13@hanmail.net
ISBN 978-89-94566-55-9